唐圭璋編

詞話叢編

第二册

中華書局

歷代詞話

〔清〕王奕清等撰

歷代詞話目録

卷四……一一三九

卷八……一二三六

卷十……一二九九

歷代詞話卷一

詞話唐一

歷代歌曲

舜典曰：「詩言志，歌永言。聲依永，律和聲。」詩序曰：「在心爲志，發言爲詩。情動於中而形於言，言之不足，故嗟歎之。嗟歎之不足，故詠歌之。詠歌之不足，故不知手之舞之足之蹈之。」樂記曰：「詩，言其志也。歌，詠其聲也。舞，動其容也。三者本於心而樂器從之。」故有心則有詩，有聲則有律。先定其音節然後製詞，亦依永和聲之意也。今又分詩與樂府作兩科，曰古詩，曰樂府，謂詩之可歌者也。而古樂府以爲詩之流，而詞皆就音節以爲名。漢時雅鄭雜用，而鄭爲多。魏平荆州，得漢雅樂古曲，音調存者有四，曰鹿鳴、騶虞、伐檀、文王。而李延年之徒以歌被寵，復改易音節，止存鹿鳴一曲。晉初亦除之。又考漢時短簫鐃歌樂曲，三國所存者，有朱鷺、艾如張、上之回、戰城南、將進酒之類，凡二十二曲。晉興，又盡改之，獨玄雲、釣竿二曲而已。自晉以來，五季新曲頗衆，隋初盡歸清樂。唐景龍後，曲註猶存，如白雪、公莫舞、巴渝、白苧、子夜、團扇、懊儂、莫愁、楊叛兒、烏夜啼、玉樹後庭花六十三曲。唐中葉有聲有詞者三十有七，有聲無詞者止七曲。唐歌曲比前代爲多，其見於今者，十之三四耳。碧雞漫志

六代已有詞

詞起於唐人，而六代已濫觴矣。梁武帝有江南弄，陳後主有玉樹後庭花，隋煬帝有夜飲朝眠曲。豈獨五代之主，蜀之王衍、孟昶，南唐之李璟、李煜，吳越之錢俶，以工小詞爲能文哉。王衍之「月明如水浸宫殿，有酒不醉真癡人」，李玉簫愛賞之，元人用爲傳奇。孟昶之「冰肌玉骨清無汗」，東坡復衍足其句。錢俶之「金鳳欲飛遭掣搦。情脉脉。行即玉樓雲雨隔」，爲藝祖歎賞，惜無全篇，而亦流遞於後矣。曲洧舊聞

安公子曲

隋樂工王令言妙達音律。時煬帝將征遼，令言之子彈琵琶作安公子曲。令言驚問：「那得有此。」對曰：「宫中新翻曲也。」調在太簇角。通典

徐陵與王建曲

玉臺新詠載烏夜啼，徐陵云：「繡帳羅幃燈影獨。一夜千年猶不足。惟憎無賴汝南雞。天河未落已争啼。」王建云：「章華宫人夜上樓。君王望月西山頭。夜深宫殿門不鎖。白露滿山山葉墮。」一首轉韻，平仄各叶，此商調曲也。皇甫松竹枝祖之。楊慎

梁隋詞

填詞必溯六朝者，亦昔人探河窮源之意。如梁武帝江南弄云：「衆花雜色滿上林。舒芳耀彩垂輕陰。連手躧蹀舞春心。舞春心，臨歲腴。中人望，獨踟蹰。」梁僧法雲三洲歌，一解云：「三洲。斷江口。水從窈窕河旁流。歡將樂共來，長相思。」二解云：「三洲。斷江口。水從窈窕河旁流。啼將別共來，長相思。」梁臣徐勉迎客曲云：「絲管列，舞曲陳。含羞未奏待佳賓。羅絲管，陳舞席。斂袖嘿脣迎上客。」送客曲云：「袖繽紛，聲委咽。歌曲未終高駕別。爵無筭，景已流。空紆長袖客不留。」隋煬帝夜飲朝眠曲云：「憶睡時，待來剛不來。卸妝仍索伴，解佩更相催。博山思結夢，沉水未成灰。」「憶起時，投籤初報曉。被惹香黛殘，枕隱金釵裊。笑動上林中，除却司晨鳥。」王叡迎神歌云：「蓮草頭花柳葉裙。蒲葵樹下舞蠻雲。引領望江遥滴淚，白蘋風起水生紋。」送神歌云：「棖棖山響答琵琶。酒濕青莎肉飼鴉。樹葉無聲神去後，紙錢飛出木棉花。」此六代風華靡麗之語，後來詞家之所本也。略輯於此。楊慎

沈約六憶詩

沈約亦有六憶詩，其三云：「憶眠時，人眠獨未眠。解羅不待勸，就枕更須牽。復恐旁人見，嬌羞在燭前。」已開煬帝之先矣。詞苑

唐詞入歌曲

唐時古意猶未失，竹枝、浪淘沙、拋毬樂、楊柳枝，乃詩中絶句而定爲歌曲。故李白清平調皆絶句。元、白諸詩多爲知音者協律。白居易守杭，元稹贈詩云：「休遣玲瓏唱我詩。我詩多是別君辭。」自注云：「樂

人高玲瓏能歌余數十詩。」又，白居易自有詩云：「席上争飛使君酒，歌中羣唱舍人詩。」又，元稹見人歌韓舍人新律詩，戲贈云：「輕新便妓唱，凝妙入僧禪。」沈亞之云：故人李賀善撰南北朝樂府，多怨鬱悽豔之句，誠能蓋古排今，使爲詞者莫能偶矣。唐史稱李賀樂章數十篇，諸工皆合之管絃。又稱李益詩每一篇成，樂工慕名者争以賂取之，被諸聲歌，供奉天子。舊史亦稱武元衡工五言詩，好事者傳之，往往見於樂部。開元中，王昌齡、高適、王之渙旗亭畫壁，伶官招妓聚宴。以此知唐之伶妓以當時名士詩詞入歌曲，皆常事也。碧雞漫志

梁樂府

梁樂府有夜夜曲，或名昔昔鹽，昔卽夜也，鹽亦曲之別名。張祜詩：「村俗猶吹阿濫堆。」賀鑄詞：「塞管孤吹新阿濫。」又戴式之有烏鹽角行。元人月泉吟社詩：「山歌聒耳烏鹽角，村酒柔情玉練槌。」阿濫堆、烏鹽角，皆曲名也。李郢詩：「謝公留賞山公醉，知入笙歌阿那朋。」劉禹錫竹枝詞：「今朝北客思歸去，回入紇那披綠蘿。」阿那、紇那，亦當時曲名。李詩言變梵唄爲豔歌，劉詞言變南調爲北曲也。楊慎

唐詞紀

唐詞紀爲郭茂倩所輯，楊璠、董御多收僞詞以廣之，有以其名同而濫收之者。今取劉禹錫紇那曲云：「踏曲興無窮。調同詞不同。願郎千萬壽，長作主人翁。」按詞品，阿那、紇那，皆當時曲名。劉禹錫言變南調爲北曲，蓋隨方音而轉也。劉采春羅嗊曲云：「莫作商人婦，金釵當卜錢。朝朝江口望，錯認幾

人船。」按曲有三解，一名望夫歌，取其一以存調。無名氏一片子云：「柳色青山映，梨花雪鳥藏。緑窗桃李下，閒坐歎春芳。」按教坊記有此名，樂府解題所不詳者。更有琴曲名千金意，始分前後段，起句三字一音，如音音音三字，起句後接心心心三字，起句而下俱指法，未能格之也。古今詞話

五七言詩

今以五七言之別見者彙較之。如何滿子已收六言六句矣，兹考薛逢之何滿子云：「繫馬宫槐老，持杯店菊黄。故交今不見，流恨滿山光。」如三臺令已收六言四句矣，兹考李後主之三臺令云：「不寐倦長更。披衣出户行。月寒秋竹冷，風切夜窗聲。」如楊柳枝已收七言四句矣，兹考李商隱之楊柳枝云：「畫屏繡步障，物物自成雙。如何湖上望，只是見鴛鴦。」如醉公子已收無名氏之五言八句矣，兹考無名氏之醉公子云：「昨日春園飲，今朝倒接羅。誰人扶上馬，不省下樓時。」如長命女已收長短句矣，兹考無名氏之長命女云：「雲送關西雨，風傳渭北秋。孤燈然客夢，寒杵搗鄉愁。」如烏夜啼已收長短句矣，兹考聶夷中之烏夜啼云：「衆鳥各歸枝。烏烏爾不棲。還應知妾恨，故向緑窗啼。」如長相思已收琴調之長短句矣，兹考張繼之仄韻長相思云：「遼陽望河縣。白首無由見。海上珊瑚枝，年年寄春燕。」又令狐楚之平韻長相思云：「君行登隴上，妾夢在閨中。玉筯千行落，銀牀一夕空。」如江南春既列長短句矣，兹考劉禹錫之江南春云：「新妝宜面下朱樓。深鎖春光一院愁。行到中庭數花朵，蜻蜓飛上玉搔頭。」如步虚詞已列長短句之雙調矣，兹考陳羽之步虚詞云：「樓閣層層阿母家。崑崙山頂駐紅霞。笙

歌往見穆天子，相引笑看琪樹花。」如漁歌子已列長短句之單調雙調矣，兹考李夢符之漁父詞二首云：「村市鐘聲渡遠灘。半輪殘月落前山。徐徐撥棹却歸去，浪疊朝霞碎錦翻。」「漁弟漁兄喜到來。婆官賽却坐江隈。椰榆杓子瘤杯酒，爛煑鱸魚滿盎堆。」如鳳歸雲已列林鍾商之長調矣，兹考滕潛之鳳歸雲二首云：「金井闌邊見羽儀。梧桐樹上宿寒枝。五陵公子憐文彩，畫與佳人刺繡衣。」「飲啄蓬山最上頭。和煙飛下禁城秋。曾將弄玉歸雲去，金翻斜翻十二樓。」他如離别難、金縷曲、水調歌、白苧，各有七絶，雜以虚聲，亦多可歌者。後之集譜者無以詩句而亂詞調也。古今詞話

采蓮子

清商曲有采蓮子，卽江南弄中采蓮曲。如李白「耶溪采蓮女，見客棹歌回。笑入荷花裏，佯羞不出來」。劉方平「落日晴江曲，荆歌豔楚腰。采蓮從小慣，十五卽乘潮」。又王昌齡「亂入池中看不見，聞歌始覺有人來」。張潮「賴逢鄰女曾相識，並著蓮舟不畏風」。殊有風致。然必以皇甫松、孫光憲之排調有襯字者爲詞體。樂府解題

回紇曲

無名氏回紇曲云：「陰山瀚海信難通。幽閨少婦罷裁縫。緬想邊庭征戰苦，誰能對鏡冶愁容。久戍人將老，須臾變作白頭翁。」長歌之哀，過於痛哭。必陳、隋、初唐之作也。馮延巳别名拋毬樂、莫思歸，其所製見陽春集。詞品

六州歌頭

岑參六州歌頭云：「西去輪臺萬里餘。也知音信日應疎。隴山鸚鵡能言語，爲報家人數寄書。」註云：六州，伊、渭、梁、氏、甘、涼也。王維伊州歌云：「秋風明月獨離居。蕩子從軍十載餘。征人去日殷勤囑，歸雁來時好寄書。」張仲素渭州詞云：「亭亭孤月照行舟。寂寂長江萬里流。鄉國不知何處是，雲山漫漫使人愁。」王之渙梁州歌云：「黄河遠上白雲間。一片孤城萬仞山。羌笛何須怨楊柳，春風不度玉門關。」張祜氏州第一云：「十指纖纖玉筍紅。雁行輕度翠絃中。分明自説長城苦，水闊雲寒一夜風。」符載甘州歌云：「月裏嫦娥不畫眉。只將雲霧作羅衣。不知夢逐青鸞去，猶把花枝蓋面歸。」無名氏涼州歌云：「一去遼陽繫夢魂。忽傳征騎到中門。紗窗不肯施紅粉，圖遣蕭郎問淚痕。」此皆商調曲也。樂府所收六州歌頭，則一百四十三字，長短句之三疊者。樂府衍義

犯聲

五行之聲，所司爲正，所敧爲傍，所斜爲偏，所下爲側。正宮之調，正犯黄鐘宮，傍犯越調，偏犯中呂宮，側犯越角之類。樂府諸曲，自昔不用犯聲。唐自天后末年，劍器入渾脱，始爲犯聲。明皇時樂人孫處秀善吹笛，好作犯聲，亦鄭衛之變也。陳暘樂書

羯鼓曲

唐時羯鼓録，無有能傳其法者。開元帝最爲妙絶。宋璟、李皋、裴冕，亦精其理。至宋元祐中，邠州一老猶能之。有大合禪，滴滴泉曲。太平樂府

三臺詞

樂部中有促拍催酒，謂之三臺。唐士云，蔡邕自御史累遷尚書，不數日間歷遍三臺，樂工以邕洞曉音律，故製詞以悦之。又始作樂必曰絲抹將來，蓋絲竹在上，鐘鼓在下，絲以起之，樂乃作，亦唐以來如是。珊瑚鈎詩話

宋沆知音

宋沆爲太樂令，知音近代無比。太常久亡徵調，沆乃考鐘律而得之。唐國史補

五色林檎

唐永徽中，王方言於河灘拾得小樹栽之，及長，乃林檎也。進於高宗，以爲朱柰，又名五色林檎，教坊以曲名。洽聞記

桃花行

景雲初，設宴於桃花園，羣臣畢集，學士李嶠等各獻桃花詩，令宫女歌之。辭既清婉，歌復妙絶，獻詩者

舞蹈稱萬歲。勅太常簡二十篇入樂府，號曰桃花行。武平一文館記

踏歌

先天初，明皇御安福門觀燈，令朝士能文者爲踏歌，聲調入雲。輦下歲時記

百代詞曲之祖

李白草堂集。白，蜀人，草堂在蜀，懷故國也。菩薩蠻、憶秦娥二首，爲百代詞曲之祖。鄭樵通志

清平調

開元中，李白供奉翰林。時禁中木芍藥盛開，明皇乘照夜白，貴妃以步輦從。選梨園子弟度曲。李龜年捧檀板，押衆樂前欲歌。明皇曰：「賞名花對妃子，焉用舊詞。」遂命龜年持金花箋，宣賜李白立進清平調三章。白宿酲未解，援筆而就。太真持頗黎七寶杯，酌西涼葡萄酒，明皇親調玉笛以倚曲。每曲遍將換，則遲其聲以媚之。太真飲罷，斂繡巾重拜。自此顧李白異於他學士。松窗摭異錄

李白於便殿對帝譔詞。時天寒筆凍，莫能書字，帝敕宮嬪十人侍白左右，各執牙筆呵之。其受聖眷如此。開元遺事

清平樂

楊用修所載太白清平樂二闋，識者謂非太白作，以其卑淺也。按太白清平調本三絕句而已，不應復有

詞也。王世貞四部稿

桂殿秋

「河漢女，玉鍊顏。雲軿往往在人間。九霄有路去無跡，裊裊香風生珮環。」此太白桂殿秋詞也。得於石刻而無腔。劉無言倚其聲歌之，音極清雅。能改齋漫録

李太白詞

「仙女下，董雙成。漢殿夜涼吹玉笙。曲終却從仙官去，萬户千門惟月明。」李太白詞也。得於石刻而無其腔。劉無言自倚其聲歌之。東皐雜録又以爲范德孺謫均州，偶遊武當山石室極深處，有題此曲於崖上。未知孰是。詞苑

李白菩薩蠻

「平林漠漠煙如織。寒山一帶傷心碧。暝色入高樓。有人樓上愁。　玉階空佇立。宿鳥歸飛急。何處是歸程。長亭更短亭。」此詞寫於鼎州滄水驛，不知何人所作。魏道輔泰見而愛之，後至長沙，得古風集於曾子宣内翰家，乃知李白所譔。湘山野録

楊慎改蠻爲鬘

開元時，南詔入貢，危髻金冠，瓔珞被體，號菩薩蠻，因以製曲。楊慎改蠻爲鬘，以戒經華鬘被首爲據，

殊失詳考。胡應麟筆叢

菩薩蠻譜爲詞

唐大中初，女蠻國貢雙龍犀，明霞錦，其人危髻金冠，瓔珞被體，當時號爲菩薩蠻，優者作女王曲，文士往往譜爲詞。杜陽雜編

憶秦娥

憶秦娥，商調曲也，鳳樓春即其遺意。李白之「簫聲咽」用仄韻，孫夫人之「花深深」用平韻，張宗瑞復立新名曰碧雲深。唐詞紀

搗練子

唐詞載李德裕步虛詞，即雙調搗練子。唐詞本無换頭，搗練子本無雙調，近刻列爲李白桂殿秋一首。李集之考覈者多矣，不聞菩薩蠻、憶秦娥而外，别有桂殿秋也。吴虎臣得於石刻而無其腔，劉無言倚其聲歌之，其説亦未足信。劉禹錫作瀟湘神，起處疊三字一句，亦即搗練子，但爲迎神送神之詞耳。古今詞話

教坊記

教坊記曰：開元十一年初，製聖壽樂以歌舞之，所司先進曲名，以墨點者舞，舞有曲。教坊惟得舞伊州、

五天，重來疊去，不離此兩曲，餘悉讓内家也。内家舞曲有二：垂手羅、迴波樂、蘭陵王、春鶯囀、半社渠、借席、烏夜啼之屬，謂之軟舞；阿遼曲、柘枝、黄麞、拂林、大渭州、達摩之屬，謂之健舞。此崔令欽所編曲名三百餘調始此。古今詞話

紫雲迴

明皇嘗坐朝，以手指上下按其腹。朝退，高力士進曰：「陛下向來數以手指按腹，豈非聖體小有不安耶？」明皇曰：「非也。吾昨夜夢遊月宫，諸仙娱以上清之樂，寥亮清越，非人間所聞，酣醉久之，合奏諸樂以送吾歸，其曲悽楚動人，杳杳在耳。吾回以玉笛尋之，盡得之矣。坐朝之際，慮忽遺忘，故懷玉笛於衣中，時以手指上下尋按，非有不安。」力士再拜賀曰：「非常之事也，願陛下爲臣一奏之。」其聲寥寥然不可名言。力士又再拜且請其名。明皇笑曰：「此曲名紫雲迴。」遂載於樂章。鄭棨傳信録

昔昔鹽

昔昔鹽、阿濫堆、烏鹽角、阿那朋之類，皆歌曲名也。自昔昔鹽排律外，餘多七言絶句，有其名而無其調。隋煬帝、李白調始生矣，然望江南、憶秦娥則以詞起調者也。菩薩蠻則以詞按調者也。藝苑巵言

阿濫堆

驪山多飛鳥，名阿濫堆。明皇御玉笛，采其聲翻爲曲子，當時左右皆傳唱之。一作鵽爛堆。中朝故事

大酺

開元中，大酺於勤政樓，觀者喧聚，莫辨魚龍百戲之音。高力士請命宮人張永新出歌，可以止喧。永新出奏曼聲，廣場寂寂若無一人，大酺之曲名始此矣。太平樂府

春光好

明皇諳音律，善度曲，嘗臨軒縱擊，製一曲曰春光好。方奏時，桃李俱發。又製一曲曰秋風高，奏之風雨颯然。帝曰：「此事不喚我作天公可乎？」詞俱失傳。惟好時光一闋云：「寶髻偏宜宮樣，蓮臉嫩體猶香。眉黛不須張敞畫，天教入鬢長。莫倚傾城貌，嫁取箇、有情郎。彼此當年少，莫負好時光。」開元軼事

荔枝香

荔枝香，出唐書。貴妃生日，命小部奏新曲，未有名，適進荔枝，即以名曲。解語花，明皇稱貴妃語，出天寶遺事。念奴嬌，明皇宮人念奴也。詞品

李八郎

樂府聲詩並著，最盛於唐開元、天寶間。有李八郎者，以能歌擅名天下。時新及第進士開宴曲江，榜中有名士，先召李易服隱姓名，與同至宴所，曰：「表弟願與座末。」衆皆不顧。既而酒行樂作，歌者曹元謙

奏念奴嬌，衆皆咨嗟稱賞。名士忽指李曰：「請表弟歌。」衆皆哂，或有怒者，及轉喉發聲，一曲未終，衆皆泣下，羅拜曰：「此李八郎也。」李清照

雨霖鈴曲

明皇幸蜀，霖雨彌旬，棧道中聞鈴聲，明皇悼念貴妃，爲製雨霖鈴曲。太真外傳

阿那曲

楊太真亦有一詞贈善舞張雲容者。詞云：「羅袖動香香不已。紅蕖裊裊秋煙裏。輕雲嶺上乍摇風，嫩柳池邊初拂水。」此阿那曲也。詞統

一斛珠

江采蘋九歲誦二南詩，開元中選侍明皇，見寵。所居悉植梅花，故號梅妃。爲太真逼遷上陽，明皇於花萼樓念之。會夷使貢珠，命封一斛賜妃。妃謝以詩云：「柳葉雙眉久不描。殘妝和淚污紅綃。長門盡日無梳洗，何必珍珠慰寂寥。」明皇以新聲度曲，曰一斛珠。梅妃傳

孟浩然春詞

王士源襄陽集序云：「孟浩然骨貌清淑，風神散朗，文不按古，師心獨妙。其春詞有云：『青樓曉日珠簾映，紅粉春妝寶鏡催。已厭交歡憐枕席，相將遊戲遶池臺。坐時衣帶縈纖草，行即裙裾掃落梅。更道

明朝不當作，私邀共鬬管絃來。」論者以爲有詩詞之別。唐詩解

王維知樂

王維詩名盛於開元、天寶間，與弟縉宦遊兩都，凡諸王駙馬豪右貴勢之門，無不拂席迎之。寧王、薛王待之如師友。人有得奏樂圖不知其名，維視之曰：「霓裳第三疊第一拍也。」好事集樂工按之，一一無差，咸服其精鑒。唐詩紀事

旗亭賭詩

開元中，詩人王昌齡、高適、王之涣齊名，時風塵未偶，而遊處略同。一日，天寒微雪，三詩人共詣旗亭，貰酒小飲。忽有梨園伶官數人登樓會讌，三詩人因避席隈映，擁爐火以觀焉。俄有妙妓數輩尋續而至，奢華豔曳，都冶頗極。旋卽奏樂，皆當時名部也。昌齡等私相約曰：「我輩各有詩名，無從自定其甲乙，今者可以密觀諸伶所謳，若詩入歌詞之多者爲優矣。」俄而一伶拊節而唱，乃曰：「寒雨連江夜入吴。平明送客楚山孤。洛陽親友如相問，一片冰心在玉壺。」昌齡則引手畫壁曰：「一絶句。」又一伶謳曰：「開篋淚霑臆，見君前日書。夜臺何寂寞，猶是子雲居。」適則引手畫壁曰：「一絶句。」尋又一伶謳曰：「奉帚平明金殿開。强將團扇共徘徊。玉顔不及寒鴉色，猶帶昭陽日影來。」昌齡又引手畫壁曰：「二絶句。」之涣自以得名已久，意頗不平。謂諸人曰：「此輩皆潦倒樂官，所唱皆巴人下里之詞耳。豈陽春白雪之曲，俗物敢近哉。」因指諸妓中最佳者：「待此子所唱，如非我詩，卽終身不敢與子爭衡矣。脱是我詩，子

等須當列拜牀下，以師事我。」因歡笑而俟之。須臾次至雙鬟發聲，則曰：「黄河遠上白雲間。一片孤城萬仞山。羌笛何須怨楊柳，春風不度玉門關。」之渙卽揶揄二子曰：「田舍奴，我豈妄哉。」因大諧笑。諸伶不喻其故，皆起詣曰：「不知諸郎君何此歡噱。」昌齡等因話其事。諸伶競拜曰：「俗人不識神仙，乞降清重，俯就筵席。」三子從之，飲醉竟日。唐詩紀事

張志和漁歌子

張志和自稱煙波釣徒，嘗謁顏真卿於湖州，以舴艋敝請更之，願爲浮家泛宅，往來苕霅間，作漁歌子。詞曰：「西塞山前白鷺飛。桃花流水鱖魚肥。青箬笠，綠蓑衣。斜風細雨不須歸。」樂府紀聞

道士磯

湖州磁湖鎮道士磯，卽張志和所謂「西塞山前白鷺飛」也。西吴記

西塞山

武昌府大冶縣東九十里爲道士洑，卽西塞山。塞音澀。水經云：壁立千仞，東北對黄公九磯，故名西塞。横截江流，旋渦沸激，舟人過之，每爲失色。張耒詩云：「已逢嫵媚散花峽，不怕危亡道士磯。」遂以爲卽志和所遊西塞山，未知孰是。詞苑

張志和畫

志和性高邁，自爲漁歌，便畫之，甚有逸思。名畫記

望仙亭

張松齡以漁歌子招其弟志和曰：「樂在風波釣是閒。草堂松桂已勝攀。太湖水，洞庭山。風狂浪急且須還。」後家鶯脰湖旁仙去，吴人爲建望仙亭。羅湖野録

漁父詞加語

東坡云：「元真子漁父詞極清麗，恨其曲度不傳。」加數語以浣溪紗歌云：「西塞山邊白鷺飛。散花洲外片帆微。桃花流水鱖魚肥。　自庇一身青箬笠，相隨到處緑蓑衣。斜風細雨不須歸。」山谷見之，擊節稱賞，且云：「惜乎散花與桃花字重疊，又漁舟少有使帆者。」乃爲浣溪紗云：「新婦磯邊眉黛愁。女兒浦口眼波秋。驚魚錯認月沉鈎。　青箬笠前無限事，緑蓑衣底一時休。斜風細雨轉船頭。」東坡云：「魯直此詞，清新婉麗，以水光山色替却玉肌花貌，真得漁父家風。然才出新婦磯，便入女兒浦，此漁父毋乃太瀾浪乎。」山谷晚年亦悔前作之未工，因表弟李如篪言漁父詞，以鷓鴣天歌之，甚協律，恨語少聲多，因以憲宗畫像求元真子文章，及元真之兄松齡勸歸之意，足前後數句云：「西塞山前白鷺飛。桃花流水鱖魚肥。朝廷尚覓元真子，何處而今更有詩。　青箬笠，緑蓑衣。斜風細雨不須歸。人間欲避風波險，一日風波十二時。」東坡笑曰：「魯直乃欲平地起風波也。」徐師川作浣溪紗、鷓鴣天各二闋，蓋因坡、谷異同而作。浣溪紗云：「西塞山前白鷺飛。桃花流水鱖魚肥。一波才動萬波隨。　黄帽豈如青箬

笠，羊裘何似綠蓑衣。斜風細雨不須歸。」又云：「新婦磯邊秋月明。女兒浦口晚潮平。沙頭鷺宿戲魚驚。青箬笠前明此事，綠簑衣底度平生。斜風細雨小舟輕。」鷓鴣天云：「西塞山前白鷺飛。桃花流水鱖魚肥。朝廷若覓元真子，長在晴江理釣絲。青蒻笠，綠蓑衣。斜風細雨不須歸。浮雲萬里煙波客，惟有滄浪孺子知。」其二云：「七澤三湖碧草連。洞庭江漢水如天。朝廷若覓元真子，不在雲邊在酒邊。明月棹，夕陽船。鱖魚恰似鏡中懸。絲綸釣餌都收却，八字山前聽雨眠。」詞苑

元結欸乃曲

元結於大曆中爲道州刺史，以軍事詣都，還洛日，春水漲溢不得前，作欸乃曲數首，使舟子歌之以取適於道路云。古今詞話

柳宗元欸乃曲

「漁翁夜傍西巖宿。曉汲清湘燃楚竹。煙消日出不見人，欸乃一聲山水綠。」此柳宗元欸乃曲也，見本集。有誤作晚唐人詞者，非也。當以音調辨之。猶徐昌圖以詞名而誤入宋詞，唐宋之音尚不能辨，況中晚乎。古今詞話

歷代詞話卷二

詞話唐二

韋應物曉音律

韋應物曉音律，夜泊靈璧舟中，聞笛聲，謂酷似天寶梨園法曲李謩所吹者。詢之，乃謩外甥許雲封也。韋授以李謩笛，許曰：「此非外祖所吹者，遇至音必裂。」强令試之，遂吹六州遍，一疊而裂。樂府紀聞

韋應物小詞

韋蘇州性高潔，所在焚香掃地，惟顧況、皎然輩得與倡酬。其小詞不多見，惟三臺令、轉應曲流傳耳。唐詩紀事

戴叔倫轉應曲

金壇戴叔倫有轉應曲云：「邊草。邊草。邊草盡來兵老。山南山北雪晴。千里萬里月明。明月。明月。哀笳一聲愁絶。」即調笑令也。筆意回環，音調宛轉，與韋蘇州一闋同妙。韋詞云：「河漢。河漢。曉挂秋城漫漫。愁人起望相思。塞北江南别離。離别。離别。河漢雖同路絶。」古今詞話

陶峴

陶峴者，彭澤之子孫也。家於崑山，泛舟江湖，遍遊煙水，往往數歲不歸。自製三舟：一舟自載，一舟載賓客，一舟載飲饌。客有前進士孟彥深、孟雲卿，布衣焦遂，善爲詞調。峴有女樂一部，奏清商之曲，逢奇勝則窮其景物，盡興而行，吳越之士號爲水仙。甘澤謡

劉禹錫詞

劉賓客官蘇州刺史，李司空罷鎮日，慕其名招致之，出伎佐觴。劉賦春風一曲杜韋娘，司空呼伎歸之。耆舊續聞

劉禹錫作竹枝九章

劉夢得在沅湘日，以里歌俚鄙，乃依騷人九歌作竹枝九章，教里中兒，由是盛於貞元、元和之間。每歲正月，里中兒聯歌竹枝，吹笛擊鼓以應節，歌者揚袂睢舞，以曲多爲貴。聆其聲音，中黄鐘之羽，卒章訐激如吳歈，雖傖儜不可分，而含思宛轉，有淇澳之豔。劉禹錫竹枝序

劉禹錫瀟湘神

劉禹錫別有瀟湘神詞云：「斑竹枝。斑竹枝。淚痕點點寄相思。楚客欲聽瑤瑟怨，瀟湘深夜月明時。」亦竹枝之流也。草堂箋

劉禹錫春去也

「春去也，多謝洛城人。弱柳從風疑舉袂，叢蘭浥露似沾巾。獨坐亦含顰。」劉賓客詞也，一時傳唱，乃名爲春去也曲。古今詞話

劉禹錫柳枝

柳枝，樂府作折楊柳，爲漢鐃歌橫吹曲。「上馬不捉鞭，反拗楊柳枝。蹀坐吹長笛，愁煞行客兒。」蓋邊詞別曲也。舊詞如劉禹錫云：「清江一曲柳千條。二十年前舊板橋。曾與美人橋上別，更無消息到今朝。」一日壽杯詞。如「千門萬户喧歌吹，富貴人間只此聲。年年織作昇平字，高映南山獻壽觴」，語意自別。古今詞話

唐無名氏柳枝

唐無名氏柳枝云：「萬里長江一帶開。岸邊楊柳是誰栽。錦帆落盡西風起，惆悵龍舟更不回。」盡推此曲爲第一。然不若薛能楊柳枝云：「汴水高懸百萬條，淸風兩岸一時搖。隋家力盡虛栽得，無限春風屬聖朝。」更得大體。古今詞話

周德華唱柳枝

周德華在崔芻言郎中席上唱柳枝，如劉禹錫之「春江一曲柳千條」，賀知章之「碧玉栽成一樹高」，楊巨

源之「江邊楊柳麴塵絲」，而不取温庭筠、裴諴所作，二人有愧色。耆舊續聞

元稹歌

元稹歌曰：「櫻桃花，一枝兩枝千萬朵。花磚曾立采花人，窣破羅裙紅似火。」此亦長短句，比章臺柳少疊三字。古今詞話

元才子

稹長於詩詞，與白居易名相埒，天下傳諷，往往播於樂府。穆宗在東宮日，妃嬪近習皆歌之，宫中呼爲元才子。唐詩紀事

白居易柳枝

白居易在洛作柳枝詞云：「一樹春風萬萬枝。嫩於金色軟於絲。永豐東角荒園裏，盡日無人屬阿誰。」有人歌之，聞於宣宗，因命移永豐柳二枝植内庭。白復作詞云：「一樹衰殘委泥土，兩枝移植在天庭。定知此後天文裏，柳宿光中添兩星。」唐詩紀事

白居易自度曲

白樂天詞云：「花非花，霧非霧。夜半來，天明去。來如春夢不多時，去似朝雲無覓處。」蓋其自度之曲，因情生文，雖高唐、洛神奇麗不及也。張子野衍之爲御街行，亦有出藍之色。楊慎

白居易花非花

白樂天長相思、望江南，嫵麗可愛，非後世作者可及。花非花一首，尤纏綿無盡。花庵詞客

杜秋娘歌行

唐有杜秋娘歌行，相傳是金陵女子，爲浙西觀察使李錡妾。錡有陰謀，秋娘時解勉之。嘗爲錡製小詞云：「勸君莫惜金縷衣。勸君惜取（原誤作莫惜。）少年時。有花堪折君須折，莫待無花空折枝。」後錡敗，籍入宮。此蓋以詞隱諫者，唐詞選爲金縷曲，今尚存金縷巷名。則不獨桃葉桃根，專美於秦淮也。客座贅語

王建宮詞

王仲初以宮詞百首著名，三台令，轉應曲，其餘技也。花庵詞客

王建霓裳詞

王建霓裳詞云：「弟子部中留一色，聽風聽水作霓裳。」今教坊尚存其聲，而其舞則廢不傳矣。近世有望瀛府、獻仙音二曲，乃其遺聲也。霓裳曲，前世傳記論說頗詳，不知「聽風聽水」爲何事。白樂天有霓裳羽衣歌，甚詳，亦無風水之說。第記之，必有知者爾。六一詩話

聽風水聲作霓裳

歐陽永叔以不曉「聽風聽水作霓裳」爲疑。按唐人西域記，龜兹國王與其臣庶之知樂者，於大山間聽風水聲均節成音，後翻入中國。如伊州、甘州、涼州等曲，皆自龜兹所致。雖未及霓裳，而其製曲亦用其法。此説近之。蔡條詩話

歐陽修不明宮調

唐明皇改婆羅門引爲霓裳羽衣，屬黄鐘商，時號越調。白樂天嵩陽觀夜奏霓裳詩云：「開元遺曲自淒涼。況近秋天調是商。」知其爲黄鐘商無疑。歐陽永叔知霓裳羽衣爲法曲，而以望瀛府、獻仙音爲其遺聲，不明宮調，亦太疎矣。碧雞漫志

霓裳譜字

蒲中逍遥樓楣上，有唐人横書，類梵字。相傳是霓裳譜字，訓不通，莫知其説。或謂今都下獻仙音乃其遺聲。筆談

霓裳譜

同州樂工翻黄幡綽霓裳譜，人以爲非是，仍依法曲造成。伶人花日新見之，題其後云：「法曲雖精，莫近望瀛。」嘉祐雜志

霓裳舞

唐憲宗時，每大宴作霓裳舞。文宗時，詔太常卿馮定採開元雅樂製雲韶雅樂。是時霓裳曲，四方大都邑及士大夫家已多按習，而文宗乃加考訂，製爲舞曲，因曲存而舞節非舊，故加整頓耳。李後主作昭惠后誄云：「霓裳羽衣曲，經兹兵火，世罕聞者，偶獲舊譜，殘缺頗甚。暇日與后詳定，去其淫繁，定其缺墜。」蓋霓裳曲在唐末已不全矣。碧雞漫志

霓裳羽衣歌

白樂天和元微之霓裳羽衣歌曰：「磬簫筝笛遞相攙，擊擫吹彈聲迤邐。」註云：「凡曲之初，衆音不齊，金石絲竹，次第發聲。霓裳序之初，亦復如此。」又曰：「散序六奏未動衣。陽臺宿雲慵不飛。中序劈𡖚初入拍，秋竹吹裂春冰拆。」註云：「散序六遍無拍，故不舞。中序始有拍，乃舞。」又曰：「繁音急節十二遍，跳珠撼玉何鏗錚。翔鸞舞罷却收翅，唳鶴曲終長引聲。」註云：「霓裳十二遍而曲終，凡曲將終，皆聲拍促速，惟霓裳之末，長引一聲。通計霓裳曲凡十二疊，前六疊無拍，至第七疊謂之疊遍，自此始有拍而舞矣。」沈存中筆談指霓裳爲遺調法曲，未嘗見舊譜，豈亦得於樂天之詩乎。碧雞漫志

李龜年兄弟

開元中，樂工李龜年兄弟三人皆有盛名，彭年善舞，鶴年、龜年善歌，製渭州、六幺，亦奏霓裳羽衣，特承

顧遇。明皇雜録

六幺

六幺一名緑腰，一名録要。唐史吐蕃傳云：奏涼州、渭州、録要、雜曲。段安節琵琶録云：緑腰本録要也，樂工進曲，必令録其要者。青箱雜記云：曲有緑腰，乃霓裳羽衣之要拍也。碧雞漫志

康崑崙

康崑崙琵琶第一手，兩市鬭樂，崑崙踞東綵樓，彈新翻羽調緑腰，自謂無敵手矣。曲罷，市之西綵樓出一女郎，抱樂器云：「我亦彈此曲，兼移在楓香調中。」撥聲如雷雨交集，奇妙入神。崑崙悵然自失，願拜爲師。女郎更衣出，乃僧善本，俗姓段者是也。碧雞漫志

記曲娘子

張紅紅者，大曆初隨父丐食，遇將軍韋青，因其善歌，乃納爲姬，穎悟絶倫。有樂工取西河長命女，加減節奏，頗有新聲，未進内廷，先歌於韋青宅第。青令紅紅隔屏聽之，以小豆合數記其拍。給之云：「女弟子久歌此，非新曲也。」隔屏奏之，一聲不失。且云：「曲中有一聲不穩，今已正之矣。」樂工大驚拜伏，嗟歎不已。尋詔入内廷宜春院，寵澤隆異，宫中號爲記曲娘子，卽拜才人。脞説

李益征人歌

李益詩名早著，征人歌一篇，好事者畫爲圖障。「回樂峯前沙似雪」，天下唱爲歌曲。唐語林

章臺柳

韓翃字君平，有友人每將妙妓柳氏至其居，窺韓所與往還，皆名人，必不久貧賤，許配之。未幾，韓從辟淄青，置柳都下，三歲，寄以詞：「章臺柳。章臺柳。昔日青青今在否。縱使長條似舊垂，也應攀折他人手。」柳答以詞：「楊柳枝，芳菲節。可恨年年贈離別。一夜隨風忽報秋，縱使君來豈堪折。」後爲番將沙吒利所刼，有虞候許俊詐取得之，詔歸韓。太平廣記

鄂州伎楊柳枝

韋蟾字隱珪，下杜人，廉問鄂州，罷還，賓客祖餞。蟾書文選句云：「悲莫悲兮生別離。登山臨水送將歸。」以牋毫授賓從，請續其句。逡巡，有伎泫然起曰：「某不才，不敢染翰，欲口占兩句。」韋大驚異，隨令念，曰：「武昌無限新栽柳，不見楊花撲面飛。」座客無不嘉歎，韋令唱作楊柳枝詞。唐詩紀事

沈阿翹

太和中，文宗於內殿看牡丹，翹足憑闌，忽吟舒元輿牡丹賦云：「坼者如語，含者如咽。俯者如愁，仰者如悦。」吟罷方省元輿詞，不覺歎息良久，泣下沾襟。時有宮人沈阿翹者，爲舞何滿子，調聲風態，率皆宛轉。曲罷賜金臂環，卽問其從來。翹曰：「妾本吳元濟之伎女，元濟敗，因以聲得爲宮人。」俄遂進白

玉方響，云本元濟所與也。光明皎潔，可照十數步，犀槌卽響犀也。方物有聲，乃響應其中焉。架則雲檀香也，文彩若雲霞之狀，芳馥著人，彌月不散，制度精妙，非中國所有。因令阿翹奏涼州曲，音韻清越，聽者無不淒然，謂之天上樂。乃選內人與阿翹爲弟子焉。杜陽雜編

霓裳羽衣曲賦

開成中，高鍇知舉，內出霓裳羽衣曲賦，太學創置石經詩。進士復試詩賦，自此始也。盧氏雜說

景德寺題壁

京師景德寺東廊三學院壁間題云：「明月斜，秋風冷。今夜故人來不來，教人立盡梧桐影。」相傳呂洞賓題也。庚溪詩話

呂洞賓題字

大梁景德寺峨眉院壁間，有呂洞賓題字。寺僧相傳，以爲頃時有蜀僧號峨眉道者，戒律甚嚴，不下席者二十年。一日有布衣青裘昂然一偉人來，與語良久，期以明年是日復相見於此，顧少見待也。明年是日，日方午，道人沐浴端坐而逝。至暮，偉人果來，問：「道者安在？」曰：「亡矣。」偉人歎息良久，忽不見。明日見數語於堂側壁間絕高處。其語云：「落日斜，西風冷。幽人今夜來不來，教人立盡梧桐影。」字畫飛動，如翔鸞舞鳳，非世間筆也。竹坡詩話

如夢令

如夢令，小石調曲。有傳自莊宗者，有傳自呂仙者。莊宗於宫中掘得石刻，名曰古記，復取調中二字爲名，曰如夢令。所謂「如夢。如夢。殘月落花煙重」是也。不知先曾有一闋云：「嘗記溪亭日暮。沉醉不知歸路。興盡欲回舟，誤入藕花深處。争渡。争渡。驚起一行鷗鷺。」（案此爲李清照詞。）傳是呂仙之曲。别刻又云無名氏作，非呂仙也。張宗瑞寓以新詞，曰比梅。近選以莊宗「曾宴桃源深洞」，又名曰宴桃源。古今詞譜

解紅

解紅，相傳爲呂仙作。余考解紅爲和魯公歌童。其詞曰：「百戲罷，五音清。解紅一曲新教成。兩箇瑶池小仙子，此時奪却柘枝名。」魯公自製曲也。按解紅舞，衣紫緋繡襦、銀帶，戴花鳳冠，五代時飾。焉有呂仙在唐季預爲此腔耶。物外清音

司空圖酒泉子

司空圖隱王官谷，自目爲耐辱居士，豫爲冢棺，遇勝日，引客坐壙中賦詩詞，徘徊不已。客或難之。則曰：「君何不廣也，生死一致，吾寧暫遊此中哉。」每歲時祠禱歌舞，與閭里耆老相樂。有酒泉子詞云：「買得杏花，十載歸來方始坼。假山西畔藥欄東。滿枝紅。旋開旋落旋成空。白髮多情人更惜，黄

昏把酒祝東風。且從容。」唐詩紀事

韓偓生查子

凡寫迷離之況者，止須述景。如「小窗斜日到芭蕉」，「半牀斜月疎鐘後」，不言愁而愁自見。因思韓致光「空樓雁一聲，遠屏燈半滅」，已足色悲涼，何必又贅「眉山正愁絶」耶。覺首篇「時復見殘燈，和煙墜金穗」，如此結句，更自含情無限。詞筌

韓偓詩

韓偓小字冬郎，父瞻，李義山同門也。偓嘗卽席爲詩相送，義山喜贈之，有「十歲裁詩走馬成」，及「雛鳳清於老鳳聲」句。其生查子二首，風致過人。唐詩紀事

韓偓浣溪紗

韓冬郎浣溪紗，絶非和魯公之嫁名者，亦以香奩名詞。全芳備祖

八叉手

温庭筠舊名岐，以「雞聲茅店月，人跡板橋霜」句知名。才思敏捷，入試日，凡八叉手而八韻成，多爲鄰鋪假手。沈詢知貢舉，別施一席試之。或曰，潛救八人矣。詞有金荃集，蓋取其香而軟也。北夢瑣言

温庭筠進菩薩蠻

宣宗愛唱菩薩蠻。令狐綯假温庭筠手，撰二十闋以進，戒勿泄，而遽言於人。且曰：「中書堂内坐將軍。」以譏其無學也。由是疎之。樂府紀聞

花間集載温詞

趙崇祚花間集載温飛卿菩薩蠻甚多，合之呂鵬尊前集，不下二十闋。古今詞話

温飛卿故事

温飛卿才思豔麗，與李義山齊名，號温李。一日義山謂曰：「近得一聯句：遠比趙公，三十六年宰輔。未有偶。」温曰：「何不云：近同郭令，二十四考中書。」宣宗嘗賦詩，上句用「金步摇」，未有對。遣索進士對之。温乃以「玉條脱」續之。宣宗賞焉。又有藥名「白頭翁」，温以「蒼耳子」爲對，他皆類此。宣宗好微行，遇於逆旅，温不識龍顏，傲然詰之曰：「公非長史司馬之流。」帝曰：「非也。」「得非六參簿尉之類。」帝曰：「非也。」後謫爲方城尉。最善鼓琴吹笛。云：「有絲卽彈，有孔卽吹，不必柯亭爨桐也。」著乾䉼子，不傳；有握蘭集、金荃集、漢南真稿。唐詩紀事

温李詩

温李齊名，或謂温不如李，徒以温多香奩之詞耳。然亦有彼此互勝者。李七夕詩云：「清漏漸移相望

久，微雲未接過來遲。」温七夕詞云：「蘇小橫塘過桂楫，未應清淺隔牽牛。」皆妙於荒唐事説得真實。李隋宫詩云：「玉璽不緣歸日角，錦帆應是到天涯。」温春江花月夜詩云：「十幅錦帆風力滿，連天展盡金芙蓉。」雖竭力描寫豪奢，不及李語能狀無涯之態。至其結句云：「地下若逢陳後主，豈宜重問後庭花。」温云：「後主荒宫有曉鶯，飛來只隔西江水。」則温語含蓄多矣。詩話又編

薛昭緯

薛昭緯恃才傲物，每入朝省，弄笏而行，旁若無人，好唱浣溪紗詞。知舉後，有一門生辭歸鄉里，臨歧獻規曰：「侍郎重德，某乃受恩，爾後請不弄笏與唱浣溪紗，幸甚。」時人以爲至言。北夢瑣言

宣宗曲

宣宗製泰邊陲曲。杜陽雜編

唐昭宗宫人作巫山一段雲

唐昭宗宫人作巫山一段雲二首，或以爲昭宗作。二首各一體，比舊調六字句换頭，而第二首結句换韻。尊前集

昭宗詞

乾寧三年，昭宗次華州，韓建迎歸郡中，帝鬱鬱不樂，每登城西齊雲樓遠望。明年秋，製菩薩蠻詞云：

「登樓遥望秦宫殿。茫茫只見雙飛燕。渭水一條流。千山與萬丘。遠煙籠碧樹。陌上行人去。何處是英雄。迎儂歸故宫。」中朝故事

徐昌圖詞

徐昌圖，唐人，冬景木蘭花一詞，縟麗可愛，今入草堂之選，然莫知爲唐人也。詞品

尊前集中有徐詞

尊前集有徐昌圖臨江仙、河傳二首，俱唐音也。按昌圖爲肅宗時進士，至宋太宗時，世次遥遥，而必欲屈之爲博士以列於宋人，不可解也。或云是兩人。古今詞話

仄韻絶句

仄韻絶句，唐人以入樂府，謂之阿那曲。女郎姚月華歌二首，即「手拂銀瓶秋水冷」、「煙柳曈曨鵲飛去」也。其夫北遊，感其詞而歸。古今詞話

妖女詞

太平廣記載妖女一詞云：「五原分袂真吴越。燕拆鶯離芳草歇。年少烟花處處春，北邙空恨清秋月。」其詞亦佳。詞品

妙香歌北邙月

鄭繼超遇田參軍，贈妓曰妙香。留數年，告别，歌北邙月送酒。明日偕過北邙，化狐而去。洞微志

字字雙

唐中涓宿官妓館，見童子捧酒核導三人至，皆古衣冠。相謂曰：「崔常侍來何遲。」俄一人至，有離别意，共聯四句，爲字字雙曲：「牀頭錦衾斑復斑。架上朱衣殷復殷。空庭明月閒復閒。夜長路遠山復山。」才鬼録

黄損

賈人女裴玉娥善箏，與黄損有婚姻約。損贈詞云：「無所願，願作樂中箏。得近佳人纖手子，砑羅裙上放嬌聲。便死也爲榮。」後爲吕用之刼歸第，賴胡僧神術復歸損。詞内七言二句，本唐崔懷寶詩，多有以此詞爲崔作者。詩餘廣選

醉公子

「門外猧兒吠，知是蕭郎至。剗韈下香階，寃家今夜醉。　扶得入羅幃。不肯脱羅衣。醉則從他醉，還勝獨睡時。」此唐人詞也。前輩謂讀此可悟詩法。或以問韓子蒼，子蒼曰「只是轉折多耳。且如喜其至是一轉也，而苦其今夜醉又是一轉。入羅幃是一轉矣，而不肯脱羅衣又是一轉。後二句自家開釋又是

一轉。直是賦盡醉公子也。」懷古録

魚游春水

東都防河卒於濬汴日得一石刻，有詞無調，摭詞中四字名之曰魚游春水。教坊倚聲歌之。詞云：「秦樓東風裏。燕子還來尋舊壘。餘寒猶峭，紅日薄侵羅綺。嫩草方抽碧玉簪，媚柳輕拂黄金蕊。鶯囀上林，魚遊春水。　幾曲闌干遍倚。又是一番新桃李。佳人應怪歸遲，梅妝淚洗。鳳簫聲絶無歸雁，望斷清波無雙鯉。雲山萬重，寸心千里。」凡八十九字，而風花鶯燕動植之物曲盡，此唐人語也。詞苑

後庭宴

宣和間，掘地得石刻一詞，唐人作也。本無名，後人名之爲後庭宴。云：「千里故鄉，十年華屋。亂魂飛過屏山簇。眼重眉褪不勝春，菱花知我銷香玉。　雙雙燕子歸來，應解笑人幽獨。斷歌零舞，遺恨清江曲。萬樹緑低迷，一庭紅撲簌。」詞苑

薄命女

長命西河女，羽調曲，亦名薄命女。唐五言體云：「雲送關西雨，風傳渭北秋。孤燈燃客夢，寒杵搗鄉愁。」和凝有長短句云：「天欲曉。宫漏穿花聲繚繞。窗裏星光少。冷霞寒侵帳額，殘月光沉樹杪。夢斷錦闈空悄悄。强起愁眉小。」力崇詞格者，當不取詩體也。樂府解題

摘紅英

政和中，京師有姥入内教歌，傳得禁中擷芳詞，一名摘紅英。張尚書帥成都日，人競歌之。却於前段「記得年時，共伊曾摘」，其下添「憶憶憶」三字。换頭落句「燕兒來也，又無消息」，於下添「得得得」三字。擷芳，擅芳，禁中園名。太平樂府

上江虹

滿江紅，仙吕宫曲，教坊記有此名。唐人冥音録所載上江虹卽此。彭芳遠有平聲詞。古今詞話

小秦王與瑞鷓鴣

七言八句與七言四句見諸歌曲者，今止小秦王、瑞鷓鴣耳。瑞鷓鴣猶依字易歌，若小秦王必雜以虚聲乃可歌也。苕溪漁隱

唐詞多述本意

唐詞多述本意，有調無題。如臨江仙賦水媛江妃也。天仙子賦天台仙子也。河瀆神賦祠廟也。小重山賦宫詞也。思越人賦西子也。有謂此亦詞之末端者，唐人因調而製詞，故命名多屬本意。後人填詞以從調，故賦詠可離原唱也。沈際飛

唐人歌詞異調

唐人歌詞皆七言而異其調，渭城曲爲陽關三疊，楊柳枝復爲添聲。采蓮、竹枝，當日遂有排調。如竹枝、女兒、年少、舉棹，同聲附和。用韻接拍，不僅雜以虛聲也。古今詞譜

唐人曲調有詞有聲

唐人曲調皆有詞有聲，而大曲又有豔，有趨，有亂。詞者，其歌詞也，聲者，若羊吾夷、伊那何之類也。豔在曲之前，趨與亂在曲之後，亦猶吴聲西曲，前有和，後有送也。詞品

晚唐五季詞精巧高麗

詩至晚唐五季，氣格卑陋，千家一律。而長短句獨精巧高麗，後世莫及。此事之不可曉者。陸游

詞非詩餘

當開元盛日，王之涣、高適、王昌齡詞句流播旗亭，而李白菩薩蠻等詞亦被之歌曲。逮及花間、蘭畹、香奩、金荃，作者日盛。古詩之於樂府，律詩之於詞，分鑣並轡，非有後先。有謂詩降而爲詞，以詞爲詩之餘者，殆非通論。玉茗堂選花間集序

歷代詞話卷三

詞話五代十國

唐莊宗詞

一葉落、陽臺夢，皆後唐莊宗所製。一葉落云：「一葉落。褰珠箔。此時景物正蕭索。畫樓月影寒，西風吹羅幕。吹羅幕。往事思量著。」陽臺夢云：「薄羅衫子金泥鳳。困纖腰怯銖衣重。笑迎移步小蘭叢。嚲金翹玉鳳。嬌多情脈脈，羞把同心撚弄。楚天雲雨却相和，又入陽臺夢。」舊本有改「金泥鳳」「鳳」字爲「縫」字者。北夢瑣言

莊宗如夢令

莊宗嘗製小詞云：「曾宴桃源深洞。一曲舞鸞歌鳳。長記別伊時，和淚出門相送。如夢。如夢。殘月落花煙重。」蓋其自度曲也。古今詞話又云：後唐莊宗修内苑掘得斷碑，中有三十二字，令樂工入律歌之。一名憶仙姿。詞統

元宗山花子

金陵妓王感化善詞翰，元宗手寫山花子二闋賜之云：「菡萏香消翠葉殘。西風愁起綠波間。還與韶光共憔悴，不堪看。　細雨夢回雞塞遠，小樓吹徹玉笙寒。多少淚珠何限恨，倚闌干。」又云：「手捲真珠上玉鉤。依前春恨鎖重樓。風裏落花誰是主，思悠悠。　青鳥不傳雲外信，丁香空結雨中愁。回首綠波三峽暮，接天流。」耆舊續聞

元宗浣溪沙

南唐書云：王感化善謳歌，聲韻悠揚，清振林木。繫樂部爲歌板色。元宗嘗作浣溪沙二闋，手寫賜感化。後主卽位，感化以詞札上之，後主感動，賞賜感化甚優。古今詞話以爲後主作，非也。詞苑

馮延巳樂章

馮延巳著樂章百餘闋，其鶴冲天詞云：「曉月墜，宿雲披，銀燭錦屏幃。建章鐘動玉繩低，宮漏出花遲。」又歸國謠詞云：「江水碧。江上何人吹玉笛。扁舟遠送瀟湘客。蘆花千里霜月白。傷行色。明朝便是關山隔。」見稱於世。元宗樂府云：「小樓吹徹玉笙寒。」延巳有「風乍起，吹皺一池春水」之句。皆爲警策。元宗嘗戲延巳曰：「『吹皺一池春水』，干卿何事。」延巳對曰：「未如陛下『小樓吹徹玉笙寒』。」元宗悅。南唐書

成幼文謁金門

古今詞話云　江南成幼文爲大理卿，詞曲妙絶。嘗作謁金門云：「風乍起，吹皺一池春水。」中主聞之，因按獄稽滯召詰之，且謂曰：「卿職在典刑，『一池春水』，又何干於卿。」幼文頓首。又本事曲云：南唐李國主嘗責其臣曰：「『吹皺一池春水』，干卿何事。」其臣卽對曰：「未如陛下『小樓吹徹玉笙寒』。」二説不同，未詳孰是。苕溪漁隱

雪中賦詩詞

元宗保大五年元日，大雪，命太弟以下展燕賦詩詞，令中人就私第賜李建勳繼和。時建勳方會中書舍人徐鉉，勤政殿學士張義方於溪亭，卽時和進。乃召建勳、鉉、義方三人同宴，夜艾方散。侍臣皆有詩詞，鉉爲前後序。仍集名手圖畫，御容則高冲主之。侍臣、法部絲竹，則周文矩主之。樓閣宮殿，則朱澄主之。雪竹寒林，則董源主之。池沼禽魚，則徐崇嗣主之。圖成，皆爲絶筆。清異録

樂工奏水調

中宗一日乘醉命奏水調，樂工惟歌「南朝天子愛風流」及「本爲戰争收拾得，却因歌舞破除休」。再四不易，因罷鼓吹。古今詞話

王衍醉妝詞

蜀主衍裹小巾，其尖如錐，宮妓多衣道服，簪蓮花冠，施脂夾粉，名曰醉妝。自製醉妝詞云：「者邊走。那邊走。只是尋花柳。那邊走。者邊走。莫厭金杯酒。」又嘗宴於怡神亭，自執板歌後庭花、思越人曲。北夢瑣言

李玉簫唱王衍宮詞

蜀宮人李玉簫愛唱王衍宮詞「月華如水浸宮殿，有酒不醉真癡人」。後有以詩紀之者云：「雲散江城玉漏遥，月華浮動可憐宵。停歌不飲將何待，試問當年李玉簫。」五代軼事

王衍宴怡神亭

衍嘗宴怡神亭，召嘉王宗壽赴宴。宗壽因持杯諫衍：「宜以社稷爲念，少節宴飲。」其言慷慨激烈，至於流涕。衍有愧色。佞臣潘在迎、顧在珣、韓昭等奏曰：「嘉王從來酒悲，不足責。」乃相與諧謔戲笑。衍命宮人李玉簫歌衍所撰宮詞侑宗壽酒，宗壽懼禍，乃盡飲之。在迎曰：「嘉王聞玉簫歌卽飲，請以玉簫賜之。」衍曰：「王必不納。」宗壽字永年，建之族子。幸蜀記

王衍甘州曲

王衍詞惟以甘州曲中「畫羅裙。能結束，稱腰身」三句爲最。古今詞話

宫人唱甘州曲

蜀王衍奉其太后太妃禱青城山，宫人皆衣雲霞之衣。後主自製甘州曲，令宫人唱之，其辭哀怨，聞者悽慘。詞曰：「畫羅裙。能結束，稱腰身。柳眉桃臉不勝春。薄媚足精神。可惜許，淪落在風塵。」衍意本謂神仙而在凡塵耳。後降中原，宫伎多淪落人間。始驗其語。十國春秋

孟昶玉樓春

蜀主孟昶令羅城上盡種芙蓉，盛開四十里，語左右曰：「古以蜀爲錦城，今觀之，真錦城也。」嘗夜同花蕊夫人避暑摩訶池上，作玉樓春詞云：「冰肌玉骨清無汗。水殿風來暗香滿。繡簾一點月窺人，攲枕釵横雲鬢亂。　起來瓊户啓無聲，時見疏星渡河漢。屈指西風幾時來，只恐流年暗中换。」温叟詞話

花蕊夫人采桑子

花蕊夫人製采桑子題葭萌驛壁，纔半闋，爲軍騎促行。後有續成之者云：「三千宫女如花貌，妾最嬋娟。此去朝天。只恐君王寵愛偏。」花蕊至宋，尚有「十四萬人齊解甲，更無一箇是男兒」之句。豈有隨昶行，而作此敗節之語。太平清話

孟昶相見歡

後蜀主孟昶好學，爲文皆本於理。居恒謂李昊、徐光溥曰：「王衍浮薄而好輕豔之詞，朕不爲也。」然昶

亦工聲曲，有桂見歡詞。十國春秋

花蕊夫人題壁

蜀亡，花蕊夫人隨孟昶行，至葭萌驛，題壁云：「初離蜀道心將碎，離恨綿綿。春日如年。馬上時時聞杜鵑。」書未竟，爲軍騎促行，只二十二字。及見宋祖，有「十四萬人齊解甲，更無一個是男兒」之句，足愧鬚眉矣。後召入宮，昌陵亦惑之。晉邸數諫昌陵，不聽。一日從獵苑中，花蕊在側，晉邸方調弓矢引滿擬獸，忽迴射花蕊，一箭而死。詞苑

徐光溥以豔詞罷相

後蜀徐光溥時號睡相，坐以豔詞挑前蜀安康長公主罷相云。十國春秋

李後主詞

李後主煜菩薩鬘詞云：「銅簧韻脆鏘寒竹。新聲慢奏移纖玉。眼色暗相勾。嬌波橫欲流。雨雲深繡户。來便諧衷素。宴罷又成空。夢迷春睡中。」又「花明月暗飛輕霧。今宵好向郎邊去。剗韈下香階。手提金縷鞵。畫堂南畔見。一晌偎人顫。奴爲出來難。教君恣意憐。」按兩詞爲繼立周后作也。周后卽昭惠后之妹，昭惠感疾，周后常留禁中，故有「來便諧衷素，教君恣意憐」之語，聲傳外庭。至再立后，成禮而已。韓熙載等皆爲詩諷焉。古今詞話

潘佑以詞諷諫

南唐張泌、潘佑、徐鉉、湯悦，俱有才名，後主於宫中作紅羅亭，四面栽紅梅，欲以豔曲記之。佑應令云：「樓上春寒三四面。桃李不須誇爛漫。已失了東風一半。」時已失淮南，故佑以詞諷諫云。鶴林玉露

昭惠后創新聲

南唐大周后卽昭惠后，嘗雪夜酣讌，舉杯屬後主起舞。後主曰：「汝能創爲新聲，則可。」后卽命箋綴譜，喉無滯音，筆無停思，譜成，名邀醉舞破。又，恨來遲破亦昭惠作。二詞俱失，無有能傳其音節者。填詞名解

宫人流珠

念家山破，後主煜所作，蓋舊曲有念家山，後主親演爲破。昭惠后亦作邀醉舞破、恨來遲破。既久，而忘之。後主追悼昭惠，詢問舊曲，無復曉者。宫人流珠獨能記憶，故三曲復有名傳。填詞名解

念家山破

南唐後主樂曲有念家山破，至宋祖開寶八年，悉收其地，乃入朝，是念家山破之應也。陳晹樂書

後主圍城中賦詞

後主於圍城中賦臨江仙，未終而城破。其詞云：「櫻桃落盡春歸去，蝶翻金粉雙飛。子規啼月小樓西。玉鉤羅幕，惆悵暮煙垂。別巷寂寥人散後，望殘煙草低迷。」於此停筆。後有劉延仲補之云：「何時重聽玉驄嘶。撲簾柳絮，依約夢回時。」而花間集所載，有「爐香閒裊鳳凰兒。空持羅帶，回首恨依依」，故是全本。亦見耆舊續聞備記之。樂府紀聞

宮人慶奴

南唐宮人慶奴，後主嘗賜以詞云：「風情漸老見春羞。到處芳魂感舊游。多見長條似相識，强垂煙穗拂人頭。」書於黃羅扇上，流落人間，蓋柳枝詞也。客座贅語

後主歸宋後賦詞

後主歸宋後，與故宮人書云：「此中日夕，只以眼淚洗面。」每懷故國，詞調愈工。其賦浪淘沙有云：「夢裏不知身是客，一晌貪歡。」「流水落花春去也，天上人間。」其賦虞美人有云：「問君能有幾多愁。恰似一江春水向東流。」舊臣聞之，有泣下者。七夕在賜第作樂，太宗聞之怒，更得其詞，故有賜牽機藥之事。樂府紀聞

徐鉉見李煜

徐鉉歸朝，爲左散騎常侍，遷給事中。太宗一日問：「曾見李煜否。」鉉對：「臣安敢私見之。」帝曰：「但言

朕令卿往見可矣。」鉉遂巡往其居，望門下馬，一老卒守門，徐言：「願見太尉。」卒言：「有旨，不得與人接。」徐云：「奉旨來。」老卒往報。徐入，立庭下久之。老卒遂取舊椅子相對，鉉遥見，謂卒曰：「但正衙一椅足矣。」頃間，李主紗帽道服而出。鉉方拜，遽下階引其手以上。鉉辭賓主之禮。李主曰：「今日豈有此禮。」徐引椅少偏，乃敢坐。後主乃默不言。忽長吁曰：「當時悔殺了潘佑、李平。」鉉既去，有旨召對，詢後主何言。鉉不敢隱。又七夕在賜第命故妓作樂，聲聞於外，太宗聞之大怒。又傳「小樓昨夜又東風」，及「一江春水向東流」之句，遂被禍云。王銍默記

後主歸宋後及臨行時作詞

南唐主歸宋後作長短句云：「簾外雨潺潺。春意闌珊。羅衾不耐五更寒。夢裏不知身是客，一晌貪歡。獨自暮凭闌。無限江山。別時容易見時難。流水落花春去也，天上人間。」含思淒惋，未幾下世。其歸國臨行有詞云：「四十年來家國，三千里地山河。鳳閣龍樓連霄漢，玉樹瓊枝作煙蘿。幾曾識干戈。一旦歸爲臣虜，沈腰潘鬢銷磨。最是蒼皇辭廟日，教坊猶奏別離歌。揮淚對宮娥。」東坡謂：「後主既爲樊若水所賣，舉國與人，故當痛哭於九廟之前，謝其民而後行。顧乃揮淚對宮娥聽教坊離曲哉。」詞苑

李重光深院静

李重光深院静小令，升庵曰：「詞名擣練子，卽咏擣練也。」復有雲鬢亂一篇，其詞亦同衆刻無異。嘗見一舊本，則俱係鷓鴣天，二詞之前，各有半闋。其雲鬢亂一闋云：「節氣雖佳景漸闌。吴綾已暖越羅寒。

朱扉日暮隨風掩，一樹藤花獨自看。雲鬟亂，晚妝殘。帶恨眉兒遠岫攢。斜托香腮春筍嫩，爲誰和淚倚闌干。」其深院靜一闋云：「塘水初澄似玉容。所思還在別離中。誰知九月初三夜，露似珍珠月似弓。深院靜，小庭空。斷續寒砧斷續風。無奈夜長人不寐，數聲和月到簾櫳。」詞苑

李重光烏夜啼

李後主重光作烏夜啼一詞，最爲悽惋。其詞曰：「無言獨上西樓。月如鈎。寂寞梧桐深院鎖清秋。翦不斷，理還亂，是離愁。別是一般滋味在心頭。」所謂其音哀以思也。詞苑

李後主詞所本

顏氏家訓云：「別易會難，古人所重。江南餞送，下泣言離。北方風俗，不屑此事，歧路言別，歡笑分首。」李後主長短句蓋用此耳。故云：「別時容易見時難。」又云：「別易會難無可奈。」顏說又本文選陸士衡答賈謐詩，云：「分索則易，攜手實難。」能改齋漫錄

荆公與山谷論李後主詞

荆公問山谷云：「作小詞曾看李後主詞否。」云：「曾看。」荆公云：「何處最好。」山谷以「一江春水向東流」爲對。荆公云：「未若『細雨夢回雞塞遠，小樓吹徹玉笙寒。』又『細雨濕流光』最妙。」詞苑云，細雨夢回二句，元宗詞。荆公誤以爲後主也。雪浪齋日記

後主是一詞手

「歸時休放燭花紅，待踏馬蹄清夜月。」致語也。「小樓昨夜又東風」及「問君能有幾多愁，恰似一江春水向東流」，情語也。後主是一詞手。王世貞四部稿

嵇康曲

薛九，江南富家子，得侍李後主。宮中善歌嵇康曲，曲爲後主所製。江南平，流落江北，嘗一歌之，座人皆泣，後易爲嵇康曲舞。詞云：「薛九三十侍中郎。蘭香花媚生春堂。龍蟠王氣變秋霧，淮聲泗水浮秋霜。宜城酒煙生霧服。與君試舞當時曲。玉樹遺詞悔重聽，黄塵染鬢無前緑。」客座贅語

李後主玉樓春

李後主宮中未嘗點燭，每夜則懸大寶珠，光照一室。嘗賦玉樓春詞曰：「晚妝初了明肌雪。春殿嬪娥魚貫列。鳳簫聲斷水雲間，重按霓裳歌遍徹。　臨風誰更飄香屑。醉拍闌干情未切。歸時休放燭花紅，待踏馬蹄清夜月。」詞苑

三高士

鄭遨字雲叟，滑州白馬人，昭宗時舉進士不第，棄妻子入少室山。其妻數以書勸歸，輒投於火。好爲詞以見意，惜詞多不傳。聞華山有五粒松，脂淪入地，千年化爲藥，能去三尸。因徙華陰，欲求之。與道

士李道殷、羅隱之善。遨種田，隱之賣藥自給，殷有釣魚術，釣而不餌。世目爲三高士。五代史

曲子相公

和凝少時好爲曲子，布於汴洛。洎入相，契丹號爲曲子相公。有集百卷，自鏤板以行世，識者非之。曰：「此顔之推所謂詅癡符也。」花間集（案：此則見《夢溪筆談》）

和成績豔詞

和成績豔詞每嫁名於韓偓，因在政府諱之也。又欲使人知之，乃作游藝集序曰：「予有香奩、籯金，不傳於世。」樂府紀聞

秦婦吟秀才

韋莊字端己，著秦婦吟，稱爲秦婦吟秀才。舉乾寧進士，以才名寓蜀，蜀主建羈留之。莊有寵人，姿質豔麗，兼善詞翰。建聞之，托以教内人爲詞，强奪去。莊追念悒怏，作荷葉杯、小重山詞，情意淒怨，人相傳播，盛行於時。古今詞話

韋莊詞

韋端己思舊姬作荷葉杯詞云：「絶代佳人難得。傾國。花下見無期。一雙愁黛遠山眉。不忍更思惟。閒掩翠屏金鳳。殘夢。羅幕畫堂空。碧天無路信難通。惆悵舊房櫳。」又「記得那年花下。深夜。初

識謝孃時。水堂西面畫簾垂。攜手暗相期。惆悵曉鶯殘月。相别。從此隔音塵。如今俱是異鄉人。相見更無因。」又，小重山詞云：「一閉昭陽春又春。夜寒宫漏永，夢君恩。卧思前事暗消魂。羅衣濕，新揾舊啼痕。歌吹隔重閽。遶庭芳草緑，倚長門。萬般惆悵向誰論。凝望立，宫殿欲黄昏。」流傳入宫，姬聞之，不食死。堯山堂外紀

牛嶠柳枝

牛嶠字松卿，乾符中進士，事蜀爲給事中。其楊柳枝詞：「不忿錢塘蘇小小，引郎松下結同心。」見推於時。古今詞話

牛嶠望江南

牛松卿望江南詞，一咏燕，一咏鴛鴦，是咏物而不滯於物者也。詞家當法此。姜夔

牛嶠詞刻細似晚唐

牛嶠定西番爲塞下曲，望江怨爲閨中曲，是盛唐遺音。及讀其「翠娥愁，不擡頭」，「莫信彩牋書裏，賺人腸斷字」，則又刻細似晚唐矣。陸游

牛嶠用南史

南史王晞詩「日蕎當歸去，魚鳥見留連」，俗本改蕎作暮，淺矣。孟蜀牛嶠詞，「日蕎天空波浪急」，正用

晞語。詞品

歐陽炯序花間

歐陽炯，即首序花間集者，每言愁苦之音易好，歡愉之語難工。其詞大抵婉約輕和，不欲强作愁思。蓉城集

五鬼之一

炯事孟蜀後主，時號五鬼之一，曾約同僚納涼於寺，寺僧可朋作耘田鼓歌以刺之，遂撤飲。炯始作三字令，有歐陽彬作生查子者，其弟也。堯山堂外紀

顧夐小詞特工

蜀通正初，顧夐爲內直小臣，命作亡命山澤賦，有「到處不生草」句，一時傳笑。後官太尉，小詞特工。堯山堂外紀

顧詞開柳七

顧太尉訴衷情云：「換我心，爲你心，始知相憶深。」雖爲透骨情語，已開柳七一派。蓉城集

陽春詞雜入六一集中

馮正中樂府，思深語麗，韻逸調新，多至百首。有雜入六一集中者。黄山谷、陳後山雖以庸濫目之，然諸家駢金儷玉，而陽春詞特爲言情之作。柳塘詞話

陽春詞有元和氣象

「宫瓦數行曉日，龍旂百尺春風。」殊有元和氣象。陽春詞尚饒蘊藉，堪與李氏齊驅。蓉城集

鹿虔扆詞多感慨

鹿虔扆事蜀爲永泰軍節度使，初讀書古祠，見畫壁有周公輔成王圖，期以此見志。國亡不仕，詞多感慨之音。樂府紀聞

鹿虔扆高節

鹿公高節，偶爾寄情倚聲，而曲折盡變，有無限感慨淋漓處。倪瓚

魏承班詞明淨

魏承班詞俱爲言情之作，大旨明淨，不更苦心刻意以競勝者。元好問

人人喜效魏承班詞

承班詞較南唐諸公更淡而近，更寬而盡，人人喜效爲之。如「相見綺筵時。深情黯共知。難話此時心，梁燕雙來去」。亦爲弄姿無限。柳塘詞話

尹鶚詞明淺動人

後唐尹鶚官參卿，其詞以明淺動人，以簡淨成句者也。張玉田

尹鶚秋夜月

尹鶚秋夜月，頗覺遵古，而非正賞之音。杏園芳更多穨唐之句。古今詞話

尹鶚杏園芳

尹鶚杏園芳第二句「教人見了關情」，末句「何時休遣夢相縈」，遂開柳屯田俳調。至其臨江仙云：「西窗鄉夢等閒成。逡巡覺後，特地恨難平。」又「昔年於此伴蕭孃。相偎竚立，牽惹叙衷腸」，流遞於後，令讀者不能爲懷。豈必曰花間尊前句皆婉麗也。柳塘詞話

毛熙震集

蜀人毛熙震集止二十餘調，中多新警，而不爲儇薄。齊東野語

毛祕監詞

毛祕監詞「象梳攲鬢月生雲」，「玉纖時急繡裙腰」，「曉花微斂輕呵展，裊釵金燕軟」，不止以濃豔見長也。卒章情致，尤爲可愛。其後庭花云：「傷心一片如珪月，閒鎖宮闕。」清平樂云：「正是銷魂時候，東風滿院花飛。」南歌子云：「嬌羞愛問曲中名，楊柳杏花時節，幾多情。」試問今人弄筆，能出一頭地否。柳塘詞話

毛文錫紗窗恨

毛文錫詞大致匀淨，不及熙震，其所撰紗窗恨可歌也。古今詞話

毛文錫詞流于率露

文錫詞以質直爲情致，殊不知流於率露。諸人評庸陋詞者，必曰此仿毛文錫之贊成功而不及者。逮覽其全集，有巫山一段雲詞，細心微詣，直造蓬萊頂上。葉夢得

李珣瓊瑶集

梓州李珣，其先波斯人。珣有詩名，以秀才豫賓貢事蜀主衍，國亡不仕。有瓊瑶集，多感慨之音。其妹爲衍昭儀，亦能詞，有「鴛鴦瓦上忽然聲」句，誤入花蕊宮詞中。茅亭客話

李珣誌風土

李珣、歐陽炯輩俱蜀人，各製南鄉子數首以誌風土，亦竹枝體也。周密

牛希濟詞富贍

同光三年，唐主命蜀舊臣王鍇等賦蜀亡詩，牛希濟一律云：「滿朝文武欲朝天。不覺鄰師犯塞煙。唐主再懸新日月，國王還却舊山川。」末云：「古往今來亦如此，幾曾歡笑幾潸然。」唐主曰：「希濟不忘忠孝也。」賜緞百。詞亦富贍，載花間集。堯山堂外紀

牛希濟臨江仙

希濟臨江仙，芊緜温麗極矣。自有憑弔淒愴之意，得咏史體裁。仇遠

孫光憲北夢瑣言

孫光憲遭兵戈之際，以金帛購書數萬卷，著北夢瑣言，亦多采詞家逸事。古今詞話

孫光憲浣溪沙

小詞有絶無含蓄自爾入妙者，孫葆光之浣溪沙也。孫洙

孫光憲佳句

孫葆光「一庭花雨濕春愁」，佳句也。黄昇

韓熙載不羈

韓熙載放曠不羈，每得俸錢，輒爲諸姬分去。乃著衲衣負筐，使門生舒雅執歌板，乞食於諸姬院，以取笑樂。及使中國，有云：「我本江南人，去作江北客。舟到江北來，舉目無相識。不如歸去來，江南有人憶。」南唐近事

陶穀詞

國初，朝廷遣陶穀使江南，以假書爲名，實使覘之。李獻以書抵韓熙載曰：「五柳公驕甚，其善待之。」穀至，果如李所言。熙載謂所親曰：「陶奉使非端介者，其守可隳，當使諸君一笑。」因令謄六朝書，半年乃畢。熙載使歌姬秦弱蘭衣敝衣爲驛卒女，穀見之，遂犯慎獨之戒，作長短句贈之。明日，中主宴穀，穀儼然不可犯，中主持觥，使弱蘭出歌穀所贈之詞侑觴，穀大慚而罷。詞名風光好，云：「好姻緣。惡姻緣。祇得郵亭一夜眠。別神仙。　琵琶撥盡相思調。知音少。再把鸞膠續斷絃。是何年。」侍兒小名録

陶穀贈杜任娘詞

陶穀尚書奉使江南，邂逅驛女秦弱蘭，作風光好詞。前人小説，或有以爲曹翰者，疑以傳疑，本不足論也。近乃見括蒼所刻沈叡達之雲巢編中所紀，獨以爲陶使吴越，惑娼妓杜任娘，遂作此詞以求遺書爲

尋逸犬。且云：「娼既得陶詞，後遂落髮建立仁王院。」與諸家之說大異。審如其言，則此娼亦不凡矣。叡達杭人，所聞當不謬。院不知在何地，今城中吴山自有仁王院，建於近年者，亦非也。野雪鍛

張泌江城子

江南張泌，爲李後主内史，以江城子二闋得名。國亡仕宋，與錢俶諡議，泌每奏駁其人。少與鄰女浣衣善，經年不見，夜必夢之。女別字，泌寄以詩云：「多情只有春庭月，猶爲離人照落花。」浣衣爲之隕涕。古今詞話

張泌浣溪沙

張子澄時有幽豔語，「露濃香泛小庭花」是也。時遂有以浣溪沙爲小庭花者。花間集

皇甫松摘得新

皇甫松爲牛僧孺甥，以天仙子詞著名，終不若摘得新二首爲有達觀之見。花庵詞客

皇甫松竹枝采蓮

皇甫松以竹枝、采蓮排調擅場，而才名遠遜諸人。花間集所載，亦止小令短歌耳。元好問

無名氏撲蝴蝶詞

無名氏有撲蝴蝶詞云：「煙條雨葉，綠遍江南岸。思歸倦客，尋春來較晚。岫邊紅日初斜，陌上花飛正滿。淒涼數聲羌管。怨春短。　玉人應在，明月樓中，畫眉懶。鸞牋錦字，多時（原誤作少。）魚雁斷。恨隨去水東流，事與行雲共遠。羅衾舊香猶暖。」一篇情景周摯，換頭句，逼真周秦之先聲也。詞統

西蜀南唐詞

詞至西蜀、南唐，作者日盛，往往情至文生，纏綿流露。不獨爲蘇、黃、秦、柳之開山，卽宣和、紹興之盛，皆兆於此矣。論者乃有世代升降之感。不知天地之運日開，山川之秀不盡，有不知其然而然者，非可膠柱而鼓瑟也。玉茗堂集

歷代詞話卷四

詞話宋一

宋初帝王不以詞見

詞盛於宋，而國初宸翰無聞，然觀錢俶之「金鳳欲飛遭掣搦」，爲藝祖所賞。李煜之「一江春水向東流」，爲太宗所忌。開創之主，非不知詞，不以詞見耳。嗣則有金珠乞詩之宫嬪，有提舉大晟之官僚，按月律進詞承宣，命珥筆寵諸詞人，良云盛事，奚必宸翰之遠播哉。古今詞話

錢俶獻詞

吴越後王來朝，太祖爲置宴，出内伎彈琵琶。王獻詞曰：「金鳳欲飛遭掣搦。情脈脈。行卽玉樓雲雨隔。」太祖起，拊其背曰：「誓不殺錢王。」後山詩話

緩緩歌

吴越王妃每歲歸臨安，王以書遺之云：「陌上花開，可緩緩歸矣。」吴人用其語爲緩緩歌。後蘇東坡爲易其詞歌之。「陌上山花無數開，落人争看翠軿來」，卽古清平調也。古今詞話

後主作詞未就而城破

南唐後主在圍城中作臨江仙詞，未就而城破。嘗見其殘稿點染晦昧，心方危窘，不在書耳。藝祖曰：「李煜若以作詞工夫治國家，豈爲吾所俘也。」西清詩話

後主於圍城中春間作詞

按太祖實録及三朝正史云，開寶七年十月，詔曹彬、潘美等帥師伐江南。八年十一月，拔昇州。今後主詞「櫻桃落盡」云云，乃咏春景，非十一月破城時作。然王師圍金陵凡一年，後主於圍城中春間作此詞，亦未可知。方是時，其心豈不危急。苕溪漁隱

潘閬憶餘杭

潘逍遥狂逸不羈，往往有出塵之語，自製憶餘杭詞三首，一時盛傳。東坡愛之，書於玉堂屏風。石曼卿使畫工繪之作圖，其詞曰：「長憶西湖湖水上。盡日凭闌湖上望。三三兩兩釣魚舟。島嶼正清秋。笛聲依約蘆花裏。白鳥成行忽飛起。別來閑想整綸竿。思入水雲寒。」又，「長憶孤山山影獨。山在湖心如黛簇。僧房四面向湖開。輕棹去還來。芰荷香細連雲閣。閣上清聲檐下鐸。別來塵土涴人衣。空役夢魂飛。」又，「長憶西湖添碧溜。靈隱寺前天竺後。冷泉亭上舊曾游。三伏似清秋。白猿時見攀高樹。長嘯一聲何處去。別來幾向畫圖看。終是欠峯巒。」舊刻或云虞美人，或云酒泉子，

皆誤。更有失去第二首「山影獨」字 第二首添「碧溜」字者，不成詞矣。古今詞話

潘閬語帶煙霞

潘閬憶孤山詞，句法清古，語帶煙霞，近時罕及。陸淞

仁宗論樂

仁宗嘗語張文定、宋景文曰：「孟子可謂知樂矣，今樂猶古樂。」又曰：「自排徧以前，音聲不相侵亂，樂之正也。自入破之後，始侵亂矣，至此則鄭衞也。」隨手雜録

裕陵製瑶臺第一層

武才人色冠後庭，裕陵得之，會教坊獻新聲，因爲製詞，號瑶臺第一層。後山詩話

寇準江南春

寇萊公詩才思融遠，年十九，成太平興國進士，初知巴東縣，有詩云：「野水無人渡，孤舟盡日横。」又嘗爲江南春詞云：「波渺渺，柳依依。孤村芳草遠，斜日杏花飛。江南春盡離腸斷，蘋滿汀洲人未歸。」一時膾炙。温公詩話

寇準詩詞

寇萊公詩，若「野水無人渡，孤舟盡日橫」之句，深入唐人三昧。初授歸州巴東令，人皆以寇巴東呼之，以比韋蘇州。然富貴時所作詩皆淒楚愁怨，嘗爲江南春詞一闋，膾炙人口。又有詩曰：「杳杳煙波隔千里。白蘋香散東風起。日落汀洲一望時，愁心不斷如春水。」余嘗謂世之深於詩者，盡慕唐人清怨悲感，以主其格。不知清極則志飄，感深則氣謝。萊公富貴時，送人使嶺南云：「到海只十里，過山應萬重。」人以爲警絶。晚竄海康，至境，首吏呈圖經迎拜於道。公問州去海遠近。曰：「只可十里。」憔悴奔竄已兆於此矣。余嘗愛王沂公曾布衣時，以所業贄呂文穆公蒙正，卷有早梅詩云：「雪中未問和羹事，先向百花頭上開。」文穆曰：「此生已次第安排作狀元宰相矣。」後果然。蓼花洲閒錄

晏殊詞不減延巳樂府

晏元獻尤喜馮延巳歌詞，其所自作，亦不減延巳樂府。木蘭花云：「重頭歌咏響琤琮，入破舞腰紅亂旋。」重頭、入破，皆管絃家語也。貢父詩話

晏殊詞不作婦人語

晏叔原謂蒲傳正曰：「先君一生小詞，未嘗作婦人語。」傳正曰：「『綠楊芳草長亭路，年少抛人容易去』，豈非婦人語。」叔原曰：「公謂年少爲所歡乎。因公言乃解得樂天詩『欲留所歡待富貴，富貴不來所歡

去』。」（案：此非樂天原詩。）傳正笑而悟其言之失。詩眼

陳堯佐詞

皇祐中，呂夷簡致仕，仁宗問：「卿去誰可代者。」夷簡薦陳堯佐，上遂召還大拜。呂生日，陳攜酒過之，作踏莎行詞曰：「二社良辰，千家庭院。翩翩又覩雙飛燕。鳳凰巢穩許爲鄰，瀟湘煙暝來何晚。亂入紅樓，低飛綠岸。畫梁輕拂歌塵轉。爲誰歸去爲誰來，主人恩重珠簾捲。」呂笑曰：「只恐捲簾人已老。」陳曰：「但得公老於廊廟，莫愁調鼎事無功。」二公相推，何等蘊藉。詞苑

錢惟演詞

錢惟演，吳越王俶之子，爲中書門下平章事，坐擅議宗廟，且與后家通婚，落職爲崇信軍節度使。其玉樓春詞云：「城上風光鶯語亂。城下煙波春拍岸。綠楊芳草幾時休，淚眼愁腸先已斷。情懷漸覺成衰晚。鸞鏡朱顏驚暗换。昔年多病厭芳尊，今日芳尊惟恐淺。」此公暮年之作，詞極淒惋。黄昇

錢惟演謫漢東詞

錢思公謫漢東日，撰玉樓春詞，酒闌歌之，必爲泣下。後閣有白髮歌姬，乃舊日鄧王舞鬟驚鴻也。言先王將薨，預戒挽鐸中歌木蘭花，引紼爲送。今相公其將危乎。果然。侍兒小名録

韓琦點絳脣

韓稚圭點絳脣詞云：「病起懨懨，庭前花影添憔悴。亂紅飄砌。滴盡真珠淚。惆悵前春，誰向花前醉。愁無際。武陵凝睇。人遠波空翠。」公經國大手，而小詞乃以情韻勝人。詞苑

韓琦維揚好與安陽好

皇祐初，魏公鎮揚州，撰維揚好四章，所謂「二十四橋千步柳，春風十里上珠簾」者是也。後罷相出鎮安陽，復作安陽好詞十章，皆望江南調也。吴虎臣

范仲淹送神詩

范文正公謫睦州，過嚴陵祠下，會吴俗歲祀，里巫送神，歌滿江紅，有云：「桐江好，洲漠漠。波似染，山如削。遶嚴陵灘畔，鷺飛魚躍。」公曰：「吾不善音律，但撰一絶送神。」云：「漢包六合網英豪。一箇冥鴻惜羽毛。世祖功臣三十六，雲臺争似釣臺高。」吴俗至今歌之。湘山野録

范仲淹漁家傲

范希文守邊日，作漁家傲數首，皆以「塞上秋來風景異」爲起句。歐陽公嘗呼爲窮塞主之詞。東軒筆録

范仲淹蘇幕遮

范文正公蘇幕遮詞云：「碧雲天，紅葉地。秋色連波，波上寒煙翠。山映斜陽天接水。芳草無情，更在斜陽外。　黯鄉魂，追旅思。夜夜除非，好夢留人睡。明月樓高休獨倚。酒入愁腸，化作相思淚。」公之正氣塞天地，而情語入妙至此。詞苑

范韓詞

范文正公、韓魏公，一時勳德重望，而范有御街行詞，韓有點絳脣詞，皆極情致。予友朱良規嘗云：「天之風月，地之花柳，與人之歌舞，無此不成三才。」雖戲語，亦有理也。楊慎

不以人廢言

賢如寇準、晏殊、范仲淹，勳名重臣，不少豔詞。卽丁謂、賈昌朝、夏竦，亦有綺語流傳，當不以人廢言也。古今詞話

賈昌朝木蘭花令

賈昌朝木蘭花令詞：「都城水綠嬉游處。仙棹往來人笑語。紅隨遠浪泛桃花，雪散平沙飛柳絮。　東君欲共春歸去。一陣狂風和驟雨。碧油紅旆錦障泥，斜日畫橋芳草路。」黄叔暘云：「文元公生平惟賦此一詞，極有風味。」古今詞話

蘇易簡越江吟

宋初以詞章早著名者，梓州蘇易簡作越江吟，載百琲明珠。蜀之大魁自此始。

王禹偁點絳脣

鉅野王禹偁作點絳脣，見小畜集，其文章亦重於當世。古今詞話

王元之有小畜集，其點絳脣詞「水村漁市，一縷孤煙細」之句，清麗可愛，豈止以詩擅名。詞苑

王琪望江南

王君玉有望江南詞十首，自謂謫仙。王荆公酷愛其「紅綃香潤入梅天」句。陳輔之

王琪對句

晏元獻赴杭，道過維揚，憩大明寺，瞑目徐行，使吏誦壁間詩版，戒勿言爵里姓名，終篇者無幾。別誦一詩，問之，江都王琪也，召之同游池上。時春晚，已有落花，元獻曰：「每得句書壁，或彌年未嘗强對，且如『無可奈何花落去』，至今未有偶。」琪應聲曰：「『似曾相識燕歸來』何如。」元獻大喜，由此辟置館職。苕溪漁隱

歐陽修愛王琪燕詞

歐陽文忠愛王君玉燕詞云：「煙徑掠花飛遠遠，曉窗驚夢語匆匆。」梅聖俞以爲不若李堯夫燕詩云：「花前語澀春猶冷，江上飛高雨乍晴。」君玉全章云：「江南燕，輕颺繡簾風。二月池塘新社過，六朝宮殿舊巢空。頡頏恣西東。王謝宅，曾入綺堂中。煙徑掠花飛遠遠，曉窗驚夢語匆匆。偏占杏梁紅。」能改齋漫録

聶冠卿詞不多見

聶冠卿詞不多見，其多麗一首，有「露洗華桐，煙霏絲柳」四句，所謂玉中之拱璧，珠中之夜光。每一觀之，撫玩無斁。黄昇

聶冠卿多麗詞

翰林學士聶冠卿，嘗於李良定公席上賦多麗詞云：「想人生，美景良辰堪惜。向其間，賞心樂事，古來難是并得。况東城鳳池沁苑，泛晴波，淺照金碧。露洗華桐，煙霏絲柳，綠陰摇曳，蕩春一色。畫堂迥，玉簪瓊佩，高會盡詞客。清歌久，重燃絳蠟，别就瑶席。有翩若驚鴻體態，暮爲行雨標格。逞珠喉，緩歌妖麗，似聽流鶯亂花隔。慢舞縈迴，嬌鬟低嚲，腰肢纖細困無力。忍分散，彩雲歸後，何處更尋覓。休辭醉，明月好花，莫漫輕擲。」蔡君謨時知泉州，寄良定公書云：「新傳多麗詞，述宴游之娱，使病夫舉首增歎耳。又近者有客至自京師，言諸公春日多會於元伯園池，因念昔游，輒形篇咏。『綠渠春水走潺湲。畫閣峯巒映碧鮮。酒令已行金盞側，樂聲初認翠裙圓。清游勝事傳都下，多麗詞新到海邊。曾是

尊前沉醉客，天涯回首重依然。』復齋漫録

林逋詠梅

林君復結廬孤山，二十年足不及城市，真宗賜以粟帛，詔長吏歲時存問，有咏梅霜天曉角詞云：「冰清雪潔。昨夜梅花發。甚處玉龍三弄，聲摇動、枝頭月。　夢絶。金獸爇。曉寒蘭燼滅。要捲珠簾清賞，且莫掃、階前雪。」又咏草點絳脣詞云：「金谷年年，亂生春色誰爲主。餘花落處。滿地和煙雨。　又是離歌，一闋長亭暮。王孫去。萋萋無數。南北東西路。」古今詞話

林逋詠草

林和靖不特工於詩，且工於詞。如咏草一首「金谷年年，亂生春色誰爲主」，終篇不露一草字。與覺範咏梅一首「風吹平野，一點香隨馬」，終篇不露一梅字同一雅潔。詩話總龜

六一詞

歐陽永叔中歲居潁日，自以集古一千卷，藏書一萬卷，琴一張，棋一局，酒一壺，公以一翁老於五物間，稱六一居士，有六一詞。樂府紀聞

歐陽修自云所作多在三上

歐陽公嘗致意於詩，温柔敦厚，詩教也，所得多矣。吟咏之餘，溢爲詞章，平山堂集，盛傳於世。公自云

所作多在三上者，枕上、馬上、廁上也。羅泌序

歐陽修浣溪沙

歐陽公浣溪沙云：「堤上遊人逐畫船。拍堤春水四垂天。緑楊樓外出秋千。」只一出字，自是後人道不到。晁補之

歐陽修詠草

「闌干十二獨凭春。晴碧遠連雲。千里萬里，二月三月，行色苦愁人。謝家池上，江淹浦畔，吟魄與離魂。那堪疎雨滴黄昏。更特地、憶王孫。」此歐陽公少年游詠草詞也。不惟君復、聖俞二詞不及，求諸唐人温、李集中，殆與之爲一矣。吴虎臣

歐陽修蝶戀花

「庭院深深深幾許。楊柳堆煙，簾幕無重數。金勒雕鞍游冶處。樓高不見章臺路。雨横風狂三月暮。門掩梨花，無計留春住。淚眼問花花不語。亂紅飛過秋千去。」歐陽修蝶戀花詞也。李易安酷愛其語，遂用作庭院深深數闋。楊升庵云：「一句中連三字者，如『夜夜夜深聞子規』，又『日日日斜空醉歸』，又『更更更漏月明中』，又『樹樹樹梢啼曉鶯』，皆善用疊字也。」詞苑

歐陽修爲官妓賦詞

錢惟演宴客後園，一官妓與永叔後至。詰之，妓對以失釵故。錢曰，乞得歐陽推官一詞，當卽償汝。永叔卽席云：「柳外輕陰池上雨，雨聲滴碎荷聲。小樓西角斷虹明。闌干倚遍，留待月華生。燕子飛來栖畫棟，玉鈎垂下簾旌。涼波不動簟紋平。水晶雙枕，旁有墮釵横。」堯山堂外紀

劉煇僞作

西清詩話謂歐詞之淺近者是劉煇僞作。又云：元豐中崔公度跋馮延巳陽春詞云，其間有入六一詞者。今柳三變詞亦有雜入平山堂集者。則知浮豔者皆非公作也。古今詞話

歐陽修平山堂詞

「山色有無中」，歐陽公咏平山堂句也。或謂平山堂望江南諸山甚近，公短視故耳。東坡爲公解嘲，乃賦快哉亭詞云：「記得平山堂上，攲枕江南煙雨，杳杳没孤鴻。認得醉翁語，山色有無中。」蓋山色有無，非煙雨不能也。然公詞起句是「平山闌檻倚晴空」，安得煙雨，恐東坡終不能爲公解矣。詞苑

歐陽修望江南

王銍默記，載歐陽公望江南雙調云：「江南柳，葉小未成陰。人爲綠輕那忍折，鶯憐枝嫩不勝吟。留取待春深。　十四五，閒抱琵琶尋。堂上簸錢堂下走，恁時相見已留心。何況到如今。」初奸黨誣公盜

甥，公上表自白云：「喪厥夫而無托，攜孤女以來歸。」張氏此時年方十歲。錢穆父素恨公，笑曰：「此正學簸錢時也。」歐知貢舉，下第舉人復作醉蓬萊譏之。按歐公此詞出錢氏私志，蓋錢世昭因公五代史中多毀吳越，故醜詆之。其詞之猥弱，必非公作，不足信也。詞苑

歐詞與陽春花間相混

歐公小詞，間見諸詞刻。陳氏書録一卷，其間多有與陽春、花間相混者，亦有鄙褻之語一二廁其中，當是仇人無名子所爲。近有醉翁琴趣外篇，凡六卷二百餘首，所謂鄙褻之語，往往而是，不止一二也。前題東坡序八九語，詞氣卑陋，不類坡作，益可以證詞之僞。詞苑

宋采侯

宋子京爲天聖中翰林，以賦采侯中博學宏詞科第一，有「色映堋雲爛，聲連羽月遲」之句，時呼爲宋采侯。每夕臨文，必使麗姝燃雙椽燭，即張子野所謂「紅杏枝頭春意鬧」尚書也。古今詞話

宋祁詞風流閒雅

宋景文以餘力游戲爲詞，而風流閑雅，超出意表。李之儀

宋祁鷓鴣天

宋祁爲學士，一日遇內家車子數輛於繁臺，不及避，車中有褰簾者曰：「此小宋也。」祁驚訝不已，爲作鷓

鴣天詞云：「畫轂雕輪狹路逢。一聲腸斷繡簾中。身無彩鳳雙飛翼，心有靈犀一點通。金作屋、玉爲籠。車如流水馬如龍。劉郎已恨蓬山遠，更隔蓬山一萬重。」傳唱達禁中。仁宗聞之，問第幾車子，有內人自陳。頃之宣學士赴宴，從容語之，祁惶懼。仁宗曰：「蓬山不遠。」遂以內人賜之。詞林海錯

劉敞詞

侍讀劉原父守維揚，宋景文赴壽春，道出治下，原父爲具以待。又爲踏莎行詞以侑歡云：「蠟炬高高，龍煙細細。玉樓十二門初閉。疎簾不捲水晶寒，小屏半掩瑠璃翠。桃葉新聲，榴花美味。南山賓客東山伎。利名不肯放人閒，忙中偷取工夫醉。」宋卽席爲浪淘沙近以別原父云：「少年不管。流光如箭。因循不覺韶華換。到如今、始惜月滿、花滿、酒滿。扁舟欲解垂楊岸。尚同歡宴。日斜歌闋將分散。倚蘭橈、望水遠、天遠、人遠。」「南山賓客東山伎」，本白樂天詩。能改齋漫録

孫洙詞

孫巨源於元豐間居翰苑，與李端愿太尉往來尤數。會一旦鎖院，宣召者至其家，則出數十輩蹤跡之，得之於李氏。時李新納妾，能琵琶，公飲不肯去，而迫於宣命，入院幾二鼓矣，遂草三制罷，復作長短句以記別恨：「樓頭尚有三通鼓。何須抵死催人去。上馬苦匆匆。琵琶曲未終。回頭凝望處。那更廉纖雨。謾道玉爲堂。玉堂今夜長。」遲明遣以示李。黃昇

孫洙詞多爲晏幾道所奪

孫洙詞多爲晏幾道所奪。藝林學山

晏幾道鷓鴣天

慶曆中，開封府與棘寺同日獄空，仁宗宮中宴集，宣晏幾道作鷓鴣天以歌之，得旨受賞。大意先賦昇平之盛，又見祥瑞之徵，而末句略近之，極爲得體。所傳「朝來又奏圜扉靜，十樣宮眉捧壽觴」句是也。亦以誌一時之治化云。古今詞話

晏幾道樂府

晏叔原樂府寓以詩人句法，精壯頓挫，能動搖人心，合者高唐、洛神之流，下者亦不減桃葉、團扇云。黄庭堅

晏幾道不蹈襲人語

叔原不蹈襲人語，風度閒雅，自是一家。如「舞低楊柳樓心月，歌盡桃花扇底風」，乃知此人必不生於三家村中者。晁補之

鬼語

伊川聞誦叔原詞「夢魂慣得無拘檢，又踏楊花過謝橋」，笑曰：「鬼語也。」意頗賞之。程叔微

晏幾道詞可追步花間

叔原詞在諸名勝中獨可追逼花間，高處或過之。陳質齋

石曼卿詞少有流傳

石曼卿，真宗朝學士，生平遺落世事，死後有見之者。曰：「我今爲仙，主芙蓉城。」其揶揄庵長短句少有流傳者。古今仙鑑

党懷英弔石曼卿詞

曼卿通守朐山，遣人以泥封桃李核，彈之巖谷間，嗣後花開滿山。又嘗攜伎石室中，鳴絃爲冰車鐵馬之聲。後党竹谿爲詞以弔之云：「鐵馬冰車斷遺響，林花石室自春風。芙蓉城闕五雲中。」堯山堂外紀

石曼卿對長吉歌

李長吉歌「天若有情天亦老」，人以爲奇絶無對。石曼卿對以詞曰：「月如無恨月長圓。」足爲勍敵。温叟詩話

梅堯臣咏草

梅聖俞有蘇幕遮咏草詞云：「露堤平，煙墅杳。亂碧萋萋，雨後江天曉。獨有庾郎年最少。窣地青袍，嫩色宜相照。　接長亭，迷遠道。堪怨王孫，不記歸期早。落盡梨花春又了。滿地殘陽，翠色和煙老。」與六一詞咏草一首同妙。古今詞話

梅堯臣莫打鴨

呂士隆知宣州，好笞妓，適杭妓到，喜之。一日，欲笞宣妓，妓曰：「不敢辭，但恐杭妓不安。」士隆宥之。梅聖俞爲詞曰：「莫打鴨，打鴨驚鴛鴦。鴛鴦新向池中浴，不比孤洲老鴰鶬。」若增一句，即謝秋孃也。溫叟詞話

梅堯臣禽言

輟耕録載梅聖俞禽言四章云：「泥滑滑，苦竹岡。雨瀟瀟，馬上郎。馬蹄凌兢雨又急，此鳥爲君應斷腸。」「婆餅焦，兒不食。爾父向何之，爾母山頭化爲石。山頭化石可奈何，遂作微禽啼不息。」「提壺盧，沽美酒。風爲賓，樹爲友。山花撩亂目前開，勸爾今朝千萬壽。」「不如歸去，春山云暮。萬木兮參天，蜀道兮何處。人言有翼可高飛，安用空啼向春樹。」此與文與可題竹十字令俱長短句，金元人皆有和詞，而不可以被之管絃者也。古今詞話

司馬光阮郎歸

司馬温公詞云：「漁舟容易入深山。仙家日日閒。綺窗紗幌映朱顏。相逢醉夢閒。　松露冷，海霞斑。匆匆整棹還。落花寂寂水潺潺。重尋此路難。」蓋阮郎歸本意也。古今詞話

王安石集句

王荆公築草堂於半山，引八功德水作小港，其上疊石作橋。爲集句填菩薩蠻云：「數間茅屋閒臨水。窄衫短帽垂楊裏。花是去年紅。吹開一夜風。　梢梢新月偃。午睡醒來晚。何物最關情。黄鸝三兩聲。」後黄豫章戲效其體云：「半煙半雨谿橋畔。漁翁醉著無人唤。疎懶意何長。春風花草香。　江山如有待。此意陶潛解。問我去何之。君行即自知。」能改齋漫録

王安石桂枝香

金陵懷古，諸公寄調桂枝香者三十餘家，惟王介甫爲絶唱。東坡見之歎曰：「此老乃野狐精也。」其詞云：「登臨送目。正故國晚秋，天氣初肅。千里澄江似練，翠峯如簇。征帆去棹殘陽裏，背西風、酒旗斜矗。綵舟雲淡，星河鷺起，圖畫難足。　念自昔、豪華競逐。歎門外樓頭，悲恨相續。千古憑高，對此漫嗟榮辱。六朝舊事隨流水，但寒煙、衰草凝緑。至今商女，時時猶唱，後庭遺曲。」古今詞話

王安禮王安國王雱詞

介甫弟和甫，名安禮，有瀟湘逢故人慢云：「引多少夢魂歸緒，（原誤作結。）洞庭煙棹漁蓑。」弟平甫，名安國，有減字木蘭花云：「月破黃昏。簾裏餘香馬上聞。」子雱，字元澤，有心疾，妻獨居小樓事佛，介甫憐而嫁之。雱作眼兒媚詞，有「相思只在，丁香枝上，豆蔻梢頭」之句。更有倦尋芳云：「恨被榆錢，買斷兩眉長鬭。」皆人所不能及。古今詞話

韓縝留別詞

元豐初，韓丞相縝以樞密院都承旨使北。將行，劇飲通夕，作樂府詞留別愛妾。翌日，神宗已密知之，忽中批步軍司遣兵馬搬家追送之。縝初莫測，久之，知自樂府發也。縝之詞，由此盛傳於天下。石林詩話

韓縝詠草

韓縝有愛姬能詞，韓奉使時，姬作蝶戀花送之云：「香作風光濃著露。正恁雙棲，又遣分飛去。密訴東君應不許。淚波一灑奴衷素。」神宗知之，遣使送行。劉貢父贈以詩：「卷耳幸容留婉孌，皇華何啻有光輝。」莫測中旨何自而出。後乃知姬人別曲傳入內庭也。韓亦有詞云：「鎖離愁，連綿無際，來時陌上初薰。繡幃人念遠，暗垂珠露，泣送征輪。長行長在眼，更重重、流水孤雲。但望極樓高，盡日目斷王孫。消魂。池塘別後，曾行處、綠妬輕裙。恁時攜素手，亂花飛絮裏，緩步香茵。朱顏空自改，向年年、芳草長新。遍綠野，嬉游醉眼，莫負青春。」此鳳簫吟詠芳草以留別，與蘭陵王詠柳以敘別同意，後

人竟以芳草爲調名，則失鳳簫吟原唱意矣。樂府紀聞

張三影

客謂張子野曰：「人咸目公爲張三中。謂公詞有心中事，眼中淚，意中人也。」子野曰：「何不謂之張三影。」客不喻。子野曰：「『雲破月來花弄影』、『嬌柔嬾起，簾壓捲花影』、『柳徑無人，墜絮輕無影』。」此生平得意者。樂府紀聞

張先才不足而情有餘

子野詞才不足而情有餘。李之儀

張先碧牡丹

晏元獻尹京日，辟張先爲通判。新納侍兒，公甚屬意。先能爲詩詞，公雅重之，每張來，令侍兒出侑觴，往往歌子野所爲之詞。其後王夫人浸不容，公卽出之。一日，子野至，公與之飲，子野作碧牡丹云：「步障搖紅綺。曉月墮，沉煙砌。緩板香檀，唱徹伊家新製。怨入眉頭，斂黛峯橫翠。芭蕉寒，雨聲碎。鏡華翳，閒照孤鸞戲。思量去時容易。鈿盒瑤釵，至今冷落輕棄。望極藍橋，但暮雲千里。幾重山，幾重水。」令營伎歌之，至末句，公憮然曰：「人生行樂耳，何自苦如此。」亟命於宅庫支錢若干，復取前所出侍兒。既來，夫人亦不復誰何也。道山清話

張先謝池春慢

子野於玉仙觀道中逢謝媚卿，作謝池春慢云：「繚牆重院，時有流鶯到。繡被掩餘寒，畫閣明新曉。朱檻連空闊，飛絮無多少。徑莎平，池水渺。日長風靜，花影閒相照。　塵香拂馬，逢謝女、城南道。秀豔過施粉，多媚生輕笑。鬬色鮮衣薄，碾玉雙蟬小。歡難偶，春過了。琵琶流怨，都入相思調。」一時傳唱幾遍。古今詞話

宋祁過張先家

宋景文過子野家，將命者曰：「尚書欲見『雲破月來花弄影』郎中。」子野內應曰：「得非『紅杏枝頭春意鬧』尚書耶。」古今詞話

張先樂府掩詩聲

張先郎中能爲詩及樂府，至老不衰。子瞻嘗贈以詩云：「詩人老去鶯鶯在，公子歸來燕燕忙。」先和云：「愁似鰥魚知夜永，嬾同蝴蝶爲春忙。」爲子瞻所賞。然世俗多喜傳先樂府，遂掩其詩聲，識者皆以爲恨。石林詩話

兩張先

本朝有兩張先，皆字子野。一則樞密副使遜之孫，與歐陽文忠同在洛陽幕府，其後文忠爲作墓誌銘，稱

其志守端方，臨事敢決者。一與東坡先生游，東坡推爲前輩，詩中所謂「詩人老去鶯鶯在，公子歸來燕燕忙」，能爲樂府，號張三影者。王明清玉照新志

無兩張三影

天聖間一時有兩張先者，皆字子野，俱進士，其能詩、壽考悉同。一博山人，號三影者。一吴興人，爲都官郎中。見齊東野語。愚按「紅杏枝頭春意鬧」尚書欲見「雲破月來花弄影」郎中，將命之語，人或疑之。子野自謂：何不謂之張三影。如「嬌柔嬾起，簾壓捲花影」，「柳徑無人，墜絮輕無影」，并前句爲三影，豈博山人爲之乎。且吴興近杭，子野至，多爲官妓作詞，常與東坡作六客詞，而年最耄，載在癸辛雜識。不聞有兩人同號張三影者也。胡應麟筆叢

雲破月來花弄影最佳

張先以三影名者，因其詞中有三影字，故自譽也。然以「雲破月來花弄影」爲最，餘二影字不及。詞統

六客詞

吾昔自杭移高密，與楊元素同舟，而陳令舉、張子野皆從余過李公擇於湖，遂與劉孝叔俱至松江。夜半月出，置酒垂虹亭上。子野年八十五，以歌詞聞於天下，作定風波令。其略云：「見説賢人聚吴分。試問。也應傍有老人星。」座客懽甚，有醉倒者，此樂未嘗忘也。今七年爾，子野、孝叔、令舉皆爲異物，而

松江橋亭，今歲七月九日海風駕潮，平地丈餘，蕩盡無復孑遺矣。追思曩時，真一夢耳。蘇軾

後六客詞

吳興郡圃今有六客亭，即公擇、子瞻、元素、子野、令舉、孝叔，時公擇守吳興也。東坡又云：「余昔與張子野、劉孝叔、李公擇、陳令舉、楊元素會於吳興，時子野作六客詞，其卒章云：『見說賢人聚吳分。試問。也應傍有老人星。』凡十五年，再過吳興，而五人皆已亡矣。時張仲謀與曹子方、劉景文、蘇伯固、張秉道爲座客，仲謀請作後六客詞云：『月滿苕溪照野堂。五星一老鬬光芒。十五年間真夢裏。何事。長庚對月獨凄涼。　綠鬢蒼顏同一醉。還是。六人吟笑水雲鄉。賓主談鋒誰得似。看取。曹劉今對兩蘇張。』」苕溪漁隱

張先柳永齊名

子野、耆卿齊名，而時論有以子野爲不及耆卿者，然子野韻高，是耆卿所乏處。晁補之

秦觀情詞相稱

子野詞勝乎情，耆卿情勝乎詞。情詞相稱，少游一人而已。蔡伯世

柳永鶴冲天

仁宗留思儒雅，務本理道，深斥浮豔虛薄之文。初，進士柳三變好爲淫冶曲調，傳播四方。嘗有鶴冲天

詞云：「忍把浮名，換了淺斟低唱。」及臨軒放榜，特落之曰：「此人風前月下，好去淺斟低唱，何要浮名，且填詞去。」三變由此自稱奉旨填詞。景祐中方及第，後改名永，方得磨勘轉官。其詞曰：「黄金榜上。偶失龍頭望。明代暫遺賢，如何向。未遂風雲便，争教不恣狂蕩。何須論得喪。才子詞人，自是白衣卿相。　煙花巷陌，依約丹青屏幛。幸有意中人，堪尋訪。且恁偎紅翠，風流事、平生暢。青春都一晌。忍把浮名，換了淺斟低唱。」能改齋漫録

柳永望海潮

耆卿與孫相何爲布衣交，孫知杭，門禁甚嚴，耆卿欲見之不得，作望海潮詞往詣名妓楚楚曰：「欲見孫，恨無門路，若因府會，願啓朱脣歌之，若問誰爲此詞，但説柳七。」中秋夜作，楚楚宛轉歌之，孫卽席迎耆卿入座。詞曰：「東南形勝，三吴都會，錢塘自古繁華。煙柳畫橋，風簾翠幕，參差十萬人家。雲樹遶堤沙。怒濤捲霜雪，天塹無涯。市列珠璣，户盈羅綺，競豪奢。　重湖疊巘清佳。有三秋桂子，十里荷花。羌笛弄晴，菱歌泛夜，嬉嬉釣叟蓮娃。千騎擁高牙。乘醉聽簫鼓，吟賞煙霞。異日圖將好景，歸去鳳池誇。」詞苑

有井水飲處卽能歌柳詞

嘗見一西夏歸朝官云：「世間有井水飲處，卽能歌柳詞。」葉夢得

柳詞工於羈旅行役

柳詞風格不高，而音律諧緩，詞意妥貼，承平氣象，形容曲盡，尤工於羈旅行役。陳直齋

柳詞有唐人佳處

人皆言柳耆卿詞俗，然如「霜風淒緊，關河冷落，殘照當樓」，唐人佳處，不過如此。蘇軾

柳詞韻不勝

耆卿詞鋪敍展衍，備足無餘，較之花間所集，韻終不勝。李之儀

柳詞多雜鄙語

耆卿詞雖極工，然多雜鄙語。孫敦立

柳詞有教坊丁大使意

耆卿詞有教坊丁大使意。劉克莊

柳永醉蓬萊

景祐中，柳永以登第冀進用，適奏老人星現，左右令永作醉蓬萊詞以獻，曰：「漸亭皐葉下，隴首雲飛，素秋新霽。華闕中天，鎖葱葱佳氣。嫩菊黃深，拒霜紅淺，近寶階香砌。玉宇無塵，金風有露，碧天如

水。正值昇平，萬幾多暇，夜色澄鮮，漏聲迢遞。南極光中，有老人呈瑞。此際宸游，鳳輦何處，度管絃聲脆。太液波翻，披香簾捲，月明風細。」仁宗見之不懌。太平樂府

無名氏眉峯碧

宋無名氏眉峯碧詞云：「蹙損眉峯碧。纖手還重執。鎮日相看未足時，忍便使鴛鴦隻。薄暮投村驛。風雨愁通夕。窗外芭蕉窗裏人，分明葉上心頭滴。」真州柳永少讀書時，遂以此詞題壁，後悟作詞章法。一妓向人道之，永曰：「某於此亦頗變化多方也，」然遂成屯田蹊徑。古今詞話

露花倒影柳屯田

山抹微雲秦學士，露花倒影柳屯田。蘇軾

歷代詞話卷五

詞話宋二

蘇軾水調歌頭

蘇軾於中秋夜宿金山寺，作水調歌頭寄子由云：「明月幾時有，把酒問青天。不知天上宮闕，今夕是何年。我欲乘風歸去，又恐瓊樓玉宇，高處不勝寒。起舞弄清影，何似在人間。轉朱閣，低綺户，照無眠。不應有恨，何事長向別時圓。人有悲歡離合，月有陰晴圓缺，此事古難全。但願人長久，千里共嬋娟。」神宗讀至「瓊樓玉宇」二句，乃歎云：「蘇軾終是愛君。」卽量移汝州。坡仙集外紀

蘇軾明月幾時有一詞

「明月幾時有」一詞，畫家大斧皴，書家劈窠體也。詞統

蘇軾中秋詞出餘詞盡廢

中秋詞自東坡水調歌頭一出，餘詞盡廢。苕溪漁隱

蘇軾洞仙歌

僕七歲時，見眉州老尼，自言嘗隨其師某入蜀主昶宮中。一夕，主與花蕊夫人避暑摩訶池上，作詞，尼具能道之，今死久矣。僅得二句，暇日爲足成之，乃洞仙歌也：「冰肌玉骨，自清涼無汗。水殿風來暗香滿。繡簾開，一點明月窺人，人未寢，攲枕釵横鬢亂。　起來攜素手，庭户無聲，時見疎星渡河漢。試問夜如何，夜已三更，金波淡。玉繩低轉。但屈指、西風幾時來，又不道、流年暗中偷换。」東坡洞仙歌詞序

本事曲記錢塘老尼語

楊元素作本事曲記，言錢塘老尼能誦蜀主詞，云：「冰肌玉骨清無汗。水殿風來暗香滿。繡簾一點月窺人，攲枕釵横雲鬢亂。　起來庭户悄無聲，時見疎星渡河漢。屈指西風幾時來，不道流年暗中换。」温叟詩話如此，與東坡序小異，當以序爲正。詞苑

蘇軾西江月

古今詞話云：東坡在黄州，中秋夜對月獨酌，作西江月詞云：「世事一場大夢，人生幾度新涼。夜來風葉已鳴廊。看取眉間鬢上。　酒賤長愁客少，月明多被雲妨。中秋誰與共孤光。把盞凄然北望。」坡以讒言謫居黄州，鬱鬱不得志，凡賦詩綴詞，必寫其所懷，然一日不忘朝廷，其懷君之心，末句可見矣。苕

溪漁隱曰：聚蘭集載此詞注云：寄子由。故後句云：「中秋誰與共孤光，把盞淒然北望。」則兄弟之情見於句意之間矣。疑是倅錢塘時作，子由時爲睢陽幕客。若詞話所云，則非也。詞品

蘇軾蝶戀花

「別酒送君君一醉。清潤潘郎，更是何郎壻。記取釵頭新利市。莫將分付東鄰子。　回首長安佳麗地。三十年前，我是風流帥。爲向東樓尋舊事。花枝缺處餘名字。」右蝶戀花詞，東坡在黄州時送潘邠老赴省試作也。今集不載。吴虎臣

蘇軾卜算子

東坡先生謫居黄州，作卜算子詞云：「缺月掛疎桐，漏斷人初静。時見幽人獨往來，縹緲孤鴻影。　驚起却回頭，有恨無人省。揀盡寒枝不肯凄，寂寞沙洲冷。」其托意蓋自有在，讀者不能解。張右史文潛繼貶黄州，訪潘邠老，嘗得其詳，題詩以誌之云：「空江月明魚龍眠。月中孤鴻影翩翩。有人清吟立江邊。葛巾藜杖眼窺天。夜冷月墮幽蟲泣。鴻影翹沙衣露濕。仙人采詩作步虚。玉皇飲之碧琳腴。」能改齋漫録

蘇詞高妙

東坡卜算子詞，語意高妙，似非喫煙火食人語。黄庭堅

蘇軾卜算子有寄托

女紅餘志云：惠州温氏女超超，年及笄，不肯字人。聞東坡至，喜曰：「我壻也。」日徘徊窗外聽公吟詠，覺則亟去。東坡知之，乃曰：「吾將呼王郎與子爲姻。」及東坡渡海歸，超超已卒，葬於沙際。公因作卜算子，有「揀盡寒枝不肯棲」之句。按詞爲詠雁，當别有寄托，何得以俗情傅會也。古今詞話

蘇軾别參寥詞

東坡别參寥長短句云：「有情風，萬里卷潮來，無情送潮歸。問錢塘江上，西興渡口，幾度斜暉。不用思量今古，俯仰昔人非。誰似東坡老，白首忘機。記取西湖西畔，正暮山好處，空翠煙霏。算詩人相得，如我與君稀。約他年東還海道，願謝公雅志莫相違。西州路，不應回首，爲我沾衣。」按羊曇爲謝安所愛重，安薨後，輒彌年不行西州路。嘗因大醉，不覺至州門，左右曰，此西州門也。曇悲感，以馬策扣扉，誦曹子建詩曰：「生存華屋處，零落歸山丘。」因慟哭而去。東坡用此故事。若世俗之論，必以爲成讖矣。然其詞石刻後東坡自題云：「元祐六年三月六日。」余以東坡年譜考之，元祐四年知杭州，六年召爲翰林學士承旨，則長短句蓋此時作也。自後復守潁徙揚，入長禮曹，出帥定武，至紹聖元年方南遷嶺表，建中靖國元年北歸至常乃薨，凡十一載。則世俗成讖之論，安可信邪。苕溪漁隱

蘇軾醉翁操

琅琊山水奇麗，泉鳴空澗，若中音會。六一居士作醉翁亭其上，欣然忘歸。既去十餘年，好奇之士沈遵往游，以琴寫其聲，曰醉翁操。節奏疎宕，音韻和暢，知琴者以爲絶倫。然有聲無詞。醉翁爲之作歌，而與琴聲不合，又依楚詞作醉翁引。好事者亦倚其詞以製曲，而琴聲爲詞所縛，非大成也。後三十餘年，公既捐館舍，遵亦殞久矣。有廬山玉澗道人，特妙於琴，恨其曲之無傳，乃譜其聲，請於軾以補之，爲醉翁操云。東坡醉翁操序

蘇軾賀新郎

蘇子瞻守錢塘，有官妓秀蘭，天性黠慧，善於應對。一日，湖中有宴會，羣伎畢集，惟秀蘭不至，督之良久方來。問其故，對以沐浴倦睡，忽聞叩户甚急，起而問之，乃樂營將催督也，謹以實告。子瞻已恕之，坐中一倅怒其晚至，詰之不已。時榴花盛開，秀蘭折一枝藉手告倅，倅愈怒。子瞻因作賀新涼，令歌以送酒，倅怒頓止。詞曰：「乳燕飛華屋。悄無人、庭陰轉午，晚涼新浴。手弄生綃白團扇，扇手一時似玉。漸困倚、孤眠清熟。門外誰來推繡户，枉教人，夢斷瑶臺曲。又却是，風敲竹。石榴半吐紅巾蹙。待浮花、浪蕊俱盡，伴君幽獨。濃豔一枝細看取，芳心千重似束。又恐被、西風驚緑。若待得君來，向此花前，對酒不忍觸，共粉淚，兩簌簌。」子瞻之詞，皆紀前事，取其沐浴新涼，故曲名賀新涼也。後人不知，誤作賀新郎，蓋不得子瞻之意。子瞻真可謂風流太守，豈可與俗吏同日語哉。楊湜詞話

楊湜之言可笑

野哉楊湜之言，眞可入笑林矣。東坡此詞冠絶古今，託意高遠，寧爲一妓而發邪。「簾外誰來推繡户」，及「又却是，風敲竹」等語，用唐人「簾開風動竹，疑是故人來」，變化入妙。今乃云爲樂營將催督，可笑者一。「石榴半吐紅巾蹙」，至「細看取，芳心千重似束」等句，因初夏時花事將闌，榴花獨吐，因以紅巾拂取，寫其幽閒之意。今乃云，榴花盛開，折奉府倅，可笑者二。賀新郎樂府舊調，今乃云取其新沐後，人訛爲賀新郎，此可笑者三。東坡此詞不幸横遭點汙，江左有文拙而好刻石者，謂之詅癡符，楊湜之類是也。苕溪漁隱

西湖倅改秦觀滿庭芳韻

西湖有一倅，唱少游滿庭芳，誤舉一韻云：「畫角聲斷斜陽。」妓琴操在側云：「譙門，非斜陽也。」倅因戲之曰：「爾可改韻否。」琴卽改作陽字韻云：「山抹微雲，天黏衰草，畫角聲斷斜陽。暫停征轡，聊共飲離觴。多少蓬萊舊侶，空回首，煙靄茫茫。孤村裏，寒鴉數點，流水遶低牆。魂傷。當此際，輕分羅帶，暗解香囊。漫嬴得，青樓薄倖名狂。此去何時見也，襟袖上空惹餘香。傷心處，高城望斷，燈火已昏黄。」東坡聞而稱賞之。後東坡在西湖，戲琴曰：我作長老，爾試參問。琴曰：「何謂湖中景。」東坡答曰：「秋水共長天一色，落霞與孤鶩齊飛。」又曰：「何謂景中人。」東坡云：「裙拖六幅湘江水，髻挽巫山一段雲。」又云：「何謂人中意。」東坡云：「惜他楊學士，憋殺鮑參軍。」琴又云：「如此究竟如何。」坡云：「門前

冷落車馬稀，老大嫁作商人婦。」琴大悟，遂削髮爲尼。能改齋漫録

蘇軾戲僧詞

東坡守錢塘，無一日不在西湖，嘗攜妓謁大通禪師，師慍形於色。東坡作長短句，令妓歌之曰：「師唱誰家曲，宗風嗣阿誰。借君拍板與門鎚。我也逢場作戲不須疑。　溪女方偷眼，山僧莫皺眉。卻嫌彌勒下生遲。不見阿婆三五少年時。」時有僧仲殊在蘇州，聞而和之曰：「解舞清平樂，如今說與誰。紅爐片雪上鉗鎚。打就金毛獅子也堪疑。　木女明開眼，泥人暗皺眉。蟠桃已是著花遲。不向東風一笑待何時。」冷齋夜話

蘇軾減字木蘭花

東坡自錢塘被召，過京口，林子中作郡守，有宴會。座中營妓出牒，鄭容求落籍，高瑩求從良，子中命呈牒東坡，坡索筆題減字木蘭花於牒後云：「鄭莊好客。容我樓前先墮幘。落筆生風。藉藉聲名不負公。　高山白早。瑩骨柔肌那解老。從此南徐。良夜風清月滿湖。」暗用「鄭容落籍、高瑩從良」八字於句端也。一作潤守許仲遠。東皋雜録

蘇軾和馬中玉詞

東坡知杭州，馬中玉成爲浙漕。東坡被召赴闕，中玉席間作詞曰：「來時吴會猶殘暑。去日武林春已

暮。欲知遺愛感人深，灑淚多於江上雨。　歡情未舉眉先聚。別酒多斟君莫訴。從今寧忍看西湖，擡眼盡成腸斷處。」東坡和之，所謂「明朝歸路下塘西，不見鶯啼花落處」是也。中玉，忠肅亮之子，仲甫猶子也。玉照新志

蘇軾贈陳季常詞

東坡云：「龍丘子自洛之蜀，載二侍女，戎裝駿馬，至溪山佳處，輒留數日，見者以爲異人。後十年，築室黄岡之北，號静庵居士。作臨江仙贈之云：『細馬遠馱雙侍女，青巾玉帶紅韡。溪山好處便爲家。誰知巴峽路，却見洛城花。　回旋落英飛玉蕊，人間春日初斜。十年不見紫雲車。龍丘新洞府，鉛鼎養丹砂。』」龍丘子卽陳季常也。秦太虚寄之以詩，亦云：「侍童雙擢玉，鬖髮光可照。駿馬錦障泥，相隨窮海嶠。暮年更折節，學佛得心要。」鬻馬放阿樊，幅巾對沉燎。」坡又作詩戲之，有「龍丘居士益可憐。談空説有夜不眠。忽聞河東獅子吼，拄杖落手心茫然」之句。則知季常載侍女以遠遊，及暮年甘於枯寂，蓋有所制而然，亦可憫笑也。苕溪漁隱

蘇軾戚氏

「玉龜山。東皇靈媲統羣仙。絳闕岧嶢，翠房深迥，倚霏煙。幽閒。志蕭然。金城千里鎖嬋娟。當時穆滿巡狩，翠華曾到海西邊。風露明霽，鯨波極目，勢浮輿蓋方圓。正迢迢麗日，玄圃清寂，瓊草芊緜。　争解繡勒香韉。鑾輅駐蹕，八馬戲芝田。瑶池近、畫樓隱隱，翠鳥翩翩。肆華筵。間作吹管鳴絃。宛

若帝所鈞天。稚顔皓齒，緑髮方瞳，舉止恬淡高妍。盡倒瓊壺酒，獻金鼎藥，固大椿年。縹緲飛瓊妙舞，命雙成、奏曲醉留連。雲璈韻瀉寒泉。浩歌暢飲，斜月低河漢。漸綺霞、天際紅深淺。動歸思、回首塵寰。爛漫游、玉輦東還。杏花風、數里響鳴鞭。望長安路，依稀柳色，翠點秦川。」此東坡戚氏詞也。元祐末，東坡自禮部尚書帥定州，官妓因宴索公爲戚氏詞。公方與客論穆天子事，頗訝其虛誕，遂率筆應之，隨聲隨寫，歌竟篇就，才點定五六字，座中隨聲擊節，終席不聞他語。詞苑

蘇軾紀春月詞

東坡知潁州時，一夕，月下梅花盛開。王夫人曰：「春月色勝如秋月色，秋月令人慘凄，春月令人歡悦。何不招趙德麟輩來飲花下。」東坡喜曰：「誰謂夫人不能詩，此真詩家語也。」作減字木蘭花以紀之云：「春庭月午。摇蕩春醪光欲舞。步轉迴廊。半落梅花婉婉香。　輕風薄霧。都是少年行樂處。不似秋光。只與離人照斷腸。」侯鯖録

蘇軾和楊花詞

東坡和章質夫楊花一首，後段愈出愈奇，壓倒今古。張炎

蘇軾定風波

王定國自嶺表歸，出歌者柔奴勸東坡飲。坡問：「廣南風土應不好。」柔奴曰：「此心安處，便是吾鄉。」

東坡喜其語，作定風波詞以紀之：「常羨人間琢玉郎。天教分付點酥娘。自作清歌傳皓齒。風起。雪飛炎海變清涼。萬里歸來年愈少。微笑。笑時猶帶嶺梅香。試問嶺南應不好。却道。此心安處是吾鄉。」東皋雜録

蘇軾賦西江月

東萊先生謂後赤壁賦結尾用韓文公石鼎聯句敍彌明意。俞文豹謂不然，蓋彌明眞異人，文公紀其實也，與此不同。東坡先生貫通内典，嘗賦西江月詞云：「休言萬事轉頭空。未轉頭時皆夢。」赤壁之游，樂則樂矣，轉眼之間，其樂安在。以是觀之，則我與二客，崔與道士，皆一夢也。清夜録

蘇軾過海

東坡貶惠州日，晁以道見公詞有「海仙時遣探芳叢。倒掛緑毛幺鳳」，便云：「此老須過海，只爲古今人不能道及，應罰教去。」太平樂府

蘇軾詞一洗綺羅香澤之態

詞至東坡，一洗綺羅香澤之態，使人登高望遠，舉首浩歌，超乎塵埃之外，於是花間爲皁隸，柳氏爲輿臺矣。胡寅

蘇軾詞横放傑出

東坡居士詞，人謂多不諧音律，然横放傑出，自是曲子中縛不住者。晁補之

蘇軾詞哀而不傷

居士詞豈無去國懷鄉之感，殊覺哀而不傷。周煇

蘇軾與柳永

東坡在玉堂日，有幕士善歌，因問：「我詞何如柳七。」對曰：「柳郎中詞，只合十七八女郎，執紅牙板，歌『楊柳外曉風殘月』。學士詞，須關西大漢，銅琵琶、鐵綽板，唱『大江東去』。」東坡爲之絶倒。吹劍録

蘇軾與秦觀

東坡問陳無己：「我詞何如少游。」無己曰：「學士小詞似詩，少游詩似小詞。」坡仙集外紀

蘇軾以詩爲詞

東坡以詩爲詞，如雷大使之舞，雖極天下之工，要非本色。陳師道

蘇軾三不如人

子瞻常自言生平有三不如人，謂著棋、吃酒、唱曲也。然三者亦何用如人。子瞻之詞雖工，而多不入

腔，蓋以不能唱曲故耳。皇甫牧玉匣記

蘇軾自歌陽關曲

世言東坡不能歌，故所作樂府多不協律。晁以道謂：紹聖初與東坡別於汴上，東坡酒酣，自歌陽關曲。則公非不能歌，但豪放不喜翦裁以就聲律耳。試取東坡諸詞歌之，曲終，覺天風海雨逼人。陸游

蘇軾詞高出人表

東坡詞極雅麗舒徐，高出人表，周秦諸人所不能到。張炎

蘇軾有二韻事

東坡有二韻事，見於行香子。秦、黄、張、晁，爲蘇門四學士，每來，必命取密雲龍供茶，家人以此記之。廖明略晚登東坡之門，公大奇之。一日又命取密雲龍，家人謂是四學士，窺之，則廖明略也。坡爲賦行香子一闋。又嘗約劉器之參玉版和尚，至簾泉寺燒筍而食。劉問之，東坡指筍曰：「此玉版僧最善説法，使人得禪悦味。」遂有「麯生禪，玉版局，一時參」之句，亦行香子也。古今詞話

蘇軾詠笛

閭丘公顯致仕居吴，東坡過之，必流連信宿。嘗言：「過姑蘇不游虎丘，不謁閭丘，乃二欠事。」一日，閭

丘出後房善吹笛者名懿卿佐酒，東坡作水龍吟詠笛材以遺之。鶴林玉露

蘇軾詠笛八事

東坡水龍吟詠笛詞，傳有八字。謂「楚山修竹如雲，異材秀出千林表」，此笛之質也。「龍鬚半翦，鳳膺微漲，玉肌勻繞」，此笛之狀也。「木落淮南，雨晴雲夢，月明風嫋」，此笛之時也。「自中郎不見，將軍去後，知孤負秋多少」，此笛之事也。「聞道嶺南太守，後堂深，綠珠嬌小」，此笛之人也。「綺窗學弄，涼州初試，霓裳未了」，此笛之曲也。「嚼徵含宮，泛商流羽，一聲雲杪」，此笛之音也。「爲使君洗盡，蠻煙瘴雨，作霜天曉」，此笛之功也。嚼徵含宮，泛商流羽，五音已用其四，惟少一角字，末句作霜天曉，歇後一角字。貴耳録

蘇軾用陶語

「照野瀰瀰淺浪，橫空曖曖微霄」，東坡用陶語「山滌餘靄，宇曖微霄」也。公以春夜行蘄水道中，過酒家醉飲，乘月至一溪橋，曲肱少寐，及覺已曉，亂山葱蘢，不謂人世也。黄九疑公有突兀之句，故小敍及之。花庵詞客

春夢婆

東坡在儋耳，嘗負大瓢行歌田間，所歌皆哨遍也。一日遇一媪，謂坡曰：「學士昔日富貴，一場春夢耳。」

東坡因呼爲春夢婆。坡仙集外紀

蘇軾蝶戀花

東坡蝶戀花詞云：「花褪殘紅青杏小。燕子飛時，緑水人家遶。枝上柳綿吹又少。天涯何處無芳草。牆裏秋千牆外道。牆外行人，牆裏佳人笑。笑漸不聞聲漸悄。多情却被無情惱。」東坡渡海，惟朝雲王氏隨行，日誦「枝上柳綿」二句，爲之流淚，病極猶不釋口。東坡作西江月悼之。冷齋夜話

張耒詩出於東坡

東坡長短句「無情汴水自東流，只載一船離恨向西州」，張文潛用其意爲小詩云：「亭亭畫舸繫春潭。只待行人酒半酣。不管煙波與風月，載將離恨過江南。」王平甫嘗愛誦之，不知其出於東坡也。能改齋漫録

歐蘇詞有麗語

永叔、東坡極不能作麗語，而亦有之。永叔如「當路游絲牽醉客，隔花啼鳥唤行人」。東坡如「綵索身輕常趁燕，紅窗睡重不聞鶯」。勝人百倍。王世貞詞評

斜川詞

東坡少子過，人以小坡目之，有斜川詞。常以山芋作玉糝羹進坡公，公喜而爲詩。詞品

蘇過詞

蘇叔黨有「新月娟娟」、「高柳蟬嘶」二首，皆點絳脣也。時禁蘇氏文章，故隱其名以爲汪彥章作。古今詞話

黄庭堅舊詞

黄魯直小詞固高妙，然不是當行家語，是著腔子詩。晁補之

黄庭堅茶詞

山谷少時，嘗作茶詞，寄調滿庭芳云：「北苑龍團，江南鷹爪，萬里名動京關。碾輕羅細，瓊蕊暖生煙。一種風流氣味，如甘露、不染塵煩。纖纖捧，冰瓷瑩玉，金縷鷓鴣斑。　相如方病酒，銀瓶蟹眼，濤怒波翻。爲扶起，尊前醉玉頹山。飲罷風生兩腋，醒魂到、明月輪邊。歸來晚，文君未寢，相對小妝殘。」其後增損前詞，止詠建茶云：「北苑春風，方圭圓璧，萬里名動天關。粉身碎骨，功業上凌煙。尊俎風流戰勝，降春睡、開拓愁邊。纖纖捧，香泉濺乳，金縷鷓鴣斑。　相如雖病渴，一觴一詠，賓有羣賢。便扶起，燈前醉玉頹山。搜攪胸中萬卷，還傾動、三峽詞源。歸來晚，文君未寢，相對小窗前。」辭意益工也。後山陳無己同韻和之云：「北苑先春，琅函寶韞，帝所分落人間。綺窗纖手，一縷破雙團。雲裏游龍舞鳳，香霧靄、飛入瑚盤。華堂靜，風松雪竹，金鼎沸潺湲。　門闌。車馬動，浮黄嫩白，小袖高鬟。

便胸臆，輪囷肺腑生寒。喚起謫仙醉倒，翻湖海、傾瀉濤瀾。笙歌散，風簾月幕，禪榻鬢絲斑。」能改齋漫録

黄庭堅贈楊姝

山谷在當塗，有好事近詞贈小妓楊姝彈琴送酒云：「一弄醒心絃，情在南山斜疊。彈到古人愁處，有真珠承睫。使君來去本無心，休淚界紅頰。自恨老來怕酒，負十分金葉。」故集中有贈琴妓楊姝絶句云：「千古人心指下傳。楊姝冷處更嬋娟。不知心向誰邊切，彈作南風欲斷絃。」吴曾

黄庭堅竄易前詞

黄豫章守當塗，既解印，後一日，郡中置酒，郭功父在座，豫章爲木蘭花令以示之云：「凌歊臺上青青麥。姑孰堂前餘翰墨。暫分一印管江山，稍爲諸公分皁白。江山依舊雲空碧。昨日主人今日客。誰分賓主强惺惺，問取磯頭新婦石。」其後復竄易前詞云：「翰林本是神仙謫。落帽風流傾座席。座中還有賞音人，能岸烏紗傾大白。江山依舊雲横碧。昨日主人今日客。誰分賓主强惺惺，問取磯頭新婦石。」能改齋漫録

黄庭堅南鄉子

崇寧四年重九，山谷在宜城郡樓，聽邊人私語，今當鏖戰取封侯耳。因作南鄉子詞，有「花向老人頭上

笑，羞羞。白髮簪花不解愁」。倚闌高歌，若不勝情。耆舊續聞

黄庭堅醉落魄

豫章云：「『醉惺惺醉』一曲，乃醉落魄也。其詞云：『醉惺惺醉。憑君會取些滋味。濃斟琥珀香浮蟻，一入愁腸，便有陽春意。須將幕席爲天地。歌前起舞花前睡。從他兀兀陶陶裏。猶勝惺惺，惹得閒憔悴。』此詞亦有佳句，而多斧鑿痕，又語高下不甚入律，或傳是東坡語，非也。與『蝸角虛名』之曲相似，疑是王仲父作。因戲作二篇，示（原誤作似。）元祥仲行。其一云：『陶陶兀兀。尊前是我華胥國。争名争利休休莫。雪月風花，不醉怎歸得。邯鄲一枕誰憂樂。新事新詩共閒適。東山小妓攜絲竹。家裏樂天，村裏謝安石。』其二云：『陶陶兀兀。人生無累何由得。杯中三萬六千日。悶損旁觀，我但醉落魄。扶頭不起還頽玉。日高春睡平生足。誰家可買新篘熟。安樂春泉，玉醴荔枝緑。』其曰『安樂春泉，玉醴荔枝緑』者，新賢宅四酒名。其曰『家裏樂天，村裏謝安石』，此皆石曼卿自嘲語『村裏黄幡綽，家中白侍郎』。」能改齋漫録

秦七黄九

今代詞手惟秦七黄九耳，餘人不逮也。詞家以秦、黄並稱。秦能爲曼聲以合律，形容處亦少刻肌入骨語。黄時出俚淺，可稱傖父。然黄如「春未透，花枝瘦，正是愁時候」，峭健亦非秦所能作。陳師道

黄詞用韓詩

黄詞「斷送一生惟有，破除萬事無過」，蓋韓詩有云：「斷送一生惟有酒。」「破除萬事無過酒。」纔去一字，遂爲切對，而語益峻。後山詩話

黄庭堅櫽括醉翁亭記

東坡櫽括歸去來詞，山谷櫽括醉翁亭記，兩人固是詞家好手。本事記

福唐體

山谷阮郎歸全用山字爲韻，稼軒柳梢青全用難字爲韻，皆福唐體，究同嚼蠟。古今詞話

黄元明詞

豫章先生兄(原誤作弟。)黄元明，宰廬陵縣。赴郡會，巾帶偶脱，太守令妓爲綴之，且俾元明撰詞。詞云：「畫堂銀燭明(原作銀燭畫堂，燭下又脱明字。)如畫。見林宗、巾墊羞蓬首。針借花枝，線賒羅袖。須臾兩帶還依舊。勸君倒戴休令後。也不須、更漉淵明酒。寶篋深藏，濃香熏透。爲經十指如葱手。」蓋七娘子調也。能改齋漫録

蘇軾别秦觀詞

東坡初未識少游，少游聞其將過維揚，作坡筆語題壁於一山寺中。東坡果不能辨，大驚。及見孫莘老出少游詩詞數十篇，讀之乃歎曰：「向書壁者定此郎也。」後與少游維揚飲別，作虞美人曰：「波聲拍枕長淮曉。隙月窺人小。無情汴水自東流。只載一船離恨向西州。」世傳爲賀方回作。山谷云，大觀中，於揚州見其親筆，醉墨超脱，氣壓子猷。蓋東坡詞也。冷齋夜話

和千秋歲

秦少游千秋歲詞，余嘗見諸公倡和親筆，乃知在衡陽時作也。少游云至衡陽呈孔毅甫使君。其詞云云，今更不載。毅甫云次韻少游見贈。其詞云：「春風湖外。紅杏花初退。孤館静，愁腸碎。淚餘痕在枕，别久香銷帶。新睡起。小園戲蝶飛成對。　惆悵人誰會。隨處聊傾蓋。情暫遣，心何在。錦書消息斷，玉漏花陰改。遲日暮，仙山杳杳空雲海。」其後東坡在儋耳，從孫蘇元老因趙秀才還自京師，以少游毅甫所贈酬者寄之。東坡乃次韻録示元老，且云使見其超然自得，不改其度意。其詞云：「島邊天外。未老身先退。珠淚濺，丹衷碎。聲摇蒼玉佩。色映黄金帶。一萬里。斜陽正與長安對。　道遠誰云會。罪大天難蓋。君命重，臣節在。新恩猶可覬，舊學終難改。吾已矣。乘桴且恁浮於海。」豫章題云：少游得謫後，嘗夢中作詞云：「醉卧古藤陰下，了不知南北。」竟以元符庚辰，卒於藤州光華亭上。崇寧甲申，庭堅竄宜州，道過衡陽。覽其遺墨，始追和其千秋歲詞云：「苑邊花外。記得同朝退。飛騎軋，鳴珂碎。齊歌雲遶扇，趙舞風回帶。嚴鼓斷，杯盤狼藉猶相對。　灑淚誰能會。醉卧藤陰蓋。人

已去，詞空在。兔園高宴悄，虎視英游改。重感慨，波濤萬頃珠沉海。」晁无咎集中嘗載此詞，而實非也。少游詞云：「憶昔西池會。鵷鷺同飛蓋。」亦謂在京師與毅甫同在於外署，共爲金明池之游耳。今越州、楚州皆指西池在，彼蓋未知本原而云也。能改齋漫録

古今詞話不足信

古今詞話以古人好詞世所共知者，易甲爲乙，稱其所作，仍隨其詞牽合爲説，殊無根蔕，皆不足信。如秦少游千秋歲「水邊沙外，城郭春寒退」。末云：「春去也，落紅萬點愁如海。」山谷嘗歎其句意之善，欲和之而以海字難押。陳無己言此詞用李後主「問君能有幾多愁，恰似一江春水向東流」，但以江爲海耳。洪覺範嘗和此詞，晁无咎亦和此詞弔少游。觀諸公所云，則此詞爲少游作明甚。若溪漁隱

黄庭堅却郭功甫

山谷守當塗日，郭功甫嘗寓焉。一日，過山谷論文，山谷誦少游千秋歲詞，歎其句意之善，欲和之而海字難押。功甫連舉數海字，若孔北海之類，山谷頗厭而未有以却之。次日又過山谷問焉。山谷答曰：「差殺人也爺娘海。」自是功甫不復論文於山谷矣。能改齋漫録

秦觀好語

近來作者皆不及少游，如「斜陽外，寒鴉數點，流水遶孤村」，雖不識字人，亦知是天生好語。晁

補之

天黏衰草

秦少游滿庭芳「山抹微雲，天黏衰草」，今本改黏作連，非也。韓文「洞庭汗漫，黏天無壁」，張祜詩「草色黏天鶗鴂恨」，山谷詩「遠水黏天吞釣舟」，邵博詩「老灘聲殷地，平浪勢黏天」，趙文昇詞「玉關芳草黏天碧」，嚴次山詞「黏雲江影傷千古」，葉夢得詞「浪黏天，蒲桃漲緑」，劉行簡詞「山翠欲黏天」，劉叔安詞「暮煙細草黏天遠」，黏字極工，且有出處，若作連天，是小兒語也。詞品

秦詞所本

「寒鴉萬點，流水遶孤村」，人皆以爲少游自造此語，殊不知亦有所本。予在臨安，見平江梅知録云：隋煬帝詩云：「寒鴉千萬點，流水遶孤村。」少游用此語也。又余嘗讀李義山效徐陵體贈更衣詩云：「輕寒衣省夜，金斗熨沉香。」乃知少游詞「玉籠金斗，時熨沉香袖」與「睡起熨沉香，玉腕不勝金斗」，其語亦有來處。藝苑雌黄

秦觀詞奇麗

少游小詞奇麗，詠歌之下，想見其神情在絳闕道山之間。釋覺範

秦觀贈婁婉

秦少游在蔡州，與營妓婁婉字東玉者甚密，贈之詞云：「小樓連苑橫空。」又云「玉佩丁東別後」者，是也。又贈妓陶心兒云：「天外一鈎斜月帶三星。」謂心字也。高齋詞話

鶯花亭

鶯花亭詩序云：秦少游「水邊沙外」之詞，蓋在括蒼監征時所作。予至郡，徐子禮提舉按部來迎，初予作小亭記少游舊事，又取詞中語名之曰鶯花亭，賦詩六絕而去。明年亭成，次韻寄之。詩曰：「灘長石出水平堤。城郭西頭舊小溪。游子斷魂招不得，秋來春草更萋萋。」「愁邊逢酒却成憎。衣帶寬來不自勝。煙水蒼茫沙外路，東風何處掛枯藤。」「壚下三年世路窮。蟻封盤馬竟難工。千山雖隔日邊夢，猶到平陽池館中。」「文章光燄照金闉。豈是遭逢乏聖時。縱有百身那可贖，琳瑯空見萬篇垂。」「山碧叢叢四打圍。煩將舊恨訪黄鸝。纈林霜後黄鸝少，須是愁紅萬點時。」「古藤陰下醉中休。誰與低眉唱此愁。團扇他年書好句，平生知己識儋州。」范成大石湖集

秦觀學柳七

少游自會稽入都，見東坡，東坡曰：「不意别後，公却學柳七作詞。」少游曰：「某雖無學，亦不如是。」東坡曰：「『銷魂當此際』，非柳七語乎。」坡又問别作何詞，少游舉「小樓連苑橫空，下窺繡轂雕鞍驟。」東坡

曰：「十三個字，只說得一個人騎馬樓前過。」少游問公近作，乃舉「燕子樓空，佳人何在，空鎖樓中燕」。晁无咎曰：「只三句，便說盡張建封事。」高齋詞話

秦觀踏莎行

少游踏莎行，爲郴州旅舍作也。黄山谷曰：「此詞高絶，但『斜陽暮』爲重出，欲改『斜陽』爲『簾櫳』。」范元實曰：「只看『孤館閉春寒』，似無簾櫳。」山谷曰：「亭傳雖未有簾櫳，有亦無礙。」范曰：「詞本摹寫牢落之狀，若曰『簾櫳』，恐損初意。」今郴州志竟改作「斜陽度」。余謂「斜」屬日，「暮」屬時，不爲累，何必改也。東坡「回首斜陽暮」，美成「雁背斜陽紅欲暮」，可法也。苕溪漁隱

秦處度詞

少游子處度亦多好詞，山谷極稱賞之，如「藕葉清香勝花氣」，一時盛傳。古今詞話

山抹微雲女壻

范元實爲人凝重，嘗在歌舞之席，終日不言。一妓問公亦解詞曲否。范笑曰：「吾乃『山抹微雲』女壻也。」草堂詩餘亦有范元實詞。樂府紀聞

張耒詠西池

張文潛十七歲作函關賦，從東坡游。元祐中在祕閣，上巳日集西池。張詠云：「翠浪有聲黄織動，春風

無力綵旌垂。」少游云：「簾幕千家錦繡垂。」同人笑曰：「又將入小石調也。」因文潛作大石調風流子故云。堯山堂外紀

張耒少年遊

文潛官許州，喜營妓劉氏，爲少年游云：「含羞倚醉不成歌。纖手掩香羅。偎花映竹，偷傳深意，酒思入橫波。　看朱成碧心迷亂，翻脈脈，斂雙蛾。相見時稀隔別多。又春盡，奈愁何。」其後去任，又爲秋蕊香寓意云：「簾幕疎疎風透。一線香飄金獸。朱闌倚遍黄昏後。廊下月華如晝。　別離滋味濃如酒。令人瘦。此情不及牆東柳。春色年年依舊。」元祐諸公皆有樂府，惟張僅見風流子及此二詞，味其句意，不在諸公之下矣。苕溪漁隱

晁補之詞

晁補之自稱濟北詞人，有雞肋詞、逃禪詞。近代詞家自秦七、黄九外，无咎未必多遜。陳直齋

晁次膺詞

政和癸巳，大晟樂府告成，蔡元長薦晁次膺赴闕下，會禁中嘉蓮生，進並蔕芙蓉詞稱旨，充大晟協律。能改齋漫録

晁冲之詞

晁冲之政和間作漢宮春詠梅，獻蔡攸，攸以進其父京曰：「今日於樂府中得一人。」因以大晟府丞用之。古今詞話

陳師道自矜

陳後山自謂他文未能及人，獨詞不減秦七、黄九。其自矜如此。苕溪漁隱

陳師道減字木蘭花

晁无咎出小鬟佐飲，後山作減字木蘭花贈之云：「娉娉嫋嫋。芍藥枝頭紅樣小。舞袖低迴。心到郎邊客已知。　金尊玉酒。勸我花前千萬壽。莫莫休休。白髮簪花我亦羞。」古今詞話

毛滂詞

東坡守杭，毛滂爲法曹掾，嘗眷一妓。秩滿當辭，留連惜别，贈以惜分飛詞。明日東坡宴客，妓即歌此詞侑酒云：「淚濕闌干花著露。愁到眉峯碧聚。此恨平分取。更無言語。空相覷。　斷雨殘雲無意緒。寂寞朝朝暮暮。今夜山深處。斷魂分付。潮回去。」東坡問是誰作。妓愀然，以毛法曹對。東坡語坐客曰：「郡寮有詞人而不及知，某之罪也。」折柬追還，爲之延譽，滂以此得名。樂府紀聞

毛滂惜分飛

毛澤民惜分飛詞，語盡而意不盡，意盡而情不盡。陳直齋云：「滂他詞雖工，未有能及此者。」周煇

程垓詞

程正伯，東坡中表之戚，其酷相思、四代好、折紅英俱佳，故盛以詞名，獨尤尚書以爲正伯之文過詞。詞品（案程垓非東坡中表）

程垓佳句

「沉水熨香年似日，薄雲垂帳夏如秋」，書舟佳句也。古今詞話

朱服漁家傲

烏程朱行中，歷官禮部侍郎，坐與蘇軾游，貶海州團練副使。至東陽郡齋，作漁家傲以寄意云：「小雨纖纖風細細。萬家楊柳青煙裏。戀樹溼花飛不起。愁無際。和春付與東流水。　九十春光能有幾。金龜解盡留無計。寄語東陽沽酒市。拚一醉。而今樂事他年淚。」讀其詞想見其人，不愧爲蘇軾黨也。烏程舊志

歷代詞話卷六

詞話宋三

元祐時宗室詞

元祐時宗室能詞者衆，如嗣濮王仲御瑤臺第一層詞有云：「嶰管聲催。人報道，嫦娥步月來。鳳燈鸞炬，寒輕珠箔，光泛樓臺。」「歡陪。千官萬騎，九霄人在五雲堆。赭袍光裏，星毬宛轉，花影徘徊。」又安定郡王令時嘗夜過東坡家，飲梅花下，曾有題會真記鳳棲梧云：「錦額重簾深幾許。只是低頭，怕受他人顧。强出嬌嗔無一語。絳綃頻掩酥胸素。」見聊復集。古今詞話

趙令時詞

趙德麟元祐中知行在大宗正事，有蝶戀花詞云：「欲減羅衣寒未去。不捲珠簾，人在深深處。殘杏枝頭花幾許。啼紅正恨清明雨。　盡日水沉香一縷。宿酒醒遲，惱破春情緒。飛燕又將歸信悮。小屏風上西江路。」詞苑

二十八字媒

王直方詩話云：「白藕作花風已秋。不堪殘睡更回頭。晚雲帶雨歸飛急，去作西窗一夜愁。」此趙德麟細君王氏所作也。德麟鰥居，因見此詩，遂與之爲姻。則此詩乃二十八字媒也。德麟贈以小詞，有「臉薄難藏淚，眉長易覺愁」之句，人多稱之。乃用香奩集中「桃花臉薄難藏淚，柳葉眉長易覺愁」之句耳。苕溪漁隱

王詵樂府

駙馬王晉卿樂府，清麗幽遠，工在江南諸賢季孟之間。黄庭堅

囀春鶯

王晉卿歌姬名囀春鶯，晉卿得罪外謫，姬爲密縣人所得。晉卿南還，至汝陰道中，聞歌聲，曰：「此囀春鶯也。」訪之果然。賦詩云：「佳人已屬沙吒利，義士曾無古押衙。」有足成之者云：「回首音塵兩沉絶，春鶯休囀上林花。」尋復歸晉卿，晉卿有人月圓、燭影揺紅、花發沁園春諸調。西清詩話

賀鑄東山樂府

賀鑄東山樂府，妙絶一世，盛麗如游金張之堂，妖冶如攬嬙施之袪，幽索如屈宋，悲壯如蘇李。張文潛

賀梅子

方回少爲武弁，以定力寺一絶句見賞王荆公，知名當世。小詞有「梅子黄時雨」之句，人呼爲賀梅子。方回寡髮，郭功甫指其髻曰：「此真賀梅子也。」周紫芝

賀鑄青玉案

方回小築在蘇之横塘，有青玉案詞云：「凌波不過横塘路。但目送、芳塵去。錦瑟年華誰與度。月臺花榭，瑣窗珠户。惟有春知處。碧雲冉冉蘅臯暮。綵筆新題斷腸句。試問閒愁都幾許。一川煙草，滿城風絮，梅子黄時雨。」黄山谷贈以詩曰：「解道江南腸斷句，只今惟有賀方回。」其爲前輩推重如此。吴中紀聞

賀鑄用萊公語

寇萊公詩云：「杜鵑啼處血成花，梅子黄時雨如霧。」世推方回「梅子黄時雨」爲絶唱，蓋萊公語也。潘子真

賀鑄雁後歸

方回有雁後歸詞云：「巧翦合歡羅勝子，釵頭春意翩翩。豔歌淺笑拜嫣然。願郎宜此酒，行樂駐華年。　未至文園多病客，幽襟淒斷堪憐。舊游夢掛碧雲邊。人歸落雁後，思發在花前。」山谷守當塗，

方回過焉，人日席上作也。調本臨江仙，山谷以方回用薛道衡詩，故易名雁後歸云。復齋漫録

賀鑄石州引

方回眷一姝，別久，姝寄詩云：「獨倚危闌淚滿襟。小園春色嬾追尋。深恩縱似丁香結，難展芭蕉一寸心。」賀因賦石州引詞，先敍分別時景色，後用所寄詩語，有「芭蕉不展丁香結」之句。能改齋漫録

賀鑄寫景入妙

詞句欲全篇皆好，極爲難得。如賀方回「淡黄楊柳帶棲鴉」之句，寫景可謂造微入妙，若其全篇，皆不逮矣。苕溪漁隱

陳克赤城詞

天台陳子高，元豐間名士，吕安老帥建康辟爲參議，有赤城詞。耆舊續聞

陳克菩薩蠻

子高菩薩蠻云：「幾處簸錢聲。緑窗春夢輕。」謁金門云：「檀炷繞窗燈背壁。畫檐殘雨滴。」殊覺其香倩。盧祖皋

陳克詞格高麗

子高詞格高麗，晏、周之流亞也。陳直齋

王觀踏青詞

王通叟，元祐中官翰林，宣仁謫之，自號逐客，詞名冠柳。其踏青一詞，風流楚楚，又不獨冠柳詞之上也。黄昇

王觀冠柳詞

逐客詞風格不高，以冠柳自名，則可見矣。陳直齋

王觀天香

王逐客冬景天香詞云：「霜瓦鴛鴦，珠簾翡翠，今年又是寒早。矮釘明窗，窄開朱户，切莫亂教人到。重陰不解，雲共雪、商量未了。青帳垂氈要密，錦縫放幃宜小。呵梅弄妝試巧。繡羅襦、瑞雲芝草。共我語時同語，笑時同笑。已被金尊勸倒。更唱個新詞故相惱。儘道窮冬，元來恁好。」涪翁見而賞之。且曰：「此曲一處所，一物色，無一不是嚴冬蕭索之境，但仔細詳味之，略無半點酸寒憔悴之意。亦善於造語者矣。」古今詞話

王觀感皇恩

王通叟少年游宦長安，負不羈之才，頗饒逸韻，輦下欣慕者衆。後數年復至，舊游多有存者，仍寓意焉。

遂作感皇恩一曲，有「長安重到，人面依然似花好」之句。古今詞話

米芾滿庭芳

米元章與周熟仁試賜茶於甘露寺，作滿庭芳詞，墨蹟爲世所重。其警句云：「輕濤起，香生玉塵，雪濺紫甌圓。」推爲獨絶。襄陽書畫考

俞紫芝詞

俞秀老弟清老，名字見王介甫、黄魯直集中，詩詞傳世雖少，亦間見於文藴等編。葉石林詩話誤以爲揚州人。按魯直答清老寒夜三詩，其一引牧羊金華山黄初平事，蓋黄上世亦出金華也。近覽智者草堂所藏張公翊青溪圖，有秀老手題臨江仙一闋，後書金華俞紫芝，不知石林何以誤也。此詞世少知者，録於後。「弄水亭前千萬景，登臨不忍空回。水輕墨淡寫蓬萊。莫教世眼，容易洗塵埃。收去雨昏都不見，展時還似雲開。先生高趣更多才，人人盡道，小杜却重來。」能改齋漫録

謝逸杏花村館題詞

謝無逸嘗過黄州杏花村館，題江神子詞於驛壁。過者傳寫，索筆於驛卒。卒苦之，因以泥塗焉。其爲人所賞重可知。復齋漫録

謝逸花心動

謝無逸花心動一詞，句句比方，用小雅鶴鳴篇體也。沈際飛

謝邁詞

無逸弟邁，字幼槃，有竹友詞。其減字木蘭花贈弈妓宋瑶云：「風篁度曲。倦倚銀屏初睡足。清簟疎簾。金鴨香消嬾去添。　纖纖露玉。風雹縱横飛鈿局。頻斂雙蛾。凝竚無言密意多。」古今詞話

汪藻詞

汪彦章舟行汴中，見岸傍畫舫有映簾而觀者，止見其額，作詞云：「小舟簾隙。佳人半露梅妝額。緑雲低映花如刻。恰似秋宵，一半銀蟾白。　髻兒梢朵香紅扐。鈿蟬隱隱摇金碧。春山秋水渾無迹。不露牆頭，些子真消息。」醉落魄調也。苕溪漁隱

王彦齡詞

王彦齡高才不羈，爲太原掾官，嘗作青玉案、望江南詞以嘲帥與監司，監司聞之，大怒責之。彦齡斂板向前曰：「居下位，常恐被人讒。只是曾填青玉案，如何敢做望江南。請問馬初監。」時馬初監者，適與彦齡並坐，惶恐亟自辯訴。既退，尤彦齡曰：「某初不知，何乃以某爲證。」彦齡笑曰：「乃借公趁韻，幸勿多怪。」軒渠録

李冠詞

李冠蝶戀花詞云：「遥夜亭皋閒信步。才過清明，漸覺傷春暮。數點雨聲風約住。朦朧淡月雲來去。」張子野「雲破月來花弄影」，不如冠之「朦朧淡月雲來去」也。王安石

趙佶詞

徽宗天才甚高，詩文而外，尤工長短句。嘗作探春令云：「簾旌微動，峭寒天氣，龍池冰泮。杏花笑吐香猶淺。又還是、春將半。　清歌妙舞從頭按。等芳時開宴。記去年、對著東風，曾許不負鶯花願。」又有聒龍謡、臨江仙、燕山亭等篇，皆清麗淒惋。能改齋漫録

黄河清慢

宣和初，雅樂新成，八音告備，因作徵招、角招，有曲名黄河清慢者，詞曰：「晴景初升風細細。雲收天淡如洗。檻外鳳凰城闕，葱葱佳氣。朝罷香煙滿袖，侍臣報、天顔有喜。夜來頻得封章，大河徹底清泚。君王壽與天齊，馨香動，上穹頻降祥瑞。大晟奏功，六樂初調宫徵。合殿薰風乍轉，萬花覆，千官盡醉。内家傳詔重開宴，未央宫裏。」此詞音調極韶美，入大晟樂府，天下無問遐邇大小，雖偉男髫女，皆争唱之。鐵圍山叢談

万俟詠清明應制

万俟雅言自號詞隱，崇寧中充大晟府制撰，與晁次膺按月律進詞，其清明應制一首尤佳，卽「見梨花初帶夜月，海棠半含朝雨」之詞也。古今詞話

万俟詠詞

雅言之詞，詞之聖者也。發妙音於律呂之中，運巧思於斧鑿之外，平而工，和而雅。比之刻琢句意以求精麗者遠矣。花庵詞客

三英集

周邦彦以進汴都賦得官，徽廟時提舉大晟樂府，每製一詞，名流輒爲賡和。東楚方千里，樂安楊澤民全和之，或合爲三英集行世。古今詞話

顧曲堂

美成詞摹寫物態，曲盡其妙，自題所居曰顧曲堂。强煥

周邦彦詞多用唐詩

美成詞多用唐人詩句檃括入律，渾然天成。長調尤善鋪敍，富豔精工，詞人之甲乙也。陳直齋

周邦彦知音

作詞當以清真集爲主，蓋美成最爲知音，故下字用韻，皆有法度。沈伯時

燭影摇紅

王都尉有憶故人詞云：「燭影摇紅，向夜闌，乍酒醒，心情嬾。尊前誰爲唱陽關，離恨天涯遠。無奈雲沉雨散。凭闌干、東風淚眼。海棠開後，燕子來時，黄昏庭院。」徽宗喜其詞意，猶以爲不盡宛轉，遂令大晟樂府别撰腔。周美成增損其詞，而以首句爲名，謂之燭影摇紅云：「芳臉勻紅，黛眉巧畫宫妝淺。風流天付與精神，全在嬌波眼。早是縈心可慣。向尊前、頻頻顧盼。幾回相見，見了還休，争如不見。燭影摇紅，夜闌飲散春宵短。當時誰會唱陽關，離恨天涯遠。争奈雲收雨散。凭闌干、東風淚滿。海棠開後，燕子來時，黄昏庭院。」古今詞話

周邦彦點絳脣

周美成在姑蘇，與營妓岳楚雲相戀。後從京師過吴，則岳已從人矣。因飲於太守蔡巒席上，見其妹，乃賦點絳脣詞寄之云：「遼鶴歸來，故人多少傷心事。短書不寄。魚浪空千里。　憑仗桃根，説與相思意。愁無際。舊時衣袂。猶有東風淚。」楚雲得詞，感泣累日。夷堅支志

周邦彦詠梅

周美成咏梅，調寄花犯云：「粉牆低，梅花照眼，依然舊風味。露痕輕綴。擬淨洗鉛華，無限清麗。去年勝賞曾孤倚。冰盤共宴喜。更可惜，雪中高士，香篝熏素被。今年對花太匆匆，相逢似有恨，依依憔悴。凝望久，青苔上、旋看飛墜。相將見、脆圓薦酒，人正在、空江煙浪裏。但夢想、一枝瀟灑，黄昏斜照水。」此只咏梅花而紆徐反覆，道盡三(原誤作二。)年間事。其詞尤圓美流轉如彈丸。黄昇

周邦彦風流子

美成爲溧水令，主簿之姬有色而慧，每出侑酒，美成爲風流子以寄意云：「新緑小池塘。風簾動、碎影舞斜陽。羨金屋去來，舊時巢燕，土花繚繞，前度莓牆。繡閣鳳幃深幾許，聽得理絲簧。欲説又休，慮乖芳信(原誤作性。)，未歌先咽，愁近清觴。遥知新妝了，開朱户，應自待月西廂。最苦夢魂，今宵不到伊行。問甚時説與，佳音密耗，寄將秦鏡，偷换韓香。天便教人，霎時厮見何妨。」新緑、待月，皆主簿廳軒名。揮麈録

周邦彦詠柳

美成至汴，主角妓李師師家，爲賦洛陽春，師師欲委身而未能也。一夕徽宗幸師師家，美成倉卒不能出，匿複壁間，遂製少年游以紀其事。徽宗知而譴發之。師師餞送，美成復作蘭陵王咏柳詞，有「長亭路，年去歲來，應折柔條過千尺」之句。師師歸而歌之，聞於徽宗，即留爲大晟府待制。耆舊續聞

周邦彦瑞鶴仙

美成以待制提舉南京鴻慶宫，自杭徙居睦州，夢中作瑞鶴仙一闋。既覺，猶能全記，了不詳其所謂也。未幾遇方臘之亂，欲還杭州舊居，而道路兵戈已滿，僅得脱免。入錢塘門，見杭人倉皇奔避，如蜂屯蟻沸，視落日在鼓角樓檐間，卽詞中所謂「斜陽映山落。斂餘霞，猶戀孤城闌角」者應矣。舊居既不可往，是日無處得食，忽稠人中有呼待制何往者，乃鄉人之侍兒，素所識也。且曰：「日昃必未食，能舍車過酒家乎。」美成從之，驚遽間連引數杯，腹枵頓解。則詞中所謂「凌波步弱。過短亭、何用素約。有流鶯勸我，重解繡鞍，緩引春酌」之句應矣。飲罷覺微醉，耳目惶惑，不敢少留，乃徑出城北。江漲橋斷，諸寺士女已盈滿，不能駐足。獨一小寺經閣，偶無人，遂宿其上。卽詞中所謂「不記歸時早暮，上馬誰扶，醒眠朱閣」者應矣。已聞兩浙盡爲賊據，因自計方領南京鴻慶宫，有齋廳可居，乃挈家往焉。則詞中所謂「念西園，已是花深無地，東風何事又惡。任流光過了，歸來洞天自樂」之句，又應矣。美成生平好作樂府，末年夢中得句，而字字皆應，豈偶然哉。玉照新志

蘇瓊詞

姑蘇官妓蘇瓊，行第九。蔡元長道過蘇州，太守召佐飲，元長聞瓊能詞，因命卽席爲之，并限以九字爲韻。瓊卽獻詞曰：「韓愈文章蓋世，謝安情性風流。良辰美景在西樓。敢勸一卮芳酒。記得南宫高選，弟兄争占鼇頭。金鑪玉殿瑞煙浮。高占甲科第九。」蓋元長奏名第九也。能改齋漫録

徐伸詞

徐伸，政和初以知音律爲太常典樂，所著青山樂府，多雜調，惟二郎神一曲，天下稱之。詞云：「悶來彈鵲，又攪碎、一簾花影。漫試著春衫，還思纖手，熏徹金猊燼冷。動是愁端如何遣，但怪得、新來多病。嗟舊日沈腰，而今潘鬢，不堪臨鏡。　重省。別時淚漬，羅襟猶凝。料爲我懨懨，日高慵起，長托春醒未醒。雁足不來，馬蹄難去，門掩一庭芳景。空佇立，盡日闌干倚遍，晝長人靜。」花庵詞客

曹組咏梅

曹組咏梅詞，皆有佳句。其蓦山溪云：「竹外一枝斜，想佳人、天寒日暮。」用東坡「竹外一枝斜更好」句，可謂入神。其好事近云：「一陣暗香飄處。已不勝愁絶。」亦何減孤山風致。詞品

曹組六舉不第

元寵六舉不第，著鐵硯篇自勵。宣和中，成進士，有寵於徽宗，曾賞其如夢令「風弄一枝花影」，及點絳脣「暮山無數，歸雁愁邊度」句。徽宗又手書眉峯碧詞，問其出處，真蹟藏其家。松窗錄

呂渭老詞

呂聖求在宋不甚著名，而詞極工。詞選載有望海潮、醉蓬萊、撲蝴蝶近、惜分釵、薄倖、選冠子、百宜嬌、豆葉黃、鼓笛慢諸調，佳處不讓少游。即東風第一枝咏梅，亦何減東坡之綠毛幺鳳也。但疑中興後不

復有此等詞。楊慎

呂渭老詞婉媚深窈

聖求詞婉媚深窈，視美成、耆卿伯仲。黄昇

李持正詠上元

李持正上元明月逐人來詞云：「星河明澹。春來深淺。紅蓮正、滿城開遍。禁街行樂，暗塵香拂面。皓月隨人近遠。　天半鼇山，光動鳳樓西觀。東風静，珠簾不捲。玉輦待歸，雲外聞絃管。認得宫花影轉。」蘇子瞻見之曰：「好個『皓月隨人近遠』。」古今詞話

蘇養直清江曲

蘇養直名伯固，與東坡同族，坡集中有送伯固兄還吳詩。其清江曲有「屬玉雙飛水滿塘」句，當時盛傳。詞亦工，如「醉眠小塢黄茅店，夢倚高城赤葉樓」，鷓鴣天之佳句也。詞品

何大圭小重山

何大圭小重山有「玉船風動酒鱗紅」句，如雲錦月鈎，奪造化之巧。高恥庵

宋齊愈詠梅

宣和中，宋齊愈爲太學官，徽宗召對曰：「卿文章新奇，可作梅詞進呈，須是不經人道語。」齊愈立進眼兒媚云：「霏霏疎影，轉征鴻。人語暗香中。小橋斜渡，曲屏深院，水月濛濛。人間不是藏春處，玉笛曉霜空。江南處處，黄垂密雨，緑漲薰風。」徽宗稱善。次日諭近臣曰：「宋齊愈梅詞，非惟不經人道，且自開花説至結子黄熟，并天氣亦言之，可謂盡致矣。」宣和遺事

夏倪過浯臺詞

夏均父，宣和庚子遷祁陽酒官，過浯臺，愛其山水奇秀，謂非中州所有。作減字木蘭花詞云：「江涵曉日。蕩漾波光摇槳入。笑指浯溪。漫叟雄文鎖翠微。休嗟不偶。歸到中州何處有。獨立風煙。湘水浯臺總接天。」能改齋漫録

向子諲詞

向子諲有梅花引，戲代李師明（原誤作周。）作，卽所傳「花如頰。眉如葉。小時笑弄階前月」是也。又有席上贈侍兒輕輕殢人嬌詞云：「白似雪花，柔於柳絮。蝴蝶兒、鎮長一處。春風駘蕩，驀然吹去。争得倩游絲，半空惹住。波上精神，掌中態度。分明是彩雲團做。當年飛燕，從今不數。只恐是、高唐夢中神女。」古今詞話

薌林居士步趨蘇堂

薌林居士步趨蘇堂，而嚌其胾者也。胡寅

蔡伸詞

宣和壬寅，蔡伸道與向伯恭同爲大漕屬官。向有詞云：「憑書續斷腸。」蔡因感而作南鄉子云：「木落雁南翔。錦鯉殷勤爲渡江。淚墨銀鉤相憶字，成行。滴損雲箋小鳳凰。　陳事費思量。回首煙波捲夕陽。儘道憑書聊破恨，難忘。及至書來更斷腸。」古今詞話

李邴漢宮春

李邴少年日作漢宮春詞，膾炙人口。所謂「問玉堂何似，茅舍疎籬」者是也。政和間，自書省丁憂歸山東，服終造朝，舉國無與立談者。方悵悵無計，時王黼爲首相，忽遣人招至東閣，開宴延之上坐，出其家姬數十人，皆絶色也，酒半，羣唱是詞以侑觴，大醉而歸。數日，有館閣之命，不數年遂入翰苑。玉照新志

李邴玉樓春

李漢老有咏美人書字一闋，爲雲龕集中之最纖麗者，調寄玉樓春云：「沉吟不語晴窗畔。小字銀鉤題欲遍。雲情散亂未成篇，花骨攲斜終帶軟。　重重説盡情和怨。珍重提攜常在眼。暫時得近玉纖纖，翻羨鏤金紅象管。」古今詞話

劉曉行

劉一止有曉行喜遷鶯一闋，即「曉光催角，聽宿鳥未驚，鄰雞先覺」之詞也。一時盛傳，號劉曉行。陳直齋

何文縝

何文縝，政和丙申進士第一，靖康中盡節名臣也。少時會飲貴戚家，侍兒惠柔慕公丰標，解帕爲贈，約牡丹時再集。何賦虞美人詞云：「分香帊子柔藍膩。欲去殷勤惠。重來約在牡丹時。只恐花枝相妬故開遲。　別來看盡閒桃李。日日闌干倚。催花無計問東風。夢作一雙蝴蝶遶芳叢。」樂府紀聞

侯蒙臨江仙

侯蒙少游場屋，年三十有一，始得鄉貢。人以其年長貌寢，不之敬。有輕薄子畫其形於紙鳶上，引線放之。蒙見而大笑，作臨江仙詞題其上曰：「未遇行藏誰肯信，如今方表名蹤。無端良匠畫形容。當風輕借力，一舉入高空。　才得吹噓身漸穩，只疑遠赴蟾宮。雨餘時候夕陽紅。幾人平地上，看我碧霄中。」竟一舉登第。年未四十，遂爲執政。夷堅志

謝克家憶君王

謝克家作憶君王詞云：「依依宮柳拂宮牆。樓殿無人春晝長。燕子歸來依舊忙。憶君王。月照黃昏人

斷腸。」語意悲涼，讀之使人墮淚，真憂君憂國之語。鼠璞

胡浩然詞

胡浩然在北宋，時代氏籍俱未詳，選詞家俱薄其聲口庸俗。然如元夕傳言玉女云：「豔妝初試，把珠簾半揭。嬌羞向人，手撚玉梅低說。相逢長是，上元佳節。」情致斐亹，亦人所不易到。草堂箋

竊杯女子

宣和間，上元張燈，許士女縱觀，各賜酒一杯。一女子竊所飲金杯，衛士見之，押至御前。女誦鷓鴣天云：「月滿蓬壺燦爛燈。與郎攜手至端門。貪看鶴陣笙歌舉，不覺鴛鴦失却羣。天漸曉，感皇恩。傳宣賜酒飲杯巡。歸家恐被翁姑責，竊取金杯作照憑。」徽宗大喜，以金杯賜之，令衛士送歸。宣和遺事

蔡真人詞

陳東靖康間嘗飲於京師酒樓。有倡向座而歌，東不之顧。乃去倚闌獨立，歌望江南詞，音調清越。東不覺傾聽。視其衣服故敝，時以手揭衣爬搔，肌膚綽約如雪。乃復召，使前再歌之。其詞曰：「闌干曲，紅颺繡簾旌。花嫩不禁纖手捻，被風吹去意還驚。眉黛蹙山青。鏗鐵板，閒引步虛聲。塵世無人知此曲，却騎黃鶴上瑤京。風冷月華清。」東問何人所製，曰：「上清蔡真人詞也。」歌罷得數錢，即下樓。亟追之，已失所在矣。夷堅志

沈子山詞

沈（原誤作波。）子山，宿州獄掾也，暱營妓張温卿於南京，途次作剔銀燈以憶之云：「一夜隋河風勁。霜混水天如鏡。古柳長堤，寒煙不起，波上月，流無影。那堪嬾聽。疎星外離鴻相應。須信情多是病。酒到愁腸還醒。數疊羅衾，餘香未滅，甚時枕鴛重竝。教伊須更將蘭約，見時先定。」古今詞話

仲殊填詞甚多

僧仲殊，本安州進士，妻以藥毒之，遂爲僧，時食蜜以解其毒，東坡呼爲蜜殊。每於禁煙時置酒待賓客，謂之看花局。其填詞甚多，小令爲最，小令中訴衷情爲最。花庵詞客

洪覺範善作小詞

洪覺範善作小詞，情思婉約似少游，仲殊、參寥皆不能及。許顗

洪覺範賦浪淘沙

洪覺範留南昌，登秋屏閣，望西山而有歸志，賦浪淘沙。冷齋夜話

祖可工詩詞

僧祖可，字正平，蘇伯固子，與陳師道、謝逸結江西詩社。其小重山詞最工。吴虎臣曰：「正平工詩，長

短句尤佳，何世徒稱其詩也。」東溪詞話

李清照與魏夫人

朱晦庵曰：「本朝婦人能詞者，惟李易安、魏夫人二人而已。」黄玉林曰：「李易安、魏夫人使在衣冠之列，當與秦七、黄九争雄，不徒擅名閨閣也。」古今詞話

李清照永遇樂

李易安元宵永遇樂云：「落日鎔金，暮雲合璧。」詞已自工緻。至於「染柳煙輕，吹梅笛怨，春意知幾許」，氣象更好。後段云：「於今憔悴，風鬟霜鬢，怕是夜間出去。」皆以尋常語度入音律，愈平淡愈精巧。其聲聲慢云：「尋尋覓覓，冷冷清清，凄凄慘慘戚戚。」乃公孫大娘舞劍手，本朝非無能詞之士，從未有一氣下十四個疊字者。後疊又云：「到黄昏點點滴滴。」又使疊字，俱無斧鑿痕。「守著窗兒，獨自怎生得黑。」黑字不許第二人押。婦人中有此奇筆，真間氣也。張正夫

李清照語奇俊

前輩稱易安「緑肥紅瘦」爲佳句，余謂「寵柳嬌花」語亦甚奇俊，前此未有能道之者。黄昇

李清照醉花陰

李易安以重陽醉花陰詞寄其夫趙明誠。明誠歎絶，苦思求勝之，廢寢食者三日，得五十闋，雜易安詞於

中，以示友人陸德夫。陸玩之再三，謂只三句絶佳：「莫道不消魂，簾捲西風，人比黄花瘦。」正易安作也。嫏嬛記

李清照用世説入妙

李清照有「清露晨流，新桐初引」之句，用世説入妙。詞品

魏夫人詞

魏夫人，曾子宣丞相内子，有江城子、捲珠簾諸曲，膾炙人口。其尤雅正者，則有菩薩蠻云：「溪山掩映斜陽裏。樓臺影動鴛鴦起。隔岸兩三家。出牆紅杏花。　緑楊堤下路。早晚溪邊去。三見柳綿飛。離人猶未歸。」深得國風卷耳之遺。雅編

幼卿題壁

宣和間有女子幼卿，題詞陝府驛壁云：「極目楚天空。雲雨無蹤。漫留遺恨鎖眉峯。自是荷花開較晚，辜負東風。　客館歎飄蓬。聚散匆匆。揚鞭那忍驟花驄。望斷斜陽人不見，滿袖啼紅。」蓋賣花聲也。能改齋漫録

歷代詞話卷七

詞話南宋一

趙構漁父詞

光堯當内修外攘之際，尤以文德服遠，至於宸章睿藻，日星昭垂者非一。紹興二十八年，將郊祀，有司以太常樂章篇序失次，文義弗協，請遵真宗、仁宗朝故事，親製祭享樂章。詔從之。自郊社宗朝等共十有四章，肆筆而成，睿思雅正，宸文典贍，所謂大哉王言也。至於一時閒適寓景而作，則有漁父詞十五章，又清新簡遠，備騷雅之體。其詞有曰：「薄晚煙林澹翠微。江邊秋月已明輝。縱遠柁，適天機。水底閒雲片段飛。」又曰：「青草開時已過船。錦鱗躍處浪痕圓。竹葉酒，柳花氈。有意沙鷗伴我眠。」又曰：「水涵微影澹虛明。小笠輕蓑未要晴。明鏡裏，縠紋生。白鷺飛來空外聲。」詞不能盡載。觀此數篇，雖古之騷人詞客，老於江湖，擅名一時者，不能企及。廖瑩中江行雜録

舞楊花

慈寧殿賞牡丹時，椒房受册，三殿極歡。高宗洞達音律，自製曲，賜名舞楊花。停觴命小臣賦詞，令

內人歌之，以玉巵侑酒爲壽，左右皆呼萬歲。詞云：「牡丹半坼初經雨，雕檻翠幕朝陽。嬌困倚風，臺榭遠羣芳。洗煙凝露向清曉，步瑶池、月裏霓裳。輕笑淡拂宮黄。淺擬飛燕新妝。楊柳啼鴉晝永，正秋千亭館，風絮池塘。三十六宮，簪豔粉濃香。慈寧玉殿慶清賞，占東君、誰比花王。良夜高燭熒煌。影裏留住年光。」此康伯可樂府所載。高宗又嘗使御前畫工寫曾海野喜容帶牡丹一枝，命吕本中作贊，云：「一枝國豔，兩鬢東風。」高宗大喜。貴耳録

洪邁禁中詞

紹興中，禁中避暑，多御復古、選德等殿及翠寒堂納涼。長松修竹，濃翠蔽日，層巒奇岫，静窈縈深。寒瀑飛空，下注大池，可十畝。池中紅白菡萏萬柄，蓋園丁以瓦盎别種，分列水底，時易新者，庶幾美觀。又置茉莉、素馨、建蘭、麝香藤、朱槿、玉桂、紅蕉、闍婆、薝蔔等南花數百盆於廣庭，鼓以風輪，清芬滿殿。御榻兩旁，各設金盤數十架，冰雪如山。紗廚前後，皆懸掛伽蘭木、真蠟、龍涎等香珠百餘。蔗漿金盌，珍果玉壺，初不知人間有塵暑也。洪景盧學士，嘗賜對於翠寒堂，當三伏中，戰栗不可久立。高宗問故，遣中貴人以北綾半臂賜之，則境界可想見矣。景盧作詞紀恩而出。周密歲時記

胡銓祕閣問答

隆興元年五月三日晚，胡銓侍上於内殿之祕閣，蒙賜金鳳牋，就所御玉管筆并龍腦墨、鳳味研，又賜以花篠席。命銓視草畢，喚内侍司廚滿頭花備酒。上御玉荷杯，銓用金鴨杯，令潘妃唱賀新郎，蘭香執玉

荷杯，上自注酒賜銓曰：「賀新郎者，朕自賀得卿也。酌以玉荷杯者，示朕飲食與卿同器也。」銓再拜謝。賀新郎詞中有所謂「相見了又重午」。上曰：「今重午不數日矣。」詞中又有「湘江舊俗」之句，上曰：「卿流落海島二十餘年，得不爲屈原之葬魚腹者，皆天地祖宗之靈，留卿以輔朕也。」銓流涕，上亦黯然。俄而遷坐，進八寶羹，洗盞更酌。上命潘妃執玉荷杯唱萬年歡，此詞乃仁廟所製。上飲訖，親唱一曲，名喜遷鶯。且謂銓曰：「朕每在宮中，不妄作歌，秖侍太上宴時，有旨令唱，始作之。今夕與卿相會，朕意甚歡，故作此樂卿耳。」又曰：「昨朕苦嗽，故聲音稍澀，卿勿嫌。」銓奏曰：「太上退閒，陛下御宇，正當勉力恢復，然此孝養亦宜時有。」上曰：「卿真忠臣也，漢之汲黯，唐之魏徵，亦不過是。」上又問銓在海南時所作詩文，銓一一奏對。時漏已四下，上又凭闌四望。頃之天竺鐘聲已動，御苑已鴉噪矣。澹庵老人玉音問答

曾覿進詞

乾道三年三月初十日，上遣使至德壽宮奏知太上，連日天氣甚好，欲一二日間，恭請車駕幸聚景園看花，取自聖意選定一日。太上云：「傳語官家，備見聖孝，春和景明，正可游豫，但出去秖爲看花，今本宮後園亦有幾株好花，不若來日請官家過來閒看。」遂遣提舉官同到南内奏過，遵依訖。次日進早膳後，車駕與皇后、太子過宮，起居二殿訖，先至燦錦亭進茶。宣召知閤門并兩府以下六員侍宴，同至後苑看花。兩廊並是小内侍及幕士，以全效西湖，鋪放珠翠、花朵、玩具、疋帛，及花籃、鬧竿、市食等，許内人

鬬撲。次至毬場看小内侍抛綵毬，蹴秋千。又至射廳看百戲，依例宣賜。回至清妍亭看荼蘼，就登御舟，遶堤閒游。亦有小舟數十隻，供應雜藝、嘌唱、鼓板、蔬菓，與湖中一般。太上倚闌閒看，適有雙燕掠水飛過，傳旨令曾覿製詞。遂進阮郎歸云：「柳陰庭院占風光。呢喃春晝長。碧波新漲小池塘。雙雙蹴水忙。　萍散漫，絮悠颺。輕盈體態狂。爲憐流去落紅香。銜將歸畫梁。」既登舟，知閤張掄進柳梢青云：「柳色初勻。餘寒似水，纖雨如塵。一陣東風，縠紋微皺，碧沼鱗鱗。　仙娥花月精神。奏鳳管、鸞絃鬬新。萬歲聲中，九霞杯内，長醉芳春。」曾覿和進云：「桃靨紅勻。梨腮粉薄，鴛徑無塵。鳳閣凌虛，龍池澄碧，芳意鱗鱗。　清時酒聖花神。看内苑、風光又新。一部仙韶，九重鸞仗，天上長春。」各有宣賜。次至静樂堂看牡丹，進酒三盞。太后邀太皇、官家同到劉婉容奉華堂，聽摘阮奏曲。罷，婉容進茶。訖，遂奏太后云：「近教得二女童瓊華、綠華，並能琴阮下棋，寫字畫竹，背誦古文，欲得就納於官家。」遂令各呈技藝，併進自製阮譜三十曲。太后遂宣賜婉容宣和殿玉軸沉香槽，三峽流泉正阮一面，白玉九芝道冠，北珠緣領道氅，銀三百兩，絹三百疋，會子一百萬貫。是日三殿並醉，酉牌還内。自此官家知聖意不欲頻出勞人，遂奏知命脩内司於北内後苑建造冷泉堂，疊巧石爲飛來峯，開展大池，引注湖水，景物並如西湖。其西又建大樓，取蘇軾詩句名曰聚遠，並是上御名恭書。又御製堂記，太上賦詩，令上恭和刻石。是歲翰苑進端午帖子云：「聚遠樓前面面風。冷泉堂下水溶溶。人間炎熱何由到，正是瑶臺第一重。」又曰：「飛來峯下水泉清。臺沼經營不日成。境趣自超塵世外，何須方士覓蓬瀛。」皆紀實也。乾淳起居注

張掄進詞

淳熙六年春，車駕迎太上、太后游聚景園，乘步輦至瑶津西軒，都管劉景進新製泛蘭舟曲，各賜銀絹。是歲太上聖壽七十有三，上親捧玉酒船進太上酒，斟酒入船，則船中人物花草俱動，太上飲盡。又至錦壁賞花，有牡丹十餘叢，各有牙牌金字爲記。又另採數千朵，插水精玻璃天青汝窰金瓶中。太上前，又獨設沉香桌，列白玉碾花商尊，高三尺，徑一尺三寸，上插照殿紅十五枝。隨駕各官，皆賜兩面翠葉滴金牡丹御書扇，沉香爲柄。知閤張掄進壺中天一闋云：「洞天深處，賞嬌紅輕玉，高張雲幕。國豔天香相競秀，瓊蕊清光如昨。露洗妖妍，風傳馥郁，雲雨巫山約。春濃似酒，五雲臺榭樓閣。聖代治定功成，一塵不動，四境無鳴柝。屢有豐年天助順，基業增隆山岳。兩世明君，千秋萬歲，永享昇平樂。東皇呈瑞，更無一片花落。」西湖志餘

吴琚雪詞

淳熙八年元日，上坐紫宸殿引見訖，郎率皇后、皇太子、太子妃至德壽宫行朝賀禮。是歲太上聖壽七十有五，欲再行慶壽禮，太上不許。至是，乃密進黄金酒器二千兩。上侍太上於欏木堂香閣内説話，宣押棋待詔并小説孫奇等十四人，下訖兩局，各賜銀絹訖。官家恭請太上、太后來日就南内排當。初二日進早膳訖，遣太子到宫恭請，官家親至殿門拱迎，親扶太上降輦，至損齋進茶。次至清燕殿閒看書畫翫器。約午時初，後苑供進酥酒十色熬煑。午正三刻，就凌虚排當，進酒三盞，至萼緑華堂看梅。上進銀三萬

兩，會子十萬貫。太上云：「此無用錢處，不須得。」上再三奏請，止受三分之一。未初，雪大下，正是臘前。太上甚喜。官家云：「今年正欠些雪，可謂及時。」太上云：「雪却甚好，但恐長安有貧者。」上奏云：「已令有司比去年倍數支散矣。」太上亦命提舉官於本宫支撥官會，照朝廷數目發下臨安府，支散貧民一次。又移至明遠樓，張燈進酒。節使吴琚進喜雪水龍吟詞云：「紫皇高宴仙臺，雙成戲擊瓊苞碎。何人爲把，銀河水翦，甲兵都洗。玉樣乾坤，八荒同色，了無塵翳。喜冰消太液，暖融鳷鵲，端門曉、班初退。聖主憂民深意，轉鴻鈞、滿天和氣。太平有象，三宫二聖，萬年千歲。雙玉杯深，五雲樓迥，不妨頻醉。細看來、不是飛花，片片是、豐年瑞。」太上大喜，賜鍍金酒器二百兩，細色段疋，復古殿香羔兒酒等。太后命本宫歌板色歌此曲進酒，太上盡醉。一更後，宣轎兒入便門，上親扶上輦還宫。乾淳起居注

曾覿月詞

淳熙九年八月十五日，駕過德壽宫起居。太上留坐，至樂堂進早膳畢，命小内侍進綵竿垂釣。上皇曰：「今日中秋，天氣甚清，夜間必有好月色，可少留看月。」上恭領聖旨，索車兒同過射廳，觀御馬院使臣打毬，進市食，看水傀儡。晚宴香遠堂，堂東有萬歲橋，長六丈餘，並用吴璘進到玉石甃成。四畔雕鏤欄檻，瑩徹可愛。橋中心作四面亭，用白欏木蓋造，極爲雅潔。大池十餘畝，皆是千葉白蓮。凡御榻、御屏、酒具、香匳器用，並用水精。南岸列女童五十人奏清樂，北岸芙蓉閣一帶，並是教坊，近二百人。待月初上，簫韶齊舉，縹緲相應，如在霄漢。既入座，樂少止。太上召劉貴妃，令獨吹白玉笙霓裳中序。上自

起執玉杯奉兩殿酒，并以壘金嵌寶注碗杯盤等物賜貴妃。侍宴官開府曾覿恭進壺中天慢一首云：「素飈颺碧，看天衢穩送，一輪明月。翠水瀛壺人不到，比似世間秋別。玉手瑶笙，一時同色，小按霓裳疊。天津橋上，有人偷記新闋。當日誰幻銀橋，阿瞞兒戲，一笑成癡絶。肯信羣仙高宴處，移下水精宮闕。雲海塵清，山河影滿，桂冷吹香雪。何勞玉斧，金甌千古無缺。」上皇大喜曰：「從來月詞不曾用金甌事，可謂新奇。」賜金束帶紫番羅水晶注碗一副，上亦賜寶盞古香。至一更五點還内。是夜隔江西興，亦聞天樂之聲。乾淳起居注

吴琚潮詞

淳熙十年八月十八日，上詣德壽宫恭請兩殿往浙江亭觀潮。進早膳訖，御輦及内人車馬並出候潮門。先是命脩内司於浙江亭兩旁抓縛蓆屋五十間，至是並用綵纈幕緜。得旨，從駕百官，各賜酒食，並免侍班，從便觀看。先是瀲浦金山都統司水軍五千人抵江下，至是又命殿司新刺防江水軍、臨安府水軍並行閲試。軍船擺布西興龍山兩岸近千隻，管軍官於江面分布五陣，乘騎弄旗，標槍舞刀，如履平地。點放五色煙砲滿江，及煙收砲息，則諸船盡藏，不見一隻。奉旨自管軍官以下並行支犒一次。自龍山以下，貴邸豪民，綵幕凡二十餘里，車馬駢闐，幾無行路。西興一帶，亦皆抓縛幕次，綵繡照江，有如鋪錦。市井水人，弄潮兒等凡百餘人，皆手持十幅綵旗，踏浪争雄，直至海門迎潮。又有踏混木、水傀儡、水百戲、撮弄等，各呈伎藝，並有支賜。太上喜見顔色曰：「錢塘形勝，東南所無。」上起奏曰：「錢塘江潮，亦

天下所無有也。」太上宣諭侍宴官，令各賦酹江月一曲，至晚進呈，太上以吴琚爲第一。其詞云：「玉虹遥掛，望青山隱隱，一眉如抹。忽覺天風吹海立，好似春霆初發。白馬凌空，瓊鼇駕水，日夜朝天闕。飛龍舞鳳，鬱葱環拱吴越。此景天下應無，東南形勝，偉觀真奇絶。好是吴兒飛彩幟，蹴起一江秋雪。黄屋天臨，水犀雲擁，看擊中流楫。晚來波静，海門飛上明月。」兩宫並有宣賜，至月上還内。乾淳起居注

洪邁臨江仙

紹興間，洪景盧在臨安試詞科三場畢，與數友同過抱劍街孫氏妓樓。夜月如晝，正憑闌撫几，兩燭結花，燦若連珠。孫氏黠慧，白坐中客曰：「今夕桂魄皎潔，燭花呈祥，諸君較藝蘭省，高掇無疑，請各賦一詞，爲他日佳話。」座中有何自明即操筆作浣溪沙詞云：「草草杯盤訪玉人。燈花呈喜座添春。邀郎覓句要清新。　黛淺波嬌情脈脈，雲輕柳弱意真真。從今風月屬閒人。」衆傳觀歎賞，恨其末句失意。景盧作臨江仙詞云：「綺席留歡歡正洽，高樓佳氣重重。釵頭小篆燭花紅。直須將喜事，來報主人公。　桂月十分春正半，廣寒宫殿匆匆。姮娥相對曲闌東。雲梯知不遠，平步躡東風。」孫滿酌一觥勸洪曰：「此瑞殆爲君設也，必高中矣。」已而景盧果奏名賜第。詞苑

俞國寶風入松

淳熙間，御舟過斷橋，見酒肆屏風上有風入松詞云：「一春常費買花錢。日日醉湖邊。玉驄慣識西湖路，驕嘶過、沽酒樓前。紅杏香中歌舞，緑楊影裏秋千。　暖風十里麗人天。花壓鬢雲偏。畫船載得

春歸去，餘情付、湖水湖煙。明日重扶殘醉，來尋陌上花鈿。」高宗稱賞良久，宣問何人所作。乃太學生俞國寶也。「重扶殘醉」，原詞作「重攜殘酒」，高宗笑曰：「此句不免寒酸氣。」因改爲「扶殘醉」，卽日予釋褐。中興詞話

趙鼎點絳脣

趙鼎，中興名相，而詞章婉媚，不減花間。其點絳脣云：「夢回鴛帳餘香嫩。更無人問。一枕江南恨。」醉桃源云：「青春不與花爲主。花正開時春暮。」「只有一尊芳醑。留得青春住。」較花間更饒情思。古今詞話

趙鼎滿江紅

忠簡丁未九月南渡泊真州，作滿江紅詞最佳。其詞曰：「慘結秋陰，西風送、絲絲雨濕。凝望眼、征鴻幾字，暮投沙磧。欲問鄉關何處是，水雲浩蕩連南北。但修眉、一抹有無中，遥山色。江上路，天涯客。腸已斷，頭應白。空搔首興歎，暮年離隔。欲待忘憂除是酒，奈酒行有盡愁無極。便挽將、江水入尊罍，澆胸臆。」百琲明珠

韓世忠詞

韓蘄王生長兵間，未嘗知書。晚歲忽若有悟，能作字及小詞。一日至香林園，蘇仲虎尚書方宴客，王徑

造之，賓主歡甚，盡醉而歸。明日，王餉以羊羔，且手書二詞遺之。其臨江仙云：「冬日青山瀟灑靜，春來山暖花濃。少年衰老與花同。世間名利客，富貴與窮通。　榮華不是長生藥，清閑不是死門風。勸君識取主人公。單方只一味，盡在不言中。」其南鄉子云：「人有幾多般。富貴榮華總是閑。自古英雄都是夢，爲官。寶玉妻兒宿業纏。　年事已衰殘。鬢鬢蒼蒼骨髓乾。不道山林多好處，貪歡。只恐癡迷誤了賢。」西湖志餘

岳飛小重山

岳侯，忠孝人也，其小重山詞，夢想舊山，悲涼悱惻之至。詞云：「昨夜寒蛩不住鳴。驚回千里夢，已三更。起來獨自遶階行。人悄悄，簾外月朧明。　白首爲功名，故山松菊老，阻歸程。欲將心事付瑶箏。知音少，絃斷有誰聽。」古今詞話

岳飛指和議之非

武穆賀講和赦表云：「莫守金石之約，難充谿壑之求。」故作詞云：「欲將心事付瑶箏。知音少，絃斷有誰聽。」蓋指和議之非也。又作滿江紅，忠憤可見，其不欲「等閒白了少年頭」，足以明其心事。話腴（案此非話腴原文。）

劉子翬詞

劉子翬，晦庵之師，以承務郎通判興化軍，辭歸，隱武夷山。有九日驀山溪詞云：「浮煙冷雨，此日還重九。秋去又秋來，但黄花、年年依舊。平臺戲馬，無處問英雄，茅舍小，竹籬疏，兀坐空搔首。客來何有。草草三杯酒。一醉萬緣空，休貪他、金印如斗。病翁老矣，誰共賦歸歟，芟壟麥，網溪魚，未落他人後。」屏山集

張掄應制詞

張材甫，南渡故老，及見太平之盛者，集中多應制詞，如蝶戀花、朝中措、霜天曉角，傑作也。蓮社詞選

曾覿感皇恩

曾海野，東都故老，及見中興之盛，嘗侍宴上苑，進阮郎歸詠燕，柳梢青詠柳，一時推重。其奉使舊京，作上西平，重到臨安，作感皇恩，感慨淋漓，甚得大體，人所不及也。花庵詞客

葉夢得詞

葉少蘊妙齡詞甚婉麗，晚歲落其華而實之，能於簡淡中時出雄傑，合處不減東坡。關注

葉夢得水調歌頭

葉夢得九月望日與客習射西園，病不能射，因作水調歌頭以寄意云：「霜降碧天淨，秋事促西風。寒聲隱地初聽，中夜入梧桐。起瞰高城四顧，寥落關河千里，一醉與君同。疊鼓鬧清曉，飛騎引琱弓。歲將晚，客争笑，問衰翁。平生豪氣安在，走馬爲誰雄。何似當筵虎士，揮手弦聲響處，雙雁落遥空。老矣真堪惜，回首望雲中。」詞苑

陳與義詞可摩坡仙之壘

陳去非詞雖不多，語意超絶，可摩坡仙之壘。黄昇

陳與義臨江仙

張叔夏云：去非臨江仙一闋，真是自然而然。其詞云：「憶昔午橋橋上飲，坐中都是豪英。長溝流月去無聲。杏花疎影裏，吹笛到天明。二十餘年成一夢，此身雖在堪驚。閒登小閣眺新晴。古今多少事，漁唱起三更。」清婉奇麗，集中惟此最優。胡仔

朱敦儒西江月

朱希真，東都名士，天資曠逸，有神仙風致。西江月二首，可以警世之役役於非望之福者。花庵詞客

朱敦儒賦月

希真賦月詞「插天翠柳，被何人、推上一輪明月」。賦梅詞「横枝消瘦一如無，但空裏疎花數點」，詞意奇

絶，似不食煙火人語。張正夫

康與之應制

康伯可有聲樂府，凡中興以來粉飾治具，及慈寧歸養，兩宫歡集，必假其應制。嘗於上元節進瑞鶴仙云：「瑞煙浮禁苑。正絳闕春回，新正方半。冰輪桂華滿。溢花衢歌市，芙蓉開遍。龍樓兩觀。見銀燭星毬光爛。捲珠簾，盡日笙歌，盛集寶釵金釧。堪羨。綺羅叢裏，蘭麝香中，正宜游翫。風柔夜暖花影亂，笑聲喧。鬧蛾兒滿路，成團打塊，簇著冠兒鬭轉。喜皇都、舊日風光，太平再見。」高宗覽之，極稱賞「風柔夜暖」以下數語，賜金甚厚。黄昇

康與之時有俗語

伯可詞如柳耆卿，音律甚協，未免時有俗語。沈伯時

康與之長安懷古

康與之長安懷古訴衷情云：「阿房廢址漢荒丘。狐兔又羣游。豪華盡成春夢，留下古今愁。君莫上，古原頭。淚難收。夕陽西下，塞雁南來，渭水東流。」如此等詞居然不俗，今有晏叔原亦不得獨擅。王性之

康與之詞與李清照詞同妙

康伯可「人瘦也，比梅花瘦幾分」，與李清照「簾捲西風，人比黄花瘦」同妙。王世貞

左譽詞

左與言策名之後，入錢塘幕府。時樂籍有名姝張芸女名濃者，色藝妙天下，與言甚眷之，如「盈盈秋水，澹澹春山」，及「帷雲翦水，滴粉搓酥」之句，皆爲濃而作。當時都人有「曉風殘月柳三變，滴粉搓酥左與言」之對，其人物風流可以想見。俶擾之後，濃委身於立勳大將家，易姓章，疏封大國。紹興中，左因覓官赴闕下，暇日行天竺兩峯間，忽逢車輿甚盛，中一麗人褰簾顧左而顰曰：「如今若把菱花照，猶恐相逢是夢中。」視之，乃濃也，與言醒然有悟，卽拂衣東渡爲浮屠。王仲言

揚无咎詞

揚補之有贈妓周三五詞，調寄明月棹孤舟云：「寶髻雙垂煙縷縷。年紀小、未周三五。壓衆精神，出羣標格，偏向衆中翹楚。　記得譙門初見處。禁不定、亂紅飛去。掌托鞵兒，肩拖裙子，悔不做、閒男女。」補之在高宗朝，累徵不起，自號清夷長者，而詞之豔如此。古今詞話

阮閱詞

阮閎休贈宜春官妓趙佛奴寄調洞仙歌云：「趙家姊妹，合在昭陽殿。因甚人間有飛燕。見伊底，盡道獨步江南，便江北、也何曾慣見。　憐伊情性好，不解嗔人，長帶桃花笑時臉。向尊前酒底，見了須歸，似恁

地、能得幾回細看。待不眨眼兒，看著伊，將眨眼工夫，看伊幾遍。」按閎休建炎初知袁州卽致仕，寓居宜春，著詩話總龜，而詞復排奡協律如此，然已爲元曲開山矣。宜春遺事

張孝祥詞

張孝祥紫微雅詞，湯衡稱其平昔未嘗著稿，筆酣興健，頃刻卽成，卻無一字無來處。一日在建康留守席上，作六州歌頭，張魏公讀之，罷席而入。朝野遺記

曾慥詠梅

曾慥、曾惇，故相之孫，皆以詞章擅名，而端伯編樂府雅詞尤有功詞學。其詠梅調笑令云：「清友。羣芳右。萬槁紛披兹獨秀。天寒月薄黄昏後。縞袂亭亭招手。故山千里迷雲岫。借問如今安否。」古今詞話

朱翌詠梅

朱新仲南渡後待制填詞，嘗雪中至西湖看梅，作點絳脣詞云：「流水泠泠，斷橋横路梅枝亞。雪花飛下。渾似江南畫。　白璧青錢，欲買春無價。歸來也。風吹平野。一點香隨馬。」西湖詠梅者多矣，而不爲琱琢，自然大雅，首推此詞。詞苑

趙師俠詞

趙師俠詞章，摹寫風景，體狀物態，俱極精巧，初不知其得之之易也。其坦庵集中有謁金門詞云：「沙畔

路。記得舊時行處。藹藹疎煙迷遠樹。野航横不渡。竹裏疎梅花吐。照眼一川鷗鷺。家在清江江上住。水流愁不去。」師俠，燕王德昭七世孫。尹先之

趙彦端詞

淳熙間宗室趙彦端字德莊者，賦西湖詞，有「波底夕陽紅濕」句，爲孝宗所賞，曰：「我家裏人也會作此等語。」古今詞話

鄭文妻詞

太學服膺齋上舍鄭文，秀州人，其妻寄以憶秦娥云：「花深深。一鈎羅韈行花陰。行花陰。閒將柳帶，試結同心。日邊消息空沉沉。畫眉樓上愁登臨。愁登臨。海棠開後，望到如今。」此詞爲同舍所見，一時傳播，酒樓妓館皆歌之。古杭雜記

鉛山驛壁詞

紹興戊辰，信州鉛山驛壁有題玉樓春詞，不著姓氏，今載於此：「東風楊柳門前路。畢竟雕鞍留不住。柔情勝似嶺頭雲，别淚多於花上雨。青樓畫幕無重數。聽得樓邊車馬去。若將眉黛染情深，直到丹青難畫處。」能改齋漫録

胡銓以詞被送南海編管

胡銓以上書論王倫、秦檜，謫吉陽軍，又貶新州。張棣曰：「銓何故未過海。」銓偶爲詞云：「欲駕巾車歸去，有豺狼當轍。」棣即迎檜意，奏銓怨望，於是送南海編管。流落幾二十年，愁狖飢蛟，濤濤波詭，有非人世所堪者。壽皇即位，首復官，即日召對，留侍經筵。楊萬里稱其騷詞「抉天之幽，泄神之庚，靈均以來，一人而已。」宋名臣言行録

張元幹詞

張元幹以送胡銓及寄李綱詞坐罪，皆金縷曲也。元幹以此得名。其送銓詞云：「夢繞神州路。悵秋風連營畫角，故宮禾黍。底事崑崙傾砥柱。九曲黃流亂注。聚萬落、千村狐兔。天意從來高莫問，況人情、易老悲難訴。更南浦，送君去。　涼生岸柳催殘暑。耿斜河、疎星澹月，斷雲微度。萬里江山知何處。回首對牀夜語。雁不到、書成誰與。目盡青天懷今古。肯兒曹、恩怨相爾汝。舉大白，聽金縷。」百琲明珠

王庭珪詞

王庭珪送胡銓遠謫，有句曰：「癡兒不了公家事，男子要爲天下奇。」又曰：「百辟動容觀諫草，幾人回首愧朝班。」亦貶辰州。其留別感皇恩云：「無情江水，斷送扁舟何處。」其感舊點絳脣云：「白髮相逢，猶唱

當時曲。」皆可歌也。古今詞話

王庭珪上元鼓子詞

王盧溪先生知時事阽危，無宦游意，學道著書，若將終身焉。胡忠簡嘗答以詩曰：「萬卷不移顏氏樂，一生無愧伯夷班。」可想見其人矣。壽皇之代，與朱晦庵同以詩人薦，敦召再三，踰年始至。壽皇一見契合，優詔奬之曰：「粹然純儒，凜有直節。」命直敷文閣，年九十有三。其詩詞格力雅健，興寄高遠，不知其齒之宿也。嘗作上元鼓子詞云：「玉漏春遲，鐵關金鎖星橋夜。暗塵隨馬。明月應無價。天半朱樓，銀漢波光射。更深也。翠蛾如畫。猶在涼簷下。」蓋寄點絳脣云。宋名臣言行錄

朱熹詞

晦庵先生回文詞，幾於家絃户誦矣。其隱括杜牧之九日齊山登高詩水調歌頭一闋，氣骨豪邁，則俯視辛、蘇，音韻諧和，則僕命秦、柳。洗盡千古頭巾俗態。詞云：「江水浸雲影，鴻雁欲南飛。攜壺結客何處，空翠渺煙霏。塵世難逢一笑，況有紫萸黄菊，堪插滿頭歸。風景今朝是，身世昔人非。酬佳節，須酩酊，莫相違。人生如寄，何用辛苦怨斜暉。不盡今來古往，多少春花秋月，那更有危機。與問牛山客，何必淚沾衣。」讀書續錄

呂居仁詠柳花

呂居仁有詠柳花詞云：「柳塘新漲。艇子搖雙槳。閒倚曲闌成悵望。是處春愁一樣。　傍人幾點飛花。夕陽又送棲鴉。試問畫樓西畔，暮雲恐近天涯。」蓋清平樂也。居仁直忤柄臣，深居講道，而小詞乃工穩清潤至此。嘯翁詞評

尤袤詠落梅

尤袤潛心理蘊，所著梁溪集，長短句尤工。其詠落梅瑞鷓鴣云：「清溪西畔小橋東。落月紛紛水映空。五夜客愁花片裏，一年春事角聲中。　歌殘玉樹人何在，舞破山香曲未終。卻憶孤山醉歸路，馬蹄香雪襯東風。」嘯翁詞評

楊萬里好事近

楊萬里不特詩有別才，即詞亦有奇致。其好事近云：「月未到誠齋，先到萬花川谷。不是誠齋無月，隔一庭修竹。　如今纔是十三夜，月色已如玉。未是秋光奇絕，看十五十六。」昔人謂東坡詞是曲子中縛不住者，廷秀詞又何多讓，乃知有氣節人，筆墨自然不同。續清言

真德秀詠紅梅

真德秀詠紅梅詞云：「兩岸月橋花半吐。紅透肌香，暗把遊人誤。盡道武陵溪上路。不知迷入江南去。

先是冰霜真態度。何事枝頭，點點臙脂汙。莫是東君嫌淡素。問花花又嬌無語。」蓋蝶戀花也。作大學衍義人，又有此等詞筆。宋名家詞評

王十朋詞

王十朋以忠諫著稱，與胡澹庵同爲孝宗所拔。其梅溪集中詠荼蘼一闋云：「野態芳姿，枝頭占得春長久。怕鈎衣袖。不放攀花手。試問東風，花似當時否。還依舊。謫仙去後。風月今誰有。」蓋點絳脣也。詞苑

張鎡玉照堂詞

花庵詞客曰：楊萬里極稱張功甫之詞，玉照堂詞以種梅得名，如「光摇動、一川銀浪，九霄珂月」是也。周密曰：張功甫，西秦人，其「月洗高梧」一闋，乃詠物之入神者，此白石論史邦卿詞而及之。古今詞話

洪皓梅花引

洪皓爲通問使，途間作梅花引，即「天涯池館憶江梅。幾枝開。使南來。還帶餘杭，春信到燕臺」之詞也。終以忤秦檜謫官，則梅花引何減廣平梅花賦乎。宋名家詞評

李清照嘲張九成

張子韶對策，有「夜桂飄香」之語。趙明誠妻嘲之曰：「露花倒影柳三變，夜桂飄香張九成。」詞苑

黄公度青玉案

黄公度以第一人登第，爲趙忠簡所器，而秦檜頗銜之。及召赴行在，知非當路意，而迫於君命，故作青玉案詞，有云：「欲倩歸鴻分付與。鴻飛不住。倚闌無語。獨立長天暮。」蓋去就早定矣。知稼翁集跋

葛立方卜算子

葛立方卜算子詞，用十八疊字，妙手無痕，堪與李清照聲聲慢并絶千古。本邑學道人，胸中乃有此奇特。其詞云：「裊裊水芝紅，脈脈蒹葭浦。淅淅西風澹澹煙，幾點疎疎雨。草草展杯觴，對此盈盈女。葉葉紅衣當酒船，細細流霞舉。」草窗詞評

周必大贈小瓊

周必大有點絳脣詞，贈歌者小瓊作也。「秋夜乘槎，客星容到天孫渚。眼波微注。待許牽牛渡。見了還非，重理霓裳譜。期無誤。幾年一遇。莫訝周郎顧。」詞苑

陳濟翁驀山溪

陳濟翁，南渡遺老，有驀山溪詞云：「去年今日，從駕游西苑。彩仗壓金波，看水戲、魚龍曼衍。寶津南殿，宴坐近天顔，金杯酒，君王勸。頭上宫花顫。六軍錦繡，萬騎穿楊箭。日暮翠華歸，擁鈞天、笙歌一片。如今關外，千里未歸人，前山雨，西樓晚。望斷思君眼。」此詞天下歌之，舍人張孝祥以廷試第一，

移知潭州，因宴客，妓有歌之者，至「金杯酒，君王勸。頭上宫花顫」，張之首不覺自爲摇動者數四，坐客忍笑指目者甚多，而張不知也。能改齋漫録

范成大謁金門

范成大行宜春道中，見野塘春水可喜，有懷舊隱，作謁金門詞云：「塘水碧。仍帶麴塵顏色。泥泥縠紋無氣力。東風如愛惜。　恰似越來溪側。也有一雙鸂鶒。只欠柳絲千百尺。繫船春弄笛。」成大出使回，每思石湖，故言之悒悒如此。楊慎

孔平仲五雜組詞

樂府有五雜組及兩頭纖纖，殆類小令。孔平仲最愛作此，以爲詞戲，故亦效之作五雜組詞云：「五雜組，同心結。往復來，當窗月。不得已，話離别。」「五雜組，流蘇縷。往復來，臨行語。不得已，上馬去。」「五雜組，迴紋機。往復來，錦梭飛。不得已，獨畫眉。」「五雜組，綵絲鍼。往復來，鳥投林。不得已，夢孤衾。」「五雜組，綬若若。往復來，大車鐸。不得已，去丘壑。」「五雜組，侯門戟。往復來，道上檄。不得已，天涯客。」「五雜組，漢旌旆。往復來，賓鴻字。不得已，餐氈使。」「五雜組，非煙雲。往復來，胡馬塵。不得已，攖龍鱗。」又作兩頭纖纖詞云：「兩頭纖纖探官繭，半白半黑鶴氅緣。腷腷膊膊上帖箭。磊磊落落封侯面。」「兩頭纖纖小秤衡。半白半黑月未明。腷腷膊膊扣户聲，磊磊落落金盤冰。」范石湖集

盧祖皋題釣雪亭

吳江三高祠前有釣雪亭，蓋漁人之窟宅也。盧申之題賀新郎一闋云：「挽住風前柳。問鴟夷、當日扁舟，近曾來否。月落潮生無限事，零亂茶煙未久。漫留得、蓴鱸依舊。可是功名從來誤，撫荒祠、誰繼風流後。千古恨，一搔首。　江涵雁影梅花瘦。四無塵、雪飛風起，夜窗如晝。萬里乾坤清絶處，付與漁翁釣叟。又恰是、題詩時候。猛拍闌干呼鷗鷺，道他年，我亦垂綸手。飛過我，共尊酒。」蘆浦筆記

陸游詞

范致能帥蜀，陸務觀在幕府，主賓酬倡，人争傳誦之。陸嘗春日游摩訶池上作水龍吟云：「摩訶池上追游路，紅緑參差春晚。韶光妍媚，海棠如醉，桃花欲暖。挑菜初閒，禁煙將近，一城絲管。看金鞍争道，香車飛蓋，争先占、新亭館。　惆悵年華暗换。黯消魂、雨收雲散。鏡奩掩月，釵梁拆鳳，秦筝斜雁。身在天涯，亂山孤壘，危樓飛觀。歎春來只有，楊花和恨，向東風滿。」又在王忠州席上作玉蝴蝶云：「倦客平生行處，墜鞭京洛，解珮瀟湘。此夕何年，來賦宋玉高唐。繡簾開、香塵乍起，蓮步穩、銀燭分行。暗端相。燕羞鶯妒，蝶擾蜂忙。　難忘。芳尊頻勸，峭寒新退，玉漏猶長。幾許幽情，只愁歌罷月侵廊。欲歸時、司空笑問，微近處、丞相嗔狂。斷人腸。假饒相送，上馬何妨。」詞苑

陸游釵頭鳳

放翁娶唐氏女，伉儷相得，而弗獲於姑，陸出之，後改適同郡趙士程。春日出游，相遇於禹跡寺南之沈園，唐語其夫爲致酒肴。陸悵然賦釵頭鳳詞云：「紅酥手。黄藤酒。滿城春色宫牆柳。東風惡。歡情薄。一懷愁緒，幾年離索。錯、錯、錯。春如舊。人空瘦。淚痕紅浥鮫綃透。桃花落。閒池閣。山盟雖在，錦書難托。莫、莫、莫。」唐亦和之，未幾怏怏卒。放翁復過沈園賦詩云：「落日城頭畫角哀。沈園非復舊池臺。傷心橋下春波緑，曾見驚鴻照影來。」耆舊續聞

陸游鵲橋仙

放翁詞纖麗處似淮海，雄快處似東坡。其感舊鵲橋仙一首：「華燈縱博，雕鞍馳射，誰記當年豪舉。酒徒一半取封侯，獨去作、江邊漁父。輕舟八尺，低篷三扇，占斷蘋洲煙雨。鏡湖元自屬閒人，又何必、官家賜與」。英氣可掬，流落亦可惜矣。詞品

陸游詞有去國懷鄉之感

放翁呈范至能待制雙頭蓮，末句云：「空悵望，鱠美菰香，秋風又起。」又夜聞杜鵑鵲橋仙末句云：「故山猶自不堪聽，況半世、飄然羈旅。」去國懷鄉之感，觸緒紛來，讀之令人於邑。詞統

歷代詞話卷八

詞話南宋二

掉書袋

放翁、稼軒，一掃纖豔，不事斧鑿，高則高矣，但時時掉書袋，要是一癖。劉克莊

辛棄疾以詞名

蔡光陷北，辛棄疾以所業謁之。蔡曰：「詩則未也，他日當以詞名。」本傳

岳珂論辛詞

辛稼軒每開宴，必令侍姬歌所作詞，特好歌賀新郎，自誦其中警句「我見青山多嫵媚，料青山見我應如是」與「不恨古人吾不見，恨古人不見我狂耳」。顧問坐客何如。既而作永遇樂：「千古江山，英雄無覓，孫仲謀處。」特置酒招客，使妓按歌自擊節，遍問客，必使摘其疵。客遜謝不可，或措一二語不契，又弗答。相臺岳珂年最少，率然對曰：「童子何知，而敢有議，必欲如范希文以千金求嚴陵記一字之易，則晚進竊有議也。」稼軒促膝使畢其說。珂曰：「前篇豪視一世，獨前後二警語差相似，新作微覺用事多耳。」

稼軒大喜，謂座客曰：「夫夫也，實中余痼。」乃味改其語，日數十易，累月未竟。古今詞話

辛棄疾爲諸賢推服

稼軒與朱晦庵、陳同父、劉改之友善，晦庵嘗曰：「若朝廷賞罰明，此等人儘可用。」同甫答辛啓曰：「經綸事業，股肱王室之心。遊戲文章，膾炙士林之口。」改之寄辛詞曰：「古豈無人，可以似我，稼軒者誰。」觀諸賢之推服如此，則稼軒可知矣。古今詞話

辛棄疾破陣子

陳亮過稼軒，縱談天下事，亮夜思幼安素嚴重，恐爲所忌，竊乘其廐馬以去。幼安賦破陣子詞寄之，詞云：「醉裏挑燈看劍，夢回吹角連營。八百里分麾下炙，五十絃翻塞外聲。沙場秋點兵。馬作的盧飛快，弓如霹靂弦驚。了却君王天下事，贏得生前身後名。可憐白髮生。」古今詞話

辛棄疾摸魚兒

淳熙己亥，幼安自湖北漕移湖南，同官王正之置酒小山亭，辛賦摸魚兒一闋，詞意頗怨，使在漢唐，寧不賈種豆種桃之禍。聞壽皇見此詞頗不悅，然終不加罪，可謂有君人之度。羅大經

辛棄疾賦臨江仙

稼軒有姬名錢錢，辛年老遣去，賦臨江仙與之云：「一自酒情詩興懶，舞裙歌扇闌珊。好天良夜月團圞。

杜陵真好事，留得一文看。歲晚人欺程不識，怎教阿堵流連。楊花榆莢任漫天。從今花影下，只看緑苔圓。」詞苑

劉過詩

辛稼軒帥浙東時，朱晦庵、張南軒爲倉憲使。劉改之欲見辛，不納。二公爲之地云：「某日公宴，君可來，門者不納，但喧争之，必可入。」改之如所教，門下果喧譁。辛問故，門者以告，辛怒甚。二公因言：「改之豪傑也，善賦詩，可試納之。」改之至，長揖。辛問：「能詩乎。」曰：「能。」時方進羊腰腎羹，遂命賦之。改之曰：「甚寒，願乞巵酒。」酒罷，乞韻。時飲酒手顫，餘瀝流於懷，因以流字爲韻。即吟云：「拔毫已付管城子，爛胃曾封關内侯。死後不知身外物，也隨尊俎伴風流。」辛大喜，命共嘗此羹，終席而去，厚餽焉。席散，南軒邀至公廨，置酒語之曰：「先公一生公忠爲國而厄於命，來挽者竟無一章得此意，願君爲發幽潛。」改之即賦一絶云：「背水未成韓信陣，明星已隕武侯軍。平生一點不平氣，化作祝融峯上雲。」南軒爲之墮淚。今龍洲集中不見此二詩，豈遺珠耶。又稼軒守京口時，大雪率僚佐登多景樓，改之敝衣曳屐而前，辛令賦雪，以難字爲韻。即賦云：「功名有分平吴易，貧賤無交訪戴難。」辛喜甚，又誦其賀新郎、沁園春詞，遂自此莫逆云。蔣子正山房隨筆

劉過沁園春

劉改之能詩詞，酒酣耳熱，出語豪縱。嘉泰癸酉寓中都時，辛稼軒帥越，遣使招之，適以事不及行，因倣

辛體作沁園春一詞緘往，下筆便逼真。其詞曰：「斗酒彘肩，風雨渡江，豈不快哉。被香山居士，約林和靖，與東坡老，駕勒吾回。坡謂西湖，正如西子，淡抹濃妝臨照臺。二人者，俱掉頭不顧，只管傳杯。白云天竺去來。看金碧崢嶸圖畫開。更縱横一澗，東西水遶，兩峰南北，高下雲堆。逋曰不然，暗香疏影，何似孤山先探梅。須晴去，訪稼軒未晚，且此徘徊。」辛得詞大喜，竟邀之去，館燕彌月，酬贈千緡。改之竟蕩於酒，不問也。嘗以此詞，語岳侍郎倦翁，掀髯有得色。岳曰：「詞句固佳，但恨無刀圭藥，療君白日見鬼症耳。」舉座大噱。詞苑

劉過詞有思致

劉改之造詞贍逸有思致，沁園春二首尤纖刻奇麗可愛。陶宗儀

劉過賀新郎

賀新郎「老去相如倦」一闋，去年秋，余試牒四明贈老妓者，至今天下與禁中皆歌之，江西人來以爲鄧南秀詞，非也。劉過自記

陳亮水龍吟

陳同父開拓萬古之心胸，推倒一世之豪傑，而作詞乃復幽秀。其水龍吟云：「鬧花深處層樓，畫簾半卷東風軟。春歸翠陌，平沙茸嫩，綠楊金淺。遲日催花，淡雲閣雨，輕寒輕暖。恨芳菲世界，遊人未賞，都

付與，鶯和燕。寂寞憑高念遠，向南樓一聲歸雁。金釵鬭草，青絲勒馬，風流雲散。羅袖分香，翠綃封淚，幾多幽怨。正銷凝，又是疏簾淡月，子規聲斷。」詞苑

陳亮虞美人

「東風蕩漾輕雲縷。時送瀟瀟雨。水邊臺榭燕新歸，一點香泥溼帶落花飛。海棠糝徑鋪香繡。依舊成春瘦。黄昏庭院柳啼鴉，記得那人和月折梅花。」蓋虞美人詞也。陳龍川好談天下大略，以氣節自居，而詞亦疏宕有致。周密詞評

杜子五兄弟

葉正則贈杜幼高詩，有「杜子五兄弟，才名不相下」之語。蓋伯高早登東萊之門，其詞如奔風逸足，而鳴以和鸞。仲高麗句如「半落半開花有恨，一晴一雨春無力」，令人眼動。叔高戈矛森立，有吞虎食牛之氣。季高幼高，後先輝映，匪獨一門之盛，可謂一時之豪。陳亮

趙汝愚柳梢青

趙汝愚有題豐樂樓柳梢青詞云：「水月光中，煙霞影裏，湧出樓臺。空外笙歌，人間笑語，身在蓬萊。天香暗逐風回。正十里荷花盡開。買個輕舟，山南遊遍，山北歸來。」汝愚謫後，朱晦庵歎宗臣去國，註楚辭以哀之。宋名家詞評

劉仙倫詩詞

劉仙倫有招山詩集，其樂章尤爲人所膾炙。黄昇

岳珂祝英臺近

岳倦翁登北固亭，賦祝英臺近，其末云：「倚樓休弄新聲，重城門掩。歷歷數、西州更點。」真佳句也。玉楮集評

汪莘詞似坡公

嘉定中求直言，汪莘三上書，不報，爲楊慈湖、朱晦庵、真西山所歎服。築室柳溪，自號方壺居士，其柳塘長短句似坡公，不受音律束縛。孫山甫

汪莘杏花天

「美人家在江南住。每惆悵江南日暮。白蘋洲畔花無數。還憶瀟湘風度。猶恐是斷腸無處。怎强作鶯聲燕語。東風占斷秦箏柱。也逐落花歸去。」汪叔耕杏花天詞也。叔耕詞蘊霞箋玉滴之奇，而憂深思遠，未易遽班之賀白也。程珌

劉子寰詠山泉

劉圻父早登朱晦庵之門，劉後村嘗序其詞。其詠山泉云：「静坐時看松鼠飲，醉眠不礙山禽浴。」是真得山泉之興趣者。古今詞話

黄銖漁家傲

朱晦翁示黄銖以歐陽永叔鼓子詞，蓋所以諷之也。銖賦漁家傲云：「永日離憂千萬緒。霜舟遠泛清漳浦。珍重故人寒夜語。揮玉麈。沉沉畫閣凝香霧。　風砌落花留不住。紅蜂翠蝶閒飛舞。明日柳陰江上路。雲起處。蒼山萬疊人歸去。」草窗詞選

大聖樂

朱晦庵爲倉使時，某郡太守貪污，幾爲按治，憂惶百端。未幾，晦庵移節他路，喜可知也。有招守飲者，出寵姬歌大聖樂，至末句云：「休眉鎖。問朱顔去了，還更來麽。」太守爲之起舞。軒渠後録

嚴蕊卜算子

唐仲友知台州，晦庵爲浙東提舉，互相申奏。壽皇問宰執兩人曲直。對曰：「秀才争閒氣耳。」仲友眷官妓嚴蕊奴，晦庵繫治之。及晦庵移去，提刑岳霖行部至台，蕊乞自便。岳問曰：「去將安歸。」蕊賦卜算子云：「住也如何住。去也終須去。若得山花插滿頭，莫問奴歸處。」岳笑而釋之。雪舟脞語

謝希孟詞

謝希孟，陸象山門人也，少豪俊，與妓陸氏狎，象山屢責之，希孟但敬謝而已。他日復爲妓造鴛鴦樓，象山又以爲言。希孟謝曰：「非特建樓，且爲作記。」象山喜其文，不覺曰：「樓記云何。」卽占首句云：「自遜、抗、機、雲之死，而天地英靈之氣，不鍾於男子，而鍾於婦人。」象山默然，知其侮己也。一日，在妓所，恍然有悟，不告而行。妓追送江滸，悲戀涕泣，希孟不顧，取領巾書一詞與之云：「雙槳浪花平，夾岸青山鎖。你自歸家我自歸，説著如何過。　我斷不思量，你莫思量我。將你從前與我心，付與他人可。」其詞勇決，真象山門下之利根也。古今詞話

姜夔詞

姜白石，詩家名流，詞尤精妙，不減清真樂府，其間高處有美成所不能及者。善吹簫，多自製曲，初則率意爲長短句，既成，乃按以律呂，無不協者。有咏蟋蟀齊天樂一闋最勝。其詞曰：「庾郎先自吟愁賦。淒淒更聞私語。露溼銅鋪，苔侵石井，都是曾聽伊處。哀音似訴。正思婦無眠，起尋機杼。曲曲屏山，夜涼獨自甚情緒。　西窗又吹暗雨。爲誰頻斷續，相和砧杵。候館吟秋，離宫弔月，別有傷心無數。豳詩漫與。笑籬落呼燈，世間兒女。寫入琴思，一聲聲更苦。」其過茗霅云：「拂雪金鞭，欺寒茸帽，嘗記章臺走馬。雁磧沙平，漁汀人散，老去不堪遊冶。」人日詞云：「池面冰膠，牆腰雪老，雲意還又沉沉。朱户黏雞，金盤簇燕，空歎時序侵尋。」湘月詞云：「中流容與，畫橈不點清鏡。」從柳洲「緑淨不可唾」之語

翻出。戲張平甫納妾云：「別母情懷，隨郎滋味，桃葉渡江時。」翠樓吟云：「檻曲縈紅，檐牙飛翠。酒祓清愁，花消英氣。」法曲獻仙音云：「過秋風、未成歸計，重見冷楓紅舞。」玲瓏四犯云：「輕盈喚馬，端正窺户。酒醒明月下，夢逐潮聲去。」句法奇麗，其腔皆自度者，惜舊譜零落，未能被之管絃也。詞品

姜夔賦柳枝

鄱陽姜堯章流寓吳興，嘗暇日遊金閶，徘徊弔古，賦柳枝詞，有「行人悵望蘇臺柳，曾爲吳王掃落花」之句。楊誠齋極喜誦之。蕭東父尤愛其詞，以其兄之子妻焉。樂府紀聞

姜夔暗香疏影

姜堯章自序曰：「淳熙辛亥之冬，余載雪詣石湖上，留止匝月。主人授簡索句，且徵新聲，因作仙吕宫二曲。石湖把玩不已，使工伎隸習之，音節諧婉，乃命之曰暗香、疎影。」小紅者，石湖家青衣也，色藝俱妙，尤善歌二詞。及姜歸，石湖以小紅贈之。古今詞話

姜夔百宜嬌

堯章嘗寓吳興張仲遠家，仲遠屢出外，其室人知書，賓客通問，必先窺來札，性頗妒。堯章戲作百宜嬌詞以遺仲遠云：「看垂楊迷苑，杜若吹沙，愁損未歸眼。信馬青樓去，重簾下，娉婷人妙飛燕。翠尊共款。聽豔歌，郎意先感。便攜手月地雲階裏，愛良夜微暖。」竟爲所見。仲遠歸，竟莫能辨，則受其指爪

摜面，至不能出外云。耆舊續聞

姜夔詞如野雲孤飛

白石詞如野雲孤飛，去留無跡，不惟清虛，又復騷雅，歌之使人神觀飛越。樂府指迷

高觀國精於詠物

高觀國精於詠物，竹屋癡語中最佳者有御街行咏轎、咏簾，賀新郎詠梅，解連環咏柳，祝英臺近咏荷，少年遊咏草，皆工而入逸，婉而多風。古今詞話

高觀國懷梅溪

高竹屋有中秋夜懷史梅溪齊天樂詞，即「晚雲知有關山念」一闋也。徘徊宛轉，交情如見。姜夔

史達祖詞

史達祖詞，織綃泉底，去塵眼中，妥帖輕圓，情詞俱到。有瓌奇警邁清新閒婉之長，而無詑蕩汙淫之失。端可分鑣清真，平睨方回。張鎡

史達祖杏花天

史邦卿杏花天詞云：「軟波拖碧蒲芽短。畫樓外，花晴柳暖。今年自是清明晚。便覺芳情較懶。春衫

瘦，東風翦翦。逗花塢香吹醉面。歸來立馬斜陽岸。隔水歌聲一片。」姜堯章謂邦卿之詞，奇秀清逸，有李長吉之韻，蓋能融情景於一家，會句意於兩得者。其「做冷欺花，將煙困柳」一闋，將春雨神色拈出。「飄然快拂花梢，翠尾分開紅影」，又將春燕形神畫出矣。姜亦當時名手，而推服之如此。詞品

吴文英詠舞女

吴夢窗名文英，字君特，四明人。尹惟曉序其集云：「求詞於我宋，前有清真，後有夢窗，此非焕之言，四海之公言也。」其咏京市舞女玉樓春云：「茸茸狸帽遮梅額。金蟬羅翦胡衫窄。乘肩争看小腰身，倦態强隨閒鼓笛。　問稱家在城東陌。欲買千金應不惜。歸來困頓殢春眠。猶夢婆娑斜趁拍。」深得其意態云。詞品

吴文英金盞子

吴城連日賞桂，一夕風雨，悉已零落。獨寓窗晚花，方作小蕾，未及見開，遂有新邑之役。竭來西館，籬落間嫣然一枝可愛，似見人而喜，爲賦一解。吴文英金盞子詞自序

吴文英疏快詞

吴夢窗詞如七寶樓臺，眩人眼目，拆碎下來，不成片段，惟唐多令一首云：「何處合成愁。離人心上秋。縱芭蕉不雨也颼颼。都道晚涼天氣好，有明月，怕登樓。　年事夢中休。花空煙水流。燕辭歸客尚淹

留。垂柳不縈裙帶住，漫長是，繫行舟。」及倦尋芳之「不約舟移楊柳繫，有緣人映桃花見」，高陽臺之「南樓不恨吹横笛，恨曉風千里關山」，最爲疏快不質實。張炎

王楙詞

張子野晚年多畜姬侍，東坡有詩云：「詩人老去鶯鶯在，公子歸來燕燕忙。」蓋均用張家故事也。按唐有張君瑞，遇崔氏女於蒲，崔小名鶯鶯，元稹與李紳語其事，作鶯鶯歌。漢童謠曰：「燕燕尾涎涎，張公子時相見。」又張祜妾名燕燕。其事蹟與對偶皆精切如此。然鶯鶯對燕燕，已見於杜牧之詩曰：「綠樹鶯鶯語，平沙燕燕飛。」前輩用字，必有所祖。魯直作蘇翰林出遊詩曰：「人間化鶴三千歲，海上看羊十九年。」亦皆用本家故事，而不失之偏枯，可以爲法也。余嘗祖其意作一詞爲張儀真壽曰：「三傑後，福壽兩無涯。食乳相君功未既，畫眉京兆眷方滋。富貴莫推辭。門兩戟，却棹一綸絲。蓴菜秋風鱸鱠美，桃花春水鱖魚肥。笑傲霅溪湄。」蓋寓聲望江南云。野客叢談

查荎詞

傷離念遠之詞，無如查荎「斜陽影裏，寒煙明處，雙槳去悠悠」，令人不能爲懷。然尚不如孫光憲「兩槳不知消息，遠汀時起鸂鶒」，尤爲黯然。洪叔璵「醉中扶上木蘭舟，醒來忘却桃源路」，造語雖工，却微著色矣。兩君專以淡語入情。詞筌

張宗瑞謁金門

張宗瑞樂府一卷，名東澤綺語債，其詞皆倚舊腔而別立新名，亦好奇之故也。草堂選其疏簾淡月一篇，即桂枝香也。余尤愛其垂楊碧一篇，即謁金門。其詞曰：「花半溼。睡起一窗晴色。千里江南空咫尺。醉中歸夢直。前度蘭舟送客，雙鯉沉沉消息。樓外垂楊如許碧。問春來幾日。」詞品

嚴次山詞

嚴次山清江欸乃集，極爲詞家所重。玉樓春之春怨，鷓鴣天之別情，綠頭鴨之記恨，金縷曲之送春，無不入選，而吾獨愛其「黏雲江影傷千古，流不去斷魂處」，自是才人創句。草堂詞評

李石詞

蜀人李方舟著續博物志，詞亦風致可喜。其夏夜詞云：「煙柳疏疏人悄悄。」贈妓云：「瘦玉倚香愁黛翠。」皆名句也。古今詞話

謝懋詞

靜寄居士謝勉仲有聲樂府，吳伯明稱其片言隻字，戛玉鏗金，蘊藉風流，爲世所貴。其七夕鵲橋仙一詞入草堂選，即「鉤簾借月，染雲爲幌」是也。若「餘醒未解扶頭懶，屏裏瀟湘夢遠」，亦的的奇句。詞品

吴禮之詞

吴禮之順受老人詞，久著名。其雨中花慢及醜奴兒長調，皆能以尋常語言爲極透脱文字。鄭國輔

鄭域詞

鄭中卿號松窗，嘗隨張貴謨使北，著燕谷剽聞二卷，紀事甚詳。小詞亦清醒可喜。如昭君怨咏梅云：「道是花來春未。道是雪來香異。水外一枝斜。野人家。冷淡竹籬茅舍。富貴玉堂瓊樹。兩地不同栽。一般開。」與比甚佳。麗情云：「合是一釵雙燕，卻成兩鏡孤鸞。」樂府多傳之。詞品

姚寬詞

姚令威家於西溪，擅山水之勝，故號西溪，亦以名其集。其閨詞云：「酒面撲春風，淚眼零秋雨。」秋思云：「採菱渡口日將斜，飛鴻樓上人空立。」足以見其概矣。古今詞話

劉過天仙子

詞有如張融危膝，不可無一，不可有二者。如劉改之天仙子別妾詞云：「別酒醺醺渾易醉。回過頭來三十里。馬兒不住去如飛，行一憩，牽一憩，斷送殺人山共水。是則功名真可喜。不道恩情抛得未。梅村雪店酒旗斜，去也是，住也是，煩惱自家煩惱你。」又小説載曹東畝赴試步行，戲作紅窗迥慰其足云：「春闈期近也，望帝鄉迢迢，猶在天際。懊惱這一雙脚底，一日趕不上五六十里。争氣。扶持我去，博

得官歸，那時賞你穿對朝靴，安排你在轎兒裏。更選對宮樣鬏兒，夜間伴你。」此等詞後人再若效顰，寧非打油惡道乎。然改之「梅村雪店酒旗斜」，固非雅流不能作此。曹太俚俗，去之甚遠。至無名氏青玉案曰：「落日解鞍芳草岸。花無人戴，酒無人勸。醉也無人管。」語淡而情濃，事淺而言深，真得詞家三昧，非鄙俚朴陋者可冒。詞筌

劉克莊沁園春

劉潛夫後村別調一卷，大抵直致近俗，乃效稼軒而不及者。其沁園春夢方孚若云：「何處相逢，登寶釵樓，訪銅雀臺。喚廚人斫就，東溟鯨膾，圉人呈罷，西極龍媒。天下英雄，使君與操，餘子誰堪共酒杯。車千乘，載燕南趙北，劍客奇材。　飲酣畫鼓如雷。誰信被晨雞催喚回。歎年光過盡，功名未立，書生老去，機會方來。使李將軍，遇高皇帝，萬户侯何足道哉。推衣起，但淒涼四顧，慷慨生哀。」舉一以例，他詞類是。張炎

劉克莊妙語悟語

「貪與蕭郎眉語，不知舞錯伊州」，妙語也。「除是無身方了，有身常有閒愁」，悟語也。皆後村句。古今詞話

劉克莊贈王邁詞

王邁字實之，號臞庵，丁丑第四人及第。劉後村贈以詞云：「天壤王郎，數人物，方今第一。談笑裏，風霆驚座，雲煙生筆。落落元龍湖海氣，琅琅董相天人策。」其重之如此。又嘗見翰苑新書載後村與實之四六啓云：「聲名早著，不數黄香之無雙。科目小低，猶壓牧之之第五。元化孕此五百年之間氣，同輩立於九萬里之下風。」又云：「朱雲折檻，諸公慚請劍之言。陽子哭廷，千載壯裂麻之語。一葉身輕，何去之勇。六丁力盡，而挽不回。有謫仙人駿馬名姬之風，無杜少陵冷炙殘杯之態。麗人歌陶秀實郵亭之曲，好事繪韓熙載夜宴之圖。擁通德而著書，命便了以沽酒。」觀此，知實之蓋進則忠鯁，退則豪俠，元龍、太白一流人也，可以補史氏之遺。詞品

隨如百詠

隨如百詠，麗不至褻，新能化陳，周、柳、辛、陸之能事，庶乎兼之。劉克莊

孫惟信詞

孫花翁有好詞，亦善運意，但雅正中時有一二市井語。沈伯時

馮偉壽詞

馮雙溪與黄玉林互相標榜，其子偉壽，字艾子，精於律吕，詞多自製腔，草堂選其「春風惡劣，把數枝香錦，和鶯吹折」一首。又有自度春風嫋娜詞云：「被梁間雙燕，話盡春愁。朝粉謝，午花柔。倚紅闌故

與，蝶圍蜂繞，柳綿無數，飛上搔頭。鳳管聲圓，蠶房香暖，笑挽羅衫須少留。隔院蘭馨趁風遠，鄰牆桃影伴煙收。　些子風情未減，眉頭眼尾，萬千事欲說還休。薔薇刺，牡丹毬。殷勤記省，前度綢繆。夢裏飛紅，覺來無覓，望中新綠，別後空稠。相思難偶，歎無情明月，今年已是，三度如鈎。」殊有前宋秦、晁風豔，比之晚宋酸餡味教督氣不侔矣。餘句如「笑呼銀漢入金鯨」，臨邛高恥庵列爲麗句圖云：「文子小名艾，非誤文也，以雙溪壽玉林沁園春詞考之云：『更擕阿艾，同壽靈椿。』可證。」古今詞話

周密詞

蘋洲漁笛譜中玲瓏四犯詞，乃戲調夢窗作也。後闋云：「憑問柳陌情人，比似垂楊誰瘦。」其拜星月乃春暮寄夢窗作也。後闋云：「蕩歸心，已過江南岸。清宵夢，遠逐飛花亂。」又有玉漏遲題夢窗霜花腴詞集全闋，更覺纏綿深至，可泣可歌。宋名家詞評

陳允平日湖漁唱

詞欲雅而正，志之所至，詞亦至焉。一爲物所役，則失其雅正之音。近日惟陳西麓日湖漁唱頗有佳者。張炎

李萊老彭老兄弟詞

李萊老、彭老兄弟皆與草窗善，萊老題其詞卷有句云：「白髮潘郎吟欲瘁，綠暗蘼蕪千里。」彭老懷嘯翁

詞有句云：「相對夜何其。泛剡清愁，買花芳事，一卷新詩。」詞苑

趙汝愚題鼓山寺

趙汝愚題鼓山寺云：「幾年奔走厭塵埃。此日登臨亦快哉。江月不隨流水去，天風常送海濤來。」朱晦庵摘其中「天風海濤」四字題扁，人莫知爲趙公詩也。嚴次山有水龍吟詞題壁云：「飈車飛上蓬萊，不須更跨琴高鯉。砉然長嘯，天風澒洞，雲濤無際。我欲乘桴，從兹浮海，約任公子。辦虹竿千丈，犗鈎五十，親點對，連鼇餌。　誰榜佳名空翠。紫陽仙去騎箕尾。銀鈎鐵畫，龍拏鳳翥，留人間世。更憶東山，登臨一曲，暗霑襟淚。到而今，幸有高亭遺愛，寓甘棠意。」此詞前段言江山景，後段紫陽仙去指朱文公，東山甘棠指趙公也。趙詩、朱字、嚴詞，可謂三絶，特記於此。詞品

黄昇詞

黄玉林早棄制科，雅意吟咏，閣學游受齋稱其詞如晴空冰柱。閩帥樓秋房聞其與魏菊莊爲友，以泉石清士目之。胡德方

葛魯卿藹山溪

葛魯卿有藹山溪一曲，咏天穿節郊射也。宋以前以正月二十三日爲天穿節。相傳云，女媧以是日補天，俗以煎餅置屋上，名曰補天穿，今其俗廢久矣。詞云：「春風野外，卵色天如水。魚戲舞綃紋，似出聽新

聲北里。追風駿足，千騎卷高門，一箭過，萬人呼，雁落寒空裏。天穿過了，此日名穿地。橫石俯清波，競追隨新年樂事。誰憐老子，使得縱遨遊，爭捧手，共憑肩，夾路遊人醉。」詞不甚工而事奇，故拈出之。「卯色天」用唐詩「殘霞蹙衣魚鱗浪，薄日烘雲卯色天」之句。東坡詩亦云：「笑把鴟夷一尊酒，相逢卯色五湖天。」今刻蘇詩者不知出處，改卯色爲柳色，非也。花間詞「一方卯色楚南天」，注以卯爲卯，亦非。詞品

張炎詞

樂笑翁張炎詞如「荒橋斷浦，柳陰撐出漁舟小」，賦春水入畫。其咏孤雁云：「自顧影欲下寒塘，正沙淨草枯，水平天遠。寫不成書，只寄得、相思一點。」如此等語，雖丹青難畫矣。草窗詞選

張炎國香詞

張叔夏國香詞自序云：沈梅嬌，杭妓也，忽於京師見之，把酒相勞苦，猶能歌周清真意難忘、臺城路二曲，因屬余紀其事，詞成以素羅帨書之。「鶯柳煙堤。記未吟青子，曾比紅兒。嬌蕊弄香微透，鬟翠雙垂。不道留仙不住，便無夢吹到南枝。相看兩流落，掩面凝羞，怕說當時。淒涼歌楚調，嫋餘音不放，一朵雲飛。丁香枝上，幾度款語深期。拜了花梢淡月，最難忘弄影褰衣。無端動人處，過了黃昏，猶道休歸。」能改齋漫錄

張炎臺城路

張叔夏臺城路自序云：「歲庚辰，會江蘭坡於薊北，恍然如夢，回憶舊遊，已十八年矣。」其起句云：「十年舊事翻如夢，重逢可憐俱老。水國春空，山城日晚，無語相看一笑。」如此等詞，卽以爲杜詩韓筆可也，豈止極填詞之能事。宋名家詞評

張炎悼碧山

叔夏瑣窗寒自序云：「王碧山又號中仙，越人也。其詩清峭，其詞閒雅，有姜白石意趣，今絕響矣，因作此以悼之。」其前段云：「斷碧分山，空簾趁月，故人天外。香留酒殢，蝴蝶一生花裏。想如今愁魂正遠，夜臺夢語秋聲碎。自中仙去後，詞箋賦筆，更無清致。」其推碧山至矣。然如此等詞，其清致不更勝碧山耶。宋名家詞評

張炎西子妝

西子妝，吴夢窗自度曲，余愛其聲調婀雅，久欲效而未能。甲午春，寓羅江，與陳文卿閒行江上，景況離離，斜日孤村，鵾聲萬里，因填此闋。惜舊譜零落，不能倚聲而歌也。樂笑翁自題

蘇雪坡詞

蘇雪坡贈楊直夫云：「允文事業從容了。要岷峨人物，後先相照。見説君王曾有問，似此人才多少。況蜀

珍先已登廊廟。但側耳，聽新詔。」按小說，高宗嘗問馬騏曰：「蜀中人才如虞允文者有幾。」騏對曰：「未試焉知，允文亦試而後知也。」蘇與楊馬皆蜀人，楊在眉山爲甲族，直夫之妹通經學，比於曹大家，嫁虞氏，生虞集，爲鉅儒，其學無師，傳於母氏也。此事蜀人亦罕知，故著之。輟耕錄（案：此姚勉詞，楊慎詞品誤作蘇雪坡。）

楊纘一枝春

守歲之詞雖多，極難其選，獨楊守齋一枝春最爲近世所稱。其詞云：「竹爆驚春，競喧闐，夜起千門簫鼓。流蘇帳暖，翠鼎緩騰香霧。停杯未舉。奈剛要、送年新句。應自賞、歌清字圓，未誇上林鶯語。從他歲窮日暮。縱閒愁，怎減劉郎風度。屠蘇辦了，迤邐柳歡梅妒。宮壺未晚，早驕馬繡車盈路。還又把月夕花朝，自今細數。」建安馬古洲有經學，多論著，填詞其餘事也。草堂選其春遊歸朝歡一首，餘如月華清云：「悵望月中仙桂。問竊藥佳人，與誰同歲。」賀聖朝云：「遊人不知返。被子規呼轉。」阮郎歸云：「三三兩兩叫船兒。人歸春也歸。」俱駘蕩清快，別有旨趣。元夕詞云：「玉梅對妝雪柳，鬧蛾兒象生嬌顫。」更可考見杭都節物。宋名家詞評

蔣捷詞

俗謂風曰孟婆，蔣捷詞云：「春雨如絲，繡出花枝紅裊。怎禁他孟婆合皁。」江南七八月間有大風甚於舶𦨴，野人相傳以爲孟婆發怒。按北齊李騊駼聘陳，問陸士秀：「江南有孟婆，是何神也。」士秀曰：「山海

經云：『帝之二女，遊於江中，出入必以風雨自隨，以帝女故曰孟婆。』猶郊祀志以地神爲泰媪。」此言雖鄙俚，亦有自來矣。詞品

詠茉莉詩詞

茉莉，嶺表所産，古今咏者無多，朱晦庵有二絶句，葉道卿題一小詞，獨施仲山「小蓮冰潔」四字，摹狀最佳。周密

吴潛詞

吴毅甫嘉定丁丑狀元，爲賈似道所陷，南遷嶺表，有履齋詩餘行世。其送李御帶祺一詞「報國無門空自怨，濟時有策從誰吐。」亦自道也。李祺號竹湖，亦當時名士，所著有春秋王霸，列國分紀，余得之市肆，故書中乃爲傳之。詞品

魏了翁壽詞

魏了翁，道學宗派，與真西山齊名，詞不作豔語，有長短句一卷，皆壽詞也。菩薩蠻壽江倅云：「東窗五老峰前月。南窗九疊坡前雪。推出侍郎山。著君窗户間。離騷鄉裏住。卻記庚寅度。挹取芷蘭芳。酌君千歲觴。」又鷓鴣天壽范靖州云：「誰把璿璣運化工。參旗又掛玉梅東。三三律琯聲餘亥，九九元經卦起中。」又，水調歌頭云：「玉圍腰，金繫肘，繡籠鞍。」宋代壽詞，無有過之者。詞品

文天祥百字令

文文山驛中與友人言别，賦百字令，氣衝牛斗，無一毫委靡之色。其詞曰：「水天空闊，恨東風不借，世間英物。蜀鳥吳花殘照裏，忍見荒城頹壁。銅雀春情，金人秋淚，此恨憑誰雪。堂堂劍氣，斗牛空認奇傑。　那信江海餘生，南行萬里，送扁舟齊發。正爲鷗盟留醉眼，細看濤生雲滅。睨柱吞嬴，回旗走懿，千古衝冠髮。伴人無寐，秦淮應是孤月。」陳子龍

文天祥代作滿江紅

元兵入杭，中宫以下皆赴北，有王昭儀名清惠者，題詞於驛壁，卽所傳滿江紅也。其後闋云：「驛館夜驚塵土夢，宫車曉碾關山月。願嫦娥相顧且從容，隨圓缺。」文文山讀至末句歎曰：「惜哉，夫人於此少商量矣。」爲代作二首，全用其韻。其一云：「回首昭陽離落日，傷心銅雀迎新月。算妾身不願似天家，金甌缺。」其二云：「世態便如翻覆雨，妾身原是分明月。笑樂昌一段好風流，菱花缺。」文山於成敗死生之際，蓋見之明，守之固矣。然女史載王昭儀抵上都，懇爲女道士，號冲華。則昭儀女冠之請，丞相黄冠之志，固先後合轍，從容圓缺，取義成仁，無有二也。詞苑

文天祥南樓令

文信國被執北行，次信安，館人供帳甚盛。信國達旦不寐，題詞於壁，調寄南樓令云：「雨過水明霞。潮

迴岸帶沙。葉聲寒、飛透窗紗。懊恨西風吹世換，又吹我、落天涯。寂寞古豪華。烏衣又日斜。說興亡、燕入誰家。只有南來無數雁，和明月、宿蘆花。」或云鄧光薦詞也。耆舊續聞

鄧光薦詞

鄧光薦號中齋，信國公之客也。宋亡，以義行著。其所著鷓鴣詞有曰：「行不得也哥哥。瘦妻弱子羸牸馱。天長地闊多網羅。南音漸少北語多。肉飛不起可奈何。行不得也哥哥。」其贊文山像曰：「目煌煌兮疏星曉寒。氣英英兮晴雷殷山。頭碎柱兮璧完。血化碧兮心丹。嗚呼，孰謂斯人兮不在人間。」遂昌雜錄

鄧光薦賣花聲

中齋有賣花聲詞曰：「夢斷古臺城。月淡潮平。便須攜酒訪新亭。不見當時王謝宅，煙草青青。」其懷君憶舊，情見乎詞矣。雪舟脞語

劉辰翁寶鼎現

劉辰翁作寶鼎現詞，時爲大德元年，自題曰丁酉元夕，亦義熙舊人只書甲子之意。其詞有云：「父老猶記宣和事，抱銅仙，清淚如水。」又云：「腸斷竹馬兒童，空見三千樂指。」又云：「向燈前擁髻，暗滴鮫珠墜。便當日親見霓裳，天上人間夢裏。」反反覆覆，字字悲咽，孤竹彭澤之流。張孟浩

劉辰翁大酺

須溪大酺詞後闋云：「休回首，都門路。幾番行晚，個個阿嬌深貯，而今斷煙細雨。」說春寒至此，大有深味。蘭陵王首句云：「送春去。春去人間無路。」九字悲絶。換頭云：「春去誰最苦，但箭雁沉邊，梁燕無主。杜鵑聲裏長門暮。」此四句淒清何減夜猿。後段云：「春去尚來否。正江令恨別，庾信愁賦。蘇堤盡日風和雨。歎神遊故國，花看前度。人生流落，顧孺子，共夜語。」其詞悠揚悱惻，即以爲小雅楚騷可也。填詞云乎哉。卓人月

唐珏詞

唐玉潛與林景熙同爲採藥之行，潛葬諸陵骨，樹以冬青，世人高其義烈。而咏蓴、咏蓮、咏蟬諸作，巧奪天工，亦宋人所未有。陳子龍

李五松詠白蓮

李五松咏白蓮詞，與唐菊山同一妙手。王世貞

上元鷓鴣天詞十五首

上元鷓鴣天詞十五首，備述宣政之盛，非想像者所能道，不知何人所作，當與夢華録並行也。蘆浦筆記

劉朔齋詞

劉朔齋宣城得代，以詞别吴履齋，末句云：「愁緑野堂邊，劉郎去後，誰伴老裴度。」履齋見之垂涙，送金百兩。古人憐才如此。中吴紀聞

陳郁詠雪詞

史彌遠之比周於楊后也，出入宫禁，外議甚譁，有人作咏雲詞譏之云：「往來與月爲儔，舒卷和天也蔽。」賈似道當國日，陳藏一亦作咏雪詞以譏之曰：「没巴没鼻，霎時間做出，漫天漫地。不論高低併上下，平白都教一例。鼓弄滕六，招摇巽二，直恁張威勢。識他不破，至今道是祥瑞。最是鵝鴨池邊，三更半夜，誤了吴元濟。東郭先生都不管，關上門兒穩睡。一夜東風，三竿紅日，萬事隨流水。東皇笑道，山河元是我的。」調寄念奴嬌。錢塘遺事

譏賈似道詞

似道遭貶時，人有題壁云：「去年秋。今年秋。湖上人家樂復憂。西湖依舊流。吴循州。賈循州。十五年間一轉頭。人生放下休。」此詞視雷州寇司户之句尤警，吴循州謂履齋遭貶，乃賈擠之也。西湖志餘

文及翁詞

蜀人文及翁登第後遊西湖，一同年戲之曰：「西蜀有此景否。」及翁卽席賦賀新郎云：「一勺西湖水。渡江來百年歌舞，百年酣醉。回首洛陽花世界，煙渺黍離之地。更不復、新亭墮淚。簇樂紅妝搖畫舫，問中流擊楫何人是。千古恨，幾時洗。　余生自負澄清志。更有誰、磻溪未遇，傅巖未起。國事如今誰倚仗，衣帶一江而已。便都道、波神堪恃。試問孤山林處士，但掉頭笑指梅花蕊。天下事，可知矣。」古杭雜記

石孝友多麗

石次仲金谷遺音有多麗一詞，以「西湖晚」爲起句，人多和之。按：次仲於宋未甚著名，而詞之清奇宕逸如此。乃知宋之填詞，猶唐之詩、晉之字，不必名家而皆可傳也。楊慎

陳瓘詞

劉跛子者，青州人，拄一拐，每歲必至洛中看花，館范家園，春盡卽還京師。陳瑩中作長短句贈之曰：「槁木形骸，浮雲身世，一年兩到京華。又還乘興，閒看洛陽花。聞道鞓紅最好，春歸後，終委泥沙。忘言處，花開花落，不似我生涯。　年華留不住，饑餐困寢，觸處爲家。這一輪明月，本自無瑕。隨分冬裘夏葛，都不會，赤水黃沙。誰知我，春風一拐，談笑有丹砂。」後又見於興國寺，以詩戲之曰：「相逢一拐

大梁間。妙語時時見一斑。我欲從公蓬島去，爛銀坑裏看青山。」冷齋夜話

白玉蟾懷古

白玉蟾居武夷山中，嘉定間詔徵赴闕，嘗過武昌，賦酹江月懷古詞云：「漢江北瀉，下長淮，洗盡胸中今古。樓櫓欉波征雁遠，誰見魚龍夜舞。鸚鵡洲雲，鳳凰山月，付與沙頭鷺。功名何處。年年惟見春絮。非不豪似周瑜，壯如黄祖。亦逐秋風度。野草閒花無限恨，渺在西山南浦。黄鶴樓人，赤烏年事，江漢亭前路。浮萍無據。水天幾度朝暮。」能改齋漫録

白玉蟾三臺令

白玉蟾，瓊州人，有海瓊子集。自言世間有字之書，無不目過，足跡半天下，嘗爲朱晦庵題像，賦三臺令詞，其自題亦云：「千古蓬頭跣足，一生服氣餐霞。笑指武夷山下，白雲深處吾家。」後於鶴林羽化。湧幢小品

白玉蟾水調歌頭

東坡水調歌頭(此字原缺。)「明月幾時有」一詞，畫家大斧皴，書家擘窠體也。後有海瓊子一詞足與匹敵。起句云：「一葉飛何處，天地起西風。」卒章云：「鐵笛一聲曉，喚起五湖龍。」此豈胸中有煙火　筆下有纖塵者，所能彷彿其一二耶。且讀此老嬾翁賦，冰紈火布，錯列交陳，真令饞爲醉。詞統

易祓妻詞

易彦祥，寧宗朝狀元，初以優校爲前廊，久不歸，其妻作一翦梅詞寄之云：「染淚修書寄彦祥。貪却前廊。忘却回廊。功名成就不還鄉。石做心腸。鐵做心腸。　紅日三竿未理妝。虚度韶光。瘦損容光。相思何日得成雙。羞對鴛鴦。懶繡鴛鴦。」古杭雜記

延安夫人詞

延安夫人，蘇丞相子容之妹，有寄季玉妹更漏子詞云：「小闌干，深院宇。依舊當時別處。朱户鎖，玉樓空。一簾霜日紅。　弄珠江，何處是。望斷碧雲無際。凝淚眼，出重城。隔溪羌笛聲。」侯鯖録

清庵與秀齋

南渡後有二婦人能繼李易安之後，清庵□氏，秀齋方氏也，皆能文章。清庵乃鮑守之妻，秀齋乃夷吾之女弟，歸於陳日華。秀齋能識人，嘗有兩館客，一陳勉之，一陳景南也。紹陶録

陸游家室之間不幸

陸放翁娶婦，琴瑟甚和，而不當母夫人意，遂至解褵。然猶餽遺殷勤。嘗貯酒贈陸，陸謝以詞，有「東風惡，歡情薄」之句，蓋寄聲釵頭鳳也。婦亦答詞云：「世情薄。人情惡。雨送黄昏花易落。曉風乾。淚痕殘。欲箋心事，獨語斜闌。難、難、難。　人成各。今非昨。病魂常似秋千索。角聲寒。夜闌珊。

怕人尋問，咽淚妝歡。瞞、瞞、瞞。」未幾，以愁怨死。又放翁嘗過一驛，見題壁一詩：「玉階蟋蟀鬧清夜，金井梧桐辭故枝。一枕淒涼眠不得，呼燈起作感秋詩。」詢之，知是驛卒女，遂納爲妾。未半載，夫人逐之。妾賦生查子詞云：「只知眉上愁，不識愁來路。深院有芭蕉，陣陣黄昏雨。曉起理殘妝，整頓教愁去。不合畫春山，依舊留愁住。」遂别。夫愛妻見逐於母，愛妾復見逐於妻，放翁於家室之間，何多不幸歟。夸娥齋主人

美奴詞

陸敦禮侍兒名美奴，善口占小詞，每乞韻於座客，頃刻成章。敦禮令掌文翰。其卜算子詞云：「送我出東門，乍别長安道。兩岸垂楊鎖暮煙，正是秋光老。一曲古陽關，莫惜金尊倒。君向瀟湘我向秦，魚雁何時到。」如夢令云：「日暮馬嘶人去。船逐清波東注。後夜最高樓，還肯思量人否。無緒。無緒。生怕黄昏疏雨。」苕溪漁隱

張淑芳詞

張淑芳，西湖樵家女，理宗選妃日，賈似道匿爲己妾，卽德祐太學生百字令中所指「新塘楊柳」也。有無名氏題壁云：「山上樓臺湖上船。平章醉後懶朝天。羽書莫報樊城急，新得蛾眉正少年。」淑芳亦知必敗，營别業以遯跡焉。木棉之後，自度爲尼，罕有知者。詞數闋，今録其浣溪紗云：「散步前山春草香。朱闌緑水遶吟廊。花枝驚墮繡衣裳。或定或摇江上柳，爲鸞爲鳳月中篁。爲誰掩抑鎖雲窗。」更漏

子云：「墨痕香，紅蠟淚。點點愁人離思。桐葉落，蓼花殘。雁聲天外寒。五雲嶺，九溪塢。待到秋來更苦。風淅淅，水淙淙。不教蓬徑通。」至今五雲山下九溪塢，尚有尼庵。西湖志餘

金德淑望江南

章丘先生至元都，旅次無聊，對月歌曰：「萬里倦行役，秋來瘦幾分。因看河北月，忽憶海東雲。」夜靜聞鄰婦有倚樓而泣者，明日訪之，則宋宮人金德淑也。詢李曰：「客非昨暮悲歌人乎，詞乃佳製否。」李曰：「歌非己作，有同舟人自杭來吟此，故記之耳。」婦泣曰：「此亡宋昭儀王清惠所寄汪水雲詩。」因自舉其望江南詞云：「春睡起，積雪滿燕山。萬里長城橫縞帶，六街燈火已闌珊。人立玉樓間。」後遂委身於生。樂府紀聞

衛芳華詞

延祐初，永嘉滕穆寓臨安聚景園，月夜遇一麗人，自言故宋理宗宮人衛芳華也。命女侍名翹翹者設茵席，陳酒果，邀滕共飲，自歌木蘭花慢詞以侑觴云：「記前朝舊事，曾此地，會神仙。向月地雲階，重攜翠袖，來拾花鈿。繁華總隨流水，歎一場春夢杳難圓。廢港芙蓉滴露，斷堤楊柳搖煙。兩峰南北只依然。輦路草芊芊。恨別館離宮，煙消鳳蓋，波沒龍船。平生玉屏金屋，對漆燈無焰夜如年。落日牛羊冢上，西風燕雀林邊。」遂留翹翹守宅而隨生焉。經三年，忽云冥緣已盡。遂別。樂府紀聞

丘氏燭影摇紅

明州舒信道中丞第中，嘗見一女子舉手代拍而歌者。詢之，云姓丘氏。每歌燭影摇紅曲，有云：「緑淨波光淺，寒先到芙蓉島。謝池幽夢屬才郎，幾度生春草。恨鎖横波，遠山淺黛無人掃。」句亦婉麗，家人以其爲祟，延法士治之，則一池中物也。樂府紀聞

陳子龍論詞

宋人不知詩而强作詩，其爲詩也，言理而不言情，終宋之世無詩。然其歡愉愁苦之致，動於中而不能抑者，類發於詩餘，故其所造獨工。蓋以沉摯之思而出之必淺近，使讀之者驟遇之，如在耳目之前，久誦之，而得雋永之趣，則用意難也。以儇利之詞而製之必工鍊，使篇無累句，句無累字，圓潤明密，言如貫珠，則鑄詞難也。其爲體也纖弱，明珠翠羽，猶嫌其重，何況龍鸞，必有鮮妍之姿，而不籍粉澤，則設色難也。其爲境也婉媚，雖以驚露取妍，實貴含蓄不盡，時在低徊唱歎之際，則命篇難也。宋人專事之，篇什既富，觸景皆會，雖高談大雅，而亦覺其不可廢也。陳子龍

歷代詞話卷九

詞話金元

金章宗詠扇

金章宗喜文學，善書畫，聞宋徽宗以蘇合油煙爲墨，命購得之，墨一兩，價黄金一斤。嘗有蝶戀花詞詠聚扇云：「幾股湘江龍骨瘦。巧樣翻騰，疊作湘波皺。金縷小鈿花草鬭。翠條更結同心扣。金殿珠簾閒永晝。一握清風，暫喜懷中透。忽聽傳宣須急奏。輕輕褪入香羅袖。」詞苑

梳妝臺樂府

章宗喜翰墨，聽朝之暇，卽與李宸妃登梳妝臺評品書畫，臨玩景物，得句輒自書之。李妃亦有梳妝臺樂府，不傳於世，亦閨幨中間氣所鍾也。如庵小集

金世宗詞

金世宗嘗賜元悟玉禪師長短句云：「但能了淨。萬法因緣何足問。日月無爲。十二時中更勿疑。常須自在。識取從來無罣礙。佛佛心心。佛若休心也是塵。」師獻和云：「無爲無作。認著無爲還是縛。照

用同時。電捲星流已太遲。非心非佛。喚作非心猶是佛。人境俱空。萬象森羅一境中。」此減字木蘭花也。世宗嘗以手心書「非心非佛」四字示禪師，故及之。法苑春秋

謝處厚詩

海陵閱柳永望海潮詞有「三秋桂子，十里荷花」句，遂有「立馬吴山」之志。淳熙中，謝處厚詩云：「誰把杭州曲子謳。荷花十里桂三秋。那知卉木無情物，牽動長江萬里愁。」余謂此不足以咎柳永也，惟一時士大夫妝點湖山，流連景物，竟忘中原，爲可恨耳。鶴林玉露

完顏亮詞

金主亮亦能詞，其待月鵲橋仙云：「停杯不舉，停歌不發，等候銀蟾出海。不知何處片雲來，做許大、通天障礙。虯髯撚斷，星眸睜裂，惟恨劍鋒不快。一揮截斷紫雲腰，仔細看、嫦娥體態。」俚而實豪。其詠雪昭君怨云：「昨日樵邨漁浦。今日瓊川銀渚。山色捲簾看。老峰巒。錦帳美人貪睡。不覺天孫翦水。驚問是楊花。是蘆花。」則又詭而有致矣。藝苑雌黄

完顏璹詞

密國公完顏璹，宗室之才儁。明昌中，禁諸王不得與外人交，故能窮日力於書，而一時文士亦時至其門，藏書甚富，與中祕等。其如庵小稿有臨江仙、青玉案，可歌也。金史論略

吴激春從天上來

吴彦高在會寧府遇一老姬善琵琶者，自言故宋梨園舊籍。彦高對之凄然，爲賦春從天上來詞云：「海角飄零。歎漢苑秦宫，墜露飛螢。夢回天上，金屋銀屏。歌吹競舉青冥。問當時遺譜，有絶藝，鼓瑟湘靈。促哀彈，似林鶯嚦嚦，山溜泠泠。梨園太平樂府，醉幾度春風，鬢髮星星。舞徹中原，塵飛滄海，風雪萬里龍庭。寫清笳幽怨，人憔悴，不似丹青。酒微醒，一軒涼月，燈火青熒。」寧宗慶元間，三山鄭中卿隨張貴謨出使北地，聞有歌之者，歸而述之。元遺山曰：「曾見王防禦公玉説此詞，句句用琵琶故實，引據甚明，惜不能記憶矣。」古今詞話

吴激人月圓

先公在燕山日，偶赴北人張總侍御家集，出侍兒佐酒，中有一人進止温雅，意狀摧抑可憐，問其姓名，乃宣和殿小宫姬也。坐客翰林直學士吴彦高作人月圓詞紀之云：「南朝千古傷心地，曾唱後庭花。舊時王謝，堂前燕子，飛入人家。恍然一夢，天姿勝雪，宫鬢堆鴉。江州司馬，青衫淫淚，同是天涯。」舉座凄然有揮涕者。洪邁

宇文叔通贊吴激

彦高在張侍御座上賦人月圓詞，時宇文叔通亦賦念奴嬌，先成，而頗近俚鄙，及見彦高作，茫然自失。

自後人有求作樂府者，叔通卽批云：「吴郎近以樂府高天下，可往求之。」中州樂府

吴激中秋詞

木蘭花慢，惟柳耆卿清明詞得音調之正，蓋傾城、盈盈、歡情，皆於第二字中藏韻。近見吴彦高中秋詞云：「敞千門萬户，瞰滄海，爛銀盤。對沆瀣樓高，儲胥雁迴，墜露生寒。闌干。眺河漢外，送溼雲盡去衆星乾。丹桂霓裳縹緲，似聞雜珮珊珊。長安。底處高城人不見，路漫漫。歎舊日心情，如今容鬢，瘦沈愁潘。幽歡。縱容易得，奈佳期、動是隔年看。歸去江湖一葉，浩然對景垂竿。」所用闌干、長安、幽歡等字，亦不失韻。然後段起句又異常體。元遺山集中此調凡九首，内五首兩處用韻，亦未爲全知者。詞品

吴蔡體

金九主百一十八年間，獨蔡松年丞相樂府與吴彦高東山樂府膾炙藝林，推爲吴蔡體。松年尉遲杯有「夢似花飛，人歸月冷，一夜小山新怨」之句。其子珪，字正甫，卽蕭真卿所謂「金源文派斷以蔡正甫爲宗」者，乃其樂府，僅見一江城子，附蕭閒公集後，何文人之詞闕如也。竹坡叢話

蔡党茶詞

蔡松年小詞「喜銀屏小語，私分麝月，春心一點」，麝月，茶名。麝言香，月言圓也。或説麝月是畫眉香煤，

亦通，但下不得分字。又党懷英茶詞「紅莎緑蒻春風餅。趁梅驛，來雲嶺。」金自明昌，大定時，文物已埒中國，而製茶之精，如此風味，亦何減宋人。詞品

金樂府評

樂府推吴彦高、蔡伯堅爲吴蔡體，實皆宋儒也，不當於金源文派列之。當斷自蔡正甫爲宗，党竹谿次之，趙閒閒又次之。余倡此論，一時無異議云。蕭真卿

蔡正甫江城子

蔡正甫江城子云：「鵲聲迎客到庭除。問誰歟。故人車。千里歸來，塵色滿征裾。珍重主人留客意，奴白飯，馬青芻。東城入眼杏千株。雪模糊。俯平湖。與子花間，隨分倒金壺。歸報東垣詩社友，曾念我，醉狂無。」乃爲王季温自北都歸，過三河坐中賦也。中州集

党懷英詞

党懷英文似歐陽，不爲奇險語，詩如陶謝，奄有魏晉風。少同辛幼安師事蔡丞相伯堅，爲其所識拔。筮仕決以蓍，辛得「離」，南歸，党得「坎」，遂留事金，有竹谿詞。中州樂府

明昌詞人

金源文派不過詩詞家耳，趙周臣嘗集党承旨、路司諫、趙黄山、劉之昂、尹無忌、王逸賓、周德卿七人，目

爲明昌詞人雅製，刻木以傳。元儒考略

王庭筠梅花引

王庭筠，字子端，讀書黄華山寺，好賦梅花引。高憲，字仲常，庭筠之甥，有舅氏風，亦好賦梅花引，後改名貧也樂。詞統

金人樂府不出蘇黄之外

宇文太學虚中、蔡丞相伯堅、蔡太常珪、党承旨懷英、趙尚書秉文、王内翰庭筠，其所製樂府，大旨不出蘇黄之外，要之直於宋而傷淺，質於元而少情也。中州樂府

小劉之昂賦上平南

宋開禧中，金將紇石烈子仁駐兵濠梁，命小劉之昂賦上平南詞書壁，云：「蠆鋒摇，螳臂振，舊盟寒。恃洞庭彭蠡狂瀾。天兵小試，萬蹄一飲楚江乾。捷書飛奏九重殿，春滿長安。舜山川，周禮樂，唐日月，漢衣冠。洗五州妖氣關山。已平全蜀，風行何用一泥丸。有人傳喜日邊路，都護先還。」事載齊東野語。按子仁破宋兵，史書之矣，何以詞品曰「元將紇石烈子仁」也。胡應麟筆叢力駁用修之誤，謂當在張浚用兵符離時。又云：紇石烈，本金姓(原誤作姓金)，元人無此姓，其説實無據。惟蔣一葵外紀載韓侂胄欲伐金，金將駐兵濠梁，命小劉之昂作上平南詞，則知詞品竟謂子仁作者亦誤。王世貞宛委餘編

曰：「金人姓氏有紇石烈，華言曰高。」是紇石烈卽其姓，胡之不詳於稗史，亦猶之楊耳。古今詞話

鄧千江望海潮

金人樂府稱鄧千江望海潮爲第一，其詞云：「雲雷天塹，金湯地險，名藩自古臯蘭。營屯繡錯，山形米聚，襟喉百二秦關。鏖戰血猶殷，見陣雲冷落，時有雕盤。靜塞樓頭，曉月依舊玉弓彎。看看。定遠西還。有元戎閫令，上將齋壇。區脱晝空，兜鈴夕解，甘泉又報平安。吹笛虎牙閒。且宴陪珠履，歌按雲鬟。招取英靈毅魄，長遶賀蘭山。」此詞全步驟沈公述上王君貺一首，而繁縟雄壯，何啻十倍過之，不止出藍已也。詞品

王予可詞

王予可，字南雲，本軍校子，南渡後居郾城。麻九疇知幾、張瑴伯玉與之游，甚狎。年三十餘，大病後，忽能作詩文，與之紙，輒書數百言，散漫無首尾，遇宋諱亦時避之，詢以故實，其應如響，稍有條貫，隨以誕幻語亂之。嘗賦射虎詩，首句云：「風色偃貂裘。」卽擲筆云：「此虎來矣。」其宮詞云：「翠雀啄晴苔。」醉後句云：「一壺天地醒眠小。」樂府句云：「唾尖絨舌澹紅甜。」詞意雋上，無塵俗氣。時李子遷贈以詩云：「石鼎夜聯詩筆健，布囊春醉酒錢粗。」亡後復有見之淮上者，或云忠義神仙也。中州樂府

王予可生查子

王予可，明昌時人，或傳其仙去，事不可知。其生查子云：「夜色静明河，風好來千里。水殿謫仙人，皓齒清歌起。　前聲金罍中，後調銀河底。一夜嶺頭雲，遶遍樓前水。」詞之高妙飄逸如此，固謫仙之流亞也。詞品

王特起喜遷鶯

王正之喜遷鶯，爲别内作也。詞云：「東樓歡宴。記遺簪綺席，題詩紈扇。月枕雙欹，雲窗同夢，相伴小花深院。舊歡頓成陳迹，翻作一番新怨。素秋晚。聽陽關三疊，一尊相餞。　留戀。情繾綣。紅淚洗妝，雨溼梨花面。雁足關河，馬頭星月，西去一程程遠。但願此心如舊，天也不違人願。再相見。把生涯，分付藥爐經卷。」纏綿悽惋，殊令人不能爲懷。堯山堂外紀

王特起題郝仙女廟

博陵縣有郝仙女廟，仙女魏青龍中人，年及笄，姿色姝麗，採蘋水中，蒼煙白霧，俄失所在。其母哀求水濱，願言一見。良久，異香襲人，隱約於波渚間曰：「兒以靈契，托蹟綃宫，陰主是水府，世緣已斷，無用悲悒。而今而後，使鄉社田蠶歲宜，有感而通，乃爲吾驗。」後人立廟祀之。王正之題喜遷鶯詞云：「汀洲蘋滿。記翠籠采采，相將鄰媛。蒼渚煙生，金支光爛。人在霧綃鮫館。小鬟頓成雲散。羅韈凌波不見。翠鸞遠。但清溪如鏡，野花留鈿。　情睠。鸞變現。身後神功，緣就吴蠶繭。漢女菱歌，湘妃瑶瑟，春動倚雲層殿。彤車載花一色，醉盡碧桃清宴。故山晚，歎流年一笑，人間飛電。」詞品

王特起賀人生第三子

王特起賀人生第三子，疊用三字，作喜遷鶯詞云：「古今三絶。惟鄭國三良，漢家三傑。三俊才名，三儒文學，更有三君清節。争似一門三秀，三子三孫奇崛。人總道、賽蜀郡三蘇，河東三薛。歡愜。況正是，三月風光，好傾杯三百。子並三賢，孫齊三少，俱篤三餘事業。文既三冬足用，名即三元高揭。親朋慶，看寵加三錫，禮膺三接。」此等語意，卽福唐體之變調也。古今詞話

馮子駿詞

正大末，馮子駿奉命北使，見留不屈，割鬚髯羈管豐州，二年乃還。天興初，京城陷，投井死。勁骨正氣，可與洪忠宣、文信國並傳。其所作玉樓春、臨江仙諸詞，亦不減「天涯池館」、「雨過霞明」之句也。中州樂府

劉仲尹詞

劉仲尹龍山詞，蓋參涪翁而得法者，草堂中與劉迎詞並入選，皆明（原誤作金。）昌詞人也。詞統

元好問從郝天挺游

元遺山從郝天挺游，六年學成。閒閒公以書招至之，爲延譽公卿間，及登第，出公之門。正大甲申，諸公坐政府，有從外至者，誦遺山所作秦王破竇建德降王世充露布，公顧左右曰：「人言我黨元子，誠黨之

邪。」金源言行録

元好問滿庭芳

正大中，狂僧李菩薩於十月間灑酒作花，開牡丹二株，遺山爲賦滿庭芳，一時傳誦。錦機集

元好問雁丘詞

元遺山雁丘詞序曰：「太和五年乙丑歲，赴試并州，道逢捕雁者云：『今日獲一雁，殺之矣，其脱網者悲鳴不能去，竟自投於地而死。』余因買得之，葬於汾水之上，累石爲識，號曰雁丘。并作雁丘詞云：『問世間情是何物，直教生死相許。天南地北雙飛客，老翅幾回寒暑。歡樂趣。離別苦。就中更有癡兒女。君應有語。渺萬里層雲，千山暮雪，隻影向誰去。　横汾路。寂寞當年簫鼓。荒煙依舊平楚。招魂楚些何嗟及，山鬼暗啼風雨。天也妒。未信與、鶯兒燕子俱黄土。千秋萬古。爲留待騷人，狂歌痛飲，來訪雁丘處。』」李治（原誤作治。）和云：「雁雙雙、正飛汾水，回頭生死殊路。天長地久相思債，何似眼前俱去。摧勁羽。倘萬一幽冥，卻有重逢處。詩翁感遇。把江北江南，風嘹月唳，併付一丘土。　仍爲汝。小草幽蘭麗句。聲聲字字酸楚。拍江秋影今何在，宰木欲迷堤樹。霜魂苦。算猶勝、王嬙青塚真娘墓。憑誰説與。對鳥道長空，龍艘古渡，馬耳淚如雨。」中州樂府

元好問詞深於用事

遺山詞深於用事，精於鍊句，其風流蘊藉處不減周、秦。張炎

元好問水調歌頭

王德新玉溪，在嵩山之前，費莊兩山之絶勝處也。遺山作水調歌頭以紀之云：「空濛玉華曉，瀟灑石淙秋。嵩高大有佳處，元在玉溪頭。翠壁丹崖千丈，古木寒藤兩岸，村落帶林丘。今日好風色，可以放吾舟。百年來，算惟有，此翁游。山川邂逅佳客，猿鳥亦相留。父老雞豚鄉社，兒女籃輿竹几，來往亦風流。萬事已華髮，吾道付滄州。」詞苑

元好問三奠子

三奠子，唐宋未有是曲，元遺山錦機集中有二闋，傳是奠酒、奠穀、奠璧也。崔令欽教坊記有奠璧子。元詞云：「悵韶華流轉，無計流連。行樂地，一凄然。笙歌寒食後，桃李惡風前。連環玉，回文錦，兩纏綿。芳塵未遠，幽意誰傳。千古恨，再生緣。閒衾香易冷，孤枕夢難圓。西窗雨，南樓月，夜如年。」詞辨

段克己漁家傲

段克己漁家傲云：「樓外垂楊千萬縷。風落絮。闌干倚遍空無語。」段成己大江東去云：「籬菊將開，村

醪初熟，且住爲佳耳。笑言相答，個中吏隱無愧。」二段幼有才名，趙尚書秉文識諸童時，目之曰「二妙」，大書「雙飛」二字名其里。兄弟俱第進士，入元後皆不仕，時人目爲儒林標榜。古今詞話

金大曲

近世所謂大曲，在金則吳彦高春草碧，蔡伯堅石州慢，元遺山買陂塘，鄧千江望海潮，堪與蘇子瞻念奴嬌、辛幼安摸魚兒相頡頏。陶宗儀

張昱輦下曲

元起沙漠，宫掖事無足採者。永樂元年，賜周憲王一穿宫老媪，媪爲元后乳姆之女，久居内庭，通書翰，記元宫中事甚悉。王暇日訪之，具得其詳，多有史氏所不載者，因製詞百首。別有張昱輦下曲，來復燕京雜咏各百首，勝國事蹟，燦然在目。昔人謂遷、固最號博洽，然其後葛淇輩三輔黄圖等書，紀秦故事，又皆遷、固之所未及也。龍莊甄敬

張弘範詞

張弘範圍襄陽日，賦鷓鴣天詞，多誇大之語。其臨江仙有云：「紫簫明月底，翠袖暮雲寒。」風調不減晏小山，可知元之武臣亦有能詞者。古今詞話

許衡詞

許衡別大名親舊滿江紅云：「河上徘徊，未分袂，孤懷先怯。中年後，此般憔悴，怎禁離別。淚苦滴成襟畔濕，愁多擁就心頭結。倚東風、搔首漫無聊，情難説。黄卷在，消白日。青鏡裏，增華髮。念歲寒交友，故山烟月。虚負人生歸去好，誰知美事難雙得。計從今、佳會幾何時，長相憶。」此被召時作也。又嘗自言曰：「生平爲虚名所累，不能辭官，其心亦可哀矣。」古今詞話

劉秉忠乾荷葉

劉秉忠乾荷葉曲云：「乾荷葉，色蒼蒼。老柄風摇蕩。減清香。越添黄。都因昨夜一番霜。寂寞秋江上。」此秉忠自度曲，曲名乾荷葉，即咏乾荷葉，猶是唐詞之意也。又一首弔南宋云：「南高峰。北高峰。慘淡煙霞洞。宋高宗。一場空。吴山依舊酒旗風。兩度江南夢。」此借腔別咏，後世詞例也。秉忠助元亡宋，而其弔惜之詞，感慨凄惻如此，豈其中亦有不得已者邪。或云此詞非秉忠作。楊慎

程鉅夫詞

程鉅夫有壽燕公楠摸魚兒云：「記江梅、向來輕別，相逢今又平楚。東風小試南枝暖，早已千林煙雨。春幾許。向五老仙家，移下瓊瑶樹。溪橋驛路。更月曉堤沙，霜寒野水，疏影自容與。平生事，幾度含章殿宇。隔花幺鳳能語。苔枝夭矯蒼龍瘦，誰把冰鬚細數。千萬縷。簇一點芳心，待與和羹去。移宫

換羽。且顧曲傳觴，主人花下，今日慶初度。」蓋五峯生日在梅花時，故通首皆影借梅花故事也。燕亦有和韻答程雪樓見壽云：「又浮生、平頭六十，登樓悵望荆楚。出山小草成何事，閒却竹煙松雨。空自許。早飄落江潭，一似瑯琊樹。蒼蒼天路。漫伏櫪心長，銜圖志短，歲晏欲誰與。梅花賦，飛墮高寒玉宇。鐵腸還解情語。英雄操與君侯耳，過眼羣兒誰數。霜鬢縷。秪夢聽枝頭，翡翠催歸去。清觴飛羽。且細酌盱泉，酣歌郢雪，風致美無度。」按摸魚兒，樂府大曲，元之公卿間用以倡酬如此。詞苑

王惲詞

王翰林惲，字仲謀，仕元日亦效吳彥高賦故人春從天上來詞，不引用故實而淡宕可喜。小詞甚多，若平湖樂及後庭花破子，卽元人所爲曲調也。樂府紀聞

陳剛中太常引

天台陳剛中曾爲僧以避世變，至元中，獻大一統賦得官，奉使安南。有詩云：「老母越南垂白髮，病妻塞北倚黃昏。蠻煙瘴雨交州客，三處相思一夢魂。」所著交州集一卷，皆誌風土之異。端陽日當母誕，不得歸，作太常引詞云：「綵絲堂上簇蘭翹。記生母、在今朝。無地捧金蕉。奈煙水、龍沙路遥。」又云：「短衣孤劍客乾坤。奈無策、報親恩。三載隔晨昏。更疏雨、寒燈斷魂。」至今讀之，猶令人如見青衫淚痕也。堯山堂外紀

李治雙蕖怨

大名民家有男女以私情不遂赴水者，後三日，二尸相抱出水濱，是年此陂荷花無不並蔕。李治（原誤作治。）賦雙蕖怨云：「爲多情，和天也老，不應情遽如許。請君試聽雙蕖怨，方見此情真處。誰點注。香瀲灩銀塘，對抹臙脂露。藕絲幾許。伴玉骨春心，金沙晚淚，漠漠瑞紅吐。連理樹。一樣驪山懷古。古今朝暮雲雨。六郎夫婦三生夢，幽恨從來艱阻。須念取。共翡翠鴛鴦，照影長相聚。秋風不住。悵寂寞芳魂，輕煙北渚。涼月又南浦。」事奇而詞亦工，堪與雁丘作並傳。樂府紀聞

梁曾詞

梁貢父，燕京人，大德初爲杭州路總管，政事、文學皆有可觀，嘗作西湖送春木蘭花慢詞云：「問花花不語，爲誰落，爲誰開。算春色三分，半隨流水，半入塵埃。人生能幾歡笑，但相逢、尊酒莫相推。千古幕天席地，一春翠繞珠圍。彩雲回首暗高臺。煙樹渺吟懷。拚一醉留春，留春不住，醉裏春歸。西樓半簾斜日，怪銜春燕子却飛來。一枕青樓好夢，又教風雨驚回。」此詞格調俊雅，不讓宋人也。詞品

趙孟頫詞

趙子昂以程鉅夫薦，仕元爲翰林承旨，元主見其儀觀非常，恐爲人望所歸，密至館閣相其背，曰秀才官。後有虞堪題其所畫苕溪圖曰：「吴興公子玉堂仙。寫出苕溪似輞川。回首青山紅樹下，那無十畝種瓜

田。」邵復齋曰：「公以承平王孫而遭世變，黍離之悲，有不能忘情者，故其長短句有騷人之遺。」堯山堂外紀

元好問小聖樂

都城外有萬柳堂，廉野雲置酒招盧疏齋、趙松雪同飲，時歌妓解語花者，左手折荷花，右手執杯行酒，歌小聖樂詞云：「綠葉陰濃，遍池亭水閣，偏趁涼多。海榴初綻，朵朵蹙紅羅。乳燕雛鶯弄語，對高柳鳴蟬相和。驟雨過。似瓊珠亂撒，打遍新荷。人世百年有幾，念良辰美景，休放虛過。富貴前定，何用苦張羅。命友邀賓燕賞，飲芳醑，淺斟低歌。且酩酊，從教二輪，來往如梭。」此詞載錦機集，蓋元遺山預爲製曲以教歌者也。古今詞話

趙孟頫贈貴貴

趙松雪於李丞相會間贈歌者貴貴浣溪沙云：「滿捧金杯低唱詞。尊前再拜索新詩。老夫慚愧鬢成絲。羅袖染將修竹翠，粉香須上小梅枝。相逢不似少年時。」詞苑

管仲姬題漁父圖

松雪夫人管仲姬，生迦西小蒸，至今其路尚名管道。工詩，善畫竹，亦能小詞，嘗題漁父圖云：「人生貴極是王侯。浮利浮名不自由。爭得似，一扁舟。弄月吟風歸去休。」松雪和云：「渺渺煙波一葉舟，西風

木落五湖秋。盟鷗鷺，傲王侯。管甚鱸魚不上鈎。」太平清話

趙管倡和

趙承旨與管夫人伉儷相得，倡和甚多。一日趙欲納姬，以一曲調管夫人云：「我爲學士，你做夫人。豈不聞陶學士有桃葉桃根，蘇學士有朝雲暮雲。我便多娶幾個吴姬越女何過分。你年紀也過四旬，只管占住玉堂春。」管亦以一曲答之云：「你儂我儂，忒煞情多。情多處熱似火。把一塊泥，揑一個你，塑一個我。將他來齊打破，用水調和。再揑一個你，再塑一個我。我泥中有你，你泥中有我。和你生同一個衾，死同一個槨。」調笑甚工。古今詞話

詹玉清平樂

故宋駙馬都尉楊震嘗招詹天游飲。酒半，出諸姬侑觴。天游屬意名粉兒者，口占浣溪沙，有「不曾真個也消魂」之句。楊遂以粉兒贈之曰：「請天游真個消魂也。」天游又有清平樂云：「醉紅宿翠。髻嚲烏雲墜。管是夜來渾不睡。那更今朝早起。東風滿搦腰肢。階前小立多時。却恨一番新雨，想應濕透鞋兒。」云見一妓訴狀立廳下，遂賦此。一云石次仲作。樂府紀聞

詹玉賦古鏡

詹天游於至元中監醮長春宫，見羽士丈室古鏡，狀如秋葉，背有金刻「宣和御寶」四字，有感，因賦霓裳

中序第一詞，云：「一規古蟾魄。瞥過宣和幾春色。知那個、柳鬆花怯，曾搓玉團香，塗雲抹月。龍章鳳刻。是如何兒女消得。便孤了翠鸞何限，人更在天北。磨滅。古今離別。幸相從、薊門仙客。蕭然林下秋葉。對雲淡星疏，眉青影白。佳人已傾國。漫贏得癡銅舊畫，興亡事，道人知否，見了也華髮。」詞苑

詹玉送童甕天

詹天游以豔詞得名，見諸小說。其送童甕天兵後歸杭齊天樂云：「相逢喚醒京華夢，吴塵暗斑吟髮。倚擔評花，認旗沽酒，歷歷行歌奇跡。吹香弄碧。有坡柳風情，逋梅月色。畫鼓紅船，滿湖春水斷橋客。當時何限俊侶，甚花天月地，人被雲隔。却載蒼煙，更招白鷺，一醉修江又別。今回記得。再折柳穿魚，賞梅催雪。如此湖山，忍教人更說。」此伯顔破杭州之後也。觀其詞絶無黍離之感、桑梓之悲，而止以游樂爲言，宋季士習，一至於此。詞品

趙雍木蘭花慢

趙待制作木蘭花慢詞，又別書樂府成帙，以就正於王德璉，凡三十五首，而豔詞特多。凭闌干、水調歌頭二闋，頗以孤忠自許，紛華是薄，而興亡骨肉之感，默寓其中。意其父子之仕當時，亦實有不得已者，良可悲也。許初跋趙仲穆自書樂府卷子

王國器踏莎行

王德璉，趙子昂之壻，其學識爲時所推。尤長於今樂府，曾製踏莎行八闋寄楊廉夫，廉夫大稱賞，命侍兒歌之，并梓以行世。詞統

姚燧醉高歌

姚牧庵醉高歌詞云：「十年燕月歌聲。幾點吴霜鬢影。西風吹起鱸魚興。已在桑榆暮景。　榮枯枕上三更。傀儡場中四并。人生幻化如泡影。幾個當機自省。」牧庵一代文章鉅公，此詞高古不減東坡、稼軒。詞品

吴澄渡江雲

吴草廬以理學名，其和揭浩齋送春渡江雲，流傳一時。詞云：「名園花正好，嬌紅殢白，百態競春妝。笑痕添酒量，豐臉凝脂，誰與試鉛霜。詩朋酒伴，趁此日、流轉風光。儘夜游，不妨秉燭，未覺是疏狂。　茫茫。一年一度，爛漫離披，似長江去浪。但要教、啼鶯語燕，不怨盧郎。問春春道何曾去，任蜂蝶、飛過東牆。君看取，年年潘令河陽。」詞苑

虞集風入松

元文宗御奎章閣，虞伯生爲侍從，日以討論法書名畫爲事。柯敬仲退居吴下，伯生賦風入松詞寄之，末

云：「報道先生歸也，杏花春雨江南。」詞翰兼美，一時傳唱，機坊織其詞爲帊，幾如法錦。後張仲舉於姚子章席上，同敬仲賦摸魚兒，末段及之云：「楚芳玉潤吴蘭媚，一曲夕陽西下。沉醉罷。君試問人生，誰是無情者，先生歸也。但留意江南，杏花春雨，和淚在羅帊。」楚芳、吴蘭，二妓名。古今詞話

張翥摸魚兒

黄季景湖亭蓮花，中有雙頭一枝，方邀客同賞，而爲人折去，季景憫然。張仲舉爲作摸魚兒詞云：「問西湖、舊家兒女。香魂還又連理。多情欲賦雙蕖怨，閒却滿奩秋意。嬌旖旎。愛照影紅妝，一樣新梳洗。王孫正擬。喚翠袖輕歌，玉笙低按，涼夜爲花醉。鴛鴦浦。凄斷凌波夢裏。空憐心苦絲脆。吴娃小艇應偷採。一道綠萍猶碎。君試記。還怕是西風，吹作行雲起。闌干漫倚。待載酒重來，尋芳已晚，餘恨渺煙水。」詞苑

張翥梅詞

古今梅詞甚多，惟張翥六州歌頭一首云：「孤山歲晚，石老樹槎枒。逋仙去，誰爲主，自疏花。破冰芽。烏帽騎驢處，近修竹，侵荒蘚，知幾度，蹋殘雪，趁晴霞。空谷佳人，獨耐朝寒峭，翠袖籠紗。甚江南江北，相憶夢魂賖。水遠雲遮。思無涯。又苔枝上，香痕沁，幺鳳語，凍蜂衙。瀛嶼月，偏來照，影横斜。瘦争些。好約尋芳客，問前度、那人家。重呼酒，摘瓊葩。插鬢鴉。喚起春郊扶醉，休辜負，錦瑟年華。怕流芳，不待回首易風沙。吹斷城笳。」真有飛鴻戲海，舞鶴游天之勢。卓人月

仇遠八犯玉交枝

仇仁近居錢塘，游其門者張雨、張翥，俱以能詞名。其咏蟬齊天樂極可誦，嘗登招寶山觀日出，作八犯玉交枝，後段云：「不知是水是山，不知是樹。茫茫知是何處。倩誰問、凌波輕步。漫凝睇、乘鸞秦女。想庭曲、霓裳正舞。莫須長笛吹愁去。怕喚起魚龍，三更噴作前山雨。」其縱横之妙，直似東坡。詞苑

張雨詠梅

張雨，故宋崇國公九成裔孫，自號句曲外史。有雪獅兒詠梅花次仇山邨韻云：「含香弄粉，便勾引、游騎尋芳，城南城北。別有西邨斷港，冰澌微緑。孤山路熟。伴老鶴晚先尋宿。怕凍損三花兩蕊，寒泉幽谷。　幾番花影濯足。記歸來、醉卧雪深平屋。春夢無憑，鬢底鬧蛾争撲。不如圖畫相對，展官奴風竹。燒黄獨。自聽瓶笙調曲。」詞苑

題八詠樓詩詞

沈休文八咏詩，語麗而思深，後人遂以名樓，照映千古。近時趙子昂、鮮于伯機詩詞頗勝，趙詩云：「山城秋色静朝暉。極目登臨未擬歸。羽士曾聞遼鶴語，征人又見塞鴻飛。西流二水玻瓈合，南去千峰紫翠圍。如此溪山良不惡，休文何事不勝衣。」伯機百字令云：「長溪西注，似延平雙劍，千年初合。溪上千峰明紫翠，放出羣龍頭角。瀟灑雲林，微茫煙草，極目春洲闊。城高樓迥，恍然身在寥廓。　我來陰雨

兼旬，灘聲怒起，日日東風惡。須待青天明月夜，一試嚴維佳作。風景不殊，溪山信美，處處堪行樂。休文何事，年年多病如削。」伯機名樞，自號困學民，性嗜古物，圖書彝鼎，環列一室中，客至則相對吟諷，窮日夜不倦。或命酒徑醉，醉中作放歌大字，皆奇崛不凡。居吴興時，趙子昂爲貌其神，蜀郡虞伯生贊之曰：「斂風沙裘劍之豪，爲湖山圖史之樂。翰墨軼米薛而有餘，風流擬晉宋而無怍。」可以想人矣。詞品

薩天錫詞

薩天錫小闌干詞云：「去年人在鳳凰池。銀燭夜彈絲。沉水香消，梨雲夢暖，深院繡簾垂。今年冷落江南夜，心事有誰知。楊柳風柔，海棠月淡，獨自倚闌時。」筆情何減宋人。其金陵懷古詞尤多感慨，有「一江南北，消磨多少豪傑」之句。詞苑

陶宗儀輟耕録

天台陶宗儀，崎嶇亂離之日，每以筆墨自隨，時時休息樹陰，有所見，輒摘葉書之，貯破盎，埋樹根下，積十數日，一發其藏，書成，名輟耕録。有南浦詞，其卒章曰：「水湃摇晚，月明一笛潮生浦。欲問漁郎無恙否。回首武陵何許。」其高致可想見也。古今詞話

陶宗儀記會波村

會波村，在松江城北三十里，其西九山離立，若幽人冠帶拱揖狀。一水並九山南過村外，以入於海，溝塍畎澮，隱翳竹樹間。春時桃花盛開，雞犬之聲相聞，有武陵風概，隱者停雲子居焉。一舟時放中流，或投竿，或彈琴，或呼酒獨酌，或哦咏陶、謝、韋、柳詩，殆將與功名相忘。嘗坐余舟中作茗供，襟抱清曠，不覺度成溪山好一曲，主人卽補入中呂調，命洞簫吹之，與童子櫂歌相答，極鷗波縹緲之思。陶宗儀

吴鎮漁父

吴仲圭工於畫，亦能小詞，嘗題麐溪沈彦實處士畫册云：「紅葉村西日影餘。黄蘆灘畔月痕初。輕撥棹，且歸歟。掛起漁竿不釣魚。」蓋漁父詞也。其品之高妙何減張志和。名畫記

倪瓚漁父

倪元鎮亦以畫名，慕吴仲圭之爲人，曾繪其漁父詞爲圖，小詞亦澹而潔。古今詞話

倪瓚人月圓

雲林有人月圓詞云：「驚回一枕江南夢，漁唱起南津。畫屏雲嶂，池塘春草，無限消魂。　舊家應在，梧桐覆井，楊柳藏門。閒身空老，孤篷聽雨，燈火江村。」詞意高潔。别有贈妓小瑤英柳梢青云：「樓上玉笙吹徹。白露冷、飛瓊珮玦。黛淺含顰，香殘栖夢，子規啼月。　揚州往事荒涼，有多少、愁縈思結。燕

語空津，鷗盟寒渚，畫闌飄雪。」又何其婉轉多風如是。詞苑

滕玉霄集

元人工於小令套數，而詞學漸衰，惟滕玉霄集中填詞，不減宋人之工。鵲橋仙齊天樂二首，共推清綺。又有贈宋六嫂百字令云：「柳顰花困，把人間恩愛，尊前傾盡。何處飛來雙比翼，直是同聲相應。寒玉嘶風，香雲捲雪，一串驪珠引。元郎去後，有誰著意題品。　誰料濁羽清商，繁絃急管，猶自餘風韻。莫是紫鸞天上曲，兩兩玉童肩並。白髮梨園，青衫老傅，試與流連聽。可人何處，滿庭霜月清冷。」六嫂小字同壽，元遺山有贈觱篥工張嘴兒詞，即其父也。嫁於宋，每與其夫合樂，妙入神品。蓋六嫂善謳，其夫能傳其婦翁之藝云。玉霄又有贈歌童阿珍瑞鷓鴣云：「分桃斷袖絕嫌猜。翠被紅禪興不乖。洛浦乍陽新燕爾，巫山行雨左風懷。手攜襄野便娟合，背抱齊宮婉孌諧。玉樹庭前千載曲，隔江唱罷月籠階。」蓋鄭櫻桃，解紅兒之流，用事甚工，予同年吳學士仁甫極喜誦之。詞品

顧阿瑛詞

崐山顧阿瑛好游，每出必以筆墨自隨，往來九峰泖浦間，自稱金粟後身。一日，同陳浩然游支硎山，飲於張氏樓。徐姬楚蘭佐酒，以琵琶度曲，座客郯雲臺爲之心醉，阿瑛口占蝶戀花詞戲之，有云：「玉手佳人，笑把琵琶理。狂殺雲臺標外史。斷腸只合江州死。」一時争傳唱之。古今詞話

周晴川詞

予於近世諸家樂府，惟清真詞犂然有當於心。晴川殊有宗風，雨坐空山，試閱一解，便如輕衫駿騎，上下五陵，花發鶯啼，垂楊拂面時也。程鉅夫

無名氏天淨沙

無名氏有作天淨沙者，其一云：「枯藤老樹昏鴉，小橋流水平沙。古道西風瘦馬。夕陽西下。斷腸人在天涯。」其二云：「平沙細草斑斑。曲溪流水潺潺。塞上清秋早寒。一聲新雁。黄雲紅葉青山。」每見元人作金字經、迎仙客、乾荷葉、天淨沙等曲，因其無一定之律，欲去之，如此曲，「馬」字亦可叶作平聲者，則何所不至也。老學叢談

拜住詞

元人小說，孛羅有杏園，春時諸女秋千爲戲，拜住立馬，牆頭見之，求婚焉。令賦秋千寄調菩薩蠻，詠鶯寄調滿江紅，詞意可喜，許之。按安童孫曰：「拜住，延祐中少年平章也。」樂府紀聞

石刻元人詞

昔於臨潼驪山之湯泉，見石刻元人無名氏一詞云：「三郎年少客，風流夢，繡嶺蠱瑤環。漸嬌汗發香，海棠睡煖，笑波生媚，荔子漿寒。況此際曲江人不見，偃月事無端。羯鼓三聲，打開蜀道，霓裳一曲，舞破

潼關。馬嵬西去路，愁來無會處，淚滿關山。空有羅囊遺恨，錦韈傳看。歎玉笛聲沉，樓頭月下，金釵信杳，天上人間。幾度秋風渭水，落葉長安。」語語爲太真紀恨，按之爲大石調風流子也，再過之，石已磨爲別刻矣。詞品（案：此金人詞，詞品誤作元人。）

天目中峰禪師詞

天目中峰禪師與趙文敏爲方外交，同院馮海粟學士甚輕之。一日，松雪强中峰同訪海粟，海粟出所賦梅花百絶句示之，中峰一覽畢，走筆成七言律詩如馮之數，海粟神氣頓攝。嘗賦行香子詞云：「短短横牆。矮矮疏窗。一方兒、小小池塘。高低疊嶂，曲水邊旁。也有些風，有些月，有些香。日用家常。竹几藤牀。儘眼前、水色山光。客來無酒，清話何妨。但細烘茶，淨洗盞，滚燒湯。」又云：「閬苑瀛洲。金谷瓊樓。算不如、茅舍清幽。野花繡地，莫也風流。却也宜春，也宜夏，也宜秋。酒熟堪篘。客至須留。更無榮、無辱無憂。退閒是好，著甚來由。但倦時眠，渴時飲，醉時謳。」又云：「水竹之居。吾愛吾廬，石粼粼、亂砌階除。軒窗隨意，小巧規模。却也清幽，也瀟灑，也安舒。懶散無拘。此等何如。倚闌干、臨水觀魚。風花雪月，贏得工夫。好炷些香，圖些畫，讀些書。」若不經意出之者，所謂一一天真，一一明妙也。筆記

馮海粟贈珠簾繡

馮海粟每臨文，必命侍史二三人潤筆以俟，酒酣，伸紙疾書，隨數多寡，頃刻而盡。嘗賦蹋莎行詞以贈

妓女珠簾繡。堯山堂外紀

黄子常賣花聲

黄子常賣花聲本意云：「人過天街，曉色擔頭紅紫。滿筠筐，浮花浪蕊。畫樓睡醒，正眼横秋水。聽新腔，一聲催起。　冷紅叫白，報得蜂兒知未。隔東西餘音軟美。迎門争買，早斜簪雲髻，助春嬌、粉香簾底。」喬夢符和之云：「侵曉園丁，報道嬌紅嫩紫。巧工夫，攢枝飣蕊。行歌佇立，灑洗妝新水。捲香風，看街簾起。　深深巷曲，有個重門開未。忽驚他尋春夢美，穿窗透閤，便憑伊唤取，惜花人、在誰根底。」可謂工力悉敵。夢符嘗言作樂府有三法：鳳頭、猪肚、豹尾也。其集名惺惺老人樂府。堯山堂外紀

邵亨貞詞

邵亨貞有沁園春二首，一咏美人眉，一咏美人目，新豔入情，其單詞凭闌人云：「誰寫江南一段愁。妝點錢塘蘇小樓。樓中多少愁。楚山無盡頭。」氣竭於直，而情亦不贍。古今詞話

楊維禎竹枝

楊鐵崖年未七十休官，駕一舟名春水宅，往來九峰三泖間，東南才俊之士，造門納屨無虚日。酒酣以往，筆墨横飛，鉛粉狼藉。或戴華陽巾，披鶴氅，坐船屋上，吹鐵笛作梅花弄。或呼侍兒歌白雪之詞，自倚鳳琶和之，賓客皆蹁躚起舞，以爲神仙中人。竹枝盛於元季，鐵崖集之自製亦至五十餘首。時又有

一鐵崖者，假其名折柬至，止相見之次，飲酒賦詩，才思不減，絶無赧容，不受津餽而去，鐵崖爲歎息久之。古今詞話

徐延徽和竹枝

楊廉夫竹枝詞，一時和者五十餘人，詩百十餘首。予最愛徐延徽一首云：「盡説盧家好莫愁。不知天上有牽牛。賸抛萬斛臙脂水，瀉向銀河一色秋。」詞品

大癡道人和曲

楊鐵崖云：往年與大癡道人扁舟東西泖間，或乘興涉海，抵小金山。道人出所製小鐵笛，令余吹洞庭曲，道人自歌小海和之。不知風作水横，舟楫揮舞，魚龍悲嘯也。太平清話

丘處機詠梨花

丘長春詠梨花無俗念云：「春游浩蕩，是年年、寒食梨花時節。白錦無紋香爛漫，玉樹瓊苞堆雪。静夜沉沉，浮光靄靄，冷浸溶溶月。人間天上，爛銀霞照通徹。渾似姑射真人，天姿靈秀，意氣殊高潔。萬化參差誰信道，不與羣芳同列。浩氣清英，仙才卓犖，下土難分别。瑶臺歸去，洞天方看清絶。」長春，世之所謂仙人也，而詞之清拔如此。余嘗問好事者曰：「神仙惜氣養真，何故讀書史，作詩詞。」答曰：「天上無不識字神仙。」余因語吾黨曰：「天上無不識字神仙，世間寧有不讀書道學邪。今之講道者，束書不

看，號曰忘言觀妙，豈不反爲異端所笑乎。」詞品（原誤作名。）

元人竹枝

元有浚儀可温氏名馬雍古祖常者，製詞云：「金爐寶熏流篆雲。花間百舌啼早春。五方戲馬賽争道，傳宣催賜十流銀。」又云：「日邊寶書開紫泥。内人珠帽步輦齊。君王視朝天未旦，銅龍漏轉金雞啼。」詞統列於竹枝，而余辨爲宫詞也。元人小説中稱其樂府纖艷勝人，惜乎未見。有阿魯温掌機沙者，竹枝云：「南北峰頭春色多。湖山堂下來棹歌，美人蕩槳過湖去，小雨細生寒緑波。」其張掖人燕不花者，竹枝云：「湖頭水滿藕花香。夜深何處有鳴榔。郎來打魚三更裏，零亂波光與月光。」與回回别里沙者竹枝云：「鳳凰嶺下月色涼。無數竹枝官道旁。東家爲愛青青竹，截作參差吹鳳凰。」俱極輕麗。古今詞話

竺月華詞

元季明州女子柳含春，年十六，禱於神祠。一少年僧竺月華窺其姿而悦之，戲以其姓作咒誦云：「江南柳，嫩緑未成陰。攀折尚憐枝葉小，黄鸝飛上力難禁。留取待春深。」女聞之怒，歸告其父，訟於方國珍，捕僧至，欲投之江，月華訴曰：「死，分也，乞伸一言。」許之，乃復吟云：「江南月，如鏡亦如鈎。如鏡未臨紅粉面，如鈎不展翠幃羞。空自照東流。」國珍知其以名爲解，一笑釋之。留青日札

九張機

元女子有詠九張機者，中一首云：「四張機，鴛鴦織就欲雙飛。可憐未老頭先白，春波碧草，曉寒深處相對浴紅衣。」此與王秋澗之平湖樂、邵清溪之凭闌人，不便與詞並傳者也，而女子之黠慧可想矣。樂府雅詞（案：此詞見樂府雅詞，非元人詞。）

陳鳳儀與劉燕哥詞

陳鳳儀、劉燕哥，皆樂妓也。陳有送別一絡索詞云：「海棠也似別君難，一點點、啼紅雨。」劉有餞劉參議太常引云：「明月小樓間。第一夜、相思淚彈。」皆傳唱一時。古今詞話

王秋英詞

嘉靖甲子，福清韓夢雲過石湖山前，見遺骸，惻然掩之。夜中夢一麗人，自稱王秋英，字澹容，元季兵亂，不辱而死，感君掩骨恩，願諧伉儷。明年上巳，夢雲攜雞酒奠其墓而哭之，秋英出見，歌所製「瀟湘逢故人慢」一闋，有「無主泉扃，也能得有情雞黍」之句，遂與夢雲同歸。詞統

元人樂府

元士大夫以樂府名者，奇巧莫如關漢卿、庾吉甫、楊淡齋、盧疏齋，豪爽則有馮海粟、滕玉霄，蘊藉則有貫酸齋、馬昂夫。太平清話

元人之妙在於冷中帶諢

詞忌堆砌，亦不僅以纖豔爲工。元人之妙，在於冷中帶諢，所以老優能製，少婦善謳。卽當日院本，昔人以被之絲竹者，何等清新流麗。噫，音律一道，無關理學，何苦復驅之爲學究。元詞序

歷代詞話卷十

詞話 明

明仁宗宣宗詞

有明兩祖列宗，好學不倦，染翰俱工。如仁宗鳳栖梧賦九月海棠云：「煙抹霜林秋欲褪。吹破臙脂，猶覺西風嫩。翠袖怯寒愁一寸。誰傳庭院黄昏信。　明月修容生遠恨。旋摘餘嬌，簪滿佳人鬢。醉倚小闌花影近。不應先有春風分。」娟秀絶倫。宣宗有醉太平賜學士沈度云：「濃雲散雨收。花苑内鳴鳩。曉來喜見日光浮。暖融融永晝。麥苗潤澤懷清秀。榴花濕映紅光溜。田家鼓缶盡歌謳。是處慶、豐年醉酒。」其留心農事如此，不須七月繪豳風矣。蘭皋集

周憲王誠齋樂府

周憲王遭世隆平，奉藩多暇，留心翰墨，尤精馬、貫之學，製誠齋樂府、傳奇若干種，音律諧美，流傳内府，至今中原絃索多用之。李夢陽汴中元宵絶句云：「中山孺子倚新妝。趙女燕姬總擅場。齊唱憲王新樂府，金梁橋外月如霜。」王詩有誠齋録、新録諸集，其竹枝歌云：「春風滿山花正開。春衫女兒紅杏

腮。儂家蕩槳過江去，爲問阿郎來不來。」「巴山後面竹雞啼。巴山前頭沙鳥栖。巴水巴山到郎處，聞郎又過石門溪。」復有鷓鴣天咏繡鞵云：「花簇香鈎淺涴塵。輕風微露石榴裙。金蓮自是慳三寸，難載盈盈一段春。　仙已去，事猶存。陽臺何處更爲雲。相思攜手游春日，尚帶年時草露痕。」蘭皋集

劉基感懷詞

劉基初見明太祖，命賦竹箸詩，有「漢家四百年天下，只在張良一借間」之句。太祖恨相見晚也。其未遇時賦感懷水龍吟云：「雞鳴風雨瀟瀟，側身天地無劉表。啼鵑迸淚，落花飄恨，斷魂飛繞。月暗雲霄，星沉煙水，角聲清嫋。問登樓王粲，鏡中白髮，今宵又添多少。　極目鄉關何處，渺青山，髻螺低小。幾回好夢，隨風歸去，被渠遮了。寶瑟絃僵，玉笙指冷，冥鴻天杪。但侵階莎草，滿庭緑樹，不知昏曉。」感喟激昂，擇木之意見矣。草堂詞評

劉基過余闕廟

昔文履善過張許廟，作沁園春，詞旨壯烈。劉伯溫過余闕廟，亦作沁園春以哀之，其詞可與履善相匹，今載於此。「生天地間，人誰不死，死節爲難。念英偉奇才，世居淮甸，少年科第，拜命金鑾。面折奸貪，指揮風雨，人道先生鐵肺肝。生平事，扶危濟困，拯溺摧頑。　清名要繼文山，使廉懦聞風膽竝寒。想孤城血戰，人皆致死，闔門抗節，誰不辛酸。寶劍埋光，星芒失色，露濕旌旗也不乾。如公者，黄金難鑄，白璧常完。」詞苑

劉基詞妙麗

青田生查子云：「蜘蛛網畫檐，一日絲千轉。紅燼落寒釭，心死無由見。」謁金門云：「風嫋嫋。吹緑一庭春草。」轉應曲云：「秋雨。秋雨。窗外白楊自語。」青門引云：「相憐自有明月，照人肺腑清如水。」漁家傲云：「亂鴉啼破樓頭鼓。」花犯云：「餘香怨繡被。」踏莎行云：「愁如溪水暫時平，雨聲一夜依然滿。」渡江雲云：「定巢新燕子，睡起雕梁，對立整烏衣。」山鬼謡云：「離魂常在郊樹。月深星暗蒼梧遠，化作杜鵑歸去。」皆妙麗入神句。古今詞話

宋濂詞

宋金華以大手筆開一代風氣，而亦有麗語，如：「戀郎思郎非一朝。好似并州花翦刀。一股在南一股北，幾時裁得合歡袍。」「有郎金鳳飾花容。無郎秋鬢若飛蓬。儂身要令千年白，不必來塗紅守宫。」此鑑湖竹枝也，其小詞惜不及見耳。古今詞話

楊孟載詞

楊孟載少時，見楊廉夫，命賦鐵笛，歌成，廉夫喜曰：「吾意詩境荒矣，今當讓子一頭地。」當時有老楊、小楊之目，眉庵詞饒有新致。樂府紀聞

高季迪宮詞

高季迪十宮詞，思深致遠，不僅以典贍見長。即如長門怨云：「君明猶不察，妬極是情深。」可以想其情思。青丘樂府大致以疏曠見長，而石州慢又纏綿之極，「綠楊芳草」，「年少拋人」，晏元獻何必不作婦人語。古今詞話

高季迪題朱竹

畫家朱竹始於東坡，前此未有所本。宋仲温在試院於卷尾掃得一枝，筆態甚奇，故張伯雨有「偶見一枝紅石竹」之句。管夫人亦寫懸崖朱竹一枝。楊廉夫題云：「網得珊瑚枝，擲向篔簹谷。明年錦綳兒，春風生面目。」高季迪扣舷集中，亦有題朱竹畫卷水龍吟云：「淇園丹鳳飛來，幾時留得參差翼。簫聲吹斷，彩雲忽墮，碧雲猶隔。想是湘靈，淚彈多處，血痕都積。看蕭疏瘦影，隔簾欲動，渾似落花狼藉。莫道清高也俗，再相逢、子猷還惜。此君未老，歲寒猶有，少年顏色。誰把珊瑚，和煙換去，琅玕千尺。細看來不是天工，卻是那、春風筆。」書畫記

解縉落梅風

成祖於中秋夜，開宴賞月，月爲雲掩，命解縉賦詩。縉遂口占落梅風一調云：「嫦娥面。今夜圓。下雲簾。不著羣仙見。拚今宵倚闌不去眠。看誰過廣寒宮殿。」成祖覽之歡甚。又賦長歌，成祖益喜，同縉

飲至夜半，月復明朗，浮雲盡散。成祖笑曰：「卿真奪天手段也。」解縉集

瞿宗吉詞

楊廉夫游杭州，訪瞿士衡於傳桂堂。士衡之從孫宗吉年十四，見廉夫香匳八題，卽席倚和，俊語疊出。其花塵春跡云：「燕尾點波時有韻，鳳頭踏月悄無聲。」黛眉顰色云：「恨從張敞毫邊起，春向梁鴻案上生。」金錢卜歡云：「織錦軒窗聞笑語，採蘋洲渚聽愁吁。」香頰啼痕云：「斑斑湘竹非因雨，點點楊花不是春。」廉夫歎賞，謂士衡曰：「此君家千里駒也。」時席上以鞵杯行酒，卽命製詞。宗吉賦沁園春云：「一掬嬌春，弓樣新裁，蓮步未移。笑書生量窄，愛渠儘小，主人情重，酌我休遲。醞釀朝雲，斟量暮雨，能使麴生風味奇。何須去，向花塵留跡，月地偷期。風流到手偏宜。便豪吸雄吞不用辭。任淩波南浦，惟誇羅韈，賞花上苑，秖勸金巵。罷帕高擎，銀瓶低注，絕勝翠裙深掩時。華筵散，奈此心先醉，此恨誰知。」廉夫大喜，命侍妓歌以行酒，極歡而罷。列朝詩選

瞿宗吉望江南

瞿宗吉風情麗逸，著翦燈新話及樂府歌詞，多偎紅倚翠之語，爲時傳誦。及謫戍保安，當興安失守，邊境蕭條。永樂己亥，降佛曲於塞下，選子弟唱之。時值元宵，作望江南五首，詞旨淒絕，聞者皆爲泣下。西湖志餘

凌彥翀詠梅柳

凌彥翀於宗吉爲大父行，彥翀作梅詞霜天曉角，柳詞柳梢青各一百首，號梅柳争春。宗吉一日盡和之，彥翀驚歎，呼爲小友，宗吉以此知名。後彥翀自南荒歸葬西湖，宗吉作詩送之云：「一去西川隔夜臺。忽看白壁瘗蒼苔。酒朋詩友凋零盡，只有存齋冒雨來。」存齋，宗吉自號也。西湖志餘

凌彥翀漁家傲

楊復初築室南山，以村居自號，凌彥翀賦漁家傲詞壽之云：「采芝步入南山道。道深宛似蓬萊島。聞説村居詩思好。還被惱。蒼苔滿地無人掃。　載酒亭前松合抱。客來便許同傾倒。玉兔已將靈藥擣。秋意早。月華長似人難老。」復初和云：「當時承望求仙道。那知薄命如郊島。留得殘生猶自好。多懊惱。塵緣俗慮何時掃。　子已成童無用抱。醉眠任便和衣倒。今歲砧聲秋未擣。涼風早。看來只恐中年老。」瞿宗吉亦和云：「喜來不涉邯鄲道。愁來不竄沙門島。惟有村居閒最好。無事惱。苔階竹徑頻頻掃。　有酒可斟琴可抱。長年擬看三松倒。臼内靈砂親自擣。歸隱早。朝廷未放元真老。」宗吉既和此詞而復序云：「舊譜皆以仄聲起，歐公呼范文正爲窮塞主首句，所謂『塞上秋來風景異』者，正此格也。他如王荆公之『平岸小橋千嶂抱』，周清真之『幾日春陰寒側側』，謝無逸之『秋水無痕清見底』，張仲宗之『釣笠披雲青嶂遶』，亦皆如是。今二公皆以平聲易之，特著此以俟知音爾。詞品

林子羽留别紅橋

閩人林子羽官員外郎，有題吴江垂虹橋詩，「欲借仙家遼海鶴，月明吹笛水晶宫」是也。其妻朱氏贈外之什，亦有「待漏衣沾仙掌露，朝天身惹御鑪香」句。時閩中良家女張紅橋，平日欲得才如李青蓮者事之，林投以詩，紅橋稱善，遂委身焉。林游金陵，作念奴嬌留别紅橋，有云：「軟語叮嚀，柔情婉孌，鎔盡肝腸鐵。此去何之，碧雲春樹，早晚翠千疊。圖將羇思，歸來細與伊説。」紅橋和答云：「還憶浴罷描眉，夢回攜手，踏碎梁間月。漫道胸前懷豆蔻，今日總成虚設。桃葉津頭，莫愁湖畔，遠樹煙雲疊。寒燈旅邸，熒熒誰與閒説。」一則打算歸來，一則商量去後，情事如見。閒情集

馬浩瀾花影集

錢塘馬浩瀾，號鶴窗，善咏詩，尤工詞調。雖皓首韋布，而含吐珠玉，錦繡胸腸，裒然若貴介王孫也。其詞名花影集。自序云：「予始學爲南詞，漫不知其要領，偶閲吹劍録中載東坡在玉堂日，有幕士善歌，坡問曰：『吾詞何如柳七。』對曰：『柳郎中詞宜十七八女郎，按紅牙拍，歌「楊柳岸曉風殘月」。學士詞須關西大漢，執鐵板，唱「大江東去」。』緣是求二公詞而讀之，下筆略知蹊徑。然四十餘年僅得百篇，亦不可謂不難矣。法雲道人嘗勸山谷勿作小豔詞。山谷云：『空中語耳。』余欲以空中語名其集，或曰不文，改稱花影集。花影者，月下燈前，無中生有，以爲假則真，謂爲實猶涉虚也。」徐伯齡言鶴窗與陸清溪同出劉菊莊之門，清溪得詩律，鶴窗得詞調，異體齊名，可謂盛矣。詞品

聶大年詞

聶大年嘗賦卜算子詞二首，蓋自況也。詞云：「楊柳小蠻腰，慣逐東風舞。學得琵琶出教坊，不是商人婦。　忙整玉搔頭，春笋纖纖露。老卻江南杜牧之，懶爲秋孃賦。」「粉淚濕鮫綃，只恐郎情薄。夢到巫山第幾峰，酒醒燈花落。　數日尚春寒，未把羅衣著。眉黛含顰爲阿誰，但恨從前錯。」馬浩瀾和云：「歌得雪兒歌，舞得霓裳舞。料想前身跨鳳仙，合作蕭郎婦。　顏色雪中梅，淚點花梢露。雲雨巫山十二峰，未數高唐賦。」「花壓鬢雲低，風透羅衫薄。殘夢瞢騰下翠樓，不覺金釵落。　幾許別離愁，猶自思量著。欲寄蕭郎一紙書，又怕歸鴻錯。」詞品

蘇世讓詞

朝鮮蘇世讓與華使君有倡和集，其憶王孫賦殘春云：「無端花絮曉隨風。送盡春歸我又東。雨後嵐光翠欲濃。寄征鴻。家在千山萬柳中。」又西域鎖懋堅作樂府有聲，其菩薩蠻賦殘春云：「曉鐘若到春偏去。一番日永傷遲暮。誰送斷腸聲。黃鸝知客情。　山光嬌靨濕。仍滯傷春泣。綠酒瀉杯心。卷簾空抱琴。」亦可見文教之遠矣。古今詞話

花綸詞

杭州花綸，年十八，黃觀榜及第第三人。初讀卷官進卷，以花爲第一，練子甯第二，黃觀第三。御筆改

定黄第一，練第二，花第三。故南京有「花練黄，黄練花」之語。後人猶以花狀元稱之，是科題名記及登科録，皆以黄、練二公死革除之難剗毁，故相傳多誤。花有詞藻，其謫戍雲南日，有題楊太真畫圖水仙子云：「海棠風，梧桐月，荔枝塵。霓裳舞，翠盤嬌，繡嶺春。錦棚嬉，金釵信，香囊恨。癡三郎，泥太真。馬嵬坡，血污游魂。楊柳眉，青顰黛損。芙蓉面，零脂落粉。牡丹芽，翦草除根。」風致不減元人小山、酸齋輩，滇人傳唱多訛其字，余爲訂正之云。詞品

三楊優劣

宣德中三楊在内閣，有從官出松竹梅來題者，榮題松，溥題竹，後皆書賜進士第，賜進士出身。獨士奇起於辟召，乃作題梅詞云：「竹君子，松大夫。梅花何獨無稱呼。回頭試問松和竹，也有調羹手段無。」蓋桂殿秋也，世以此定三楊優劣。晚香堂清語

商毅庵詞

商毅庵鄉會殿試皆第一，負鼎鉉重望，而小詞明淨簡練，亦復沾沾自喜。今讀其旅情、春暮、秋月、退食諸篇，不墮時趨，自有殊致。其一叢花咏初春云：「東風有信無人見，露微意、柳際花邊。」尤覺妥帖輕圓也。古今詞話

吴寛詞

吴匏庵詞有「繁花落盡留紅藥，新笋叢生帶緑苔」，名句也。時有趙寛字栗夫，爲匏庵所取士，詞名半江集，匏庵嘗曰：「不遇吴寛，争得趙寛。」者舊續聞（案：作者舊續聞誤）

夏言詞

夏言以議禮驟貴，世廟因正月降雪，命言等作時玉賦。石塘曾銑，夏之内戚，作漁家傲詞，互相賡唱，遂起河套之議。故黄泰泉有「千金不買陳平計」之句，蓋譏之也。湧幢小品

嚴嵩詞

詞至夏桂洲、嚴介溪，俱以百字令、木蘭花慢爲贈答之什，如陸儼山、周白川亦無不效之，但悉遵舊人之韻，千篇一律，了無旨趣。若桂洲閨豔小令，膾炙人口者，則又嫁名於無名氏。集中三百九十調，應酬居多。介溪往來詞調，紛紛於扇面畫幅相見，輒用以媚之。嘗有寄陸儼山百字令，後半云：「秖今遥指江雲，重吟渭樹，高興參差發。四十年來同宦海，不覺飈馳星滅。槐省垂魚，鳳池鳴玉，相對俱華髮。君恩報了，五湖同訪煙月。」此正奸雄之語也。余雖不欲以人廢言，亦豈至爲其所欺耶。錢允治

嚴嵩鈐山堂集

「空得鬱金裙。酒痕和淚痕」，舒亶語也。鍾退谷評閻丘曉詩謂：「具此手段，方能殺王龍標。」此等語乃

出渠輩手，豈不可惜。僕每讀嚴分宜鈐山堂集，至佳處輒作此歎。花草蒙拾

夏公謹詞

夏公謹喜爲長短句，當其得君專政，聲勢烜赫，長篇小令，草稿未削，已流布都下，互相傳唱。歿後未百年，黯然無聞。花間、草堂之集，無有及桂洲氏名者。求如前代所謂曲子相公，亦不可得，可一慨也。錢謙益

明詞家

我朝以詞名家者，伯温穠纖有致，去宋尚隔一塵。用修好入六朝麗字，似近而遠。公謹最號雄爽，比之稼軒，覺少精思。藝苑卮言

楊慎博洽

成都楊慎所著書百餘種，號爲博洽。金華胡應麟嫌其熟於稗史，不嫺於正史，作筆叢以駁之。然楊所輯百琲真珠、詞林萬選，王弇州亦謂之詞家功臣也。因議禮謫戍瀘州(當作永昌)，暇時紅粉傅面，作雙丫髻插花，令諸妓扶觴游行，了不爲怍。有以書規之者。答云：「文有仗境生情，詩或托物起興。如崔延伯臨陣，則召田僧超爲壯士歌。宋子京修史，使麗豎然椽燭。吴元中起草，令遠山磨隃糜。是或一道也，走豈能執鞭古人，聊以耗壯心，遣餘年耳。知我者不可以不聞此言，不知我者不可以不聞此言。」

詩有「羅衣香未歇，猶是漢宫恩」句，詞亦富贍。樂府紀聞

楊慎歌詞

楊用修少時善琵琶，每自爲新聲度之。及登第後，猶於暑月夜綰兩角髻，著單紗半臂，背負琵琶，共二三騷人，攜尊酒，席地坐西長安街上，歌所製小詞，撮撥到曉。適李閣老早朝過之，聽其聲異常流，令人詢之，則云楊公子修撰也。李爲之下車。楊舉卮進李曰：「朝尚早，願爲先生更彈。」彈罷而火城將熄，李先入朝，楊亦隨著朝衣而至。朝退進閣，揖李先生及其尊人。李笑謂曰：「公子韻度自足千古，何必躬親絲竹，乃擅風華。」自是「長安一片月」，絶不聞楊公子琵琶聲矣。桐下聽然

楊慎妻黄氏詞

升庵夫人黄氏寄外詩，有「曰歸曰歸愁歲暮，其雨其雨怨朝陽」之句，傳誦人口。又有滿庭芳、巫山一段雲諸詞，皆爲雅麗，或比之趙松雪管夫人，然管工畫竹耳，詩詞鄙俚不及黄遠矣。晚香堂清語

王世貞以伶爲師

王渼陂初作北曲，自謂極工，徐召一老樂工問之，殊不見許。於是爽然自失，北面執弟子禮，以伶爲師，久遂以曲擅名天下。詞、曲雖不同，要不可盡作文字觀，此詞與樂府所以同源也。花草蒙拾

唐寅詞

唐子畏素性不羈，及坐廢，益游於酒人以自娱。宸濠禮聘之，子畏知其有異志，乃佯狂裸形，箕踞以處，得遣歸。又傳其鬻身梁溪巨室，以求美婢，見諸劇戲。祝枝山嘗傅粉墨，從優伶入市度新聲，多爲狎斜游。著擲果、窺簾、醉紅、金縷諸集，皆言情之作。好負逋債，出則萃而呼責之者踵相接也。兩人同濫筆墨，多諧謔，而人尊重之。唐詞有踏莎行、千秋歲引，祝有鳳栖梧、浪淘沙，俱不甚精警。古今詞話

陳白陽詞

子畏，吴下才人，而佳詞絶少，踏莎行四時閨詞膾炙當世，及讀陳白陽集，知俱係陳作。陳集編於其從孫明卿者，諒無傳疑，余欲改正。友人曰：「倩陳山人彩毫爲唐解元點染風流也可，何必認真。」乃不果改。蘭皋集

文徵明詞

文衡山待詔素性高雅，不喜聲妓。吴俗六月念四，荷花洲渚，畫舫笙歌咸集。祝枝山、唐子畏，預匿二妓人於舟尾，邀之同遊。衡山先面訂不與妓席，唐、祝私約酒闌歌聲相接，出以侑觴。衡山憤極，欲投水，唐、祝呼小艇送之。乃其水龍吟題情亦甚婉麗，但聲調錯落，句讀參差，稍爲正之。詞云：「依依落日平西，正池上晚涼初足。太湖石畔，絲絲疏雨，芭蕉簇簇。院落深沉，簾櫳静悄，闌干幽曲。猛然間，何處玉簫聲起，滿地月明人獨。　風約輕紗透肉。掩酥胸盈盈新浴。一段風情，滿身嬌怯，恍然寒玉。青團扇子，欲舉還垂，幾番虛撲。向夜闌獨笑，紅襠自解，滅銀屏燭。」古今詞話

王世貞詞

王世貞於帖括盛行之日，獨以詩、古文鳴世。當時詞家亦都尚不痛不癢篇什，而獨能以生動見長，以故汪道昆、李攀龍輩俱遜之。即弇州自謂：「意在筆先，筆隨意往，法不累氣，才不累法，有境必窮，有證必切，匪獨詩文爲然。填詞末藝，敢於數子云有微長。」晚年學道，王穉登以書諷之。弇州答曰：「僕晏坐淡然無營，子嘲我未焚筆硯，筆硯固當焚，但世無士衡，以此二物少延耳。」古今詞話

王世貞詞出人頭地

弇州少好讀書，駱行簡奇之曰：「他日必以文章名世。」汪伯玉曰：「詩如孫武、韓信用兵，宮嬪、市人，無不可陣。詞則沾沾自喜，亦出人一頭地。」李于鱗曰：「惟某敢與狎主齊盟，而小詞弗逮也。」弟世懋，時人呼爲小美，奉常集詞僅數首，自謂游江西後，頗覺有進。堯山堂外紀

何元朗家小鬟

教坊李節箏歌，何元朗品爲第一。金陵全盛時，顧東橋必用箏琶侑觴。相傳武宗南巡，樂工頓仁隨駕，學得金元雜劇，何元朗家小鬟盡得其曲而用之。比時詞調猶作引子過曲，今供筵所唱，類具時曲，並無人問及詞調。則倚聲之被管絃者，殆未百年，而竟成廣陵散矣。錢謙益

王昂催妝詞

探花王昂，榜下擇壻時作催妝詞，寄調好事近云：「喜氣滿門闌，光動綺羅香陌。行到紫薇花下，悟身非凡客。　不須脂粉污天真，嫌怕太紅白。留取黛眉淺處，畫章臺春色。」詞品

李攀龍詞

李于鱗懷宗子相詩云：「卧病山中生桂樹，懷人江上落梅花。」邊廷實懷李獻吉詩云：「四海酒杯形影外，十年詩草夢魂餘。」時推作者。而李有八聲甘州，邊有踏莎行，俱不足存，何也。今古詞話

徐渭詞

徐文長爲胡少保幕客，掌書記。督府勢嚴重，文武將吏，莫敢仰視。文長戴敝烏巾，衣白布澣衣，非時直闖門入，長揖就坐，奮袂縱談。幕中有急需，召之不至。夜深開戟門以待，偵者還報，徐秀才方泥飲大醉，叫呶不可致也。倭既靖，宴將士於爛柯山。文長走筆作鐃歌云：「接得羽書知破賊，爛柯山上正圍棋。」又云：「帳下共推擒虎將，江南只數義烏兵。」少保命刻石。詞有菩薩蠻咏鞵，鵲踏花翻咏走馬妓，諸選皆載之。明詩紀事

徐渭咏半面美人

文長咏半面美人圖詞，有「這半面剛被那半面兒相遮」之句，靈慧絶倫。屠隆

林章孤鸞

林章溺情一妓，適妓以他事繫獄，林日徘徊於外，計欲出之。爲賦孤鸞一闋云：「爲誰拋撇。似海燕初分，林鶯乍別。回首天涯，滿目雲山愁絶。東風不憐春色，把一枝楊花吹折。直恁黏雲帶雨，更盈盈似雪。　奈夢兒相隔恨難説。想昨夜孤衾，今日雙頰。比這青衫上，有幾重啼血。一聲晚鐘動了，又送人、腸斷時節。莫把琵琶亂撥，正春江潮咽。」尋爲當事所釋，欲委身於林，林竟度爲女冠，人皆賢之。樂府紀聞

湯顯祖詞

湯義仍文采風流，照耀一世，出其緒餘，以爲填詞。如回文菩薩蠻、添字昭君怨，皆傑作也。今古詞選

俞仲茅小詞

俞仲茅小詞云：「輪到相思沒處辭。眉間露一絲。」視易安「纔下眉頭，又上心頭」，可謂此兒善盜。然易安亦從范希文「都來此事，眉間心上，無計相迴避」語脱胎，特更工耳。花草蒙拾

俞少卿論明詞

俞少卿云：「萬曆以來詩文制義化爲四目蒙魌、九頭妖鳥，而詩餘以無人染指，故獨留本來面目。」此言固是激論，如馮董二文敏、趙忠毅、吴文端、李太僕、范尚書、焦修撰、王編修諸公，何嘗無一二佳詞，但

非專家，故不爲少卿所推藉耳。詞衷

俞君宣賦古鏡

俞君宣自負風情，嘗爲顧文英賦古鏡詞云：「張郎一去。君且代郎看，雙娥解理。贈別躊躇，不忍把君分碎。問容顏，君獨知憔悴。受多磨、與君無異。廣寒三五，嫦娥愁向，却元自己。　晴空裏，似丹青點綴。個中小小，洞天深處。背地沉迷，形影都無據。憐君自爲分明累，貯盡了漢宮人淚。架罷妝殘，瞥然收却，遠山橫翠。」蓋調寄桂枝香也。文英善書，以碧絲作小楷，繡之鏡臺，遺所歡，未幾卒。君宣夢文英謝此詞，且曰：「後二語不吉，愛其佳，未請易也。」嗟乎，「柳綿枝上」，朝雲爲之感沒。「架罷妝殘」，文英遂以讖終。詞人妙來，竟令生者可以死耶。蘭皋集

田藝蘅詞

古今竹枝，皆泛咏風土，惟田藝蘅云：「阿孃拘束好心癡。白玉闌干護竹枝。春色到來抽亂筍，石頭縫裏迸芽兒。」「若個郎來討竹秧。雌雄須得要成雙。明年此日春雷發，管取嬰兒脱錦腔。」共四首，皆賦本意，蓋做楊柳枝、采蓮曲體也。卓珂月以爲正格，要亦不必。花草蒙拾

陳繼儒臨江仙

吾家於陵及華山處士，世有隱德，余輩膠黏五濁，羈鎖一生，每憶少年青松白石之盟，何止浩歎。歲丁

酉，始得築婉孌草堂於二陸遺址，故有「長者爲營栽竹地，中年方愜住山心」之句。然山中亦不能如道家保鍊吐納以需餘年，即佛藏五千卷，隨讀隨輟。惟喜與鄰翁院僧談接花、藝果、種朮、斸苓之法。其餘一味安穩，本色而已。嘗作臨江仙一詞云：「婉孌北山松樹下，石根結個岩阿。巧藏精舍恰無多。尚餘檐隙地，種竹與栽梧。　高卧不須愁客至，客來野笋山蔬。一瓢濁酒儘能沽。倦時呼鶴舞，醉後倩僧扶。」陳繼儒岩棲幽事

陳繼儒攤破浣溪沙

四時之景，無如初夏。余嘗夜歸作攤破浣溪沙云：「梓樹花香月半明。棹歌歸去蟪蛄鳴。曲曲柳塘茅屋矮，挂漁罾。　笑指吾廬何處是，一池荷葉小橋橫。燈火紙窗修竹裏，讀書聲。」岩棲幽事

張綖詞

維揚張世文，著詩餘圖譜，絕不似嘯餘譜、詞體明辨之舛錯，而爲之規規矩矩，真塡詞家功臣也。其自製鵲踏枝有云：「紫燕雙飛深院靜。寶枕紗幮，睡起嬌如病。一線碧煙縈藻井。小鬟茶進龍香餅。」又「斜日高樓明錦幕。樓上佳人，癡倚闌干角。心事不知緣底惡。對花珠淚雙雙落」，新倩蘊藉，更足振起一時。古今詞話

卓珂月詞統

卓珂月自負逸才，詞統一書，蒐采鑒別，大有廓清之力，乃其自運，去宋人門廡尚遠，神韻興象，都未夢見。花草蒙拾

王次回詞

王次回喜作小豔詩，最多而工，疑雨集二卷，見者沁入肝脾，里俗爲之一變，幾於「小元白」云。詞不多作而善改昔人詞，殊有加毫頰上之致。如秋千改徐文長云：「多嬌最愛鞵兒淺。有時立在秋千板。板已窄稜稜。猶餘三四分。一鈎渾玉削。紅繡幫兒雀。休去步香堤。游人量印泥。」起句已比舊作較穩，換頭「紅絨止半索。繡滿幫兒雀」，僅能刻畫其纖，改語則見其晳而直矣。且雀不可以紅絨繡，乃以絨繡雀於紅幫上耳，亦改語爲是。其別意改洪叔璵云：「花露漲冥冥。欲雨還晴。薄羅衫子著來輕。解道明朝寒食近，且莫成行。花下酒頻傾。纖手重增。十三絃畔訴離情。又得一宵相伴也，無限丁寧。」比洪作止存三句，詞意俱換，幾於虞允文用王權之卒，不止李太尉入北軍也。其茉莉改劉叔安云：「簾櫳午寂，正陰陰窺見，後堂芳樹。綠遍長叢花事杳，忽接瓊葩丰度。豔雪肌膚，蕊珠標格，銷盡人間暑。還憂風日，曲屏羅幕遮護。長記歌酒闌珊，微聞暗麝，笑覓衣沾露。月沒闌干天似水，相伴謝孃窗户。浴後輕鬟，涼生滑簟，總是牽情處。惹人幽夢，枕邊零亂如許。」起處簾中堂後，綠陰奄藹，說花時已覺有情。豔雪蕊珠狀花之色，暗麝狀花之香，鬟間、簟上、枕邊，舉護花者之張設，戴花者之神情，摹擬畢到，語復俊麗，可謂詞中聖手。所用劉語，不過四句，此可竟稱次回作也。詞筌

吴魯于和稼軒詞

吴魯于孝廉能詩善書，築墅南郭，盡泉池澗石亭臺花竹之勝。小詞瀟灑絶俗，自比稼軒。有和稼軒卜算子詞云：「性懶不衣冠，地僻無車馬。誰與山翁作往還，五月披裘者。高枕石爲牀，劇飲盆爲瓦。不讓羲皇已上人，五柳先生也。」「倦放林逋鶴，懶策山公馬。千尺長廊水一方，猶羨舟居者。地僻蘚侵階，屋老松生瓦。門外人來問主人，山水之間也。」詞衷

沈際飛四集

沈天羽四集中有別集，自謂有「鉥腸鏤腎」之妙。吾最喜其「意致相詭，言語妙天下」數語，爲詩餘別開生面，然亦有刻意纖巧，致離本旨，不無奇過得庸，深極反淺之病。岷源濫觴，不得不歸咎「別集」二字。詞衷

陳子龍詞

陳大樽文高兩漢，詩軼三唐，蒼勁之氣，與節義相符。乃湘真一集，風流婉麗如此。傳稱河南亮節，作字不勝綺羅。廣平鐵心，梅賦偏工清豔。於黄門益信。蘭皋集

湘真閣妙麗

明季詞家競起，然妙麗惟湘真閣江蘺檻諸什。如咏斜陽則云：「弄晴催薄暮。」咏黄昏則云：「青燈冷，碧

紗煙盡。半晌愁難定。」咏五更則云：「愁時如夢夢時愁。角聲到小紅樓。」咏杏花則云：「微寒著處不勝嬌。一番弄雨花梢。」咏落花則云：「玉輪碾平芳草，半面惱紅妝。」咏春閨則云：「幾度東風人意惱。深深院落芳心小。」咏豔情則云：「難去。難去。門外尺深花雨。」皆黃門意到之句。古今詞話

夏完淳詞

夏存古燭影摇紅云：「辜負天公，九重上有春如海。佳期一夢斷人腸，静倚銀釭待。隔浦紅蓮堪采。上扁舟，傷心欸乃。梨花帶雨，柳絮迎風，一番愁債。回首當年，綺樓畫閣生光彩。朝彈瑶瑟夜銀箏，歌舞人常在。一自變遷陵谷，黯消魂難再。金釵十二，珠履三千，凄凉千載。」遺珠零璧，諸選不收，偶列於此。玉樊堂稿

明詞長篇不足

詞至雲間，幽蘭、湘真諸集，言内意外，已無遺議。所謂華亭腸斷，宋玉魂消，稱諸妙合，謂欲專詣。所微短者，長篇不足耳。北宋諸家大率如是。正如嘉州、右丞，不能爲工部之五七排體，自足名家。遠志齋

黃山逸客詞

相傳黃山逸客行香子一闋云：「俊翮無聲。飢掠寒庭。滿樛枝、鳥雀皆驚。惜哉不中，狙擊秦嬴。恨筑參差，椎孟浪，劍縱橫。汝鶻來聽。休恥無能。問何如、繡臂金鈴。空拳未往，氣已崢嶸。任破長空，

没孤影，攬青冥。」云見一鶻擊鳥不中，而旁爲之歎惜者。惜不得作者姓名，然其詞自足傳也。詩餘五集

徐小淑詞

徐小淑絡緯吟，其爲絶句也，蓋賢乎其爲近體也。其爲樂府也，蓋賢乎其爲近體絶句也。乃其爲長短句也，蓋賢乎其爲開元諸家也。如中調霜天曉角爲歸舟之作，有云：「露浥芙蓉茜。翠澀枯棠瓣。傍疏柳、西風幾點。行行尚緩。家在碧雲天半。念歸舟游子，一片鄉心撩亂。對旅雁沙汀，盼殺白蘋秋苑。」小淑善繪事，此爲畫中詞，詞中畫，吾不能辨。董斯張

葉氏一門能詞

吴江葉仲韶之配沈宜修，字宛君。一女名紈紈，字昭齊，有愁言集。一女名小鸞，字瓊章，有返生香集。宛君浣溪沙云：「淡薄輕陰拾翠天。細腰柔似柳飛綿。吹簫閒向畫屏前。詩句半緣芳草斷，鳥啼多爲杏花殘。夜寒紅露濕秋千。」紈紈浣溪沙云：「幾日輕寒懶上樓。重簾低控小銀鈎。東風深鎖一窗幽。晝永半消春寂寂，夢殘獨語思悠悠。近來長自只知愁。」小鸞南柯子云：「門掩瑶琴静，窗消畫卷閒。半庭香霧繞闌干。一帶淡煙紅樹隔樓看。　雲散青天瘦，風來翠袖寒。嫦娥眉又小檀彎。照得滿階花影，只難攀。」虞美人云：「深深一點紅光小。薄縷微煙裊。錦屏斜背漢宫中。却照阿嬌金屋淚痕濃。　朦朧穗落輕煙散。顧影渾無伴。愴然午夜漫凝思。恰似去年秋夜雨窗時。」填詞甚富，盡稱令暉、道韞萃於一門，惜乎天靳之以年也。午夢堂集

王修微詞

王修微初爲青樓，後爲黄冠，詞集甚富，皆言情之作，多有俳調。其懷譚友夏如夢令云：「月到閒庭如畫。修竹長廊依舊。對影黯無言，欲道别來清瘦。春驟。春驟。風底落紅僝僽。」竹窗詞選

張嫺倩詞

廬州少婦張嫺倩作子夜歌云：「落花風捲愁難歇。枝頭燕翦裁桃葉。花氣沁蘭香。游絲挂緑窗。蕉青鸞翅影。草碧龍鬚冷。無語倚瑶琴。閒花在膽瓶。」雖緑窗自怨，不失貞静。伊人思

張倩倩詞

張倩倩，沈宛君之姑之女，歸宛君弟君庸。宛君季女瓊章，兒時寄養舅家，以倩倩爲母。倩倩工詩詞，作即棄去，瓊章（此字原脱。）記憶其數首。瓊章亡，宛君悼其女，追懷倩倩，爲之作傳，併録瓊章聽記詩詞附傳中。有寒夜懷君庸蝶戀花云：「漠漠輕陰籠竹院。細雨無情，淚濕霜花面。試問寸腸何樣斷。殘紅碎緑西風片。　千遍相思纔夜半。又聽樓前，叫過傷心雁。不恨天涯人去遠。三生緣薄吹簫伴。」午夢堂集

楊宛叔詠秋海棠

金陵妓楊宛叔，能詩，有麗句，善草書，與草衣道人王修微爲女兄弟。有金人捧露盤咏秋海棠云：「記春

光，繁華日，萬花叢。正李衰、桃謝匆匆。儂家姊妹，妖枝豔蕊笑東風。薄情曾共春光去，惆悵庭空。到如今，餘孤幹，羞桃李，一園中。憐嬌妹，試沐新紅。恐傷姊意，含芳斂韻綺窗東。鄰家不分，伊偏占、放出芙蓉。」列朝詩選

鄭婉娥詞

洪武中，吴江沈韶游襄漢，歸舟次九江，登琵琶亭，月下髣髴聞歌聲。明日復往，徙倚亭中，一麗人冉冉來，二小姬前導。韶拜問之，曰：「漢主陳友諒之婕妤鄭婉娥也。年二十而死，殯此亭旁。二侍女一名鈿蟬，一名金雁，皆當時殉葬者。」命取酒共飲，歌念奴嬌一闋，曰：「郎昨夕郎所聞也。」詞云：「離離禾黍，歎江山依舊，英雄塵土。石馬銅駝荆棘裏，閱遍幾番寒暑。劍戟灰飛，旌旗鳥散，底處尋樓櫓。喑啞叱詫，只今猶説西楚。　憔悴玉帳虞兮，燈前掩面，雙淚飛紅雨。鳳輦羊車行不返，九曲愁腸漫苦。梅瓣凝妝，楊花翻雪，回首成終古。翠螺青黛，絳仙慵畫眉嫵。」又口占一律贈韶云：「鳳艒龍舟事已空。銀屏金屋夢魂中。黄蘆晚日烘殘壘，碧草寒煙鎖故宫。隧道魚燈油欲燼，妝臺鸞錦匣長封。憑君莫話興亡事，淚濕胭脂損舊容。」與韶談元末羣雄興廢及僞漢宫中事，歷歷如見。臨別以金條脱爲贈。同游梁生作琵琶佳遇歌。樂府紀聞

明代詞家評

嘗論前代諸詞家，文成之於元獻，猶蘭亭之似梓澤也。新都之於廬陵，猶弘治之似伯玉也。瑯琊之於

眉山，猶小令之似大令也。公謹之於幼安，猶宣武之似司空也。逮黄門舍人之於屯田待制，直如曹、劉之與蘇、李，遂覺後來益工，世有解人，應不河漢斯言。詞衷

唐以後詩不如詞

周東遷，三百篇音節始廢，至漢而樂府出。樂府不能代民風，而歌謡出。六朝至唐，樂府又不勝詰屈，而近體出。五代至宋，近體又不勝方板，而詩餘出。唐之詩，宋之詞，甫脱穎而已遍傳歌工之口，元世猶然，今則盡廢矣。觀唐以後詩之腐澀，反不如詞之清新，使人怡然適性。是不獨天資之高下，學力之淺深各殊，要亦氣運、人心有日新而不能已者。故詩至於餘而詩亡，詩至於餘而詩復存也。詞統序略

詞潔輯評

〔清〕先著　程洪撰

胡念貽輯

詞潔序

詩之道廣，而詞之體輕。道廣則窮天際地，體物狀變，歷古今作者而猶未窮。體輕則轉喉應拍，傾耳賞心而足矣。詩自三言、四言，多至九字、十二字，一韻而止，未有數不齊、體不純者。詞則字數長短參錯，比合而成之。唐以前之樂府，則詩載其詞，猶與詩依類也。至宋人之詞，遂能與其一代之文，同工而獨絕，出於詩之餘，始判然別於詩矣。故論詞於宋人，亦猶語書法、清言於魏晉間，是後之無可加者也。雖然，精英之代變，風氣之密移，生其時者，亦不能自禁其不工。而或湮其源，則往者遂以孤；或導其流，則來者有可繼，此則好尚、不好尚之分也。明一代，治詞者寥寥，近日則長短句獨盛，無不取途涉津於南、北宋。雖歌詩亦尚宋人。予嘗取宋人之詩與詞反覆觀之，有若相反然者，詞則窮巧極妍，而趨於新；詩則神稿當作槁物隔，而終於敝。宋人之詩，不詞若也。閩方之果曰荔枝，中州之花曰木芍藥，非其土地則不榮、不實，是草木之珍麗，天地之私產也。有咀其味者，喻之以醴酪；有驚其色者，擬之以冶容，亦得其似而已。宋之詞猶是也。予素好此，往者亡友嚴克宏，能別識其源流、體製之所以然，予聞克宏之論久，因亦能稍知其雅俗。頃來廣陵，程子丹問，尤與予有同嗜，暇日發其所藏諸家詞集，參以近人之選，次爲六卷，相與評論而録之，名曰詞潔。詞潔云者，恐詞之或即於淫鄙穢雜，而因以見宋人之所爲，固自有真耳。夫果出於閩方，花出於中州至矣，執是以例其餘，爲花木者，不幾窮乎。雖則柤梨皆可於口，苟非賚蒖皆悅於目，摶土塗丹以爲實，剪綵刻楮以爲花，非不能爲肖也，而實之真質，花之生氣，不與俱焉。懸古人以爲之歸，而不徒爲摶土剪綵者之所爲，雖微詞而已，他又何能限之。是則所爲詞潔之意也。壬申四月，瀘州先著序。

詞潔發凡

是選惟主録詞，不主備調。詞工，則有目者可共爲擊節。調協，則非審音者不辨矣。柳永以樂章名集，其詞蕪累者十之八，必若美成、堯章，宮調、語句兩皆無憾，斯爲冠絶。今詞不可以付歌伶，則竹素之觀也。且含毫運思，求其工美，固當擇調而填之。而小令終不能逮，古人有約至十數字爲一調者，筆境既狹，盤旋不易，奚必規規然傚之。寧嚴勿濫，不敢遍收，必欲悉備，則別自有言譜者在。

尊前、蘭畹久軼，唐末、五代詞有趙弘基花間集，傳之至今，誠詞家之法物也。黄叔暘雖係宋人手眼，然宋末名家未備。張玉田極稱周草窗選爲精粹，其時已云板不存矣。近日有録藏本以行世者，似從陸輔之詞旨拈出名句，依序排次，載以全詞。初覺姓氏絢然可觀，細閲之，未必確爲舊本。蓋好事者爲之，使周選若此亦不足尚也。草堂流傳耳目，庸陋取譏，續集尤爲無識。粹編不分珉玉，雜采取盈，掛漏復多。至若分人序代，不便卒讀。今以調爲彙，人之先後，就本調中略次之。且其中容有伸縮、轉移一二字者，在古人已然，不害爲同，無取拘守，俾作者有所考鏡，因亦有所依據耳。

詞源於五代，體備於宋人，極盛於宋之末，元沿其流，猶能嗣響。五代十國之詞，略具花間，惜乎他本不存，僅有名見。唐人之作，有可指爲詞者，有不可執爲詞者，若張志和之漁歌子、韓君平之章臺柳，雖語句聲響居然詞令，仍是風人之別體，後人因其製，以加之名耳。夫詞之託始，未嘗不如此。但其間亦微有分別，苟流傳已盛，遂成一體，即不得不謂之詞。其或古人偶爲之，而後無繼者，則莫若各仍其故之爲得矣。倘追原不已，是太白「落葉聚還散」之詩，不免被以秋風清之名爲一調。最後若倪元鎮之江南春，本非詞也，祇當依其韻，同其體，而時賢擬之，并入倚聲。此皆求多喜新之過也。是選專録宋一代之詞，宋以前則取花間原本，稍爲遴撮。益以太白、後主之詞爲前集，譬五言之有漢、魏，本其始也。金、元不能別具卷帙，則附諸宋後焉。

韻，小乘也。艷，下駟也。詞之工絶處，乃不主此。今人多以是二者言詞，未免失之淺矣。蓋韻則近於佻薄，艷則流於褻媟，往而不返，其去吳騷市曲無幾。必先洗粉澤，後除琱繢，靈氣勃發，古色黯然，而以情與經緯其間。雖豪宕震激，而不失於粗，纏綿輕婉，而不入於靡。即宋名家固不一種，亦不能操一律，以求美成之集自標清真，白石之詞無一凡近，況塵土垢穢乎。故是選於去取清濁之界，特爲屬意，要之才高而情真，即瑕不得而掩瑜矣。

詞無長調、中調之名，不過曰「令」、曰「慢」而已。前人有言曰：鉛汞交鍊而丹成，情景交鍊而詞成。苟情景融洽則披文得貌，可探其藴，亦不必一一有題。且本一調也，務爲新奇，多寓名目，反滋惑亂。又今人爲詞，每欲所寄之調與所賦之事相應，取其小巧關會，故喜占新名，殊爲牽合。夫詞之工拙，豈因調名有所加損乎？今每調取一稱，從其明顯相沿已久者，其餘概爲削去，以還雅觀。遇有必不可少題者，則間載一二。至於一人之詞，互見兩集，彼此淆亂，莫可適從，排纂之家，不無鹵莽，辨其語意，亦有可明。惟考據審細者即從之，非立異也。

詞走腔，詩落韻，皆不得爲善。豈惟詩詞，雖古文亦必有音節。音節諧從，誦之始能感人。然凝習之久，大抵自得之，不待告語而知，實非繭絲牛毛之謂也。今之爲詞者，規摹韻度，命意範辭，無失其爲詞可矣。若絲銖毫芒之違合，則孰從而辨之，而言譜者紛紛鑿鑿，起而相繩，亦安能質宋人於異代，而信其必然也。蓋宋人之詞，可以言音律；而今人之詞，祇可以言辭章。宋之詞兼尚耳，而今之詞惟寓目，似可不必過爲抨擊也。即宋人長短句，用韻之出入，今亦不得其故。近人有以詩韻爲詞者，雖詩通用之韻，亦不敢假借，此亦求其説而不得，自爲之程或可耳。設取以律他人，則非也。偶見茅氏、毛氏之論，有當於心。茅氏論曲也，可通於詞。毛氏則專論韻。茅氏之言曰：「此徒因末矩本，非洞本照末。」毛氏之言曰：「揣度之胸，多所臬兀。」有取乎二家之言，非爲凌躐不守者。出脱其意，似寬而實嚴，因取而載之，而爲今之治詞而眩於譜與韻之説者，聊藉此以通一難云。

詞曲之道，至今幾絶矣。近得湯若士，然是紫釵特勝耳，而大半出於帥惟審。蓋若士深得曲意，而頗傷於率，若紫釵則情文得十八矣，但太不協調。其言曰：「周伯琦伯琦當作德清。作中原音玉茗堂全集尺牘卷三答孫俟居無音字。韻，而伯琦於伯伯字當作德。輝、致遠中無詞名。沈伯時指樂府迷，而伯時於花庵玉林間非詞手。詞之爲詞，九調四聲而已。答孫俟居已下有哉字。且所引腔答孫俟居腔下有證字。不云『未知出何調，犯何調』，則云『又一體』，『又一體』。彼所引曲未滿十，然已如是，復何能縱觀而定其詞句音韻邪。答孫俟居邪作耶，下有弟在此。自謂知曲意者，筆懶韻落，時時有之，正不妨拗折天下人嗓子。」此其自雄自信之言也。中原韻造於元末，故執此以求元曲，即高則誠亦深犯落韻。蓋沈約造四聲於梁，而唐人行之。詞曲盛於宋元，而韻成於元末，正未可一律齊。余以古詩、古韻，自可兼行，則詞義恰合，稍一落韻，亦不爲過。至於犯調、別體，此宋元人知曲本原，自能意造，故造且可，何況於犯。亦徒因末矩本，非洞本照末。若士之言，亦中其膏肓矣。特云：「拗折天下人嗓子，則曲之所以爲曲，正以字句轉折而音律調和。嗓子，人之元聲也。欲拗折以就之，豈能爲諧乎。然呂玉繩改之，徒便俗工而傷其筆意，此若士所以曰：「昔有人嫌摩詰冬景芭蕉，割蕉加梅，冬則冬矣，然非王摩詰冬景也。」可謂知言矣。

（右茅氏元儀）

詞本無韻，故宋人不製韻，任意取押，雖與詩韻相通不遠，然要是無限度者。予友沈子去矜創爲詞韻，而家稚黄取刻之。雖有功於詞甚明，然反失古意。假如三十韻中，惟尤是獨用，若東、冬，江、陽，魚、虞，皆、昭代叢書本西河詞話無皆字。灰，支、微、齊，寒、删、先，蕭、肴、豪，覃、鹽、咸，則皆是通用。此雖不知詞者亦曉之，何也。獨用之外，無嫌通韻。通韻之外，更無犯韻。則雖不分爲獨爲通，而其爲獨爲通者，自了然也。嘗記舊詞，尚有無名子魚游春水一詞「秦樓東風裏，輕拂黄金縷」，通紙於語。張仲宗之漁家傲「短夢今宵還到否，荒村四望知何處」，通語於有者。若以平、上、去三聲通轉例之，則支通於魚，魚通於尤，必以支、紙一韻，魚、語一韻限之，未爲無漏也。至若真、文、元之相通，而不通於庚、青、蒸，庚、青、蒸之相通，而不通於侵，此在詩韻則然，若詞則無不通者也。西河詞話無也字。他不具論，祇據阮郎歸一調，有洪叔嶼、王山樵二作，中云「晴光開五雲」，「扶春來遠林」，「相呼試看燈」，「何曾一字真」，「今朝第幾程」，則已該真、文、元、庚、青、蒸、侵有之，其在上、去，則祇據朱希真詞「人情薄似秋雲」,「不須計較苦勞心」,「萬事元來有命」,「更逢一朵花新」,「片時歡笑且相親」,「明日陰晴未定」,其無不通轉可知。而謂真、軫一韻,庚、梗一韻,侵、寢一韻,是各自爲説也。其他歌之與麻,未必不通,寒之與鹽,未必不轉。但爲發端,尚竢踵事。至如入韻,則循循,西河全集本西河詞話作洵,昭代叢書本西河詞話作信。口揣合,方音俚響,皆許入押。而限以屋、沃一韻,覺、藥一韻,質、陌、職、錫、緝一韻,物、月、曷、黠、屑、葉一韻,合、洽一韻,凡五韻。則試以舊詞,詞下西河詞話有考之二字。張安國滿江紅詞有「高丘喬木,望京華,迷南北」句,則通屋於職。晏叔原春情有「飛絮遶香閣」,「意淺愁難答」,「韻險還慵押」,「月在庭花舊闌角」,則又通覺與藥、與合、與洽。孫光憲謁金門有云:「留不得,留得也應無益。揚州初去日。」又云:「却羡鴛鴦鴛鴦,西河詞話作彩鴛。三十六。孤飛還飛還,西河詞話作鸞只。一隻。」則又通質、陌、錫、職,於屋。若蘇長公赤壁懷古是念奴嬌調,其云「千古風流人物」,「人道是,三國周郎赤壁」,「捲作千堆雪」,「雄姿英發」,「一樽還酹江月」,鮮于伯璣璣,西河詞話作機。亦有是詞,詞,西河詞話作調。云「雙劍千年初合」,「放出羣龍頭角」,「極目春潮闊」,「年年多病如削」,張于湖是調,有云「更無一點風色」,「着我扁舟一葉」,「妙處難與君説」,「穩泛滄浪空闊」,「萬象爲賓客」,「不知今夕何夕」,則是既通物、月與屑與錫,又通覺、藥與曷與合,而又合通陌、職與曷與屑與葉與緝。是一入聲,而一十七韻,展轉雜通,無有定紀。至於高賓王霜天曉角之通陌、錫、質、緝,詹天遊霓裳中序,第一之通月、曷、職、緝,緝,西河詞話作葉。王昭儀滿江紅之通月、屑、錫、職,皆屬尋常,可無論已。且夫否之音俯,向僅見之陳琳賦中,凡廣韻、切韻、集韻諸書,俱無此音。若兆之音卜,則不特從來韻書無是讀、押，即從來字書亦併無是轉、切，此吴越間鄉音誤呼，西河全集本西河詞話呼下有而字。竟以入韻，此何謂也。且昔有稱閩人林外題垂虹橋詞，初西河全集本西河詞話脱初字。不知誰氏，流傳入宫禁，孝宗讀之，笑曰：「鎖與考押，則鎖當讀掃，此閩意意西河詞話作音也。」後後，西河詞話作及。訪之果然。向使宋有定韻，則此詞不宜流傳人間。而孝宗以同文之主，韻例不遵，反爲曲釋。且未聞韻書無此押，字書無此音，自上古迄今，偶一見之鄉音之林外，西河詞話外字下有而字公然讀押，嬗爲故事，則是詞韻之了無依據，而不足推求，亦可驗已。況詞盛於宋，盛時不作則毋論，今不必作，萬一作之，而與古未同，則揣度之胸多所臬兀，從之者不安，而刺之者有間，亦何必然。（右毛氏奇齡）

詞潔輯評目録

卷一

卷二

卷三

卷五

卷六

詞潔輯評卷一

江南春

寇準　波渺渺

宋初去五代不遠，萊公江南春、點絳唇二調，體製高妙，不減花間。

生查子

姚寬　郎如陌上塵

生查子，以渾成爲工。

點絳唇

林逋　金谷年年

於所咏之意，該括略盡，高遠無痕，得神之作。

王禹偁　雨恨雲愁

綴字是古人拙處。

周必大　秋夜乘槎

乘槎、天孫、牽牛三用，傷重且俗筆也。末三句精絶。

浣溪沙

蘇軾　山下蘭芽短浸溪

坡公韻高，故淺淺語亦覺不凡。

毛滂　銀字笙簫小小童

趙令時、賀方回之亞，毛澤民亦「三影郎中」之次也。清超絶俗，詞中故自難。

卜算子

辛棄疾　漢代李將軍

南渡以後名家，長詞雖極意瑑鐫，小調不能不斂手。以其工出意外，無可著力也。稼軒本色自見，亦足賞心。

減字木蘭花

晏幾道　長亭晚送

輕而不浮，淺而不露。美而不艷，動而不流。字外盤旋，句中含吐。小詞能事備矣。

采桑子

歐陽修　羣芳過後西湖好

「始覺春空」語拙，宋人每以春字替人與事，用極不妥。

清平樂

晏殊　金風細細

情景相副，宛轉關生，不求工而自合。宋初所以不可及也。

憶少年

晁補之　無窮官柳

「花無人戴，酒無人勸，醉也無人管」，與此詞起處同一警絶。唐以後，特地有詞，正以有如許妙語，詩家收拾不盡耳。

喜遷鶯令

夏竦　雲散綺

高華瑩澈，猶以質勝，慶曆間詞如此。

少年遊

歐陽修　闌干十二獨凭春

拙處已是工處，與「金谷年年」一調又别。「千里萬里，二月三月」，此數字甚不易下。

柳永　參差烟樹灞陵橋

屯田此調，居然勝場，不獨「曉風殘月」之工也。

青門引

張先　乍暖還輕冷

子野雅淡處，便疑是後來姜堯章出藍之助。

詞潔輯評卷二

南歌子

歐陽修　鳳髻金泥帶

公老成名德，而小詞當行乃爾。

蘇軾　山與歌眉歛

「十三樓」遂成故實，詞家驅使字面，事實有限，如「昌歜」則忌用也。

南鄉子

晏幾道　新月又如眉

小詞之妙，如漢、魏五言詩，其風骨興象，迥乎不同。苟徒求之色澤字句間，斯末矣。然入崇、宣以後，雖情事較新，而體氣已薄，亦風氣爲之，要不可以强也。

鵲橋仙

陸游　華燈縱博

詞之初起，事不出於閨帷、時序。其後有贈送、有寫懷、有咏物，其途遂寬。即宋人亦各競所長，不主一轍。而今之治詞者，惟以鄙穢褻媟爲極，抑何謬與。

醉落魄

張先　雲輕柳梢

「生香真色」四字，可以移評石帚、玉田之詞。

踏莎行

秦觀　霧失樓臺

「斜陽暮」，猶唐人「一孤舟」句法耳。升庵之論破的。

臨江仙

賀鑄　巧剪合歡羅勝子

南宋小詞，僅能細碎，不能渾化融洽。即工到極處，衹是用筆輕耳，於前人一種耀艷深華，失之遠矣。

讀以上諸詞自見。今多謂北不逮南，非篤論也。

陸游　鳩雨催成新緑

以末二語不能割棄。

唐多令

劉過　蘆葉滿汀洲

與陳去非「杏花疏影裏，吹笛到天明」，并數百年來絶作，使人不復敢以花間眉目限之。

蝶戀花

蘇軾　花褪殘紅青杏小

坡公於有韻之言，多筆走不守之憾。後半手滑，遂不能自由。少一停思，必無此矣。

晏幾道　醉别西樓醒不記

如小山父子及德麟輩，用事亦未常不輕，但有厚薄濃淡之分。後人一再過，不復留餘味，而古人雋永不已。

繫裙腰

張先　惜霜淡照夜雲天

以「憐偶」字隱語人詞，亦清便可人。

漁家傲

范仲淹　塞下秋來風景異

一幅絶塞圖，已包括於「長烟落日」十字中。唐人塞下詩最工、最多，不意詞中復有此奇境。

王安石　平岸小橋千嶂抱

介甫在中書，有不合意，便謂何處無一椀魚羹飯喫。審如是霜筠雪竹之地，何不早歸，而必堅以新法，禍人國也。讀此詞末二語，可感亦可傷。

行香子

蘇軾　北望平川

末語風致嫣然，便是畫意。

晏幾道　晚綠寒紅

亦不爲極工，然不可廢此，卽詞之規模。

劉過　佛寺雲邊

貪於取巧，便是小家伎倆。然亦可知南渡以來，此道窮態極變，不可以一律論也。

青玉案

賀鑄　凌波不過橫塘路

工妙之至，無迹可尋，語句思路，亦在目前，而千人萬人不能凑泊。山谷云：「解道江南斷腸句，只今惟有賀方回。」其爲當時稱許如此。

黃公紹　年年社日停鍼綫

一詞中「鍼線」字兩見，必誤。然俱有作意。

感皇恩

陸游 小閣倚秋空

其人胸中有故，出語自不同。當與「酒徒一半取封侯，獨去作、江邊漁父」合看。

江城子

黄庭堅 畫堂高會酒闌珊

山谷於詩詞多失之生硬，而詞尤傷雅。其在當時，固以柳七、黄九并稱。此詞單字韻句猶較可，若再一縱筆，便恐去惡道不遠。

謝逸 杏花村館酒旗風

調亦易工，但欲動蕩合拍。

千秋歲

秦觀 柳邊沙外

「春去也」三字，要占勝。前面許多攢簇，在此收煞，「落紅萬點愁如海」，此七字銜接得力，異樣出精采。

詞潔輯評卷三

師師令

張先　香鈿寶珥

白描高手，爲姜白石之前驅。

傳言玉女

晁冲之　一夜東風

事真則語妙，如末二語，固知非泛拈得來。

風入松

虞集　畫堂紅袖倚清酣

當時以此詞織帕上相餽遺，其傳誦可知。然「官燭金鑾」，殊未脱俗，惟結句工絶。

驀山溪

黄庭堅　鴛鴦翡翠

山谷於詞，非其本色，且多作俚語，不止如柳七之猥褻。「春未透，花枝瘦，正是愁時候」，十一字精妙可思，使盡如此，吾無間然。

千秋歲引

王安石　別館寒砧

「無奈」數語鄙俚，然首尾實是詞家法門。閲北宋詞，須放一線道，往往北宋人一二語，又是南渡以後丹頭，故不可輕棄也。

最高樓

程垓　舊時心事

調本流宕，故後片數語近似曲子，非作者之過。

鬬百花

柳永　煦色韶光明媚

匀穩工整，在柳詞已是上乘。

洞仙歌

李元膺　廉纖細雨

着筆惟恐傷題，總不欲涉痕迹。咏物一派，高不能及。石帚此種亦最可法。分明都是淚。石帚促織云：「西窗又吹暗雨。」玉田春水云：「和雲流出空山。」皆是過處争奇，用筆之妙，如出一手。合此數公觀之，略可以悟。

惜紅衣

吴文英　鷺老秋絲

看他用鬢白、溪碧、烏衣、茸紅，雖小小設色字，亦必成章法，詞其可輕言乎。此詞誤本落一寂字，遂有疑其不合者。尋常讀姜詞，謂客字是韻，寂字是韻，今夢窗不爾。維舟九字，以語意論之，當是一氣。而姜詞用故國，吴詞用繡箔，國字、箔字又似是句中韻，無弗同者。去宋人已遠，欲一一皆通其説，自不能不失之鑿也。若「伴惹茸紅」句，夢窗措語之常，無難着解耳。

探芳信

李彭老　對芳晝

二詞按：指此首與張炎坐清晝同韻，必皆繼草窗作者，惜周詞不見。詞至宋末，予倡女和，人人各極其工，真樂事也。

探春慢

姜夔　衰草愁烟

求之字句，則字句未琱。求之音響，而音響已遠。感人之深，不能指言其處，只一喚字，上下俱動。諸葛鼠鬚筆，除却右軍，人不能用。

張炎　列屋烘爐

白石老仙以後，只有此君與之并立。以上兩詞，工力悉敵，試掩姓氏觀之，應不辨應作辨孰爲堯章，孰爲叔夏。

滿江紅

程過　春欲來時

粗服亂頭，却勝他琱鏤者。

毛幵　潑火初收

滿江紅、沁園春，詞家相戒以爲俗調，不宜復填。予謂有俗詞無俗調。若咏物寫景，非苦心人不辨，固當擇調。至於即事即地高會言情，使人入耳賞心，詞工足矣，雖俗調又何害焉。

王沂孫　小庭蔭碧

掃花游

漸隔下杳字韻，應落二字。

水調歌頭

蘇軾　明月幾時有

凡興象高，即不爲字面礙。此詞前半，自是天仙化人之筆。惟後半「悲歡離合」、「陰晴圓缺」等字，苟求者未免指此爲累。然再三讀去，摶捖運動，何損其佳。少陵咏懷古跡詩云：「支離東北風塵際，漂泊西南天地間。」未嘗以風塵、天地，西南、東北等字窒塞，有傷是詩之妙。詩家最上一乘，固有以神行者矣，於詞何獨不然。題爲中秋對月懷子由，宜其懷抱俯仰，浩落如是。録坡公詞若并汰此作，是無眉目矣。亦恐詞家疆宇狹隘，後來作者，惟墮入纖穠一隊，不可以救藥也。後村二調亦極力能出脱者，取爲此公嗣響，可以不孤。

滿庭芳

秦觀　山抹微雲

詞家正宗，則秦少游、周美成。然秦之去周，不止三舍。宋末諸家，皆從美成出。

周邦彦　風老鶯雛

「黄蘆苦竹」，此非詞家所常設字面，至張玉田意難忘詞，猶特見之，可見當時推許大家者，自有在，決非後人以土泥、脂粉爲詞耳。

天香

李彭老　搗麝成塵

咏龍涎諸作，俱在影響之間，不太遠者，斯取之矣。

詞潔輯評卷四

長亭怨慢

姜夔　漸吹盡枝頭香絮

「時」字凑「不會得」三字，呆。「韋郎」二句，口氣不雅。「只」字疑誤，「只」字喚不起「難」字。白石人工鎔鍊特至，此一二筆，容是率處。

西子妝慢

張炎　白浪摇天

「楊花點點是春心，替風前、萬花吹淚」，此詞家李長吉嘔心得來，必如是，方可謂之造句。嘔心之句妙在絶不傷氣，此其奪胎於堯章也，其餘諸公便不能。

聲聲慢

周密　燕泥沾粉

有章、蘇在前，自難求勝。此但以清便取致，已是名作。

慶清朝慢

王觀　調雨爲酥

玉林云：「風流楚楚，詞林中之佳公子也。」然不可無一，不可有二，學步則非。　韶美輕俊，恐一轉便入流俗，故詞先辨品。

揚州慢

姜夔　淮左名都

「無奈苕溪月，又喚我扁舟東下」，是喚字着力。「二十四橋仍在，波心蕩，冷月無聲」，是蕩字着力。所謂一字得力，通首光采，非鍊字不能然，鍊亦未易到。

暗香

姜夔　舊時月色

落筆得「舊時月色」四字，便欲使千古作者皆出其下。　咏梅嫌純是素色，故用「紅萼」字，此謂之破色筆。又恐突然，故先出「翠尊」字配之。說來甚淺，然大家亦不外此。用意之妙，總使人不覺，則烹鍛之工也。　美成花犯云：「人正在、空江烟浪裏。」堯章云：「長記曾携手處，千樹壓，西湖寒碧。」堯章思路，却是從美成出，而能與之埒，由於用字高，鍊句密，泯其來踪去跡矣。

應天長慢

周邦彥　條風布暖

空淡深遠，較之石帚作，寧復有異。石帚專得此種筆意，遂於詞家另開宗派。如「條風布暖」句，至石帚皆淘洗盡矣。然淵源相沿，固是一祖一禰也。

珍珠簾

吴文英　密沈爐暖餘烟裊

用筆拗折，不使一猶人字，雖極琱嵌，復有靈氣行乎其間。今之治詞者，高手知師法姜、史，夢窗一種，未見有取塗涉津者，亦斯道中之廣陵散也。　首句從歌舞處寫，次句便寫入聞簫鼓者。前半賦題已竟，後只歎惋發巳巳當作己。意，恐忘却本意，再用「歌紈」二字略一點映，更不重犯手。宋人詞布局染墨多是如此。

玲瓏四犯

姜夔　疊鼓夜寒

字句與前數調異而名同。

張炎　流水人家

諸作異姜詞，當別是一調。其餘句法參差，多不一律，襯字亦隨意可使。彼囿執言詞者，都無是處。

陌上花

張翥　關山夢裏歸來

元詞，張仲舉爲工，然無刻入之句。

瑣窗寒

張炎　亂雨敲春

此春雨也，熨貼流轉乃爾。前結十三字，皆單字領下十二字。作五四四句法，此破作七六句，未嘗不可諷咏，恐執譜者必廢是詞矣。

繞佛閣

周邦彥　暗塵四斂

一刻吴文英。玩其筆意，亦頗似夢窗。然「望中迤邐」、「浪颭春燈」，則多屬美成本色語。

萬年歡

史達祖　兩袖梅風

如此詞起結，始當得「生新」二字。

高陽臺

蔣捷　宛轉憐香

前後結三字句，或韻或不韻。後段起句，或七字或六字。六字者用韻，七字多不韻。若執一而論，將何去何從。意者宫調不當凌雜，而字句或可參差。今既已不被管絃，徒就字句以繩，詞雖自詫有獨得之解，吾未敢以爲合也。

東風第一枝

史達祖　草脚愁蘇

史之遜姜，有一二欠自然處。雕鏤有痕，未免傷雅，短處正不必爲古人曲護。意欲靈動，不欲晦澀。語欲穩秀，不欲纖佻。人工勝則天趣減，梅谿、夢窗自不能不讓白石出一頭地。

解語花

周密　晴絲罥蝶

前段「得」字韻七字句，美成作上三下四，草窗作上四下三。後段「的」字韻九字句，美成作上五下四，草窗作上四下五。結句「立」字韻，美成破作三句，則三、四、五，草窗作兩句，則七字、五字。此類不可勝舉。虚心折衷自見，無用俗説之紛紛也。

張炎　行歌趁月

玉田此調，與美成一一吻合。前段「蕊枝嬌小」，後段「舊愁空杳」，與美成「桂華流瓦」、「鈿車羅帕」，似皆是用韻。前後人亦有確定不移者。但在今日，惟主詞工，不得遂因此而廢彼耳。

念奴嬌

蘇軾　大江東去

坡公才高思敏，有韻之言多緣手而就，不暇琢磨。此詞膾炙千古，點檢將來，不無字句小疵，然不失爲大家。詞綜從容齋隨筆改本，以「周郎」、「公瑾」傷重，「浪聲沉」較「淘盡」爲雅。予謂「浪淘」字雖粗，然「聲沉」之下不能接「千古風流人物」六字。蓋此句之意全屬「盡」字，不在「淘」、「沉」二字分別，至於赤壁之役，應屬「周郎」，「孫吴」二字反失之泛。惟「了」字上下皆不屬，應是湊字。「談笑」句甚率，其他句法伸縮，前人已經備論。此仍從舊本。正欲其瑕瑜不掩，無失此公本來面目耳。

湘月

張炎　行行且止

字數平仄同，而調名各異。且白石創之，玉田倣之，必非無謂。然今之言調者雖好生枝節，對此茫然，亦無説以處，不得不强比而同之，於是湘月之譜仍是念奴嬌，大堪失笑。故予謂不當以四聲平仄言詞者，此是其明證也。魏晉以前，無有四聲，而漢之樂府自若，未聞其時協律者，鮮所依據也。故平仄一法，僅可爲律詩言耳。至於詞、曲，當論開闔、斂舒、抑揚、高下，一字之音，辨析入微，決非四聲平仄可盡。猶見里中一前輩，以傳奇擅長，妙嫺音律，每填一曲竟，必使老優展轉歌之。若歌者云有未協，不憚屢易，必求其妥。作曲之時，何嘗不照平仄填定，一入歌喉，輒有不宜，蓋以字有陰陽清濁，非四聲所能該括。故上聲一字不合，易十數上聲字，有一合者。去聲一字不合，易十數去聲字，有一合者。即今崑曲可通於宋詞，豈得以依聲填字，便云毫髮無憾乎。宋詞久不談宫調，既已失考，今之作者，取其長短淋漓、曲折盡致，小有出入，無損其佳。湯臨川云：「此案頭之書，非臺上之觀。」傳奇且持此論，況於詞調去宋數百年，彼此同一不知，何必曲爲之説。前此任意游移者，固爲茫昧，近日以四聲立譜者，尤屬妄愚。彼自詑爲精嚴，吾正笑其淺鄙。既歷詆古人，盡掃時賢，皆謂之不合調，不知彼所自謂合調者，果能悉入歌喉，一一指陳其宫調乎。因白石湘月詞，聊發此意，作者當無墮譜家雲霧中也。

詞潔輯評卷五

桂枝香

唐珏　松江舍北

咏蟹諸作，多是説人食蟹，惟此調不偏枯，「西風有恨無腸斷」，此一警語足矣。此唐義士也，昭陵玉匣數首，并沉痛傷懷，非復宋人。此君詩詞，俱參上流，不獨高節。

木蘭花慢

盧祖皋　汀蓮凋晚艷

三調甚平，然不敗目。

水龍吟

蘇軾　似花還似非花

水龍吟末後十三字，多作五四四，此作七六，有何不可。近見論譜者於「細看來不是」及「楊花點點」下分句，以就五、四、四之印板死格，遂令坡公絶妙好詞不成文理。起句入魔，「非花」矣而又「似」，不成句也。「抛家傍路」四字欠雅。「綴」字趁韻，不穩。「曉來」以下，真是化工神品。

蘇軾　楚山脩竹如雲

非無字面蕪累處，然丰骨畢竟超凡。玉田云「清麗舒徐」，未敢輕議也。

王沂孫　世間無此娉婷

荼蘼如何寫，直合淺淺許。海棠尤難着色。不離不即，已在個中。遇棘手題，當思所變計。二調頗堪玩味。按：與盧祖皋蕩紅流水無聲合評。

張炎　仙人掌上芙蓉

玉田此調不見作手，纔到蒲江、竹屋之間。

憶舊遊

周邦彥　記愁横淺黛

「舊巢」下，如琴曲泛音，盡而不盡。美成詞是此等筆意處最難到，玉田亦似十分模擬者。

喜遷鶯

劉一止　曉光催角

前半曉行，景色在目，雖不及竹山之工，正是雅詞。

宴清都

周邦彦　地僻無鐘鼓

美成詞，乍近之覺疏樸苦澁，不甚悦口。含咀之久，則舌本生津。

曲遊春

施岳　畫舸西泠路

此調前片既似吴君特，後片又似周公瑾，兼撮二家之長。

齊天樂

張炎　分明柳上春風眼

美成如杜，白石兼王、孟、韋、柳之長。與白石并有中原者，後起之玉田也。梅溪、夢窗、竹山皆自成家，遜於白石，而優於諸人。草窗諸家，密麗芊綿，如温、李一派。玉臺沿至於宋初，而宋詞亦以是終焉。以詩譬詞，亦可聊得其彷彿。

瑞鶴仙

陸子逸　臉霞紅印枕

能如此作情詞，亦復何傷。

蔣捷　紺烟迷雁迹

句意警拔，多由於拗峭，然須鍊之精純，始不失於生硬。竹山此詞云：「勸清光，乍可幽窗相照，休照紅樓夜笛。」夢窗云：「問閶門，自古送春多少。」玉田云：「能幾番遊，看花又是明年。」妙語獨立，各不相假借。正不必舉全詞，即此數語，可長留數公天地間。按幽窗相照，照字原詞作伴。

澡蘭香

吴文英　盤絲繫腕

亦是午日應有情事，但筆端幽艷，如古錦爛然。

金盞子

蔣捷　練月縈窗

「佩鸞」有作「佩欸」者，「佩鸞」不叶，「佩欸」不可解。初見之瑣續滿眼，細按則清氣首尾貫澈。陳言習語，吐棄一切，與夢窗相似，又別是一種。大抵亦自美成出，但字字作意。

綺羅香

史達祖　做冷欺花

無一字不與題相依，而結尾始出「雨」字，中邊皆有。前後兩段七字句，於正面尤着到。如意寶珠，玩弄難於釋手。

張炎　萬里飛霜

對句八字起，已闕住紅葉，下用「楓冷吴江」點明，「斜陽」句，略寫高絶。後段「衰顏借酒」是襯法，「回風」二句，狀丹楓之神，結句，反映安章頓句，極其妥貼，而思路更入微。

二郎神

吕渭老　西池舊約

此調九十八字，與諸調異。

拜星月慢

周密　膩葉陰清

後段步驟美成，并學堯章用字，可見當日才人降心折服大家。此道必有源流，不諱因襲，徒欲倔强自雄，應是尉佗未見陸生耳。

永遇樂

蘇軾　明月如霜

「野雲孤飛，去來無迹」，石帚之詞也。此詞亦當不愧此品目，僅歎賞「燕子樓空」十三字者，猶屬附會淺夫。

辛棄疾　千古江山

升庵云：稼軒詞中第一。發端便欲涕落，後段一氣奔注，筆不得遏。廉頗自擬，慷慨壯懷，如聞其聲。謂此詞用人名多者，當是不解詞味。

詞潔輯評卷六

解連環

姜夔　玉鞍重倚

意轉而句自轉，虛字皆揉入字内。一詞之中，如具問答，抑之沈，揚之浮，玉軫漸調，朱絃應指，不能形容其妙。

望湘人

賀鑄　厭鶯聲到枕

方回長調，便有美成意，殊勝晏、張。

疏影

張炎　碧圓自潔

暗香、疏影，玉田易名爲紅情、緑意，咏荷花荷葉。其實易名未易調，無須另載。

蘇武慢

蔡伸　雁落平沙

惜餘春慢、過秦樓、選冠子、蘇武慢四調相同，惟選冠子多二字，餘皆百十一字。惜餘春慢亦有百十三字者，無可區別，特各仍其集中本名耳。

沁園春

辛棄疾　疊嶂西馳

稼軒詞於宋人中自闢門户，要不可少。有絶佳者，不得以粗、豪二字蔽之。如此種創見，以爲新奇，流傳遂成惡習。存一以概其餘。　世以蘇、辛并稱，辛非蘇類，稼軒之次則後村、龍洲，是其偏裨也。

賀新郎

劉克莊　妾出於微賤

後村此調埋没於斷楮敝墨之中，從前無有人拈出，真風騷之遺，不當僅作詞觀也。若情深而句婉，猶其餘事。

詞潔六卷，清初先著、程洪選録。所選以宋詞爲主。時出評語，多論述詞之源流體製，間以品藻。先著，字遷夫，瀘州人，徙居江寧，工詩詞，有之溪老生集八卷、勸影堂詞三卷。程洪，字丹問，曾與吴綺合編記紅集。詞潔流傳不廣，世所知者，清馮金伯詞苑萃編採録其評語十餘則外，罕見其書。北京圖書館善本室藏三部：其一爲吴瞿安舊藏；其一爲西諦舊藏；其一無題識。三者俱康熙時刻，字體及每葉欵式起訖悉同，蓋同一刊本。西諦舊藏本有序，有發凡，又有前集，故最爲完備。兹編即據此本輯録。發凡所引茅元儀條，未尋得出處；引湯若士條，則取玉茗堂尺牘以校；引毛奇齡條，據嘉慶刻本西河全集及昭代叢書本西河詞話校訂。一九七八年十二月胡念貽記。

雨村詞話

〔清〕李調元撰

雨村詞話序

詞非詩之餘，乃詩之源也。周之頌三十一篇，長短句居十八。漢郊祀歌十九篇，長短句居五。至短簫鐃歌十八篇，篇皆長短句。自唐開元盛日，王之涣、高適、王昌齡絶句流播旗亭，而李白菩薩蠻等詞亦被之管絃，實皆古樂府也。詩先有樂府而後有古體，有古體而後有近體。樂府即長短句，長短句即古詞也。故曰詞非詩之餘，乃詩之源也。温、韋以流麗爲宗，花間集所載南唐、西蜀諸人最爲古豔。北宋自東坡「大江東去」，秦七、黄九踵起，周美成、晏叔原、柳屯田、賀方回繼之，轉相矜尚，曲調愈多，派衍愈別。鄱陽姜夔鬱爲詞宗，一歸醇正。于是辛稼軒、史達祖、高觀國、吴文英師之于前，蔣捷、周密、陳君衡、王沂孫效之于後，譬之于樂，舞箾至于九變，而歎觀止矣。流傳既廣，互有月旦，而詞話生焉。陳後山不工詞，而詞話實由之祖。自是以來，作者指不勝屈。而吾蜀升庵詞品，最爲允當，勝弇州之英雄欺人十倍。而近日徐釚有詞苑叢談一書，聚古今之詞話，彙集成編，雖不著出處，而掇拾大備，可謂先得我心矣。然則余又何詞之可話也。大凡表人之妍而不使美惡交混曰話，摘人之媸而使之瑕瑜不掩亦曰話。余之爲詞話也，表妍者少，而摘媸者多，如推秦七，抑黄九之類，其彰彰也。蓋妍不表則無以著其長，媸不摘則適以形其短，非敢以非前人也，正所以是前人。存前人之是，正所以正今人之非也。非特以正今人之非，實以證己之非也。五十無聞，學可知矣，而猶老不知恥，争辨于剪紅刻翠之間，又不知後有何人復議余之妍媸也。余家藏有常熟吴氏訥所彙宋元百家詞寫本，卽朱竹垞所謂抄傳絶少未見全書者，並汲古閣所刊六十名家詞，日披閲之，而擇其可學者取以爲法，其不可學者取以爲鑒。録成，目曰雨村詞話。夫見賢思齊，見不賢自省，亦聖賢之事也。其必如是剌剌何也，誠以詞也者，非詩之餘，乃詩之源也。蜀綿州李調元童山撰。

雨村詞話目録

卷四

雨村詞話卷一

太白遺詞

「河漢女，玉鍊顔。雲輧往往在人間。九霄有路去無迹，裊裊香風生珮環。」吴虎臣云：「此太白遺詞，有得于石刻而無其腔，劉無言倚其聲歌之，音極清雅。」見詞綜。按：此腔即桂殿秋也。

罘罳

温庭筠喜用罘罳及金鷓鴣、金鳳凰等類字，是西崐積習。金皆衣上織金花紋，罘罳，今垂纓也。

團蘇

温庭筠南歌子「團蘇握雪花」，言花之白如團蘇也，與酥同義。

觜

皇甫松詞天仙子云：「躑躅花開紅照水。鷓鴣飛繞青山觜。」觜，喙也，前此未入詞。其字始于杜少陵「麟角鳳觜世莫識」，今俗作「嘴」字，非。

界

詞用「界」字始韋端己，天仙子詞云：「淚界蓮腮兩線紅。」宋子京蝶戀花詞效之云：「淚落胭脂，界破蜂黃淺。」遂成名句。

馱

毛文錫西溪子云：「嬌妓舞衫香煖，不覺到斜暉。馬馱歸。」東坡臨江仙云：「細馬遠馱雙侍女。」「馱」字本此。

鞲

今人呼馬加鞍轡曰鞲馬，見花間集。薛昭蘊詞：「寶馬曉鞲雕鞍。」

輪臺

牛嶠更漏子：「星漸稀，漏頻轉。何處輪臺聲怨。」按漢書，武帝下輪臺之詔。語本此。

鎮鑠二字

張舍人泌詞如其詩，花間集所載皆可入選。更工于用字，如浣溪紗云：「翠鈿金縷鎮眉心。」又「斷香輕碧鑠愁深。」「鎮」、「鑠」二字，開後人無限法門。

烘

「烘」字宋詞多用，如烘堂詞及「一烘人烟」之類。唐張泌有「馬嘶塵烘一街烟」之句。「烘」字始此。

淘金

古淘金多婦女，大約出于兩粤土俗。毛文錫中興樂詞云：「豆蔻花繁煙豔深。丁香軟、結同心。翠鬟女，相與共淘金。紅蕉葉裏猩猩語。鴛鴦浦。鏡中鸞舞。絲雨槅，荔枝陰。」皆粤中俗也。今楚蜀多有之，然皆用男子矣。

銀字

和凝山花子云：「銀字笙寒調正長。」按唐書禮樂志，備四本屬清樂，形類雅音，有銀字之名，中管之格，音皆前代應律之器也。宋史樂志，太平興國中，選東西班習樂者，樂器獨用銀字觱栗，小笛，小笙。白樂天詩「高調管色吹銀字」，徐鉉「檀的慢調銀字管」，吴融詩「管纖銀字密，梭密錦書勻」，故詞中多用之。蔣竹山詞「銀字笙調，雁字箏調」，所由來也。

折腰句法

顧敻獻衷情詞「繡鴛鴦帳暖，畫孔雀屏欹」，此詞中折腰句法也，今作譜並斷爲句，非。

闐

王之道桃源憶故人詞，有句云：「滴盡柳梢殘雨。月闐西南户。」闐讀若郴。左傳：闐然公子陽生也。

戰

孫光憲菩薩蠻詞「碧煙輕裊裊，紅戰燈花笑」，「戰」字新。

廝鼇

揚无咎天下樂詞前段云：「雪後雨兒雨後雪。鎮日價、長不歇。今番爲客忒太切。和天地也來廝鼇。」「價」字，「忒」字，「廝鼇」字，皆曲中借用俗語，不可入詞。廝鼇，卽脾鼇之類。

織

詞用「織」字最妙，始于太白詞「平林漠漠煙如織」。孫光憲亦有句云：「野棠如織。」晏殊亦有「心似織」句，此後遂千變萬化矣。

益壽

沈竹齋瀛壽人減字木蘭花詞，有句云：「跪花獻酒。清徹雲璈歌益壽。」按太平廣記云：「老子父爲上御大夫，娶益壽氏女嬰敷，生老子。」壽，古壽字。

鏤

李珣工于浣溪紗詞，其詞類七言，須于一句中含無限遠神方妙。如「入夏偏宜淺淡粧」，又「暗思何事立殘陽」，又「斷魂何處一蟬新」，皆有不盡之意。至「六街微雨鏤香塵」，「鏤」字則尖新少意味矣。

陳媪

王實之邁賀新郎詞，爲劉后村母夫人壽，末句云：「笑陳媪、三題柱。」自注云：「有陳夫人者題閫帥廳柱云：『嘗侍父、從夫及就養，三至此廳。』」亦佳話也。

漁歌子

世皆推張志和漁父詞，以「西塞山前」一首爲第一。余獨愛李珣詞云：「柳垂絲，花滿樹。鶯啼楚岸春天暮。棹輕舟，出深浦。緩唱漁歌歸去。」「罷垂綸，還酌醵。孤村遥指雲遮處。下長江，臨淺渡。驚起一行沙鷺。」不減「斜風細雨不須歸」也。

也囉

趙長卿攤破醜奴兒詞「也囉，真個是可人香」，「也囉」二字，乃歌詞助語辭。南曲水紅花亦用此二字。按佛經，囉作羅打切，俗語亦有囉哩囉嗹之説。而向來南曲俱唱作「羅」字音。按浣沙記有唱「一聲水紅花也囉」，不知曲中有「月明千里故人來也囉」，仍叶羅打切也。

割

詞非詩比，詩忌尖刻，詞則不然。魏承班訴衷情云：「皓月瀉寒光，割人腸。」尖刻而不傷巧。詞至唐末初盛，已有此體。如東坡「割愁還有劍鋩山」，巧矣，以之入詩，終嫌尖削。

閃子

趙長卿簇水詞云：「閃子裹施纖手。」閃子裹，即西廂酩子裹，乃暗地裹之謂也。

套襲

太白詞有「雲想衣裳花想容」，已成絶唱。韋莊效之，「金似衣裳玉似身」，尚堪入目。而向子諲「花想容儀柳想腰」之句，毫無生色，徒生厭憎。此皆李赤之于李白，黄樂地之于白樂天，杜荀鴨之于杜荀鶴，無賴之類所爲也。

東坡點金

蜀主孟昶冰肌玉骨一闋，本玉樓春調，蘇子瞻洞仙歌檃括其詞，反爲添蛇足矣。詞綜謂爲點金，信然。

小山樂府補亡

晏幾道小山詞似古樂府。余絶愛其生查子云：「長恨涉江遥，移近溪頭住。閒蕩木蘭舟，卧入雙鴛浦。

無端輕薄雲，暗作廉纖雨。翠袖不勝寒，欲向荷花語。」公自序云「補亡一篇，補樂府之亡也。」可以當之。

遊仙詞

詩有遊仙，詞亦有遊仙，人皆謂柳三變樂章集工于閨帳淫媟之語、羈旅悲怨之辭。然集中巫山一段雲詞，工于遊仙，又飄飄有凌雲之意，人所未知。詞云：「清旦朝金母，斜陽醉玉龜。天風搖曳六銖衣。鶴背覺孤危。　貪看海蟾狂戲。不道九關齊閉。相將何處寄良宵。還去訪三茅。」又「蕭氏賢夫婦，茅家好弟兄。羽輪飇駕赴層城。高會盡仙卿。　一曲雲謠爲壽。倒盡金壺碧酒。醺酣争撼白榆花。踏碎九光霞。」末二句真不食煙火語。

淫詞

柳永淫詞莫逾于菊花新一闋，見升庵詞林萬選。詞云：「欲掩香幃論繾綣。先斂雙蛾愁夜短。催促少年郎，先去睡鴛衾圖暖。　須臾放了殘針線。脱羅衣姿情無限。留著帳前燈，時時待看伊嬌面。」

四影

張三影已勝稱人口矣，尚有一詞云：「無數楊花過無影。」合之應名四影。

永叔十二月鼓子詞

王荆公嘗對客誦永叔小闋云：「五綵新絲纏角粽。金盤送。生綃畫扇盤雙鳳。」曰三十年前見其全篇，今才記三句，乃永叔在李太尉端愿席上所作十二月鼓子詞，數向人求之不可得。按公此詞名漁家傲，按十二月作，如其數，皆工膩熨貼，不獨「五綵絲」佳也。荆公以不可得爲恨，而選詞家多不採，今並載于此。詞云：「正月斗杓初轉勢。金刀裁剪工夫異。稱慶高堂歡幼稚。看柳意。偏從東面春風至。十四新蟾圓尚未。樓前乍看紅燈試。冰散緑池泉細細。魚影戲。園林已是花天氣。」「二月春耕昌杏密。百花次第争先出。惟有海棠梨第一。深淺拂。天生紅粉真無匹。　畫棟歸來巢未失。雙雙款語憐飛乙。留客醉花迎曉日。金盞溢。却憂風雨飄零疾。」「三月清明天婉娩。晴川祓禊歸來晚。況是踏青來處遠。猶不倦。秋千别閉深庭院。　更値牡丹開欲遍。酴醿壓架清香散。花底一樽誰解勸。增眷戀。東風向晚無情絆。」「四月園林春去後。深深密幄陰初茂。折得花枝猶在手。香滿袖。葉間梅子青如豆。　風雨時時添氣候。成行新筍霜筠厚。題就送春詩幾首。聊對酒。櫻桃色照銀盤溜。」「五月榴花妖豔烘。緑楊帶雨垂垂重。五色新絲纏角粽。金盤送。生綃畫扇盤雙鳳。　正是浴蘭時節動。菖蒲酒美清尊共。葉裏黄鸝時一哢。猶瞢鬆。等閒驚破紗窗夢。」「六月炎天時霎雨。行雲湧出奇峰路。沼上嫩蓮腰束素。風兼露。梁王宫闕無煩暑。　畏日亭亭殘蕙炷。傍簾乳燕雙飛去。碧盌敲冰傾玉處。朝與暮。故人風快涼輕度。」「七月新秋風露早。浦蓮尚拆庭梧老。是處瓜華時節人語悄。年年常飲瓊筵好。金尊倒。人間綵縷爭祈巧。萬葉敲聲涼自到。百蟲啼晚煙如掃。箭漏初長天杳杳。人語悄。那堪夜雨催清曉。」「八月秋高風歷亂。衰蘭敗芷紅蓮岸。皓月十分光正滿。清光畔。年年常願瓊筵看。社近愁看歸去燕。江天空闊雲容漫。宋玉當時情不淺。成幽怨。鄉關千里危腸斷。」「九月霜秋林已盡。烘林敗葉紅相映。惟有東籬黃菊盛。遺金粉。人家簾幕重陽近。曉日陰陰晴未定。授衣時節輕寒嫩。新雁一聲風又勁。雲欲凝。雁來應有吾鄉信。」「十月小春梅蕊綻。紅樓畫閣新妝遍。鴛帳美人貪睡煖。梳洗懶。玉壺一夜清澌滿。樓上四垂簾不捲。天寒山色偏宜遠。風急雁行吹字斷。紅日晚。江天雪意雲撩亂。」「十一月新陽排壽宴。黃鐘應管添宮線。獵獵寒威雲不倦。風頭轉。時看雪霰吹人面。南至迎長催漏箭。書雲紀候冰生研。臘近探春春尚遠。閒庭院。梅花落盡千千片。」「十二月嚴凝天地閉。莫嫌臺榭無花卉。惟有酒能欺雪意。增豪氣。直教耳熱聲歌沸。隴上雕鞍惟數騎。獵圍半合新霜至。霜重鼓寒聲不起。千人指。馬前一雁寒空墜。」

褭蹄

歐陽永叔詞，無一字無來處。如南鄉子詞「偷得褭蹄新鑄樣」，俗作「馬蹄」。本漢書武帝詔，以黃金鑄麟趾、褭蹄以叶瑞。又少年遊詞「歸路似章街」，本文選「走馬章臺街」。今俗作「草街」，誤。

夭邪

東坡荷花媚詞有句云：「妖邪無力。」按：妖應作夭，音歪。出白樂天長慶集詩自註。今俱作妖，刻誤也。

春色三分

宋初葉清臣字道卿，有賀聖朝詞云：「三分春色二分愁，更一分風雨。」東坡水龍吟演爲長句云：「春色三分，二分塵土，一分流水。」神意更遠。

喚作兒

人謂東坡長短句不工媚詞，少諧音律，非也，特才大不肯受束縛而然。間作媚詞，却洗盡鉛華，非少游女孃語所及。如有感南鄉子詞云：「冰雪透香肌。姑射仙人不似伊。濯錦江頭新樣錦，非宜。都著尋常淡薄衣。　暖日下重幃。春睡香凝索起遲。曼倩風流緣底事，當時。愛被西真喚作兒。」「喚作兒」三字出之先生筆，却如此大雅。

淮海遺詞

秦淮海遺詞散失，多見別本，兩時刻不載。如虞美人影云：「碧紗影弄東風曉。一夜海棠開了。枝上數聲啼鳥。粧點知多少。　妬雲恨雨腰肢裊。眉黛不堪重掃。薄倖不來春老。羞帶宜男草。」可知此外軼詞更多矣。

山谷改少游詞

萬氏詞律，少游河傳詞末句云：「悶損人，天不管。」按：山谷和秦尾句云：「好殺人，天不管。」自註云：因少游詞，戲以「好」字易「瘦」字。是秦詞應作「瘦殺人」，今刊本皆作「悶損人」，蓋由未見山谷詞也。然巧拙亦于此一字見之，黄九不敵秦七，亦是一證。

㣔

秦少游品令後段云：「須管啜持，教笑又也何須肐織。㣔倚賴臉兒得人惜，放軟頑道不得。」肐織、㣔、倚賴，皆俳語。㣔音諄，西廂「一團㣔是嬌」，又一首云：「掉又臞。天然個品格，于中壓一。」掉又臞，壓一，皆彼時歌伶語氣也。末云：「語低低，笑咭咭。」卽乞乞，皆笑聲。

舀

少游醉謫藤州，一日，醉野人家，作醉鄉春詞云：「喚起一聲人悄。衾冷夢寒窗曉。瘴雨過，海棠開，春色又添多少。　社甕釀成微笑。半缺椰瓢黄舀。覺傾倒。急投牀，醉鄉廣大人間小。」舀音咬，以瓢去取水也。本集不載，見于地志。或不識舀字，妄改可笑。（案：雨村原誤，茲改正。）

七急拍七拜

毛滂剔銀燈詞題云：「同公素賦，侑歌者以七急拍七拜勸酒。」有「頻剔銀燈，别敲牙板，尚有龍膏堪續」。此等勸酒法，在宋時所僅見。

山谷十六歲作

秦少游淮海集，首首珠璣，爲宋一代詞人之冠。今刊本多以山谷作雜之，黄九之不逮秦七，古人已有定評，豈容溷入。如晝堂春詞：「東風吹柳日初長。雨餘芳草斜陽。杏花零亂燕泥香。睡損紅妝。寶篆煙消龍鳳，晝屏雲鎖瀟湘。夜寒微透薄羅裳。無限思量。」氣薄語弱。此山谷十六歲作也，不應雜入。

寶甯勇禪師漁家傲

山谷漁家傲云：予嘗戲作詩云：「大葫蘆挈小葫蘆。惱亂檀那得便沽。每到夜深人静後，小葫蘆入大葫蘆。」又云：「大葫蘆枯，有此通大道。無此令人老。不問惡與好。兩葫蘆俱倒。」或請以此意倚聲律作詞使人歌之，爲作漁家傲云：「踏破草鞋參到老。等閒拾得衣中寶。遇酒逢花須一笑。重年少。俗人不用嗔貧道。　是處青旗誇酒好。醉鄉路上多芳草。提着葫蘆行未到。風落帽。葫蘆却纏葫蘆倒。」又，江甯江口阻風，戲效寶甯勇禪師作古漁家傲，玉環中云：廬山中人頗欲得之，試思索始記四篇。「萬水千山來此土。本提心印傳梁武。對朕者誰渾不顧。成此語。江頭暗折長蘆渡。　面壁九年看二祖。一花五葉親分付。隻履提歸葱嶺去，君知否，分明忘却來時路。」又「三十年來無孔竅。幾回得眼還迷照。一見桃花參學了。呈法要。無絃琴上單于調。　摘葉尋枝虚半老。拈花特地重年少。今後水雲人欲曉。非元妙。靈雲合被桃花笑。」又，「憶昔藥山生一虎。華亭船上尋人渡。散却夾山拈坐具。呈見處。　繫驢橛上合頭語。　千尺垂絲君看取。離鈎三寸無生路。　羣手一橈親子父。猶回顧。瞎驢喪我兒孫去。」又，「百丈峰頭開古鏡。馬鉤踏殺重蘇醒。接得古靈心眼淨。光炯炯。歸來藏挂袈裟影。　好個佛堂佛不聖。祖師沈醉猶看鏡。却與斬新提祖令。方猛省。無聲三昧天皇餅。」魯直少時使酒玩世，喜造纖淫之句。法秀道人誡曰：「筆墨勸淫，應墮犁舌地獄。」魯直答曰：「空中語耳。」晚年來亦間作小詞，往往借題棒喝，拈示後人。如效寶甯勇禪師漁家傲機關，不與桃葉團扇鬬妖豔，其悟深矣。

醉落魄舊曲

山谷醉落魄題云：舊有一曲：「醉醒醒醉。憑君會取這滋味。濃斟琥珀香浮蟻。一入愁腸，便有陽春意。須將幕席爲天地。歌前起舞花間睡。從它兀兀陶陶裏。猶勝醒醒，惹得閒憔悴。」此曲亦有佳句，而多斧鑿痕，又語高下不甚入律，或傳是東坡語，非也。與「蝸角虛名」、「解下癡條」之曲相似，疑是王仲文作。因戲作二篇呈吳元祥、黃中行，似能厭道二公意中事。詞云：「陶陶兀兀。樽前是我華胥國。爭名爭利休休莫。雪月風花，不醉怎歸得。　邯鄲一枕誰憂樂。新詩新事因閒適。東山小妓攜絲竹。家裏樂天，村裏謝安石。」公自註。石曼卿自嘲云：「村裏黃繙綽，家中白侍郎。」此段可備詞話一則，前人所未採，今補于此。

駁坊本刻辛稼軒醜奴兒近之誤

萬紅友詞律云：嘯餘及圖譜收辛稼軒醜奴兒近一調，今查係全誤，特照舊刻録之，并駁正于後，覽者當爲一噱。詞第一段「千峰雲起，驟雨一霎兒價。更遠樹斜陽風景，怎生圖畫。青旗賣酒，山那畔，別有人家。只消山水光中，無事過者一夏。午睡醒時，松窗竹户，萬千瀟灑。野鳥飛來，又是一第二段飛流萬壑，共千巖爭秀。孤負平生弄泉手。歎青衫帽幾許紅塵，還自喜，濯髮滄浪依舊。第三段人生行樂耳，身後虛名，何似生前一杯酒。便此地結吾廬，待學淵明，更手種、門前五柳。且歸去，父老約重來，問如此青山，定重來否」。此詞自來分三段，其字一百四十六，從稼軒集，汲古閣板皆同。其後嘯餘譜等書因從而分字句，論平仄爲圖，並攷證於下。蓋欲以此號召天下後世學詞，從而法之守之，俱謂醜奴兒近有此一格，相與模倣填之矣。余向疑之，謂此詞必有錯簡，非僅字句叶韻之差也。如「又是一飛流萬壑」句，稼軒必不至如是不通。且用韻或一二假借，亦必無前後分異若此。因於暇日再四紬繹諷咏，忽然得之。蓋其所謂第一段者，實醜奴兒之前段也。所謂第二段者，則前半仍是醜奴兒，而後半則非醜奴兒矣。「午睡」下十二字，原是本調，分作三句，灑字是叶韻者。其下則此調殘缺不全，「野鳥飛來又是一」七個字，「野」字之上缺一字，「又是一」之下竟全遺失矣。至「飛流萬壑」以下及所謂第三段者，則係完全一首洞仙歌。前段「依舊」止，後段「人生」起也。細細校對，無一字不合，只歎「輕衫帽」之「衫」字下，落一「短」字耳。歷來俱以洞仙歌全首彊借爲醜奴兒之尾，豈非怪事。又考稼軒原集醜奴兒近之後，卽載洞仙歌五闋，當時不知因何遺失醜奴兒後半，竟將洞仙歌一闋錯補其後，故集中遂以醜奴兒作一百四十六字，而後洞仙歌止存四闋矣。讀者未嘗熟玩洞仙歌句法，安能覺齒吻間有此聲響乎。且見各家譜圖鑿然註明，更無疑惑，遂認定醜奴兒另有此一體。然則讀者之不詳審，其過尚輕，而向來刻詞者之過較重。至作譜作圖，爲定格以教後人，其誤不淺。此詞自稼軒迄今五百七十餘年，至今日始得洗出真面目，亦大快事也。今録其洞仙歌五首之一以備考，可知也。詞云：「松關桂嶺，望青葱無路。費盡銀鉤榜佳處。悵空山歲晚，窈窕誰來，須着我，醉卧石樓風雨。　仙人瓊海上，握手當年，笑許君攜半山去。劖疊嶂，卷飛泉，洞府淒涼，又却怕先生多取。怕夜半，羅浮有時還，好長把雲煙，再三遮住。」此段另具隻眼，可證諸家之失，因載之。

山谷誤記杜詩

山谷減字木蘭花題云：「丙子仲秋，黔守席上，客有舉岑嘉州中秋詩曰：『今夜鄜州月，閨中只獨看。遥憐小兒女，未解憶長安。』因戲作。」按：此詩乃杜少陵，非岑嘉州也。係山谷誤記。

歐梅二妓

「歐舞梅歌君更酌」，山谷玉樓春詞末句也。註云：「梅、歐，當時二妓。」

𢥞

山谷南鄉子句「畫出西樓一𢥞秋」。𢥞，陟孟反，開張畫繒也，見龍龕手鑑。

連臺拗倒

山谷清平樂詞句，自註：「唐龍朔中，子母相去，連臺拗倒。」俗謂杯盤爲子母，又盤爲臺。

㨿就

山谷詞酷似曲，如歸田樂云：「對景還消受。被個人、把人調戲，我也心兒有。憶我又喚我，見我嗔我，天甚教人怎生受。看承幸則勾。又是尊前眉峰皺。是人驚怪，寃我忒㨿就。拚了又捨了，一定是這回休休，及至相逢又依舊。」㨿，如專切，挨也。趙長卿簇水詞亦有「試㨿就」句，又有「百㨿百就」句。

弛尿哻呰

後山謂「今詞家惟秦七黃九」，此語大不可解。山谷惟工詩耳，詞非所長。望遠行云：「自見來虛過，却好時好日。這弛尿粘膩，得處煞是律。據眼前言定，也有十分七八，寃我無心徐告佛。管人閒底，且放我快活哻。便索呰別茶祇待，又怎不遇偎花映月。且與一斑半點，只怕你沒丁香核。」詞共七十六字，樂府用諺語，詩餘亦多俳體，然未有如此可笑者。弛尿、哻、呰等字，即云是當時坊曲優伶之言，而至此俗褻，如何可入風雅乎。且經傳訛已久，字畫亦差，字數亦未確，愈爲無理。涪翁詩固故爲聱牙，當時宗尚西江，目爲鼻祖，實非大雅正傳，詞尤爲惡道。詞綜云：「於黄作去取特嚴。」未肯深論。愚則有所不耐。

字謎

山谷有同心詞云：「你共人女邊著子，争知我門裏挑心。」字謎入詞始此，乃好悶二字也。

噉

山谷少年心後段詞云：「便與拆破。待來時，鬲上與廝噉則個。温存著、且教推磨。」字字令人粲齒。按：字書無「噉」字。

尿𨈈

黄山谷詞多用俳語，雜以俗諺，多可笑之句。如鼓笛令詞云：「共道他家有婆婆。與一口管教尿𨈈。」又云：「副靖傳語木大，鼓兒裏，且打一和。更有些兒得處囉。」又一首云：「打揭兒非常愜意。又却跋翻和九底。」又一首云：「凍著你影𨈈村鬼。」此類甚多，皆不可解。且「尿𨈈」二字，字書不載，意即甚麽之訛也。又如别詞中奚落、忔憎、吵、噉等字，皆俗俳語也，元人曲有之，皆不宜入詞。

奴奴

樂府，女人自稱只言奴，惟山谷詞始有「奴奴睡，奴奴睡也奴奴睡」句。後始用雙字，亦猶稱人爲人人之意。

娶

陳後山詞喜用尖新字，然最穩。如浣沙溪「安排雲雨娶新晴」，娶字未經人道。（案：後山詞原作「要新晴」，李氏誤以爲「娶」字。）

伊涼

樂天詩：「櫻桃樊素口，楊柳小蠻腰。」伊州、涼州，古舞曲地名也。后山西江月云：「正需蠻素作伊涼。」筆力雖好，終嫌雜湊。先生嘗有詞自贊「黄秦去後無强敵」，可謂言大。

溼紅箋

後山有漁家傲詞，咏蘇州溼紅箋，有「色門朝花光觸日」句，疑即今硃砂箋也。

初楊

後山減蘭，有「白下門東，誰見初楊弄晚風」，以新柳爲初楊，甚新異。

雨村詞話卷二

詞話始陳後山

宋人詩話甚多，未有著詞話者。惟後山集中載吳越王來朝、張三影、青幕子婦妓、黄詞、柳三變、蘇公居穎、王平甫之子七條，是詞話當自公始。

擇腔

晁補之有鬬百花詞，楊誠齋云：詞須擇腔，如鬬百花之無味，因此後作此腔者寥寥。今按詞後段云：「低問石上鑿井，何由及底。微向耳邊，同心有緣千里。」句法本古樂府，更工于言情，乃知誠齋非深于此道者。（案：此乃楊守齋，非楊誠齋。李氏誤。）

梅花第一詞

各家梅花詞不下千闋，然皆互用梅花故事綴成，獨晁無咎補之不持寸鐵，别開生面，當爲梅花第一詞。鹽角兒云：「開時似雪。謝時似雪。花中奇絶。香非在蕊，香非在萼，骨中香徹。占溪風，留溪月。堪羞損山桃如血。直饒更疏疏淡淡，終有一般情别。」

撥燕巢

周邦彥片玉詞南鄉子云：「輕軟舞時腰。初學吹笙苦未調。誰遣有情知事早。相撩。暗舉羅巾遠見招。　癡騃一團嬌。自折長條撥燕巢。不道有人潛看著。從教。掉下鬟心與鳳翹。」詞景俱新麗動人，此春閨詞也。刻本題下注「撥燕巢」三字，蛇足。

張內史

李之儀姑溪詞，妙于鍊意。如「步懶恰尋牀。臥看游絲到地長」，又如「時時浸手心頭熨，受盡無人知處涼」，又「擬學畫眉張內史，略借工夫」。按漢書百官表，武帝太初元年更名京兆尹，左內史名左馮翊。元稹詩：「內史稱張敞。」今人但知京兆畫眉，不知內史即京兆也。因表出之。

姑溪古樂府

李之儀卜算子云：「我住長江頭，君住長江尾。日日思君不見君，共飲長江水。　此水幾時休，此恨何時已。只願君心似我心，定不負、相思意。」直是姑溪古樂府俊語。花庵中興詞選不列之南渡諸家，而各詞選亦未有採入者。信遺珠之恨，千古同然。（案：李之儀北宋人，李氏誤以爲南宋人。）

玲瓏罩

姑溪點絳唇云：「勻粧了。背人微笑。風入玲瓏罩。」罩所以罩爐者，以銅鐵絲爲之。

鵝毛

李之儀臨江仙詞咏藏春玉云：「青潤奇峰名韞玉，温其質竝瓊瑶。中分瀑布寫雲濤，雙巒呈翠色，氣象兩相高。　珍重幽人誠好事，緑窗聊助風騷。寄言俗客莫相嘲。物輕人意重，千里贈鵝毛。」末二句全用俗諺，而上句先用俗客莫相嘲，故用來渾然脱俗，藏春以名其所贈之玉也。

稼軒風

戴復古石屏望江南有壺山好四首，石屏老三首，一時推名作。余尤愛其二詞云：「壺山好，文字滿胸中。詩律變成長慶體，歌詞綽有稼軒風。最會説窮通。　中年後，雖老未成翁。兒大相傳書種在，客來不放酒樽空。相對醉顔紅。」「石屏老，長憶少年遊。自謂虎頭須食肉，誰知猿臂不封侯。身世一虚舟。平生事，説著也堪羞。四海九州雙脚底，千愁萬恨兩眉頭。白髮早歸休。」稼軒謂辛棄疾也，與石屏同時，其名重如此。

石屏薄倖

陶宗儀云：「石屏未遇時，流寓江右，武甯有富家翁愛其才，以女妻之。居三年，忽作歸計，妻問故，告以曾娶。妻白之父，怒。妻宛釋，盡以奩具贈夫，仍餞以詞云：『惜多才，憐薄命，無計可留汝。揜碎花箋，忍寫斷腸句。道旁楊柳依依，千絲萬縷。抵不住、一分愁緒。　捉月盟言，不是夢中語。後回君若重來，不相忘處。把杯酒、澆奴墳土。」夫既別，遂赴水死。女既賢烈，而石屛何薄倖乃爾也。升庵譏之良是，而毛晉輩又欲爲之回護，殆將使有文人皆可無行也，不亦怪乎。

正伯

程正伯垓爲子瞻中表弟兄，工于詞。如酷相思云：「月挂霜林寒欲墜。正門外、催人起。奈別離如今眞個是，欲住也、留無計。欲去也、來無計。　馬上離情衣上淚。各自供顦顇。問江路梅花開也未。春到也須頻寄。人到也須頻寄。」此以白描擅長者。（案：程垓非子瞻中表，李氏失考。）

珠玉詞

晏殊珠玉詞極流麗，能以翻用成語見長。如「垂楊只解惹春風，何曾繫得行人住」，又「春風不解禁楊花，濛濛亂撲行人面」等句是也。翻覆用之，各盡其致。

天爲紙

呂渭老卜算子有句云：「若寫幽懷一段愁，應用天爲紙。」句甚新。

兜鞋

呂渭老詞甚新，不獨望海潮「側寒斜雨」一闋爲升庵所愛也。思佳客云：「夢裏相逢不記時。斷腸多在杏花西。放開笑語兜鞋急，遠有燈光掠鬢遲。　辭永夜，失深期。一枝黃菊對傷悲。夜涼窗外聞裁剪，應熨沉香製舞衣。」調高韻渾，不易得也。兜鞋句尤妙。

竄李後主詞

杜安世詞多襲前人，壽域詞一卷，殊無足觀。如菩薩蠻：「花明月暗朦朧霧。此時欲往儂邊去。剗襪下香階。手攜金縷鞋。　藥闌東畔見。執手偎人顫。奴爲出家難。從君恣意憐。」此南唐李後主詞，爲小周后而作也，膾炙人口已久，略改數字，竄入己集，不顧羞恥。

葱茜

「葱茜」亦可作「蔥茜」。聖求點絳唇詞「御香蔥茜」。

紐鼻

向子諲詞：「正當呆坐，紐鼻須還我。」呆字始見此詞。

團霜分冷

炎正西樵語業有訴衷情詞云：「露珠點點欲團霜。分冷與紗窗。」團霜、分冷四字最工。如生查子句云：「人好欺花色。」欺字亦工，蓋能鍊句故也。

十個你

宋人多以曲調爲詞調，如用十個你之類是也。石孝友惜多嬌云：「我已多情，更撞著多情的你。把一心十分向你。盡他們劣心腸，偏有你。共你。撇下人，只爲個你。宿世冤家，百忙裏方知你。没前程，阿誰似你。壞却才名，到如今都因你。是你。我也没星兒恨你。」通首不用韻，只以十個你字成韻。元人書皆本此。

忔戲

趙長卿探春令後段云：「幡兒勝兒都姑嬸。戴得更忔戲。」忔戲，市語。觀下云：「願新春以後，吉吉利利，百事都如意。」可知。

腔兒

填詞調一名牌兒，又名腔兒。趙長卿惜香樂府眼兒媚有句云：「纖楚對蛾眉。笑偎人道，新詞覓個美底腔兒。」腔兒謂調名也。

海底猴兒

石次仲孝友金谷遺音，用筆超逸，似不食人間煙火，在南宋另是一格。然亦有鄙俗句。如亭前柳詞後段云：「識盡千千並萬萬，那得恁海底猴兒。這百十錢一個，潑性命不分付，待分付誰。」集中佳詞固多，此首頗爲白璧之累。且前段有「被新寃家釁索」，按釁索二字，曲中少用，亦俗語也。

𨁝䠠

楊炎正桃源憶故人詞有句云：「𨁝䠠呷丁些來酒。」又柳梢青云：「捧杯更著𨁝䠠唱。」皆江西土語，猶言隨意也。𨁝，字書不載。

詞中白描

詞中白描高手無過石孝友。卜算子云：「見也如何莫。別也如何遽。別也應難見也難，後會難憑據。去也如何去。住也如何住。住也應難去也難，此際難分付。」所謂不著一字，盡得風流。至惜奴嬌仍然一種筆意，然却開曲兒一門矣。

阿濫

賀方回鑄登采石蛾眉亭天門謠云：「牛渚天門險。限南北、七雄豪占。清霧斂。與閑人登覽。待月上潮平波灧灧。塞管輕吹新阿濫。風滿檻。歷歷數、西州更點。」阿濫卽鶡濫也。隋唐佳話：「明皇御玉笛將其聲翻爲曲，名鶡濫堆。」張祜詩云：「至今風俗驪山下，村笛猶吹鶡濫堆。」今訛爲阿濫。

綺語債

張輯東澤綺語債，皆取詞中字題以新名。如桂枝香名疏簾淡月。齊天樂名如此江山。長相思名山漸青。憶秦娥名碧雲深。點絳唇名南浦月，又名沙頭雨。謁金門名花自落，又名垂楊碧。憶王孫名闌干萬里心。好事近名釣船笛。雖于題下自註寓某調，已屬掩耳盜鈴。乃後世作譜，好一一改舊易新，極無意味，見之令人嘔惡。

小金壇

彭城伎陳文，晚年入道。友古蔡伸重于崔守席上見之，有小重山，後段云：「功行滿三千。嬰兒並姹女，鍊成丹。劉郎曾約共昇仙。十個月，養個小金壇。」可謂善謔。

剿襲

楊用修云：「毛幵小詞一卷，惟余家有之，極賞其『潑火初收』一闋。」余近得毛氏所藏楊夢羽祕本樵隱詩餘一卷，多剿襲前人句。如玉樓春「來如春夢幾多時，去似朝雲無覓處」，乃歐陽永叔現成對語，（案：此白樂天句，李氏引誤。）平仲豈未知耶。餘殆不足觀矣。

放翁詞似詩

放翁詞似詩，然較詩濃縟，所欠一醒字，而破陣子詞却甚工。詞云：「仕至千鍾良易，年過七十常稀。眼底榮華元是夢，身後聲名不自知。營營端爲誰。　幸有旗亭沽酒，何如藺紙題詩。幽谷雲蘿朝採藥，静院軒窗夕籌碁。不歸真個癡。」此不但句醒，且喚醒世間多少人。

鞓紅

陸放翁桃源憶故人詞「一朵鞓紅凝露」，東坡西江月詞「蓬萊殿後鞓紅」，鞓紅乃牡丹名。鞓音汀，帶革也。無名氏有鞓紅詞。西廂「角帶傲黄鞓」。宋待制服紅鞓犀帶，蓋以花色如帶鞓之紅耳。今所繫亦曰鞓帶，而字書音爲丁，誤。

撧

蔣竹山捷秋夜雨詞有句云：「漫細把寒花輕撧。」撧字，字書不載，意即擲字也。

竹山詞有奇氣

蔣竹山詞堆金砌玉，少疏宕。獨沁園春爲老人書南堂壁，甚有奇氣，人多不選，今錄之。詞云：「老子平生，辛勤幾年，始有此廬。也學那陶潛，籬栽些菊，依他杜甫，園種些蔬。除了雕梁，肯容紫燕，誰管門前長者車。怪近把，一庭明月，却借伊渠。　鬢邊白髮紛如，又何苦招賓納客歟。但夏榻宵眠，面風欹枕，冬簷晝短，背日觀書。若有人尋，只教僮道，這屋主人今自居。休羨彼，有搖金寶轡，織翠華裾。」又次韻云：「結算平生，風流債負，請一筆勾。蓋攻性之兵，花團錦陣，毒身之鴆，笑齒歌喉。豈識吾儒，道中樂地，絕勝珠簾十里樓。迷因底，歎晴乾不去，待雨淋頭。　休著甚來由，硬鐵漢從來氣食牛。便只有千篇，好詩好曲，都無半點，閒悶閒愁。自古嬌波，溺人多矣，試問還能溺我否。高抬眼，看牽絲傀儡，誰弄誰收。」每讀之爽神數日。「晴乾」二句，見五燈會元，守初禪師語也。俗語入詞，必有所本方可用。

竹山遺詞

蔣竹山詞，有全集所遺而升庵詞林萬選所拾者，最爲工麗。如柳梢青云：「學唱新腔。秋千架上，釵股敲雙。柳雨花風，翠鬆裙褶，紅膩鞋幫。歸來門掩銀釭。淡月裏、疏鐘漸撞。嬌欲人扶，醉嫌人問，斜倚樓窗。」又霜天曉角云：「人影窗紗。是誰來折花。折則從他折去，知折去、向誰家。簷牙。枝最佳。折時高折些。説與折花人道，須插向、鬢邊斜。」

蜜炬

吴夢窗塞垣春云：「換蜜炬花心短。」蜜炬，燭也。見周禮。今作密炬，非。

文章孔孟

詞至南宋而極，然詞人之無行亦至南宋而極，而南宋之無行至康與之尤極。與之有聲樂府，受知秦檜，檜生日，獻喜遷鶯詞，中有「總道是文章孔孟，勳庸周召」，顯爲媚竈，不顧非笑，可謂喪心病狂。人卽諂諛，何語不可貢媚，未有敢于褻孔、孟、周、召者，無恥至此，留爲百世唾駡。乃黄昃（當作昇。）花庵詞取爲壓卷，且有「此詞雖佳」等小跋，亦可爲花庵咏相鼠之什矣。

上元詞

伯可詞名冠一時，有上元寶鼎現詞，首句「夕陽西下」。蔣竹山捷同時人，作女冠子詞咏上元，結句云：「笑緑鬟鄰女，倚窗猶唱，夕陽西下。」其推重當時如此。

嗽

陳同甫亮彩鳳飛詞云：「一一舊時香案嗽經慣。」嗽宜作煞，音嗽，式煞也。嗽則爲日曬字。東坡詞「時與嗽漁簑」是也。

閩音鎖爲掃

南宋林外過垂虹橋題洞仙歌詞云：「飛梁壓水，虹影清光曉。橘里漁村半煙草。嘆今來古往，物換人非，天地裏，唯有江山不老。雨巾風帽，問誰知我。一劍横空幾番過。按玉龍嘶未斷，月冷波寒歸去也，林屋洞門無鎖。認雲屏煙障是吾廬，任滿地蒼苔，年年不掃。」題詞時不書姓名，人疑仙作，傳入禁中。孝宗笑曰：「以鎖字叶老字，則鎖當音掃，乃閩音也。」後訪之，林果閩人，舊草堂收之，頗未詳考。沈天羽際飛改我爲道，改過爲到，不知三韻同用，皆叶音。又加點竄。各圖譜因之，殊失本來面目。

西湖八景

西湖八景詞，古今詠者甚多，唯陳西麓允平詞皆可傳。如蘇堤春曉云：「惟有踏青心，縱早起，不嫌寒峭。」平湖秋月云：「采菱舟散，望中水天一色。」斷橋殘雪云：「茸衫氈帽，冷香吹上吟鞭。」雷峰落照云：「暝烟帶樹，有投林鷺宿，凭樓僧語。」花港觀魚云：「宮溝泉滑，怕有題紅句。」南屏晚鐘云：「魚板敲殘，數聲初入萬松裏。」皆清麗芊綿之作也。

天水碧

周公謹密蘋洲漁笛譜二卷，人皆未見全集，獨余家有之。遭事後，旋爲賓僚等竊攜而去。今記其「天水碧」一闋云：「天水碧。染就一江秋色。鰲戴雲山龍起蟄。快風吹海立。　數點烟鬟青滴。一杼霞綃紅濕。白鳥鳴邊帆影直。隔江聞夜笛。」此謁金門調也，直字字如錦。

南宋白石派

白石自製詞在南宋另爲一派，盛行於時，學之而佳者有二人。王沂孫字聖與，號中仙，有碧山樂府二卷，一名花外集，蓋取比花間集而名也。其詞以韻勝，如瑣窗寒起句云：「趁酒梨花，催詩柳絮，一窗春怨。」末句云：「夜月荼蘼院。」皆倩麗宜人。同時張叔夏炎亦作瑣窗詞，自注云：「王碧山其詩清峭，其詞閑雅，有姜白石意趣，今絶響矣。」余悼之句云：「自中仙去後，詞箋賦筆，便無清致。」又「料應也孤吟山鬼。那知人彈折素琴，黄金鑄出相思淚」。可想見平生服膺矣。「黄金」句無理而奇，最妙。炎自號樂笑翁，有玉田詞三卷，鄭思肖爲作序，亦白石一派也。

羅江

張叔夏西子妝題云：「吳夢窗自製此曲，余喜其聲調嫻雅，久欲效而未能。甲午春，寓羅江，陳文卿閒行江上，景況離離，因填此詞，惜舊譜零落不能倚聲歌也。」詞云：「白浪搖天，清陰漲地，一片野情幽意。楊花點點是春心，替風前萬花吹淚。遙岑寸碧，有誰看，朝來清氣。自沈吟，甚流光輕把繁華如此。斜陽外，隱約孤村，隔塢閑門閉。漁舟何似莫歸來，想桃源路通人世。危欄靜倚。千年事，都消一醉。謾依依，愁落鵑聲萬里。」吾邑羅江之名，不意又見于此，豈其別一地耶。然「落鵑聲萬里」，則西川有杜鵑可證，疑即吾邑也。

王生陶氏

吳禮之有順受老人詞，中載王生陶氏月夜共沉西湖，賦此弔之。詞云：「連環易闕。難解同心結。癡騃佳人才子，情緣重，怕離別。意切。人路絕。共沈煙水闊。蕩漾香魂何處，長橋月。短橋月。」事奇詞亦奇。

閭邱次杲

閭邱次杲詞，有「漁唱不知何處，多應只在蘆花」，可稱逸品。

霞山詞

趙霞山如夢令云：「小砑紅綾箋紙。一字一行春淚。封了更親題，題了又還折起。歸未。歸未。好個瘦人天氣。」奇筆墨于意外，不知草堂詩餘何以不收。

吾儂

世傳石屏沁園春自述一詞，余嫌其粗俚。如云：「贏得窮吟詩句清。」夫詩者，皆吾儂平日愁歎之聲。大似今制義文中俗調，而雜以吾儂語可乎。按：吴人謂我曰儂。

石州

楊升庵詞林萬選，載无名氏豆葉黄詞云：「輕羅團扇掩微羞。酒滿玻璃花滿頭。小板齊聲唱石州。月如鉤。一寸横波入鬢流。」此詞係呂渭老作，見聖求詞集中。渭老即升庵所謂「側寒斜雨」用側字甚新之人也。豈未見聖求詞邪。古樂府有石州慢。

白日見鬼

余閲劉過龍洲詞集，有學辛稼軒而粗之評。其寄辛稼軒沁園春詞設爲白香山、林和靖、蘇東坡問答，有「被香山居士約林和靖，與東坡老，坡謂西湖，正如西子。二公者皆掉頭不顧」。（案劉過原詞作「被香山居士，約林和靖，與東坡老，駕勤吾回。坡謂西湖，正如西子，濃抹淡妝臨鏡臺。二公者，皆掉頭不顧，只管銜杯。」）又「逋曰不然，須徑去，訪稼軒未晚，且此徘徊」等句，（案劉過原詞作「逋曰不然，暗香浮動，争似孤山先探梅。須晴去，訪稼軒未晚，且此徘徊。」）余初閲即批「白日見鬼」四字。後閲草堂别集，岳亦齋云：「出王勃體而又變之。余時與之飲西園，改之中席自言，掀髯有得色。余率然應之曰：『詞句固佳，然恨無刀圭療君白日見鬼耳。』坐中哄然一笑。」又升庵謂改之似辛軒稼之豪，而未免粗。此評真不能爲改之諱。詞至宋末，多墮惡道，有目人所共知。又竊幸余與升庵論之若合符也。

毒

張孝祥于湖醉落魄詞，有「一點秋波，間裏覷人毒」。毒字險而穩，人不敢下。

袢㪚褑

盧炳自號醜齋，有烘堂詞一卷，喜用僻字。如念奴嬌之「短髮蕭蕭襟袖冷，便覺都無袢溽」，袢字。減蘭詠梅「皺㪚寒枝，未必生綃畫得宜」，㪚字。少年遊詞「繡羅褑子間金絲」，褑字。

傘

醜齋菩薩蠻句「傘低半遮身」，詞中用傘字始見此。詩俱用作繖，「日高黃繖下西清」，見蘇詩。

者也之乎

詩至晚唐，有盧延讓不同文賦，「易爲著者之乎」，風斯下矣。乃詞至晚宋，又有王千秋審齋臨江仙「者也之乎真太錯」，不更下乎。此等直不可學。

竹齋詩餘

黄機竹齋詩餘，清真不減美成，而草堂集竟不選一字。竹坨謂草堂「最下，最傳」，信然。如鵲橋仙云：「薄情也見，多情也見，不似這番著相。如何容易買歸舟，報南浦、桃花緑漲。隨君無計，留君無計，留得淚珠兩行。去聲斜陽明處一回頭，有人在、高樓凝望」。言賅而意遠。

雨村詞話卷三

西湖第一詞

西湖詞甚多，然無過高觀國竹屋癡語所載霜天曉角詞云：「春雲粉色。春水和雲濕。試問西湖楊柳，東風外、幾絲碧。　望極。連翠陌。蘭橈雙槳急。欲訪莫愁何處，旗亭在、畫橋側。」初春情景，此詞盡之矣。

稷雪

毛氏謂張元幹蘆川詞無一字無來處，如「酒窗間、惟稷雪」。稷雪，霰雪也，形如米粒，能穿窗透瓦，見毛詩。今本改作霰雪，非。

元幹忠義

元幹字仲宗，平生忠義，見于「夢遶神州路」一詞。紹興辛酉，胡澹庵邦衡上書乞斬秦檜被謫，仲宗作賀新郎一闋送之，坐是與作詩王民瞻除名。今其詞列卷首，其人可知矣。詞云：「夢遶神州路。悵秋風，連營畫角，故宮離黍。底事崐崙傾砥柱。九地黄流亂注。聚萬落千村狐兔。天意從來高難問，況人情易老悲難訴。更南浦，送君去。　涼生岸柳催殘暑。耿斜河，疏星淡月，斷雲微度。萬里江山知何處。

回首對牀夜雨。雁不到，書成誰與。目斷青天懷今古。肯兒曹恩怨相爾汝。舉大白，聽金縷。」此大異康與之之文章孔孟也。

紅蕊

蘆川云：「余兒時不知有荔子，自呼爲紅蕊，父母以其名新，昔所未聞，殊盡形似之美，久欲記之而因循。比與諸公和長短句，故及之以訴衷情。有『兒時初未識方紅，學語問西東。對客呼爲紅蕊，此興已偏濃』之句」。此名可補荔支譜所未載，因記之。

稼軒喜用四書成語

辛稼軒詞肝胆激烈，有奇氣，腹有詩書，足以運之，故喜用四書成語，如自己出。如今日既盟之後，賢哉回也，先覺者賢乎等句，爲詞家另一派。然學之稍粗則墮惡道。其時爲稼軒客如龍洲劉過，每學其法，時多稱之，然失之粗劣。獨西江月一詞有句云：「天時地利與人和，燕可伐與曰可。」用四書語，頗有稼軒氣味。

秦黃並稱

劉後村克莊詞以才氣勝，迥非剪紅刻翠比。然服膺周清真邦彥不容口，見之於最高樓一詞云：「周郎後，直數到清真。」「欺賀晏，壓黃秦。」人因有小周郎之目，本此。賀、晏、黃、秦，謂方回、小山、山谷、少游也。當時黄、秦並稱，大有老子、韓非同傳之歎。

後村别調

劉後村克莊有滿江紅十二首，悲壯激烈，有敲碎唾壺，旁若無人之意。南渡後諸賢皆不及。升庵稱其壯語足以立懦，信然。自名别調，不辜也。今具載左方。夜雨涼甚，忽動從戎之興云：「金甲琱戈，記當日，轅門初立。磨盾鼻、一揮千紙，龍蛇猶濕。鐵馬曉嘶營壁冷，樓船夜渡風濤急。有誰憐、猿臂故將軍，無功級。平戎策，從軍什。零落盡，慵收拾。把茶經香傳，時時温習。生怕客談榆塞事，且教兒誦花間集。嘆臣之壯也不如人，今何及。」又二月二十四夜飲海棠花下作云：「老子年來，頗自許、心腸鐵石。尚一點、銷磨未盡，愛花成癖。懊惱每嫌寒勒住，丁寧莫被晴烘折。奈喧風、烈日太無情，如何得。張畫燭，頻頻惜。憑素手，輕輕摘。更一番雨過，彩雲無迹。今夕不來花下飲，明朝空向枝頭覓。對殘紅，滿院杜鵑啼，添愁寂。」又范尉梅谷云：「赤日黄埃，夢不到、青溪翠麓。空健羨、君家别墅，幾株幽獨。骨冷肌清偏要月，天寒日暮尤宜竹。想主人、杖履繞千廻，山海北。甯委澗，嫌金屋。甯映水，羞銀燭。嘆出羣風韻，背時裝束。競愛東鄰姬傅粉，誰憐空谷人如玉。笑林逋，何遜謾爲詩，無人讀。」又送宋惠父入西江幕云：「滿腹詩書，餘事到、穰苴兵法。新受了、烏公書幣，著鞭垂發。黄紙紅旗喧道路，黑風青草空巢穴。向幼安、宣子頂頭行，方奇特。溪峒事，聽儂說。龔遂外，無長策。便獻俘非勇，納降非怯。帳下健兒休盡鋭，草間赤子俱求活。到崆峒，快寄凱歌來，寬離别。」又云：「落日登樓，誰管領、倦遊狂客。待喚起、滄浪漁父，隔江吹笛。看水看山身尚健，憂晴憂雨頭先白。對莫雲、不見美人來，遥天碧。　山中鶴，應相憶。沙上鷺，渾相識。想石田茅屋，草深三尺。空有鬢如潘騎省，斷無面見陶彭澤。便倒傾，海水浣衣塵，難湔滌。」又送王實之云：「天壤王郎，數人物、方今第一。談笑裏，風霆驚座，雲煙生筆。落落元龍湖海氣，琅琅董相天人策。問如何、十載尚青衫，諸侯客。　易愛底，些官職。難保底，些名節。擬閉門投轄，劇談三日。疇昔評君天下寶，當爲天下蒼生惜。向臨分，慷慨出商聲，摧金石。」又壽王實之云：「鶴馭來時，長占定、一年清絶。九萬里、纖雲收盡，帝青空闊。月露偏爲丹桂地，風霜欲放黄花節。聽玉笙、縹緲度緱山，吹初徹。　曾直把，龍鱗批。曾戲把，鯨牙拔。向絳河濯足，咸池晞髮。俗子底量吾輩事，天仙不妄朣儒列。世豈無，瑶草與蟠桃，堪攀掇。」又賀王實之韻送鄭伯昌云：「怪雨盲風，留不住、江邊行色。煩問信、冥鴻高士，釣鰲詞客。千百年傳吾輩話，二三子繫斯文脉。聽王郎、一曲玉簫聲，凄金石。　晞髮處，怡山碧。垂釣處，滄溟白。笑而今拙宦，他年遺直。只願長留相見面，未宜輕屈平生膝。有狂談，欲吐且休休，驚鄰壁。」又云：「三黜歸來，飯蔬食、渾無愠色。中年後、家如旅舍，身如行客。軒冕豈非疣贅具，煙霞已是膏肓脉。有些兒、隙地更疏泉，堆卷石。　鄰媪餉，新篘碧。溪友賣，鮮鱗白。向陳編冷笑，孔明元直。俗事不教污兩耳，燕居聊可盤雙膝。取當年，行脚一枝筇，懸高壁。」又云：「疇昔臚傳，仗下奏、祥雲五色。何況是、西山弟子，鵠山賓客。上帝照臨忠義胆，老師付受文章脉。問此君、彷佛似何人，徂徠石。　園官菜，登盤碧。田舍米，翻匙白。懶投詩見素，寄書杓直。德耀不嫌爲隱髻，龜兒已解摇吟膝。有誰憐，給札老相如，家徒壁。」又云：「下見西山，料他日、面無慚色。君記取、不爲呂黨，亦非秦客。槍有十客有意挽回當世事，無方延得諸賢脉。笑海波、渺渺幾時平，空銜石。園五畝，分紅碧。家四世，傳清白。任天孫笑拙，女嬃嫌直。老去何煩援以手，向來不要加諸膝。待深山、深處著茆齋，看青壁。」

窅窊

葛立方卽作韵語陽秋者，有歸愚詞一卷。清平樂句云：「蟾窟澄輝天似洗，折得窅窊丹桂。」「窅窊」二字，見漢書安世房中歌「都荔遂芳，窅窊桂華」。孟康注：窅出窊入，都良薜荔之香，鼓動桂華也。

安陽好

王安中初寮詞，人甚稱其安陽好九闋，六花冬詞六闋，俱有口號。然安陽祇敍人物風土，而鴛瓦飛甍，層見疊出，了無意味。六花如「雲破月來花下住」，襲張三影句，而以「下住」二字代之，真仙凡別矣。九闋六闋，無一足採，宜乎初爲東坡門下士，其後附蔡叛蘇也。周益公稱其詩文似坡公暮年，殆無目者。

同甫無媚詞

陳同甫無媚詞，與稼軒同唱和，筆亦近之。余甚愛其水調歌頭一闋云：「不見南師久，謾說北羣空。當場隻手，畢竟還我萬夫雄。自笑堂堂漢使，得似洋洋河水，依舊只流東。且復穹廬拜，會向藁街逢。堯之都，舜之壤，禹之封。於中應有，一個半個恥臣戎。萬里腥膻如許，千古英靈安在，磅礴幾時通。胡運何須問，赫日自當中。」讀之令人神王。

和清真

和清真詞韻，不獨方千里也，楊澤民亦有和清真詞，宋末人合清真爲三英集。花庵詞選及方而不及楊，何也。

蘭陵王

升庵詞品云：李公昴，名昴英，盤石人。予家藏文溪詞又云：名公昂，字俊明，鄱陽人。因摸魚兒詞送太平州太守王子文詞得名。叔暘亦止選此一調，稱爲「詞家射雕手」。今按其詞有「長生壽母，更穩步安輿，三槐堂上，好看彩衣舞」句，乃獻壽俗套諛詞，不知當日何以得名。升庵獨稱蘭陵王一闋，最爲有眼，如「階除拾取飛花嚼，是多少春恨，等閑吞却」句，前人所未經道。

夏侯衣

丹陽葛勝仲魯卿浣溪紗題云：少蘊内翰同年寵速，遣妓隱簾吹笙，因成一闋。有句云：「縹緲幸聞緱嶺曲，參差猶隔夏侯衣。」夏侯衣，簾也，見南史。夏侯亶性儉率，晚年頗好音樂，有妓妾十數人，並無被服姿容，每有客，令隔簾奏之，時謂簾爲夏侯妓衣。

駒照花

魯卿集有蝶戀花次韻張千里「駒照花」，今花譜中無此名。詞云：「紅光萬丈騰天半。」殆與木棉相似。

孏窟

孏窟詞，宋侯寘作也，字彥周，晁氏甥。毛氏謂渭陽之誼甚篤，見于瑞鷓鴣一詞。末句云：「後夜蕭蕭葭葦岸，一尊獨酌見離情。」王弇州病彥周不解作情詞，此殆非情詞者。宣和而後，士大夫争爲獻壽之詞，連篇累牘，無謂極矣。吾蜀魏了翁華甫爲宋名臣，乃詞非壽不作，雖花庵選入數首，吾終不取。

支子

介庵趙彥端清平樂詞云：「桃根桃葉。一樹芳相接。春到江南二三月。迷損東家蝴蝶。　殷勤踏取青陽。風前花正低昂。與我同心支子，報君百結丁香。」此詞清麗，爲集中之冠，題原本作席上贈人，花庵改作閨思，非。支子卽梔子也。

成語

洪咨夔平齋詞，喜用成語作起句。如沁園春云：「詩不云乎，蒹葭蒼蒼，白露爲霜。」又云：「歸去來兮，杜宇聲聲，道不如歸。」皆極自然。按宋史，公毀鄧艾祠，更祠諸葛武侯。告其民曰：「毋事仇讐而忘父母。」其忠鯁直亮可知。故其詞軒軒多爽致。

洪瑹

洪瑹字叔璵，自號空同，詞如「斷虹遠飲橫江水。萬山紫翠斜陽裏。燕子又歸來，但惹得滿身花雨。」可謂朽腐神奇。

十二歲詞

連可久十二歲時，其父攜見熊曲肱，適有漁父過前，命賦清平樂詞，援筆立成，四座歎服，後果爲江湖得道之士。詞云：「陣鴻驚處。一網沈江渚。落葉亂風和細雨。撥棹不如歸去。蘆花輕泛微瀾。篷窗獨自清閒。一覺遊仙好夢，任他竹冷松寒。」今載六十名家空同集中。誤。

金甌

曾純甫覿與龍大淵同爲孝宗潛邸知客舊人，觴詠酬唱，字而不名，怙寵恃勢，純甫尤甚，故陳俊卿、虞允文交章逐之。然文藻有可觀，如京師望叢臺諸作，語多感慨，令人生麥秀黍離之感。與張掄不時進御，賞賚甚渥。至進月詞壺中天慢，上皇大喜曰：「從來月詞，不曾用金甌事，可謂新奇。」賜金束帶，紫番羅，水晶盌。上亦賜寶盞，至一更五點還宮，是夕西興共聞天樂，豈天神亦不以人廢言乎。詞云：「素飈漾碧，看天衢穩送，一輪明月。翠水瀛壺人不到，比似世間秋別。玉手摇笙，一時同色。小按霓裳疊。天津橋上，有人偷記幾闋。當日誰幻銀橋，阿瞞兒戲，一笑成痴絶。肯信羣仙高宴處，移下水晶宫闕。

雲海澄清，山河影滿，桂冷吹香雪。何勞玉斧，金甌千古無缺。」

兩无咎

揚无咎字補之，清江人，晁无咎亦字補之，濟北人，俱以詞名。揚名逃禪集，晁名琴趣外篇，而花庵于二補之俱不採入，只草堂載癡男騃女一詞，又逸其名，妄注毛東堂，可慨也。近閱汲古閣本，亦多錯簡。如揚有趙育才席上贈歌者，用東坡韻，而後段末句不用原韻云：「換羽移宮，絶唱誰能和。伊知麽。暫聽些個。已覺絲成瑮。」瑮者，塵起貌，言其聲之繞梁也，作裹字誤。

史梅溪摘句圖

史達祖梅溪詞最爲白石所賞，鍊句清新，得未曾有，不獨雙雙燕一闋也。余讀其全集，愛不釋手，間書佳句，彙爲摘句圖。起句云：「杏花煙，梨花月。誰與暈開春色。」又，「館娃春睡起。爲發妝酒煖，臉霞輕膩。」又，「蕙花老盡離騷句。緑染遍，江頭樹。」又，「秋是愁鄉。自錦瑟斷絃，有淚如江。」又，「雨入愁邊翠樹，晚無人，風葉如顫。」又，「秋風早入潘郎鬢，斑斑遽驚如許。」又，「闌干只在鷗飛處。」又，「鴛鴦拂破蘋花影，低低趁涼飛去。」又，「西風來勸涼雲去，天東放開金鏡。」又，「好領青衫，全不向詩書中得。」又，「人若梅嬌，正愁横斷塢，夢遶谿橋。」又，咏雪云：「夢回虚白初生，便疑冷月通窗户。」又，尾句云：「明朝雙燕定歸來，叮囑重簾休放下。」又，「深閉重門聽夜雨。」又，「如今但柳髮晞春，夜來和露梳月。」又，「直須吟就緑楊篇。灣頭寄小憐。」又，「將愁去也，不成今世，終誤王昌。」又，「記取崔徽模樣，歸來暗寫。」

又，「莫教無用月，來照可憐宵。」又，「想吾曹便是神仙也，問今夜是何夜。」又，「向來簫鼓地，猶見柳婆娑。」又，「瘦因緣此瘦，羞亦爲郎羞。」又，「常待不吟詩，詩成癖。」又，「換盡風流性，偏恨鴛鴦不念人。」又，「料也和前度金籠鸚鵡，說人情淺。」又，散句云：「無人深巷，已早杏花先賣。」又，「最妨他佳約風流，鈿車不到杜陵路。」又，「燕子不知愁，驚墮黄昏淚。」又，「梅春人不春。」又，「還因秀句，意流江外，便隨輕夢，身墮愁邊。」又，「諱道相思，偷理綃裙，自驚腰衩。」又，「餘花未落，似供殘蝶經營。」又，「蝴蝶一生花裏活。」又，「船向少陵佳處放。」又，「怕見緑荷相倚恨，恨白鷗見了清波闊。」又，「折取斷虹堪作釣，待玉奩今夜來時節。」又，「青榆錢小，碧苔錢古，難買東君住。」又，「西湖遊子，慣識雨愁煙恨。」又，「沙鷗未落，怕愁沾詩句。」又，「賣花門館生秋草，悵彎弓、幾時重見。」又，「愁在何處，不離淡煙衰草。」又，「想凄涼欠郎偎抱。」又，「還被亂鷗飛去，秀句難續。」又，「可憐閒葉，猶抱涼蟬。」又，「謝娘懸淚立風前。」又，「見說西風，爲人吹恨上瑶樹。」又，「時有露螢自照，占風裳可喜影欺金。」又，「相思因甚到纖腰，定知我、今無魂可銷。」又，「秦楚横殿可憐身。」又，「一程煙草一程愁。」又，「江痕妥貼。日光熨動黄金葉。闌干直下愁相接。一朵紅蓮，飛上越人檝。」又，「閉門明月關心，倚窗小梅索句。」此皆史氏碎金也。

白石鷓鴣天

姜白石夔鷓鴣天詞三首，如「鴛鴦獨宿何曾慣，化作西樓一縷雲」，不但韻高，亦由筆妙。何必石湖所贊自製曲之敲金戛玉聲，裁雲縫月手也。

葉少藴全用東坡詩

葉夢得少藴鷓鴣天詞：「一曲青山映小池。緑荷陰盡雨離披。何人解識秋堪美，莫爲悲秋浪賦詩。　攜濁酒，遶東籬。菊殘猶有傲霜枝。一年好景君須記，正是橙黄橘緑時。」自注：梁范堅常謂欣成惜敗者，物之情，秋爲萬物成功之時，宋玉作悲秋，非是，乃作美秋賦云。「秋堪美」三字如此不輕下，然何後三句全用東坡詩，只少「荷盡已無擎雨蓋」句耳，如此作詞，太容易也。

坡翁

今稱東坡爲坡翁，在宋時已然。沈端節克齋朝中措詞末句云：「解道淺妝濃抹，從來惟有坡翁。」

芸窗

人謂張榘芸窗詞饒貧氣，今觀其全集如「小樓燕子話春寒」，又「秋在黄花羞澀處。」又「苦被流鶯，蹴翻花影，一欄紅露」，俱不減少游丰韻。

虚齋梅花詞

虚齋梅花詞云：「江南春早，問江上寒梅，占春多少。幾點殘星細，萬里春風到。幽香不知甚處，但迢迢、滿江煙草。回首誰家竹外，有一枝斜好。　記當年，曾共梅花笑。念玉雪襟期，有誰知道。喚起羅浮夢，正參横月小。淒涼更吹塞管，謾相思鬢華驚老。待覓西湖半曲，對霜天清曉。」可謂一塵不染。其時張方叔槩次好字韻云：「此際虛齋心事，與此花俱好。」相去不啻萬里。

玉東西

竹坡周紫芝南柯子自序云：方錢唐。出侍兒，范謝州要予作此詞云：「蟬薄輕梳鬢，螺香淺畫眉。西湖人道似西施，人似西施，濃淡更相宜。畫燭催歌板，飛花上舞衣。殷勤猶勸玉東西，不道使君，腸斷已多時。」玉東西，酒也，本黄山谷「佳人斗南北，美酒玉東西」。今人謂物件曰東西，玉狀酒色也。

漢蠟

万俟雅言三臺末段「漢宮傳蠟炬」，疑蠟炬二字重出。後得粵中藏書家元刻本作「漢蠟傳宮炬」，爲之爽然。

万俟雅言

雅言精于音律，自號詞隱。宋崇寧中，充大晟府製撰，依月用律，有大聲集五卷。后山稱爲一代詞人。沈氏謂雅言三臺作雜還不倫，過接換應，虛字少力。余謂卷中長篇多流麗瑰偉，乃遭痛貶。豈沈氏所作如夢令之「逗下心頭一塊」，一剪梅之「别又難摟」等句，爲有倫有力乎。人苦不自知，信然。

錢

花庵黄昇，自號玉林，嘗輯絶妙詞選，附以自製，其詞工于鍊字。如鷓鴣天句云：「一行歸鷺拖秋色，幾樹鳴蟬餞夕陽。」拖字猶人所及，餞字人所不及也。

項羽廟詞

天機餘錦載無名氏題項羽廟念奴嬌一闋云：「鮑魚腥斷，楚將軍、鞭虎驅龍而起。空費咸陽三月火，鑄就金刀神器。垓下兵稀，陰陵道狹，月暗雲如壘。楚歌喧唱，山川都姓劉矣。悲泣喚醒虞姬，爲君死別，血刃飛花碎。霸業銷沈騅不逝，氣盡烏江江水。古廟頹垣，斜陽紅樹，遺恨鴉聲裏。興亡休問，高陵秋草空翠。」用筆頗有鞭虎驅龍之勢，應爲咏項羽第一詞。

易安

易安在宋諸媛中，自卓然一家，不在秦七、黄九之下。詞無一首不工。其鍊處可奪夢窗之席，其麗處真參片玉之班。蓋不徒俯視巾幗，直欲壓倒鬚眉。

雨村詞話卷四

惲生

元好問有青玉案代贈欽叔所親樂府惲生詞有「西城流水東城雨。緑葉成陰慣相誤」之句。疑所謂惲生，獶狚一流人也。

伯生詞

虞伯生集詞，一洗鉛華，有鳴鶴餘音一卷，余已校刊矣。尚記其南鄉一剪梅詞招熊少府云：「南阜小亭臺。薄有山花取次開。寄與多情熊少府，晴也須來。雨也須來。　隨意且銜杯。莫惜春衣坐緑苔。若待明朝風雨過，人在天涯。春在天涯。」

弇州不工詞

王弇州四部集汗牛充棟，有明文人，無出其右，號爲淵博。然不工于詞，以只解唱「大江東去」也。當時地位既高，似富家翁鋪張錦繡，却欠文雅。

山和尚水秀才

楊用修西莊鷓鴣天詞句云：「彈聲林鳥山和尚，寫字寒蟲水秀才。」山和尚謂山鵲，水秀才滇中蟲名也。

厠神

用修荆州元夕南鄉子詞，有「悶上紫姑香火會」句，今人皆習用而不知顛末，且謂不切元夕也。按氏族譜，紫姑姓何，名媚，萊陽人。壽陽李景納爲妾，大妻妬之，正月十五日陰殺之于厠也，後封爲厠神。歲時記，元夜迎紫姑神以卜，謂此。

綺園懷古

懷古詞宜用望海潮調，始于秦少游廣陵諸懷古，及越州懷古等闋。本朝吴綺園荗于此體尤工，有懷古和韻五闋，直壓前人。今録之以備覽。金陵云：「長江波遶，冶城雲接，誰家麥飯園陵。蕭帝雄才，孫郎霸業，惟餘戰血棲蠅。讖語記神僧。只臺城芳草，緑滿寒汀。多少青山，夕陽何處暮煙凝。六朝往事難憑。歎金蓮零落，玉樹縱横。擒虎頻來，蟠龍安在，蕭條白鷺空亭。王氣亦何曾。想東南自古，未補天傾。醉誤蘭成一賦，野鬼哭秋燈。」錢塘云：「萬山晴雨，四時歌舞，天教石上流魂。夢裏牽衣，圖中立馬，興亡忽似朝昏。我道果然村。把荷煙桂露，銷歇難存。剩得冬青，春來還發古苔痕。休將南渡重論。但同心可結，有盞須吞。一别吴山，長憐蜀道，槐安螻蟻偏尊。作客信乾坤。恨青驄嘶斷，紅袖頻分。何處花鈿陌上，扶醉酒家門。」吴門云：「横塘堤畔，長洲苑裏，弓彎踏盡春陽。響屧廊空，浣紗人去，東風不到釵粱。種罷紫蘭香。笑他家烏啄，也自云亡。豈有蛾眉，曾教歌舞翠紅鄉。人間何限悲涼。任狂吟慷慨，醉墨淋浪。有恨山川，無情麋鹿，看殘過客壺觴。寶劍枉成雙。悵專諸巷冷，伍員祠荒。還是金閶亭下，艇子繫青陽。」揚州云：「花留仙種，柳稱官姓，從來南兗名州。鳳舸迎來，雞臺舞罷，天教鹿起毛頭。鏡影入邊愁。縱春魂化燕，難上簾鈎。燈火無情，夜深還照十三樓。當時薄倖嬉遊。爲尋香側帽，殢酒霑裘。誰賦蕪城，重經故國，空憐歲易星流。山翠夕陽收。問玉人何處，儂許誰留。莫聽雷塘暝笛，吹斷六朝秋。」吴興云：「蘋花洲渚，荷香城郭，人經王謝顔蘇。十載尋春，一麾乞郡，風流杜牧偏殊。故態笑狂奴。把當年公事，分付禽魚。霅館吟秋，新詩留得滿江湖。水嬉往事何如。有窪尊石古，韻海樓虚。詞客漂零，酒徒流落，高台空聽啼烏。風雨戰菰蒲。看亭皋葉下，煙影難扶。不信重瞳西楚，醉眼未全舒。」

竹垞

本朝朱彝尊竹垞，詞名冠一時，有江湖載酒集三卷，静志居琴趣一卷，茶煙閣體物集二卷，蕃錦集集句一卷。余酷喜其自題畫像百字令云：「菰蘆深處，歎斯人枯槁，豈非窮士。賸有虚名身後策，小技文章而已。四十無聞，一邱欲卧，漂泊今如此。田園何在，白頭亂髮垂耳。空自南走羊城，西窮雁塞，更東浮淄水。一刺懷中磨滅盡，回首風塵燕市。草屩撈蝦，短衣射虎，足了平生事。滔滔天下，不知知己誰是。」又戲題竹垞壁風中柳云：「有竹千竿，寧使食時無肉。也不須更移珍木。北垞也竹。南垞也竹。護吾廬幾叢寒玉。晚來月上，對影描他横幅。賦新詞竹山竹屋。郫筩一束。筍篌三伏。竹夫人醉鄉同宿。」竹山，蔣捷詞名，竹屋，高觀國詞名也。發語尤趣，可想竹垞之高風。至世所稱洞仙歌十七闋與詩集中風懷百首，則似近狹邪，不無宋玉登徒子之譏，雖豔麗，非余所好也。

三綠

王阮亭金釵凋上桃源憶故人詞云：「金釵凋上人如玉。解唱春波新曲。畫扇船紗十幅。春水平帆綠。三三五五鴛鴦浴。觸忤閒愁春目。戲擲菱花相逐。又向花房宿。」程村云：昔應子和以「蠟炬短燒紅」，「風雨落花紅」，「兩岸夕陽紅」，名三紅。今阮亭有「春水平帆綠」，「夢裏江南綠」，「新婦磯頭煙水綠」，不將更稱三綠耶。人遂有王三綠之目。然不及公浣溪沙「綠楊城郭是揚州」一語用綠字尤妙，可敵一篇江都賦也。

用晉帖語

漁洋有卜算子，起句云：「天氣近清明，汝定成行否。」用晉帖語入妙。

炊聞卮語

西樵王士祿與漁洋齊名，人稱二王，有炊聞卮語。自序云：「康熙甲辰三月，余以磨勘之獄，入羈於司勛之署。于時捕檄四出，未卽對簿。伏念日月曠邈，不有拈弄，其何以蕩滌煩懣，支拒幽憂。憶自髫齒，頗躭詞調，雖未能研審其精妙，聊可借彼抗墜，通此蘊結。因取花間、尊前、草堂諸體，稍規撫爲之，少卽一二，多或六七，設然隨意，都無納限，既檢積稿，遂踰百篇，舊作二十首亦附見焉。曰炊聞者，兀兀南冠石硃，邯鄲一枕，故取杜陵詩語斷章而命之也。」今觀滿庭芳用坡公韻詞云：「白日爲心，朱繩比質，平生自負峨峨。司空百鍊，繞指已無多。到眼濃陰欲滿，心憂矣、謡罷還歌。細屈指、古來誰似，磨蝎說東坡。茫茫無可語，揭來千縷，暗緯愁梭。更溶溶漾漾，難剪如波。可耐春光萬里，尚寥落、卧盼庭柯。問何日，盟煙狎水，鷗鷺媚漁簑。」古今才人，淪落不偶，讀此可爲之一慟。

悔庵論詩餘

尤悔庵侗序彭羨門延露詞云：「詩何以餘哉，『小樓昨夜』，哀江頭之餘也。『水殿風來』，清平調之餘也。『紅藕香殘』，古別離之餘也。『將軍白髮』，從軍行之餘也。『今宵酒醒』，子夜、懊憹之餘也。『大江東去』，鼓角橫吹之餘也。詩以餘亡，亦以餘存，非詩餘之能存亡，則詩餘之人存亡之也。」論詩餘二字獨得。

目成

羨門延露詞率多悲壯，不減稼軒。如念奴嬌長歌四首、沁園春酒後作歌四首是也。然其豔體獨步，不特阮亭所稱「子城一帶綠陰中」也。長相思云：「啓圍屏。下重旌。解意銀缸故不明。今宵始目成。夜香清。墜釵橫。燈下頻頻相喚聲。教人待怎生。」咏目成情景，皆以静會得之。

掛逗二字

「金作勒，玉爲羈。小馬驚香何處嘶。紅板橋頭扉半掩，幾絲楊柳掛黃鸝。」此武進董文以甯搗練子詞也。掛字殊新穎。其弟董俞亦有句云：「獨坐數歸禽，疏鐘逗遠林。」掛逗二字俱妙。

青到

宋荔裳琬浣溪沙咏芳草，有「幾時青得到郎邊」之句。余有「萬山青到馬蹄前」句，足以當之。琬有二鄉亭詞。

酒骨董

嵇叔子宗孟，有酒骨董詞。骨董羹見唐類函，今人訛爲古董，以名其詞也。

瀟湘神

毛西河奇齡采衣堂詞，瀟湘神云：「叢嶂迷。青草凄。黃陵朝暮鷓鴣啼。神女不知何處去，行雲渺渺數峰西。」不減劉賓客。

多咏妓

曹顧庵爾堪南溪詞多咏妓作，亦詞人之玷也，然亦足資攷證。如虞美人詞云：「輕衫窄袖身材小。影向銀燈好。珠歌勸飲恰平肩。無奈尊前侍立暗生憐。牡丹亭榭花如繡。巧對江兒瘦。初開豆蔻暗含春。轉是五更風雨會愁人。」余澹心云：「河北妓馴謹，侍客不遽坐，非若江南之倨也。」又木蘭花令云：「木瓜香遍鍾山道。桂子倩人斜插帽。歌摇朱雀桁前花，酒濺烏衣堂下草。十年浪迹浮雲杳。畫檻生煙無客到。沙家零落寇家貧，若個琵琶傳賀老。」沙、寇，蓋往年書中最知名者。

女伶

女伶即古舞妓也，惟江左最盛，今俱禁絶。晉之大同尚有之，梁蒼巖大司農棠村詞，有滿庭芳觀女伶演淮陰故事云：「絳燭清宵，彩雲華館，蠻腰細舞迴風。嬋娟忽變，綉襖染腥紅。鎖甲豔分雪色，兜鍪小，雙頰芙蓉。氍毹映，將軍紅粉，錦繖黛眉同。登壇當日事，衣冠優孟，寫出偏工。嘆英雄佳麗，一樣飄蓬。飛絮落花舊恨，誰憐取，桃李春濃。乘月夜，衣香人面，莫放酒杯空。」尤悔庵侗云：女伶，晉妓文玉也。戊申，予在宗伯齋頭觀演此齣，作南鄉子贈之，有「錦繖將軍小黛娥」，及「春草江南細馬馱」之句。宗伯頗爲稱賞。

鳳歸雲詞

鄒程村祗謨麗農詞，以典麗爲宗，而稍失之濃縟。余喜其鳳歸雲偶作云：「吾老矣。去日光陰，那堪屈指。任俠疏狂，蹴鞠樗蒲，不癡不慧，無才無技。况生來、本磨蝎爲宫，窮駏學計。問人生、何處堪出世。應有淡月微風，剩山殘水。還自去、守我良方，鑽他故紙。不過是，一卷離騷，幾葉楞嚴，破除萬事，頹然坐廢。曾消受得蠻觸功名，邯鄲滋味。而今後，拚得無縈繫。永教毁硯焚書，漁樵同醉。」阮亭謂「塊壘一時，睥睨千古」，信然。

巖堂詞

西陵釋正嵒，字巖堂，所著有同凡草詞。有湖上點絳脣一闋，題聖因寺壁間，最工緻，余及見之，後不知爲何人拭去。詞云：「來往煙波，此生自號西湖長。輕風小槳。盪出蘆花港。得意當歌，夜靜聲偏朗。無人賞。自家拍掌。唱得千山響。」出語不凡，奇僧也。

鬖

仁和沈去矜謙有東江詞，曾于王志周齋中見之，余最賞其菩薩蠻一闋云：「相攜鬬草長春洞。垂鬖覆額眉痕重。慣會發嬌嗔。自輸翻打人。　玉闌今再見。熟面如生面。低喚小時名。回身不肯應。」頗得生趣。鬖，韻府不載，殆鬟字之訛。

湘蘋

近來才女，應以徐燦爲第一。燦字湘蘋，長洲人，歸海甯陳素庵之遴，所著有拙政園詞，皆絶工豔流麗。尤喜其菩薩蠻二詞云：「困花壓蕊絲絲雨。不堪只共愁人語。斗帳抱春寒。夢中何處山。　捲簾風雨惡。淚與殘花落。羡殺是楊花。輸他先到家。」「一春誰試桃花雨。遊絲只共晴煙舞。燕也不曾來。湘簾空自開。　起看花影午。　鸞鏡雙蛾俯。　徙倚却黄昏。　淚如紅蠟痕。」皆秀品也。

指螺

毛先舒騤，號稚黄，作填詞名解四卷，能發人所未發，較勝圖譜，然觀其自作鸞情詞則多俗，何也。至憶秦娥特新妙。詞云：「春深無那。獨向幽窗坐。看著玉纖閒不過。細數指螺幾個。曉來難自温存。東風吹亂烏雲。多謝玉臺明鏡，爲儂長照眉顰。」數指螺出東坡文「齊安王江上得美名，其文如指上螺」。

（案：此非憶秦娥，乃清平樂，李氏誤。）

倩玉

楊琇，字倩玉，杭州沈遹聲副室也。西江月云：「鏡裏雙娥時蹙，枕邊香淚長拋。鄰姬無事愛吹簫。不管旁人潦倒。　露下野蓮有子，風涼秋燕離巢。銀河千丈也填橋。天上原來恁巧。」出語殊有仙氣。

西圃詞説

〔清〕田同之撰

西圃詞説自序

余自少日即嗜長短音，每遇樂府專家，則磬折請益。忽忽數十年，沉困於制舉藝，不暇兼及，兼及者惟承學聲詩，以遵吾家事耳。詞則偶一染指，不多爲。今老矣，卧病岩間，無所事事，復流連於宋之六十家中，勉强效顰，以寄情興。而又慮斯道淵微，難云小技，自鄭、彭、王、宋、曹、陳、丁、徐，以及浙西六家後，爲者寥寥，論者亦寡。行見倚聲一道，譌謬相沿，漸紊而漸熄矣。故不自揣，於源流正變、是非離合之間，追述所聞，證諸所見，而諸家詞話之切要微妙者，又復採擇之，參酌之，務求除魔外而準正軌，以成此填詞之説。夫是説也，雖不敢謂窔奥之燭，而情文之跋蹩，宫商之偭背，亦庶幾乎一知半解矣。咄咄填詞，豈小技哉。況詞有四聲五音清濁重輕之别，較詩律倍難，且有詩所難言者，委曲倚之於聲，其旨愈遠。所謂假閨房之語，通風騷之義，匪惟不得志於時者之所宜爲，而通儒鉅公，亦往往爲之。不然張文潛以屈、宋、蘇、李譬方回，黄山谷以高唐、洛神方晏氏，亦從無疑一二家之言爲過情者，咄咄填詞，又豈小技哉。脱復聞下士蒼蠅之聲，吾將以松風吹過矣。西圃田同之自序。

西圃詞說目録

西圃詞説

宫調失傳

倚聲之道，抑揚抗墜，促節繁音，較之詩篇，協律有倍難者。上而三代無論，彼漢歌樂府，具仿三百遺意，製有黄門、郊祀、鐃歌、房中諸樂章。延至六朝，以暨開元、天寶、五代十國，尤工豔製。洎宋崇寧間，立大晟樂府，有一十二律、六十家、八十四調，調愈多，流派因之以别，短長互見。迨金、元接踵，遂增至一百餘曲。相沿既久，換羽移商，宫調失傳，詞學亦漸紊矣。

詩餘爲變風之遺

詞雖名詩餘，然去雅、頌甚遠，擬於國風，庶幾近之。然二南之詩，雖多屬閨帷，其詞正，其音和，又非詞家所及。蓋詩餘之作，其變風之遺乎。惟作者變而不失其正，斯爲上乘。

詩詞之辨

從來詩詞並稱，余謂詩人之詞，真多而假少，詞人之詞，假多而真少。如邶風燕燕、日月、終風等篇，實有其别離，實有其擯棄，所謂文生於情也。若詞則男子而作閨音，其寫景也，忽發離别之悲。詠物也，全寓棄捐之恨。無其事，有其情，令讀者魂絶色飛，所謂情生於文也。此詩詞之辨也。

曹學士論詞

魏塘曹學士云：「詞之爲體如美人，而詩則壯士也。如春華，而詩則秋實也。如夭桃繁杏，而詩則勁松貞柏也。」罕譬最爲明快。然詞中亦有壯士，蘇、辛也。亦有秋實，黄、陸也。亦有勁松貞柏，岳鵬舉、文文山也。選詞者兼收並採，斯爲大觀。若專尚柔媚，豈勁松貞柏，反不如夭桃繁杏乎。

詩詞體格不同

詞與詩體格不同，其爲攄寫性情，標舉景物，一也。若夫性情不露，景物不真，而徒然綴枯樹以新花，被偶人以袞服，飾淫靡爲周、柳，假豪放爲蘇、辛，號曰詩餘，生趣盡矣，亦何異詩家之活剥工部，生吞義山也哉。

李清照論詞

李易安云：「五代干戈，斯文道熄，獨江南李氏君臣尚文雅，故有『小樓吹徹玉笙寒』，『吹縐一池春水』之詞，語雖奇，所謂『亡國之音，哀以思』也。逮至本朝，禮樂大備，又涵養百餘年，始有柳屯田者，變舊聲作新聲，出樂章集，大得聲稱於世，雖協音律，而詞語塵下。又有張子野、宋子京兄弟，沈唐、元絳、晁次膺輩繼出，亦時時有妙語，而破碎何足名家。至晏元獻、歐陽永叔、蘇子瞻，學際天人，作爲小歌詞，直如酌蠡水於大海，然皆句讀不葺之詩爾，又往往不協音律者，何也。蓋詩文分平仄，而歌詞分五音，又分五聲，又分音律，又分清濁輕重。且如近世所謂聲聲慢、雨中花、喜遷鶯，既押平聲韻，又押入聲韻。玉樓春本押平聲韻，又押上去聲，又押入聲。夫本押仄聲韻，如押上聲則協，如押入聲則不可歌矣。王介甫、曾子固，文章似西漢，若作小歌詞，則人必絶倒，不可讀也。乃知別是一家，知之者少。後晏叔原、賀方回、秦少游、黄魯直出，始能知之。又晏苦無鋪敍。賀苦少典重。秦卽專主情致，而少故實，譬如貧家美女，非不姸麗，而終乏富貴。黄雖尚故實，而多疵病，如良玉有瑕，價自減半矣。」

王士禎論詞

漁洋王司寇云：「自七調五十五曲之外，如王之渙涼州，白居易柳枝，王維渭城，流傳尤盛。此外雖以李白、杜甫、李紳、張籍之流，因事創調，篇什繁多，要其音節皆不可歌。詩之爲功既窮，而聲音之祕，勢不能無所寄，於是温、韋生而花間作，李、晏出而草堂興，此詩之餘，而樂府之變也。語其正，則南唐二主爲之祖，至漱玉、淮海而極盛，高、史其嗣響也。語其變，則眉山導其源，至稼軒、放翁而盡變，陳、劉其餘波也。有詩人之詞，唐、蜀、五代諸人是也。文人之詞，晏、歐、秦、李諸君子是也。有詞人之詞，柳永、周美成、康與之之屬是也。有英雄之詞，蘇、陸、辛、劉是也。至是聲音之道，乃臻極致，而詞之爲功，雖百變而不窮。花間、草堂尚已。花庵博而雜。尊前約以疎。詞統一編，稍撮諸家之勝。然詳於隆萬，略於啓禎，故又有倚聲續花間、草堂之後。」

詩詞風氣相循

詩詞風氣，正自相循。貞觀、開元之詩，多尚淡遠。大曆、元和後，温、李、韋、杜漸入香奩，遂啓詞端。金荃、蘭畹之詞，概崇芳豔。南唐、北宋後，辛、陸、姜、劉漸脱香奩，仍存詩意。元則曲勝而詩詞俱掩，明則詩勝於詞，今則詩詞俱勝矣。

詩詞風格不同

詩貴莊而詞不嫌佻。詩貴厚而詞不嫌薄。詩貴含蓄而詞不嫌流露。之三者，不可不知。

王世貞論詞

王元美論詞云：「寧爲大雅罪人。」予以爲不然。文人之才，何所不寓，大抵比物流連，寄托居多。國風、騷、雅，同扶名教。卽宋玉賦美人，亦猶主文譎諫之義。良以端之不得，故長言咏嘆，隨指以托興焉。必欲如柳屯田之「蘭心蕙性」、「枕前言下」等言語，不幾風雅掃地乎。

宋人選詞尚雅

言情之作，易流於穢，此宋人選詞，多以雅爲尚。法秀道人語涪翁曰：「作豔詞當墮犂舌地獄。」正指涪翁一等體製而言耳。填詞最雅，無過石帚，而草堂詩餘不登其隻字，可謂無目者也。

鄒程村論兩宋詞

小調不學花間，則當學歐、晏、秦、黄，歐、晏蘊藉，秦、黄生動，一唱三嘆，總以不盡爲佳。清真以短調行長調，滔滔莽莽，嫌其不能盡變。至姜、史、高、吴，而融篇煉句琢字之法，無一不備矣。（案此則見鄒程村詞衷。）

雲間諸公論詞

雲間諸公，論詩宗初盛，論詞宗北宋，此其能合而不能離也。夫離而得合，乃爲大家。若優孟衣冠，天壤間只生古人已足，何用有我。

辛柳詞佳處

今人論詞，動稱辛、柳，不知稼軒詞以「佛貍祠下，一片神鴉社鼓」爲最，過此則頽然放矣。耆卿詞以「關河冷落，殘照當樓」與「楊柳岸、曉風殘月」爲佳，非是則淫以褻矣。此不可不辨。

姜詞高潔

姜夔堯章崛起南宋，最爲高潔，所謂「如野雲孤飛，去留無迹」者。惜乎白石樂府五卷，今已無傳，惟中興絶妙詞，僅存二十餘闋耳。

白石以後詞家

白石而後，有史達祖、高觀國羽翼之。張輯、吴文英師之於前，趙以夫、蔣捷、周密、陳允衡、王沂孫、張炎、張翥効之於後。譬之於樂，舞箾至於九變，而詞之能事畢矣。

詞與曲分

元時，中原人士往往沉於散僚，關漢卿爲太醫院尹，鄭德輝杭州小吏，宫大用均臺山長，沉困簿書，老不得志，而雜劇乃獨絶於時。自元迄明，詞與曲分，無復以詩餘入樂府歌唱者，皆可爲嘆息也。

明初作手

明初作手，若楊孟載、高季迪、劉伯温輩，皆温雅芊麗，咀宫含商。李昌祺、王達善、瞿宗吉之流，亦能接武。至錢塘馬浩瀾以詞名東南，陳言穢語，俗氣熏入骨髓，殆不可醫。周白川、夏公謹諸老，間有硬語，楊用修、王元美則强作解事，均與樂章未諧。

南北宋詞可論正變

詞始於唐，盛於宋，南北歷二百餘年，畸人代出，分路揚鑣，各有其妙。至南宋諸名家，倍極變化。蓋文章氣運，不能不變者，時爲之也。於是竹垞遂有詞至南宋始工之説。惟漁洋先生云：「南北宋止可論正變，未可分工拙。」誠哉斯言，雖千古莫易矣。

填詞非小道

昔人云，填詞小道，然魯直謂晏叔原樂府爲高唐、洛神之流，張文潛謂賀方回「幽潔如屈、宋，悲壯如蘇、李」，夫屈、宋，三百之苗裔，蘇、李，五言之鼻祖，而謂晏、賀之詞似之， 世亦無疑二公之言爲過情者，然則填詞非小道可知也。

填詞見性情

填詞亦各見其性情，性情豪放者，强作婉約語，畢竟豪氣未除。 性情婉約者，强作豪放語， 不覺婉態自露。 故婉約自是本色，豪放亦未嘗非本色也。

情景不可太分

弇州謂美成能作景語，不能作情語。 愚謂詞中情景不可太分，深於言情者，正在善於寫景。

詞須有寄托

詞自隋煬、李白創調之後，作者多以閨詞見長。 合諸名家計之，不下數千萬首，深情婉至，摹寫殆盡，今人可以不作矣。 卽或變調爲之，亦須別有寄托，另具性情，方不致張冠李戴。

陳眉公論張柳蘇辛詞各有優劣

陳眉公曰：「幽思曲想，張、柳之詞工矣，然其失則俗而膩也。傷時弔古，蘇、辛之詞工矣，然其失則莽而俚也。兩家各有其美，亦各有其病。」斯爲詞論之至公。

沈伯時論詞要清空

樂府指迷云：「詞要清空，不要質實。」此八字是填詞家金科玉律。清空則靈，質實則滯，玉田所以揚白石而抑夢窗也。

詞以神氣爲主

詞以神氣爲主，取韻者次也，鏤金錯采，其末耳。

詞須縱橫入妙

詞之一道，縱橫入妙，能轉法華，則本來寂滅，不礙曇花。文字性靈，無非般若。頻呼小玉，亦可證入圓通矣。

填詞要訣

填詞要訣無他，惟能去花庵、草堂之陳言，不爲所役，俾滓窳滌濯，以孤技自拔於流俗。綺靡矣，而不戾平情。鏤琢矣，而不傷夫氣。夫然後足與古人方駕焉。

朱彝尊論詞

竹垞朱檢討云：「宋人編集歌詞，長者曰慢，短者曰令，初無中調、長調之目。自顧從敬編草堂詞，以臆見分之，後遂相沿，殊爲牽率。」

花間調卽是題

花間體製，調卽是題，如女冠子則詠女道士，河瀆神則爲送迎神曲，虞美人則詠虞姬是也。宋人詞集，大約無題。自花庵、草堂，增入閨情、閨思、四時景等，深爲可憎。（參此則見詞綜凡例）

漁洋論温爲花間鼻祖

漁洋云：「温、李齊名，温實不及李。李不作詞，而温爲花間鼻祖，豈亦同能不如獨勝之意耶。古人學書不勝，去而學畫，學畫不勝，去而學塑，其善於用長如此。」

漁洋論花間草堂之妙

又云：「或問花間之妙，曰：『蹙金結繡而無痕跡。』問草堂之妙，曰：『采采流水，蓬蓬遠春。』」

漁洋論南渡諸家

又云：「宋南渡後，梅谿、白石、竹屋、夢窗諸子，極妍盡態，反有秦、李未到者。雖神韻天然處或不及，自令人有觀止之嘆，正如唐絶句至劉賓客、杜京兆，妙處反進青蓮、龍標一塵。」

宋徵璧論宋詞七家

華亭宋尚木徵璧曰：「吾於宋詞得七人焉，曰永叔秀逸，子瞻放誕，少游清華，子野娟潔，方回鮮清，小山聰俊，易安妍婉。若魯直之蒼老，而或傷於頹。介甫之劖削，而或傷於拗。無咎之規檢，而或傷於朴。稼軒之豪爽，而或傷於霸。務觀之蕭散，而或傷於疎。此皆所謂我輩之詞也。苟舉當家之詞，如柳屯田哀感頑豔，而少寄托。周清真蜿蜒流美，而乏陡健。康伯可排敍整齊，而乏深邃。其外則謝無逸之能寫景，僧仲殊之能言情，程正伯之能壯采，張安國之能用意，万俟雅言之能協律，劉改之之能使氣，曾純甫之能書懷，吴夢窗之能疊字，姜白石之能琢句，蔣竹山之能作態，史邦卿之能刷色，黄花庵之能選格，亦其選也。詞至南宋而繁，亦至南宋而敝，作者紛如，難以概述矣。」

彭羨門論黄不及秦

彭羨門云：「詞家每以秦七、黄九並稱，其實黄不及秦遠甚。猶高之視史，劉之視辛，雖齊名一時，而優劣自不可掩。」

彭羨門論長調難於短調

「長調之難於短調者，難於語氣貫串，不冗不複，徘徊宛轉，自然成文。今人作詞，短調獨多，長調寥寥不概見，當由寄興所成，非專詣耳。」（案此則亦見金粟詞話。）

鄒程村論用典

鄒程村曰：「詞品云：『填詞於文爲末，而非自選詩、樂府來，不能入妙。李易安詞「清露晨流，新桐初引」，乃全用世說語。』愚按詞至稼軒，經子百家，行間筆下，驅斥如意。近則婁東善用南北史，江左風流，惟有安石，詞家妙境，重見桃源矣。」

宗梅岑論詞以豔麗爲工

宗梅岑曰：「詞以豔麗爲工，但豔麗中須近自然本色方佳。近日詞家極盛，其卓然命世者，如百寶流蘇，千絲鐵網。世人不解，謂其使事太多，相率交詆，此何足怪。蓋尋常菽粟者，不知石砝海月爲何物耳。」

彭羨門論作詞必先選料

「作詞必先選料，大約用古人之事，則取其新僻，而去其陳因。用古人之語，則取其清雋，而去其平實。用古人之字，則取其鮮雅，而去其癟俗。不可不知也。」（案此則見金粟詞話。）

僻詞與長調作法

僻詞作者少，宜渾脱乃近自然。常調作者多，宜生新斯能振動。

沈東江論轉換處

沈東江曰：「中調長調轉換處，不欲全脱，不欲明粘，如畫家開合之法，須一氣而成，則神味自足，以有意求之不得也。」

沈東江論襯字

又「長調最難工，蕪累與癡重同忌，襯字不可少，又忌淺熟。」

沈東江論對句

「詞中對句，正是難處，莫認作襯句。至五言對句，七言對句，使觀者不作對疑尤妙。」（案以上三則見劉體仁詞繹，非沈東江語。此則又見俞彦爰園詞話。）

張炎論虛字

「詞中語句，無論長短，不宜疊實，合用虛字呼喚，一字如正、但、任、況之類，兩字如莫是、又還之類，三字如更能消、最無端之類，却要用之得其所。」

張炎論字面

「句法中有字面，蓋詞中有生硬字用不得，須是深加鍛鍊，字字敲打得響，歌誦妥溜，方爲本色語。如賀方回、吳夢窗皆善於鍊字者，多於李長吉、温庭筠詩中來。字面亦詞中起眼處，不可不留意也。」（案以上二則見詞源。）

沈謙論詩詞曲不同

「承詩啓曲者，詞也，上不可似詩，下不可似曲。然詩與曲又俱可入詞，貴人自運。」

沈謙論小調中調長調

「小調要言短意長，忌尖弱。中調要骨肉停勻，忌平板。長調要縱横自如，忌粗率。能於豪爽中着一二精緻語，綿婉中着一二激厲語，尤見錯綜。」

沈謙論白描與修飾

「白描不得近俗，修飾不可太文，生香真色，在離卽之間，不特難知，亦難言。」

沈謙論偷聲變律之妙

「小令、中調有排蕩之勢者，吳彦高之『南朝千古傷心事』，范希文之『塞下秋來風景異』是也。長調極狎昵之情者，周美成之『衣染鶯黄』，柳耆卿之『晚晴初』是也。於此足悟偷聲變律之妙。」

沈謙論古人語不相襲

「徐師川『門外重重疊疊山，遮不斷愁來路』。歐陽永叔『强將離恨倚江樓，江水不能流恨去』。古人語不相襲，又能各見所長。」

沈謙論填詞結句

「鄒程村曰：『填詞結句，或以動蕩見奇，或以迷離稱雋，着一實語，敗矣。康伯可「正是銷魂時候也，撩亂花飛」，晏叔原「紫騮認得舊游踪，嘶過畫橋東畔路」，秦少游「放花無語對斜暉，此恨誰知」，深得此法。』」

（案以上六則見沈謙填詞雜説。）

鄒程村論詠物

「詠物貴似，然不可刻意太似。取形不如取神，用事不若用意。」（案此則亦見鄒程村詞衷。）

沈謙論作詞要點

「詞要不亢不卑，不觸不悖，驀然而來，悠然而逝。立意貴新，設色貴雅，搆局貴變，言情貴含蓄，如驕馬弄銜而欲行，粲女窺簾而未出，得之矣。」

沈謙論二李是當行本色

「男中李後主，女中李易安，極是當行本色。」（案以上二則見沈謙塡詞雜說。）

賀裳論翻詞入詩

「詞家多翻詩意入詞，雖名流不免。吾常愛李後主一斛珠末句云：『繡牀斜凭嬌無那。爛嚼紅絨，笑向檀郎唾。』楊孟載春繡絶句云：『閒情正在停針處，笑嚼紅絨吐碧牕。』此却翻詞入詩，彌子瑕竟效顰於南子。」

賀裳論詞中本色語

「詞中本色語，如李易安『眼波才動被人猜』，蕭淑蘭『去也不教知，怕人留戀伊』，孫光憲『留不得、留得也應無益』，嚴次山『一春不忍上高樓，爲怕見分攜處』，觀此種句，卽可悟詞中之眞色生香。且『怕人留戀伊』，『爲怕見分攜處』，兩『怕』字用來妙不可言，若用一『恐』字，亦未嘗說不去，然毫釐差，則千里謬矣。蓋詞中雅俗字，原可互相勝負，非文理不背，卽可通用，此僅可爲解人道也。」（此則與詞苑叢談卷一所引詞筌語微異。）

賀裳論述景

「凡寫迷離之況者，止須述景，如『小窗斜日到芭蕉』、『半窗斜月疏鐘後』，不言愁而愁自見。因思韓致光『空樓雁一聲，遠屏燈半滅』，已足色悲涼，何必又贅『眉山正愁絶』耶。」（案以上三則見賀裳詞筌。）

柴虎臣論詞

柴虎臣云：「旨取温柔，詞取蘊藉，匿而閨帷，勿浸而巷曲，浸而巷曲，勿墮入村鄙。」又云：「語境則『咸陽古道』、『汴水長流』，語事則『赤壁周郎』、『江州司馬』，語景則『岸草平沙』、『曉風殘月』，語情則『紅雨飛愁』、『黄花比瘦』，可謂雅暢。」

董文友論詩詞曲界限

董文友蓉渡詞話曰：「詞與詩曲，界限甚分，似曲不可，而似詩仍復不佳，譬如擬六朝文，落唐音固卑，侵漢調亦覺傖父。」

鄒祇謨論詞不宜和韻

「張玉田謂詞不宜和韻，蓋詞語句參錯，復格以成韻，支分驅染，欲合得離，如方千里之和片玉，張杞之和花間，首首强協，縱極肖，能如新豐雞犬，盡得故處乎。」

鄒祇謨論檃括體與回文體

「詞有檃括體，有迴文體。迴文之就句迴者，自東坡、晦庵始也。其通體迴者，自義仍始也。」（案以上二則見詞衷。）

王士禎論詩詞曲不同

「或問詩詞曲分界，曰：『無可奈何花落去，似曾相識燕歸來』，定非香奩詩。『良辰美景奈何天，賞心樂事誰家院』，定非草堂詞也。」（案此則見花草蒙拾。）

沈天羽論詞之定格

「詞有定名，即有定格，其字數多寡、平仄、韻脚較然。中有參差不同者，一曰襯字，文義偶不聯暢，用一二襯字密按其音節虛實間，正文自在。」（案此則沈天羽語，見古今詞論。）

王元美論正宗與變體

「李氏、晏氏父子、耆卿、子野、美成、少游、易安，至矣，詞之正宗也。温、韋豔而促，黄九精而刻，長公麗而壯，幼安辨而奇，又其次也，詞之變體也。」（案此則見王元美藝苑巵言。）

袁籜庵論詞有三法

袁籜庵曰：「詞有三法，章法、句法、字法，有此三者，方可稱詞。噫，難言矣。」

陳其年論馬浩瀾詞

陳其年云：「馬浩瀾作詞四十年，僅得百篇，昔人矜慎如此。今人放筆頹唐，豈能便得好句。」

鄒祗謨論詞選須從舊名

「大抵一調之始，隨人遺詞命名，初無定準，致有紛拏。至花草粹編，異體怪目，渺不可極。或一調而名多至十數，殊厭披覽。此類宋人極多，張宗瑞詞一卷，悉易新名，近人亦多如此。故漁洋常云：『詞選須從舊名。』有以也。」（案此則見詞衷。）

鄒祗謨論詩詞之辨

「詞之紇那曲、長相思，五言絶句也。小秦王、陽關曲、八拍蠻、浪淘沙，七言絶句也。阿那曲、雞叫子，仄韻七言絶句也。瑞鷓鴣，七言律詩也。款殘紅，五言古體也。體裁易混，徵選實繁。故當稍别之，以存詩詞之辨。」（案此則見詞衷。）

彭孫遹論詞以豔麗爲本色

「詞以豔麗爲本色，要是體製使然。如韓魏公、寇萊公、趙忠簡，非不忠心鐵骨，勳德才望，照映千古。而所作小詞，有『人遠波空翠』，『柔情不斷如春水』，『夢回鴛帳餘香嫩』，皆極有情致，盡態窮妍。乃知廣平梅花，政自無礙，豎儒輒以爲怪事耳。」

彭孫遹論學柳之過

「柳七亦自有唐人妙境，今人但從淺俚處求之，遂使金荃、蘭畹之音，流入掛枝、黄鶯之調，此學柳之過也。」（案以上二則見金粟詞話。）

顧璟芳論小令

顧璟芳云：「詞之小令，猶詩之絶句，字句雖少，音節雖短，而風情神韻，正自悠長。作者須有一唱三嘆之致，淡而豔，淺而深，近而遠，方是勝場。且詞體中，長調每一韻到底，而小令每用轉韻，故層折多端，姿態百出，索解正自不易。」璟芳之論韙矣。而專攻長調者，多易視小令，似不足以炫博奥。即遇小令之佳者，亦不免短兵狹巷之譏。而豈知樂府之古雅，全以少許勝多許乎。且柔情曼聲，非小令不宜，較之長調，難以概論。而必欲以長短分難易，寧不有悖詞旨哉。

賀裳論秦黄優劣

「北宋秦少游妙矣，而尚少刻肌入骨之語，去韋莊、歐陽炯諸家，尚隔一塵。黄山谷時出俚語，未免傖父。然『春未透，花枝瘦，正是愁時候』，新俏亦非秦所能作。」（案此則見詞筌。）

彭孫遹論史梅溪

「南宋詞人如白石、梅谿、竹屋、夢窗、竹山，諸家之中，當以史梅谿爲第一。昔人稱其『分鑣清真，平睨方回，紛紛三變行輩，不足比數』，非虚言也。」（案此則見金粟詞話。）

辛稼軒壓倒古人

「稼軒雄深雅健，自是本色，俱從南華冲虛得來。然作詞之多，亦無如稼軒者。中調多，小令亦間作嫵媚語，觀其得意處，真有壓倒古人之意。」（案此則見詞衷。）

詞韻分上去

詞韻上去之分，判若黑白，其不可假借處，關係一調，不得草草。古詞之妙，全在於此，若總置不顧，而任便填之，則作詞何難，而必推知音者哉。

上去須相配

仄聲中兩上兩去，最所當避。蓋上聲舒徐和軟，其腔低。去聲激厲勁遠，其腔高。相配用之，方能抑揚有致。

去聲重要

古人名詞中轉折跌宕處，多用去聲。蓋三聲之中，上入二者，可以作平，去則獨異。故論聲雖以一平對三仄，論歌則當以去對平上入也。其中當用去者，非去則激不起。用入且不可，斷斷乎勿用平上也。

唐詞多更韻之體

更韻之體，唐詞爲多，有換至五六者，又有用平仄通叶者，惟詞律所證，瞭如指掌。

羣雅集序

錫鬯羣雅集序云：「詞曲一道，小令當法汴京以前，慢詞則取諸南渡。否則排之以硬語，每與調乖，竄之以新腔，難與譜合。故終宋之世，樂章大備，四聲二十八調，多至千餘曲，有引、有序、有令、有慢、有近、有犯、有賺、有歌頭、有促拍、有攤破、有摘遍、有大遍、有小遍、有轉踏、有轉調、有增減字、有偷聲。惟因劉昺所編宴樂新書失傳，而八十四調圖譜不見於世，雖有解人，無從知當日之琴趣簫譜矣。」

詞不能失腔

詩有韻，詞有腔，詞失腔，猶詩落韻。詩不過四五七言而止，詞乃有四聲五音均拍重輕清濁之別。若言順律舛，律協言謬，俱非本色。或一字未合，一句皆廢，一句未妥，一闋皆不光采，信戛戛乎其難矣。古人有言曰：「鉛汞鍊而丹成，情景交而詞成。」指迷妙訣，當於玉田、夢窗間求之。

陸文圭跋詞源

詞與辭字通用，説文云：「意内而言外也。」意生言，言生聲，聲生律，律生調，故曲生焉。花間以前無雜譜，秦、周以後無雅聲，源遠而派别也。張玉田著詞源上下卷，推五音之數，演六六之譜，按月紀節，賦情詠物，自稱得聲律之學，餘情哀思，聽者淚落。昔柳河東銘姜祕書，閔王孫之故態，銘馬淑婦，感謳者之新聲，言外之意異，世誰復知者。（案此則見陸文圭詞源跋。）

嘯餘譜多誤

士大夫帖括之外，惟事於詩，至於長短之音，多置不論。即間有强作解事者，亦止依稀彷彿耳。故維揚張氏據詞爲圖，錢塘謝氏廣之，吴江徐氏去圖著譜，新安程氏又輯之，於是嘯餘一譜，靡不共稱博覈，奉爲章程矣。而豈知觸目瑕瘢，通身罅漏，有不可勝言哉。

賀裳論作長調

「作長調最忌演凑。須觸景生情，復緣情布景，節節轉换，穠麗周密，譬之織錦家，真竇氏回文梭矣。」（案此則見詞筌。）

嘯餘譜不可守

詩餘者，院本之先聲也。如耆卿分調，守齋擇腔，堯章著鬲指之聲，君特辨煞尾之字，或隨宫造格，或遵調填音，其疾徐長短，平仄陰陽，莫不守一定而不移矣。乃近日詞家，謂詞以琢句練調爲工，並不深求於平仄句讀之間，惟斤斤守嘯餘一編，圖譜數卷，便自以爲鐵板金科，於是詞風日盛，詞學日衰矣。

拗句不可改

詞中有順句，復有拗句，人莫不疑拗而改順矣。殊不知今之所疑拗句，乃當日所謂諧聲協律者也。今之所改順句，乃當日所謂捩喉扭嗓者也。但觀清真一集，方氏和章，無一字相違者。如可改易，彼美成、千里輩，豈不能製爲婉順之腔，換一妥便之字乎。且詞謂之填，如坑穴在前，以物實之而恰滿，倘必易字，則枘鑿背矣，又安能强納之而使安哉。

詞以諧聲爲主

自沈吴興分四聲以來，凡用韻樂府，無不調平仄者。至唐律以後，浸淫而爲詞，尤以諧聲爲主，平仄失調，卽不可入調。周、柳、万俟等之製腔造譜，皆按宫調，故協於歌喉。以及白石、夢窗輩，各有所創，未有不悉音理而可造格律者。今雖音理失傳，而詞格具在，學者但依仿舊作，字字恪遵，庶不失其中矩矱耳。

曲調不可入詞

曲調不可入詞，人知之矣。而八犯玉交枝、穆護砂、搗練子等，亦間收金、元通於詞曲者，何也。蓋西江月等，宋詞也，玉交枝等，元詞也，搗練子等曲，因乎詞者也，均非曲也。若元人之後庭花、乾荷葉、小桃紅、天淨沙、醉高歌等，俱爲曲調，與詞之聲響不侔。況北曲自有譜在，豈可闌入詞譜，以相混淆乎。

詞曲之所以分

或云：「詩餘止論平仄，不拘陰陽。若詞餘一道，非宫商調，陰陽協，則不可入歌固已。」第唐、宋以來，原無歌曲，其梨園弟子所歌者，皆當時之詩與詞也。夫詩詞既已入歌，則當時之詩詞，大抵皆樂府耳，安有樂府而不叶律呂者哉。故古詩之與樂府，近體之與詞，分鑣並騁，非有先後。謂詩降爲詞，以詞爲詩之餘，詞變爲曲，以曲爲詞之餘，殆非通論矣。況曰填詞，則音律不精，性情不考，幾何不情文蹉盭，宫商偭背乎。於是知古詞無不可入歌者，深明樂府之音節也。今詞不可入歌者，音律未諳，不得不分此以别彼也。此詞與曲之所以分也。然則詞與曲判然不同乎。非也。不同者口吻，而無不同者諧聲也。究之近日填詞者，固屬模糊。而傳奇之作家，亦豈盡免於齟齬哉。

詞譜不如以宫調分

詩變而爲詞，詞變而爲曲，歷世久遠，聲律之分合，均奏之高下，音節之緩急過度，不得盡知。至若作家才思之淺深，初不係文字之多寡。顧世之作譜者，皆從歸自謡，銖累寸積及鶯啼序而止。中有調名則一，而字之長短分殊，安能各得其所。莫如論宫調之可知者敍於前，餘以時代論先後爲次序，斯世運之升降，可以知已。

詞調可以類應

詞調之間，可以類應，難以牽合。而起調畢曲，七聲一均，旋相爲宫，更與周禮三宫、漢志三統之制相準。須討論宫商，審定曲調，或可得遺響之一二也。

浙西六家詞

本朝士夫，詞筆風流，自彭、王、鄒、董，以及迦陵、實庵、蛟門、方虎，並浙西六家等，無不追宗兩宋，掉鞅後先矣。而其問惟實庵先生，不習閨襜靡曼之音，既細詠之，反覺嫵媚之致，更有不減於諸家者，非其神氣獨勝乎。由是知詞之一道，亦不必盡假裙裾，始足以寫懷送抱也。

鄒祗謨論張程二譜之誤

「今人作詩餘，多據張南湖詩餘圖譜，及程明善嘯餘譜二書。南湖譜不無魚豕之訛，且載調太略，如粉蝶兒與惜奴嬌本係兩體，但字數稍同及起句相似，遂誤爲一體。至嘯餘譜，則舛錯益甚，如念奴嬌之與無俗念、百字謠、大江乘，賀新郎之與金縷曲，金人捧露盤之與上西平，本一體也，而分載數體。燕春臺之卽燕臺春，大江乘之卽大江東，秋霽之卽春霽，棘影之卽疎影，本無異名也，而誤仍訛字。或列數體，或逸本名，甚至錯亂句讀，增減字數，强綴標目，妄分韻脚。又如千年調、六州歌頭、陽關引、帝臺春之類，句數率皆淆亂。成譜如是，學者奉爲金科玉律，迄無駁正，不亦誤乎。」（案此則見詞衷。）

詞律與詞譜

宋元人所撰詞譜流傳者少。自國初至康熙十年前，塡詞家多沿明人，遵守嘯餘譜一書。詞句雖勝於前，而音律不協，卽衍波亦不免矣，此詞律之所由作也。其云得罪時賢，蓋指延露而言，匪他人也。如鶯啼序創自夢窗，平仄字句，一定難移，當遵之。首句定是六字起，次段第二句必用四仄，乃爲定體。首段第五第六，二七字句，斷不可對，詞律逐句考訂，實爲精詳。而延露夏景一闋，竟改爲四字起。簾櫳重重二句，竟且作對。至「薄鉛不御」四字中夾一平，尤爲大誤。故浙西名家，務求考訂精嚴，不敢出詞律範圍之外，誠以詞律爲確且善耳。至於欽定詞譜，雖較詞律所載稍寬，而詳於源流，分別正變，且字句多寡，聲調異同，以至平仄，無不一一註明，較對之間，一望瞭然。所謂填詞必當遵古，從其多者，從其正者，尤當從其所共用者，舍詞譜則無所措手矣。

銅鼓書堂詞話

〔清〕查　禮撰

銅鼓書堂詞話目録

銅鼓書堂詞話

宋人落梅詞

宋人落梅詞，名句甚夥。如高陽臺一解賦落梅者，吴夢窗云：「宫粉雕痕，仙雲墮影，無人野水荒灣。」又云：「南樓不恨吹横笛，恨曉風千里關山。半飄零，庭院黄昏，月冷闌干。」李篔房云：「竹裏遮寒，誰念减盡芳雲。幺鳳叫晚吹晴雪，料水空、煙冷西泠。」又云：「環珮無聲，草暗臺榭春深。欲倩怨笛傳清譜，怕斷霞、難返吟魂。轉銷凝，點點隨波，望極江亭。」李秋崖云：「門掩香殘，屏摇夢冷，珠鈿糝綴芳塵。」又云：「蘚梢空挂淒涼月，想鶴歸、猶怨黄昏。黯銷凝，人老天涯，雁影沈沈。」又云：「煙濕荒村，背春無限愁深。迎風點點飄寒粉，悵秋娘、滿袖啼痕。」三人寫落梅之情景魂魄各有不同。其雅正澹遠、柔婉深長之處，令人可思可詠。

周密遊湖詞

周弁陽蘋洲漁笛譜曲游春一調，游西湖云：「漠漠香塵隔，沸十里亂絲叢笛。看畫船盡入西泠，閒却半湖春色。」其詞句雅奏之妙，固不必言。案武林舊事云：「都城自過收燈，貴游巨室，争先出郊，謂之探春。水面畫楫，櫛比如鱗，無行舟之路。游之次第，先南而後北，至午則盡入西泠橋裏湖，其外幾無一舸矣。」弁陽老人有詞云：「看畫船盡入西泠，閒卻半湖春色。」蓋紀實也。又馬臻霞外集，有春日游西湖詩云：「畫船過午入西泠。人擁孤山陌上塵。應被弁陽摹寫盡，晚來閒卻半湖春。」馬之贊美弁陽嘯翁之詞，可稱佳話。

陳起刊江湖集

宋寶慶初，史彌遠廢立之際，錢塘書肆陳起宗之能詩，凡江湖詩人俱與之善，刊江湖集以售，劉潛夫南岳稿與焉。宗之賦詩有云：「秋雨梧桐皇子府，春風楊柳相公橋。」本改劉屏山句也。或嫁秋雨春風之句，爲敖器之所作，言者併梅詩論列，劈江湖集板，二人皆坐罪。初彌遠議下大理逮治，鄭丞相清之在瑣闥，白彌遠中輟，而宗之坐流配。於是詔禁士大夫作詩，如孫花翁之徒，改業爲長短句。紹定癸巳，彌遠死，詩禁解。劉潛夫爲訪梅絕句云：「夢得因桃卻左遷。長源爲柳忤當權。幸然不識桃並李，也被梅花累十年。」此可備梅花大公案也，事見瀛奎律髓注。

蕭泰來詠梅

蕭泰來，字則陽，號小山，臨江人。紹定二年進士，著有小山集。癸辛雜識云：「泰來，理宗朝爲御史，附謝丞相，爲右司李伯玉所劾，姚希得指爲小人之宗。」小山嘗有霜天曉角詠梅云：「千霜萬雪。受盡寒磨折。賴是生來瘦硬，渾不怕、角吹徹。　清絕。影也別。知心惟有月。元沒春風性情，如何共海棠說。」命意措詞，自覺不凡。而於樂章風格，亦見雅俊，較之徒事豔冶綺語者，其身分高若干等第，詞家審之。

文天祥題雙忠廟

宋丞相少保信國公文天祥留燕時，題張許雙忠廟沁園春云：「爲子死孝，爲臣死忠，死又何妨。自光岳氣分，士無全節，君臣義缺，誰負堅腸。罵賊睢陽，愛君許遠，留得聲名萬古香。後來者，無二公之操，百鍊之剛。　堪傷。人易云亡。應烈烈轟轟做一場。使當時賣國，甘心降虜，受人唾辱，安得流芳。古廟陰森，遺容嚴肅，枯木寒鴉幾夕陽。郵亭下，有姦雄過此，仔細思量。」盥漱讀之，公之忠義剛正，凜凜之氣勢，流露於箇端者，可耿日月，薄雲霄。雖辭藻未免粗豪，然忠臣孝子之作，只可以氣概論，未可以字句求也。（案：廟在潮州。）

黄孝邁詞

情有文不能達，詩不能道者，而獨於長短句中，可以委宛形容之。如黄雪舟孝邁自度湘春夜月一解傷春云：「可惜一片清歌，都付與黄昏。欲共柳花低訴，怕柳花輕薄，不解傷春。」又云：「空樽夜泣，青山不語，殘月當門。翠玉樓前，惟是有一陂湘水，摇蕩湘雲。」又云：「這次第，算人間没箇并刀，翦斷心上愁痕。」又水龍吟暮春云：「店舍無烟，關山有月，梨花滿地。二十年好夢，不曾圓合，而今老，都休矣。」又云：「柔腸一寸，七分是恨，三分是淚。」又云：「待問春怎把千紅，换得一池緑水。」雪舟才思俊逸，天分高超，握筆神來，當有悟入處，非積學所到也。劉後村跋雪舟樂章，謂其清麗，叔原、方回不能加，其綿密，駸駸秦郎「和天也瘦」之作。後村可爲雪舟之知音。

施岳詞

詞不同乎詩而後佳，然詞不離乎詩方能雅。昔沈義甫評施梅川詞云：「梅川音律有源流，故其聲無舛誤。讀唐詞多，故語雅淡。」義甫斯言，深得樂府之三昧者。嘗憶梅川有登吴山水龍吟云：「翠鼇湧出滄溟影。」又云：「樓臺對起，闌干重凭，山川自古。」又云：「看天低四遠，江空萬里，登臨處、分吴楚。」又云：「兩岸花飛絮舞。度春風、滿城簫鼓。英雄暗老，早潮晚汐，歸帆過櫓。淮水東流，塞雲北渡，夕陽西去。」其聲韻辭華，大雅不羣，脱盡綺膩纖穠之態。案武林舊事云：「施梅川，名岳，字仲山，梅川其號也。吴人，精於律吕。其卒也，楊守齋爲樹梅作亭，薛梯飆爲誌其墓，李篔房書，周草窗題，蓋葬於西湖虎頭巖下。」

張孝祥詞

張安國孝祥號于湖，烏江人。紹興二十四年廷對第一，授承事郎，簽書鎮東軍判官。累遷中書舍人、直學士院，兼督府參贊軍事，領建康留守。尋以荆南湖北路安撫使，進顯謨閣直學士致仕。著有于湖詞一卷。聲律宏邁，音節振拔，氣雄而調雅，意緩而語峭。集内念奴嬌過洞庭一解，最爲世所稱頌。其中如：「玉界瓊田三萬頃，著我扁舟一葉。素月分輝，明河共影，表裏俱澄澈。」又云：「短鬢蕭疎襟袖冷，穩泛滄溟空闊。盡吸西江，細斟北斗，萬象爲賓客。叩舷獨嘯，不知今夕何夕。」此皆神來之句，非思議所能及也。鶴山魏了翁跋于湖手書此詞真蹟云：「張于湖有英姿奇氣，著之湖湘間，未爲不遇。洞庭所賦，在集中最爲傑特，方其吸江酌斗，賓客萬象時，詎知世間有紫微青瑣哉。」湯衡序紫微詞云：「于湖平昔爲詞，未嘗著筆。豪酣興健，揮灑滿幅，頃刻即成，無一字無來處。」

陳濟翁詞

能改齋漫録載陳濟翁寄張于湖驀山溪詞云：「去年今日，從駕游西苑。彩仗壓金波，看水戲、魚龍曼衍。寶津南殿。宴坐近天顏，金杯酒，君王勸。頭上宫花顫。六軍錦繡，萬騎穿楊箭。日暮翠華歸，擁鈞天、笙歌一片。如今闕外，千里未歸人，前山雨，西樓晚。望斷思君眼。」舍人張孝祥知潭州，因宴客，妓有歌此舊調者，唱至「金杯酒，君王勸，頭上宫花顫」，其首自爲之摇動者數四。坐客忍笑指目者甚衆，而張竟不覺也。

陳逢辰詞

陳存熙逢辰有相見歡詠淚云：「月痕未到朱扉。送郎時。暗裏一汪兒淚，没人知。揾不住，收不聚，被風吹。吹作一天愁雨，損花枝。」其風情之綿密，字句之自然，可稱絶唱。然亦從李後主賦愁之「翦不斷，理還亂，是離愁，别是一般滋味在心頭」脱化出來者。

孫惟信詞

孫花翁惟信字季蕃，在江湖頗有標致。多見前輩，多聞舊事，善雅談。長短句尤工，有花翁詞一卷。夜合花閨情云：「風葉敲窗，露蛩吟甃，謝娘庭院秋宵。」又云：「斷魂留夢，煙迷楚驛，月冷藍橋。」又云：「羅衫暗摺，蘭痕粉跡都銷。」又云：「幾時重憑，玉驄過處，小袖輕招。」又燭影摇紅詠牡丹云：「對花臨景，爲景牽情，因花感舊。」又云：「絮飛春盡，天遠書沈，日長人瘦。」又南鄉子感舊云：「霜冷闌干天似水，揚州。薄倖聲名總是愁。」又云：「一夢覺來三十載，風流。空對梅花白了頭。」詞之情味纏綿，筆力幽秀，讀之令人涵泳不盡。案劉後村孫花翁墓誌云：「季蕃貫開封，曾祖昇，祖可，父頫，武爵。季蕃少受祖澤，調監當不樂，棄去，始婚於婺。後去婺遊，留蘇杭最久。一榻之外無長物，躬爨而食。書無乞米之帖，文無逐貧之賦，終其身如此。名重江浙公卿間，聞花翁至，争倒屣。所談非山水風月，一不挂口。長身緼袍，意度疎曠，見者疑爲俠客異人。其倚聲度曲，公瑾之妙。散髮横笛，野王之逸。奮袖起舞，越石之壯。」

樓扶詞

延祐四明志載宋梅麓樓公扶登招寶山沁園春云：「開闢以來，便有斯山，獨當怒濤。正秋空萬里，寒催雁信，塵寰一簇，輕算鴻毛。小可詩情，尋常酒量，到此應須分外豪。難爲水，笑平生未有，者番登高。飄飄。身踏金鼇。歎終日風波無限勞。看檣烏縹緲，帆歸遠浦，塵魚雜沓，網帶餘潮。待約詩人，相將月夜，取次攜杯持蟹螯。乘槎意，問誰人領解，空立亭皋。」詞鐫崖石，今不存。案景定建康志云：「樓扶，端平中，沿江制置司幹官。」泰州志云：「淳祐間，知泰州軍事。」周草窗輯絶妙好詞，選樓扶次清真梨花韻水龍吟一闋云：「輕腮暈玉，柔肌籠粉，緇塵斂避。霽雪留香，曉雲同夢，昭陽宮閉。」又云：「愁對黃昏，恨催寒食，滿襟離思。想千紅過盡，一枝獨冷，把梅花比。」樓扶字叔茂，號梅麓，鄞人，善文章。四明靈應廟記，梅麓所作。尤工樂府，惜不多見。

潘希白詞

潘漁莊希白字懷古，永嘉人。寶祐中登第，幹辦臨安府節制司公事，工長短句。其九日大有一解云：「戲馬臺前，採花籬下，問歲華、還是重九。恰歸來，南山翠色依舊。簾櫳昨夜聽風雨，都不似、登臨時候。一片宋玉情懷，十分衞郎清瘦。紅萸佩，空對酒。砧杵動，微寒暗欺羅袖。秋已無多，早是敗荷衰柳。强整帽簷攲側，曾經向天涯搔首。幾回憶，故國蓴鱸，霜前雁後。」用事用意，搭湊得瑰瑋有姿。其高澹處，可以與稼軒比肩。

鄭燮詞

鄭燮字克柔，號板橋，揚州興化人。乾隆丙辰進士，除山左濰縣令，才識放浪，磊落不羈。能詩古文，長短句別有意趣。未遇時，曾譜沁園春書懷一闋云：「花亦無知，月亦無聊，酒亦無靈，把夭桃斫斷，煞他風景，鸚哥煑熟，佐我杯羹。焚研燒書，椎琴裂畫，毁盡文章抹盡名。滎陽鄭，有教歌家世，乞食風情。單寒骨相難更。笑席帽青衫太瘦生。看蓬門秋草，年年破巷，疎窗細雨，夜夜孤燈。難道天公，還箝恨口，不許長吁一兩聲。顛狂甚，取烏絲百幅，細寫凄清。」其風神豪邁，氣勢空靈，直逼古人。板橋工書，行楷中筆多隸法，意之所之，隨筆揮灑，遒勁古拙，另具高致。善畫蘭竹，不離不接，每見疎淡超脱。畫幅間常用一印，曰「七品官耳」，又一印曰「康熙秀才雍正舉人乾隆進士」。

武林一老僧詞

「來往煙波，此生自號西湖長。輕風小槳。盪出蘆花港。得意高歌，夜静聲偏朗。無人賞。自家拍掌。唱徹千山響。」茂州陳時若大牧最喜歌此調，云武林一老僧所填點絳脣也，忘其名。余聞之，輒録出。往復詠歎，音調超絶。噫，此亦紅薑老人之儔匹也。

雕菰樓詞話

〔清〕焦循撰

雕菰樓詞話目録

雕菰樓詞話

詞非不可學

談者多謂詞不可學，以其妨詩、古文，尤非説經尚古者所宜。余謂非也。人稟陰陽之氣以生，性情中所寓之柔氣，有時感發，每不可遏。有詞曲一途分洩之，則使清純之氣，長流行於詩古文。且經學須深思默會，或至抑塞沉困，機不可轉。詩詞是以移其情而豁其趣，則有益於經學者正不淺。古人一室潛修，不廢嘯歌，其旨深微，非得陰陽之理，未足與知也。朱晦翁、真西山俱不廢詞，詞何不可學之有。

詞律任意斷句

詞不難於長調，而難於長句。詞不難於短令，而難於短句。短至一二字，長至九字十字，長須不可界斷，短須不致牽連。短不牽連尚易，長不界斷，雖名家有難之者矣。萬氏詞律任意斷句，吾甚不以爲然。

詞音緩急

詞調愈平熟，則其音急，愈生拗，則其音緩。急則繁，其聲易淫，緩則庶乎雅耳。如蘇長公之大江東去，及吴夢窗、史梅溪等調，往往用長句。同一調而句或可斷若此亦可斷若彼者，皆不可斷。而其音以緩爲頓挫，字字可頓挫而實不必斷。倚聲者易于爲平熟調，而艱于爲生拗調。明乎緩急之理，而何生拗之有。

詞韻無善本

詞韻無善本，以花間、尊前詞核之，其韻通叶甚寬，蓋寄情託興，不比詩之嚴也。余嘗取唐詞，盡擇其韻考之，爲唐詞韻攷，以未暇成就。然如杜牧之八六子，上下皆有韻，上以深沉衾信扃爲韻，下以侵禁整臨陰爲韻。論者謂其韻不可攷，蓋以宋之八六子準之也。夫據宋以定唐可乎。吴夢窗自度金盞子調云：「新雁又無端送人江上，短亭初泊」，上九字句，余所謂緩調，字字可停頓也。乃或據蔣竹山詞，讀又字爲頓。竹山固本諸夢窗，乃據竹山以衡夢窗，可乎。

唐宋人詞用韻

毛大可稱詞本無韻，是也。偶檢唐、宋人詞，如杜安世賀聖朝用計霽媚寘待賄愛隊。姜夔高溪令用人鄰真陰尋侵雲文盈庚。陸游雙頭蓮用寄驥寘氣未水里紙逝霽。顏博文品令用落薄藥角覺。秦觀品令用得織職喫錫日質不物惜陌。韋莊應天長用語午語否有。晁補之梁州令用淺銑遍霰臉儉緩旱願願盞潸遠阮。劉過行香子用快卦在賄賽隊蓋泰。蔣捷探春令用處去御淚寘指紙住遇。蘇軾瑶池燕用陣震困慁問問粉吻。柳永引駕行用暮遇舉語覷處處去御負有。辛棄疾東坡引用怨願面霰雁諫斷翰滿旱。王安中步蟾宫用闕月叶葉節屑業洽。方千里側犯用靚敬定徑。静梗迥。晁補之陽關引用噎屑葉葉月月闊曷。柳永鎮西用入黠絶屑月月。

蘇軾皂羅特髻用得職客陌結屑合合滑黠覓錫。石孝友驀山溪用燕霰散旱軟銑染儉半翰盼諫晚阮。柳永秋夜月用散旱面霰嘆翰限潸怨願遠阮。周紫芝感皇恩用會泰繫霽子紙地寘。呂渭老握金釵用趂震盡軫粉吻損阮永梗。趙德仁醉春風用近吻問問信震穩阮恨願。蘇軾勸金船用客陌識職月月卻藥節屑插洽。吳文英淒涼犯用闊曷葉葉溼緝合合骨月怯洽。王沂孫露華用格陌色職拂物骨月出質。杜安世玉闌干用景梗盡軫浸沁信震定徑。晁補之尾犯用隱吻興徑韻問映敬信震景梗艇迥。吳文英垂絲釣用掩儉黯豏澹勘鑑陷減豏。晁補之下水船用繫霽起紙墜寘珮隊。毛滂于飛樂用林侵樽元清庚春真。柳永引駕行用征庚村元亭青凝蒸。按唐人應試用官韻，其非應試，如韓昌黎贈張籍詩，以城堂江庭童窮一韻，則庚青江陽東通協，不拘拘如律詩也。至於詞，更寬可知矣。秦觀品令云：「掉又臞，天然箇品格，於中壓一。簾兒下、時把鞋兒踢。語低低、笑咭咭。」柳永迎春樂云：「近來憔悴人驚怪，爲別相思𠱏。」劉過行香子亦用𠱏字云：「匆匆去得忒𠱏。這鏡兒也不曾蓋。千朝百日不曾來，没這些兒個采。」蔣捷秋夜雨云：「黄雲水驛笳噎。吹人雙鬢如雪。愁多無賴處，漫碎把、寒花經撚。」凡此皆用當時鄉談里語，又何韻之有。撚字見元曲，胡蝶夢云：撓腮撚耳。音釋云：撚，疽且切。

黄庭堅用蜀音

老學庵筆記云：「山谷在戎州，作樂府云：『老子平生，江南江北，愛聽臨風笛。孫郎微笑，坐來聲噴霜竹。』今俗本改笛爲曲以協韻，非也。然亦疑笛字太不入韻，及居蜀久，習其語，乃知瀘戎間謂笛爲獨。」

此亦詞無韻之證。

秦觀用土音

秦少游品令：「掉又懼，天然箇品格」，此正秦郵土音，用箇字作語助，今秦郵人皆然也。三百篇如「其虛其邪，狂童之狂也且」，古人自操土音，北宋如秦、柳，尚有此種。南宋姜白石、張玉田一派，此調不復有矣。

陳亞用土音

温公詩話，陳亞有乞雨詩云：「不雨若令過半夏，定應晒作胡盧巴。」此用作曬字也，詞中用作語助，則土音也。

宋詞爲朱氏之詞

周密絶妙好詞所選，皆同於己者，一味輕柔潤膩而已。黄玉林花庵絶妙詞選，不名一家，其中如劉克莊諸作，磊落抑塞，真氣百倍，非白石、玉田輩所能到。可知南宋人詞，不盡草窗一派也。近世朱彝尊所詞綜，規步草窗，學者不復周覽全集，而宋詞遂爲朱氏之詞矣。王阮亭選唐五七言詩亦然。

李白連理枝斷句

李白連理枝詞云：「望水晶簾外，竹枝寒守，羊車未至。」萬樹詞律云：「圖譜將『望水晶簾外』作五字句，

『竹枝寒守』作四字句,『羊車未至』作四字句,可歎。無論句字長短參差,致誤學者。試問『竹枝寒守』,有此文理乎。」蓋萬氏以「竹枝寒」三字連上作一句,「守羊車未至」作一句,以爲即宋詞小桃紅之半也。按太白此詞有二首,其一云:「麝煙濃馥,紅綃翠被」,與「竹枝寒守,羊車未至」正同。「守」字下屬,豈「馥」字亦下屬耶。且「竹枝寒守」四字甚佳。「守羊車未至」,成何語句乎。

柳永醉蓬萊詞

柳屯田醉蓬萊詞,以篇首「漸」字與「太液波翻」「翻」字見斥。有善詞者問,余曰:「詞所以被管絃,首用『漸』字起調,與下『亭皋落葉,隴首雲飛』,字字響亮。嘗欲以他字易之,不可得也。至『太液波翻』,仁宗謂不云波澄,無論澄字,前已用過。而太爲徵音,液爲宫音,波爲羽音,若用澄字商音,則不能協,故仍用羽音之翻字。兩羽相屬,蓋宫下於徵,羽承於商,而徵下於羽。太液二字,由出而入,波字由入而出,再用澄字而入,則一出一入,又一出一入,無復節奏矣。且由波字接澄字,不能相生。此定用翻字。波翻二字,同是羽音,而一軒一輊,以爲俯仰,此柳氏深於音調也。」余爲此論,客不甚以爲然。已而秦太史敦夫以新刻張玉田詞源見遺,内一條記其先人賦瑞鶴仙,有「粉蝶兒、撲定落花不去」,撲字不協,遂改爲守字,始協。又作惜花春早起云:「瑣窗深。」深字音不協,改爲幽字,又不協,改爲明字,歌之始協。此三字皆平聲,胡爲或協或不協。蓋五音有喉、齒、唇、舌、鼻,所以輕清重濁之分,故平聲字可爲上、入者,此也。撲深二字何以不協,守明二字何以協,蓋粉爲羽音,蝶爲徵音,兒爲變徵,由外而入。

若用揆字羽音，突然而出，則不協矣。故用守字，仍從内轉接。直至不字乃出爲羽音。瑣窗二字皆商音，又用深字商音，則專壹矣。故用明字羽音，自商而出乃協。以此例之柳詞，乃自信前説可存。因録於此，以質諸世之爲詞者。此不可以譜定，惟從口舌上調之耳。

句讀

長笛賦：「察度於句投。」李善注：「説文曰：逗，止也。投與逗，古字通，音豆。投，句之所止也。」郭璞方言注云：「逗，即今住字。」皇甫湜答李生書：「讀書未知句度，下視服鄭。」句度即句投。度字，本察度之義也。今人謂之句讀，或作句斷，萬樹詞律以豆字注之。

詞綜改張可久詞

詞綜選張可久風入松一首，詠九日，首四句云：「哀箏一抹十三絃。飛雁隔秋煙。攜壺莫道登臨樂，雙雙燕、爲我留連。」按小山樂府載此作「雙雙爲我留連」，無燕字，雙雙卽指上飛雁，雁與燕不當雜出，且九日不復有燕矣。蓋雁指箏上所有，雙雙卽此雁也。程易疇先生遊盤山，親閱道宗舍利碑，爲王洙撰，因校朱彝尊吉金貞石志，録此碑文，内中妄增一語。詳見通藝録。小山樂府，世不多有，余適有之，乃得校出，增多燕字。又人月圓一首云：「片時春夢，十年往事，一點詩愁。」彝尊改作「閒愁」。又「故人何在，前程那裏，心事誰同」，彝尊改作「前路莫問」。又「白家亭館，吴宫花草，長似坡詩。可人憐處，啼烏夜月，猶怨西施」，彝尊改作「可似當時，最憐人處」。以音調之，可謂削圓方竹杖矣。

靈芬館詞話

〔清〕郭　麐撰

靈芬館詞話目録

卷一

卷二

靈芬館詞話卷一

詞有四派

詞之爲體，大略有四：風流華美，渾然天成，如美人臨粧，却扇一顧，花間諸人是也。晏元獻、歐陽永叔諸人繼之。施朱傅粉，學步習容，如宮女題紅，含情幽豔，秦、周、賀、晁諸人是也。柳七則靡曼近俗矣。姜、張諸子，一洗華靡，獨標清綺，如瘦石孤花，清笙幽磬，入其境者，疑有仙靈，聞其聲者，人人自遠。夢窗、竹屋，或揚或沿，皆有新雋，詞之能事備矣。至東坡以横絶一代之才，凌厲一世之氣，間作倚聲，意若不屑，雄詞高唱，别爲一宗。辛、劉則粗豪太甚矣。其餘幺絃孤韻，時亦可喜。溯其派别，不出四者。

詞綜鑒别精審

本朝詞人，以竹垞爲至，一廢草堂之陋，首闡白石之風。詞綜一書，鑒别精審，殆無遺憾。其所自爲，則才力既富，採擇又精，佐以積學，運以靈思，直欲平視花間，奴隸周、柳。姜、張諸子，神韻相同，至下字之典雅，出語之渾成，非其比也。

朱彝尊詞

竹垞才既絶人，又能搜剔唐、宋人詩中之字冷僻豔異者，取以入詞。至于鎔鑄自然，令人不覺，直是胸臆間語，尤爲難也。同時諸公，皆非其偶。梁汾時有俗筆。耒邊錦瑟，苦無動人。惟飲水一編，專學南唐五代，減字偷聲，駸駸乎入花間之室。

朱彝尊論詞

詞之爲體，蓋有詩所難言者，委曲倚之于聲，竹垞之論如此。真能道詞人之能事者也。又言世之言詞者，動曰南唐、北宋，詞實至南宋而始極其能。此亦不易之論也。

片語流傳

牛腰大集，多不當人意，披沙得金，殊不償勞，厭倦心生，真賞或昧。幺詞片語，散落他處，偶一見之，動心悦魄。羣情皆然，于詞尤著。遺山于劉少宣舉其一語曰：「暮鴉庭院春陰淡。」陳迦陵載許三詞曰：「喚到侍兒何處使。秋千架下尋梅子。」使舉全篇，未必銷魂。若此皆善傳其人，善傳其長者也。

吴嵩梁詞

吾友吴蘭雪嵩梁，詩筆清華，一時罕儷。聞甚工爲詞，然未之見。樂蓮裳耳食録中，見其「簾外桃花紅奈何。春風吹又多」之句，金荃之亞也。

草堂詩餘蕪陋

草堂詩餘玉石雜糅，蕪陋特甚，近皆知厭棄之矣。然竹垞之論未出以前，諸家頗沿其習。故其詞綜刻成，喜而作詞曰：「從今不按，舊日草堂句。」

弔龍洲詞

劉龍洲墓在馬鞍山麓，往遇試事，至崐山，輒偕同人酹酒其下。四朝聞見録載龍洲事云：「韓侂胄欲遣使議和，頗聞其名，時劉方留崐山妻舍。韓諷崐山令以禮羈縻，令輕于奉行，遂持原狀見劉，目以奉使。劉素揮霍，竭奩資以結譽。後别遣人，劉鬱鬱以終。」然則崐山乃其婦家也。竹垞詩中亦未之及。余嘗有沁園春弔其墓云：「若飛將軍，取萬户侯，何足道哉。奈尊前十載，放歌起舞，黄壚一夢，斷碣荒苔。蠟屐西風，暮煙斜日，酹馬鞍山土一堆。可憐者，是蝦蟆語誤，儘費徘徊。　龕肩斗酒而來。想當日才人壯士懷。算大布衣中，飛揚自爾，小朝庭上，痛哭何爲。度曲佳人，隨車娘子，如此憐才合葬該。先生聽，應九京一笑，盡我金罍。」湘湄極賞是作，後有送人崐山云：「龍洲墓上莫題詩。」蓋謂此也。

半繭園題詞

鹿城半繭園，故明宰相宅也，今闌入城隍廟中。學使者科歲兩試，吴郡人士皆集爲遊歡之所。戊甲之秋，余與同人清曉入園，見最後小屋西偏之牆，有字跡如新，乃一絶句也。詩云：「月底纖纖扶婢來。梨花如雪點蒼苔。紅蠶辛苦愁絲盡，誰把同功强擘開。」字非墨書刻劃而成，頗似簪脚所爲。末後一行，作一毘陵之毘字，意其欲題名而未及完也。朋輩各有詩記事。余爲賦一小詞云：「青粉牆頭苔没砌。誰拔金釵，劃破苔痕細。羅襪纖纖來月底。銷魂幾個銀鉤字。天遠彩雲飛去矣。卿自何來，有個芳名未。料得欲題還又止。當時直恁𢜳𢜳地。」

袁棠詞

余未識湘湄時，聞鐵門誦其小詞云：「人遠。人遠。風颺落花庭院。」心竊好之。後盡見其所著詞，蓋不多作也。時余方篤嗜，每有作，心使湘湄定之。湘湄不肯道一語。近余于此事漸懶，方欲盡懺綺語，而湘湄以濃睡樓詞見示，不兩月中已得百餘首，上者高唐、洛神，小者亦闖花間之室，愛賞不置，録其數闋于此。河傳云：「春曉。雨小。陰陰院宇，落紅多少。聽他雙燕呢喃，闌干。東風寒不寒。欠申微度吹蘭息，香幃揭、小玉低聲說。略從容。下簾櫳。休慵。羅衣添一重。」清平樂云：「月斜更短。尋到深深院。約略長廊三四轉。夢近不知人遠。投懷一笑含情。頰窩兩點分明。底事朝來相見，依然脈脈生生。」巫山一段雲云：「吹淚和花落，團愁作絮飛。子規只傍畫樓西。郎邊啼不啼。歲歲天涯蓬轉。可奈越飄越遠。歸期近在畏書來。書來未擬回。」賀聖朝春水云：「漲痕潑緑連芳草。載得落紅多少。惜春借問可迴流，便回流也小。浮漚易散，浮萍難合，已如今拚了。年年歲歲做清明，只湔裙人老。」

龍光斗詞

龍劍庵光斗，雨樵先生令嗣也。先生宰吴江時，余與劍庵定交，升堂拜母，有如家人昆弟。余以他出遠遊，劍庵以時存問老母，代具甘旨，其氣誼如此。倜儻揮霍，視鄙儒小拘，蔑如也。然工爲小詞，多動心迴腸之音，花天酒地，唱和不下數十首，惜皆不省記。劍庵亦隨手散失，不自存稿。惟記清平樂一闋云：「鶯嬌燕綺。絮語東風裏。手捲珍珠捋玉臂。滿院新紅鋪地。憑誰留住韶華。停針倦倚窗紗。只有多情明月，夜闌還映梨花。」

鐵夫戲題沈清瑞詞

沈芷生清瘦如不勝衣，出語吐氣，風雅流發。時有一二語，不甚了了，然非口吃舌結，可以意會。鐵夫戲題其詞云：「問姓便知身瘦削，填詞不礙舌綿蠻。」綿蠻二字，善于題目也。**其兄女孫蕙纕，**得其詞學之傳，有酷相思云：「梨花也，吹如雪。楊花也，吹如雪。」

雙卿詞

汪訒庵擷芳集，載閨秀詩甚備，附綃山女子雙卿詞幾首，哀豔動人。浣溪紗云：「暖雨無晴漏幾絲。牧童斜插嫩花枝。小田新麥上場時。　汲水種瓜偏怒早，忍煙炊黍又嗔遲。日長酸透軟腰肢。」湮羅衣云：「世間難吐只幽情。淚珠嚥盡還生。手撚殘花，無言倚屏。　鏡裏相看自驚。瘦亭亭。春容不是，秋容不是，可是雙卿

任潮誦其友人小詞

任淑圃潮，嘗誦其友人小詞云：「記得去年時事。日暖風恬雨霽。芳草緑羅裙，人在碧桃花底。休憶。休憶。正是者般天氣。」惜未問其姓名。

近世閨秀詞

近世閨秀能詞者，嘉善沈夫人榛、蔣夫人紉蘭，最爲清絶。沈有松籟閣集，附詞一卷。其如夢令云：「覓影紗窗移過。緑竹風敲聲破。秋冷透羅衣，形影平分兩個。孤坐。孤坐。玉漏清礁相和。」「裊裊垂楊臨水。庭下杏花開未。明月驀移來，逗破玉牀鴛被。無寐。無寐。又被鳥聲驚起。」昭君怨云：「春色今年偏早。窗外杏花開了。無語倚闌干。可輕寒。　可奈愁人時候。淚臉紅如暈酒。午夢驀然驚。恨啼鶯。」南鄉子落句云：「春色三分春過盡，休休。點點飛花點點愁。」蔣夫人長相思云：「思懸懸。望懸懸。人去天涯欲見難。音書更杳然。　愁懨懨。病懨懨。愁病支離葬玉顔。問君憐不憐。」點絳唇云：「悔殺當年，别時不把歸期訂。雁魚冥冥。兩地無書信。　昨夜西風，夢斷愁難醒。紗窗静。碧梧相映。疑是蕭郎影。」

凌廷堪論詞

近見凌仲子論詞云：「詞以南宋爲極，能繼之者竹垞。至厲樊榭則更極其工，後來居上。北曲填詞以關漢卿諸人爲至，猶詞家之有姜、張。後之填詞家，如文長、粲花、笠翁，皆非正宗。玉茗詞壇飛將，然能合元人者，惟牡丹亭圓駕一折。近人如洪昉思長生殿，乃能直逼元人，其氣韻迥與諸人不類。」其言累數百，余不能盡記，且于此道無深解，不敢强爲之説。然總覺玉茗之才，非餘子可及。至謂樊榭勝竹垞，鄙意大不謂然。樊榭論詞絶句云：「偶然燕語人無語，心折小長蘆釣師。」愚謂竹垞小令固佳，即長調紆餘宕往中，有藻華豔耀之奇，斯爲極至。即小令中佳者，亦未必惟此語爲可心折也。大抵樊榭之詞，專學姜、張，竹垞則兼收衆體也。

羅璔詞

羅曾玉璔菩薩蠻詞云：「流螢數點窺簾影。蛩聲漸逐蟾光冷。脈脈轉銀河。宵長人奈何。　蕭郎情味惡。宛似羅衣薄。畢竟薄羅衫。猶能偎夜寒。」大有飲水側帽風格。

陳其年詞

迦陵詞伉爽之氣，清麗之才，自是詞壇飛將。竹垞所謂「前身定自青兕」，非妄譽也。然時有俗筆，村不可耐。如「玉梅花下交三九」，既已妙矣。下半闋結句，乃下劣如是，令人恨恨。

袁棠買陂塘

湘湄有題余魏塘移家圖買陂塘一闋，曾以稿相示，而未及書于卷子，今録于此。「算江鄉分湖最好，金風亭長曾賦。東岸是吴西岸越，占得煙波如許。君竟去。剛剩個、詠潮潘閬縈離緒。提鷗挈鷺。記載酒人來，持螯節近，花外數聲櫓。　頭銜署。三十六鷗盟主。新詩和遍漁具。比鄰鵝鴨偏相惱，閉了水邊窗户。君未誤。歎我亦故園無業輕鄉土。蜻蛉買取。便稚子敲針，山妻結網，一棹傍君住。」

蓮海詞

余舊有寒壚買醉圖，湘湄所畫，蒼老渾厚，神似畊煙。余題貂裘換酒一詞其上，湘湄、鐵門諸君，皆有和作。後寄乞蓮海題詞，題就寄還，不知爲何人所乾没，至今恨恨。朱袁兩詞，已附浮眉樓詞稿中。蓮海之題，余未之見。今從渠稿中鈔出云：「寂歷孤山畔。正新寒、雪花亂點，茶檣酒幔。客到兩三爭繫馬，知是青驄遊倦。是栗果少年軀幹。指點銀瓶頻索飲，尚不通姓字粗豪慣。肴與核，咄嗟辨。　醉中欲折壚頭券。問何人、金龜能解，貂裘能换。鬢影當風吹未已，不惜卷簾通盼。若叔是、昔年曾見。何用十千論價值，抵天涯、一頓王孫館。留韻事，助欷歎。」

張詡詞

張渌卿詡，與余定交浙江學使雲臺先生署中。渌卿好爲詞，亦兼作香奩諸詩。余以辛稼軒事告之，勸其專致力于倚聲，渌卿頗韙余言。其詞好爲穠纖側豔之體，而清氣自不可掩。有秋夜偕頻伽定香亭小飲，感賦云：「隔院催殘點。西風急、雁聲卷起清怨。金波盪樹，荷香漸歇，翠盤敧軟。安仁此日腸斷。判付與、清尊汗漫。念醮堤、衰柳依依，今宵泣瘦啼眼。　忍將銀字重鈎，新詞自譜，燈下同看。鳴蛩顫冷，高梧墜葉，淚花驚散。流光暗裏偷换。更荏苒、天長夢短。便悄然、凴暖闌干，沈腰又減。」定香亭，學署荷池之亭也，余與渌卿時對飲于此。

厲鶚河傳

蔣君夢華以顧升山蔬果畫册索題，上有樊榭河傳十八首。後予與二娱皆以菩薩蠻詞題之。曹種水亦用河傳調，而止用一體。樊榭則一首用一調也。樊榭詞集中不存，今録以補其亡。「青浮卵盌。餅餌槐牙，竹胎猶短。園丁掣鎖，疎籬煙滿。我來參玉版。一村嫩雨林梢泫。如啼眼。鵶嘴和苔劃。洋州詩句曾東。有人炊晚飯。」筍「三月小桃吹謝，緑到荒原，英雄種菜不堪論。蕪青畫閉門。卧龍已去天星隕。軍聲盡。戰士猶微憤。至今遺種乞鄰翁。殘冬。滿畦黄葉風。」蘿蔔「顆顆。黄破。一林盧橘，縣金欲墮。吸紅螺。愛新鵝。婀娜。亂壓東園舸。跳脱玲瓏美人腕。牽銀蒜。映得光零亂。蠟兒團。汁兒酸。搓丸。欲將書寄難。」枇杷「天涼似水。霜黄梧子。斜陽返照，秋香一樹纍纍。霍靡。鯉魚風又起。晶盤買向閑坊市。空齋裏。點綴烏皮几。遠還疎。淡如無。清虚。酒醒聞著渠。」香櫞「低罥莢灣，亂覆蘭渚，蟹舍魚叉斜。撑艇子，照鬟鴉。家家採菱娃。江南水國堪消夏。涼風洒。粉刺兜羅帕。生增辜負鏡奩花。天涯。浮梁去賣茶。」水紅菱「貢兼橘柚，南方無偶，鳥爪休捫。倚闌閑弄，脈脈想見銷魂。玉纖痕。碾香漬入搓酥粉。西風緊。一夜芙蓉冷。檀奴有意爲遮文，午腮紅。傍簾櫳。」木瓜「村陌。吹笛。水風涼。緑蟵牆邊路長。牛衣古柳紫瓜香。商量。爲他加蜀薑。園官菜把無萵苣。清貧處。且汲流泉煮。折項瓠。臼雕胡。山廚。多堪敵落蘇。」茄「秋早。懷抱。龍涎味滑，雀頭名好。江鄉幽興最堪憐。年年。蹲鴟不論錢。矮鐺折脚煨殘火。山僧坐。往事今無那。斫侯鯖。擣金橙。閑評。何如玉糝羹。」芋「湖天平碧。鴉頭十五，雙搖輕楫。清歌學唱想夫憐，樂得綠房和子擘。家鄉消夏灣前後。愁時候。心苦忍知否。館娃宮。水煙空。秋風。銷魂墜粉紅。」蓮子「鶴巢免柴，濃陰蕭洒。樹間紅碎，滿江城堪愛，楝花風大。筠籠和葉賣。堆盤磊磊楊家果。玫瑰顆。掐得檀痕破。淚淋漓。濕胭脂。沾衣。問郎知不知。」楊梅「霜後。紅透。榴房初剖。伴栗黃皺，和橙綠皺。石醋姊妹淒其。秋來子滿枝。粉裙曾染鑾腥血。華時節。光景真飄瞥。向牆陰一樹，猶記舊風流。墜搔頭。」石榴「溪漲。風浪。籠瓜船上。蜜筩虎掌。許多新樣。團麝揉酥醞釀。誰將雙鼻餇。散筵香粉祈河鼓。當風露。粘著黃金縷。夢瞢騰。事難憑。東陵。種時熟未曾。」香瓜「閩嶺。幽境。海天遥。綠荔丹蕉最饒。何如青子綴長條。風標。紅鹽點不消。幔亭峯下家千里。沾牙齒。諫味無如此。試鐙天。擘柑筵。春纖。裹來和茗煎。」橄欖「頻頻。堪摘。舊湖州。水驛旗亭小留。重來杜牧惱春愁。紅樓。一時不奈秋。 吳娘桃葉傷心曲。聲聲蹙。歌罷難教續。破時新。翠嫵顰。嬌嗔。中心別有人。」桃子「風颭。月暗。曲廊斜。別夢依依謝家。牽牛籬落掛青花。夭邪。豆棚閑著他。 豆花八月吹涼雨。秋深處。剪彎裁吳紵。犀鎮帷。換袷衣。依稀。一檐香又肥。」扁豆陳迦陵婦人集，未見刊本，傳者甚少。孫君華海抄一册見餉，國初以來宮閨皆在其中。閨秀詞句可喜者尤多，爰摘録以廣其傳。徐湘蘋燦水龍吟感舊云：「合懽花下流連，當時曾向君家道。悲歡轉眼，花還如夢，那能長好。真個而今，臺空花盡，亂煙荒草。算一番風月，一番花柳，各自鬬，春風巧。休歎花神去杳。有題花、錦箋香稿。紅英舒卷，緑陰濃淡，對人猶笑。把酒微吟，譬如舊侶，夢中重到。請從今、秉燭看花，切莫待，花枝老。」徐爲海寧陳相國之遴賢配，著拙政園詩餘，所詠花當是山茶也。浦湘青映緑題周絡隱坐月浣花圖滿江紅云：「彼美人兮，婉相對、姍姍欲下。恰此夜、月華如洗，花枝低亞。盼到圓時仍未滿，看當開半還愁謝。與花神月姊細商量，歸來罷。　憐嫩蕊，銀瓶瀉。回清影，晶簾掛，奈晚粧猶怯，鏡臺初架。二十餘年芳草恨，兩三更後長吁態。幾時將、絡秀舊心情，呼兒話。」絡隱者，漢陽李雲田妾周寶鐙也。王朗浪淘沙云：「幾日病淹煎。昨夜遲眠。强移心緒鏡臺前。雙鬢淡煙低髻滑，自也生憐。　不貼翠花鈿。懶易衣鮮。碧油衫子退紅邊。爲怯遊人如蟻擁，故揀陰天。」又云：「疏雨散簾纖。花壓重檐。繡幃人倦思懨懨。昨夜春寒眠不足，莫卷湘簾。　羅袖護摻摻。怕拂妝奩。獸爐看倩侍兒添。爲底雙蛾長翠鎖。自也憎嫌。」朗爲次回先生之女。次回工爲豔體，而詞不多見。迦陵又摘其浣溪紗前半云：「抱月懷風繞夜堂。看花寫影上紗窗。薄寒春嬾被池香。」云「抱月懷風」四字，非温、韋不能爲也。顧文婉浣溪沙云：「獨坐無聊對一編。閑題恨字滿花箋。夕陽西去轉凄然。　掩淚低徊妝閣畔，掀簾私語瘦梅前。此時試問阿誰憐。」湯畹生淑英南鄉子云：「天氣最無憑。乍雨還晴又做陰。時候困人三月也，清明。暗買韶光柳釀金。　杯酒恣閑吟。寂寞春庭鬬草心。院落黃昏簾幙静，深深。

獨坐譙門又起更。」吴小法永汝如夢令云：「簾外一枝花影。月到花梢影冷。夜坐穗燈銷，寂寂小窗寒寝。夢醒。夢醒。重把離愁細整。」吴母，故虞山某尚書姬也。七歲善琴箏，十歲工染翰，樂府詩歌，一見卽解，人有霍玉小女之目。十二歲許字鄒祗謨，後以訟阻。鄒有惜分飛詞十四闋。

衆香庵詞

同輩工詞者，湘湄、二娛、甘亭、蘭村諸君外，作者寥寥。秋史令嗣子玉山壽以所作衆香庵詞一卷相質，芊眠宛轉，大有無忌似舅之意。余爲弁首，而録其數闋。菩薩蠻云：「吴綾一幅秋如水。索郎畫取鴛鴦睡。翠蓋要深藏。遮他小夢長。紅絨衣上濺。編髻拖殘綫。無語又停針。日長思殺人。」清平樂畫白荷花贈誦芬女僧云：「雨斜風細。先做秋來意。一隻鷺鷥飛不起。天水冥冥無際。蓼花的的新妝。菱花點點方塘。要問藥甘薏苦，蓮臺稽首空王。」瑣窗寒詠簾波云：「細織千絲，低垂一桁，小樓深處。微風乍起，吹皺縠紋縷縷。溢春光，微茫可憐，疊影圓痕能描否。似盈盈一水，飛花飛絮。濺來無數。流去。閒庭宇。正月影中央，冥濛隔住。是誰翦出，半幅吴淞如許。聽聲聲、迎風佩姍，隱約凌波見微步。瀉苔階、一片空明，不管吟蟲苦。」掃花遊苔縫云：「愔愔成片，正繡偏庭心，地衣凝翠。沿階没砌。乍鬖鬖未滿，一絲猶細。吹陣尖風，翦破春痕有幾。涼無次。認亂髮乍梳，分半挑起。三寸羅襪底。只鳳嘴鞵尖，也應迴避。行行且止，怕匆匆踏損，草芽花子。細界條條，直似烏絲闌紙。秋來矣。老吟蛩，此中身世。」水龍吟重午坐雨寄懷頻伽先生西湖云：「歌離弔夢無聊，何人能會沈湘意。屐聲門巷，簷聲簾户，最添愁思。芳草萋萋，長天黯黯，慣驚游子。問西湖今日，淒涼孤館，誰同伴，誰同醉。舊侣高陽散矣。歎飢驅、漂零千里。功名老大，江關蕭瑟，一般風味。湘湄舅氏客金陵，荔生姑夫宦遊西江。鷗鳥前盟，雞豚後約，而今寒未。想新詞賦罷，銅琶高唱，吐英雄氣。」

甘亭詞

甘亭詞，慢調兼學南北宋，小令亦不屑作温韋語，而情韻自勝。浪淘沙云：「屈戌兩鈎纖。繡户深嚴。熏籠小響夜懨懨。似説浣沙歸略晚，濕了鞋尖。何處望雕奩。數盡銅籤。耐他風露立重檐。今夜二更明月上，萬一鈎簾。」又詠半開花蕊云：「芳意坼微馨。春色星星。塗妝綰髻小娉婷。正爲年華剛豆蔻，十四三零。紅玉易漂萍。莫放杯停。待他開到越梅青。縱有櫻桃能結子，不算韶齡。」浣溪沙詠月云：「不要雲衣護淺深。晶簾了了夜沉沉。露華涼到薄羅襟。玉宇瓊樓千古淚，青天碧海兩人心。商量争抵一春陰。」

沈清瑞詞

能爲南唐五季之詞者，自成容若後，斷推芷生爲第一。菩薩蠻云：「通波亭帶紅橋路。天涯倦旅愁延佇。溪外有人家。來禽一樹花。花西簾對卷。小立東風淺。門巷夕陽低。銜泥雙燕歸。」「秋風吹滿溪橋路。吟鞭倦指題詩處。煙寺隔疏鐘。斜陽雁背紅。沈沈天似水。今夜新涼起。金翠鏡中寒。苧羅無數山。」浣溪紗云：「夜冷青苔濕地衣。緑窗人静晚妝遲。踏香尋上最高枝。月静簾空無夢到，露寒風細隔花知。此時攜手説相思。」「一片青帘酒榭東。花陰流出水溶溶。短長亭上過春風。歌扇影搖香月白，鈿車聲起暗塵紅。相逢可惜太匆匆。」憶王孫云：「棠梨花謝絮濛濛。一逕青苔襯落紅。亞字闌干東又東。晚來風。畫閣春寒細雨中。」南鄉子云：「春水綠，白蘋香。蘭橈夢渡弄珠江。江上青山連夕照。愁芳草。日暮鷓鴣啼未了。」清平樂云：「鴛鴦眠盡。湖水如圓鏡。笑入荷花風不定。畫槳劃開蘋影。短簫吹過紅橋。柳陰陰處煙高。歸去輕衫半濕，橫塘暮雨瀟瀟。」諸作入之花間集中，誰復能辨。

嚴冠詞

嚴四香冠詞多豔語，殆近黄九。其釵頭鳳云：「紅酥手。青苔帚。斜陽小逕閑行偶。眉成結。聲偏咽。急將心事，欲從君説。吃吃吃。瑶釵溜。瓊枝瘦。回頭又怕人來驟。羅裙窄。飛如蝶。長廊影裏，低蟬欲没。得得得。」絶似琴趣中語。

浮眉樓圖題詞

余浮眉樓圖，先自題闌干萬里心一闋云：「濛濛絲柳不藏秋。隱隱疏簾半上鈎。見説年年愛遠遊。一重樓。兩點眉山相對愁。」閨人和云：「春山平遠不宜秋。新月彎環只似鈎。説與蕭郎莫浪遊。怕登樓。一曲闌干一曲愁。」江鄭堂藩題眉嫵一闋，甘亭題買陂塘一闋，皆工。

山陰歸棹圖題詞

山陰歸棹圖題詞，二娱、霽青擅場。二娱西子妝云：「一粒詩瓢，一盤茶磨，一舸移家同泛。早春時節殢寒多，響帆梢、雪花猶糝。瓦山墨淡。全畫出、湖天黯黮。畫中人，莫匆匆，錯認扁舟歸剡。篷窗掩。著個卿卿，共撥鑪灰焰。越山越水越溪人，是第一無雙明豔。風流未減。且休羨，賜湖名鑑。待歸來，重把黄金鑄苑。」霽青和摸魚子服韻云：「渡錢江、千岩萬壑，而今君倦遊未。算來不負三年住，占斷春風桃李。斜照裏。指隔岸吴山，一握青螺髻。五湖差擬。倩添畫個人，越羅裙釵，同坐短篷底。連朝雪，似欲勾留遊子。放歸還算天賜。畫船兩槳人雙笑，一路聽風聽水。家近矣，過學繡村西，便是君鄉里。緑窗曉起。想鏡裏眉痕，道中山色，深淺畫來記。」

還硯圖題詞

余舊藏鸜鵒硯，失于越州。嘉慶庚申五月，嚴四香得于骨董鋪中，輒以見歸。余屬蔣芝生作還研圖，張淥卿填臺城路以紀之云：「小窗慵展來禽帖，翠螺盡日塵翳。趙壁猶完，楚弓仍得，珍重故人遥寄。别離如此。喜霞骨依然，雲腴添膩。虎僕頻拈，朝朝吟向畫簾底。當時流落誰念，賸一雙鸜鵒，偷滴清淚。湖海漂零，雲煙過眼，寂寞半池秋水。舊盟寒未。算石不能言，三生應記。好壓歸裝，鬱林那可擬。」

月底修簫譜題詞

月底修簫譜圖題詞甚多，方子雲、汪飲泉、江鄭堂、查梅史最工。方祝英臺近云：「認飛瓊，猜弄玉，未許小紅比。一種閑情，人間有蕭史。良宵何以爲歡，緗梅開了，更清冷、月華如此。按纖指。參差減字偷聲，精能盡之矣。那羨王裒，傳賦漢宮裏。惹儂棖觸當年，看填譜處，一叢竹、小湖樓底。」汪聲聲慢云：「花間度曲，鏡裏傷春，銷磨鬢影年年。付與瑤簫，二分明月猶圓。依稀舊時見得，倚清寒、吹笛梅邊。今宵永，又玉人何處，唤起詞仙。只有惺忪一點，怕梨雲都化，殘夢如烟。誰譜離情，酒痕零落尊前。應憐小紅低唱，過垂虹亭子依然。尋舊約，待重來，書滿錦箋。」江紫玉簫云：「明月初升，玉梅剛吐，畫成無限梨雲。風催綠萼，認暗香疏影，應是前身。洞簫輕按，花拍疊，舊譜翻新。郎無賴，不管玉奴，吹冷朱脣。　蕢洲自度漁笛，算近日，江南第一詞人。閑修尺八，聽悠揚嗚咽，破夢傷春。怕柔腸斷，頻囑咐，悄唤真真。簫聲緊，莫犯側商，驚醒梅魂。」查月華清云：「鉛水無波，銀丸未墜，一聲纔近還遠。雪樣瓠犀，吹得明河西轉。恁時光，三九梅梢，早描出、秦樓哀怨。低唤。更偷聲減字，口脂香暖。　到底爲誰魂斷，儘鴛譜新翻，者宵偏短。一舸歸來，記否題扇橋畔。正玉奩、努力修眉，又破費、修簫雙管。還算。似烟波回首，小紅相伴。」余又有一扇，亦畫此景，惟甘亭一詞擅場，調寄疏影云：「香羅疊雪。恰鱗鱗雲淨，風露淒絶。十八鴉鬟，六曲朱闌，參差花底吹徹。新詞白石誰同調，只分付、小紅能説。怕夜闌、珠字排成，冷了一鑪銀葉。　爲問鴛鴦珍偶，阻風中酒裏，幾度離別。迢遞瑤臺，悵望飛瓊，風前怨曲孤咽。青山隱隱秋無際，有江上愁心千疊。鎮淒涼、廿四橋頭，又是幾回明月。」時顧芷山麟瑞方專力于樂府，爲余題北曲數調于上。中滾繡毬云：「我不學王子淵賦洞簫。也不望再生緣遇玉簫。也不學吳門餓莩，莽天涯乞食吹簫。祇願是倚春風酒字挑。當壚人紅袖招。正好是梨花熟了，草芊眠，醉臥裙腰。鳳凰臺上人何處，明月空懸廿四橋。一例魂銷。」尾聲云：「逢君非壯年，客裏春將老。從今後，莫話閑情了。只願你、把天上月兒修一個好。」

袁通詞

袁蘭村少時喜爲側豔之詞，余嘗爲之序，未敢許也。後見所刻捧月樓詞，居然大雅。前所見者十不存一二，因歎其竿頭之日進也。余尤愛其「落花和酒嚥，心裏葬春多」十字。

沈星煒詞

近日浙中詞客以李西齋爲眉目。次則沈秋卿星煒，有點絳唇云：「懊恨東風，喚回殘夢難重續。水流花落。依舊春山曲。度盡斜陽，人影闌干角。闌干角。柳絲一束。染得春煙足。」臺城路秋草云：「天涯望斷疑無路，愁連去帆俱遠。野色淒迷，寒雲迢遞，分得斜陽一半。舊遊零亂。任老却青袍，西風不管。憔悴王孫，又催鄉思到吟卷。玉階漫尋消息，暗蛩啼不盡，多少哀怨。袖底粘香，詩邊紀夢，回首年華都換。秋宵影轉。賸點點流螢，撲翻輕扇。門巷誰家，空簾和月捲。」

平韻滿江紅

余嘗阻風高郵，因默禱露筋祠，倘得順風，當以平韻滿江紅爲壽，如白石故事。質明，聞舟子欣然理篷檣聲，則旗脚已轉矣。余詞有「去得順風來順水，聰明原是舊心腸。想凌波一路響珊珊，明月璫」。後又集孟東野、王摩詰詩作楹帖云：「江淮君子水，山木女郎祠。」屬曼生書之，刻于祠中。

蓮裳詞

月璘女士薛娟，余葬之葛嶺之下張孝女墳之側，自爲葬記，復繪春山埋玉圖。蓮裳探春一詞最工。「桂殿呼鸞，梅梁減燕，冥冥天半輕霧。淚泮紅冰，肌消豔雪，人掩西陵麝土。誰惜明珠，有他姓阿那慈母。孝娥江畔招魂，冷花吹徧歸路。多少秋墳無主。算擇地埋香，禁受風雨。鴛牒先燒，雀屏空畫，未要蕭郎誄墓。寒食清明節，任女伴、桃夭爭賦。終更淒涼，玉釵知葬何處。」

李西齋詞

李西齋有八聲甘州一闋，寄懷浮眉詞仙客吳興，格韻大似中仙。「上湖樓重覓舊留題，醉墨數行斜。對沿堤夜火，隔汀風笛，人渺天涯。料得垂虹橋畔，秋水沒蒹葭。不獨西湖月，冷落漚沙。誰念飄然倦侶，早酒邊花外，鬢點霜華。便浩歌歸去，憔悴已堪嗟。甚如今、綠簑青笠，又煙波、何處浮家。苕溪曲，一篷涼思老蘋花。」

靈芬館詞話卷二

馮登府詞

余嘗謂詞在難易之間，苟性所不近，雖殫心力爲之而不工，亦有偶然學之而卽合者。頃見馮雲伯登府種芸詞一卷，體物語有極工者。疏影詠帆影云：「船窗似畫，看山好，驀却被夕陰遮斷。又最憐、十幅高懸處，全不怕、西風吹轉。」惜餘春慢，詠綠陰云：「采蘭渡口，買杏樓前，忘却來時花露。但見山邊水邊，幾陣溫風，幾絲縠雨。」皆能離貌傳神。摸魚子詠蒓，時甫悼亡一首云：「四月江南，幾痕煙嫩，鳧根百頃千頃。春風勾起秋風怨，碎葉不成圓鏡。呼小艇。早雉尾香褰，種比西湖勝。引來愁影。只釵股敲殘，鈿波劃破，絲雨鬢邊映。山廚供。配取葵羹滑凝。吳娘素手嫌冷。同心錦帶誰牽斷，舊夢白鷗難省。多少恨。歎流水年華，身世萍飄梗。相思猶賸。且採入蘋洲，漁歌唱罷，涼月滿身浸。」可謂會句意于一時，融情景于兩得，將來所詣，未易量也。

蕊淵生香兩家詞

蕊淵女士，中郎愛女，幼受四聲，慧辨琴絲，妙修簫譜。琴清閣詞，風美流發，在片玉、冠柳之間。生香女士，秀骨天成，雋思雲構，冰雪比清，蘭蕙其穆。生香一集與琴清相伯仲，而幽抑纏綿，似復過之，漱玉未能專美于前也。時俱從官京師，結社分題，裁紅刻翠，青鳥傳牋，烏絲界紙，都中士女，傳爲美談。古雲嘗合鈔兩家之詞，都爲一帙，因得寓目。蕊淵清平樂納涼柬雪蘭姊云：「茶香浥浥。花乳盈甌碧。露脚如煙吹袖溼。天澹星痕欲滴。　胡牀滑簟涼生。睡餘忽聽瓶笙。彷彿一池秋雨，風吹萬柄荷聲。」他如春感云：「待畫新愁眉樣改，弱柳關情，綠上流鶯背。」題二喬觀兵書圖云：「一縷煙噴鵲尾，彷彿陣雲明滅。」皆奇句也。生香卜算子云：「殘月墮簾鈎，秋夢和花瘦。牆角猧兒吠夜分，天碧垂珠斗。　手熨舊羅衣，可似眉間皺。數盡清宵細細長，坐到燈如豆。」其沁園春秋夜病情，金縷曲自題生香詞後寄林風畹蘭二首，賦情緘恨，幾於洗馬言愁，令人欲喚奈何。沁園春云：「清夜回腸，百緒紛紜，悽然淚零。覺天涯離恨，癡魂黯黯，宵深肺病，短夢惺惺。霜葉辭枝，寒螿咽露，粉月玲瓏上綺櫺。孤光冷，偏照人庭院，別樣分明。　屏山瘦影竛竮。見背壁殘燈死復醒。歎身如年歷，暗知淒節，心同刻漏，記盡長更。生小工愁，從來善哭，何況而今寥落情。無悰極、倩喘絲半縷，扶住黃昏。」金縷曲云：「往事思量徧。玉台前、雙眉青鬬，幾時曾展。賫盡心魂詞百首，蠶老尚餘殘繭。認滿紙、淚痕猶泫。珍重寄君紅豆句，鎮相思、何日還相見。知兩地，共腸斷。　三生悔煞耽文翰。到而今、零牋賸墨，依然焚研。骨肉遠離知己別，對景不勝淒怨。料此恨、古今難免。煙月家山無恙在，到江南、重覓當時伴。算此外，無他願。」

許庭珠詞

許林風女士庭珠，姚君春杰之配也。生香館附載其寄懷之詞，調采桑子云：「紅樓斗帳愁難寢，明日花朝。準備無憀。春過江南第幾橋。　碧天如水橫珠斗，豆蔻香燒。韻字紗挑。月寫花枝上綺寮。」婉約之情，一往而深。

詞中隱寓人名

以人名字隱寓詞中，始于少遊之「一鈎斜月帶三星」，「小樓連苑橫空」。無名氏之「夢也有頭無尾」，雖遊戲筆墨，亦自有天然妙合之趣。竹垞之贈伎狗兒、餅兒等詞，皆入妙。余往作女冠四九詞，皆用三十六，題蕊宮花史册子，皆用十二，竊仿其意。邇在淮壖，遇荻君校書，贈一翦梅詞云：「夾轂相逢問狹斜。樓上琵琶。門外枇杷。風吹多少肯來耶。臣里東家。吳苑西家。　淡淡藤蘿映月華。好片圓沙。好浣溪紗。鴛鴦頭白記些些。不是蘆花。不是楊花。」荻君姓施，所居名琵琶樓，而豐肌柔骨，故有「風吹多少」之謔。又贈一聯云：「唐宮樂舞皆成字，吳苑人家舊姓西。」荻君，又小名太平也。

詞有拗調拗句

詞有拗調，如壽樓春之類。有拗句，如沁園春之第三句，金縷曲之第四、第七句，憶舊遊之末句。比比甚多，要須渾然脱口，若不可不用此平仄者，方爲作手。若鍊句未能極工，無寧取成語之合者以副之，斯不覺其聱牙耳。

詞妖

倚聲家以姜、張爲宗，是矣。然必得其胸中所欲言之意，與其不能盡言之意，而後纏綿委折，如往而復，皆有一唱三歎之致。近人莫不宗法雅詞，厭棄浮豔，然多爲可解不可解之語，借面裝頭，口吟舌言，令人求其意恉而不得。此何爲者耶。昔人以鼠空鳥卽爲詩妖，若此者，亦詞妖也。

楊伯夔續詞品

余少作詞品十二則，以彷佛司空詩品之意，頗爲識曲者所賞。後見楊伯夔續作十二首，語皆名雋。余作已刻入雜著中，爰録伯夔所作於此，以爲詞場歌吹。「悠悠長林，濛濛曉暉。天風徐來，一葉獨飛。望之彌遠，識之自微。疑蝶入夢，如花墮衣。幽絃再終，白雲逾稀，千里飄忽，鶴翅不肥。」輕逸「秋水樓台，淡不可畫。載逢幽人，載歌其下。明星未稀，美此良夜。惝怳從之，夢與煙借。荷香沈浮，若出雲罅。油油太虛，一碧俱化。」綿邈「萬山攢攢，迴風盪寒。決眥千仞，飲雲聞湍。龍之不馴，虹之無端。畸士羽衣，露言雷喧。洞庭隱鱗，蒼梧逸猿。元氣紛變，創斯奇觀。」獨造「送君長往，懷君思深。白石欲墮，池台氣陰。百年寸暉，徘徊短吟。松篁幽語，獨客泛琴。聆彼七絃，瀟湘雨音。落花辭枝，凄入燕心。」凄緊「之子曉行，細路香送。時聞春聲，百舌含哢。林花初開，鬈鬟欲動。美人何許，短琴潛弄。明月無言，泠泠如諷。卷簾緑陰，微雨思夢。」微婉「疏雨未歇，輕寒獨知。茶煙晝青，蔫藤一枝。秋老茅屋，襜蟲掛絲。葉丹苔碧，酒眠悟詩。飲真抱和，仙人與期。其曰偶然，薄言可思。」閒雅「俯視苔石，行歌長松。千葉萬吹，凜然噓冬。返風乘虛，餐煙太蒙。嬌嬌獨往，落落希蹤。夜開兕闕，盪聞天鐘。光滿眉宇，與斗相逢。」高寒「空波鄰天，鳴簪叩舷。鷺鷥立雨，浪花一肩。采采白蘋，江南曉煙。覓鏡照春，逢潭寫蓮。漁舟還往，相忘歲年。佳語無心，得之自然。」澄淡「卓卓野鶴，超超出羣。田家敗籬，幽蘭逾芬。意必求遠，酒不在醇。玉山上行，疎花角巾。短笛快弄，長嘯入雲。軒軒霞舉，鬚眉勝人。」疎俊「悵焉獨邁，憀兮隱憂。悟出繫表，天地可求。亭亭危峯，倒影碧流。空山冱寒，老梅古愁。味之無腴，挹之寡儔。遥指木末，一僧一樓。」孤瘦「如莫耶劍，如百鍊剛。金石在中，匪日永藏。鉥心搯胃，韜神斂光。水爲澄流，星無散芒。離離九疑，鬱然深蒼。萬棄一取，駏驉錦囊。」精鍊「天孫弄梭，腕無暫停。麻姑擲米，走珠跳星。荷露入握，菊香到瓶。如泉過山，如屋建瓴。虛籟集響，流雲幻形。四無人語，佛閣風鈴。」靈活蘭村以詞鳴白下，一時無與抗手，揭來瀨上，見上元馬棣園功儀，以詞相質。余深賞其得兩宋風格，集中多有蘭村倡酬之作，知其不苟然也。菩薩蠻云：「紅樓寒怯東風緊。紅羅夢裏春人醒。悔不卷簾招。賣花聲過橋。相思疑中酒。怕説今番瘦。想到海棠開。只他雙燕來。」「煙蟾隱隱纖蛾門。瓊閨袖了穿針手。薄換越羅衫。何曾怯嫩寒。吹簫人去遠。繡被連牀卷。猶是泥心腸。爲他熏異香。」他如摸魚兒秦淮云：「窗啟處。襯城角遥山，青到橋西路。」釣絲云：「低欲墜。便軟盪鷗邊，側了蜻蜓翅。」寄人云：「春已去，春只賸紅橋，一帶垂楊樹。暗牽離緒。看鬭鴨人稀，賣魚市冷，都是黯然處。」高陽台春雨云：「隔一重樓，有人昨夜凝聽。刻殘絳蠟文紗掩，裹羅衾、中酒初醒。」皆清和諧婉，不愧雅詞。

微波亭詞

錢謝庵詞，余從蘭村集中見其「楊花開瘦鯉魚肥」，爲之擊節。近得其微波亭詞一卷，步武南塘，神韻超絶。風蝶令云：「好夢難重做，春愁又一年。東風吹起夜窗眠。依舊初三月子不曾圓。　曉露凝香溼，遊絲惹恨牽。桃花開近翠簾前。花外一重涼雨一重煙。」浣溪沙云：「春風吹夢引閒情。夢裏從他過一生。最無能耐是雞聲。　人爲傷心才學佛，花如解語定憐卿。一番閒話記分明。」清平樂下闋云：「天涯芳草悠悠。垂楊影裏登樓。望盡去帆千片，更無一箇歸舟。」楊蓉裳丈序其詞云：「繁花乍零，淒涼遠目，疏樹早落，棖觸離襟，調逸千秋，情深一往，世有解人，斯足傳矣。」其自序云：「西崐一集，雅善無題。南唐諸作，偏工小令。蓋有用意尚巧以少爲貴者焉，此卽其詞品矣。」

怡亭詞

怡亭詞四卷，錢唐姜淳甫寧所作。淳甫與白樓、米樓，同以詞名浙中，爲蘭泉先生所賞。淳甫詞委折自道，不作囁嚅耳語。疏影詠柳影云：「長亭短驛。正一片春光，滿地狼藉。飛絮飛花，盪漾參差，幾度臨風難折。絲絲遮斷河橋路，悄不礙、踏青遊屐。漸魚雲斂了斜陽，尋徧亞闌無迹。　曾伴紅窗篋弄，那人愁瘦損，描上香額。細雨吹絲，倒映漣漪，莫辨層層深碧。秋懷賸付鴛鴦渡，算只有、斷魂相接。怕亂鴉、飛入寒林，未省舊巢端的。」其運思措詞，真其家石帚宗派也。余舊有寒壚買醉圖卷子，余先作金貂換酒一闋，題者皆用其調。後此圖失去。檢怡亭詞中，見其爲題夢橫塘一首云：「蓮釵亞柄，蘆雪吹絲，半竿斜日蕭瑟。合澗橋南，只摇曳、青帘相識。泥笑當壚，解衣偷贈，醉邊曾惜。問漂零四載，此度重逢，誰憐是、天涯客。聽鐘聽雨纏綿，又蒲帆催挂，楓葉飛急。寂寞而今，感舊約、酒徒難覓。更何限、河波夢繞，一點相思楚雲隔。縱待歸來，山樓共倚，怕雙鬢非昔。」

汪雲壑詞

迦陵填詞圖，前後題詞者夥矣，皆爲其體，多爲激揚奮末之音。惟汪雲壑修撰洞仙歌二闋，別自爲格，極宛轉之致。天風海濤之餘，忽聞吹葉嚼蕊，殊能移人情也。詞云：「戟髯瀟灑，認書生陽羡，和淚朝朝洗愁面。算覆巢身世，醇酒生涯，何處是、天上紅雲香案。青衫真落拓，四壁歸來，贍對芙蓉遠山遠。細雨夢回初，樓外輕寒，釀多少、玉簫幽怨。怕咽住愁簧不成聲，待擁髻挑鐙，夜深談倦。」「烏闌寫罷，又承明催赴，回首花間奈何許。想暮年辭賦，零落鄉關，渾不記、舊宅臨江誰住。諸孫文采盛，珍重霜縑，爲我蕭窗拂塵蛀。無恙此化身，兒女風雲，摧抑盡、平生黃土。拚酹起英魂向秋宵，付一闋銅琶，大江東去。」

宜秋女士詞

宜秋女士詞已附詩後，後鐵門又得其殘稿未刻者，今補録於此。長相思云：「夜寒生。夢魂驚。半燼蘭膏暗壁燈。牀頭飢鼠行。數長更。起離情。倚枕填詞句未成。推敲直到明。」風光好云：「掩花關。啟花關。看偏春光春又殘。動愁端。空庭雨過苔痕碧。天寥寂。短短回廊曲曲欄。且盤桓。」菩薩蠻云：「愁中得句渾難續。無眠夜半燒燈燭。風送露微茫。逼人秋氣涼。　熏爐添獸炭。香篆微微散。何物助吟情。一蟲階下鳴。」

露華詞

渌卿與余別幾十載，庚午八月相晤於吴門寓館，以新刻露華詞見示，其中大半皆與余倡和寄懷之作，所謂故人心尚爾也。　桃源憶故人寄懷云：「行行過盡江南路。征馬馱愁同去。　撲面驚沙如雨。有甚般情緒。　西風吹老相思樹。淚眼與誰廝覷。夢也新來不做。未識平安否。」摸魚子見懷云：「正西湖、狂吟淺醉，忽忽又是春暮。東風一夜吹愁到，江上峭帆無數。催客去。剩堤上垂楊，都讓鶯兒住。丁甯一語。早獻策金門，紅箋羅帕，且莫賦愁句。　難忘是、舊夢幾時重作。幾時再唱金縷。伯勞燕子分飛去。漂泊不知何處。深夜雨。隔著箇紗窗，聽得淒涼否。　菊甘薏苦。好努力加餐，頻題錦字，遥寄北來羽。」前調寄余江右云：「忍輕拋、分湖煙緑，長征人又千里。飢鴻嗷雁催漂轉，辛苦稻粱生計。狂吟未。料聽到琵琶，也有中年意。將軍愛士。看遮客長刀，岸巾雅拜，禮數有誰比。　西江水。只恐難甦赬鯉。滕王一序空麗。涪翁詩派廬山面，冷淡且相料理。儂倦矣。道近日平安，俛首稱書記。海濱聊寄。但暖狎眠鷗，涼吹鐵笛，醉叱老龍起。」其他題畫酬答之詞，尚無慮十餘首，喜用摸魚子調，蓋當時在西園倡和時故事也。　穀人先生題露華詞兼見寄一闋，亦用此調。　先生序其詞曰：「曩在揚州，渌卿以詞來質。余爲題摸魚子一闋，所謂『付香絃、一聲一咽，尋常歌吹全洗』者，至今竹西人能誦之也。」

陸鄂華詞

渌卿妻陸鄂華善繡工詞，早歲夭折，余爲誌其墓。其寄渌卿菩薩蠻二首云：「小樓昨夜春寒漸。綠筠簾子何曾卷。簾外又斜陽。一溪新水香。已教人遠別。更把青山隔。人自不思歸。布帆空解飛。」「釀花天氣春愁重。炎雲微雨都如夢。金斗熨沈香。夜來鍼線忙。踏青渾懶去。女伴空招取。多事是黄昏。替人催淚痕」娟娟楚楚，真傷心人語。渌卿有江城梅花引答之云：「小樓日日數征帆。憶江南。望江南。簾外垂楊，簾裏曲闌干。清曉起來簾下坐，攬明鏡，拭紅綿。梳綠鬟。綠鬟綠鬟菩薩鬘。花懶簪。淚暗彈。畫也畫也畫不就，曲曲青山。換了羅衣，若箇念春寒。傳語而今歸計穩，打雙槳，到門前。三月三。」

晏幾道詞

叔原小山詞，其自敍以爲：「浮沉酒中，病世之歌詞，不足以析酲解愠。試續南部諸賢餘緒，作五七字語，期以自娱。不獨敍其所爲，兼寫一時杯酒間聞見所及。」又云：「始時沈十二廉叔、陳十君寵，家有蓮、鴻、蘋、雲，品清謳娱客，每得一解，卽以草授諸兒。吾三人持酒聽之，爲一笑樂。」蓋其寄託如此，其所稱蓮、鴻、蘋、雲者，詞中往往見之。臨江仙云：「記得小蘋初見，兩重心字羅衣。」蝶戀花云：「笑豔秋蓮生綠浦，紅臉青腰，舊識淩波女。」鷓鴣天云：「梅蕊新粧桂葉眉。小蓮風韻出瑶池。」又，「守得蓮開約伴遊，約開蘋葉上蘭舟。來時浦口雲隨棹，采罷江邊月滿樓。」又，「手撚香箋憶小蓮。欲將遺恨倩誰傳。」

虞美人云：「蘋香已有蓮開信。兩槳佳期近。」又，「有期無定是無期。說與小雲新恨也眉低。」又，「問誰同是憶花人。賺得小鴻眉黛也低顰。」浣溪沙云：「牀上銀屏幾點山。鴨爐香過瑣窗寒。小雲雙枕恨春閒。」清平樂云：「春雲綠處。又見歸鴻去。」玉樓春云：「小蘋若解愁春暮。一笑留春春也住。」又，「小蓮未解論心素。狂似鈿箏絃底柱。」皆寓諸伎之名也。叔原自許續南部餘緒，故所作足闖花間之室。以視珠玉集，無愧也。

晏幾道酒醉詞

詠酒醉之詩，唐人有「不知誰送出深松」，宋人有「阿誰扶我上雕鞍」，皆善於描寫。叔原玉樓春詞云：「當年信道情無價。桃葉尊前論別夜。臉紅心緒學梅粧，眉翠工夫如月畫。來時醉倒旗亭下。知是阿誰扶上馬。憶曾挑盡五更燈，不記臨分多少話。」真能委曲言情。

史達祖詞

梅谿詞，竹垞詞綜所選，已不少矣，然其佳句尚多。祝英台詠薔薇云：「見郎和笑拖裙，忽忽欲去，又蓦地、罥留芳袖。」慶清朝云：「墜絮孳萍。狂鞭孕竹，偷移紅紫池亭。餘花未落，似供殘蝶經營。」過龍門壹首云：「一帶古苔牆。多聽寒蛩。篋中鍼線早銷香。燕尾寳刀窗下夢，誰翦秋裳。宮漏莫添長。空費思量。鴛鴦難得再成雙。昨夜楚山花簟裏，波影先涼。」讀之令人欲喚奈何。張功甫序其詞以爲「有清新閒婉之長，無訑蕩汙淫之失，可以分鑣清真，平睨方回，三變行輩，不足比數。」洵非虛譽。

趙雩門詞

趙雩門太史研經讀史，詩詞皆不多見。前乙丑歲，於都門見寄金縷曲一闋甚工，題爲寒夜讀浮眉詞有懷，却寄云。「風格知何似。祇當年、玉田蘭畹，差還可擬。一卷烏絲腸斷句，欲把金尊陶洗。奈紙上、淚痕隱起。何處吹簫容乞食，料旗亭那有人雙髻。應佳耦，是知己。勸君何苦悲身世。看分湖、菰煙蘆雪，十分秋思。一面闌干憑倚偏，莫又爲他憔悴。況兩鬢蕭蕭如此。算有故人無恙在，更天涯、同調能餘幾。長相憶，君知未。」雩門以承明著作之才，忽改官縣令，神仙小謫，爲之太息。

酒邊詞

宋之詞人向子諲、史邦卿，皆成家者。然史以附韓侂胄爲士論所賤。向以貴臣戚里，卓然方格，迕檜而歸，其人品相去遠矣。酒邊詞二卷，其中贈伎之作最多，其名如小桃、小蘭、輕輕、賀全真、陳宋鄰、趙總憐、王稱心，不一而足，所謂承平王孫故態者耶。

樵隱詞

毛幵樵隱詞，所傳無多，然亦是雅音。楊用修獨稱其潑火初收一闋，平熟無可取，用修未可爲知詞者也。其醉落魄詠梅云：「新愁悵望催華髮。雀啅江頭，一樹垂垂雪。」玉樓春云：「酒成憔悴花成怨。閒煞羽觴難會面。可堪春事已無多，新筍遮牆苔滿院。」皆遠過所稱。

捧月樓詞

世之論詞者，多以穠麗儁永爲工，燈紅酒綠，脆管幺弦，往往令人傾倒，然非詞之極工也。吾友蘭村，少善倚聲，體多側豔，及刻捧月樓詞，則一歸於雅。余前既已言之矣，要其尤工者，則在於友朋離合、死生契闊之間，非近人所能髣髴。其集綠伽枏精舍，追感謝庵，與邵蘭風聯句摸魚兒一闋，可謂驚心動魄，一字千金者矣。詞云：「怪匆匆六旬別耳，滄桑變幻如此。袁離亭三兩闋心語，那分緣終今世。邵君竟死。袁問碧海紅塵，更有誰知己。邵魂兮歸來，袁聽子夜啼烏，虛堂竄鼠，鉛淚落如水。邵杯浮蟻，可尚能來一醉。袁欲呼君飲無計。邵風吹遺挂翩翻動，疑欲振衣而起。袁寒月底。邵把薤露歌殘，心逐霜花碎。袁古歡永墜。邵歎呂掩書墳，楊歸元冢，此恨幾時已。」袁他如過玉蓮庵憶舊云：「一番聚首無他事，只辦一番腸斷。」高陽台即席和余云：「雲搖雨散垂垂別，只幾番老了啼鵑。算歸程。風要先聽，雨要先聽。」皆極工言情。

袁通行香子

行香子一體，疊下三字句，最難穩愜。蘭村上海道中云：「算定歸程。嫩約分明。挂輕帆、江渡春中。怪伊雙槳，偏泥人行。要等潮來，等潮去，等潮平。酒也慵斟。夢也難尋。照相思、一點秋燈。擁衾深坐，誰伴深更。有雨蕭蕭，風瑟瑟，雁聲聲。」

南宋小家詞

詞綜之選，於南宋小家，真能披沙揀金。然尚有未盡者，如克齋詞，惟選虞美人「去年寒食曾相見」一首。其又太常引云：「三三五五短長亭。都只解送人行。天遠樹冥冥。悵好夢、纔成又驚。夜堂歌罷，小樓鐘斷，歸路已聞鶯。應是困瞢騰。問心緒、而今怎生。」芸窗詞青玉案云：「少時貪看瓊林繞。任馬上、寒威峭。昨暮六花飛逗曉。擁衾慵起，鬢絲籠帽。頓覺年來老。朱闌翠竹枝枝倒。把玉甃稜層趁風掃。樓上一尊須放早。同雲收盡，紅輪初上，對面狼峯好。」二詞皆工。

曹爾堪詞

國初浙西詞人輩出，嘉善曹顧庵爾堪與吳中尤西堂侗齊名。西堂百末詞，自以爲花間草堂之餘。顧庵頗爲雅潔，念奴嬌一闋，殊有竹山風調。「孤舟初發，正嚴霜似雪，布帆如紙。一派殘雲縈別恨，愁向青山隱几。晚圃黃花，小槽紅酒，客路誰同醉。蒯緱黯澹，自將管樂爲比。遥念旅宿新寒，丹陽古道，老樹酣青紫。戍鼓沈沈天未曉，殘月模糊映水。白袷談兵，青燈讀易，漫灑英雄淚。啼烏成陣，石頭城外潮起。」同時魏學渠喜用側豔之字，誤佳期云：「花滿驛亭香淺。恨翠啼紅宛轉。碧城十二曲闌干，送落英無算。銅漏莫嫌長，銀燭偏愁短。寒情孤坐慣眠遲，好夢終難選。」然他詞未能如此。

吴偉業詞

紅豆、梅村詩筆擅一時，而詞皆非本色。梅村詞雖比紅豆較工，亦沿明人熟調，然於曲獨工。曩見秣陵春傳奇，以爲玉茗之後，殆無其偶。特未著譔人之名，及見其金人捧露盤詞題爲觀演秣陵春句云：「喜新詞，初填就，無限斷人腸。爲知音，子細思量。偷聲減字，畫堂高燭弄絲簧。」乃知出於梅村之手也。

季滄葦詞

季滄葦不以詞名，而行香子題扇面美人一闋頗工。「煙樣羅裯。月樣銀鉤。人立處、風景全幽。誰將紈扇，細寫風流。有一分水，一分墨，一分愁。天街似水，迢迢良夜，十年前事上心頭。雙飄裙帶，曾伴新秋。在那家庭，那家院，那家樓。」

汪焕詞

七夕詞詠乞巧者多矣，汪焕減蘭上半闋，特出新意，而語亦工。云：「蛛絲休絡。自恨巧多偏命薄。不解銷魂。始是人間厚福人。」

毗陵鄒董詞

毗陵鄒、董，各以詞名，文友詞淫言媟語，不免秀鐵面所呵。鄒詞亦未爲工，難與迦陵並稱也。惟菩薩鬘一首，殊得花間之遺。「篆縈心事安銀葉。灰温火慢香微爇。焦尾對花彈。秋聲應指寒。同心金鳳串。莫作離鸞怨。夢峽與啼湘。愔愔一夜長。」

趙友沂詞

邗上趙友沂，任俠好事，多長者遊。宋玉叔有過其故居詞云：「竹西亭，歌吹地。廿四橋頭，曾絡青絲騎。坐上秋娘兼季次。俠客名姝，夜夜春風醉。孝廉船，丞相第。絃管淒涼，苔老朱門閉。燕子近從王謝例。太息回車，多少羊曇淚。」語意惻愴，調爲蘇幕遮。

張台柱詞

綿邈飄忽之音，最爲感人深至，李後主之「夢裏不知身是客，一晌貪歡」，所以獨絶也。張台柱浪淘沙云：「春柳暮煙含。鶯燕嬌憨。飄綿舞絮恨相兼。雨打風吹收不了，又上眉尖。繫馬弄金銜。斜日厭厭。夢中歸路又誰諳。渺渺茫茫花一簇，説是江南。」

曹溶詞

激昂慷慨，迦陵爲最。竹垞亦時用其體，如居庸關李晉王墓諸作，直欲平視辛、劉，自出機杼。集中附曹倦圃慢詞二首皆工。曹有將之雲中答友寄賀新涼云：「玉宇秋如水。爲黄花、滿襟離恨，雁箏頻倚。落日馬蹄窮塞主，白髮一肩行李。銅柱北、曾經脱屣。又挂風旗沙柳外。對摩厓片石揮毫起。呼屈宋，且休矣。故人相見平安喜。寫新詞、龍蛇飛動，牢騷心事。刁斗河山今不閉。敢詫封侯萬里。笑老去、疏狂未已。范蠡湖邊蓴菜熟，肯羊裘敝盡車生耳。痛飲酒，真男子。」此詞蓋作於備兵雲中時。朱集有送曹詩長篇，亦極悲壯，所謂「忽作邊秋出塞聲，江楓岸柳紛紛落」者是也。

吴兆騫詞

吾鄉吴漢槎，以事戍甯古塔，所傳秋笳集，悲涼抑塞，真有崩雲裂石之音。其得家信百字令一詞云：「牧羝沙磧，待風鬟、喚作雨工行雨。不是垂虹亭子上，休盼綠楊煙縷。白葦燒殘，黄榆吹落，也算相思樹。空題裂帛，迢迢南北無據。　消受水驛山程，燈昏被冷，夢兒中叨絮。兒女心腸英雄淚，抵死偏縈離緒。錦字閨中，瓊枝海外，辛苦隨窮戍。柴車冰雪，七香金犢何處。」與升庵「易求海上瓊枝樹，難得閨中錦字書」，同一悽怨。漢槎有采桑子寄妹云：「縞綦義烈人誰似，淡月寒梅。寂掩羅帷。生受黄昏盼紫台。　遥知楓落吴江冷，白雁飛回。錦字難裁。一片紅冰熨不開。」漢槎妹昭質，名文柔，亦工詩詞，爲楊解元廷樞子婦。其寄兄謁金門云：「情惻惻。誰遣雁行南北。慘淡雲迷關塞黑。那知春草色。　細雨花飛繡陌。又是去年寒食。啼斷子規無氣力。欲歸歸未得。」

顧貞觀詞

顧梁汾與成容若友善，容若專工小令，慢詞間一爲之。惟題梁汾杵香小影「德也狂生耳」一首，最爲佚宕。梁汾寄漢槎塞外「季子平安否」二首，久已膾炙人口。又生日作一首，亦極工，與稼軒「千騎弓刀，揮霍遮前後」，未能别其優劣也。詞云：「馬齒加長矣。向天公投箋，試問生余何意。不信嬾殘煨芋後，富貴如斯而已。惶愧煞、男兒墮地。三十成名身已老，況悠悠此日還如寄。歌伏櫪，壯心起。直須姑妄言之耳。會遭逢、致君事了，拂衣歸里。手散黄金歌舞就，購盡異書名士。累公等、他年謚議。班、范文章虞、褚筆，爲微臣、奉敕書碑記。千載下，有生氣。」

顧貞觀姊詞

無錫顧文端公女爲梁汾姊。有楚黄署中聞警寄滿江紅云：「僕本恨人，那禁得、悲哉秋氣。恰又是、將歸送别，登山臨水。一派角聲煙靄外，數行雁字波光裏。試憑高、覓取舊粧樓，誰同倚。鄉夢遠，書迢遞。人半載，辭家矣。歎吴頭楚尾，翛然高寄。江上空憐商女曲，閨中漫灑神州淚。算縞綦、何必讓男兒，天應忌。」語帶風雲，氣含騷雅，殊不似巾幗中人作者，亦奇女子也。

舊時月色軒

東維子集云：「元松陵陸子敬，居分湖之北，壘石爲山，樹梅成林，取姜白石詞語名其軒曰舊時月色。」此吾鄉故事也。余移家魏塘，每有故土之懷。他日買一椽於湖濱，當作小軒，復舊名，以志前輩風流勝賞。

黄孝邁詞

劉後村跋黄雪舟長短句云：「十年前曾評君樂章，耄矣復觀新腔一卷。」賦梨花云：「一春花下，幽恨重重，又愁晴，又愁雨，又愁風。」水仙云：「自側金巵，臨風一笑，酒容吹盡。恨東風，忙去薰桃染柳，不念澹粧人冷。」云云，詞皆極工，黄集不傳，他選本亦失之，故記於此。

浙西二孫詞

浙西閨秀，首推二孫。碧梧早擅才華，而賦命蹇薄，故多幽憂蕉萃之音。苕玉歸高君穎樓，夫婦唱隨，頗稱佳耦。惜結縭十載，又歌寡鵠。有才無命，振古如兹。兩女士詩篇之外，兼工倚聲。余曾爲碧梧作湘筠館樂府序，其相見歡云：「年時小立苔茵。燕依人。記得柳花如雪，正殘春。碪聲急，蛩聲咽，忍教聞。又是梧桐深院，月黄昏。」菩薩蠻云：「華堂讌罷笙歌歇。夜深香梟爐煙碧。酒醒小屏風。燭花相對紅。玉釵金翠鈿。柳葉雙蛾淺。日午未成粧。繡裙雙鳳凰。」十六字令云：「明。雨過南軒月影横。珠簾卷，滅燭坐調笙。」又菩薩蠻落句云：「酒醒一燈昏。思多夢似真。」皆可入金荃集中。苕玉衍波詞，附刻貽研齋詩後。有題許玉年夫人遺照，喝火令一闋最工。「明慧同徐淑，才華本大家。春風容易落曇花。試問歡期幾許，屈指半年賒。妙倩傳神手，描來萼緑華。生綃依舊臉如霞。比似年時，略瘦一些些。比似年時初見，無語翠鬟斜。」他如蝶戀花云：「簾外櫻桃花落盡。晚來幾陣東風緊。」翠樓吟賦秋柳云：「愁春夢醒。賸咽露凉蟬，抱枝凄緊。又長堤外，晚煙如雨，歸鴉成陣。」許周生序中所云「櫻桃花謝，緊簾外之春風，楊柳絲寒，瘦眉邊之秋影」，蓋指此也。碧梧妹閑卿，名雲鸝，詩詞之外，繪事亦不減乃姊。

蔣春雨詞

秀水蔣春雨集後，附詞數十首，皆和雅可誦。霜天曉角枕上聞雁云：「江城秋暮。多少哀鴻度。剛近曉寒窗牖來，天北一聲觱。　衡蘆何處去。沙邊行且住。休問故園兄弟，啼不斷，枕邊雨。」風光好贈鶴巢云：「是前緣。是今緣。修到松窗伴鶴眠。小游仙。　王郎吹徹緱山調。知音少。袖得冰絲不上絃。一千年。」

小紅樓詞

小紅樓詞，仁和程君去瑕作也。其言情如鷓鴣天：「風消絮雪春無影，雨碎梨雲夢有聲。」踏莎行：「酒闌燭炧又今宵，不愁有夢無尋處。」祝英台近：「瘦了黃花，人在可憐裏。」浣溪沙：「尊酒旗亭意黯然。厭人絮語勸加飡。最無滋味是離筵。」一翦梅：「輕暖輕寒上巳天。柳醒春眠。蠶困春眠。」其體物如玉環出浴圖云：「蜀江流恨碧。是太液恩波換得。」帆影云：「輕陰棹入江村裏，看暝色高樓初赴。怕有人、誤識歸舟，帶了夢魂飛去。」梅影云：「冰奩脂粉都成幻，寫小幅春風空際。」又和鄭楓人香奩十詠，其一萼紅，詠花信尤工。「悄黃昏，早安排腸斷，無語惜惺惺。　步澀遲蓮，眠妨絆柳，帶圍添困花身。問消得、幾番紅褪，歎飄零、都是種桃心。春色難闌，東風不解，一段幽情。　應悔寒漿誤飲，却懨懨疑病，心捧眉顰。窺月愁濃，隔花緣淺，讓他三五星征。謾認作、雲慳雨吝夢分明。昨夜又何曾，獨影浣紗石畔，綠水湔帬。」君生平酷好倚聲，謬許拙作，曾託人乞爲弁語，余未及知也。沒後其令嗣以刻本介鐵門，復申前請，感而録之。

戴金谿詞

厲樊榭徵君舊居南湖，自號花隱，倪米樓繪花隱樓圖。偕李西齋同作齊天樂詞以紀之。戴金谿比部賦南浦一闋云：「鷗外夢長閒，向湖邊、又展露渦風鬟。亭角舊聽鸎，楊枝曲、消盡粉團香陣。涼波無恙，畫闌幾點驚鴻影。城上青山如解意，點綴玉真眉暈。天涯有客悲秋，喚停杯共説，老仙花隱。隱語笑芙蓉，茶煙杪，未歇水樓芳訊。斜陽一舸俊游客，容易成孤引。霜葉無多明豔別，似惜飄零紅粉。」金谿精研經史，而下筆乃清空如此。

二余詞句

柳梢青末後四字，最宜用意，四字入妙，則全首皆好矣。余少雲有句云：「四野無村，一天有月，如此他鄉。」甚工。余亦可云：「守到黄昏，上來紅燭，又是今宵。」極爲汪選樓所賞。

程水南詞

程水南先生，風雅總持，詩文皆潔淨可傳，詞非當家。然其早起洞仙歌一闋，風致絶妙。「晨光乍啓，閃霞紅成片。海底飛鳥影先見。最關情、此際一霎清華，抛不迭，翠被餘温香淺。問檀郎何事，輕犯朝寒，盡把疏窗繡簾卷。雪樣有新霜，又遍風來，全不管、冷侵人面。待日上三竿有何妨，好挽起鬟雲，溶溶庭院。」

洪梧詞

洪桐生太守梧，自罷郡歸，遂留滯于廣陵，主梅花書院。初以足疾，不能良行。後以校閲册府元龜，窮日分夜，遂至失明。始學詞，工于慢調，詞成，口授侍史書之，都爲一册，皆用一萼紅調，數疊其韻。雲山閣藏書次山尊學士韻一首，最爲淒婉。「嶺雲隈。望廣寒宫裏，任我載書來。中聖相逢，避賢未去，且學繡佛長齋。喜地主、鄒陽不拒，遣彦和、繙帙譯經台。雙寺紅邊，五橋高處，萬卷樓開。漫擬河陽温石，計十年推轂，多少英才。祭姪韓文，悼妻潘誄，先生逆旅誰陪。幸知我、漂蓬無藉，道湖山送老不須回。怕説邱原零落，籤贉空排。」太守藏書五萬卷，恐日後散佚，乃藏于揚州湖上之雲山閣。此詞所以志也。

詞綜偶評

〔清〕許昂霄撰

詞綜偶評目録

補録

詞綜偶評

唐詞

菩薩蠻李白　玩末二句，乃是遠客思歸口氣。或註作閨情，恐誤。又按李益鷓鴣詞云：「處處湘雲合，郎從何處歸。」此詞末二句，似亦可作此解，故舊人以爲閨思耳。樓上凝愁，階前竚立，皆屬遥想之詞。或以玉階句爲指自己，於義亦通。蓋玉階玉梯等字，昔人往往通用。白石翠樓吟，亦有「玉梯凝望久」之句。

憶秦娥　灞陵傷別。樂游原上清秋節，咸陽古道音塵絶。灞陵、樂游原，俱在長安，今陝西西安府也。咸陽又名渭城，今仍有咸陽縣。

清平樂　一笑皆生百媚，宸遊教在誰邊。怨而不怒。以解嘲爲怨悱，可與客難、賓戲一例看。

漁歌子張志和西塞　涪翁稱其有遠韻，信然。

長相思白居易　後段古樂府之遺。

菩薩蠻温庭筠　小山重疊金明滅。小山蓋指屏山而言。鬢雲欲度香顋雪。猶言鬢絲撩亂也。照花前後鏡，花面交相映。承上梳粧言之。新帖繡羅襦。帖疑當作貼，花庵選本作着。

更漏子玉爐　已上三首，與後毛文錫作，皆言夜景，略及清晨，想亦緣調所賦耳。

酒泉子司空圖　黄昏把酒祝東風，且從容。歐公浪淘沙起語本此。然删去黄昏二字，便覺寡味。

浣溪沙張曙　黄昏微雨畫簾垂。不言而神傷。

五代十國詞

玉樓春蜀主孟昶　此必隱括坡詞而託名蜀主者。苕溪漁隱亦云，當以序爲正。水殿風來暗香滿。唐詩「水殿風來珠翠香」。附録東坡洞仙歌詞。僕七歲時，見眉州老尼，姓朱，忘其名，年九十餘。自言嘗隨其師入蜀主孟昶宫中。一日，大熱，主與花蕊夫人夜起，避暑摩訶池上，作一詞，朱具能記之。今四十年，朱已死久矣，人無知此詞者。獨記其首兩句，暇日尋思，豈洞仙歌耶。乃爲足之云。「冰肌玉骨，自清涼無汗。水殿風來暗香滿。繡簾開、一點明月窺人，人未寢、攲枕釵横鬢亂。起來攜素手，庭户無聲，時見疏星渡河漢。試問夜如何，夜已三更，金波淡、玉繩低轉。但屈指、西風幾時來，又不道、流年暗中偷换」。

山花子唐中主　細雨二句合看，乃愈見其妙。

浪淘沙李後主　簾外　全首語意慘然。

玉樓春　重按霓裳歌遍徹。霓裳曲十二遍而終，見香山詩自註。臨風誰更飄香屑。飄香屑，疑指落花言之。

子夜　情真景真，與空中語自别。剗襪步香階。剗，平也。

采桑子和凝　蝤蠐領上訶梨子。按訶子，樹名，又名訶梨。花白，子黄，似橄欖，而有六路。疑當時婦女或懸之以爲飾也。按休文詠領邊繡有云：「縈絲飛鳳子，結縷坐花兒。不聲如動吹，無風自裊枝。」姚翻又有「日照茱萸領」之句。則訶梨子或是領上粧飾，亦未可知也。繡帶雙垂。疑亦言上體之帶，非裙帶也。叢頭鞋子紅編細，裙窣金絲。前言上服，此言下服，意亦較前更細。

菩薩蠻韋莊 紅樓 語意自然，無刻畫之痕。又人人 或云，江南好處，如斯而已耶。然此景此情，生長雍冀者實未曾夢見也。

荷葉杯 二闋語淡而悲，不堪多讀。

清平樂野花 前闋説遠，後闋説近。又 三四與飛卿「門外草萋萋」二語意正相似。

望江怨牛嶠 有急絃促柱之妙。

生查子牛希濟 新月 借物寓意，詩家謂之風人體，又名吴歌格。以下句釋上句，古樂府類然。

三字令歐陽炯 羅幌卷五句。由外而内。香爐落五句。由内而外。花淡薄。春光欲盡，故曰淡薄。

清平樂 玉臺新詠載梁元帝春日詩，用二十三春字，鮑泉奉和用三十新字。文體明辨目爲句用字體。名甚不典，未知其何據也。余謂此體實起於淵明止酒詩，當名之曰止酒詩體。

醉公子顧夐 後岸柳段覺少游「小樓連苑横空」，無此神韻也。

玉樓春 背帳猶殘紅蠟燭。殘字作餘字解，唐詩類然。

臨江仙鹿虔扆 後段曰不知，曰暗傷，無情有恨，各極其妙。

臨江仙毛熙震 好風頻謝落花聲三句。與顧夐玉樓春後段意同。

南歌子張泌 此初日芙蓉，非鏤金錯采也。

謁金門成幼文　解處九字，千錘百鍊，却似以無意得之。

宋詞

酒泉子潘閬　長憶西湖湖上水倚然自遠，不愧語帶烟霞之目。

點絳唇寇準　結句本香奩集。

江南春　孤邨芳草遠二句。唐人五言佳境。

破陣子晏殊　疑怪昨宵春夢好三句。如聞香口，如見冶容。

望江南王琪　二首與詠物類相似。

點絳脣林逋　言短意長，所以爲佳。若徒稱其終篇不出一草字，此兒童之見也。金谷年年二句。唐人草詩：「金谷園應没。」王孫去三句。淮南王招隱：「王孫遊兮不歸，芳草生兮萋萋。」

蘇幕遮范仲淹　酒入愁腸二句。鐵石心腸人，亦作此消魂語。

好事近宋祁　襯沉香帷箔。此襯字疑是襯起之襯，否則只是貼近入内義耳。換頭雖緊接上句來，然既用沉香帷箔，又用珠簾，後人不宜效之。

離亭燕張昇　畫字、挂字、話字、詩韻收入卦部，詞家往往叶入馬、禡韻中。

夜行船謝絳　情真語摯，不似他人一味雕琢。花庵乃曰後段語最奇，何奇之有。

采桑子歐陽脩　輕舟閑雅處自不可及。

踏莎行　平蕪盡處是春山，行人更在春山外。　春山疑當作青山。否則既用春水，又用兩春山字，未免稍複矣。

玉樓春　貪看六么花十八。　花十八未詳，疑是舞之節拍也，俟攷。　按詞調中有六么花十八，意必曲名也。

載華附識，思岩兄云：按碧雞漫志，琵琶六么一名綠腰，其曲中有一疊名花十八。又墨莊漫錄，樂府六么曲，有花十八。

浣溪沙　六么催拍盞頻傳。　六么卽綠腰也。

少年遊　清勁。

南歌子　眞覺娉娉嫋嫋。

臨江仙　涼波不動簟紋平。水精雙枕，傍有墮釵横。　不假雕飾，自成絶唱。　按義山偶題云：「水文簟上琥珀枕，傍有墮釵雙翠翹。」結語本此。

蘇幕遮梅堯臣　前結用嫩色，後結用翠色，犯重。

桂枝香王安石　歎門外樓頭二句。　牧之詩：「門外韓擒虎，樓頭張麗華。」　結用杜牧秦淮絶句語意。

傷春怨　起句眞有神助。

蝶戀花晏幾道　紅燭自憐無好計，夜寒空替人垂淚。　杜牧之詩：「蠟燭有心還惜别，替人垂淚到天明。」

翦牡丹張先　前闋説舟中，後闋説琵琶。　末句卽香山所謂「唯見江心秋月白」也。

踏莎行　映花避月上迴廊二句。　是一幅美人曉起圖。

醉落魄　生香眞色人難學。　以上寫美人。　横管孤吹，月淡天垂幕。　以下説吹笛。　倚樓人在闌干角。　暗用唐詩。

生查子　玩後四句，乃是憶彈箏之人而作，非詠彈箏也。

夜半樂柳永 第一疊言道途所經，第二疊言目中所見，第三疊乃言去國離鄉之感。到此因念繡閣輕拋二句。接上一片。

玉蝴蝶 與雪梅香、八聲甘州數首，蹊徑彷彿。

哨遍蘇軾 先言景，後言情，先言晝，後言夜，層次一絲不紊。樓敬思云：「詞到工處，未有不静細者，此亦静細之一端也。」銀蒜押簾二句。先從室中說起。初雨歇六句。次言景象。方杏靨勻酥五句。次言物類。獨立斜陽二句。勒住。便攜將佳麗二句。接入行樂。撥胡琴語二句。鳴弦。看緊約羅裙三句。看舞。顰月臨眉三句。徵歌。君看今古悠悠至末。總收。

水龍吟 與原作均是絕唱，不容妄爲軒輊。思量却似，無情有思。貫下文六句。曉來雨過三句。公自注云：「舊說楊花入水爲浮萍，驗之信然。」

浣溪沙 松間沙路淨無泥，瀟瀟暮雨子規啼。何減「兩邊山木合，終日子規啼」耶。休將白髮唱黃雞。香山詩：「聽唱黃雞與白日。」

念奴嬌 一起真如太原公子裼裘而來。若亂石數語，則人人知其工矣。一時多少豪傑。應上生下。故國神遊二句。自敍。一尊還酹江月。仍收歸赤壁。

滿庭芳秦觀 空回首烟靄紛紛。四字引起下文。又 自起至換頭數語，俱是追敍，玩結處自明。晚色雲開三句。天氣。高臺芳樹四句。景物。東風裏三句。漸說到人事。珠鈿翠蓋二句。會合。漸酒空金榼四句。離別。疎烟淡日二句。與起處反照作收。

憶秦娥　暮雲碧，佳人不見愁如織。古詩：「日暮碧雲合，佳人殊未來。」

畫堂春　高麗，直可使耆卿、美成爲輿臺矣。

南柯子　一鈎殘月照三星。照當作帶。

菩薩蠻陳師道　彈到斷腸時二句。含情無限。

燭影摇紅毛滂　可憐恰到，瘦石寒泉，冷雲生處。水窮雲起，寫入夢境，已極變化。説到夢覺，則更匪夷所思矣，此清空之妙也。

七娘子　兩這字犯重。

洞仙歌李元膺　小豔疏香最嬌軟四句。中有至理，却是未經人道。

漁家傲朱服　愁無際三字，總承上三句，好。

水龍吟章楶　點畫青林，全無才思。「楊花榆莢無才思」，昌黎句。時見蜂兒，仰粘輕粉。「仰蜂粘墜絮」，少陵句。

烏夜啼趙令時　重門不鎖相思夢二句。從休文「夢中不識路，何以慰相思」化出。

減字木蘭花王安國　結語與和凝「却愛熏香小鴨，羨他長在屏幃」等句，俱從龍標「玉顔不及寒鴉色，猶帶昭陽日影來」悟出。

臨江仙晁冲之　情知春去後三句。淡語有深致，咀之無窮。

黄金縷秦觀　仙才鬼才，兼而有之。

慶清朝慢王觀　飣餖得天氣。昌黎詩：「看核粉飣餖」，如世俗攢盤攢盒是也，此借以爲鬬凑之義。

菩薩蠻孫觽　含章句，暗用壽陽公主事。

眼兒媚王雱　詞固佳，嫌太軟媚，似婦人耳。

倦尋芳潘元質　旋翦燈花，兩點翠眉誰畫。鄭谷貧女吟，有「笑翦燈花學畫眉」之句。燈煤可爲畫眉之用，宋人小説嘗言之。

生查子周紫芝　花落紅窗暖。麗句。香滅羞回空帳裏二句。所謂「心怯空房不忍歸」也。

花心動謝逸　與牛希濟生查子體同。沈天羽謂此詞用小雅鶴鳴篇體，非也。鶴鳴一詩，大旨全在言外，使人引伸觸類而自得之。此詞不過借字寓意耳，既述其語，卽釋其文，安得比而同之。况古樂府及唐、宋詩中，如此類者甚衆，何必遠引小雅哉。

燕歸梁　清麗。

南歌子　前段言簾外，後段言簾内。銅荷燭映紗。庾子山賦：「銅荷承淚蠟。」

大酺周邦彦　通首俱寫雨中情景。况蕭索青蕪國。温飛卿詩：「花庭忽作青蕪國。」

滿庭芳　通首疎快，實開南宋諸公之先聲。「人静烏鳶樂」，杜句也。黄蘆苦竹，出香山琵琶行。

少年遊　情景如繪，宜遭道君之怒也。

西河　隱括唐句，渾然天成。山圍故國繞清江四句。形勝。莫愁艇子曾繫三句。古迹。酒旗戲鼓甚處市至末。目前景物。

點絳脣遼鶴　淡淡寫來，深情無限，宜楚雲爲之感泣也。

瑞鶴仙　任流光過却。緊接上文。猶喜洞天自樂。收拾中間。

驀山溪曹組　竹外一枝斜，想佳人天寒日暮。幾於合杜、蘇而一之矣。此首或以爲白石作，然玩結處數語，氣格軟弱，其非姜作可知。

二郎神徐伸　此作多説别後情事。起句從舉頭聞鵲喜翻出。馬蹄難去，去字原本是駐字，苕溪漁隱改作去。

眼兒媚宋齊愈　可謂珠玭字字圓矣。

漢宮春李邴　圓美流轉，何減美成。東風也不愛惜六句。三層俱用旁寫。問玉堂何似，茅舍疎籬。舊人詩句：「白玉堂前一樹梅。」

玉樓春　沉吟不語晴窗畔二句。將寫。雲情散亂未成篇二句。正面。重重説盡情和怨二句。已寫。暫時得近玉纖纖二句。餘意。秀水詠金指環云：「愛他金小小，曾近玉纖纖。」亦似從此脱出。

清平樂劉弇　後段此必有所傷悼，故云。

載華附識，思岩兄云：按復齋漫録劉偉明既喪愛妾，而不能忘，爲清平樂詞云云。

臨江仙陳與義　神到之作，無容拾襲，漁隱稱爲清婉奇麗，玉田稱爲自然而然，不虚也。

喜遷鶯劉一止　宿鳥以下七句，字字真切，覺曉行情景，宛在目前，宜當時以此得名。近代唯秀水先生塞孤一闋，足與方駕耳。

賀新郎辛棄疾　緑樹聽鶗鴂，更那堪杜鵑聲住。舊註云：鶗鴂、杜鵑實兩種，見離騷補註。看燕燕，送歸妾。詩小序云：燕燕，送歸妾也。　竟作換頭用，直接亦奇。　將軍百戰身名裂六句。上三項説婦人，此二項言男子。中間不敍正位，却羅列古人許多離別，如讀文通別賦，亦創格也。　又　悲壯。　鳳尾龍香撥三句。貴妃琵琶以龍香板爲撥，以邏逤檀爲槽，有金縷紅紋，蹙成雙鳳，故東坡詩云：「數絃已品龍香撥，半面猶遮鳳尾槽。」　最苦潯陽江頭客二句。用白香山詩。　記出塞黄雲堆雪三句。用烏孫公主事。　絃解語二句。略束。千古事，雲飛烟滅至末。　一齊收拾。

摸魚兒　春且住二句。是留春之辭。　結句即義山「夕陽無限好，只是近黄昏」之意。斜陽以喻君也。

清平樂　後段有老驥伏櫪之概。

菩薩蠻　此詞寓意，鶴林玉露言之最當。

生查子　玩第四句，似帶厭惡之意。

浪淘沙　老僧夜半誤鳴鐘三句。　與老杜「欲覺聞晨鐘，令人發深省」同意。

眼兒媚范成大　換頭，春慵緊接困字，醉字來細極。

卜算子黄公度　骨肉之別，語無一毫粧點。

卜算子葛立方　疊字體。

滿江紅張孝祥　也不管滴破故鄉心。出唐詩。　愁人耳。出古詩。　破我一牀蝴蝶夢二句。工妙。

鷓鴣天　行行又入笙歌裏。　又字從前段第二句來。

憶王孫姚寬　樓上情人聽馬嘶三句。　與飛卿「送君聞馬嘶」，各有其妙，正可參看。

踏莎行　采菱渡口日將沉。已上是即景。飛鴻樓上人空立。已下是遥想。夢魂歸去不留蹤二句。兩層一齊收拾。

酷相思程垓　人人之所欲言，却是人人之所不能言。此之謂本色，無筆力者，未許妄作邯鄲。

愁倚欄令　昵昵兒女語，妙以渲染出之。莫驚他。他字借叶。

清平樂劉克莊　貪與蕭郎眉語二句。入神。

風入松俞國寶　明日重扶殘醉。較原本重攜殘酒，工拙判然。

載華按：武林舊事：淳熙間，一日，御舟經斷橋。橋旁有小酒肆，頗雅潔，中飾素屏風，書風入松一詞於上。光堯駐目，稱賞久之。宣問何人所作，乃太學生俞國寶醉筆也。上笑曰：「此詞甚好，但末句未免儒酸。」因爲改定云「明日重扶殘醉」，則迥不同矣。即日命解褐云。

臨江仙李石　前段數語較勝。無名氏踏莎行詞，所謂有景有情有味也。一方明月中庭。用劉禹錫詩。扇子撲流螢。用杜牧之詩。

滿庭芳張鎡　響逸調遠。螢火墜牆陰。陪襯。任滿身花影二句。工細。

酹江月杜旟　一自聱孫横短策五句。六朝興廢，數語括盡。换頭又提起言之，并寓南宋之慨。人笑褚淵今齒冷，只有袁公不死。「甯爲袁粲死，不作褚淵生」，宋時石城謡也。

揚州慢姜夔　淮左名都，竹西佳處。揚州府城東北有竹西亭，故杜牧詩云：「誰知竹西路，歌吹是揚州。」縱荳蔻詞工，青樓夢好，難賦深情。「荳蔻梢頭二月初」及「十年一覺揚州夢，贏得青樓薄倖名」，皆牧之句。

點絳脣　數峯清苦二句。遒緊。

暗香　二詞絳雲在霄，舒卷自如。又如琪樹玲瓏，金芝布護。舊時月色二句。倒裝起法。何遜而今漸老二句。陡轉。但怪得竹外疏花二句。陡落。歎寄與路遥三句。一層。紅蕚無言耿相憶。又一層。長記曾攜手處二句。轉。又片片吹盡也二句。收。

疏影　别有爐鞴鎔鑄之妙，不僅以櫽括舊人詩句爲能。昭君不慣胡沙遠四句。能轉法華，不爲法華所轉。宋人詠梅，例以弄玉，太真爲比，不若以明妃擬之，尤有情致也。胡澹菴詩，亦有「春風自識明妃面」之句。還教一片隨波去二句。用筆如龍。

長亭怨慢　是處人家四句。先言别時之景。閲人多矣，誰得似長亭樹。樹若有情時，不會得青青如此。借樹以言别時之情。閲人既多，安得尚有情耶。一笑。此字借叶。日暮。望高城不見，只見亂山無數。别後。何記室詩：「日夕望高城，緲緲青雲外。」韋郎去也四句。望其早歸。韋皋與玉簫别，留玉指環，約七年再會，以其地在江夏，故用之。後遂沿爲通用語。算只有并刀二句。總收。

齊天樂　將蟋蟀與聽蟋蟀者，層層夾寫，如環無端，真化工之筆也。候館吟秋三句。音響一何悲。笑籬落呼燈二句。高絶。

載華按漢書王褒傳，蟋蟀俟秋吟。師古注：蟋蟀，今之促織也。是蟋蟀呼爲促織，唐時已然，不始於宋之中都也。

念奴嬌　記年時、常與鴛鴦爲侣。唐詩：「鴛鴦相對浴紅衣。」

側犯　正繭栗梢頭弄詩句，誰念我鬢成絲。「紅藥梢頭初繭栗，揚州風動鬢成絲」，山谷句也。

琵琶仙　更添了幾聲啼鴂。離騷：「恐鶗鴂之先鳴兮，使百草爲之不芳。」三生杜牧。涪翁詩：「春風十里珠簾捲，髣髴三生杜牧之。」詞中用三生杜牧，本此。都把一襟芳思至末。句句説景，句句説情，真能融情景于一家者也。曲折頓宕，又不待言。

翠樓吟　月冷龍沙五句。題前一層，卽爲題中鋪敍，手法最高。玉梯凝望久五句。凄婉悲壯，何減王粲登樓一賦。

解連環　玉鞍重倚三句。冒起。爲大喬能撥春風。以下倒敍。柳怯雲鬆二句。固知濃抹不如淡粧。歎幽歡未足二句。與起處遥接。從合至離，他人必用鋪排，當看其省筆處。問後約空指薔薇三句。深情無限，覺少游「此去何時見也」，淺率寡味矣。又見在曲屏近底。近字，花庵選本註曰平聲，不知出處，義亦未詳。

八歸　歷敍離別之情，而終以室家之樂，卽豳風東山詩意也。誰謂長短句不源于三百篇乎。翠樽雙飲，下了珠簾，玲瓏閑看月。三句括盡康伯可滿庭芳。翻用太白玉階怨妙。

采桑子陸游　體格髣髴花間，但味較薄耳。南宋小令佳者，大抵皆然。

鵲橋仙　酒徒一半取封侯，獨去作江邊漁父。感憤語妙，以蘊藉出之。結句翻用賀知章事，而感慨意卽寓其中。又　故山猶自不堪聽。襯墊一句，不唯句法曲折，而意亦更深。

賀新郎劉過　後老去段青衫憔悴，紅粉飄零，千古一淚。

沁園春　記綰玉曾教柳傳看。柳傳，未詳何人，豈卽小説所載柳毅耶。

月當窗張輯　起句本唐詩。

醉落魄劉光祖　結句，東坡題獨樂園詩中語也。

清平樂趙汝迕　判却寸心雙淚二句。情至之語，不嫌其苦。

水龍吟盧祖皐　笑依依欲挽，春風教住。宋人荼蘼詩：「强挽春風留一醉。」　酒邊風味，對枕幃三句。山谷詩：「名字因壺酒，風流付枕幃。」

御街行高觀國　只起三句説轎，以下俱説轎中之人。花字一首中三見，微複，此亦失于檢點處。又鶯聲似隔。簾外。篆烟微度。簾内。彷佛見如花嬌面。以上言簾垂。結處言簾捲。

燭影摇紅　別浦潮平六句。俱寫景物，却有層次，故不板實。寫景自下而上。酒醒情緒三句。總承上六句。寥落年華將盡二句。收轉前段。

少年遊　翻憶翠羅裙。「蔓草見羅裙」，杜句也。

賀新郎　此詞神韻小減，然氣格自佳。開遍西湖春意爛，算羣花正作江山夢。奇語不可多得。

綺羅香史達祖　綺合繡聯，波屬雲委。盡日冥迷二句。摹寫入神。記當日門掩梨花二句。如此運用，實處皆虚。

雙雙燕　清新俊逸，兼有之矣。還相雕梁藻井。梁間曰藻井。便忘了天涯芳信。傳書燕，見開元、天寶遺事。然文通、太白詩已先用之，不必出處也。

載華附識，思岩兄云：按表異録，綺井亦名藻井，又名門八，今俗曰天花板也。

齊天樂　細雨重移。「細雨更移橙」，杜句也。想橘友荒涼，木奴嗟怨。陪襯。木奴，柑也。草泥來趁蟹螯健。又襯。并刀寒映素手，簌簌吴鹽輕點。并刀、吴鹽，俱用美成詞語。待惜取團圓，莫教分散。暗用合歡柑事，蓋二物實一種也。人手温存，帕羅香自滿。東坡詩注：賜近臣黄柑，以黄羅帕包之。又　秋風早入潘郎鬢二句。用秋興賦序意。便羞插宫花二句。用東坡詩意。舊吟凄斷茂陵女。用白頭吟事。人間公道唯此。用唐人詩。涅了重緇。用陸展染白髮事。搔來更短。「白頭搔更短」，亦唐句。郎潛幾縷。「白髮郎潛舊使君」，東坡句。郎潛二字，出張衡思玄賦。縱有黟黟。黟音伊，黑也。秋聲賦：「黟然黑者爲星星。」又後段，即東坡「擁髻無言怨未歸」之意。

東風第一枝　行天入鏡。昌黎春雪詩：「入鏡鸞窺沼，行天馬渡橋。」帕鳳靴挑菜歸來。春。萬一灞橋相見。雪。又　鞭香拂散牛土。宋時内官，皆用五色絲綵杖鞭牛，故曰鞭香。

鵲橋仙吴潛　癡兒騃女賀新涼二句。與東坡洞仙歌結處同意。

沁園春陳經國誰使　按宋紀，丁酉爲理宗嘉熙元年。是時金雖已亡，而蒙古兵方壓境，諸鎮皆棄官遁。詞中所感，殆謂是歟。

臺城路方岳　那得似西來一笻橫絶。用達摩事。雁銜千里月。雁銜蘆以避矰繳，出淮南子。

驀山溪洪瑹　兩疊，一言初别，一言别後。前歡如夢，後會無期，寫得淋漓盡致。

唐多令尹焕　説著前歡伴不記二句。情景逼真。

酹江月黄昇　前段朴而有致，故雅。多少甲第連雲五句。宕開。得似衰翁三句。收合。

鵲橋仙　雲窗霧閣事茫茫。昌黎詩：「雲窗霧閣事慌惚。」

賀新涼文及翁　前段所謂「直把杭州作汴州」也。

倦尋芳吴文英　墜瓶恨井五句。別後。　古詩：「莫作瓶落井，一去無消息。」　不約舟移楊柳繫五句。重遇。　被西風二句。又別。

西子妝　豔陽酷酒。　酷疑當作酤。

唐多令　何處合成愁，離人心上秋。合，古沓切。　第二句如詩中離合體，亦從少游「一鈎殘月帶三星」得來。　有明月怕登樓。　唐詩：「好月那堪獨上樓。」

祝英臺近　翦紅情，裁緑意，花信上釵股。　立春。　「花隨紅意發，葉就緑情新」，昔人翦綵詩也。　殘日東風二句。闔合除夜。　換頭數語，指春盤綵縷也。　歸夢二句，從「春歸在客先」想出。

高陽臺　可云璧金結繡矣。　金沙鎖骨連環。　用鎖骨菩薩事。　南樓不恨吹横笛二句。　翻案法。　壽陽宫裏愁鸞鏡。一句中用兩事。　問誰調玉髓，暗補香瘢。　用鄧夫人事。　宋伯序落花詩：「淚臉補痕煩獺髓，舞臺收影費鸞腸。」換頭三句，語意本此。　夢縞衣解珮溪邊。　一句中合用兩事。　此詞亦微嫌用事太多耳。

風入松　愁草瘞花銘。　琢句險麗。　惆悵雙鴛不到，幽堦一夜苔生。　此則漸近自然矣。　結句亦從古詩「全由履迹少，併欲上階生」化出。　古詩又有「春苔封履迹」之句。

金盞子　莓砌掃蛛塵三句。　吴城零落。　殿秋尚有餘花二句。　寓窗未開。　新鴈又無端三句。　新邑之役。　籬角六句。　西館籬間。

賀新郎蔣捷　月有微黄籬無影，挂牽牛數朵青花小。　舊人言牽牛花，日出即萎，故此詞云然。　又　我輩中人無此分三句。　名言。

絳都春　細雨院深二句。景中有情。早拆盡秋千紅架。情中有景。縱然歸近二句。曲折入情。姹娅。婣娅之娅，從無活用者，字書亦無別解。唯字彙補註云：娅婇，態也。娅音鴉，么加切，此又叶作去聲，俟攷。娅婇，按廣韻作娅奈，注云作姿態皃。無言暗擁嬌鬟，鳳釵溜也。也字叶得妙。高青邱「回首暮山青，又離愁來也」，亦似從此得訣。

聲聲慢　福唐體，亦名獨木橋體。

虞美人　悲歡離合總無情二句。此種襟懷，固不易到，然亦不願到也。又　幾度和雲，飛去覓歸舟。較「天際識歸舟」更進一層。

行香子　心字香見驂鸞録。窈娘堤見比紅兒詩。秋娘渡見杜秋娘詩。泰娘橋見劉禹錫泰娘詩。

柳梢青　柳雨花風三句。態濃意遠。

絳都春陳允平　飛梭庭院繡簾閑。此飛梭只作弄梭解，非用投梭折齒事也。痕字、昏字，不宜與寒鵑等字同叶。

酹江月　是誰將瑤瑟，彈向雲中。琴中有水仙操，故云。九疑何處二句。暗用湘妃事。

永遇樂　雲南三句，所謂賦而興也，故下直接云王孫遠。薔薇舊約。牧之留贈詩云：「薔薇花謝即歸來。」凡詞中用薔薇本此。

綺羅香　以此接武梅溪，亦如驂之有靳。遡歸燕尚棲殘柳。遡，迎也。共裁春夜韭。杜詩：「夜雨翦春韭。」

探春　柳字、酒字，俱借叶。

百字令　閑踏輕澌來薦菊，半潭新漲微瀾。「一盞寒泉薦秋菊」，東坡書林逋詩後句。

花犯周密　誰記諼記犯重，下記字疑誤。　芳蘭幽芷。　襯法。

解語花　晴絲罥蝶。　雨萼烟梢，壓闌干花雨，染衣紅濕。　起用晴絲，忽接雨萼，微礙。兩雨字亦犯重。雨萼疑當作露萼，或作霧萼。否則下雨字有誤。

曲遊春　看畫船盡入西泠，閑却半湖春色。　武林舊事云：「遊之次第，先南後北，至午則盡入西泠橋裏湖，其外幾無一舸矣。」輕暝籠烟以下，卽武林舊事所謂花影暗而月華生，始漸散去也。前闋兩絲字，後闋兩烟字，犯重，似失檢點。

臺城路　槐陰　朗潤清越，詠物題中所難，碧山二作亦然。

惜餘春慢　魚牽翠帶，燕掠紅衣，雨窗萬荷喧睡。　杜陵詩：「水荇牽風翠帶長。」趙嘏詩：「紅衣落盡渚蓮愁。」

疏影　橫斜照水四字，是題前引子，卽爲下文伏脈。　素壁秋屏。　以下方是正面描寫。　輕妝誰寫崔徽面。　比。記夢回，紙帳殘燈二句。　比而賦。

少年遊　一樣春風，燕梁鶯户，那處得春多。　卽梨花雪，桃花雨，畢竟春誰主之意。　然俱從義山「鶯啼花又笑，畢竟是誰春」脱出。

南浦王沂孫　別君南浦四句。　點化文通別賦，却又轉進一層，匪夷所思。　應有淚珠千點。　用東坡詞意。

水龍吟　以下三首，俱明雋清圓，無堆垛之習。　曉寒慵揭珠簾四句。　用徐仲雅宮詞。　又　歎黃州一夢，燕宮絶筆，無人解看花意。　王元之知黃州，有海棠詩，燕宮謂宣和畫譜也。　兩首前後結句，彷彿相似，尚少變化。

齊天樂　組織處一一工妙。殘紅收盡過雨。紅當作虹。

三姝媚　紅纓懸翠葆三句。正寫起。萬顆燕支。以下三層，俱是借用法。正夜色瑛盤二句。用魏明帝事。薦筍同時三句。用唐人櫻笋會事。貯滿筠籠二句。用少陵詩意。謾想青衣初見二句。用小説范陽盧子事。

慶清朝　玉局歌殘，金陵句絶。東坡賀新涼詞，後段單説榴花。荆公詠榴花，有「萬緑叢中紅一點，動人春色不須多」之句。何須擬，蠟珠作蒂二句。出温飛卿詩。誰在舊家殿閣，自太真仙去，掃地春空。温陽七聖殿遶殿石榴，皆太真所植，出洪氏雜組。顛倒絳英滿逕二句。用昌黎詩。

慶春宫　縱飄零、滿院楊花，猶是春前。與竹山「縱然歸近風光，又是翠陰初夏」，各有其妙。

掃花遊　不似竹山羅列許多秋聲，命意與歐公一賦仿佛相似。但從旅客情懷説來，倍覺愴然。頓驚倦旅。主意。但落葉滿階，唯有高樹。歐公所謂聲在樹間也。想邊鴻孤唳四句。借以作波，亦如歐公賦末，用蟲聲唧唧也。　又　剩紅如掃。來路。過變處，一線相承。舊盟誤了，又新枝嫩子，總隨春老。去路。用杜牧尋春事，人妙。

摸魚兒　疑失題。筆路與想路俱極尖巧，尤妙在無一點俗氣，否則便類市井小兒聲口矣。

南浦張炎　亦空闊，亦微妙，非玉田先生不能。

水龍吟　記小舟夜悄，波明香遠，渾不見，花開處。何減「魯望月曉風清」之句。

解連環　寫不成書二句。奇警。暮雨相呼二句。「暮雨相呼疾，寒塘欲下遲」，唐崔塗孤雁詩也。

探春　纔放些晴意四句。可謂筆如其手，手如口矣，不意於詠物題得之。

高陽臺　淡淡寫來，冷冷自轉，此境大不易到。

掃花遊　嫩寒　前段結句引起下半闋。

渡江雲　更漂流何處。處字亦是叶韻。長疑卽見桃花面四句。曲折如意。

綺羅香　甚荒溝，一片淒涼二句。用事無迹。後段彈丸脫手，不足喻其圓美也。羞見衰顏借酒二句。比擬最切。

謾倚新粧二句。香山詩：「醉貌如紅葉，雖紅不是春。」

清平樂　只有一枝梧葉二句。淡語能腴，常語有致，唯玉田爲然。

疏影　人巧極而天工錯，草窗亦應退三舍避之。黃昏片月。標出眼目。幾度背燈難折。句中句。窺鏡蛾

眉淡抹八句。三層模寫，賦而比也。

瑣窗寒　起句隱藏碧山二字，偶爾弄巧，詩家亦有此例。蝴蝶句及後黃金句，俱出李長吉詩。悵玉笥埋

雲，錦衣歸水。玉笥山當在越中，俟攷。錦衣出太白越中覽古詩。

載華附識，思岩兄云：按史記太史公自序：禹穴注：石箐山一名玉笥山，又名宛委山。又按水經注，浙東城郭外，又有玉笥、竹

林、雲門、天柱精舍，並疏山創基，架林裁宇。則玉笥爲越中山無疑矣。

西子妝　楊花點點是春心，替風前萬花吹淚。較坡公「點點是離人淚」，更覺纖新。「遙岑出寸碧」，昌黎句也。

南樓令　暗憶舊時歌舞地。以下俱是追憶。明月半牀人睡覺二句。真所謂「已涼天氣未寒時」。

二郎神　湯恢　此作以會合與別離兩層夾寫。記翠楫銀塘三句。此層尚是寬寫。燕子銜來相思字二句。從鴈

足不來，又翻進一層。香痕碧唾五句。此層寫得更切。

大江東去文天祥　用東坡原韻。

賀新郎李南金　羅大經云：「悽婉頓挫，不減古作者。」君看取落花飛絮三句。用南史范縝語意。恐明朝鴈亦無尋處。明朝一作明年。

天香王易簡　煙嶠收痕三句。龍涎。蠟杵冰塵三句。製香。纖痕透曉二句。焚香。龍涎和衆香焚之，能聚香，煙縷縷不散。

桂枝香陳恕可　記乍脫內黃。內黃，地名，此特借用。還是秦星夜映。陰陽家以井鬼之分爲巨蟹宮，井鬼分野屬秦。

水龍吟趙汝鈉　正香擘新橙。山谷蟹詩「忍看支解對薑橙」。遺山亦有「酒邊遣汝伴新橙」之句。

摸魚兒唐珏　雪空水冷。微複。清涼亭院。清涼字複。結語似落套。

鳧葉淨。字書云：「蓴葉似鳧葵。」千里舊懷誰省。千里，湖名。但只有芳洲蘋花與老。與字疑訛，或是共字。

桂枝香　正半殼含黃四句。出坡詩。結用蟹眼湯意，與陳作同。

魚遊春水無名氏　媚柳輕窣黃金縷。縷字借叶。許多景物，皆爲遊子作襯，故下文直接云，佳人應怪歸遲。

眉峯碧　第二句，亦從牛給事望江怨脫來。窗外芭蕉窗裏人，分明葉上心頭滴。似從飛卿「空階滴到明」化出。若聶勝瓊鷓鴣天結句，則又從此出藍耳。

踏莎行　可與後主「花明月暗」詞並傳。融情景于一家，固是詞中三昧。若論豔詞，則與其多作情語，無甯多作景語，蓋情語尤易流入鄙褻也。細玩自知。結語本香奩集。

踏青游　古詩中多離合詩，然與此體小異。按鮑明遠集有字謎詩，此其遺意也。裏字重叶。

鷓鴣天　昇平之盛，如在目前，昔人謂非想像者所能道，信然。

綠意　怕飛去謾緫留仙裙摺四句。比。喜靜看，匹練秋光二句。去路。

載華按：此首見山中白雲詞卷六。題下注云：樂府雅詞以此首作無名氏，非。今姑從詞綜編録。

御街行　此卽詩家所謂俳諧體也，佳在無一硬語、穢語。否則便類黄鶯兒、月兒高聲口矣。

西江月　蘆花江上兩衰翁二句。苦語真摯。

眼兒媚　今宵眼底，明朝心上，後日眉頭。希文「眉間心上，無計相迴避」，易安襲用之，而語較工。此則更加尖穎矣。

壺中天慢李清照　此詞造語固爲奇俊，然未免有句無章。舊人不加評駁，殆以其婦人而恕之耶。

醉花陰　結句亦從人與綠楊俱瘦脱出，但語意較工妙耳。

浣溪沙　此詞大旨，只是慨春色已去耳，玩第三句及結句自明。新筍已成堂下竹，落花都入燕巢泥。眼前景物，自成佳聯。

蝶戀花朱淑真　莫也愁人意。意字借叶。把酒送春春不語二句。與「庭院深深」作後結，「妾本錢塘」作前結相似。

鷓鴣天犇勝瓊　風致如許，真所謂我見猶憐者也。

金詞

人月圓吴激　花庵稱其精妙悽婉，良然。然只是善于運化唐句耳。

琴調相思引劉仲尹　羅敷二句，翻用陌上桑古辭。

滿江紅元好問　恨伯勞東去燕西飛。古詞：「東飛伯勞西飛燕。」

清平樂　飛去飛來二語，可與馮延巳「雙燕來時陌上相逢否」爲配。結句本于真人鳳棲梧。

邁陂塘　玉田云：「鴈邱雙蓮，立意高遠。」

載華按：雙蓮一首見補遺末卷，依次編後。

元詞

金人捧露盤羅志仁　更無宫女説元宗。翻用唐句，感慨更深。

洞仙歌段宏章　了東風孤注。舊人詩，有荼蘼孤注之語。

水龍吟曾允元　開口便是夢境，以下層次極細。凭肩後約三句。所謂夢中無限風流事也。

百字令薩都剌　用東坡原韻。鬼火高低明滅。以上俱是觸目生慨。歌舞尊前三句。略推開。傷心千古二句。仍收歸石城。

多麗張翥　後段西湖晚景，形容曲盡。背馱明月進錢塘者，何足語此。

摸魚兒　待雪夜相思三句。訂後會。要款段隨車。馬援傳，乘下澤車，御款段馬。輕盈喚酒二句。仍關合遣妾意。又　蹊徑與疏影一首相似。仍獨自、伴瘦影黄昏，和月窺窗紙。有追魂攝魄手段。

疏影　王元章墨梅圖　元章名冕，諸暨人。前段只説梅花，後段方説畫梅，與滿江紅一闋，題折枝桃花章法正同。微霜却護朦朧月二句。卽爲畫圖伏案。一夜夢雲無迹。跌起畫梅。唯有龍煤解染。直接。

水龍吟　芙蓉老去妝殘二句。引起。瘦葺黄邊三句。襯寫。幾度臨流送遠二句。點入送客。船窗雨後三句。宋人詩：「蓼花無數入船窗。」此更寫得入畫。不見當年三句。帶出廣陵。但此時此處三句。收轉蓼花。又玉人梔貌堪憐。尤延之詩：「梔貌寧欺我輩人。」甚女貞染就。女貞一名蠟樹。然樹上收採之蠟，乃白蠟也，故曰染就。

陌上花　關山夢裏歸來，還又歲華催晚。使歸。歲暮。舊譜作六字句，亦通。今從詞律。緑箋密記多情事二句。有懷。連上二句看來，乃見其妙。滿羅衫，是酒香痕凝處。舊譜從香字句固謬，詞律以五字爲句亦未安。詞緯從衫字讀，余謂當從是字讀，然未敢臆斷，姑從詞緯。不成便没相逢日四句。曲折如意。

滿江紅　前段俱爲畫圖作勢。丹青筆。點清。

水龍吟張埜　飄飄冉冉三句。虛。雪繭新抽六句。實。

人月圓倪瓚　前段全用竇鞏南游感興詩語。後段則用劉禹錫石頭城詩語意。鷓鴣啼處三句。太白越中覽古絶句：「只今唯有鷓鴣啼。」

沁園春邵亨貞　此二首與劉改之兩闋俱工麗可喜。似此描寫，亦何妨爲大雅罪人。

燕山亭張雨　曾問譜西泠二句。闋合梅字。君家幾度尊前。用楊德祖事。唯醉寫來禽青李。陪襯。補遺。

水龍吟胡仔　隱括體。夢寒銷帳春風曉。銷當作綃。以下補人。

柳梢青羅椅　首句身字，畢竟微似趁韻。

鶯啼序汪元量　慨古實以傷今，當與麥秀之歌、黍離之詩並傳。嗟倦客又此憑高。點清重過。檻外已少佳致。虛籠一句。更落盡梨花三句。只作引子，亦是襯法。問青山三句。領起下二段。麥甸葵邱五句。兩層俱是所見，一下一高。聽樓頭哀笳怨角。一層是所聞。漸夜深月滿秦淮二句。轉接。兩層亦是所見，一遠一近。慨商女不知興廢三句。一層是所聞。傷心千古二句。略頓。認依稀王謝舊鄰里。衣冠人物。臨春結綺三句。宮殿妃嬪。因思疇昔九句。追思致亂之由。歎人間今古真兒戲。一句總收。東風歲歲還來三句。仍應轉第一段。

曲遊春施岳　和草窗韻。前闋寫遊人之駢集，後闋言遊人之歸去，層次歷歷，無不如畫。傍斷橋翠繞紅圍，相對半篙晴色。武林舊事所謂「小泊斷橋，千舫駢聚」也。

摸魚兒李演　長干路。長干里在建鄴之南，今江寧府。

謁金門何光大　泛碧沉朱，卽浮瓜沉李也。

菩薩蠻張桂　摘得野薔薇二句。新倩。

新荷葉鄭斗煥　賦題。

賀新郎陳紀　稼軒作從昔人說起，此作就本事說起，合二闋觀之，可以識章法之變。鐵撥鵾絃春夜永，對金釵鍾乳人如玉。唐賀懷智以鵾鷄筋作琵琶，絃用鐵撥彈，故坡公有「鵾絃鐵撥響如雷」之句。香山詩「鍾乳三千兩，金釵十二行。」

玉珥墜金環趙雍　前後俱説目前情景，只中間數語，是追敍舊時。

踏莎行賀鑄　斷無蜂蝶慕幽香二句。身分。常年不肯嫁東風二句。有美人遲暮之慨。以下補詞。」

定風波　全用唐詩隱括入律。

花心動李彌遜　前段只寫初秋情景，換頭以下，略點入牛女事，最善避俗。

朝中措朱翌　舊日東籬陶令，北窗正卧羲皇。天然巧合。

臨江仙張元幹　日高猶倦妝梳。以上俱是追憶。

金縷曲辛棄疾　通首寄慨絶遠。一番新緑。緑字叶去，見中原音韻及唐音正。千里瀟湘葡萄漲。坡詩：「春江緑漲蒲萄醅。」唾花寒，唱我新翻句。飛燕外傳，姊唾染人紺袖，正似石上花唾，花字本此。望金雀觚稜細舞。西都賦：「上觚稜而棲金爵。」觚稜，殿闕角也。金爵，鳳也。

西江月　後疊似乎太直，然確是夜行光景。

清平樂黄昇　語意惻惻動人，然較之太白，則更傷矣。末二句，似從摩詰「那堪聞鳳吹，門外度金輿」化出。

載華按：結句本唐人宫詞：「月明花落又黄昏。」

天香吴文英　後段俱從蠟字生發。

水龍吟　一起便如畫。樹密藏溪三句。從山説到泉。二十年舊夢四句。自慨。賁銀瓶羊腸車轉。「銀瓶瀉湯誇第二」，東坡句。「曲几團蒲聽煮湯，煎成車聲遶羊腸」，山谷句。鴻漸重來三句。懷古。把閒愁換與樓前晚色二句。去路。

壺中天張炎　須信平生無夢到二句。淡語入情，人不能道。又窈窕行人韋曲。韋曲、杜曲，皆昔時名勝之地。

疏影　先述舊遊，後説北歸，於事則爲順敍，於法則爲倒裝。

紅情　記涉江自採，錦亭雲密。古詩：「涉江採芙蓉。」一見依然自語。太白詩：「荷花嬌欲語。」背酣斜日。荆公詩：「荷花落日紅酣。」無數滿汀洲如昔。用參寥詩語。

風入松　如讀儲王田家詩。

滿庭芳　銷凝處三句。折筆卽爲小字添毫。陽和能幾許三句。承上再用宕筆。

聲聲慢　此別何如至末。一片神行。

湘月　把乾坤收入篷窗深裏。冒起。星散白鷗三四點二句。細細寫景。堪歎敲雪門荒五句。寄慨。落日沙黄三句。收轉。幾時歸去二句。去路。

木蘭花慢　前段只寫舟中情景，換頭以下方説昔遊。

倦尋芳湯恢　背後腰肢，彷彿畫圖曾見。東坡續麗人行，因周昉畫背面欠伸内人而作，故其詩云：「隔花臨水時一見，只許腰肢背後看。」此正用其語意。

祝英臺近　沉水冷金鴨。　鴨字屬洽韻，不與眉月通，此與雪節同叶，當讀作乙結切。　東坡畫雁詩亦然。

又　誰道臨水樓臺，清光最先得。「近水樓臺先得月」，唐戴叔倫句。

風流子翁元龍　蕭女夜歸。　蕭疑當作簫。

絳都春　記蜜燭夜闌。　蜜字疑訛。　恨他情淡陶郎。　稱陶公爲陶郎，未穩。

青玉案李萊老　總入韶華譜。　韶當作昭。　昭華玉名，謂玉笛也。　石湖亦有「昭華三弄」之句。

生查子　樓上數殘更，馬上看新月。　從「樓上黄昏，馬上黄昏」脱來。

高陽臺　斷腸不在聽横笛。　翻案法與夢窗同。　悵秋娘滿袖啼痕四句。　杜秋孃歌，有「莫待無花空折枝」之句。

邁陂塘元好問　遺山二闋，綿至之思，一往而深，讀之令人低徊欲絶。　同時諸公和章，皆不能及。　前云天也妒，此云天已許，真所謂「天若有情天亦老」矣。　算謝客煙中。　少游有詠煙中怨詞。

載華按：天也妬，遺山鴈邱詞中語也。

酹江月薩都剌　結語自謂。　又　半夜鐘聲以下，似乎稍泛，與前不稱。

補錄以下諸條，從蒿廬夫子雜記中録出，詞綜評本所無，補録于後。　編次仍依詞綜，以便檢閱。

南唐詞

子夜李後主花明　此詞又見杜安世壽域詞中，但易數字耳。

宋詞

破陣子晏殊　晏氏父子均可追逼花間，琴川毛氏以配南唐二主，雖不免儗之不倫，然詞林中類此者，固指不多屈也。

傷春怨王安石　結語與歐公暗合。

木蘭花張先　驪駒應亦解人情，欲出重城嘶不歇。與晏小山玉樓春結二語相似。

望遠行柳永　此詞掩襲太多，皓鶴二語出惠連雪賦。

醉翁操蘇軾　東坡自評其文云：「如萬斛泉源，不擇地皆可出。」唯詞亦然。

臨江仙晁補之　結語絕妙，惜起筆稍率。

憶秦娥毛滂　兩用成語，可備一格。

點絳脣葛勝仲　魯卿父子，門第既高，譽望亦重，特其所作，不逮元獻、小山耳。

玉樓春周邦彥　此首當是咏劉、阮故事。

蝶戀花王寀　後半闋暗用長恨歌語意。

賀新郎張元幹　仲宗坐送胡邦衡及寄李伯紀詞除名，其品節可知矣。

春光好　此詞頗佳，其末句云「憶弓弓」，蓋賦美人纖趾也。

載華按：此首詞綜不選。

減字木蘭花呂本中　淡語自佳。

金人捧露盤曾覿　海野東都故老，詞多感慨，惜其人無足稱。

蝶戀花楊旡咎　讀此詞前闋結句，知鞵盃之戲，非始于楊廉夫也。

載華按：此首詞綜不選。

卜算子葛立方　通首極清麗。

卜算子程垓　與劉後村海棠爲風雨所敗一作相似，亦可備一體。

水調歌頭崔與之　填此調者，類用壯語，想亦音節應爾耶。

酹江月杜旟　豪邁處何減稼軒。

暗香姜夔　詞中之有白石，猶文中之有昌黎也。世固也以昌黎爲穿鑿生割者，則以白石爲生硬也亦宜。

疏影　但暗憶江南江北。借用法。莫似春風三句。翻案法。作詞之法貴倒裝，貴借用，貴翻案。讀此二闋，祕鑰已盡啓矣。

南鄉子陸游　南渡後，唯放翁爲詩家大宗。詞亦掃盡纖淫，超然拔俗。

水龍吟盧祖皐　酒邊風味四句。方虛谷云：「荼蘼本唐書，酒名，世以花似酒之色，故得名，而亦爲枕囊幃者也。」

御街行高觀國　香波半窣深深院。窣，穴中卒也。此亦當作出字解，與勃窣窸窣義別。

壽樓春史達祖　白石、梅溪，昔人往往並稱。驟閱之，史似勝姜，其實則史稍遜堯章。昔鈍翁嘗問漁洋曰：「王、孟齊名，何以孟不及王。」漁洋答曰：「孟詩味之未能免俗耳。」吾于姜史亦云。倚聲者試取兩家詞熟玩之，當不以予爲蚍蜉之撼。梅溪嘗有騎省之戚，故此闋及夜行船一闋，全寓此意。

東風第一枝 粘雞貼雁。翦綵爲雁以戴之，貼宜春二字，元日貼畫雞于户上。

喜遷鶯 結處與柳梢黄昏同意。

踏莎行洪瑹 垂垂玉筯。甄后面白，淚雙垂如玉筯，見唐類函。

謁金門盧炳 哄堂詞下語用字，亦復楚楚有致。

喜遷鶯吴文英 羅蓋牙籤，一一書名字。牙籤書名，用之牡丹，便爲愜當。近乃施之于菊花，正恐東籬處士，不耐此標榜耳。

解語花 瓊樹三枝，總似蘭昌見。蘭昌，宫名。瓊樹以下五句，全用薛昭遇雲容事。載華附識，思岩兄云：雲容張氏，蘭翹劉氏，鳳臺蕭氏，瓊艷三枝半夜春，即薛詩也。

女冠子蔣捷 羞與蛾兒争耍。元宵有撲燈蛾，亦曰鬧蛾兒，又曰火蛾。

水龍吟周密 草字、峭字，與酒後等韻同叶，唯南宋諸公有之。

杏花天 丹青自是難描模二句。亦翻案法。然「意態由來畫不成，當時枉殺毛延壽」，荆公已先道之矣。

天香王沂孫 諸香龍涎爲最，出大食國。近海旁常有雲氣罩山間，即知有龍睡其下。或半載，或一二載，土人更相守視，候雲散則龍已去，往必得龍涎。又一説，大洋海中，龍在其下，湧出之涎，爲日所爍成片，風漂至岸，人得取之。

水龍吟張炎 「仙人掌上玉芙蓉」，王建宫詞。

新雁過粧樓　蕭疏淡遠，雅與題稱。

載華按：此首詞綜不選，見山中白雲詞卷二。

遠朝歸趙耆孫　只珠簾二語絕佳，惜前後不稱。

步蟾宮汪存　應酬中佳製。

虞美人王文甫　可備一格。

桂枝香李彭老　猶記燈寒暗聚四句。蟹譜：蟹隨潮解甲，更生新者。捕蟹者，緯蕭承其流而障之，名蟹斷。癸辛雜識：江南蟹處蒲葦間，一燈水滸，莫不郭索而來。自那日新詩換得。東坡詩：「一詩換得兩尖團。」草泥蹤跡。和靖詩：「草泥行郭索。」

天香馮應瑞　此詞較勝王作，惜結語脱去耳。

載華按：王作即指前王易簡一首，題調俱同。結二句，繾綣風流，柔情縷縷，各本俱缺，今從歷代詩餘補録。

桂枝香唐藝孫　眼波頻溜。用蟹眼湯入妙。數風味尊前。山谷詩：「奈此尊前風味何。」

聲聲慢李清照　此詞頗帶傖氣，而昔人極口稱之，殆不可解。

卜算子美奴　後段第三句，與黃公度詞暗合。

金詞

春草碧李獻能　顏色如花命如葉。香山成句。

邁陂塘元好問　雁邱　今太原府陽曲縣。

元詞

玲瓏玉姚雲文　休嗟空花無據三句。語含諷刺。

西湖月黃子行　玉兒應有恨，爲悵望東昏相記憶。用「玉奴終不負東昏」，亦從白石疏影悟出。

木蘭花慢薩都剌　空字重叶。

唐多令張翥　記懷中朱李曾投。用王敬伯妻趙氏事。

水龍吟張埜　不一尊瓊露。不字用得稍硬。

余自束髮喜學爲詞，而按譜倚聲，未能卽通其故。蒿廬夫子於課讀之暇，謂詞肇於唐，盛於宋，接武於金、元。唐詞具載花間集，宋詞散見於花庵、草窗兩編。金、元詞罕覯選本，唯詞綜一書，竹垞先生博采唐宋，迄於金元，搜羅廣而選擇精，舍是無從入之方也。迺漸次評點，授余讀之。每一闋中，凡抒寫情懷，描模景物，以及音韻法律，靡不指示詳明，直欲使作者洗發性靈，而後學得藉爲繩墨，洵詞家之鄭箋已。洒邊花底，親承提命，略涉藩籬。今忽忽四十餘年，夫子之墓木已拱，余亦衰且老矣。使徒奉爲枕中祕而不與風雅名流共體玩之，抑豈夫子評閱之意歟。爰繕寫校讎，附初白庵詩評之後。夫詞者詩之餘，固殊體而同源也。唐、宋以來，詩詞兼擅者，代不乏人，詩既有評，詞獨無評乎哉。公諸同好，後之作藝文志者，或以是編爲詞苑之嚆矢云。乾隆丁酉春日，門人張載華謹識。

戲鷗居詞話

〔清〕毛大瀛輯

戲鷗居詞話目録

戲鷗居詞話

許尚質釀川集

山陰許尚質又文釀川集云：甲子依人入洛，同舟有北去女子，時聞嘆息。泊江口，塡花心動一闋云：「埋怨西風，恁匆匆、催人一帆飛渡。側坐小車，障面輕容，偷見淚痕如雨。生憐同是離鄉也，誰似我、離鄉尤苦。苦相對，無言黯黯，暗傷柔櫓。又向江干留住。看隔岸船頭，錦韡商女。倚柁藏鉤，笑露春纖，別是一般鄉語。此身拚作商人婦，也絕勝、遠離鄉土。想幽恨、分明倩予細訴。」又文令小伶歌之。中夜，忽隔艙大慟，詢所以，云無奈「生憐同是離鄉也，誰似我、離鄉尤苦」兩語耳。迨曉，各分道陸行，同行咸愴然累日。

許寶善自怡軒詞

許寶善穆堂自怡軒詞云：憶數年前，有洞庭女子改丈夫裝，尋其所歡。泊迹茸城，爲邏者所偵，送至邑庭。邑宰試以庭前古柏詩，居然名作，因令老媼護之歸里。辛丑歲，在歸德府署，偶爲吳松崖述之。松崖感慨欷歔，請紀其事，爲塡摸魚兒一闋云：「黯西風、問天何事，把人淪落如許。惜春常願花前笑，忍覩斷紅零絮。秋欲暮。似雁影霜寒，嘹唳尋孤侶。松江別浦。趁一葉扁舟，白雲紅樹。來訪去時路。

幽香吐。翠鬟珠鬢輕露。春光漏泄誰護。繡帷尚怯風吹去，泣向琴堂低訴。吟好句。看血染冰綃，字字皆酸楚。飄流最苦。待留與多情，深憐痛惜，憑弔淚如雨。」

吴錫麒有正味齋琴言

錢塘吴錫麒穀人有正味齋琴言云：「城東瓦子巷，本南宋時勾欄。吴君特玉樓春詞有云：『問稱家住城東陌。欲買千金應不惜。歸來困頓滯春眠，猶夢婆娑斜趁拍。』蓋紀實也。今則委巷蕭然，知者殆寡。戊子七月二十三日過之，書鳳凰臺上憶吹簫一闋，以貽好事者。『斜日鴉邊，西風葉外，蕭蕭古巷彎環。歎紫簫人去，信杳青鸞。幾度煙花治夢，吹不向、霧髻雲鬟。空回首，調鸚檻遠，款蝶簾寒。妝殘。翠眉久斂，看十二樓頭，微逗春山。念笑桃前事，鉛水空彈。休唱瀟瀟暮雨，無人共、翦燭清談。淒涼甚，新愁舊愁，壓滿欄干。』」

諸世器洞仙歌

柘枝伎於橋上累臺數層，援繩而飛，試諸解數。吾友諸世器竹莊有洞仙歌一闋，頗爲形容盡致。詞云：「玉虹臨水，見彩竿千尺。依樣高高駕空碧。便鶯能織柳，燕會裁花，頻上下、還恐損他雙翮。鴉鬟年十七，掌内愁擎，穿去穿來怎無迹。絶頂忽翻身，翩若驚鴻，全不怕、倒垂梅額。正駭得、通坊盡徬皇，已溜下長繩，臉無紅白。」

查初白餘波詞

余觀查初白餘波詞，有閬州慢一闋，得石帚遺意。其自序云：「余來武林，當兵燹之餘，觸目荒凉。遡劉賓客之舊游，悽愴憑弔，與姜白石追思小杜，寄慨略同。因和其自度揚州慢一闋以見意。用其韻而易其名，亦猶春霽秋霽之不改調云爾。」詞云：「屈子祠荒，隱侯臺廢，沅江苦霧難晴。聽鷓鴣叫處，又春水初生。問仙路、紅霞遠近，匆匆花事，愁滿刀兵。但煙扶殘柳，馬鞭青入空城。　風流司馬，向詩篇都寄閒情。有曲度南音，采菱歸晚，白馬湖平。併入竹枝歌裏，游人去、流盡灘聲。念劉郎前度，也如杜牧三生。」兩押生字，恐有一誤。

陳其年悼陳羽嬉詞

黄天濤有愛姬陳羽嬉，亡後，天濤哀悼不已。南陽鄧孝威有絶句云：「休啓疏簾還遠望，朝雲墳在落花中。」天濤有一扇，扇上並圖此景。陳迦陵爲賦朝雲墳在落花中，調寄念奴嬌云：「南陽詞客，慣多愁善感，最能吟寫。近爲黄郎題恨句，悽咽如聞夜話。説道江鄉，每年寒食，細雨啼山鷓。落紅萬斛，朝雲墳在其下。　更被水墨輕描，丹青澹抹，倍把愁腸惹。短短墓門花似血，點人倪迂小畫。蝴蝶成團，蘼蕪滿路，鬧殺前村社。倚樓人在，爲他淚驗銀帕。」

陳其年詠閨人踢鞬子詞

踢鞬子之戲，古今來託之吟詠者絶少。迦陵詞，有戲詠閨人踢鞬子者，讀之絶佳。調寄沁園春云：「嬌困騰騰，深院清清，百無一爲。向花冠尾畔，剪他翠羽，養娘篋底，檢出朱提。裹用綃輕，製同毬轉，簸盡牆陰一線兒。盈盈態，訝妙踰蹴踘，巧甚彈棊。　鞵幫只一些些。況膩滑纖鬆不自持。爲頻誇獶捷，立依金井，慣矜波俏，礙怕花枝。忽憶春郊，回頭昨日，技上闌干剔鬢絲。垂楊外，有兒郎此伎，真惹人思。」

陳其年弔海烈婦詞

海烈婦，徐州人，流落毘陵。艷色爲漕卒所窺，迫之，不屈而死，立祠毘陵。陸雲士爲作傳。迦陵填大酺一闋，用片玉詞韻弔之云：「悵廟竿紅亘衣碧，門外銀濤雪屋。古苔壞牆滿，任脱韁石馬，畫廊眠熟。嘆螺髻煤殘，蝶裙灰盡，夜寂寂小姑，愔愔聖女，苦鳥啼歸修竹。　羣妃蓬島讌，御天風來往，釵鈴戛觸。長人獨。靈旗歸太速，神弦歇、醉覡扶華轂。可惜是、亂水彭城，舊家小沛，望鄉徒切登臨目。入不言兮，出學唱個，秋墳鬼曲。怨青塚留江國。班班恨血，土花墳起紅蔟。水腥打滅翠竹。」

宋荔裳夢江南詞

宋荔裳觀察夢江南詞，有「游人争似蜜蜂多」之句。漁洋山人曰：以游人比蜜蜂，新妙欲絶。宋理堂比部踏莎行云：「綠陰深處黃鸝打。」意亦不專指黃鸝，庶幾似之。

宋理堂題燕子樓詞

燕子樓，相傳在徐州署後。唐僕射張建封没，其侍姬關盼盼居此，守志十餘年。一日，見白傅詩，快快泣下。但吟：「兒童不識沖天物，漫把青泥汙雪毫。」遂絶粒而逝。宋理堂過彭城，感題離亭燕一闋於旅壁云：「一片雲籠煙霧。不識舊樓何處。想昔日、笙歌鼎沸，忽漫淒涼中路。燕子月黃昏，怕説合歡情緒。　多事香山詞賦。惹起閒愁無數。之死殉公明素志，潔白肯教塵汙。懷古問遺踪，立馬斜陽衰樹。」邵厚庵太守見之，笑曰：「千載綺語之過，得此懺悔，真當撒手兜率天矣。」

陳朗六銖詞

集句詞至竹垞蕃錦集，工巧極矣。平湖陳太暉朗，著六銖詞，集古詩爲之，較竹垞集唐，尤爲因難見巧。陸梅谷烜題尾犯云：「哀怨六朝餘，殘雨斷雲，誰解收拾。有客多情，珊瑚網盈鐵。氤氳鼎、衆香不殊，紅白花、一枝相接。九秋風露，片段柴窰，拆碎皆奇絶。　縱教如意舞，誤損佳人瓊頰。妙補增姸，了無痕如獺。媧皇石、精靈煉就，天女衣、裁縫迹滅。清琴百衲，冰絃彈出愁千疊。」

薛筠菩薩蠻

歌者薛筠，高澗南青衣也。澗南令陽邑，筠隨梨園部演劇。澗南愛其色藝畜之。後筠從澗南入都，反于晉，卒于保定旅舍。澗南搜其篋中，得詩詞若干首。余見其菩薩蠻一闋云：「夕陽擁盡殘鴉落。西風又緊邊城角。并水咽黄昏。有人添淚痕。　短長亭畔路。明日停鞭處。誰按小秦王。尊前促鬢霜。」頗有花間遺意。得之若人，尤所難也。

魏坤賦琴魚詞

涇縣東北二十里，有琴溪。溪側有石高一丈，曰琴高臺，有廟存焉。溪側別有一種小魚，相傳琴高投藥渣所化，號琴高魚。歲三月，數十萬一日來集，前輩多形之賦詠。王漁洋嘗約姜宸英西溟、吳麐仁趾、魏坤禹平，賦琴魚詩。魏題驀山溪詞最佳。詞云：「桃花潭近，千尺揉藍早。一曲是琴溪，過清明，腥風吹到。仙人去後，水族也留名，鱗影細，浪痕圓，翠網都收了。　騎鯨無分，客裏銜杯好。玉盤忽擎來，最堪憐、小于白小。脆能下酒，不用膾銀絲，除非並，箭頭魚、風味輸多少。」

黄永減字木蘭花

周珊珊，字小珊，戴溪黄夫人侍兒也。禀性婉媚，夫人極憐愛之。年十五，將爲之字。有夫人族子黄永雲孫者下第歸。夫人以六袠初度，從而捧觴。得見珊珊姿態閒逸，娟娟楚楚，如不勝衣，殆神仙中人也。雲孫心蕩，使媒者通殷勤。夫人命家嫗私詢之，珊珊首肯。雲孫配湘夫人出私貲聘之。時雲孫將應春官試，欲諏吉娶之偕往，以父命不果治裝。將去，聞珊珊忽遘疾，意殊怏怏，不欲行。雲孫賦減字木蘭花一闋誌別曰：「東君有意。知許梅花花也未。小漏春光。怎禁西風一夜霜。　淒然相對。花底温存花欲淚。殘月如弓。幾剪燈花又曉鐘。」雲孫既去，珊珊病益劇。迨雲孫被放歸，而珊珊已死三日矣。雲孫哀悼不已，親爲立傳。

費生南鄉子

紹興有寡婦夜績，忽一少女推扉入，年十八九，儀容秀美，袍服炫麗。媪問何來，女曰：「憐爾獨居，故來相伴。」女竟升床代績，日同操作。視所績匀細生光，織爲布晶瑩如錦。居半載無知者。後媪漸泄于親里中女伴，求見者香煙相屬。有費生者，邑之名士，以重金啗媪，媪爲之請。女不得已，約以明日。生具香燭而往，入門長揖，忽見布幕中容光射露，翠黛朱櫻，無不畢見，似無簾幕隔者。生意炫神馳，不覺傾拜。拜已而起，則厚幕沈沈，聞聲不見矣。悵悵間，竊恨未覩下體。俄見簾下繡履雙翹，瘦不盈握。生又拜。簾中語曰：「君歸休，妾體惰矣。」媪起延生別室，生題南鄉子一闋于壁云：「隱約畫簾前。三寸凌波玉筍尖。點地分明蓮瓣落，纖纖。再著重臺更可憐。　花襯鳳頭彎。入幄應知軟似棉。但願化爲蝴蝶去，裙邊。一嗅餘香死亦甜。」題畢而去。女覽題不快，謂媪曰：「我偶墮情障，以色身示人，乃被淫詞污褻，若不速遷，恐陷身情窟，歷刼難出矣。」遂去。

王受銘贈歌童詞

都下有歌童工色藝，而特妙于口輔。梁山舟名之曰笑渦兒。秀水王又曾受銘填沁園春贈之云：「秋剪横波，蹙起微潮，輕圓有痕。想登臺擁袂，乍迴舞雪，搴帷舉扇，細裊歌雲。欲語欺鬟，佯羞弄帶，逗露靈犀一點春。天然韻，便蛾眉螭齒，欠此風神。芳名錫自情人。更銷盡春風別後魂。任陳王賦好，輕憐翠靨，施家村遠，莫泥嫣臏。似水年華，拈花態度，歡喜偏成懊惱因。無聊甚，試圖成輭障，喚下真真。」

李養恬解語花

受銘丁辛老屋集云：李養恬有女僮名雙雁，年甫十二，歌舞並妙。乙亥五月，過訪淮上，索覩不得，蓋方侍其如夫人暫詣梅里舊居也。養恬老懷寂寥，酒邊話及，輒形于詩，故拈解語花一闋以解之云：「朱闌卍字，暮雨巫峯，憑數年華小。髻丫梳了。纖明甚、是朵櫻桃開早。人前强笑。怕背地、怨情都曉。何苦將，紅豆輕抛，作去弄鶯聲惱。名取雁兒恁好。儘雙飛雙宿，誰耐孤悄。霎時鴻爪。秋風末、一點楚雲先杳。書傳不到。應料得、誤人青鳥。如要他、行步相隨，但喚伊春草。一終須買取名春草，處處相將步步隨。」劉禹錫寄贈小樊句。

曹貞吉贈柳敬亭詞

曹禾曰：柳生敬亭以平話聞公卿。入都時，邀致接踵。一日過石林許曰：薄技必得諸君子贈言以不朽。家實庵首贈以二闋，合肥尚書見之扇頭，沈吟嘆賞，卽援筆和韻珂雪之詞，一時稱盛。京邑學士顧庵叔自江南來，亦連和二章。敬亭名由此增重。實庵首調寄沁園春云：「席帽單衫，擊缶嗚嗚，豈不快哉。況玉樹聲銷，低迷禾黍，梁園客散，清淺蓬萊。蕩子辭家，羈人遠戍，翻可逢場作戲來。掀髯笑，謂浮雲富貴，麴蘖都埋。　縱橫四座嘲詼。歎歷落嶔奇是辨才。想黃鶴樓邊，旌旗半卷，青油幕下，罇俎常陪。江水空流，師兒安在，六代興亡無限哀。君休矣，且扶同今古，共此啣盃。」其次闋，調寄賀新涼云：「咄汝青衫叟。閱浮生繁華蕭瑟，白衣蒼狗。六代風流歸抵掌，舌下濤飛山走。似易水歌聲聽久。試問於今真姓氏，但回頭笑指蕪城柳。休暫住，譚天口。　當年處仲東來後。斷江流、樓船鐵鎖，落星如斗。七十九年塵土夢，才向青門沽酒。更誰是、嘉榮舊友。天寶琵琶宮監在，訴江潭、顦顇人知否。今昔恨，一搔首。」王阮亭曰：「贈柳生詩詞，牛腰束矣，當以此兩詞爲壓卷。」

曹貞吉贈李開伯詞

曹貞吉實庵珂雪詞云：日照李開伯作生壙成，自題云：「竹帛誰千古，煙霞我一邱。」余喜其能達生也，作沁園春以贈之云：「表聖之徒，富貴浮雲，能齊死生。憶早年任俠，千夫辟易，中年策杖，五岳縱橫。紫塞黃榆，短衣孤劍，鬱鬱胸蟠百萬兵。今老矣，向荒山寄迹，汐社藏形。　牛眠好卜佳城。便撒手懸崖自在行。彼麒麟贔屭，誰當不朽，湮霞没滅，我本無營。大海潮青，嵐峯月白，樂此安知後世名。君無語，持黃金鑿落，飲若長鯨。」

尤侗題萬年冰詞

尤悔庵侗艮齋雜説云：錢塘陸雲士家，有萬年冰一塊。長安諸公，題詠甚衆。予調菩薩蠻云：「幾時海上淩波去。碧雲宮裏偷冰柱。攜向玉臺中。光爭琥珀紅。　長安多熱客。把玩清心骨。若問是何名。

多年一老兵。」昔劉貢父在署，隔舍羣武弁，玩一水晶器，不識何名。貢父遥語之曰：「此多年一老兵耳。」時謂善謔。王司馬逼桓大將軍飲云：「失一老兵，得一老兵。」老兵本此。

尤侗酒泉子

艮齋雜説云：花間詞多用雙韻暗接，如飛卿酒泉子云：「楚女不歸。樓枕小河春水。月孤明，風又起，杏花稀。玉釵斜簪雲鬟重。裙上縷金雙鳳。八行書，千里夢，雁南飛。」歸、稀、飛一韻，水、起一韻，重、鳳、夢一韻。錯綜巧妙，此類甚多。至宋人絶響矣。予亦有此調云：「月白風清。今夜誰家去住。過長亭。接短渡。傍孤城。知君馬上聽鷄鳴。妾已明朝早起，歇殘燈。空庭裏，拜三星。」并亭燈亦用韻，覺入義明書，尚未叶也。

王竹所寄懷六娘詞

嘉定有六娘者，名湘蘋，字采于，名家女也，歸某生。某生狂蕩無檢，家産奩資，揮霍淨盡，紿六娘至勾欄迫之。六娘涕泗交横，號慟欲絶，假母以計污焉，遂墮入娼家。後居槎水上，賣珠補屋，種竹澆花，幽窗曲几之下，熏爐茗盌閒，静若書生。悦吾友王君竹所之才思，委身而不得，作小影以貽之。圖中用「天寒翠袖薄，日暮倚修竹」兩句補景。竹所署以絶代佳人四字，携入都門。一時知名之士，題詠殆徧。凡覩崔徽風貌者，皆以爲遠過蕭娘一紙書也。竹所有別六娘詞，調寄白蘋香云：「歌罷雲分雨散，酒醒月黑風多。銷魂無奈別離何。不是不曾真個。宿粉未銷衣袂，餘香猶在巾羅。櫓聲咿軋滿煙波。一夜擁衾愁坐。」又，山塘舟次，對雨緘懷六娘，調寄虞美人影云：「雁煙蟲語秋娘渡。客夢欲歸無路。數處斷歌零舞。燈火山塘暮。新詞譜就憑誰度。空憶舊家眉嫵。分付夜潮流去，直到銷魂浦。」又，小重陽石湖望月，有懷六娘，寄過龍門云：「落日水微瀾。雁齒彎環。酒船去後月華閒。回首楞伽雲外寺，塔火闌珊。吟罷獨憑闌。歸路漫漫。小蓮音信渺鄉關。安得相携乘一舸，游徧湖山。」竹所寄懷之詞甚多，不及備載。

董以寧一剪梅

董以寧文友蓉渡詞，有一剪梅，酒闌歌示程村一闋，全用于字韻，精巧獨絕。詞云：「與君詩酒兩相于。座有紅于。尊有青于。湘蘭不並草軒于。山鳥友于。山花友于。夜闌聯袂鼓綿于。舞罷神于。吹罷茵于。徐徐卧去覺于于。一石淳于。一夢淳于。」自注云：紅于，妓名。青于，酒也，出衍元紀。軒于，蕕草，出相如賦。白詩：「野鳥山花共友于。」綿于，曲名。徐徐句，出莊子。神于，秦俠士，舒章劍。茵于，笛名。淳于，一髡一棼。王阮亭曰：「二淳于，雙璧忽合。

董以寧醜奴兒令

蓉渡詞有閨怨一闋，調寄醜奴兒令云：「歡情別恨匆匆換，歡是前宵。別是今朝。一樣輕魂兩樣消。夢來夢去迢迢覓，去夢郎招。來夢奴邀。兩處輕魂兩處飄。」毛稚黄曰：「兩末句絕調。」

董以寧青兒曲

蓉渡詞有青兒曲，調寄愁春未醒。引云：青兒者，邑先達楊中丞家妓也。今作予家僕婦，嗟哉憔悴矣。然猶記旗亭舊曲，適文夏、右文、艾庵、程邨諸子，同其舊主人過飲，因索清歌。渠有羞見江東之意，其音瑟瑟，似聽潯陽江上聲，詞以傷之。還恐才人老大，都如是耳。「千金不惜，歌舞教成。似燕離巢後，呢喃猶作畫粱聲。自分年踰，絃索笙簫讓後生。今宵何事，重聞呼喚，幾度如醒。欲奏清音，花檀乍拍，淚已盈盈。幸得非牙郎買絹，不受伊輕。但覺歌餘，蘆花楓葉滿中庭。最堪憐、是卿猶既嫁，我未成名。」

曹錫辰憶秦娥

上海曹錫辰北居畏壘山房詞云：素英者，秀水人也，色藝殊麗。嘗從其母以繩技來游茭門，作盤中舞，飄飄若欲凌風飛去。予詩以美之。已而就予歌吴音，翻越調，手撥四絃，清聲宛轉，留三日別去。去之夕，倍依依可憐也。客譚往事，爲追賦憶秦娥一闋云：「人可意。卸妝扶醉蠻腰細。蠻腰細。月明風靜，曲闌斜倚。那時情事分明記。柳陰花底銷魂地。銷魂地。離悰軟語，幾多柔媚。」

曹錫辰詠脚刀詞

北居於戊子秋，省試報罷。有戲詠脚刀詞甚佳，調寄疏影云：「棠谿聚鐵。信鼓排鍛就，二寸蛇舌。厲石磨礲，圭角分明，憑將足跡波割。鋩銛不讓并州翦，莫漫比、鉛刀曾折。看稜稜、脱穎囊中，入手電飛風掣。南北驅馳未息，脚跟踏實地，催老筋骨。峭緊芒鞵，用雲門卧龍參禪事。幾度空穿，自嘆雞皮層疊。高材墨子争先達，用墨翟救宋事。笑跛躄、後來如鼈。便及鋒、刮垢磨光，已似卞和三刖。」

趙秋谷海漚小譜

趙秋谷宫贊海漚小譜云：余放斥既久，不自檢飭，浪游南北，多預花酒之筵，頗能諧笑。或雜綴詩詞，間爲時人傳誦，而實無所遇接。知交輩咸以介静之目歸之。甲申歲，客津門，自春徂秋。狎游既數，嬌激非情，如海客之於漚鳥，不自覺其相親近也。長日無事，戲爲記録，以志吾過，且貽好事者。藥枝者，西郭人也。當戊寅己卯間，名噪甚，尋常不可得一見。余以辛巳之秋，始遊於此，友人百計爲致之。寒夕濃陰，紅燈深屋，翩然而來，明艷奪目。蒲州老友吴天章，當代詩人也，方在座。一轉瞬間，頓失常度，乃相與爲詩題品，雜以嘲謔。余有留别詞書于便面，調寄蝶戀花云：「秋老家山紅萬疊。何意淹留，斷送重陽節。醉裏情懷空自結。彎環低畫湘簾月。總爲相逢教惜别。明日風帆，亂落霜林葉。暮雨迷離天外歇。寒花付與紛紛蝶。」余既東歸，頗不能忘。今年再至，則已爲有力者所主，不復可見矣。居久之，有爲余傳言者，乃相期于他所，叙舊傷離，數語而别。猶持余前時所書便面，容色憔悴，非復曩態。先是有問於余者曰：「藥姬何如。」余曰：「新荷出水，飛鳥依人，聞者莫不惝怳自失。」及是，余又自失矣。爲二絶句示客：「烏鵲秋前報好音。人間不信月終沈。如何兩度歸滄海，不見輕泥蘸客襟。」「照水開花偏有艷，先霜病葉已難支。三年好在游春夢，悔作重尋杜牧之。」又：「玉素者，行四，人第稱其行第，晉人也。小身常貌，色頗鮮好。至于手足柔纖，膚肌瑩膩，時蓋罕其輩矣。性尤慧利，工于應對。余始以初夏燭下見之，贈以南柯子云：「引燭催行雨，排愁泥酒卮。春光不信去天涯。看取尊前，楚楚海棠枝。瞥眼渾相識，和酲不自持。他年何處最相思。應是紅酥，着體欲融時。」又有浪淘沙云：「微雨過庭墀。新緑離披。玉人和笑近郎時。何物比將嬌與巧，燕子鶯兒。盃趁晚風移。漏鼓參差。雲問細閃月如眉。滅燭解襟香澤散，一石何辭。」蓋紀實也。然自待過高，意所不愜，雖罄竭貲力，百計媚之，不能得其歡。其當意者，即無所隱也。用是爲雅流所賞，而市兒或嫉之如仇。金錢者反是，流俗艷稱之。蓋其性頗蕩，舉動佻急，不能自持。語亦敏給，而皆近俚。惟足迹與素相若，膚色風態，薄似吴娘，可暫見而不可久狎也。

燕臺二妓

若青者，與蕊姬並時齊名，津中皆呼之爲八小兒，似燕臺妓品中名目也。辛巳秋，友人欲并致之，而適有據之者，卒不可得。壬午夏，姬避地之江南，逮今一載。雖徵余其舊識者，且亦絶望矣。中元日，有邀余飲月者。酒甫行，而姬出，四座動色，逈非常覩。細詢之，附舟北來，至纔數日耳。余已倦客，戒行有期。仙素杳然，不可復蹤迹。豈意晚得高流，且酬夙願。贈以夜合花長調云：「天與温柔，人傳嬌小，幾年思殺傾城。江波浩渺，斷橋何處相迎。秋有信、月還盈。鵲橋邊、巧送新盟。劉郎前度，徐娘未老，消得風情。　連朝雨暗窗櫺。趁向雲輕漢淺，掩映三星。龍鬟鳳枕，黛眉幾許低横。金不暖、玉無聲。　算瑶池、獨有飛瓊。東阿才費，文園渴劇，端爲卿卿。」余謂青姬眉目姣好，放誕風流，似卓文君。至于輕纖柔媚，兼有衆長。自非蕊姬，無能爲比。而蕊已若彼矣，美名難居，盛時易失，昔人所爲感慨係之者也。

汪文柏柯庭餘習

汪文柏季青柯庭餘習云：明霞，臨清人。年十九，隨司李馮君之任吴興。司李以公出，明霞遭妬婦虐，葬于峴山。有碑曰：石蒲刍侍兒明霞之墓。蓋司李所題也。年久仆榛莽中，湮没無聞。忽于歸安邑署扶鸞，得詩一首云：「生長臨清十九年。偶隨車馬過苕川。傷心惟有嶺頭草，夜夜吟風泣杜鵑。」後署峴山明霞題。邑令張秋帆因而物色其處，爲之封土樹碑。嗚呼，青塚猶存，芳魂難返，聊吟斷句，以紀其事。「大婦頑嚚果見嗔。老奴何事久行春。空留九字題碑碣，也有來看墮淚人。」「青山緑水葬紅裙。恨滿山巔與水濆。千里乘風能往返，定尋炎海伴朝雲。」「一腔幽恨託扶鸞。嶺草吟風夜月寒。未許蔡經窺鳥爪，但看珠玉落沙盤。」「碧浪湖邊春草生。窪尊亭畔月華明。試聽山澗泉嗚咽，似與人間訴不平。」後過峴山，弔其墓，復系以詞，調寄風入松云：「城南勝地頗關情。沙脚繫舟輕。清泉一掬沈深穴，雲林稠疊隱啼鶯。緩步趁山行。曾聞小塚埋芳巉巖路、屐底稜稜。試問斷碑何處，依然斜照荒亭。骨，閒憑弔、悄地愁生。爲惜幽花正艷，漫遭風雨飄零。」盛青嶁集中，有峴山明霞女史墓絶句二首。序云：「明霞，吳興司李馮可楨之妾，能詩，善畫竹。爲大婦妬死，葬峴山。有碑云：石蒲侍兒明霞之墓。我友郭子入山搜得之，作歌表其事。余和以詩，詩曰：『英雄無策庇紅裙。執戟馮郎定不文。輸與東坡親製誄，六如亭下葬朝雲。』『千個琅玕寫管姬。玉臺更擬課新詩。殯宮留得蕭蕭影，猶想天寒倚袖時。』」按：湖州府志山部，馮可楨作馮可賓，未知孰是。

朱彝尊高陽臺

秀水朱竹垞江湖載酒集云：「吳江葉元禮，少日過垂虹橋，有女子在樓上，見而慕之，竟至病死。氣方絕，適元禮復過其門。女之母以女臨終之言告葉，葉入哭，女目始瞑。友人爲作傳，余記以詞。調寄高陽臺云：『橋影流虹，湖光映雪，翠簾不卷春深。一寸橫波，斷腸人在樓陰。游絲不繫羊車住，倩何人、傳語青琴。最難禁。倚偏雕闌，夢偏羅衾。　重來已是朝雲散，悵明珠佩冷，紫玉煙沈。前度桃花，依然開滿江潯。鍾情怕到相思路，盼長隄，草盡紅心。動愁吟。碧落黃泉，兩處誰尋。』」

陳孟周憶秦娥

鄭板橋云：「陳孟周，瞽人也。聞予填詞，問其調，予爲誦太白菩薩蠻、憶秦娥二首。不數日，卽爲其友人填二詞，亦用憶秦娥調。其詞曰：『光陰瀉。春風記得花開夜。花開夜。明珠雙贈，相逢未嫁。　舊時明月如鉤掛。只今題起心還怕。心還怕。漏聲初定，玉樓人下。』『何時了。有緣不若無緣好。無緣好。怎生禁得，多情自小。　重逢那覓回生草。相思未創招魂藁。招魂藁。月雖無恨，天何不老。』予聞而驚歎，逢人便誦。咸曰：青蓮自不可及，李後主、辛稼軒，何多讓也。拙詞近數百首，因媿陳作，遂不復存。乃題二絶于後云：「圓嶠仙人海上飛。吸風飲露不曾歸。偶然唾墨成涓滴，化作靈雲入沙微。」「世間處處可憐情。冷雨凄風作怨聲。此調再傳黃壤去，癡魂何日出愁城。」

泗水壁間詞

遂安毛際可鶴舫浣雪詞云：丙辰夏，余以北上過泗水，見壁間才女詩序，凄惋可誦。末句「敢寄恨于白頭，豈借詞于紅葉」，發情止義，非雙文待月之詞，非煙送郎之曲所能髣髴。但云吳門尹士，不似閨閣佳稱。且良人游宦秦中，亦無書名旅壁之理。想隱語或作伊氏，或作邢氏耳。小詞非以效顰，聊與司馬青衫同濕也。調寄少年游詞云：「春鶯嘹嚦拂柔柯。繡幰此間過。才女以壬子春過此。滿壁淋漓，慘紅啼綠，反較墨痕多。　燈前閲盡銷魂句，江賦恨如何。團扇長門，古來如此，天也忌才麽。」王阮亭云：此詞可續琵琶行。

姜培胤贈涇陽妓詞

西陵姜培胤，字亶貽。池上樓詩餘云：涇陽妓又西者，關中殊色也。金子玉書亟稱之。余以病不果往，因作憶秦娥以誌之。詞云：「秦姬艷。秦山淺映芙蓉面。芙蓉面。盈盈秋水，儘人留戀。　涇流湜湜天教限。緣慳那到姮娥殿。姮娥殿。曉風殘月，幾時瞧見。」

高念東臨江仙

漁洋居易録云：「吾鄉刑部侍郎高公念東珩，下筆妙天下，而留意二氏之學。生平撰箸，不減萬篇。常廣東坡「勸爾一盃酒，聊復醉人間」，「貧富海茫茫」之意，作臨江仙詞八首。雖出游戲，亦絶調也。偶記一二於此云：「亭長歸來屯萬乘，大風雲起飛揚。數行泣下美人裳。楚歌爲若舞，何似在烏江。　銅雀雙鸞春宛轉，掛釵便到分香。西陵歌吹爲誰長。一盃聊復醉，啼笑海茫茫。」「送客白衣看短劍，羽聲擊筑相將。雪園寒月倦游梁。夷門虚左地，春莫緑蕪長。　香水吴宫多少恨，魚腸酒後如霜。姑蘇麋鹿亦荒涼。一盃聊復醉，恩怨海茫茫。」「楊柳春風何婀娜，幽蘭瑟瑟秋霜。江潭憔悴子蘭狂。世情雙燕子，隨處得雕梁。　鷺道碧紗新姓氏，大槐争鑄金章。木棉庵近半閒堂。一盃聊復醉，榮睟海茫茫。」「野外秋蓬風外絮，一生萍海中央。青衫紅淚弔潯陽。江雲天漠漠，楓樹夢蒼蒼。　漢月秦關秋雁斷，短歌對酒河梁。西風班馬玉鞭長。一盃聊復醉，離合海茫茫。」「不盡江潮鐵綽板，商歌玉樹秋江。莓苔因雨上宫牆。金仙留剩淚，百度續霓裳。　汾水年年秋雁去，雷塘楊柳含霜。漁歌樵唱下斜陽。一盃聊復醉，興廢海茫茫。」又三首不及録，使明皇聞之，必嘆爲真才子也。

邵青門秋柳詞

王應奎東溆柳南隨筆云：「新城秋柳詩四首，其風調之佳，如三河少年，風流自賞，蓋妙搆也。近日吾邑邵青門陵作秋柳詞一首，風調亦復可愛。調寄賀新涼云：「萬樹黄金線。最無端、送春辭夏，垂垂欲倦。

一自漫空飛絮盡，多少朱門晝掩。便背了東風一面。記得清明寒食路，倚纖腰、亂打桃花片。又勾住，花間燕。如今拋擲情何限。帶幾枝、冷煙疏雨，水村荒店。六代山河斜照裏，無數暮鴉棲徧。又何處，笛聲哀怨。凄絶右丞三疊句，任行人、唱煞無心管。長亭路，連天遠。」

沈君庸妻詞

吴江沈君庸自徵，作灞亭秋、鞭歌伎二劇，瀏灕悲壯，其才不在徐文長下。乃其妻亦才女也，嘗有寄外詞云：「漠漠輕陰籠竹院。細雨無情，淚濕霜華面。試問寸腸何樣斷。殘紅碎緑西風片。萬轉相思才夜半。又聽樓頭，叫過傷心雁。不恨天涯人去遠。三生緣薄吹簫伴。」調寄蝶戀花，張名倩倩。

蔡啟僔羅江怨

遼海劉廷璣葛莊在園雜志云：少時過淮陰，鹽城縣丞何素之之泗，爲余言蔡昆陽狀元啟僔二事。一、蔡公車投刺山陽令，蓋同年而先仕者，批其刺，令閽者查明。蔡拂然北上，殿試及第。令以厚幣請罪，蔡却之。答以詩曰：「一肩行李上長安。風雪誰憐范叔寒。寄語山陽賢令尹，查明好向榜頭看。」一、蔡公狎一妓，臨别，賦羅江怨調云：「功名念，風月情。兩般事，日營營。幾番攪擾心難定。欲待要倚翠偎紅，捨不得黄卷青燈。玉堂金馬人欽敬。欲待要附鳳攀龍。捨不得玉貌花容。芙蓉帳裏恩情重。怎能彀、兩事兼成，遂功名又遂恩情，三盃御酒嫦娥共。」彼言如此，未知果否。

張惠言論詞

〔清〕張惠言撰

張惠言論詞目録

張惠言論詞

温飛卿庭筠

菩薩蠻小山重疊金明滅

此感士不遇也。篇法仿佛長門賦，而用節節逆敍。此章從夢曉後，領起「懶起」二字，含後文情事，「照花」四句，離騷初服之意。

菩薩蠻水精簾裏頗黎枕

「夢」字提，「江上」以下，略敍夢境。「人勝參差」、「玉釵香隔」，言夢亦不得到也。「江上柳如烟」是關絡。

菩薩蠻蕊黄無限當山額

提起，以下三章本入夢之情。

菩薩蠻玉樓明月長相憶

「玉樓明月長相憶」，又提，「柳絲裊娜」，送君之時。故江上柳如烟，夢中情境亦爾。七章闌外垂絲柳，八章綠楊滿院，九章楊柳色依依，十章楊柳又如絲，皆本此「柳絲裊娜」言之，明相憶之久也。

菩薩蠻牡丹花謝鶯聲歇

相憶夢難成，正是殘夢迷情事。

菩薩蠻寶函鈿雀金鸂鶒

「鸞鏡」二句，結，與心事竟誰知相應。

菩薩蠻南園滿地堆輕絮

此下乃敍夢，此章言黄昏。

菩薩蠻夜來皓月才當午

此自卧時至曉，所謂相憶夢難成也。

菩薩蠻雨晴夜合玲瓏日

此章正寫夢，垂簾凭闌，皆夢中情事，正應人勝參差三句。

菩薩蠻竹風輕動庭除冷

此言夢醒。「春恨正關情」與五章「春夢正關情」相對雙鎖。「青瑣」、「金堂」、「故國吴宫」略露寓意。

更漏子柳絲長

此三首亦菩薩蠻之意。「驚塞鴈」三句，言懽戚不同，興下「夢長君不知」也。

更漏子星斗稀

「蘭露重」三句與「塞鴈」、「城烏」義同。

韋端己莊

菩薩蠻紅樓别夜堪惆悵

此詞蓋留蜀後寄意之作。一章言奉使之志，本欲速歸。

菩薩蠻人人盡説江南好

此章述蜀人勸留之辭，即下章云「滿樓紅袖招」也。江南即指蜀，中原沸亂，故曰「還鄉須斷腸」。

菩薩蠻如今却憶江南樂

上云「未老莫還鄉」，猶冀老而還鄉也。其後朱温篡成，中原愈亂，遂決勸進之志。故曰「如今却憶江南樂」，又曰「白頭誓不歸」，則此詞之作，其在相蜀時乎。

菩薩蠻洛陽城裏春光好

此章致思唐之意。

牛松卿嶠

菩薩蠻

花間集七首，詞意頗雜，蓋非一時之作。詞綜删存二首，章法絶妙。

菩薩蠻舞裙香暖金泥鳳　緑雲鬢上飛金雀

「驚殘夢」一點，以下純是夢境。章法似西洲曲。

馮正中延巳

蝶戀花六曲闌干偎碧樹　莫道閒情拋棄久　幾日行雲何處去

三詞忠愛纏綿，宛然騷辨之義。延巳爲人，專蔽嫉妒，又敢爲大言。此詞蓋以排間異己者，其君之所以信而弗疑也。

晏同叔殊

踏莎行小徑紅稀

此詞亦有所興，其歐公蝶戀花之流乎。

范希文仲淹

蘇幕遮碧雲天

此去國之情。

歐陽永叔修

蝶戀花庭院深深深幾許

「庭院深深」，閨中既以邃遠也。「樓高不見」，哲王又不寤也。「章台」、「遊冶」，小人之經。「雨横風狂」，政令暴急也。「亂紅飛去」，斥逐者非一人而已，殆爲韓、范作乎。此詞亦見馮延巳集中。李易安詞序云：「歐陽公作蝶戀花，有『庭院深深深幾許』之句，余酷愛之，用其語作庭院深深數闋，其聲卽舊臨江仙也。」易安去歐公未遠，其言必非無據。

蘇子瞻軾

卜算子缺月掛疏桐

此東坡在黄州作。鮦陽居士云：「缺月」，刺明微也。「漏斷」，暗時也。「幽人」，不得志也。「獨往來」，無助也。驚鴻，賢人不安也。回頭，愛君不忘也。「無人省」，君不察也。「揀盡寒枝不肯棲」，不偷安于高位也。「寂寞沙洲冷」，非所安也。此詞與考槃詩極相似。

辛幼安棄疾

摸魚兒更能消幾番風雨

鶴林玉露云：詞意殊怨。「斜陽」、「烟柳」之句，其與「未須愁日暮，天際乍輕陰」者異矣。聞壽王見此詞，頗不悦，然終不加罪也。

賀新郎緑樹聽啼鴂

茂嘉蓋以得罪謫徙，故有是言。

祝英臺近寶釵分

比與德祐太學生二詞用意相似。「點點飛紅」，傷君子之棄。「流鶯」，惡小人得志也。「春帶愁來」，其刺趙、張乎。

菩薩蠻郁孤臺下清江水

鶴林玉露云：「南渡之初，金人追隆祐太后御舟至造口，不及而還。幼安因此起興，「鷓鴣」之句，謂恢復行不得也。

姜堯章夔

暗香舊時月色

題曰石湖詠梅，此爲石湖作也。時石湖蓋有隱遯之志，故作此二詞以沮之。白石石湖仙云：「須信石湖仙，似鴟吏飄然引去。」末云：「聞好語，明年定在槐府。」此與同意。首章言己嘗有用世之志，今老無能，但望之石湖也。

疏影苔枝綴玉

此章更以二帝之憤發之，故有昭君之句。

王聖與沂孫

眉嫵漸新痕懸柳

碧山詠物諸篇，並有君國之憂。此喜君有恢復之志，而惜無賢臣也。

高陽臺殘雪庭除

此傷君臣晏安，不思國耻，天下將亡也。

慶清朝玉局歌殘

此言亂世尚有人才，惜世不用也。不知其何所指。

無名氏

緑意碧圓自潔

此傷君子負枉而死，蓋似李綱、趙鼎之流。「回首當年漢舞」云者，言其自結主知，不肯遠引。結語，喜其已死而心得白也。

附録

一、詞選序

張惠言

敍曰：詞者，蓋出于唐之詩人，採樂府之音以制新律，因繫其詞，故曰詞。傳曰：意内而言外謂之詞。其緣情造端，興于微言，以相感動。極命風謠里巷男女哀樂，以道賢人君子幽約怨悱不能自言之情。低徊要眇以喻其致。蓋詩之比興，變風之義，騷人之歌，則近之矣。然以其文小，其聲哀，放者爲之，或跌蕩靡麗，雜以昌狂俳優。然要其至者，莫不惻隱盱愉，感物而發，觸類條鬯，各有所歸，非苟爲雕琢曼辭而已。自唐之詞人李白爲首，其後韋應物、王建、韓翃、白居易、劉禹錫、皇甫松、司空圖、韓偓並有述造，而温庭筠最高，其言深美閎約。五代之際，孟氏、李氏君臣爲謔，競作新調，詞之雜流，由此起矣。至其工者，往往絶倫。亦如齊梁五言，依托魏晉，近古然也。宋之詞家，號爲極盛，然張先、蘇軾、秦觀、周邦彦、辛棄疾、姜夔、王沂孫、張炎淵淵乎文有其質焉。其盪而不反，傲而不理，枝而不物。柳永、黄庭堅、劉過、吴文英之倫，亦各引一端，以取重于當世。而前數子者，又不免有一時放浪通脱之言出于其間。後進彌以馳逐，不務原其指意，破析乖刺，壞亂而不可紀。故自宋之亡而正聲絶，元之末而規距隳。以至于今，四百餘年，作者十數，諒其所是，互有繁變，皆可謂安蔽乖方，迷不知門户者也。今第録此篇，都爲二卷。義有幽隱，並爲指發。幾以塞其下流，導其淵源，無使風雅之士懲于鄙俗之音，不敢與詩賦之流同類而風誦之也。嘉慶二年八月武進張惠言。

二、重刻詞選原序

張　琦

嘉慶二年，余與先兄皋文先生同館歙金氏，金氏諸生好填詞。先兄以爲詞雖小道，失其傳且數百年。自宋之亡而正聲絶，元之末而規矩隳。窔宧不闢，門户卒迷。乃與余校録唐宋詞四十四家，凡一百十六首，爲二卷，以示金生，金生刊之。而歙鄭君善長復録同人詞九家爲一卷，附刊于後，版存于歙。同志之乞是刻者踵相接，無以應之，乃校而重刻焉。嗚呼！憶余同先兄選此詞，迄今已三十四年，而先兄没已二十九年矣。當時之樂，豈復可得。今日之悲，其何能已。是選先兄手定者居多，今故列先兄名而余序之云爾。道光十年夏，四月十有一日張琦序。

三、詞選後序

金應珪

詞選二卷，吾師張皋文、翰風兩先生之所録也。夫楚謡漢賦，既殊風雅，齊歌唐律，亦乖蘇李。何者，古愈遠則愈殺，聲彌近則彌悲，此由音調所成，故亦淵源莫二，譬之纂綉異製而合度于鑷，蛾眉各盼而同美於魂。故知法不虚采，神不虚艷，其揆一也。樂府既衰，填詞斯作，三唐引其緒，五季暢其支。兩宋名公，尤工此體。莫不飛聲尊俎之上，引節絲管之間。然乃瓊樓玉宇，天子識其忠言，斜陽烟柳，壽皇指爲怨曲，造口之壁，比之詩史，太學之詠，傳其主文。舉此一隅，合諸四始，遂歸所會，斷可識矣。近世爲詞，厥有三蔽。義非宋玉而獨賦蓬髮，諫謝淳于而唯陳履舃。揣摩牀笫，汙穢中冓，是謂淫詞。其蔽一也。猛起奮末，分言析字，詼嘲則俳優之末流，叫嘯則市儈之盛氣，此猶巴人振喉以和陽春，黽蜮怒噬以調疏越，是謂鄙詞。其蔽一也。規模物類，依托歌舞，哀樂不衷其性，慮嘆無與乎情，連章累篇，義不出乎花鳥，感物指事，理不外乎酬應。雖既雅而不艷，斯有句而無章，是謂游詞。其蔽三也。原其所昧，厥亦有由。童蒙擷其粗而失其精，達士小其文而忽其義。故論詩則古近有祖禰，談詞則風騷若河漢，非其惑歟。昔之選詞者，蜀則花間，宋有草堂，下降元明，種別十數。推其好尚，亦有優劣。然皆雅鄭無別，朱紫同貫，是以乖方之士，罔識別裁。蓋折楊皇荂，嗤而同悅，申椒蕭艾，雜而不芳。今欲塞其歧途，必且嚴其科律。此詞選之所以止于一百十六首也。先生以所託既末，知音蓋希，雖復闢彼窔宧，且擬棄諸巾篋。珪竊不敏，以爲先路有覺，來哲難誣，昭明之選不興，則六代文賦宗風蓋息乎。乃校而刻之，序其後云爾。嘉慶二年八月日歙金應珪。

四、詞選批注

端木埰

李後主

浪淘沙簾外雨潺潺

「流水落花歸去也」，「歸」別本作「春」，當從之。

前章「不知身是客，一晌貪歡」，正陳叔寶之全無心肝，亡國之君千古一轍也。次章又有「往事堪哀」，「終日誰來」、「想得玉樓」等句。明明觖望不甘，被禍之由，機牽藥所由來也。前已荒昏失國，此又妄露圭角，可爲千古龜鑑。覩此則知后帝此間樂之語，未可全非。

田不伐

南柯子團玉梅梢重

「簾風不動」，別本作「風簾」。

李玉

賀新郎篆縷消金鼎

此刻所録賀新郎，近十餘調。總不如高竹屋「梅花」一闋，扔棄不録，可惜。

史邦卿

雙雙燕過春社了

此調後四句，一律六字，頗嫌板滯。

王聖與

齊天樂一襟餘恨宮魂斷

詳味詞意，殆亦碧山黍離之悲也。首句「宮魂」字點清命意。「乍咽」、「還移」，慨播遷也。「西窗」三句，傷敵騎暫退，宴安如故也。「鏡暗妝殘」，殘破滿眼。「爲誰」句，指當日修容飾貌。側媚依然。衰世臣主全無心肝，真千古一轍也。「銅仙」三句，傷宗器重寶均被遷奪北去也。「病翼」三句，更是痛哭流涕，大聲疾呼，言海徼棲流，斷不能久也。「餘音」三句，哀怨難論也。「漫想熏風，柳絲千萬」，責諸人當此尚安危利災，視若全盛也。語意明顯，悽惋至不忍卒讀。乙酉正月採注。

張叔夏

高陽台接葉巢鶯

詞意悽咽，興寄顯然。疑亦黍離之感。

無名氏

綠意碧圓自潔

注：此詞亦入玉田集。

「怨歌」句較姜詞少一字。

卽無寓意亦是絕唱。

注釋荒謬，甚不足取。「绿意」卽「疎影」別名，創自堯章。此詞卽非玉田亦是咸景以後。格調與元鎮、伯紀時代太不合。且謂傷君子枉死，當時君子枉死，有過於武穆者乎？李、趙雖被譴，猶未至于死也。「喜其已死」句尤荒謬，有悼傷君子而喜其死者乎？若果如此，是全無人心者矣。大約張氏昆季薰心兩廡，心神瞀亂，故於古人名作妄箋至此。此詞無論是否玉田作，但就詠荷葉譯之，自是千秋絶調，不必胡牽妄摭，致絶妙好詞盡成夢囈。丁亥四月廿三日燈下子疇志。

端木埰

五、續詞選批注

范希文

御街行紛紛墜葉飄香砌

希文、君實兩文正，尤宋名臣中極純正者。而詞筆婉麗如此。論者但以本意求之，性情深至者，文辭自悱惻，亦不必別生枝節，强立議論，謂其寓言某事也。

王介甫

桂枝香登臨送目

情韻有美成、耆卿所不能到。

蘇東坡

水調歌頭 明月幾時有

「宇」與「去」，「缺」與「合」均是一韻。坡公此調凡五首，他作亦不拘。然學者終以用韻爲好，較整鍊也。

六、旅譚

汪琭

姜堯章暗香疏影兩詞，自序但云：「辛亥之冬，予載雪詣石湖，授簡索句，且徵新聲，作此兩曲。」硯北雜志所記亦同，無異說也。近人張氏惠言謂：「白石此詞爲感汴梁宫人之入金者。」陳蘭甫亦以爲然。鄙意以詞中語意求之，則似爲僞柔福帝姬而作。按宋史公主傳云：「開封尼静善者，内人言其貌似柔福，静善卽自稱柔福。蘄州兵馬鈐轄韓世清送至行在，遣内侍馮益等驗視，遂封福國長公主適永州防禦使高世榮。其後内人從顯仁太后歸，言其妄，送法寺治之。内侍李愥自北還，又言柔福在五國城適徐還而薨，静善遂伏誅。」宋人私家記載，如四朝聞見録、三朝北盟會編、古杭雜録、鶴林玉露、浩然齋雅談，此書但言柔福南歸，下降高世榮，不言其後事。所記雖小有參差，北盟會編云：「自稱小名環環。」四朝聞見録云：「適高世傹。」古杭雜録云：「乃一女巫爲宫婢所教也。」大致要不相遠。惟璅碎録獨言其非僞，韋太后惡其言虜中隱事，故急命誅之耳。意當時世俗傳聞，有此一說。白石疏影詞所云：「昭君不慣胡沙遠，但暗憶江南江北。想佩環月下歸來，化作此花幽獨。」言其自金逃歸也。又云：「猶記深宮舊事，那人正睡裏，飛近蛾綠。莫似春風，不管盈盈，早與安排金屋。」則言其封福國長公主，適高世榮也。又云：「還教一片隨波去，又卻怨玉龍哀曲。」則言其爲韋后所惡，下獄誅死也。至暗香一闋，所云：「翠尊易泣，紅蕚無言耿相憶。長記曾攜手處，千樹壓西湖寒碧。」則就高世榮言之，於事敗之後，追憶曩歡，故有「易泣」、「無言」之語也。張叔夏謂：「疏影前段用少陵詩，後段用壽陽事，此皆用事不爲事使。」夫壽陽固梅花事，若昭君則與梅無涉，而叔夏顧云然，當是白石詞意，叔夏知之。特事關戚里，不欲明言，故以此語微示其端耳。余嘗以此說質之伯眉，頗不以爲謬。然究是臆說，姑識之以質當世之知言者。

介存齋論詞雜著

〔清〕周　濟撰

介存齋論詞雜著目録

介存齋論詞雜著（案：此見周濟詞辨前。）

兩宋詞各有盛衰

兩宋詞各有盛衰，北宋盛於文士，而衰於樂工。南宋盛於樂工，而衰於文士。

應歌應社詞

北宋有無謂之詞以應歌，南宋有無謂之詞以應社。然美成蘭陵王，東坡賀新涼，當筵命筆，冠絶一時。碧山齊天樂之詠蟬，玉潛水龍吟之詠白蓮，又豈非社中作乎。故知雷雨鬱蒸，是生芝菌，荆榛蔽芾，亦產蕙蘭。

温韋之别

詞有高下之别，有輕重之别，飛卿下語鎮紙，端己揭響入雲，可謂極兩者之能事。

姜張非巨擘

近人頗知北宋之妙，然終不免有姜、張二字横亙胸中。豈知姜、張在南宋，亦非巨擘乎。論詞之人，叔夏晚出，既與碧山同時，又與夢窗别派，是以過尊白石，但主清空。後人不能細研詞中曲折深淺之故，羣聚而和之，并爲一談，亦固其所也。

學詞以用心爲主

學詞先以用心爲主，遇一事，見一物，卽能沈思獨往，冥然終日，出手自然不平。次則講片段，次則講離合，成片段而無離合，一覽索然矣。次則講色澤音節。

詞亦有史

感慨所寄，不過盛衰，或綢繆未雨，或太息厝薪，或已溺已飢，或獨清獨醒，隨其人之性情學問境地，莫不有由衷之言。見事多，識理透，可爲後人論世之資。詩有史，詞亦有史，庶乎自樹一幟矣。若乃離別懷思，感士不遇，陳陳相因，唾瀋互拾，便思高揖温、韋，不亦恥乎。

學詞途徑

初學詞求空，空則靈氣往來。既成格調求實，實則精力彌滿。初學詞求有寄託，有寄託則表裏相宜，斐然成章。既成格調，求無寄託，無寄託，則指事類情，仁者見仁，知者見知。北宋詞，下者在南宋下，以其不能空，且不知寄託也。高者在南宋上，以其能實，且能無寄託也。南宋則下不犯北宋拙率之病，高不到北宋渾涵之詣。

温庭筠詞

皋文曰：「飛卿之詞，深美閎約。」信然。飛卿醞釀最深，故其言不怒不懾，備剛柔之氣。鍼縷之密，南宋人始露痕迹。花間極有渾厚氣象，如飛卿則神理超越，不復可以迹象求矣。然細繹之，正字字有脈絡。

韋莊詞

端己詞，清豔絶倫，初日芙蓉春月柳，使人想見風度。

馮延巳詞

皋文曰：「延巳爲人專蔽固嫉，而其言忠愛纏緜，此其君所以深信而不疑也。」

歐陽修詞

永叔詞只如無意，而沈著在和平中見。

柳永詞

耆卿爲世訾警久矣，然其鋪叙委宛，言近意遠，森秀幽淡之趣在骨。耆卿樂府多，故惡濫可笑者多，使能珍重下筆，則北宋高手也。

晉卿論秦觀詞

晉卿曰：「少游正以平易近人，故用力者終不能到。」

良卿論秦觀詞

良卿曰：「少游詞如花含苞，故不甚見其力量。其實後來作手，無不胚胎於此。」

周邦彥詞

美成思力，獨絶千古，如顏平原書，雖未臻兩晉，而唐初之法，至此大備。後有作者，莫能出其範圍矣，讀得清真詞多，覺他人所作，都不十分經意。鉤勒之妙，無如清真。他人一鉤勒便薄，清真愈鉤勒愈渾厚。

陳克詞

子高不甚有重名，然格韻絶高，昔人謂晏、周之流亞。晏氏父子，俱非其敵。以方美成，則又擬不於倫。其温、韋高弟乎。比温則薄，比韋則悍，故當出入二氏之門。

史達祖詞

梅溪甚有心思，而用筆多涉尖巧，非大方家數，所謂一鉤勒卽薄者。梅溪詞中喜用偷字，足以定其品格矣。

良卿論吳文英詞

良卿曰：「尹惟曉『前有清真，後有夢窗』之説，可謂知言。」夢窗每於空際轉身，非具大神力不能。夢窗非無生澀處，總勝空滑。況其佳者，天光雲影，摇蕩緑波，撫玩無斁，追尋已遠。君特意思甚感慨，而寄情閑散，使人不易測其中之所有。

李煜詞

李後主詞，如生馬駒，不受控捉。毛嬙、西施，天下美婦人也，嚴妝佳，淡妝亦佳，粗服亂頭，不掩國色。飛卿，嚴妝也。端己，淡妝也。後主，則粗服亂頭矣。

蘇軾韶秀

人賞東坡粗豪，吾賞東坡韶秀。韶秀是東坡佳處，粗豪則病也。

蘇軾每事俱不用力

東坡每事俱不十分用力，古文書畫皆爾，詞亦爾。

蘇辛不同

稼軒不平之鳴，隨處輒發，有英雄語，無學問語，故往往鋒穎太露。然其才情富豔，思力果鋭，南北兩朝，實無其匹，無怪流傳之廣且久也。世以蘇、辛並稱，蘇之自在處，辛偶能到。辛之當行處，蘇必不能到。二公之詞，不可同日語也。後人以粗豪學稼軒，非徒無其才，并無其情。稼軒固是才大，然情至處，後人萬不能及。

姜夔詞

北宋詞多就景敍情，故珠圓玉潤，四照玲瓏。至稼軒、白石，一變而爲即事敍景，使深者反淺，曲者反直。吾十年來服膺白石，而以稼軒爲外道，由今思之，可謂瞽人捫籥也。稼軒鬱勃故情深，白石放曠故情淺。稼軒縱橫故才大，白石局促故才小。惟暗香、疏影二詞，寄意題外，包蘊無窮，可與稼軒伯仲。餘俱據事直書，不過手意近辣耳。白石詞如明七子詩，看是高格響調，不耐人細思。白石以詩法入詞，門徑淺狹，如孫過庭書，但便後人模仿。白石好爲小序，序即是詞，詞仍是序，反覆再觀，如同嚼蠟矣。詞序序作詞緣起，以此意詞中未備也。今人論院本，尚知曲白相生，不許複沓，而獨津津於白石詞序，一何可笑。

蔣捷詞

竹山薄有才情，未窺雅操。

周密詞

公謹敲金戛玉，嚼雪盥花，新妙無與爲匹。公謹只是詞人，頗有名心，未能自克。故雖才情詣力，色色絶人，終不能超然遐舉。

王沂孫詞

中仙最多故國之感，故著力不多，天分高絶，所謂意能尊體也。中仙最近叔夏一派，然玉田自遜其深遠。

張炎詞

玉田近人所最尊奉，才情詣力亦不後諸人。終覺積穀作米，把纜放船，無開闊手段，然其清絶處，自不易到。玉田詞佳者匹敵聖與，往往有似是而非處，不可不知。叔夏所以不及前人處，只在字句上著功夫，不肯換意。若其用意佳者，卽字字珠輝玉映，不可指摘。近人喜學玉田，亦爲修飾字句易，換意難。

陳允平與高觀國

西麓疲輭凡庸，無有是處，書中有館閣書，西麓殆館閣詞也。西麓不善學少游，少游中行，西麓鄉愿。竹屋得名甚盛，而其詞一無可觀，當由社中標榜而成耳。然較之西麓，尚少厭氣。

盧祖皋詞

蒲江小令，時有佳趣。長篇則枯寂無味，此才小也。

唐珏詠白蓮

玉潛非詞人也，其水龍吟白蓮一首，中仙無以遠過。信乎忠義之士，性情流露，不求工而自工。特録之，以終第一卷。後之覽者，可以得吾意矣。

李清照詞

閨秀詞惟清照最優，究苦無骨。存一篇尤清出者。

向次詞辨十卷，一卷起飛卿爲正。二卷起南唐後主爲變。名篇之稍有疵累者爲三四卷。平妥清通纔及格調者爲五六卷。大體紕繆、精彩間出爲七八卷。本事詞話爲九卷。庸選惡札迷誤後生、大聲疾呼以昭炯戒爲十卷。既成，寫本付田生。田生攜以北，附糧艘行，衣袽不戒，厄於黄流，既無副本，惋歎而已。爾後稍稍追憶，僅存正變兩卷，尚有遺落。頻年客遊，不及裒集補緝，恐其久而復失，乃先録付刻，以俟將來。於虖，詞小技也，以一人之心思才力，進退古人，既未必盡無遺憾，而尚零落，則述録之難爲何如哉。介存又記。

附録

（一）周濟詞辨自序

余年十六學爲詞，甲子始識武進董晉卿。晉卿年少於余，而其詞纏緜往復，窮高極深，異乎平時所仿效，心向慕不能已。晉卿爲詞，師其舅氏張皋文、翰風兄弟。二張輯詞選而序之，以爲詞者，意内而言外，變風騷人之遺。其敍文旨深詞約，淵乎登古作者之堂，而進退之矣。晉卿雖師二張，所作實出其上。予遂受法晉卿，已而造詣日以異，論說亦互相短長。晉卿初好玉田，余曰：「玉田意盡於言，不足好。」余不喜清真，而晉卿推其沈著拗怒，比之少陵。牴牾者一年，晉卿益厭玉田，而余遂篤好清真。既予以少游多庸格，爲淺鈍者所易託。白石疏放，醖釀不深。而晉卿深詆竹山粗鄙。牴牾又一年，予始薄竹山，然終不能好少游也。其後，晉卿遠在中州，余客受吴淞。弟子田生端，學爲詞，因欲次第古人之作，辨其是非，與二張、董氏各存岸略，庶幾他日有所觀省。爰録唐以來詞爲十卷，而敍之曰：古稱作者，豈不難哉。自温庭筠、韋莊、歐陽修、秦觀、周邦彦、周密、吴文英、王沂孫、張炎之流，莫不蘊藉深厚，而才豔思力，各騁一途，以極其致。譬如匡廬衡嶽，殊體而並勝，南威西施，別態而同妍矣。若其著述未富，可采者鮮。而孤章特出，合乎道揆，亦因時代而附益之。夫人感物而動，興之所託，未必咸本莊雅。要在諷誦紬繹，歸諸中正，辭不害志，人不廢言。雖乖繆庸劣，纖微委瑣，苟可馳喻比類，翼聲究實，吾皆樂取，無苛責焉。後世之樂去詩遠矣，詞最近之。是故入人爲深，感人爲速。往往流連反覆，有平矜釋躁、懲忿窒慾、敦薄寬鄙之功。南唐後主以下，雖駿快馳騖，豪宕感激稍漓矣。然猶皆委曲以致其情，未有亢厲剽悍之習，抑亦正聲之次也。若乃世俗傳習，而或辭不逮意，意不尊體，與夫淺陋淫褻之篇，亦遞取而論斷之。庶以愛厚古人，而袪學者之惑。嘉慶十七年壬申夏日，介存周濟序。

（二）潘曾瑋刊詞辨序

余向讀張氏詞選，喜其於源流正變之故，多深造自得之言。張氏之言曰：「詞者蓋出于唐之詩人，采樂府之音，以制新律，因繫其詞，故曰詞。傳曰：意内而言外謂之詞。其緣情造端，興于微言，以相感動。極命風謡，里巷男女哀樂，以道賢人君子幽約怨悱不能自言之情。」竊嘗觀其去取次第之所在，大要懲昌狂雕琢之流弊，而思遵之於風雅之歸。沿襲既久，承學之士，忽焉不察，余甚病之。嘗欲舉張氏一書，以正今之學者之失，而世之人，顧弗之好也。友人承子久儀部好爲詞，嘗與余上下其議論，自三唐兩宋，迄于元之季世，條分縷晰，未嘗不以余言爲然。蓋子久與余，皆取法於張氏。暇出所録介存周氏詞辨二卷，屬爲審訂。介存自序，以爲曾受法於董晉卿，亦學於張氏者。介存之詞，貳于晉卿。而其辨説，多主張氏之言，久欲刻而未果。其所選與張氏畧有出入，要其大旨，固深惡夫昌狂雕琢之習而不反，而亟思有以釐定之，是固張氏之意也。因樂爲敍而刊之，以副子久之屬。介存之論詞云：見事多，識理透，可爲後人論世之資。詩有史，詞亦有史。世之譚者，多以詞爲小技而鄙夷之。若介存者，可謂知言也夫。原本總十卷，不戒于水，存止二卷。今刊本，子久所録也。道光二十七年歲次丁未孟夏月，吴縣潘曾瑋。

宋四家詞選目録序論

〔清〕周　濟撰

宋四家詞選目録序論目録

附録

宋四家詞選目録序論

宋四家詞選目録序論

周濟

序曰：清真集大成者也。稼軒斂雄心，抗高調，變温婉，成悲涼。碧山饜心切理，言近指遠，聲容調度，一一可循。夢窗奇思壯采，騰天潛淵，返南宋之清泚，爲北宋之穠摯，是爲四家，領袖一代。餘子犖犖，以方附庸。夫詞非寄託不入，專寄託不出。一物一事，引而伸之，觸類多通。驅心若游絲之罥飛英，含毫如郢斤之斲蠅翼，以無厚入有間。既習已，意感偶生，假類畢達，閲載千百，謦欬弗違，斯入矣。賦情獨深，逐境必寤，醞釀日久，冥發妄中。雖鋪敍平淡，摹繢淺近，而萬感横集，五中無主。讀其篇者，臨淵窺魚，意爲魴鯉，中宵驚電，罔識東西。赤子隨母笑啼，鄉人緣劇喜怒，抑可謂能出矣。問塗碧山，歷夢窗、稼軒，以還清真之渾化，余所望於世之爲詞人者，蓋如此。

論曰：清真渾厚，正於鈎勒處見。他人一鈎勒便刻削，清真愈鈎勒愈渾厚。耆卿鎔情入景，故淡遠。方回鎔景入情，故穠麗。少游最和婉醇正，稍遜清真者，辣耳。少游意在含蓄，如花初胎，故少重筆。然清真沈痛至極，仍能含蓄。子野清出處，生脆處，味極雋永。只是偏才，無大起落。晏氏父子，仍步温、韋。小晏精力尤勝。西麓宗少游，徑平思鈍，鄉愿之亂德也。蘇、辛並稱，東坡天趣獨到處，殆成絶詣。

而苦不經意，完璧甚少。稼軒則沈著痛快，有轍可循。南宋諸公，無不傳其衣鉢，固未可同年而語也。稼軒由北開南，夢窗由南追北，是詞家轉境。韓、范諸鉅公，偶一染翰，意盛足舉。其文雖足樹幟，故非專家。若歐公則當行矣。白石脱胎稼軒，變雄健爲清剛，變馳驟爲疏宕。蓋二公皆極熱中，故氣味吻合。辛寬姜窄，寬故容薉，窄故門硬。白石號爲宗工，然亦有俗濫處、揚州慢：「淮左名都，竹西佳處。」寒酸處、法曲獻仙音：「象筆鸞箋，甚而今、不道秀句。」補湊處、齊天樂：「幽詩漫興。笑籬落呼燈，世間兒女。」敷衍處、淒涼犯：「追念西湖上」半闋。支處、湘月：「舊家樂事誰省。」複處、一萼紅：「翠藤共、閑穿徑竹」、「記曾共、西樓雅集」。不可不知。白石小序甚可觀，苦與詞複。若序其緣起，不犯詞境，斯爲兩美已。竹山有俗骨，然思力沈透處，可以起懦。碧山胸次恬淡，故黍離、麥秀之感，只以唱歎出之，無劍拔弩張習氣。詠物最争托意隸事處，以意貫串，渾化無痕，碧山勝場也。詞以思筆爲入門階陛，碧山思筆，可謂雙絶，幽折處大勝白石。惟圭角太分明，反復讀之，有水清無魚之恨。梅谿才思，可匹竹山。竹山粗俗，梅溪纖巧，粗俗之病易見，纖巧之習難除。穎悟子弟，尤易受其熏染。余選梅溪詞多所割愛，蓋慎之又慎云。梅溪好用偷字，品格便不高。玉田才本不高，專恃磨礱雕琢，裝頭作脚，處處妥當，後人翕然宗之。然如南浦之賦春水，疏影之賦梅影，逐韻湊成，豪無脈絡，而户誦不已，真耳食也。其他宅句安章，偶出風致，乍見可喜，深味索然者，悉從沙汰。筆以行意也，不行須换筆。换筆不行，便須换意。玉田惟换筆不换意。皋文不取夢窗，是爲碧山門逕所限耳。夢窗立意高，取徑遠，皆非餘子所及。惟過嗜餖飣，以此被議。若其虚實並到之作，雖清真不過也。竹屋、蒲江，並有盛名。蒲江窘促，等諸自鄶，竹屋硜硜，亦凡響耳。草窗鏤冰刻楮，精妙絶倫。但立意不高，取韻不遠，當與玉田抗行，未可方駕王吴也。北宋主樂章，故情景但取當前，無窮高極深之趣。南宋則文人弄筆，彼此争名，故變化益多，取材益富。然南宋有門逕，有門逕故似深而轉淺。北宋無門逕，無門逕故似易而實難。初學琢得五七字成句，便思高揖晏、周，殆不然也。北宋含蓄之妙，逼近温、韋，非點水成冰時，安能脱口即是。周、柳、黄、晁，皆喜爲曲中俚語，山谷尤甚。此當時之軟平勾領，原非雅音。若託體近俳，而擇言尤雅，是名本色俊語，又不可抹煞矣。雅俗有辨，生死有辨，真僞有辨，真僞尤難辨。稼軒豪邁是真，竹山便僞。碧山恬退是真，姜、張皆僞。味在酸鹹之外，未易爲淺嘗人道也。詞筆不外順逆反正，尤妙在複在脱。複處無垂不縮，故脱處如望海上三山妙發。温、韋、晏、周、歐、柳，推演盡致，南渡諸公，罕復從事矣。東真韻寬平，支先韻細膩，魚歌韻纏綿，蕭尤韻感慨，各具聲響，莫草草亂用。陽聲字多則沈頓，陰聲字多則激昂。重陽間一陰，則柔而不靡。重陰間一陽，則高而不危。韻上一字最要相發，或竟相貼，相其上下而調之，則鏗鏘諧暢矣。紅友極辨上去是已。上入亦宜辨，入可代去，上不可代去。入之作平者無論矣。其作上者可代平，作去者斷不可以代平。平去是兩端，上由平而之去，入由去而之平。上聲韻，韻上應用仄字者，去爲妙，去入韻則上爲妙。平聲韻，韻上應用仄字者去爲妙，入次之。疊則聱牙，鄰則無力。雙聲疊韻字，要著意布置，有宜雙不宜疊，宜疊不宜雙處。重字則既雙且疊，尤宜斟酌，如李易安之淒淒慘慘戚戚三疊韻六雙聲，是鍛鍊出來，非偶然拈得也。硬字軟字宜相間，如水龍吟等俳句尤重。領句單字，一調數用，宜令變化渾成，勿相犯。一領四五六字句，上二下三，上三下二句，上三下四，上四下三句，四字平句，五七字渾成句，要合調無痕。重頭疊脚，蜂腰鶴膝，大小韻，詩中所忌，皆宜忌之。積字成句，積句成段，最是見筋節處。如金縷曲中第四韻，煞上則妙，頷下則減色矣。吞吐之妙，全在换頭煞尾。古人名换頭爲過變，或藕斷絲連，或異軍突起，皆須令讀者耳目振動，方成佳製。换頭多偷聲，須和婉，和婉則句長節短，可容攢簇。煞尾多減字，須峭勁，峭勁則字過音留，可供摇曳。文人卑填詞爲小道，未有以全力注之者，其實專精一二年，便可卓然成家。若厭難取易，雖畢生馳逐，費烟楮耳。余少嗜此，中更三變。年逾五十，始識康莊。自悼冥行之艱，遂慮問津之誤。不揣淺陋，爲察察言，退蘇進辛，糾彈姜、張，剟刺陳、史，芟夷盧、高，皆足駭世。由中之誠，豈不或亮，其或不亮，然余誠矣。

道光十有二年冬十一月八日，止庵周濟記於春水懷人之舍。

附錄

（一）宋四家詞選眉批

周邦彦

瑞龍吟章台路

只一句化去町畦。（案此評「事與孤鴻去」一句。）

不過桃花人面，舊曲翻新耳。看其由無情入，結歸無情，層層脱换，筆筆往復處。

蘭陵王 柳陰直

客中送客，一「愁」字代行者設想。以下不辨是情是景，但覺烟靄蒼茫，「望」字「念」字尤幻。

鎖窗寒 暗柳啼鴉

奇横（案此評「似楚江暝宿」三句。）

齊天樂 緑蕪凋盡台城路

此清真荆南作也。胸中猶有塊壘，南宋諸公多模仿之。

身在荆南，所思在關中，故有渭水長安之句。碧山用作故實。

蘇幕遮 燎沈香

若有意若無意，使人神眩。

六丑 正單衣試酒

十三字千迴百折，千錘百鍊，以下如鵬羽自逝。（案此評「願春暫留」三句。）

不説人惜花，却説花戀人，不從無花惜春，却從有花惜春，不惜已簪之殘英，偏惜欲去之斷紅。

大酺 對宿烟收

怎奈向，宋人語，向作一瞬二字解。今語向，來也。

法曲獻仙音 蟬咽涼柯

結是本色俊語。

滿庭芳風老鶯雛

體物入微，夾入上下文中，似褒似貶，神味最遠。（案此評上片。）

應天長條風布暖

生辣。（案此評上片。）

反剔所尋不見。（案此評結尾。）

木蘭花桃溪不作從容住

只賦天台事，態濃意遠。

少年游并刀如水

此亦本色佳製也。本色至此便足，再過一分，便入山谷惡道矣。

拜新月慢夜色催更

全是追思，却純用實寫。但讀前闋，幾疑是賦也。換頭再爲加倍跌宕之，他人萬萬無此力量。

尉遲盃隋堤路

南宋諸公所斷不能到者，出之平實，故勝。

一結拙甚。

菩薩蠻銀河宛轉三千曲

造語奇險。

關河令 秋陰時作漸向暝

淡永。

過秦樓 水浴清蟾

入此三句，意味深厚。（案此評「梅風地溽」三句。）

氐州第一 波落寒汀

竭力追逼得換頭一句出，鉤轉思牽情繞，力挽六鈞，此與瑞鶴仙一闋皆絕新機杼，而結體各別，此輕利，彼沈郁。

瑞鶴仙 悄郊原帶郭

只閑閑說起。

不扶殘醉，不見紅藥之系情，東風之作惡，因而追溯昨日送客後，薄暮入城，因所携之妓倦游訪伴小憩，復成酣飲。換頭三句，反透出一醒字。驚飈句倒插東風，然後以扶殘醉三字點睛，結構精奇，金鍼度盡。

花犯 粉牆低

清真詞，其清婉者至此，故知建章千門，非一匠所營。

浪淘沙慢 曉陰重

空際出力，夢窗最得其訣。（案此評第二片換頭。）

三句一氣趕下，是清真長技。（案此評第三片换頭。）鉤勒勁健峭舉。（案此評收處。）

夜飛鵲河橋送人處

「斑草」是散會處，「酹酒」是送人處，二處皆前地也。雙起故須雙結。

解語花風銷焰蠟

此美成在荆南作，當與齊天樂同時，到處歌舞太平，京師尤爲絶盛。

垂絲釣縷金翠羽

「向層」句應作前結，詞綜誤。起句可不用韵。

夜游宫葉下斜陽照水

此亦是層迭加倍寫法，本只「不戀單衾」一句耳，加上前闋，方覺精力彌滿。

感皇恩小閣倚晴空

白描高手。

歐陽修

蝶戀花庭院深深

數詞纏綿忠篤，其文甚明，非歐公不能作。延巳小人，縱欲，僞爲君子，以惑其主，豈能有此至性語乎。

晏几道

清平樂留人不住

結語殊怨，然不忍割。

柳永

鬥百花煦色韶光明媚

柳詞總以平敍見長。或發端、或結尾、或換頭，以一二語勾勒提掇，有千鈞之力。(案此總評柳詞。)

雨霖鈴寒蟬淒切

清真詞多從耆卿奪胎，思力沈摯處往往出藍。然耆卿秀淡幽艷，是不可及。後人摭其樂章，訾爲俗筆，真瞽説也。

傾盃樂木落霜洲

依調「損」字當屬下，依詞「損」字當屬上，此類甚多，後不更舉。

卜算子慢江楓漸老

後闋一氣轉注，聯翩而下，清真最得此妙。

安公子遠岸收殘雨

後闋音節態度，絕類拜新月慢，清真「夜色催更」一闋，全從此脫化出來，特較更跌宕耳。

雪梅香景蕭索

本闋結句似在「意」字逗。

木蘭花慢拆桐花爛漫

一結大勝，「忍把浮名，換了淺斟低唱。」

秦觀

滿庭芳山抹微雲

將身世之感打并入艷情，又是一法。

滿庭芳曉色雲開

君子因小人而斥。（案此評上片。）

一筆挽轉。（案此評下片。）

應首句不忘君也。（案此評末句。）

望海潮梅英疏淡

兩兩相形，以整見動。以兩「到」字作眼，點出「換」字精神。

好事近春路雨添花

檃括一生，結語遂作藤州之讖。

造語奇警，不似少游尋常手筆。

八六子倚危亭

神來之作。

金明池瓊苑金池

此詞最明快，得結語神味便遠。

賀鑄

薄倖淡妝多態

者卿于寫景中見情，故淡遠。方回于言情中布景，故穠至。

辛棄疾

賀新郎綠樹聽啼鴂

北都舊恨。（案此評上片。）

南渡新恨。（案此評下片。）

賀新郎鳳尾龍香撥

謫逐正人，以致離亂。（案此評上片。）晏安江沱，不復北望。（案此評下片。）

太常引一輪秋影轉金波

所指甚多，不止秦檜一人而已。

水龍吟舉頭西北浮雲

欲扶浮雲，必須長劍。長劍不可得出，安得不恨魚龍。

永遇樂千古江山

有英主則可以隆中興，此是正說。英主必起于草澤，此是反說。（案此評上片。）繼世圖功，前車如此。（案此評下片。）

漢宮春春已歸來

「春幡」九字，情景已極不堪，燕子猶記年時好夢。黃柑、青韭，極寫宴安酖毒。換頭又提動黨禍，結用「雁」，與燕激射，却捎帶五國城舊恨。辛詞之怨，未有甚于此者。

新荷葉人已歸來

以閑居反映朝局，一語便透。

蝶戀花誰向椒盤簪彩勝

然則依舊不定也。（案此評末句。）

菩薩蠻郁孤台下清江水

惜水怨山。

姜夔

暗香舊時月色

盛時如此，衰時如此。（案此評上片。）

想其盛時，感其衰時。（案此評下片。）

疏影苔枝綴玉

此詞以「相逢」、「化作」、「莫似」六字作骨。

不能挽留，聽其自爲盛衰。（案此評下片。）

琵琶仙雙槳來時

四句順逆相足。（案此評下片。）

翠樓吟月冷龍沙

此地宜得人才，而人才不可得。（案此評下片。）

王沂孫

南浦柳下碧粼粼

碧山故國之思甚深，托意高，故能自尊其體。

花犯古嬋娟

賦物能將人景情思一齊融入，最是碧山長處。由其心細筆靈，取徑曲，布勢遠故也。不減白石風流。（案此評下片。）

無悶陰積龍荒

齊天樂綠槐千樹西窗悄

何嘗不峭拔，然略粗壯，其所以爲碧山之清剛也。白石好處，無半點粗氣矣。

齊天樂一襟餘恨宫魂斷

此身世之感。

掃花游小庭蔭碧

此家國之恨。

掃花游捲簾翠濕

嘆盛時易去。

剌朋黨日繁。

陳允平

八寶裝望遠秋平

西麓和平婉麗，最合世好，但無健舉之筆，沈摯之思，學之必使生氣汨喪，故爲後人拈出。

周密

大聖樂嬌綠迷雲

草窗最近夢窗，但夢窗思沈力厚，草窗則貌合耳。若其鏤新鬥冶，固自絕倫。

花犯楚江湄

草窗長于賦物，然惟此及瓊花二闋，一意盤旋，毫無渣滓。他作縱極工切，不免就題尋典，就典趁韻，就韻成句，墮落苦海矣，特拈出之，以爲南宋諸公鍼砭。

無名氏

綠意碧圓自潔

詞綜列入無名氏，記見一本作夢窗詞，今不記何本矣。仍列此作於夢窗後，「但剩」原詞作「喜淨」。

（二）潘祖蔭刊周濟宋四家詞選序

季玉叔父，嘗以周止庵宋四家示讀。云得於符南樵孝廉。南樵，蔭舊識，嘗師事止庵，手録是選，思付剞劂。奔走無暇，蔭居淀園時，以之自隨。庚申園燬，意成灰燼。去年檢書，幸得之，亟付梓。近世論詞，張氏詞選稱極善。止庵詞辨，亦懲時俗倡狂雕琢之習。與董晉卿輩同期復古，意仍張氏，言不苟同。季玉叔父嘗序而刊之。此卷晚出，抉擇益精。止庵負經濟偉略，復寄情於藝事，進退古人，妙具心得，忠愛之作，尤深流連。宜南樵珍護如是。今南樵亦歸道山，蔭既刊之，南樵可無憾。獨念蔭昔對此卷時，露研風簾，萬花如海，倏忽之間，渺乎莫覯。天時人事，濤奔電驅。固不特故人長逝，爲可傷悼。此卷孤存，固止庵精氣不可磨滅。然什百寶貴於此者何限，不得謂此非偶脱於灰燼也。止庵復有論調一書，以婉、澀、高、平四品分之。其選調視紅友所載，祇四分之一。南樵嘗言之，今不可復見。海内倘有此本，蔭固樂受而觀焉。同治十二年二月，吴縣潘祖蔭。

片玉山房詞話

〔清〕孫兆溎撰
香　甫輯

片玉山房詞話目録

片玉山房詞話

陳眉公詞

眉公詞：「背水臨山，門在松蔭裏。茅屋數間而已。土泥牆，窗糊紙。曲牀木几。四面攤書史。若問主人誰姓，灌園者，陳仲子。不衫不履。短髮垂雙耳。携得釣竿筐筥。九寸鱸，一尺鯉。菱香美酒，醉倒芙蓉底。旁有兒童大笑，喚先生，看月起。」筆致瀟灑，想見先生高趣。

無名氏和東坡念奴嬌

南渡時，有無名氏和東坡念奴嬌詞云：「炎精中否，歎人才委靡，都無英物。胡虜長驅三犯闕，誰作長城堅壁。萬國奔騰，兩宮幽恨，此恨何時雪。草廬三顧，豈無高卧賢傑。天意眷我中興，吾皇神武，踵曾孫周發。河海封疆俱效順，狂虜何煩灰滅。翠羽南巡，叩閽無路，徒有衝冠髮。孤忠耿耿，劍鋩冷浸秋月。」慷慨激昂，不減岳忠武滿江紅詞也。

南唐後主圍城中詞

南唐後主於圍城中尚作長短句，未終闋而城破。詞云：「櫻桃落盡春歸去，蝶翻金粉雙飛。子規啼月小樓西。曲欄金箔，惆悵捲金泥。門巷寂寥人去後，望殘陽煙草低迷。」藝祖曰：「李煜若以作詞手去治國事，豈爲吾虜。」又，徽宗亦工長短句，方北去，在舟中作小詞云：「孟婆孟婆，你做些方便，吹個船兒倒轉。」或曰：徽宗卽李煜後身。其然乎，其然乎。

巴陵樂府

巴陵樂府，舊傳臨江仙一闋，爲滕子京所作。其詞曰：「湖水連天天連水，秋來分外澄清。君山自是小蓬瀛。氣蒸雲夢澤，波撼岳陽城。　帝子有靈能鼓瑟，淒然依舊傷情。微聞蘭芷動芳馨。曲終人不見，江上數峯青。」又，秦少游前調云：「千里瀟湘挼藍浦，蘭橈昔日曾經。月高風定露華清。微波澄不動，冷浸一天星。　獨倚危樓情悄悄，遥聞妃瑟泠泠。新聲含盡古今情。曲終人不見，江上數峯青。」兩詞工力悉敵，末韻皆用錢起律句，何巧合耶。蓋古人名句，誰不習聞。適與景合，隨觸而來，固無意於蹈襲也。

楊纘一枝春

楊守齋一枝春詞云：「竹爆驚春，競喧闐、夜起千門簫鼓。流蘇帳暖，翠鼎緩騰香霧。停杯未舉。奈剛要、送年新句。應自賞、歌字清圓，未誇上林鶯語。　從他歲窮日暮。縱閒愁、怎減劉郎風度。屠蘇辦了，迤邐柳欺梅妒。宮壺未曉，早驕馬、繡車盈路。還又把、月夕花朝，自今細數。」此詞當日已膾炙人口，詞律不載，何也。

宋雜劇名目

宋時雜劇段數，有所謂三哮揭榜、三哮上小樓、三哮文字兒、秀才下酸擂眼、藥酸食酸、醫淡論淡、鶻打兔變、二郎神、二郎神變、二郎神賴房錢、啄木兒、醉排軍、五柳菊花新、小四將、整乾坤、四季夾竹桃花等名目，不知何解，想似今之戲目，抑卽牌兒名也。

康與之九日詞

山堂肆考：宋康伯可在翰林，九日遇雨，戲占望江南一闋云：「重陽日，陰雨四垂垂。戲馬臺前泥拍肚，龍山會上水平臍。直浸到東籬。　茱萸胖，菊蕊濕滋滋。落帽孟嘉尋箬笠，休官陶令覓簑衣。兩個一身泥。」讀之令人絕倒。

稚雲題美人獨立圖

稚雲不善詞，嘗謂余曰：「詞非所長，卽勉强填之，亦粗率無味，此事當讓君一頭。」然其題美人獨立圖一詞，頗有思致。云：「無限嬌癡聊獨立。似睡醒時節。欲去傍妝臺，勾起閒情，又没人兒說。　亭亭倩影慵還怯。擬借攙扶力。試喚轉身看，春笋纖纖，應挽同心結。」

孫桃花

家月坡有「不網魚兒，只網桃花片」之句，人因稱之爲孫桃花。自題治思縈花圖，詞云：「鬥草人稀深巷並倚闌干憐瘦影。笑指薔薇，記靜。何事天涯，飄泊同萍梗。除却看花閑煮茗。更無別計消愁病。把歸期訂。料得海棠春睡醒。相似淚濕紅綿冷。」

除夕守歲詞

余與弟姪有守歲滿江紅詞，月坡亦有除夕疏影詞，云：「客窗歲暮。但擁鑪煮茗，閑譜愁句。此夕江南，燈火春城，玉漏正催簫鼓。東風暗遞花香細，便想到、繡幃鴛侶。記去年、並倚妝臺，綵勝替簪釵股。回首鄉關隔遠，亂山繞古驛，歸夢都阻。漫問秦樓，一晌聽歌，怎解滿懷酸楚。瓊閨背燭看鬟影，料也是、無情無緒。道旅人今夜天涯，未識倦留何處。」

李未葊除夕詞

余除夕滿江紅詞，和者甚衆。獨記李未葊一闋云：「半百頭顱，算往事、都成春夢。聽此夜聲聲殘漏，曉籌催送。歲月空驚駒隙影，風光待解花枝凍。顧陔南、堂北日舒長，申椒頌。孫繞膝，含飴弄。兒勤穫，林膏誦。幸一家聚順，撥爐頌甕。領略梅花清韻味，嬉游詩國堪倍從。入新年、乍喜聽新鶯，清於鳳。」

王菱江詞

王菱江詞，亦得南宋正宗。雨中花慢云：「渺渺情波，茫茫蔚藍，無端畫出離亭。正春光委宛，花事飄零。已是成年惹恨，還教半日關情。多緣昨夜，和鞋一夢，記不分明。細着雁字，暗數魚書，傳來消息無憑。争奈向、一程程去，又一程程。縱自量珠十斛，偏難借豆三升。却教憔悴西窗，獨聽雨篝燈。」

醉花圖題詞

武林王月鉏，僑寓蘇城百花巷，有百花盦，巖壑窈窕，卉木駢羅，亭館清幽，極水木明瑟之致，爲宋聲求侍郎舊居也。自號醉花主人，好客愛花。一時名流，皆樂與之游。嘗作醉花圖，吾崑王椒畦先生筆也，題者甚衆。如郭頻伽麐賣花聲云：「何處賦游仙。酒國花天。小園隨分極幽妍。罣罬低垂杯灩瀲，那得醒然。 斟酌小橋邊。一櫂䑩船。多煩紅袖勸華顛。可惜風懷兼飲量，不似當年。」董琢卿國琛蝶戀花云：「梨雪桃霞嬌似綺。白白紅紅，密密疏疏意。人影朦朧花影膩。醉時情事還能記。 如畫闌干深院裏。淺夢濃香，都化氤氲氣。酒醒東風知也未。銷魂當日懨懨地。」戈順卿載清平樂云：「韶紅滿眼。合共詞人讌。笑我探芳心已倦。愁聽綺鼓絃筦。 風流羨煞翩翩。鶯情蝶思年年。好覓散花仙侶，蘭香又到人間。」朱酉生綬醉花陰云：「不捲珠簾雲萃地。燕語桃花裏。無計遣春愁，脈脈流光，值得懨懨醉。 春風別有撩人意。小隊笙歌起。華燭勸深杯，扶下香階，更繞屏山倚。」王井叔嘉禄滿庭芳云：「闌碧圍蕉，慊紅撲絮，好春樓閣初晴。料量花事，流水話三生。正有酴醿釀熟，休負了、燕約鶯盟。關心處，番風暗緊，一霎怕飛英。 風懷渾觸我，沉吟緑葉，瘦損紅情。算輕消英氣，忍換浮名。輸與花鼓艷福，憑添畫、雙髩吹笙。銷魂夜，瓊杯喝月，香霧襲冥冥。」余亦有題詞存稿中。

露香沁園春

余兄露香，文名藉甚，詩詞並超妙。年未四十，而遽召玉樓，能無鶺鴒之感哉。遺稿存茂林姪處，將來當謀付梓。近復於殘書中，得沁園春一詞，乃荷誕日，寫蓮花便面，祝人壽詞也。其詞云：「人慶懸弧，蓮值生辰，同開綺筵。向華峯絶頂，折將十丈，如來座上，載得盈船。濃染霜毫，輕研螺子，繪出同心致自妍。爲君壽，願花花葉葉，歲歲年年。　冬郎才調翩翩。記五色曾看相府蓮。喜湖心香淨，花歌采采，江面曲艷，葉唱田田。菡萏重臺，芙蓉並蒂，清福人間第一仙。無須寫，椿枝萬六，桃實三千。」

王晴臯聞春雁詞

東省填詞家，如家湘雲、家月坡、嚴秋槎、戴己山、王晴臯，皆卓著一時，此外無聞矣，可見顧曲之難也。余最愛王晴臯聞春雁詞，云：「風光百五，早傳來、飛雁一繩如友。荻浦蘆州居已厭，戀却邊榆塞柳。去綰蛇長，來縈蚓曲，總出新蝌蚪。一年一度，怪他偏應時候。　最是巷柝敲殘，塒鷄唱徹，猛覺聲聲驟。只道撩人秋思老，更觸離懷春晝。江北江南，吳頭越角，問訊曾煩否。關山萬里，帛書知報誰某。」

孫小平蝶戀花

無錫孫小平慧惇，平叔先生子也。風雅俊逸，絶無貴介習氣。道光辛巳北闈，與余同寓拜斗殿汪雨園姻丈家。後以進士出宰山左，潘縣栽花，非所願也。詩不多見，曾爲余題梅花美人蝶戀花詞云：「薄鬢撩雲肩掩月。冰雪蛾眉，一樣聰明絶。記得小名應彷彿，飛瓊舊向瑶臺列。坐汝緑梅花底説。新詠臺前，合費珊瑚筆。坐處衣香猶未歇，可堪重話經秋别。」

蔡鴻燮題詞

桐鄉蔡薌延鴻燮，甲子副車，以館書敍勞，分山東司典策。桀桀大才，歷佐百菊溪，陳笠帆、琦静齋諸大府幕。壬午，與余同事兖沂，最爲莫逆。題對鏡簪花美人詞云：「奩影曉妝成。人面花迎。鬢雪堆膩試簪輕。比向鏡中能似否，儂悟前生。窺影已多情。雙照傾城。暖香紅玉兩分明。相並不知誰更好，花愧今生。」詞筆輕圓温潤，頗似其人。惜補官後驟亡。

張春亭滿江紅

張春亭滿江紅詞云：「拓戟狂歌，問海内、是誰能匹。數不了、奇才埋没，高才隱逸。雄劍一雙牛斗閃，大刀八尺縱横劈。儘少年、豪氣壓三湘，横吹笛。鴻爪跡，原難測。升沉意，誰參得。趁斜陽峻坂，看予登陟。腐鼠任誇滋味好，鵷雛不受林鴟惑。歎馳驅、失足幾多人，争先識。」

王季旭題牡丹帳沿

太倉王季旭曦，蓬心先生之孫也。温文爾雅，年少翩翩，盡有家法。工填詞，與余晤于秦中，爲余題牡丹帳沿調寄蝶戀花云：「六曲闌干春晝永。露浥香凝，開遍芳菲徑。艷舞霓裳風不定。分明五色栽雲錦。玉立亭亭頻顧影。粉暈脂痕，鏡裏新粧靚。中酒花前花未醒。沉香舊夢應重省。」後李旭以微職補官山左，未免銜官屈宋矣。

莊申甫詠蝶

常州莊申甫詠蝶臺城路云：「淡烟嫩草青青處，飛來倍添幽雅。漢殿塗金，秦樓膩粉，點出滕王圖畫。春駒漫跨。戀花裏生涯，悄穿春罅。冉冉隨他，賣花人度柳陰下。世間有誰似汝，把芳華閱盡，如此瀟灑。軟襯游絲，狂翻落絮，舞遍東風臺榭。香眠翠籍。把鬥草雙鬟，幾番相惹。羅扇纔舒，便翩翩去也。」此詞宛轉纏綿，細膩熨貼，道盡玉腰奴態度。

孫湘雲集古

家湘雲宗樸，蘇郡人。少負大志，久客山左。能騎射，有拳勇，精申韓之學。歷佐大幕，所至争迎。性好音律篆刻，尤工長短句。嘗見其集古金縷曲云：「花影和簾捲。小嬋娟，香槽撥鳳，雙蛾先斂。携手含情還却手，惹起新愁無限。已瘦了梨花一半。淺淡梳妝疑見畫，畫圖中、舊識春風面。催拍緊，六么遍。越羅小袖新香蒨。莫重彈、塵消翠譜，天涯情遠。濃艷一枝細看取，幾許傷春春晚。怕迤邐、華年暗换。柳葉妝樓團扇曲，砑紅箋、慢寫東風怨。酒易醒，莫辭滿。」

劉雲階詞

劉雲階亦能詞，嘗題余稿浣溪沙二闋云：「年少孫郎迴絕倫。本來明月是前身。賣文何事困風塵。才子江南長作客，美人燕趙自銷魂。賞花曾榜歷亭春。」「一別音塵幾度秋。七橋風月又勾留。相逢重話舊時游。紅豆新詞憑自度，錦囊佳句爲誰收。妬他名士太風流。」

王履基詞

太倉王雲門履基，性好酒，終日醉鄉。每作詩文，以巨壺貯酒，隨酌隨作，愈醉愈妙。善强記，嘗入闈分校，分得試卷六百餘本，不五日已披覽無餘。主司令其復搜遺珠，雲門曰：「無須。」主司隨手抽數本，雲門皆訾其疵病，背誦如流，始歎服。自以爲得詞中三昧，故刻詞稿而不刻詩集。摘録數闋，以廣流傳。詠魂沁園春云：「疑夢疑烟，小滯還離，將明又昏。奈盈盈綠水，暗銷南浦，紛紛細雨，欲斷前村。勾柳氤氳，送桃漂泊，同祝東風澆一尊。知何似，似半蘇寒月，乍聚春雲。惺忪空裏凝神。笑道士鴻都覓太真。恁帳搖燭影，漢鴛能見，盡將酒灌，倩女如存。亭老紅梨，墳荒黑蝶，閃閃殘陽淡不温。飄飄也，與游絲同漾，不隔朱門。」美人讀史清平樂云：「怕人孫子。兩顆芙蓉死。觸鼻腥風生滿紙。揭過偏逢聶姊。　躄奴也敢狂言。頭顱究竟含寃。儂替美人彈淚，買絲枉繡平原。」春閨蝶戀花云：「一簾綠霧寒難睡。滿盞梨花，人與春同醉。來日探花須早起。分明墜了檀郎計。　學打鞦韆深院閉。多謝鸚哥，報道人來矣。紅汗淫淫羞欲避。誰知却是鄰家姊。」寄同社諸子望湘人云：「憶書樓藹小，茶鼎篆濃，酒悲花恨長半。斗帳垂寒，閣鈴語夜，又是婪春將晚。紫箬叢抽，青鳩雙下，輕寒輕暖。比去年、南渡桃門，少了琴心蘭伴。簾外游絲半斷。又和風捲起，蜨魂同遠。到雲月、雙谿蘸柳，嫩黄波淺。幢影静，有鶴眠蕉畔。參破飛花空觀。付一夢、緑慘紅顇，剩對僧龕閑燕。」桃花塢懷古滿江紅云：「箕踞而嬉，歎才子、風流千古。想當日淋漓盤礴，墨龍筆虎。知己青眸婢子笑，世情花面天魔舞。小宸濠、敢溷乃公爲，真豚鼠。三生案，桃花悟。六如偈，蓮花吐。請美人名士，大家參破。沽酒須尋司馬店，駡人便打漁陽鼓。料先生、英魄不曾消，來歸塢。」秋思鵲橋仙云：「柳絲黄病，蓮衣緑慘，唧唧陰蟲庭院。不知霜信幾時來，已碎了、芭蕉一半。登樓雲暗，閉窗風響，做出一天秋怨。可知社日是明朝，早不見、雙雙梁燕。」擬少游滿庭芳云：「吹炭添紅，炙壺傾緑，犀釵難辟宵寒。偎人裝醉，蓮盞未能乾。笑探香懷暖手，貂褕覆、還怯衣單。聽蘭漏，凍凝聲澀，驚道夜闌干。珊珊。徐卸珮，繡衾薰好，香霧將殘。猛一事思量，蜜燭重彈。薄暮輸郎一局，翻玉子、拚賭更闌。雛鬟巧，兩甌熟茗，細浥小龍團。」

子筠小詞

子筠所填小詞，亦有可採處。憶江南四闋，詠水仙云：「盆中好，仙子水邊多。綽約春情疑解珮，翩躚弱質舞凌波。有襪定輕羅。」紅白桃花云：「牆頭好，一角小桃鮮。留意不禁窺素面，銷魂畢竟屬紅顏。無語各爭妍。」詠梅云：「園中好，春意早梅知。滿院清香渾入夢，半窗疏影欲吟詩。洩漏怕楊枝。」詠柳云：「隄邊好，忽睹柳枝新。一縷眼波眠不穩，半分眉黛畫難真。愁煞倚樓人。」

茂林詞多商音

茂林姪本不工詞，偶填一小令，爲同社徐春雨所見，笑曰：「我詩不如君，君詞則不如我也。」茂林遂究心圖譜，數月後，竟得其中三昧，春雨爲之折服。然所作多商音，亦非少年所宜也。題山樓聽雨圖賀新涼云：「山外雲堆矣。正高樓、停燈小坐，雨絲飄墜。清響不離蕉葉上，做出淒涼滋味。又驀被西風吹起。一縷幽情誰得似，怎聲聲、只在愁心裏。人靜也，渾難寐。　吾生蹤跡天涯寄。憶當日、青篷聽處，冷衾如水。惱煞天工偏作惡，何苦令人憔悴。便仙佛也須愁死。展卷重來相問訊，問先生、搔首緣何事。同調者，那堪此。」西湖懷古前調云：「烏帽當窗憩。駕扁舟、西泠橋畔，晚風吹矣。水色山光齊倒影，載入瓜皮艇子。一棹也、烟波無際。人面重來何處覓，問桃花底事紅如此。花不語，笑而已。　昔年南宋風流地。歎今日、斜陽慘淡，舊宮離黍。金碧樓臺銷滅盡，剩有殘碑古寺。追往事、淒涼欲死。濁酒一杯澆塊磊，到胸中、化作青衫淚。興亡恨，怕提起。」詠白蓮花湘月云：「輕銷露洗，正曉風吹墜，清池多少。瘦幹亭亭涼似雪，萬丈相思暗裊。蓋影搖青，波痕暈緑，襯出銖衣俏。冷香微逗，水雲何處尋到。　遥憶西子湖邊，含苞欲吐，幾曲烟波繞。小立銀塘涼雨歇，一片秋情縹緲。素月流空，晶簾半隔，夢醒菱歌杳。明珠弄罷，玉人初理歸櫂。」

茂林九日登高詞

詞以藴蓄纏綿、波折俏麗爲工，故以南宋爲詞宗。然如東坡之大江東去，忠武之怒髮衝冠，令人增長意氣，似乎兩宗不可偏廢。是在各人筆致相近，不必勉强定學石帚、耆卿也。今人談詞家，動以蘇、辛爲不足學，抑知檀板紅牙不可無銅琵鐵撥，各得其宜，始爲持平之論。嘗見茂林姪有九日登高百字令一闋，頗有豪邁之氣。偶録此詞，縱言及此。其詞云：「醉拖屐去，向亂峯頂上，斜陽頻踏。候雁銜蘆鳴極浦，砧杵萬家聲答。葉落潭空，苔横石瘦，涼翠侵毛髮。影隨孤鶴，青山笑我清絶。我欲拍手高歌，持螯酌酒，舉首邀明月。袖底烟雲飛舞起，一縷罡風吹裂。峭壁新磨，禿毫狂掃，吟興因秋發。劃然長嘯，餘音驚破天碧。」

生補道人詞

生補道人，未詳姓氏，嘗見其次徐懶雲秋影樓即事蘇幕遮原韻一闋，聲情哀艷，不愧名家。懶雲爲吾鄉詞伯，次其韻者，想亦前輩老友，暇當細訪。其詞云：「約斜暉，來淺渚。燕語商量，貼近垂楊户。無尾無頭無次序。没這心腸，著個相思處。便相思，從説與。影已如秋，秋莫將伊妬。小字呼來酸帶苦。説不完全，只一聲兒楚。」「畫樓頭，風復雨。雨尚能來，來便心頭聚。拚得人來同雨住。分付飛鴻，莫道無尋處。作飛鴻，傳絮語。這段秋心，原不曾躭誤。怪你今朝纔覺悮。粉碎虛空，渾沌開盤古。」

李湘芷詞

李湘芷，勳，原名元愷。詩筆輕清，作詞更旖旎慰貼。以微秩需次山右，與余别二十年矣。偶録其詞，殊深月落屋梁之感。詠闌干金縷曲云：「宛轉春山角。問誰家、東風庭院，粉纖紅弱。花韻依依晴未午，露出眉痕曲曲。愛卍字玲瓏圍玉。小立燕雛閒弄影，蹴疏紅軟踏金鈴索。香霧障，斷雲觸。浪花槅子彎環拓。數相思，迴文織就，淚珠零落。隱約二分明月瘦，樹影參差簾箔。又添上，一層愁緑。回首碧城仙路隔，怕春魂無力尋來錯。鍼錦字，附飛鶴。」月夜感懷壺中天云：「梧桐一葉，趁西風吹落，便成秋意。石砌蕭疏花泣露，寒月雲梢欲墜。玉杵催涼，金蟬咽冷，併作愁滋味。豆棚坐久，薄衫吹滿清氣。南望萬疊鄉關，故人何處。盼斷平安字。竹影横窗雲一片，畫出瀟湘詩思。響石絃琴，當風颭笛，觸緒心如醉。定知今夕，吴郎同此情致。」

張石耘詞

張石耘國琛 菩薩蠻云：「蝦鬚簾外飛涼雨。嬌絃續續調箏語。莫道漏聲殘。偎燈整翠鬟。 別來知聚少。怕種當歸草。今夜製郎衣。郎歸説與知。」踏莎行云：「野草粘天，垂楊蘸水，紅牆何處盧家是。小樓一角路迢迢，隔簾海燕時飛起。 別夢連環，峭寒襆被，日高未醒華胥睡。曉寒自續夢中詩，吹簫更訪乘鸞子。」詠柳綺羅香云：「搓就鵝黄，描勻眉翠，漏出春光尚淺。暗渡溪橋，向我眼波偷展。更日暮、流水迢迢，漸添却、浪痕舒卷。想金城，一様凄迷，桓温老矣淚空泫。 孤村誰問蕩子，怕看長亭，幾樹橋迴堤遠。殘月曉風，一片離愁難剪。休誤認漢殿眠時，怎耐伊、夜烏啼晚。只盼他、九烈神來，爲余彈汁染。」詠落花南浦云：「一夜雨簾纖，小樓聽遍，怪煞紙窗難曉。何處子規啼，天涯路、付與殘紅多少。春歸緩緩，恁無情、楝花風老。簾角游絲寒不颺，似一縷、柔情裊。 江南風景繁華，但年年倦客，因循過了。寂寞掩重門，茶烟歇，空憶艤船曾棹。青春自好。緑陰無奈催人早。纔省尋春春已去，怎忍閒似魄階還掃。」詠新月湘月云：「問天不語，悟姮娥底事，韶顔長好。歲去年來，數不盡、幾度蛾眉曾掃。似魄難圓，如弓斜掛，莫説清暉小。佳人驚起，背燈自整釵爪。妝罷自拜簾前，低聲暗祝，只願郎歸早。待得團欒，想似此離別，人間多少。傍户纖纖，窺窗皎皎，説與瑶臺曉。關山路迴，征衣淚點休照。」

金雨香題芍藥

金雨香題芍藥送友青玉案云：「生憎説道君將去。正緑滿，垂楊樹。三兩鶯聲啼不住。潮回南浦。東風日暮。酒醒知何處。　離腸苦借將離訴。贏得花間斷腸句。明日春過芳草渡。新愁滿紙，舊歡如絮。遮莫從頭數。」

袁蘭村捧月樓詞

袁蘭村通善填詞，隨園一脈，風流尚未墮也。有捧月樓稿行世，録其臨江仙兩闋云：「記得畫橋西畔路，金鈴低吠雲根。斷鐘敲月到柴門。柳枝扶瘦影，花霧醉春魂。　飄瞥流光同逝水，紅窗夢去無痕。錦衾抱得倩誰温。離離星影下，無奈此黄昏。」「記得蘭期初七夜，秋窗曾約春人。癡雲圍住閣三層。下梯嬌剗韤，避影巧遮燈。　軟絮一團飛入抱，輕盈碧玉腰身。訴來别恨太零星。薄羅衫一角，曾爲拭紅冰。」

楊蓉裳詞

楊蓉裳芳燦和袁蘭村前調云：「記得鬱金堂畔路，文窗乍啓葳蕤。日痕紅上小桃枝。雛鬟真解意，傳語玉人知。　鸚鵡呼茶聲悄悄，嬌羞著意矜持。犀梳粉拂弄妝遲。綠傾蟬鬢影，含笑出簾時。」「記得相逢聯榻坐，茶烟簾外輕颺。閒將瑣事細評量。木瓜宜漬粉，石葉好和香。　最愛晚妝留拜月，紫桐花底迴廊。五銖衣薄露華涼。笑拈雙茉莉，簪上小釵梁。」「記得小屏山六曲，昏燈雙影竛竮。星闌携手繞階行。最憐花隱約，却怪月分明。　漸覺薄寒風料峭，蕭蕭落葉空庭。共斟醽醁遣秋情。無言看瘦菊，信手擘香橙。」

邵蘭風詞

邵蘭風廣銓秦淮憶舊金縷曲云：「驀地繁華換。剩淒涼、遥天寒月，依然相伴。年少不知歡樂事，孤負鶯憐蝶眷。回首處、模糊一半。便向秋衾尋昔夢，怕江南夢也如天遠。愁與恨，尊前滿。　坐來數遍更長短。有情絲、纏錦萬縷，無端撩亂。十里珠簾兩岸柳，多少舊游池館。問剩雨零風誰管。若種五番紅豆子，幾曾知、腸爲今宵斷。砌蛩語，添悽惋。」

茂林詞卷

余飄泊秦中，曰歸不得，每念阿咸近況，未識如何。前接吟秋姪正字茂林來信，知其席帽未離，青衫憔悴，爲之淒然。而其詞學則大有進境。所寄各詞，亟録於卷。南歌子云：「畫閣文窗暗，迴廊曲檻斜。房櫳深處静啼鴉。怕有東風，吹夢落桃花。　踐約期仍阻，尋芳路易差。無聊獨自泛仙槎。只隔一重銀漢幾重霞。」「香結同心篆，禽賡比翼聲。檀痕親掐譜瓊笙。招取半鈎涼月上簾旌。　繭紙新裁諾，鷗波舊訂盟。樓羅歷日證分明。記否三更風露拜雙星。」和闞海雲臺城路云：「玉梅花下哦詩客，深宵幾回搔首。撲筆商愁，裁箋絮恨，忍聽空階殘漏。寒燈剪後。認密字珠排，淚痕如舊。不解今年，沈郎腰比去年瘦。　歸帆江上已遠，憑闌凝睇望，寒浸羅袖。跡憶摶沙，交憐墜雨，容易春韶孤負。魚書寄又。怕畫舫開緘，綠波同皺。惜夢偎烟，冶游能記否。」題徐桐生詩集賀新涼云：「萬斛愁難寫。問茫茫、大千世界，誰知我者。忽地相逢同調子，背客剪燈雨話。渾不管、俗人驚駡。一卷新詩才脫稿，碎秋心、字字珠光射。思一縷，穿雲罅。　徐陵才調君其亞。乞生花、如椽妙筆，支持風雅。堂北春暉雙鬢白，底事頻年作嫁。思鄉淚，浩然盈把。我擬紅紗籠壁上，對瑶編、合付傳鈔也。紙頓貴、洛陽價。」月夜聞笛感懷臺城路云：「珠簾淡月人初静，空階滴殘涼露。苦竹吹愁，幽篁答恨，迸作商聲淒楚。哀音一縷。似江畔孤舟，怨添嫠婦。彈到琵琶，四條絃上乳鶯語。　幾回根觸舊事，記蘇臺欵夢，孤引吟緒。秋冷如絲，風多欲斷，梧葉打窗而舞。低徊似訴。怕兜起鄉心，淚痕偷注。無賴鵑啼，猛然聲咽住。」題闞海雲九秋詞卷臺城路云：「是誰喚取秋魂語，秋情蕩摇無際。萬葉敲涼，重簾撲翠，酸入才人心裏。迴腸斷矣。認衰草斜陽，盡含愁思。莫怨文通，别離滋味定如此。　深宵幾回點筆，背燈商略處，幽恨難寄。舊夢闌雲，新痕過雨，暗擘蠻箋親記。腰圍瘦未。算此際銷魂，黯然而已。讀罷低頭，淚華紅泫紙。」

茂林聯句

吟秋聯句小序云：「雨窗無賴，同闕海雲清話，聞落梅聲酸楚可憐，因憶孤山花事，大半闌珊，非復前日景光，爲仿聯句體，譜臺城路兩闋以弔之。花魂有知，當含情凝睇，姍姍其來也。」詞云：「笛聲吹醒羅浮夢，飄摇瘦魂無主。吟　病骨支烟，華年怨綺，禁得連番風雨。海　留卿暫住。吟　抱盎曲闌干，伴儂題句。海　畫取芳容，忍寒花下剪燈去。吟　匆匆環珮已遠。翠禽應笑客，猶自延佇。海　野逕亭荒，春山鶴杳，誰共吟仙盟侶。吟　香痕戀土。海　奈芳草無言，亂愁難訴。吟　賸有痴雲，黯然尋舊路。海」「最淒涼是前身月，今宵照來依舊。海　影減寒叢，脂消薄暈，不管憑闌人瘦。吟　春魂在否。海　便踏碎蒼苔，總憐孤負。吟　悔煞疲驢，探芳偏落馬蹄後。海　空山流水自去。帊羅千點淚，都化紅豆。吟　疊雪成茵，團香作枕，仙夢憑誰消受。海　傷心下九。吟　悵立盡東風，翠衫冰透。海　一樣含愁，玉階親奠酒。吟」將别海雲，復聯句疊前韵二闋云：「垂楊何苦年年緑，飛花倩誰爲主。海　爪印留鴻，鄉音絮燕，一例飄零如雨。吟　浮雲又住。海　喜舊約重尋，伴燈覓句。吟　薄倖東風，病中還要送君去。海　孤山梅放萬樹。小樓簾半捲，曾共凝佇。吟　水暖蒸愁，山圓抱夢，親欵嬉春芳侶。海　銷魂軟土。吟　料今後閑情，更無人訴。海　記取萍因，斷橋橋畔路。吟」「再來縱踐鷗波約，春痕那能如舊。吟　墜雨離雲，孤琴怨鶴，容易都成清瘦。海　游跡誤否。吟　笑如此韶華，凭般輕負。海　草草挐舟，客愁淒絶暮春後。吟　荷齋未忘結習，夜棋敲冷月，燈炧殘豆。海　蟹舍邀涼，鴛湖飲渌，只恐離情難受。吟　憐他二九。海　原註：指九華、九如。　料也解相思，眼波紅透。吟　甚日重逢，畫船同載酒。海」

沈廷炤詞

秋吟姪甚稱沈君廷炤之才，寄示其南歌子云：「楊柳初三月，梨花昨夜風。夕陽收過畫欄紅。腸斷斷無人處，舊簾櫳。　蕙徑迷裙衩，苔階歇履弓。楊花無語忒惺忪。剛被游絲闌住攬晴空。」好事近云：「草草補慵妝，彷彿耳邊朱暈。留住春痕暝寫，也個儂緣分。　劇憐淺夢醒蘅蕪，往事難重問。借得花魂偷慟，總今生薄倖。」清平樂云：「畫屏風底。顧曲頻拈取。百首新詩曾爲此。記得那人名字。　悔生南國憐伊。秋風葉葉枝枝。多事情天種出，爲誰留下相思。」

汪平甫詞

汪平甫鈞，金陵名士也，久客青門。余來關内時，平甫已南返，未得一晤爲憾。嶰筠中丞嘗誦其清涼山晚眺滿江紅云：「如此長江，歎滚滚、幾曾休歇。猛記我、孤舟千里，晚行時節。帆影半連雲影暗，雁聲剛過潮聲接。竟歸來、安坐看風波，真奇絶。　疏林外，飛枯葉。荒草裏，埋殘碣。問六朝樓閣，都歸澌滅。天子惜多才子氣，美人同受女人刼。算猶餘、何物到而今，山頭月。」嶰翁並云：「此詞爲林少穆所深賞。」嗣余覓得心筠堂全集，見前詞果在，因再録兩首，以誌嚮往。題美人一萼紅云：「妬嫦娥、便窗裁桂魄，小住月輪中。蕊吐情根，芳回夢影，一枝紅。雨初濃。襯仙姿、雲嬌霞艷，最難分，春色累重重。　更帶新愁，懶調錦瑟，怯理殘絨。　幾度花期負了，有誰懷游子，誰唱憐儂。書倩鴻飛，衾邀鴛貼，明年携手花叢。還怕是、花如人面，到明年、不似者般紅。空惹餘香滿袖，癡對東風。」聽雨失寐，有懷家園百字令云：「布衾絮薄，更銅壺漏急，催人醒了。鑪火乍殘窗紙暗，掛壁一燈紅小。夢不分明，蟲偏喧聒，錯把芭蕉惱。如年長夜，幾時盼到天曉。記得桐舫三弓，竹居半畝，雨後添芳草。況有稻畦環菜圃，着雨碧抽芽早。楚岫雲蹤，吴娘水調，回首關河杳。貧居兄弟，聯牀舊約原好。」

邊樸川詞

任邱邊樸川葆淳，邊大綬之同族，辛丑進士，觀政刑曹。奉諱後，以家貧游陝，與同事督糧道署，温文爾雅，君子人也。詩筆輕倩，詞亦秀麗。記其題江采蘋百字令一闋云：「仙雲縹緲，是啼紅惹粉，最銷魂處。艷李穠桃零落盡，剩有寒香一樹。月冷金鋪，霜封玉砌，望斷羊車路。羅浮夢遠，夜來幽恨誰訴。當日鳳輦承恩，上陽花裏，宛轉留春住。一自長門深鎖後，憔悴朱顏非故。團扇閒吟，香奩慵啟，生怕蛾眉妬。珍珠漫寄，揮毫自寫新句。」

沈鶴坪詞

太倉沈鶴坪宗約，爲白漊僉事之後，困於場屋，憔悴青衫。與衍聖公有葭莩誼，遂游闕里，寄跡東山。善音律，工填詞，游踪所歷，倚聲益富。嚴灘懷古鳳凰臺上憶吹簫云：「萬古高踪，千秋佳話，一臺獨聳江邊。看亂山圍繞，翠滴雲連。底事辭榮隱遯，客星犯、隔斷塵緣。羊裘暖，披來稱體，懶去朝天。歡然。得魚幾個，不是漁師，易賣青錢。感故人恩重，垂釣年年。太息原陵茂草，秋風裏，早化雲烟。臺無恙，山高水長，儘足流傳。」行香子云：「枝寄鵂鶹。户滿蟏蛸。悵家山、千里迢迢。倦來倚枕，夢裏逍遥。看研山雲，石湖月，海門潮。　紅消菡萏，緑冷芭蕉。問誰來、同醉松醪。香殘燭灺，秋思無聊。更夜沉沉，風颯颯，雨瀟瀟。」卜算子慢云：「魚游水暖，鶯語樹晴，晷影添春晝。絶好嬉春，休負賣餳時候。韶光潑眼濃於繡。捲湘簾，緑戰紅酣，呼僮去沽村酒。　徙倚闌干久。愛柳軟將眠，草香堪鬥。一掬春愁，底事教儂消受。對青山、獨自頻叉手。妬深院，花枝嬝娜，却憐他消瘦。」念奴嬌云：「惱春歸矣，悵樓頭燈火，狂飈吹滅。記得韋郎年少日，歷遍金銀宫闕。洛浦仙姝，漢皋神女，曾把衷腸説。雲車風馬，教人無奈輕别。　休恨舊約難尋，蕭蕭雙鬢，彈指成霜雪。萬樹名花留不住，怕聽杜鵑啼血。境與心違，人隨秋老，瘦盡稜稜骨。夢回孤館，照愁惟有明月。」浪淘沙令云：「花影暖窗扉。春思迷離。東風亂逐曉雲飛。夢醒頓驚鴛枕冷，惱煞鶯啼。　妝罷試羅衣。熏透荼蘼。畫眉人尚滯遼西。怕看繞梁新燕子，個個雙棲。」

孔琴南詞

曲阜孔琴南昭薰，亦工圖譜。詠榆錢摸魚子云：「愛穿來，酒堪冬釀，隔牆莫易拋去。線環穿就盈千萬，休説流如泉布。春色住。自買笑年年，飛遍真娘墓。碧烟新鑄。算鋪砌苔紋，疊溪荷葉，幾綴樹頭古。村社雨。散入曉陰濃處。還添花勝歡趣。密垂短貫枝枝重，不似紛飄輕絮。堆夾路。也萬選、青青學士誰裁句。兒童争賭。更白打閒分，翠妝戲簸，圓小積無數。」

劉阮山詞

蘭陵劉阮山先生可培，博學多才。嘗客閩、皖、豫、滇，到處争迎。及門多貴顯，如周稚圭、吴蔗薌，皆其高足也。性耽風雅，喜詞曲，有耆英會、繡圖緣、槎合記傳奇行世。與余友王菱江爲忘年交。菱江以先生風懷偶録兩卷見示，摘録一二則，以誌前輩風流。丁未秋夕，夢游平山堂，一姬以裙帶索書，乃作憶江南詞贈之。其詞曰：「榕城夕，人夢古揚州。畫舫壓波花壓酒，好山當面月當頭。杜牧悟前游。」壬寅冬，丙子四十初度，余填金縷曲爲壽，詞曰：「翠袖餘寒卷。喜齊眉稿砧，別夢年來俱遣。兒女團欒當此夕，蓉蕁小春霜泫。且暫啓、黛蛾蹙繭。漫道氍毹無我分，只花封、酒誥緣非淺。還勝似，紫泥展。十年刀尺辛勤顯。耐霜辰、壓鬢雲薄，穿簾月扁。黽勉弋鳧并挽鹿，又復惜雞顧犬。料炊臼、黔婁庶免。世羡玉堂夫壻好，舊朝衣半是新人典。嘲自解，舌頻翦。」又作漁家傲詞，代内解嘲曰：「夙愛粉郎才思捷。相期早注蓬萊籍。獻賦歸來仍點額。楞嚴刼。當初錯夢全身熱。 麯部茶官君領攝。花封酒誥還輸妾。案此下原脱七字句一句 含笑説。誰家夫壻封侯骨。」題露筋祠感恩多詞云：「行人秋色外，繫纜叢祠，背孤篷。夜火青。 夢江城。 三十六湖殘月，對眉生。對眉生。流水棲鴉，時聞落葉聲。」邂逅同里青衣秋琴，紀以唐多令云：「侍史髩堆鴉。窺人向碧紗。道勝常、吴語偏佳。怪底西堂璈板響，有鸚鵡，唤琵琶。 已動鄉關思，何當盼睞加。歡飄篷、到處爲家。不信雛兒猶乳燕，也兩度，客天涯。」吊朱蕉圃觀察姬人顧畹君埋香新冢，調寄高陽臺云：「廿四橋頭，二分月底，紫驄嘶過郊闉。盼煞東坡，倚樓人似朝雲。君家信有量珠斛，换嬋娟、花塢藏春。侍衾裯，粤嶠閩江，寵被横陳。　瓊枝窣地和風折，恨寶釵委土，暖玉埋塵。倩草夭桃，紅鞓巧襯青裙。餒而羞傍闍黎飯，恁荔漿、滴醒芳魂。更何人，寒食梨花，吊杜秋墳。」

費開榮詞

余於道光丁亥冬，道出靈寶，見壁題蝶戀花一詞。又於澠池旅店，見霜天曉角一闋，署名浮提外人，初不知誰何作也。但愛其音節蒼涼，情思綿邈，忍俊不置，遂各和一闋於後。事隔十七年，獲晤費子茣開榮於長安寓邸，出示鼓銅館全集，帋繙一過，見題壁兩詞，宛然具在，不禁狂喜。自詡醉眼無花，早傾倒於未謀面之先，唱和於不知名之日，可謂翰墨有緣。子茣索題箋於余，因譜金縷曲一闋於卷端，以記梗概。和詞亦附録。余詞曰：「修到聰明絶。算從來、聰明悞事，古今一轍。如此才人淪落甚，空剩陽春白雪。祇博得、紅兒低拍。閱歷名場幾世載，又無如、命裏多磨蠍。投袂起，唾壺缺。　半生浪説天涯跡。記前塵、十年右皖，五年東粤。華嶽重游完舊約，碌碌輪蹄暫歇。且笑傲、灞陵風月。我爇心香真拜倒，問長安、誰是知音客。堪抗手，姜白石。」和蝶戀花云：「漫説清歌與妙舞。半世情痴，有幾堪同語。賣賦長門求卓女。明珠難覓鮫人雨。　儂正尋春春又去。滿院梨花，一夜吹如絮。最是美人留不住。天涯多少傷心士。」和霜天曉角云：「遥山一抹。沙際明殘雪。無數寒鴉争宿，小橋畔，梅花壓。　連天衰草合。黄沙捲地没。幾處荒村野店，烟裊裊，風吹滅。」費子茣鼓銅館詞集十二卷，不下數千首。明珠瓊貝，美不勝收。亟録若干闋，以廣傳誦，蓋欲使海内詞人未窺全豹者，且先嘗鼎一臠也。詠鳳仙一萼紅云：「韻嬋娟。似碧梧么鳳，底事號游仙。冷落秦臺，簫聲勾引，何曾住、老情天。戀塵緣。蓉城輕謫，向空階、開到十分妍。不是江南，三春紅豆，抱恨年年。試比鸜哥纖嘴，看麻姑指爪，小印斑斑。礬粒同研。甌臍細杵，夜來錦裹絲纏。怕還值，宫砂消褪，更殷勤、約束瑣雙環。莫當猩猩血淚，灑上闌干。」途次，口占高陽臺云：「樹拂天低，水涵月冷，馬蹄踏碎空山。人影雞聲，一絲軟夢初圓。西風不識江南路，任魂飛、依舊吹還。最難禁，爛爛明星，淡淡寒烟。涼宵容易成拋棄，記緑荷深處，苦恨香殘。弄月敲砧，小窗再聽何年。飢鴉萬點啼晨色，問沉沉、誰正酣眠。向深幃，幾度朦朧，紅日三竿。」借草窗韻前調云：「烟做微雲，風吹殘雨，秋聲響過蒹葭。游客傷心，羨他燕子歸家。仲宣打疊登樓興，望故鄉，樹密山遮。剩凄涼，鴉點飄零，雁字横斜。人生第一離愁苦，況音沉青瑣，衣積黄沙。緑鬢成斑，潘郎忍説年華。懨懨瘦骨支離甚，細思量、睡是生涯。更消魂，帳冷梅花，夢結梨花。」和賀方回望湘人云：「漸風拖薄雨，日弄嫩晴，算來三月剛半。草染裙腰，柳酣醉眼，十里香塵迷晚。病裏光陰，裏頭花下，一絲春暖。念小園、蜂蝶忘歸，剩有白雲相伴。游興無聊早斷。況錦郊何處，水遥山遠。更羞認枝頭，舊日碧桃紅淺。斜陽堤上，逝波橋畔。怕問元都前觀。把萬種莫解相思，話向梁間雙燕。」旅店聞琵琶，感賦模魚子云：「卸輕裝、暫停鞭影，深山斜照成畫。春風草色連天碧，無復舊游都冶。花半謝，早減盡歡情，愁也無從寫。猛澆酒斝。任五斗塵沙，十年夢影，休悔塞翁馬。疏窗畔，冷結燈花姹姹。者般消遣長夜。嘈嘈迸裂琵琶語，玉筯一雙傕下。絃住罷。便曲泛新聲，誰是知音者。幾番聽也。縱不似，江州青衫前恨，雙淚早盈帕。」和蛻巖買陂塘云：「倩烏衣翦愁不斷，情絲撩亂難理。桃花院落春將暮，留得一分寒意。慵旖旎。照鏡影圓冰，凍結奩如洗。曉妝漫擬。算芳草成烟，踏青較晚，風雨弄心醉。　無聊賴，都付紅樓夢裏。玻璃還怕姣脆。光陰似夢歸無跡，怯怯小鶯啼碎。儂尚記。路側垂楊，絮老扶風起。闌干正倚。待極目天涯，幾重山外，又是幾重水。」己丑元夕女冠子云：「嫩晴庭院。夕陽西下歌轉。梅花香洩，一絲微逗，引入東風，瓊樓春滿。琉璃燈影眩。最好鬧蛾飛立，寶釵輕顫。問團圞明月，光暉可上，那人姣面。　笙簧聲裏愁難展。想故園今夕，幾許追歡慣。漏深傳箭。祝欵欵好夢，關山匪遠。繁華留一線。記取鈿車羅帕，雪消雲散。怕明年、還更寂寥，不似者般歡宴。」蝶戀花云：「莫種柔桑千萬樹。葉飼冰蠶，抽作閑愁縷。錦瑟調絃牽雁柱。斷來裊共游絲去。蝶戀殘花蜂戀絮。剛惹微風，又惹簾纖雨。春盡可憐無一語。江南江北相思處。」又前調云：「鸞鏡塵封閒閣久。莫照晨妝，鬢影翻新舊。兩頰不關春泥酒。病深恍惚胭脂瘦。　郎似流鶯儂似柳。飛到天涯，處處垂條有。忍洗斑痕雙淚袖。層層留待人歸後。」鳳凰臺上憶吹簫云：「涼夢星飛，冰心月印，幾番影壓薰篝。向屏山千疊，去也應羞。曲曲花牆水閣，前度事、幻景粘眸。空收起，結餘蓉帶，褪後蓮鉤。　悠悠。東風不定，任十丈游絲，莫綰行舟。問片帆何處，江闊烟稠。望到歸潮信準，殷勤洗、紅袖雙流。斑痕換，湔完舊恨，染上新愁。」秋荷半卸，友人招飲，即席感賦念奴嬌云：「舞紅貼水，算年時，儂亦鷗朋燕侶。回憶露涼波靜夜，領略秋心無數。翠珮搖情，玉絲牽夢，聽到黃昏雨。粉香撩亂，幾番添得新句。　又是狼藉東風，宮衣脫盡，游倦江南去。淡却滿奩明月色，空照遺根寒浦。落拓重尋，主人留飲，還爲殘花住。青箬浮螘，醉迷池畔歸路。」買陂塘云：「倚雕闌，東風影裏，柳飄千萬絲縷。春痕碧凝窗紗薄，漏洩燕鶯雙語。惆悵處，正一夜樓空，春瘦梨花雨。閒情最苦。看紅唾傳香，翠羅染恨，那度夢雲住。匆匆裏，無賴珠簾繡户。依稀難覓愁緒。鴛鴦書就憑誰寄，毀却幾層紈素。春似羽。問不共人來，可帶相思去。朝朝暮暮。縱有約重尋，夭桃已謝，綠暗斷腸路。」題梅花帳沿疏影云：「寒花寂寞，借晚風陣陣，吹上橫幅。半翦鵝溪，一抹龍煤，平與安排金屋。曉妝漫憶深宮事，向睡裏、偷粘蛾綠。任幾番、畫角驚殘，釀得小窗春足。羞憶羅浮醉後，翠禽啼不住，幽夢初覺。縞羽玲瓏，無限離披，又入江南江北。墨池雪嶺三生夢，應笑損、孤山雙鶴。想素魂、鈴閣沉沉，紙帳煖偎香玉。」題友人詩集大江東去云：「大江南北，看兩岸、無限青山如笑。笑我寒蟬猶噤噤，更怪先生同調。酒綠樽盈，花黃籬滿，此外無他好。五陵豪俊，不堪回首年少。可奈飄泊萍踪，皖雲秦月，一例催人老。憔悴潘郎雙鬢白，輸與淵明歸早。千古空留，一錢不值，碌碌風塵道。銅琶鐵板，何妨同此孤嘯。」鳳凰臺上憶吹簫云：「倏忽經番，剎那又是，光陰將近花朝。看東風依舊，紅了夭桃。惟有梁間雙燕，春到也、還戀空巢。渾難住，清明寒食，一路餳簫。魂消。個人何處，千萬遍追尋，似近仍遥。悵柳遮門靜，簾放樓高。誰照悽涼孤影，流水遠、波漲蘭橈。相思恨，夢成蝴蝶，飛上鸞翹。」

殘菊聯句

又聯句三闋，詠殘菊摸魚子云：「仗餘香、欵留佳友，任他荒徑風雨。汪平甫 栽花須得詩人宅，秋亦有情難去。程子衡　君且住。便老屋三間，不礙君箕踞。王菱江　霜天高處。看瘦尚能狂，寒偏帶傲，鐵骨自千古。費子專　羞籬寄，堪歎平生知遇，而今零落如許。平　闌珊意態休相笑，晚節有人持護。衡　儂已悞。勸夢醒、淵明漫解腰間組。菱　未妨塵土。向老瓦盆中，無絃琴畔，相對忘遲暮。專」長城懷古調寄奪錦標云：「風走黄沙，天荒白草，望斷大旗落日。子專　一片孤城横亙，鎖住中原，劃分西北。菱江　看秦時明月，尚愁照、玉門山色。子專　笑班超、已就侯封，老去又還生入。菱江　多少男兒絶域，羌笛聲中，勒馬感懷今昔。子專　一將能當萬里，堪歎前朝，懷來倉卒。菱江　剩蜿蜒形勢，付磨盾詩人横墨。子專　借長卿五字摧堅，睥睨金墉千尺。菱江」潼關懷古花發沁園春云：「翠岳屏張，赭河環抱，鑿成百二門户。菱江　千盤直上，四扇横排，絶險界開秦豫。子專　金城天鑄。看亘古隆隆蟠踞。菱江　歎一片，流水斜陽，尚留前代旗鼓。子專　可笑哥舒自誤。到漁陽兵來，束手無措。菱江　荒荒雉堞，莽莽狼烟，痛哭出師何補。子專　吟鞍老據。終自恨、書生不武。菱江　問何用，學作雞鳴，不如也跨牛去。子專」

鄧嶰筠詞

金陵鄧嶰筠先生廷楨，撫皖十年，總督六省，文章經濟，載在口碑。與林少穆先生齊名，出處亦相似。其任西安太守也，案無留牘，綽有餘閒，羣以「鄧青天」呼之。故由西安郡守卽擢湖北廉訪，誠異數也。先生性耽風雅，愛才如命。道光乙巳來撫關中，余蒙其延訪入幕。公餘之暇，相與分箋擘韵，詩酒流連。惜相從未久，以丙午仲春薨於位，不勝感慨系之。先生有顧曲之好，尤善填詞。所著妙吉祥室詞稿，哀然成集，尚未付梓。亟録數闋，以誌知遇。酬林少穆寄詩稱壽沁園春四闋云：「塞雁飛還，寄到新詩，如聆麈談。道貞元朝士，猶存老馬，河陽從事，未盡春蠶。九萬經環，七旬庚甲，不作天花一現曇。人間世，尚料糜三品，軨展雙輚。　尊前有味醰醰。愛黄絹新辭妙義涵。説花從淡處，留香更久，果於酸後，得味尤甘。原註：公詩云：花從淡處留香久，果爲酸餘得味甘。冷暖襟情，悲歡景況，不是同心不許諳。懷漸久，是徑荒彭澤，扰戀邯鄲。」「我七十耶，遲余十年，公今六旬。似前因藜杖，懸弧共乙，今生薺臼，射策同辛。半落青天，孤臨碧海，等是三山寄此身。傳佳話，把换巢鸞鳳，受代元辰。原注：己亥嘉平，公由兩江總督調任兩廣，余由兩廣調任兩江，以庚子元旦受代。　賈生才調無論。聽交口同聲遍縉紳。笑吾先衰也，安能爲役，公真健者，迴不猶人。百斛扛餘，千鈞繫處，宣室還聞念逐臣。曾造膝，謂公才勝我，天語如春。原注：去冬召對養心殿，蒙諭：「朕看林某才具，似較勝於汝。」」「珠海餘生，西指天山，相從荷戈。看伶仃雪窖，鴻泥同印，縱横沙磧，雁帛誰過。盾鼻書成，刀頭唱徹，收拾蒼涼入劍歌。印與曆，有霜欺髩短，酒助顔酡。　玉關先走明駝。似蘇李河梁别淚多。便欣逢馬角，我聞如是，偶遲羝乳，于意云何。壯志依然，華年未老，聽説秋來肺病瘥。爲公壽，祝黄羊手炙，且宴頭鵝。」「萬里邊城，地幹遥通，萊蕪未開。恰我聞有命，勸農隴右，公行復起，闢地輪臺。雁户操豚，鱗塍買犢，搜粟摸金莫浪猜。真成笑，笑屯田籌海，一例相陪。　漫欺纓短風吹。定策馬龍沙日幾回。念花門種别，休教咨怨，葑陂利溥，盡盼招徠。將受厥明，曰嘉乃績，異域銘功重此才。承丹詔，向酒泉西望，定遠歸來。」重陽日，拈重九字，離合成章，戲譜金縷曲云：「又賞重陽菊。倚新聲、胡笳十八，柱斜絃促。減却庚鮭三之一，錯認消寒近局。看露畹夢回重度清溪曲。最迷離、前幽蘭雙簇。彈罷六么鋃甲卸，更當筵、三疊煩纖玉。歌未已，辦還讀。悵半坼鴛鴦卅六。十様宫眉誰替畫，枉教人、八三三過，後三三續。盡日柔腸都迴遍，怕對江流如穀。殘山剩水人何字修蛾蹙。能作賦，和盈幅。」銅雀台懷古買陂塘云：「最無情漳流東去，空餘蒼翠如此。若不換當塗，但教横槊，消得幾名在，堪歎長秋家世。難提起。待喚醒鵑魂，替灑英雄淚。一門才思。問總帳風士。登臨處，空羨吴宫佳麗。高臺銅雀都圮。英詞縱有陳思賦，香履而今憔悴。歌扇底。陌趁烟斜，隄隨月遠，淒，誰奏西泠伎。苔花磨洗。止片瓦飄零，珍同鳳咮，猶有建安字。」柳梢青云：「一角紅樓，有人侵乍醒春魂。芳信頭番，歸心千里，生意三分。小橋流水孤村。早蘸影、青青到門。曉，淺畫眉痕。」

鄧子京詞

鄧子京爾咸，嶰筠先生第三子也。英年倜儻，卓爾不羣。詩筆詞箋，具有家法。隨侍西安節署時，與余最相得。别後二年，知已榮膺薦簡，花縣鳴琴，不作經生呫嗶矣。記其東坡生日分題，得印香鋃篆盤，寄齊天樂云：「紗籠疏處纖雲裊，眉山更傳佳製。鏤篆成盤，研檀作屑，片片銀荷香細。鎸來卍字。似織就迴文，素心同寄。寶鴨金猊，問誰供養妙於此。重簾留住未卷，借黄帊摩挲，花様新擬。百和熏濃，雙規印好，淺淺深深須記。今宵薄醉。拚宛轉詩腸，共伊縈繫。試撥紅鑪，一絲烟漾紫。」和其尊人重九金縷曲云：「廿四番風度。甚匆匆、六番吹過，花朝早誤。十里平沙隄上望，恰好月明三五。擬再向、武夷閒住。閱盡漢宫三十六，記秋光、剛到平分處。胡笳拍，倩君數。裝成七寶清虚府。更添他、闌干六曲，五雲低護。一日三秋時十二，暗向雙鬟細訴。看學士風流如許。十六年華卿正好，添二分，春色將花妬。南北斗，五星聚。」

王景珣詞

丁亥南旋，道出磁鎮，見題壁滿江紅一詞，甚有筆致，録之。「風捲黄沙，散漫作、一天愁霧。最苦是、窮途竭蹷，探山問渡。愁緒已拚隨路長，壯心不敢聞雞舞。細思量，何苦走天涯，功名誤。雲慘淡，烏啼樹。燈火暗，荒城鼓。記當年、梅花香裏，畫橋烟鎖。一串歌喉青舫醉，滿身花影紅窗護。願今宵、夢裏踏吴山，尋歸路。」欵誌藹堂王景珣，不知何許人也。

黄子鴻詞

黄子鴻儀，常熟人也。工詞，有紉蘭别集，風流逸邁，真可追響東堂，齊踪西麓。録其題城西某氏園亭風流子云：「柳岸試維舟。蒼苔路，彷彿認層樓。想曉燕催妝，春鶯教伎，雲翻舞袖，雪噴歌喉。誰曾管、疏簾難隱笑，小扇不障羞。紫陌塵香，重停五馬，紅牆月冷，悄候牽牛。風流渾未厭，奈珠沉翠殞，是事休休。忍看雕甍畫棟，冷落山邱。但雲去雲來，有時有夢，花開花謝，無地無愁。題取斷腸詞句，當我纏頭。」

周弢甫詞

毗陵周弢甫騰虎，伯恬先生第三子也。名父之兒，少年英邁。與余同事林少穆中丞幕中。弢甫性至孝，篤友誼，重然諾。其詩古文詞，已入古人堂奧，余決其斷非池中物也。嘗和余新秋感懷鳳凰臺上憶吹簫云：「湘水蓉零，淮南木落，詞人容易悲秋。正鴻來榆塞，鷹脱塵韝。天外青山點點，擁烟鬟、亂落雲頭。最惆悵，天涯倦客，獨自登樓。　凝眸。樽前懷抱，欲喚起漸離，寫我閒愁。念玉關人遠，路老驊騮。西去隴雲蕭瑟，況秦川、嗚咽泉流。銅琶撥，么絃拉雜，一抹涼州。」

呂子恬詞

呂子恬成思，毗陵人也。與余同客青門，工醫能文，善篆書，尤善填詞。和余秋感前調云：「氣靄終南，露零灞岸，客中又是新秋。悵鄉關綿邈，樹影悠悠。生怕梧桐細雨，驀然間、滴上心頭。宵漏永，除非夢好，夢裏無愁。　如流。年光倏忽，念斷梗飄蓬，好事成不。正吳江初冷，纖月銜鈎。魚雁新來無準，悵望久、終付沉浮。憑闌處，斷腸楊柳，莫去登樓。」

朱意園詞

山陰朱意園先生，詞筆旖旎。不意制藝名家，亦能綺語如此。録其沁園春詠落花影云：「花影毿毿，半餉迷離，殘英落紅。看金屋妝成，飄來鏡檻，緑窗人静，閃入簾櫳。乳燕頻猜，游魚欲唼，訝一片西飛一片東。斜陽淡，誤夢中蝴蝶，尋遍春風。茶烟颺起朦朧。兜不住、蛛絲小網中。記燭暗香殘，點衣欲滅，月來雲破，墮地無踪。紫玉烟銷，緑珠魂墮，與紅粉飄零一樣同。曼陀雨，恰未曾著體，色相皆空。」一半兒詞：「綺羅藪裏醉良辰。翠繞珠圍錦帳春。手把紅螺勸美人。笑盈盈。一半兒推辭，一半兒飲。」「鵾絃輕撥紫檀槽。初唱霓裳後六么。忍俊不禁暗魂銷。抱柔腰。一半兒歌聲，一半兒笑。」「席邊眉語背銀燈。雲雨巫山爲定情。濳繫羅裙出畫屏。挽烏雲。一半兒欹斜，一半兒整。」「風流越顯董嬌嬈。拇戰丁冬金釧摇。偷把昨宵私語挑。漲紅潮。一半兒含羞，一半兒惱。」賀新涼三闋，慰馮柳堂悼亡，兼送應南宫試云：「佳麗真無匹。二百年，圓圓轉轉，原註：姬名丁轉轉。江南國色。十索丁娘纔照面，偷娶武林密室。又親驗、臂痕蜥蜴。軟玉温香驚入抱，問前生、可是瑶臺謫。杜蘭香，嫁張碩。明珠翠羽新妝出。最堪憐、秋波百媚，春山一抹。更擅謝家詩句好，閒詠虞兮七絶。原註：有詠虞姬詩最佳。直艷過梅村手筆。準締百年詩伉儷，被罡風、又把曇花攝。書天問，嗟何益。」「環珮驂鸞去。歎吴娃、韶華二八，留仙不住。若念檀郎魂再返，忍見秋衾獨裹。愁不減，恒河沙數。半夜碧紗燈燼後，似珊珊、親見蓮花步。殘夢醒，淚如雨。鍾情翻被多情悮。輸多少、登徒好色，朝朝暮暮。倘許玉簫重再世，投入韋皋幕府。恐未必、重逢崔護。拚把痴情抛撇了，又女牆、新月纖纖吐。猛想起，眉痕嫵。」「老我年光促。念荀郎、神傷小賦，不堪卒讀。失却璇閨詩弟子，衹剩崔徽一幅。恨平視、劉禎無福。送汝公車淮上渡，聽郎當、莫譜淋鈴曲。英雄氣，甘雌伏。明年定賜金蓮燭。喜看花、馬蹄十里，瀛洲草緑。一路珠簾纖手捲，多少娉婷矚目。有燕趙佳人如玉。宫筆催妝應更好，訪嬋娟，再貯黄金屋。鳳池畔，鸞膠續。」

卷末附詞

余性喜東塗西抹，然愛博而情不專，以故百無成就。自幼年至壯歲，所譜小令長調不下數百十首，已居然成集。自飢來驅我，南北遷移，所作詞稿，不知爲何人攫去，何處失遺。迨後即偶有所著，亦不復存稿。今春閑居無俚，偶檢篋衍，見斷簡殘編，零星散置，不忍棄去，因附載此卷之末，以爲鴻泥之舊跡也可，或以爲續添之新譜也，亦無不可。題友人照眼兒媚云：「絲絲楊柳弄輕柔。隨意泛扁舟。烟波渺渺，蘆花瑟瑟，幾個閒鷗。　青山一抹愁如許，歸夢幾時休。問君何處，白雲影裏，紅蓼灘頭。」金縷曲云：「月白風清夕。望蒹葭、扁舟去也，輕烟羃䍥。莽莽蒼蒼天際遠，坐對層巒峭壁。閒倚著、一枝涼笛。嘹嚦長空歸去雁，聽聲聲、洲畔尋蘆荻。寒露下，侵簑笠。　名場落拓空岑寂。奈何他、良辰美景，唾壺頻擊。記得江南秋月夜，同泛木蘭雙檝。正此日、愁紅淺碧。何處鄉關縈客夢，悵披圖、水色山光襲。提往事，歸心急。」百字令云：「雲濛山脚，聽河聲歷亂，滿樓風雨。水閣憑欄閒眺望，霎霴漫空飛舞。淅淅零零，綿綿密密，隔岸遥迷樹。蒼涼景色，捲簾催起愁緒。　看他一葉扁舟，衝波點碧，濕透簑衣縷。回憶孤蓬聽雨日，紙上分明重覩。略彴前頭，烟雲眼底，可是瀟湘渚。披圖惆悵，令人終日延佇。」題瞎抱琵琶乞食圖賀新涼云：「小撥檀槽雅。抱琵琶、錚錚軋軋，揚長去也。歷遍東西南北苦，塊磊胸中迸瀉。那道我、曲高和寡。舉世盲人行黑路，問前程、誰是知音者。聊復爾，瞎騎馬。　衣衫襤褸憑他寫。歎如今、炎涼面目，非真卽假。要訴生平無限恨，是是非非怕惹。莽天涯、一文誰捨。描盡窮途情與景，這圖兒、嘲世偏瀟灑。浮大白，酎三斝。」題秦淮圓月圖蝶戀花云：「記得秦淮桃葉渡。驀地相逢，愁緒紛如絮。無計留春春不住。迷離淚灑江干樹。　月影團欒人別去。能否重圓，切切憑誰訴。大地蒼茫期再遇。天涯繪取傷心處。」秋夜憶內長亭怨慢云：「聽階砌、啼螿無數。頓觸離情，暗牽幽緒。耿耿秋宵，乍寒輕暖最難處。錦衾初擁，香夢繞，雲山路。翠袖倚闌干，定望斷、江邊柔櫓。歸去。問天涯底事，不覺滿懷酸楚。魚沉雁杳，又聽著、打窗風雨。驀地裏，逗起相思，短檠下，吟成愁句。料綺閣挑燈，一樣凄清無語。」詠桃柳賀新涼云：「青眼窺紅袖。最關心、柳嬌花媚，春光如繡。邢尹分明相比並，舞罷小蠻腰瘦。又倦倚東風香透。前度劉郎何處去，問芳卿、底事開如舊。情脈脈，戀雲岫。頻年輕把韶光負。憶江南、桃根桃葉，秦淮渡口。十里隋堤烟鎖處，半雨半晴春晝。不覺得、相思還又。領略章台顏色倩，可知他、崔護重來否。歌一闋，拋紅豆。」題鄧嶰筠先生妙吉祥室詞稿沁園春云：「大樹扶疏，垂蔭甘棠，膏濃八川。正蕭森畫戟，香凝燕寢，玲瓏烟柳，春逗梅邊。擣麝成煤，栽花作骨，退食餘閒便擘箋。還堪羨，羨多情似佛，好句如仙。　九齡相度翩翩。喜文福雙齊鍾自天。看集成一品，珠穿幾串，繩頭手寫，鳳味親研。心字香燒，吳絲繡出，拜倒平原十笏前。從今後，願紅牙學拍，歲歲年年。」東坡生日分題得黃子木柱杖，譜金縷曲云：「月冷霜飛候。記明朝、坡仙誕日，嘉平十九。追溯風流尋往事，剩有一枝靈壽。且依傍、橘奴身瘦。香澤頻沾清味迥，更摩挲、碧玉森森秀。黃子木，脛而走。　提攜常在先生手。爲子由、延齡益算，珍貽玉友。笠屐翩翩丰度雅，此杖其堪作偶。比方竹、相思還又。閒倚一笻看鶴舞，奏南飛、好晉麻姑酒。浮大白，薦新柚。黃子木：橘樹幹也。子由生日，坡翁以此杖爲壽。」題紅線圖壺中天云：「美人千古，算英雄智慧，有誰能並。一劍酬知飛絕跡，漳水東流不盡。薄髩撩雲，輕衫濕霧，樹影迷離近。銅臺高聳，將軍且自酣枕。空有鐵甲三千，龍泉嘯處，一命懸紅粉。天馬行空游戲耳，已釋當時兵警。探盒歸來，拂衣徑去，腸斷朝陽冷。潞州城畔，至今猶説仙蘊。」題瞿京之黃河曉渡小影摸魚兒云：「算游踪、輪蹄歷碌，又來河曲呼渡。菰蒲影裏秋蕭瑟，斜月半鈎微露。侵曉霧。正十幅蒲帆，好趁長風去。天涯暫住。且華頂看雲，灞橋踏雪，莫教惹愁緒。垂楊岸、界出秦關門户。龍門回首何處。長安盡是知音者，王粲有人延譽。新舊雨。喜詩酒流連，不負鳴柔櫓。朝朝暮暮。祇一事縈心，鄉關千里。極目幾雲樹。」立秋感懷鳳凰臺上憶吹簫云：「涼雨催詩，微雲淡漢，今朝盼到新秋。聽蟬聲淒咽，楊柳風柔。軟夢宵來乍穩，難提起、往事心頭。人憔悴、都緣舊恨，不是新愁。登樓。天涯望遠，問當日、旗亭鴻瓜留不。念個人何處，烟鎖汀洲。年去年來似水，還惆悵，怕説牽牛。無聊甚，看他一葉，輕撲簾鈎。」題官樗村霜天曉行圖調寄霜天曉角云：「疲驢得得。烏帽臨風側。曉起匆匆馱夢，回首遠，梅花驛。遥天雁陣碧。板橋霜影白。逗起新愁舊恨，且覓句，旗亭壁。」題官樗村天際歸舟圖調寄浪淘沙云：「江上一聲秋。雁唳汀洲。簫簫蘆荻漾中流。斜指片帆天際遠，莫是歸舟。世事總悠悠。夢醒閒鷗。蒓鱸滋味憶鄉否。檢點琴書回棹也，底事勾留。」題余小滄香草山房詩集滿庭芳云：「香草緘愁，櫓聲摇夢，小滄有句云：櫓聲摇夢過瓜州。吟來好句如仙。芳情幾許，踪跡偶依蓮。歷盡江南風景，難忘是、西子湖邊。飄蓬慣、碧雲日暮，秋水望長天。奚囊佳句滿，珠零錦粲，著意纏綿。歎青衫顦顇，別緒誰憐。縱有筆花五色，知音少、不似當年。且延佇，瓊杯邀月，同醉鼠姑前。」小滄和余原韵云：「江左名流，關中羈客，幽懷雅抱如仙。筆花璀燦，才調傲青蓮。回首繁華舊夢，難忘却、趵突泉邊。相思譜，空拈紅豆，無情補天。　開編。春正暮，梨花綻雪，柳絮搓綿。喜締交翰墨，青眼垂憐。如飲醇醪心醉，令人憶、公瑾當年。效顰處，雷門布鼓，貽笑大巫前。」小滄名森，浙之名茂才也。僑寓吴門，精申韓之學，歷就江南北幕府，到處爭迎。嗣省其族叔祖余仙圃來陝，遂寄跡關內，棲遲八載。雖不乏干旌，而總不能展其抱負。蓋小滄意廣才高，目空一世，動遭白眼，迄少知音。吁，良可慨矣。

詞苑萃編

〔清〕馮金伯輯

自古詞章之炳著，不必一出於己也。尼山删詩，昭明選文，夫人知之矣。墨香馮君手一編示西樓，則詞苑之萃編也。曰：「是非余之詞，而無不可謂余之詞也。斐然成章，信諸古人，即信諸今人可也。萃集羣言，信諸子大夫，即信之余也。」於是西樓寓客忻然而笑曰：「夫子良是。譬諸上林，樓臺之麗也，百卉之鮮也，魚鳥之樂也，天下之大觀，孰有加於上林哉。然而洞庭之樂，鈞天之奏，霓裳之舞，亦不可指屈矣。今夫子不倦於編摩，是欲使人間聞天上之曲也。是欲使閭里知上林之華也。將見喜者笑，思者慕，恍見夫子手是編於聖人之居，而縱目於文選之樓也。夫寓客與馮君交三世矣，覽泖峯之湖山，采勾曲之丹砂，訪王謝之舊宅，觴焉詠焉，歷有年矣。乃謂馮君，如懷茲編而祕焉，是不欲今人及古人也，是不信夫僕且不能信諸己也。奚可哉。夫興觀羣怨，匪獨詩也。詩餘爲詞，凡幽人遷客，春女秋士，撫今思古，唱予和汝，其致一焉。是必出斯編以示天下後世，則詞不必一出於己，而詞苑之萃，其信今而傳後無疑也。」於是馮君作而言曰：「敬聞命矣。」嘉慶十有一年，歲在丙寅清和，香巖愚弟許兆桂拜序。

吴江徐虹亭太史，著有詞苑叢談一書，尤西堂序之，謂其撮前人之標，而搜新剔異，更有聞所未聞者，洵倚聲之董狐矣。朱竹垞嘗語太史，捃摭書目，必須備注其下，方不似世儒剿取前人之語，以爲己出者。太史亦深韙其言，惜已付梓，無從一一追補。予向讀兹書，更惜其序次錯綜，屢欲重加排纂，匆匆未果。甲子入秋後，枯坐於小舟，蕭然無事，思了此願。第家中書籍，未能捆載而來，此間又無書可借。惟先將原書細爲整理，復就案頭所有，再爲補綴。因陋就簡，仍復不免，然比原書删者十之一，增者已十之三四矣。原書分體製、音韻、品藻、紀事、辨證、諧謔、外編七部，予於體製下增旨趣一部，一以溯其淵源，一以窮其閫奥也。於品藻外增指摘一部，一以見欣賞之情，一以寓别裁之意也。至音韻則移於紀事後。外編原載神仙鬼怪之事，但大半已散見於紀事門中，兹惟就各部難於附麗及可附麗而偶爾失載者，改爲餘編一卷。手自繕寫，逾年而脱稿。訂正原書，並無創獲。然引書必注，隸事有序，釐然秩然，俾觀者快然有當於心，亦庶幾爲徐氏功臣云爾。嘉慶十年，歲次乙丑中秋後一日，海曲馮金伯識。

詞苑萃編總目

詞苑萃編目録

卷一　體製

卷二　旨趣

卷三　品藻一

卷四　品藻二

卷五　品藻三

卷六 品藻四

卷七　品藻五

卷八　品藻六

卷九　指摘

卷十　紀事一

卷十一　紀事二

卷十二　紀事三

卷十三　紀事四

卷十四　紀事五

卷十五　紀事六

卷十六　紀事七

卷十七　紀事八

卷十八　紀事九

卷十九　音韻

卷二十　辨證一

卷二十一　辨證二

卷二十二　諧謔

卷二十三　餘編一

卷二十四　餘編二

詞苑萃編卷之一

體製

依永和聲

舜典曰：「詩言志，歌永言，聲依永，律和聲。」詩序曰：「在心爲志，發言爲詩，情動於中而形於言，言之不足，故嗟歎之，嗟歎之不足，故咏歌之，咏歌之不足，故不知手之舞之足之蹈之。」樂記曰：「詩，言其志也。歌，詠其聲也。舞，動其容也。王者本於心，而樂器從之。」故有心則有詩，有聲則有律，先定其音節然後製詞，亦依永和聲之意也。碧雞漫志

三百篇爲詞祖

屈子離騷亦名辭，漢武秋風亦名辭，詞者，詩之餘也。然則詞果有合於詩乎。曰：「按其詞而知之也。」殷雷之詩曰：「殷其雷，在南山之陽。」此三五言調也。魚麗之詩曰：「魚麗于罶，鱨鯊。」此二四言調也。還之詩曰：「遭我乎猺之間兮，竝驅從兩肩兮。」此六七言調也。江汜之詩曰：「不我以，不我以。」此疊句調也。東山之詩曰：「我來自東，零雨其濛。鸛鳴於垤，婦歎於室。」此換韻調也。行露之詩曰：「厭浥行

露。」其二章曰：「誰謂雀無角。」此換頭調也。凡此煩促相宣，短長互用，以啓後人協律之原，豈非三百篇實祖禰哉。蘗園閒話

詞與古詩同義

詞有與古詩同義者，「瀟瀟雨歇」，易水之歌也。「同是天涯」，麥蘄之詩也。「又是羊車過也」，團扇之辭也。「夜夜岳陽樓中」，日出當心之志也。「已失了春風一半」，鯢居之諷也。「瓊樓玉宇」，天問之遺也。

詞有與古詩同妙者，如「問甚時，同賦三十六陂秋色」，卽灞岸之興也。「關河冷落，殘照當樓」，卽勅勒之歌也。「危樓雲雨上，其下水扶天」，卽明月積雪之句也。「燕子樓空，佳人何在，空鎖樓中燕」，卽平生少年之篇也。詞繹

詩餘直接樂府

古詩者，風之遺，樂府者，雅之遺。蘇李變而爲黄初，建安變而爲選體，流至齊梁及唐之近體而古詩亡。樂府變爲吴趨越豔，雜以捉搦、企喻、子夜、讀曲之屬，以下逮於詞焉，而樂府亦衰。然子夜、懊儂，善言情者也。唐人小令尚得其意，則詩餘之作，不謂之直接樂府不可。徐巨源

詞在六代已濫觴

詞起於唐人，而六代已濫觴矣。梁武帝有江南弄，陳後主有玉樹後庭花，隋煬帝有夜飲朝眠曲，豈獨五

代之主，蜀之王衍、孟昶，南唐之李璟、李煜，吴越之錢俶，以工小詞爲能文哉。曲洧舊聞

填詞必溯六朝

填詞必溯六朝者，亦昔人探河窮源之意。如梁武帝江南弄云：「衆花雜色滿上林。舒芳耀采垂輕陰。連手躞蹀舞春心。舞春心。臨歲腴。中人望，獨踟躕。」梁僧法雲三洲歌一解云：「三洲。斷江口。水從窈窕河旁流。啼將別共來，長相思。」三解曰：「三洲。斷江口。水從窈窕河旁流。歡將樂共來，長相思。」梁臣徐勉迎客曲云：「絲管列，舞曲陳。含羞未奏待佳賓。羅絲管，陳舞席。斂袖嘿唇迎上客。」送客曲云：「袖繽紛，聲委咽。歌曲未終高駕別。爵無算，景已流。空紆長袖客不留。」隋煬帝夜飲朝眠曲云：「憶睡時，待來剛不來。卸妝仍索伴，解佩更相催。博山思結夢，沈水未成灰。憶起時，投籤初報曉。被惹香黛殘，枕隱金釵裊。笑動上林中，除却司晨鳥。」王叡迎神歌云：「蓮草頭花柳葉羣。蒲葵樹下舞蠻雲。引領望江遥滴淚，白蘋風起水生紋。」送神歌云：「根根山響答琵琶。酒湮青沙肉飼鴉。樹葉無聲神去後，紙錢飛出木棉花。」此六代風華靡麗之語，後來詞家之所本也。楊升庵

六憶詩開煬帝之先

沈約有六憶詩。其三云：「憶眠時，人眠獨未眠。解羅不待勸，就枕更須牽。復恐旁人見，嬌羞在燭前。」已開煬帝之先矣。詞苑

蘭陵王

蘭陵王，齊文襄之子長恭封蘭陵王，與周師戰，嘗著假面對敵，擊周師金墉城下，勇冠三軍。武士共歌謡之，曰蘭陵王入陣曲。今越調蘭陵王，凡三段二十四拍，或曰遺聲也。隋唐嘉話

皇甫松竹枝所祖

玉臺新詠載烏夜啼。徐陵云：「繡帳羅幃鐙影獨。一夜千年猶不足。惟憎無賴汝南雞。天河未落已争啼。」王建云：「章華宫人夜上樓。君王望月西山頭。夜深宫殿門不鎖，白露滿山山葉墮。」一首轉韻，平仄各叶，此商調曲也。皇甫松竹枝祖之。楊升庵

昔昔鹽

梁樂府有夜夜曲，或名昔昔鹽，昔卽夜也，鹽卽曲之别名。張祜詩：「村俗猶吹阿濫堆。」賀鑄詞：「塞管孤吹新阿濫。」又，戴式之有烏鹽角行。元人月泉吟社詩：「山歌聒耳烏鹽角，村酒柔情玉練搥。」阿濫堆、烏鹽角，皆曲名也。李郢詩：「謝公留賞山公醉，知入笙歌阿那朋。」劉禹錫竹枝詞：「今朝北客思歸去，回入紇那披緑羅。」阿那、紇那、阿濫，亦當時曲名。李詩言變梵唄爲豔歌，劉詞言變南調爲北曲也。同上

安公子

安公子，通典及樂府雜録稱煬帝將幸江都，樂工王令言者妙達音律，其子彈胡琵琶，作安公子曲。令言驚問那得此，對曰：「宫中新翻。」令言流涕曰：「愼毋從行，宫，君也，宫聲往而不返，大駕不復回矣。」據理道要訣，唐時安公子在太簇角，今已不傳。其見於世者，中吕調有近，般涉調有令，然尾聲皆無所歸宿，亦異矣。碧雞漫志

隋有柳枝

楊柳枝，鑑戒録云：「柳枝歌，亡隋之曲也。前輩詩云：『萬里長江一旦開。岸邊楊柳幾千栽。錦帆未落干戈起，惆悵龍舟更不迴。』又云：『梁苑隋堤事已空。萬條猶舞舊春風。』皆指汴渠事。而張祜折楊柳枝兩絶句，其一云：『莫折宫中楊柳枝。當時曾向笛中吹。傷心日暮煙霞起，無限春愁生翠眉。』則知隋有此曲，傳至開元。」同上

侯夫人一點春

侯夫人有一點春詞云：「砌雪消無日，捲簾時自顰。庭梅對我有憐意，先露枝頭一點春。」此隋宫看梅曲也。詞律

林檎

唐永徽中，王方言於河灘拾得小樹栽之，及長，乃林檎也。進於高宗，以爲朱柰，又名五色林檎，教坊以

爲曲名。洽聞記

瑶臺第一層

武才人色冠後庭，裕陵得之，會教坊獻新聲，因爲製詞，號瑶臺第一層。後山詩話

桃花行

景雲初，設宴於桃花園，羣臣畢集，學士李嶠等各獻桃花詩，令宫女歌之。辭既清婉，歌復妙絶，獻詩者舞蹈稱萬歲。敕太常簡二十八篇樂府，號曰桃花行。武平一文館記

好時光

明皇諳音律，善度曲。嘗臨軒縱擊，製一曲曰春光好。方奏時，桃李俱發。又製一曲曰秋風高，奏之，風雨颯然。帝曰：「此事不唤我作天公可乎。」詞俱失傳。惟好時光一闋云：「寶髻偏宜宫樣，蓮臉嫩，體猶香。眉黛不須張敞畫，天教入鬢長。莫倚傾城貌，嫁取個、有情郎。彼此當年少，莫負好時光。」開元軼事

阿濫堆

驪山多飛鳥，名阿濫堆。明皇御玉笛，采其聲，翻爲曲子。當時左右皆傳唱之，一作鷃濫堆。中朝故事

紫雲迴

明皇嘗坐朝，以手指上下按其腹。朝退，高力士進曰：「陛下向來數以手指按腹，豈非聖體小有不安耶。」明皇曰：「非也，吾昨夜夢遊月宮，諸仙娱以上清之樂，寥亮清越，非人間所聞。酣醉久之，合奏諸樂，以送吾歸。其曲悽楚動人，杳杳在耳。吾回，以玉笛尋之，盡得之矣。坐朝之際，慮忽遺忘，故懷玉笛於衣中，時以手指上下尋按，非有不安。」力士再拜賀曰：「非常之事也，願陛下爲臣一奏之。」其聲寥寥然不可名言。力士又再拜，且請其名。明皇笑曰：「此曲名紫雲迴。」遂載於樂章。鄭棨傳信録

大酺

開元中，大酺於勤政樓，觀者喧聚，莫辨魚龍百戲之音。高力士請命宮人許永新出歌，可以止喧。永新出奏曼聲，廣場寂然若無一人，大酺之曲始此矣。太平樂府

一斛珠

江采蘋九歲誦二南詩，開元中，選侍明皇見寵，所居悉植梅花，故號梅妃。爲太真逼遷上陽，明皇於花萼樓念之。會夷使貢珠，命封一斛賜妃。妃謝以詩云：「柳葉雙眉久不描。殘妝和淚污紅綃。長門盡日無梳洗，何必珍珠慰寂寥。」明皇以新聲度曲，曰一斛珠。梅妃傳

荔枝香

太真好食荔枝，每歲忠州置急遞上進，五日至都。天寶四年夏，荔枝滋盛，開籠時香滿一室，供奉李龜年撰荔枝香一曲進之，宣賜甚厚。脞說

解語花與念奴嬌

荔枝香出唐書，貴妃生日命小部奏新曲，未有名，適進荔枝，卽以名曲。解語花出天寶遺事。念奴嬌，明皇宮人念奴也。詞品

李龜年兄弟三人

開元中，樂工李龜年兄弟三人皆有盛名。彭年善舞，鶴年、龜年善歌。製渭州、六么，亦奏霓裳羽衣，特承顧遇。明皇雜録

菩薩蠻

開元時，南詔入貢，危髻金冠，瓔珞被體，號菩薩蠻，因以製曲。胡應麟筆叢

裴按：唐大中初，女蠻國貢雙龍犀、明霞錦，其人危髻金冠，瓔珞被體，當時號爲菩薩蠻侯者，作女王曲，文人往往譜爲詞。大中係宣宗年號，則又在開元後矣。（案：裴指裴暢芝，此本爲裴暢芝參訂，下同。）

楊太真阿那曲

楊太真亦有一詞贈善舞張雲容者，詞云：「羅袖動香香不已。紅蕖裊裊秋烟裏。輕雲嶺上乍摇風，嫩柳池邊初拂水。」此阿那曲也。詞統

雨霖鈴曲

帝幸蜀，初入斜谷，霖雨彌日，棧道中聞鈴聲，帝方悼念貴妃，採其聲爲雨霖鈴曲以寄恨。時梨園弟子惟張野狐一人，善篳篥，因吹之，遂傳於世。楊妃外傳

雙調雨霖鈴慢

元微之琵琶歌云：「淚垂捍拔朱絃濕。冰泉嗚咽流鶯澀。因兹彈作雨淋鈴，風雨蕭條鬼神泣。」今雙調雨淋鈴慢，頗極哀怨，真本曲遺聲。碧雞漫志

憶秦娥

憶秦娥，商調曲也。鳳樓春卽其遺意。李白之簫聲咽用仄韻，孫夫人之花深深用平韻，張宗瑞復立新名曰碧雲深。唐詞紀

唐絶句定爲歌曲

唐詩古意猶未失，竹枝、浪淘沙、抛球樂、楊柳枝，乃詩中絶句，而定爲歌曲。故李白清平調皆絶句。元白諸詩多爲知音者協律。白居易守杭，元稹贈詩云：「休遣玲瓏唱我詩。我詩多是别君辭。」自注云：「樂人高玲瓏能歌余數十詩。」又白居易自有詩云：「席上争飛使君酒，歌中羣唱舍人詩。」又元稹見人歌韓舍人新律詩，戲贈云：「輕新便妓唱，凝妙入僧禪。」沈亞之云：「故人李賀，善撰南北朝樂府，多怨鬱凄豔之句，誠能蓋古排今，使爲詞者莫能偶矣。」唐詩稱李賀樂章數十篇，諸工皆合之管絃。又稱李益詩每一篇成，樂工慕名者争以賂取之，被諸聲歌，供奉天子。舊史亦稱武元衡工五言詩，好事者傳之，往往見於樂部。開元中，王昌齡、高適、王之涣旗亭畫壁，伶官招妓聚宴，以此知唐之伶妓以當時名士詩詞入歌曲，皆常事也。碧雞漫志

詞非詩餘

當開元盛日，王之涣、高適、王昌齡詞句流播旗亭，而李白菩薩蠻等詞，亦被之歌曲。逮及花間、蘭畹、香奩、金荃，作者日盛，古詩之於樂府，律詩之於詞，分鑣並轡，非有後先。有謂詩降而詞，以詞爲詩之餘者，殆非通論。湯玉茗花間集序

陽關曲

陽關曲，卽王維送元二使安西七言絶句，後用爲送行之歌。觀劉禹錫之「更與殷勤唱渭城」，白居易之「聽唱陽關第四聲」，唐人多已用之。陽關三疊，按歌法也。古今詞話

六州歌頭

岑參六州歌頭云：「西去輪臺萬里餘。也知音信日應疏。隴山鸚鵡能言語，爲報家人數寄書。」注云：「六州：伊、渭、梁、氐、甘、涼也。」王維伊州歌云：「秋風明月獨離居。蕩子從軍十載餘。征人去日殷勤囑，歸雁來時好寄書。」張仲素渭州詞云：「亭亭孤月照行舟。寂寂長江萬里流。鄉國不知何處是，雲山漫漫使人愁。」王之渙梁州歌云：「黄河遠上白雲間。一片孤城萬仞山。羌笛何須怨楊柳，春風不度玉門關。」張祜氐州第一云：「十指纖纖玉筍紅。雁行輕度翠絃中。分明自説長城苦，水濶雲寒一夜風。」符載甘州歌云：「月裏嫦娥不畫眉。只將雲霧作羅衣。不知夢逐青鸞去，猶把花枝蓋面歸。」無名氏涼州歌云：「一去遼陽繫夢魂。忽傳征騎到中門。紗窗不肯施紅粉，圖遣蕭郎問淚痕。」此皆商調曲也。樂府所收六州歌頭，則一百四十三字，長短句之三疊者。樂府紀聞

宋人大祀大卹用六州歌頭

六州歌頭，本鼓吹曲也，音調悲壯。又以古興亡事實之間之，使人慷慨，良不與豔詞同科，誠可喜也。六州得名，蓋唐人西邊之州，伊州、梁州、石州、甘州、渭州、氐州也。宋人大祀大卹皆用此調，明朝大卹則用應天長云。詞苑

漁歌子

唐人張志和自稱烟波釣徒，常作漁歌子一詞，極能道漁家之事。詞云：「西塞山前白鷺飛。桃花流水鱖魚肥。青篛笠、緑蓑衣。斜風細雨不得歸。」今樂章一名漁父，卽此調也。古今詞話

孟浩然春詞

王士源襄陽集序云：「孟浩然骨貌清淑，風神散朗，文不按古，師心獨妙。其春詞有云：「青樓曉日珠簾映，紅粉春妝寶鏡催。已厭交歡憐枕席，相將游戲繞池臺。坐時衣帶縈纖草，行卽裙裾掃落梅。更道明朝不當作，私邀共鬬管絃來。」論者以爲有詩詞之別。唐詩解

元結欸乃曲

元結於大歷中爲道州刺史，以軍事詣都，還洛日，春水漲溢，不得前，作欸乃曲數首，使舟子歌之，以取適於道路云。古今詞話

韋應物三臺

韋應物三臺詞云：「冰泮寒塘水緑，雨餘百草皆生。朝來衡門無事，晚下高齋有情。」平仄不拘，所賦不論何事。咏宮闈者曰宮中三臺，亦名翠華引，亦名開元樂。咏江南者卽曰江南三臺。其長調則爲宋人所譔，而襲取其名。詞律

樂工製三臺以悦蔡邕

樂部中有促拍催酒，謂之三臺。唐士云：「蔡邕自御史累遷尚書，不數日間，歷遍三臺。樂工以邕洞曉音律，故製詞以悦之。又始作樂，必曰絲抹將來，蓋絲竹在上，鐘鼓在下，絲以起之，樂乃作。亦唐以來如是。珊瑚鉤詩話

元稹櫻桃花

元稹歌曰：「櫻桃花，一枝兩枝千萬朶。花磚曾立采花人，窣破羅裙紅似火。」此亦長短句，比章臺柳少疊三字。古今詞話

劉白楊柳枝

白傳作楊柳枝，予考樂天晚年與劉夢得唱和此詞曲。白云：「古歌舊曲君休聽，聽取新翻楊柳枝。」又楊柳枝二十韻云：「樂童翻怨調，才子與妍詞。」註云：「洛下新聲也。」劉夢得亦云：「請君莫奏前朝曲，聽唱新翻楊柳枝。」蓋後來始變新聲，而所謂樂天作楊柳枝者，其別創詞也。今黄鐘商有楊柳枝曲，仍是七言四句，詩與劉白及五代諸子所製並同。但每句下各增三字一句，此乃唐詩和聲，如竹枝漁父，今皆有和聲也。舊詞多側字起頭，平字起頭者十之一二，今詞盡皆側字起頭，第三句亦復側字起，聲度差穩耳。樂府雜録

白居易霓裳羽衣歌

白樂天和元微之霓裳羽衣歌曰：「磬簫箏笛遞相攙，擊擫吹彈聲迤邐。」註云：「凡曲之初，衆音不齊，金石絲竹，次第發聲，霓裳序之初亦復如此。」又曰：「散序六奏未動衣。陽臺宿雲慵不飛。中序劈砉初入拍。秋竹吹裂春冰拆。」註云：「散序六遍無拍，故不舞。中序始有拍，乃舞。」又曰：「繁音急節十二遍，跳珠撼玉何鏗錚。翔鸞舞罷却收翅，唳鶴曲終長引聲。」註云：「霓裳十二遍而曲終，凡曲將終，皆聲拍促速，惟霓裳之末，長引一聲。」通計霓裳曲凡十二疊，前六疊無拍，至第七疊謂之疊遍，自此始有拍而舞矣。沈存中筆談指霓裳爲遺調法曲，未嘗見舊譜，豈亦得於樂天之詩乎。」碧雞漫志

柳枝爲邊詞別調

柳枝，樂府作折楊柳，爲漢鐃歌橫吹曲。「上馬不捉鞭，反拗楊柳枝。蹀坐吹長笛，愁殺行客兒。」蓋邊詞別調也。舊詞如劉禹錫云：「清江一曲柳千條。二十年前舊板橋。曾與美人橋上別，更無消息到今朝。」一曰壽杯詞。如「千門萬戶喧歌吹，富貴人間只此聲。年年織作昇平字，高映南山獻壽觴。」語意自別。古今詞譜

劉禹錫瀟湘神

劉禹錫別有瀟湘神詞云：「斑竹枝。斑竹枝。淚痕點點寄相思。楚客欲聽瑤瑟怨，瀟湘深夜月明時。」

亦竹枝之流也。草堂㸑

張祜孟才人歎

張祜作孟才人歎云：「偶因歌態詠嬌嚬。傳唱宮中十二春。卻爲一聲何滿子，下泉須弔孟才人。」其序稱武宗疾篤，孟才人以歌笙獲寵者，密侍左右。上目之曰：「吾當不諱，爾何爲哉。」指笙囊泣曰：「請以此就縊。」上憫然。復曰：「妾嘗藝歌，願對上歌一曲以泄憤。」許之，乃歌一聲何滿子，氣亟立殞。上令醫候之，曰：「肌尚温，而腸已斷。」上崩，將徙柩，舉之愈重。議者曰：「非俟才人乎。」命其櫬至，乃舉。僞蜀孫光憲何滿子一章云：「冠劍不隨君去，江河還共恩深。」似爲孟才人發。祜又有宮詞云：「故國三千里，深宮二十年。一聲何滿子，雙淚落君前。」樂府雜録

望江南

望江南，此調本李德裕爲亡妓謝秋娘作，原名謝秋娘。温庭筠作爲望江南，又名夢江口。白居易思吴宮錢塘之勝，作江南憶。劉禹錫作春去也。李煜作望江梅。馮延巳作憶江南。又名曰歸塞北、夢游仙，皆一調異名也。古今詞譜

麥秀兩歧

麥秀兩歧，文酒清話云：「唐封舜臣性輕佻，德宗時，使湖南，道經金州，守張樂燕之，執杯，索麥秀兩歧

曲，樂工不能。封謂樂工曰：『汝山民亦合聞大朝音律。』守爲杖樂工，復行酒，封又索此曲。樂工前乞侍郎舉一遍，封爲唱徹，衆已盡記，於是終席歌此曲。封既行，守密寫曲譜，言封燕席事，郵筒中送與潭州牧。封至潭，牧亦張樂燕之，倡優作襤褸數人，抱男女筐筥，歌麥秀兩歧之曲，敍其拾麥勤苦之由。封面如死灰，歸過金州，不復言矣。」今世所傳麥秀兩歧在黃鐘宮，唐尊前集載和凝一曲，與今曲不類。樂府雜録

長命西河女

長命西河女，羽調曲，亦名薄命女。唐五言體云：「雲送關西雨，風傳渭北秋。孤燈燃客夢，寒杵擣鄉愁。」和凝有長短句云：「天欲曉。宮漏穿花聲繚繞。窗裏星光少。冷霞寒侵帳額，殘月光沉樹杪。夢斷錦闈空悄悄。強起愁眉小。」力崇詞格者當不取詩體也。樂府解題

吴二娘長相思

吴二娘長相思云：「深畫眉。淺畫眉。蟬鬢鬅鬙雲滿衣。陽臺行雨迴。巫山高，巫山低。暮雨蕭蕭郎不歸。空房獨守時。」白樂天詩：「吴娘暮雨瀟瀟曲，自別江南久不聞。」蓋指此也。詞苑

劉采春羅嗊曲

羅嗊曲作於唐妓劉采春，一名望夫歌。詞云：「借問東園柳，枯來得幾年。自無枝葉分，莫怨太陽偏。」

亦卽五言絶句。元稹贈劉詩云：「更有惱人腸斷處，選詞能唱望夫歌。」卽指羅嗊曲也。古今詞譜

姚月華阿那曲

仄韻絶句，唐人以入樂府，謂之阿那曲。女郎姚月華歌二首，卽「手拂銀瓶秋水冷，烟柳曈曨鵲飛去」也。其夫北遊，感其詞而歸。同上

字字雙

唐中涓宿宮妓館，見童子捧酒榼，導三人至，皆古衣冠。相謂曰：「崔常侍來何遲。」俄一人至，有離別意，共聯四句爲字字雙曲。「牀頭錦衾斑復斑。架上朱衣殷復殷。空庭明月閒復閒。夜長路遠山復山。」才鬼録

采蓮曲

清商曲有采蓮子，卽江南弄中采蓮曲。如李白「耶溪采蓮女，見客棹歌回。笑入荷花裏，佯羞不出來」。劉方平「落日晴江曲，荆歌豔楚腰。采蓮從小慣，十五卽乘潮」。又王昌齡「亂入池中看不見，聞歌始覺有人來」。張潮、賴逢鄰女曾相識，並著蓮舟不畏風」。殊有風致。然必以皇甫松、孫光憲之排調有櫬字者爲詞體。樂府解題

采蓮竹枝

采蓮子亦七言絶句，其舉棹、年少字，乃歌時相和之聲。竹枝詞則句中用「竹枝」二字，句尾用「女兒」二字，此則一句一换。然觀枝兒棹少皆以兩字爲叶，則知爲和歌之聲矣。古今詞譜

南歌子

南歌子一名春宵曲，一名水晶簾。隋唐以來曲多以子名。張衡南都賦云：「坐南歌兮起鄭舞。」或作柯，取淳于棼事。樂府雜録

唐初無長短句

唐初歌詞多是五言詩或七言詩，初無長短句。自中葉以後至五代，漸變成長短句。及本朝則盡爲此體，今所存者止瑞鷓鴣、小秦王二闋，是七言八句詩，並七言絶句詩而已。瑞鷓鴣猶依字依歌，若小秦王必須雜以虚聲乃可歌耳。漁隱叢話

唐詞皆七言而異其調

唐人歌詞皆七言而異其調，渭城曲爲陽關三疊，楊柳枝復爲添聲，采蓮、竹枝，當日遂有俳調，如竹枝、女兒、年少、舉棹，同聲附和，用韻接拍，不僅雜以虚聲也。古今詞話

詞調多五七言詩

詞之紇那曲、長相思，五言絶句也。柳枝、竹枝、清平調引、小秦王、陽關曲、八拍蠻、浪淘沙，七言絶句也。阿那曲、雞叫子，仄韻七言絶句也。瑞鷓鴣，七言律詩也。款殘紅，五言古詩也。體裁易混，徵實繁，故當稍别之，以存詩詞之辨。俞少卿

隋煬帝李白詞調始生

昔昔鹽、阿濫堆、烏鹽角、阿那朋之類，皆歌曲名也。自昔昔鹽排律外，餘多七言絶句，有其名而無其調。隋煬帝、李白，調始生矣。然望江南、憶秦娥，則以詞起調者也。菩薩蠻則以詞按調者也。藝苑巵言

唐詞有調無題

唐詞多述本意，有調無題。如臨江仙賦水媛江妃也。天仙子賦天台仙子也。河瀆神賦祠廟也。小重山賦宫詞也。思越人賦西子也。有謂此亦詞之末端者，唐人因調以製詞，故命名多屬本意。後人填詞以從調，故賦詠可離原唱也。沈際飛

六么

六么一名緑腰，一名緑要。唐史吐蕃傳云：「奏涼州、渭州、緑腰、雜曲。」段安節琵琶録云：「緑腰本録要也，樂工進曲，必令録其要者。」青箱雜記云：「曲有緑腰，乃霓裳羽衣之要拍也。」古今詞譜

天淨沙

天淨沙，長短句平仄互叶，一名塞上秋，以詞中有「塞上清秋早寒」之句也。同上

舞馬詞

舞馬詞，平仄不拘叶，首句可不用韻。此與回波、三臺等皆六言絶句。用以按疊入歌，如七言之清平調、小秦王等，雖字數相同，而體製自別。同上

莊宗自度曲

莊宗嘗製小詞云：「曾宴桃源深洞。一曲舞鸞歌鳳。長記别伊時，和淚出門相送。如夢。如夢。殘月落花烟重。」蓋其自度曲也。詞統

一葉落及陽臺夢

一葉落、陽臺夢，皆後唐莊宗所製。一葉落云：「一葉落。褰珠箔。此時景物正蕭索。畫樓月影寒，西風吹羅幙。吹羅幙。往事思量著。」陽臺夢云：「薄羅衫子金泥鳳。困纖腰怯銖衣重。笑迎移步小蘭叢，嚲金翹翠鳳。嬌多情脈脈，羞把同心撚弄。楚天雲雨却相和，又入陽臺夢。」舊本有改金泥鳳，鳳字爲縫字者。北夢瑣言

相見歡

相見歡調，始於唐，宋人則名爲烏夜啼，又名憶真妃，又名月上瓜洲。其名上西樓，西樓，秋夜月者，皆取南唐後主詞中字名調也。同上

擣練子

擣練子，一名深夜月。李煜秋閨詞有「斷續寒砧斷續風」之句，遂以擣練名其詞。同上

南鄉子

李珣、歐陽炯輩俱蜀人，各製南鄉子數首，以誌風土，亦竹枝體也。周草窗

摘紅英

政和中，京師有姥入内教歌，傳得禁中擷芳詞，一名摘紅英。張尚書帥成都日，人競歌之。太平樂府

後庭宴

宋宣和間，掘地得石刻一詞，唐人作也。本無題，後人名之爲後庭宴。詞云：「千里故鄉，十年華屋。亂魂飛過屏山簇。眼重眉褪不勝春，菱花知我消香玉。雙雙燕子歸來，應解笑人幽獨。斷歌零舞，遺恨清江曲。萬樹綠低迷，一庭紅撲簌。」古今詞話

醉翁操

琅邪山水奇麗，泉鳴空澗，若中音會。六一居士作醉翁亭其上，欣然忘歸。既去十餘年，好奇之士沈遵往遊，以琴寫其聲曰醉翁操。節奏疏宕，音韻和暢，知琴者以爲絕倫。然有聲無詞，醉翁爲之作歌，而與琴聲不合。又依楚詞作醉翁引，好事者亦倚其詞以製曲，而琴聲爲詞所縛，非大成也。後三十餘年，公既捐館舍，遵亦殞久矣。有廬山玉澗道人，特妙於琴，恨其曲之無傳，乃譜其聲，請於軾以補之爲醉翁操云。東坡醉翁操序

賀鑄雁後歸

方回有雁後歸云：「巧剪合歡羅勝子，釵頭春意翩翩。豔歌淺笑拜嫣然。願郎宜此酒，行樂駐華年。未至文園多病客，幽襟悽斷堪憐。舊遊夢挂碧雲邊。人歸落雁後，思發在花前。」山谷守當塗，方回過焉，人日席上作也。調本臨江仙，山谷以方回用薛道衡詩，故易以雁後歸云。復齋漫錄

張先師師令

師師令，因張子野所新製詞贈妓李師師得名也。詞云：「香鈿寶珥。拂菱花如水。學妝皆道稱時宜，粉色有天然春意。蜀綵衣裳勝未起。縱亂霞垂地。都城池苑誇桃李。問東風何似。不須回扇障清歌，唇一點、小於花蕊。正直殘英和月墜。寄此情千里。」詞苑

陸游江月晃重山

陸放翁江月晃重山詞云：「芳草洲前道路，夕陽樓上闌干。碧雲何處望歸鞍。從軍客，耽樂不思還。洞裏仙人種玉，江邊楚客滋蘭。鴛鴦沙暖鶺鴒寒。菱花晚，不柰鬢毛斑。」用西江月、小重山，故名江月晃重山。此後世曲中用犯之嚆矢也。詞中題名犯字者有二義，一則犯調，如以宮犯商角之類。夢窗云：「十二宮住字不同，惟道調與雙調俱上字住可犯。」是也。一則犯詞，句法若玲瓏四犯、八犯玉交枝等，所犯竟不止一詞，但將未所犯何調著於題名，故無可攷。如四犯剪梅花下著小字，則易明。此題明用兩調串合，更爲易曉耳。詞律

滿江紅

滿江紅，仙吕宫曲，教坊記有此名。唐人冥音録所載上江虹是也。彭芳遠有平聲詞。古今詞譜

平韻滿江紅

滿江紅舊調用仄韻，多不協律，如末句云「無心撲」三字，歌者將心字融入去聲，方諧音律。予欲以平韻爲之，久不能成。因泛巢湖，聞遠岸簫鼓聲，問之，舟師云：「居人爲此湖神姥壽也。」予因祝曰：「得一席風，徑至居巢，當以平韻滿江紅爲迎送神曲。」言訖，風與筆俱駛，頃刻而成。末句云「聞珮環」，則協律矣。書以緑牋，沉於白浪，辛亥正月晦也。姜白石

姜夔醉吟商

石湖老人謂予云：「琵琶有四曲，今不傳矣。曰濩索一曰濩弦梁州、轉關綠腰、醉吟商胡渭州、歷弦薄媚也。」予每念之。辛亥之夏，予謁楊廷秀丈於金陵邸中，遇琵琶工解作醉吟商、胡渭州，因求得品弦法，譯成此譜，實雙聲耳。詞曰：「又正是春歸，細柳暗黃千縷。暮鴉啼處，夢逐金鞍去。一點芳心休訴，琵琶解語。」同上

裴按：是曲題曰醉吟商小品，見白石道人歌曲。諸集既未選入，詞律中亦並未載此調名。

姜夔霓裳中序

丙午歲，留長沙，登祝融，因得其祀神之曲曰黃帝鹽、蘇合香。又於樂工故書中得商調霓裳曲十八闋，皆虛譜無詞。按沈氏樂律，霓裳道調，此乃商調。樂天詩云「散序六闋」，此特兩闋，未知孰是。然音節閑雅，不類今曲。予不暇盡作，作中序一闋傳於世。予方羈遊，感此古音，不自知辭之怨抑也。同上

姜夔徵招

越中山水幽遠，予數上下西興錢清間，襟抱曠清。越人善爲舟，捲篷方底，舟師行歌，徐徐曳之，如偃臥榻上，無動搖突兀勢，以故得盡情騁望。予欲家焉而未得，作徵招以寄興。徵招、角招者，政和間大晟府嘗製數十曲，音節駁矣。予嘗攷唐田畸聲律要訣云：「徵與二變之調，咸非流美，故自古少徵調曲也。」

徵爲去母調，與黄鐘之徵，以黄鐘爲母，不用黄鐘乃諧。故隋唐舊譜不用母聲。琴家無媒調、商調之類，皆徵也。亦皆具母弦而不用。其説詳於予所作琴書。然黄鐘以林鐘爲徵，住聲於林鐘，若不用黄鐘聲，便自成林鐘宫矣。故大晟府徵調兼母聲，一句似黄鐘均，一句似林鐘均，所以當時有落韻之語。予嘗使人吹而聽之，寄君聲於臣民事物之中，清者高而亢，濁者下而遺，萬寶常所謂宫離而不附者是已。因再三推尋唐譜，并琴弦法，而得其意。黄鐘徵雖不用母聲，亦不可多用變徵蕤賓，變宫應鐘聲，若不用黄鐘而用蕤賓應鐘，卽是林鐘宫矣。餘十一均徵調倣此。其法可謂善矣。然無清聲，只可施之琴瑟，難入燕樂，故燕樂闕徵調，不必補可也。此一曲乃予昔所製，因舊曲正宫齊天樂慢前兩拍是徵調，故足成之。雖兼用母聲，較大晟曲爲無病矣。此曲依晉史名曰黄鐘下徵調，角招曰黄鐘清角調。

同上

姜夔淒涼犯

合肥巷陌皆種柳，秋夕風起，騷騷然。予客居闔户，時聞馬嘶，出城四顧，則荒烟野草，不勝淒黯，乃著此解。琴有淒涼調，假以爲名。凡曲言犯者，謂以宫犯商、商犯宫之類。如道調宫上字住，雙調亦上字住，所住字同，故道調曲中犯雙調，或於雙調曲中犯道調，其他準此。唐人樂書云：「犯有正旁偏側，宫犯宫爲正，宫犯商爲旁，宫犯角爲偏，宫犯羽爲側。」此説非也。十二宫所住字各不同，不容相犯，十二宫特可犯商角羽耳。予歸行都，以此曲示國工田正德，使以啞觱栗吹之，其韻極美。亦曰瑞鶴仙影。

同上

紅情緑意

疏影、暗香，姜白石爲梅著語，因易之爲紅情、緑意，以荷花、荷葉詠之。　張玉田

周密采緑吟

甲子夏，霞翁會吟社諸友，逃暑於西湖之環碧。琴尊筆硯，短葛練巾，放舟於荷深柳密間，舞影歌塵，遠謝耳目。酒酣，采蓮葉，探題賦詞，余得塞垣春，翁爲翻譜數字，短簫按之，音極諧婉，因易爲采緑吟云。　周草窗

周密羽調解語花

羽調解語花，音韻婉麗，有譜而亡其詞。連日春晴，風景韶媚，芳思撩人，醉撚花枝，倚聲成句。　同上

周密明月引

明月引，趙白雲初賦此詞，以爲自度腔，其實卽梅花引也。陳君衡、劉養源，皆再和之，會余有西州之恨，因用韻以寫幽懷。　同上

楊纘被花惱

楊守齋被花惱詞云：「疏疏宿雨釀輕寒，簾幙靜垂清曉。寶鴨微温睡烟少。檐聲不動，春禽對語，夢怯頻驚覺。欹珀枕，倚銀牀，半窗花影明東照。惆悵夜來風生，怕嬌香混瑶草。披衣便起，小徑迴廊，處處都行到。千紅萬紫競芳妍，又還似年時被花惱。驀忽地、省得而今雙鬢老。」此守齋自度腔也。以詞中語名題，亦因山谷水仙詩「坐對真成被花惱」，故取其三字耳。萬紅友

法駕導引

紹興間，都下有布衣椎髻女子歌云：「朝元路，朝元路，同駕玉華車。千乘載花紅一色，人間遥指是祥雲。回望海光新。」「東風起，東風起，海上百花摇。十八風鬟雲半動，飛花和雨著輕綃。歸路碧迢迢。」「烟漠漠，烟漠漠，天淡一簾秋。自洗玉舟斟白酒，月華微映是空舟。歌罷海西流。」凡九闋，皆非人世語。或記之，以問一道士，道士驚曰：「此赤城韓夫人所製水府蔡真人法駕道引也。」烏衣女子疑龍云。古今詞話

三莫子

三莫子，唐宋未有是曲。元遺山錦機集中有三闋，傳是莫酒、莫穀、莫璧也。崔令欽教坊記有莫璧子。元詞云：「悵韶華流轉，無計流連。行樂地，一淒然。笙歌寒食後，桃李惡風前。連環玉、回文錦、兩纏綿。芳塵未遠，幽意誰傳。千古恨，再生緣。閒衾香易冷，孤枕夢難圓。西窗雨、南樓月、夜如年。」詞辨

唐曲有詞有聲

唐人曲調皆有詞有聲，而曲又有豔、有趨、有亂。詞者，其大歌詞也。聲者，若羊、吾夷、伊那何之類也。豔在曲之前，趨與亂在曲後，亦猶吴聲西曲，前有和，後有送也。詞品

孫處秀好作犯聲

正行之聲，所司爲正，所欹爲傍，所斜爲偏，所下爲側。正宫之調，正犯黄鐘宫，傍犯越調，偏犯中吕宫，側犯越角之類。樂府諸曲，自昔不用犯聲。唐自天后末年，劍器入渾脱，始爲犯聲。明皇時，樂人孫處秀善吹笛，好作犯聲，亦鄭、衞之變也。陳暘樂書

小令演爲中調長調

唐人長短句皆小令耳。後演爲中調爲長調。一名而有小令，復有中調，有長調。或系之以犯、以近、以慢别之，如南北劇，名犯、名賺、名破之類。又有字數多寡同，而所入之宫調異，名亦因之異者，如玉樓春與木蘭花同，而以木蘭花歌之，卽入大石調之類。又有名異而字數多寡則同，如蝶戀花，一名鳳棲梧、鵲橋枝。如念奴嬌，一名百字令、酹江月、大江東去之類，不能殫述矣。漁洋山人

檃括體與迴文體

詞有檃括體，有迴文體。迴文之就句回者，自東坡、晦庵始也。其通體迴者，自義仍始也。近來公阮、

文友有一首迴作兩調者，文人慧筆，曲生狡獪，此中故有三昧，非徒乞靈竇家餘巧也。俞少卿

菩薩蠻迴文有二體

菩薩蠻迴文有二體：有首尾迴環者，如邱瓊山秋思、湯臨川織錦是也。有逐句轉換者，如蘇子瞻閨思、王元美別思是也。然逐句難於通首，近時惟丁藥園擅此體。今録其一篇云：「下簾低喚郎知也。也知郎喚低簾下。來到莫疑猜。猜疑莫到來。　道儂隨處好。好處隨儂道。書寄待何如。如何待寄書。」王西樵

詞苑萃編卷之二

旨趣

崇寧立大晟府

粤自隋唐以來，聲詩間爲長短句，至唐人則有尊前、花間集。迄於崇寧，立大晟府，命周美成諸人討論古音，審之古調，淪落之後，少得存者。由此八十四調之聲稍傳。美成諸人，增演慢曲引近，或移宫換羽，爲三犯四犯之曲，按月令爲之，其曲遂繁。美成負一代詞名，所作詞渾厚和雅，善於融化詩句，而於音譜且間有未諧，可見難矣。作詞多效其體製，失之軟媚，而無所取。如秦少游、高竹屋、姜白石、史邦卿、吴夢窗，格調不凡，句法挺異，俱能特立清新之意，删削靡曼之詞，自成一家。作詞能取諸人之所長，去其所短，精加玩味，像而爲之，豈不與美成輩争雄長哉。詞源

姜夔詞醇雅

自古詩變爲近體，而五、七言絶句傳於伶官樂部。長短句無所依，則不得不更爲詞。當開元盛時，王之涣、高適、王昌齡詩句流播旗亭。而李白菩薩蠻等詞亦被之歌曲。古詩之於樂府，近體之於詞，分鑣竝

騁，非有先後。謂詩降爲詞，以詞爲詩之餘者，殆非通論矣。西蜀、南唐而後，作者日盛。宣和君臣，轉相矜尚，曲調愈多，流派因之亦別，短長互見。言情者或失之俚，使事者或失之伉。鄱陽姜夔出，句琢字鍊，歸於醇雅。於是史達祖、高觀國羽翼之，張輯、吴文英師之於前，趙以夫、蔣捷、周密、陳允平、王沂孫、張炎、張翥效之於後，譬之於樂，舞箾至於九變，而詞之能事畢矣。詞綜敍略

裴按：詞非詩之餘，意本湯玉茗，見卷首體製部中，竹垞特引用其語耳。

詞宜謹嚴

藝苑卮言云：「填詞小技，尤爲謹嚴。」夫詞宜可自放，而元美乃云謹嚴，知詞故難，作詞亦未易也。柴虎臣云：「旨取温柔，詞歸蘊藉。暱而閨帷，勿浸而巷曲。浸而巷曲，勿墮而村鄙。」又云：「語境則咸陽古道，汴水長流。語事則赤壁周郎，江州司馬。語景則岸草平沙，曉風殘月。語情則紅雨飛愁，黄花比瘦。可謂雅暢。」毛稚黄

太白詞無事修飾

王介甫問黄魯直，李後主詞何句最佳。魯直舉「問君能有幾多愁，恰似一江春水向東流」。介甫以爲未若「細雨夢回雞塞遠，小樓吹徹玉笙寒」。介甫之言是矣。顧以專論後主之詞可耳，尚非詞之至也。若總統諸家而求其極致，於不食煙火，不落言詮，如女中之有國色，無事矜莊修飾，使當之者忽然自失，而未由仿佛其皎好，其惟太白之「暝色入高樓，有人樓上愁」乎。惜乎今之才人，動而不静，往而不返，識

此宗趣者蓋寡。詞潔

詞宜洗粉澤

韻小乘也，豔下駟也，詞之工絶處乃不主此。今人多以是二者言詞，未免失之淺矣。蓋韻則近於佻薄，豔則流於褻媟，往而不返，其去吴騷市曲無幾。必先洗粉澤，後除琱繢，靈氣勃發，古色黯然，而以情興經緯其間。雖豪宕震激而不失於粗，纏綿輕婉而不入於靡，卽宋名家不一種，亦不能操一律以求。美成之集，自標清真，白石之詞，無一凡近，況塵土垢穢乎。同上

宋詞所造獨工

宋人歡愉愁苦之致，動於中而不能抑者，類發於詩餘，故其所造獨工。蓋以沈摯之思而出之必淺近，使讀之者驟遇之如在耳目之前，久誦之而得雋永之趣，則用意難也。以儇利之詞而製之必工鍊，使篇無累句，句無累字，圓潤明密，言如貫珠，則鑄詞難也。其爲體也纖弱，明珠翠羽，猶嫌其重，何況龍鸞。必有鮮新之姿，而不藉粉澤，則設色難也。其爲境也婉媚，雖以警露取妍，實貴含蓄不盡，時在低徊唱歎之際，則命篇難也。宋人專事之篇什既富，觸景皆會，雖高談大雅，而亦覺其不可廢也。陳卧子

詞宜有弦外之響

淡而彌永，清而不膚，渲染而多姿，雕刻而不病格，節奏精微，輒多弦外之響，是謂以無累之神，合有道

之器。詎止有井水飲處必歌柳七詞，令市伶按拍稱好乎。趙意林

詞别自爲體

詞者古樂府之遺，原本於詩，而别自爲體。夫惟思通於蒼茫之中，而句得於鉤索之後，如孤雲淡月，如倩女離魂，如春花將墮，餘香襲人，斯詞之正法眼藏耳。沈沃田

南宋詞極其工亦極其變

夫詞南唐爲最豔，至宋而華實異趣。大抵皆格於倚聲，有疊有拍有换，不失銖黍，非不咀宫嚼商，而才氣終爲法縛。臨安以降，詞不必盡歌，明庭淨几，陶詠性靈，其或指稱時事，博徵典故，不竭其才不止。且其間名輩斐出，斂其精神，鏤心雕肝，切切講求於字句之間。其思泠然，其色熒然，其音錚然，其態亭亭然，至是而極其工，亦極其變。吴尺鳧

南宋諸公極妍盡致

詞以少游、易安爲宗，固也。然竹屋、梅溪、白石諸公，極妍盡致處，反有秦、李所未到者。譬如絶句，至劉賓客、杜京兆，時出青蓮、龍標一頭地。漁洋山人

詞宜清空

詞要清空，不要質實。清空則古雅峭拔，質實則凝澀晦昧。姜白石如野雲孤飛，去留無迹。吴夢窗如

七寶樓臺，眩人眼目，拆碎下來，不成片段。此清空質實之說。又如聲聲慢云：「檀欒金碧，婀娜蓬萊，浮雲不蘸芳洲。」前八字恐亦太澀。如唐多令云：「何處合成愁。離人心上秋。縱芭蕉不雨也颼颼。」此詞疏快不質實。白石如疏影、暗香、揚州慢、一萼紅、琵琶仙、探春慢、淡黄柳等曲，不惟清虚，且又騷雅，讀之使人神觀飛越。詞源

作詞要訣

詞要不亢不卑，不觸不悖，驀然而來，悠然而逝。立意貴新，設色貴雅，搆局貴變，言情貴含蓄。如驕馬弄銜而欲行，粲女窺簾而未出，得之矣。沈東江

詞宜開宕

嘗論詞貴開宕，不欲沾滯。忽悲忽喜，乍遠乍近，所爲妙耳。如遊樂詞，須微著愁思，方不癡肥。李春情詞本閨怨，結云：「多少遊春意，更看今日晴未。」忽爾開拓，不但不爲題束，併不爲本意所苦，直如行雲，舒卷自如，人不覺耳。毛稚黄

詞宜本色語

詞雖以險麗爲工，實不及本色語之妙。如李易安「眼波纔動被人猜」，蕭淑蘭「去也不教知，怕人留戀伊」，魏夫人「爲報歸期須及早，休誤妾、一春閒」，孫光憲「留不得，留得也應無益」，嚴次山「一春不忍

上高樓」，「爲怕見、分攜處」，觀此種句，覺「紅杏枝頭春意鬧」尚書，安排一個字，費許大氣力。詞筌

白描與修飾

白描不可近俗，修飾不可太文。生香真色，在離卽之間。不特難知，亦難言。沈東江

劉過別妾詞

詞有如張融危膝，不可無一，不可有二者。如劉改之天仙子別妾詞云：「別酒醺醺渾易醉。回過頭來三十里。馬兒不住去如飛，行一憩。牽一憩。斷送殺人山共水。是則功名眞可喜。不道恩情拋得未。梅村雪店酒旗斜，去也是。住也是。煩惱自家煩惱你。」至無名氏青玉案曰：「落日解鞍芳草岸。花無人戴，酒無人勸。醉也無人管。」語淡而情濃，事淺而言深，眞得詞家三昧。詞筌

詞中妙語詩中所無

「花無人戴，酒無人勸。醉也無人管」，與晁補之憶少年起句「無窮官柳，無情畫舸，無根行客」，同一警絕。唐以後特地有詞，正以有如許妙語，詩家收拾不盡耳。詞潔

宋詞不主一轍

詞之初起，事不出於閨帷時序，其後有贈送、有寫懷、有詠物，其途遂寬。卽宋人亦覺所長，不主一轍。而今之治詞者，惟以鄙穢褻媟爲極則，抑何謬歟。同上

詞宜用虛字呼喚

詞與詩不同，詞之句語有兩字、三字、四字至七八字者，若惟疊實字，讀之且不通，況付雪兒乎。合用虛字呼喚，一字如正、但、任、況之類，兩字如莫是、又還之類，三字如更能消、最無端之類，却要用之得其所。詞源

詩詞曲分界

或問詩詞曲分界，予曰：「『無可奈何花落去，似曾相識燕歸來』，定非香奩詩。『良辰美景奈何天，賞心樂事誰家院』，定非草堂詞也。」漁洋山人

詩與詞分疆

「夜闌更秉燭，相對如夢寐。」叔原則云：「今宵賸把銀釭照，猶恐相逢是夢中。」此詩與詞之分疆也。詞繹

詩詞意同

王逐客送鮑浩然遊浙東，作長短句云：「水似眼波横，山是眉峯聚。欲問行人去那邊，眉眼盈盈處。才始送春歸，又送人歸去。若到江南趕上春，千萬和春住。」韓子蒼在海陵送葛亞卿云：「今日一杯愁送春。明日一杯愁送君。君應萬里隨春去。若到桃源問歸路。」詩詞意同。吴虎臣漫録

宋詞用沈約詩

休文「夢中不識路，何以慰相思」，宋人反其指而用之曰：「重門不鎖相思夢，隨意繞天涯。」各自佳。詞苑

詩詞曲語襲愈工

詩語入詞，詞語入曲，善用之，卽是出處襲而愈工。阮亭極持此論。嘗評金粟花心動秋思詞有云：白太傅「吳孃暮雨蕭蕭曲，自別江南久不聞」，虞山「東風誰唱吳孃曲，暮雨蕭蕭閶闔禁城」，又自作「年來慣聽吳孃曲，暮雨蕭蕭水閣頭」。金粟乃云：「驚秋客到傷心處，江南夢、一曲蕭蕭暮雨。」總由「暮雨蕭蕭郎不歸」，生人如許心想，使拙筆爲之，便如芻狗再夢，數見不鮮矣。詞衷

詞家多翻詩意入詞

詞家多翻詩意入詞，雖名流不免。吾嘗愛李後主一斛珠末句云：「繡牀閒凭嬌無那。爛嚼紅絨，笑向檀郎唾。」楊孟載春繡絕句云：「閒情正在停鍼處，笑嚼紅絨唾碧窗。」此却翻詞入詩，彌子瑕竟效顰於南子。詞筌

詩餘似曲

嚴給事與僕論詞云：「近日詩餘，好亦似曲。」僕謂詞與詩曲界限甚分明，似曲不可，似詩仍復不佳，譬如擬六朝文，落唐音固卑，侵漢調亦覺傖父。蓉渡詞話

詞承詩啓曲

承詩啓曲者，詞也。上不可似詩，下不可似曲，然詩與曲又俱可入詞，貴人自運。沈東江

詩詞無理而妙

唐李益詩云：「嫁得瞿塘賈，朝朝誤妾期。早知潮有信，嫁與弄潮兒。」子野一叢花末句云：「不如桃杏，猶解嫁東風。」此皆無理而妙。賀黄公

彭羨門詞襲張先

張子野「不如桃杏，猶解嫁東風」，詞筌謂其無理而妙。羨門「落花一夜嫁東風，無情蜂蝶輕相許」，愈無理而愈妙，試與解人參之。鄒程村

詞無長調中調之名

詞無長調、中調之名，不過曰令曰慢而已。前人有言鉛汞交鍊而丹成，情景交鍊而詞成。苟情景融洽，則披文得貌，可探其蘊，亦不必一一有題。詞潔

各調作法

小調要言短意長，忌尖弱。中調要骨肉停勻，忌平板。長調要操縱自如，忌粗率。能於豪爽中著一二

精緻語，綿婉中著一二激厲語，尤見錯綜。沈東江

小令須有有餘不盡之意

詞之難於小令，如詩之難於絶句。不過十數句，一句一字閒不得，末最當留意，有有餘不盡之意乃佳。當以花間集中韋莊、温飛卿爲則，至若陳簡齋「杏花疏影裏，吹笛到天明」，真是自然而然。詞源

小詞之能事

輕而不浮，淺而不露，美而不豔，動而不流，字外盤旋，句中含吐，小詞之能事畢矣。詞潔

小令須神韻悠長

詞之小令，猶詩之絶句，字句雖少，音節雖短，而風情神韻，正自悠長。作者須有一唱三歎之致，淡而豔，淺而深，近而遠，方是勝場。且詞體中長調每一韻到底，而小令反用轉韻，故層折多端，姿態百出，索解正自不易。顧宋梅

小詞不宜徒求色澤

小詞之妙，如漢魏五言詩，其風骨、意味與氣象迥乎不同。苟徒求之色澤字句間，斯末矣。然入崇宣以後，雖情事較新，而體氣已薄，亦風氣爲之，要不可以強也。同上

辛詞本色

南渡以後，名家長詞極意雕鐫，外調不能不斂手。以其工出意外，無可著力也。稼軒本色自見，亦足賞心。同上

小詞作決絶語

小詞以含蓄爲佳，亦有作決絶語而妙者。如韋莊「誰家年少足風流。妾擬將身嫁與，一生休。縱被無情棄，不能羞」之類是也。牛嶠「須作一生拚，盡君今日歡」，抑亦其次。柳耆卿「衣帶漸寬終不悔，爲伊消得人憔悴」，亦卽韋意，而氣加婉矣。詞筌

小令如絶句

宋梅以小令仿絶句，則中調者猶詩近體乎。修短中程，淺深合度，有和鸞節奏之音焉。其間如臨江仙、蝶戀花、漁家傲、青玉案諸調，風神諸暢，作者易於得手，讀者易於上口。他若紅林擒、爪茉莉之屬，佶倔聱牙，殆亦律中拗體也。胡殿臣

中調長調須一氣呵成

中調長調轉換處，不欲全脫，不欲明黏，如畫家開合之法，須一氣而成，則神味自足，也。又曰，長調最難工，蕪累與癡重同忌。襯字不可少，又忌淺熟。詞繹

詞須修改

作慢詞看是甚題目，先擇曲名，然後用意。命意既了，思其頭何如起，尾何如結，然後選韻，然後述曲。最是過變，不要斷了曲意，須要承上接下。如姜白石詞云：「曲曲屏山，夜涼獨自甚情緒。」於過變則云：「西窗又吹暗雨」，此則曲之意不斷矣。詞既成，恐前後不相應，或有重疊句意，又恐字面粗疏，卽爲修改。改畢淨寫一本，展之几案，或貼於壁，少頃再觀，必有未穩處，改之又改，方成無瑕之玉。急於脫稿，倦事修擇，豈能無病。不惟不能全美，抑且未協音聲。作詩猶且旬鍛日鍊，況詞乎。詞源

長調須沈雄悲壯

詞雖貴柔情曼聲，然第宜於小令，若長調而亦喁喁細語，則失之弱矣。故須慷慨淋漓，沈雄悲壯，乃爲合作。其不轉韻，以調長，恐勢散而氣不貫也。李西雯

長調須不冗不複

長調之妙，在於不冗不複，頓接處有游絲颺空之意。漁洋山人

偷聲變律之妙

小令中調有排蕩之勢者，吴彥高之「南朝千古傷心事」，范希文之「塞下秋來風景異」是也。長調極狎昵之情者，周美成之「衣染鶯黄」，柳耆卿之「晚晴初」是也。於此足悟偷聲變律之妙。沈東江

秦柳周康詞協律

長調推秦、柳、周、康爲協律。然康惟滿庭芳冬景一詞，可稱禁臠，餘多應酬鋪敍，非芳旨也。周清真雖未高出，大致勻淨，有柳欹花嚲之致，沁人肌骨，視淮海不徒娣姒而已。王弇州謂其能入麗字，不能入雅字，誠確。謂能作景語，不能作情語，則不盡然。但平生景勝處爲多耳。要此數家，正是王右廚中物，若求王武子琉璃匕内豚味，吾謂必當求之陸放翁、史邦卿、方千里、洪叔璵諸家。詞苑

清初長調作者

長調之難於小調者，難於語氣貫串，不冗不複，徘回宛轉，自然成文。今人作詞，中小調獨多，長調寥寥不概見，當由寄興所成，非專詣耳。唯龔中丞芊綿温麗，無美不臻，直奪宋人之席。熊侍郎之清綺，吴祭酒之高曠，曹學士之恬雅，皆卓然名家，照燿一代。長調之妙，斯歎觀止矣。彭羨門

詞起結最難

詞起結最難，而結尤難於起，蓋不欲轉入别調也。「呼翠袖、爲君舞」，「倩盈盈翠袖，揾英雄淚」，正是一法。然又須結得有「不愁明月盡，自有夜珠來」之妙乃得。詞繹

填詞結句

填詞結句，或以動蕩見奇，或以迷離稱勝，著一實語，敗矣。康伯可「正是銷魂時候也，撩亂花飛」，晏叔

原「紫騮認得舊遊蹤，嘶過畫橋東畔路」秦少游「放花無語對斜暉，此恨誰知」，深得此法。沈東江

詞有三法

詞有三法：章法、句法、字法。有此三長，方可稱詞。噫，難言矣。袁籜庵

不可不留意字面

句法中有字面，蓋詞中有生硬字用不得，須是深加鍛鍊，字字推敲響亮，歌誦妥溜，方爲本色語。如賀方回、吴夢窗皆精於鍊字者，多從李長吉、温庭筠詩中取法來。字面亦詞中之起眼處，不可不留意也。詞源

押乍字

「隙月窺人小」，又「天涯一點青山小」，又「一夜青山老」，俱妙在押字。「乍雨乍晴天易老」，却不在押字，而妙在乍字。詞苑

押瘦字

康與之「人瘦也，比梅花瘦幾分」，又「天還知道，和天也瘦」，又「簾捲西風，人比黄花瘦」，又「應是緑肥紅瘦」，又「人共博山烟瘦」，瘦字俱妙。王弇州

詞語不宜太寬與太工

詞之語句，太寬則容易，太工則苦澀。如起頭八字相對，中間八字相對，却須用工，著一字眼，與詩眼相同。若八字既工，下句便合少寬，庶不窒塞。約莫太寬易，又著一句工緻者便精粹。此詞中之關鍵也。詞源

花間字法

花間字法最著意設色，異紋細豔，非後人纂組所及。如「淚沾紅袖黦」，「猶結同心苣」，「荳蔻花間趖晚日」，「畫梁塵黦」，「洞庭波浪颭晴天」，山谷所謂古蕃錦者，其殆是耶。漁洋山人

詞中對句難

詞中對句正是難處，莫認作襯句，至五言對句、七言對句，使觀者不作對疑尤妙。詞繹

李清照連下十四疊字

李清照聲聲慢秋閨詞云：「尋尋覓覓，冷冷清清，悽悽慘慘戚戚。」首句連下十四個疊字，真似大珠小珠落玉盤也。詞苑

葛立方用十八疊字

葛立方卜算子詞，用十八疊字，妙手無痕，堪與李清照聲聲慢竝絶千古。其詞曰：「裊裊水芝紅，脈脈蒹葭浦。淅淅西風淡淡烟，幾點疏疏雨。草草展杯觴，對此盈盈女。葉葉紅衣當酒船，細細流霞舉。」草窗詞評

一句中連三字

一句中連三字者，如「夜夜夜深聞子規」，又「日日日斜空醉歸」，又「更更更漏月明中」，又「樹樹樹梢啼曉鶯」，皆善用疊字也。升庵

裴按：看上三段可知作詞用疊字之法。

詞句分合

詞有二句合作一句，一句分作二句者，字數不差，妙在歌者上下縱横所協，此是確論。詞衷

詞中用事

詞中用事最難，要緊著題融化不澀。如東坡永遇樂云：「燕子樓空，佳人何在，空鎖樓中燕。」用張建封事。白石疏影云：「猶記深宫舊事，那人正睡裏，飛近蛾緑。」用壽陽事。又云：「昭君不慣胡沙遠，但暗憶江南江北。想佩環月下歸來，化作此花幽獨。」用少陵詩。此皆用事不爲所使。詞源

作詞必先選料

作詞必先選料，大約用古人之事，則取其新僻而去其陳因。用古人之語，則取其清雋而去其平實。用古人之字，則取其鮮麗而去其淺俗。彭羨門

韓駒論詩法

「門外猧兒吠，知是蕭郎至。剗韈下香階，冤家今夜醉。扶得入羅幃，不肯脱羅衣。醉則從他醉，還勝獨睡時。」此唐人詞也。前輩謂讀此可悟詩法。或以問韓子蒼，子蒼曰：「只是轉折多耳。且如喜其至，是一轉也。而苦其今夜醉，又是一轉。入羅幃，是一轉矣，而不肯脱羅衣，又是一轉。後二句自家開釋，又是一轉，直是賦盡醉公子也。」懷古録

李易安用世説

填詞於文爲末，而非自選詩樂府來，不能入妙。李易安詞「清露晨流，新桐初引」，乃全用世説語。詞品

坡谷翻龍山事

東坡「破帽多情却戀頭」，翻龍山事特新。山谷「風前横笛斜吹雨」，「醉裏簪花倒著冠」，尤用得幻。沈東江

詞詠節序

昔人詠節序付之歌喉者，類是率俗，不過爲應時納祜之作。所謂清明「拆桐花爛熳」，端午「梅霖乍歇」，七夕「炎光謝」，若律以詞家調度，則皆未然。豈如美成解語花詠元夕，史邦卿東風第一枝賦立春，不獨措辭精粹，又且見時節風物之感。至如李易安永遇樂云：「不如向簾兒下，聽人笑語。」此亦自不惡，而以俚詞歌於坐花醉月之際，良可歎也。詞源

入神之句

寫景之工者，如尹鶚「盡日醉尋春，歸來月滿身」，李重光「酒惡時拈花蕊嗅」，李易安「獨抱濃愁無好夢，夜闌猶剪燈花弄」，劉潛夫「貪與蕭郎眉語，不知舞錯伊州」，皆入神之句。詞筌

閨怨詞

耆卿「殘蟬向晚，聒得人心欲碎」，是寫閨中秋怨也。梁棠村「疏燈薄暮，又一聲歸雁，飛來平楚」，是寫閨中春怨也。各自極其情致。王西樵

康與之滿庭芳

詞雖宜於豔冶，亦不可流於穢褻。吾極喜康與之滿庭芳寒夜一闋，真所謂樂而不淫。且填詞雖小技，亦兼詞令、議論、敍事三者之妙。首云：「霜幕風簾，閒齋小户，素蟾初上雕籠。」寫其節序景物也。繼

云：「玉杯醽醁，還與可人同。古鼎沈烟篆細，玉筍破、橙橘香濃。梳妝懶、脂輕粉薄，約略淡眉峯。」則陳設之濟楚，肴核之精良，與夫手爪顏色，一一如見矣。换頭云：「清新歌幾許，低隨慢唱，笑語相供。道文書鍼綫，今夜休攻。莫厭蘭膏更繼，明朝又紛冗忽忽。」則不惟以色藝見長，宛然慧心女子，小窗中喁喁口角。末云：「酩酊也，冠兒未卸，先把被兒烘。」一段温柔旖旎之致，咄咄逼人。詞筌

景中含情

凡寫迷離之況者，只須述景。如「小窗斜日到芭蕉」，「半牀斜月疏鐘後」，不言愁而愁自見。因思韓致光「空樓雁一聲，遠屏燈半滅」，已足色悲涼，何必又贅「眉山正愁絶」耶。覺首篇「時復見殘燈，和烟墜金穗」，如此結句，更自含情無限。同上

詞難於詠物

詩難於詠物，詞爲尤難。體認稍真，則拘而不暢。摹寫差遠，則晦而不明。要須收縱聯密，用事合題，一段意思，全在結尾，斯爲絶妙。如史邦卿東風第一枝詠春雪，雙雙燕詠燕，白石齊天樂賦促織，皆全章精粹，所詠瞭然在目，且不留滯於物。至於劉改之沁園春詠指甲，又詠小脚，亦工麗，但不可與前作同日語。詞源

詠物宜取神

詠物固不可不似，尤忌刻意太似，取形不如取神，用事不如用意。俞少卿

姜夔暗香疏影

詞之賦梅，惟白石暗香、疏影二曲，前無古人，後無來者，自立新意，眞爲絕唱。太白云：「眼前有景道不得，崔灝題詩在上頭。」誠哉是言也。詞源

史達祖詠燕

史邦卿詠燕曰：「差池欲住，試入舊巢相竝。還相雕梁藻井。又軟語商量不定。」可謂極形容之妙。詞苑

姜張詠蟋蟀詞

稗史稱韓幹畫馬，人入其齋，見幹身作馬形。凝思之極，理或然也。作詩文亦必如此始工。如史邦卿詠燕，幾於形神俱似矣。次則姜白石詠蟋蟀：「露濕銅鋪，苔侵石井，都是曾聽伊處。哀音似訴。正思婦無眠，起尋機杼。」又云：「西窗又吹暗雨。爲誰頻斷續，相和砧杵。」數語刻劃亦工。蟋蟀無可言而言聽蟋蟀者，正姚鉉所謂賦水不當僅言水，而言水之前後左右也。然尚不如張功甫滿庭芳云：「月洗高梧，露溥幽草，寶釵樓外秋深。玉花鉛翠，螢火墜牆陰。靜聽寒聲斷續，微韻轉、凄咽悲沈。爭求侶，殷勤勸織，促破曉機心。兒時曾記得，呼燈灌穴，斂步隨音。任滿身花影，猶自追尋。攜向華堂戲鬭，亭臺小、籠巧妝金。今休說，從渠牀下，涼夜聽孤吟。」不惟曼聲勝其高調，兼形容處心細如絲，皆姜詞

之所未發。詞筌

章質夫詠楊花

章質夫作水龍吟詠楊花，其用事命意，清麗可喜。東坡和之，若豪放不入律呂，徐而觀之，聲韻諧婉，便覺質夫詞有織繡工夫。晁叔用云：「東坡如毛嬙、西施，淨洗却面，與天下婦人鬭巧。質夫未免膏澤。」曲洧紀聞

詠物詞最難遒麗

詠物詞最難遒麗，昔人謂史梅溪「柳昏花暝」，栩栩然燕也。若阮亭「水明沙碧，參橫月落」，非肅肅然雁乎。程村

陳允平詞平正

近代陳西麓所作平正，亦有佳者。詞欲雅而正，志之所之。一爲物所役，則失其雅正之音。耆卿、伯可不必論，雖美成亦有所不免。如「最苦夢魂，今宵不到伊行」，如「天便教人，霎時廝見何妨」，如「許多煩惱，只爲當時、一餉留情」，所謂淳朴變澆風矣。詞源

宋詞非愈變愈下

唐詩三變愈下，宋詞殊不然。歐、蘇、秦、黃，足當高、岑、王、李。南渡以後，「嬌嬈陡健，」即不得稱中宋

曉宋也。惟辛稼軒自度粱肉不勝前哲，特出奇險爲珍錯供，與劉後村輩俱曹洞旁出，學者正可欽佩，不必反脣併捧心也。爰園詞話

花間草堂之妙

或問花間之妙，曰：「蹙金結繡，而無痕迹。」問草堂之妙，曰：「采采流水，蓬蓬遠春。」漁洋山人

蘇詞在濃淡之間

「子瞻與誰同坐，明月清風我」，「明月幾時有，把酒問青天」，快語也。「大江東去，浪淘盡、千古風流人物」，壯語也。「杏花疏影裏，吹笛到天明」，爽語也。其詞在濃與淡之間耳。詞苑

詞句工拙

「載不動許多愁」與「載取暮愁歸去，只載一船離恨向西州」，正可互觀。「雙槳別離船，駕起一天煩惱」，不免徑露矣。「東風無氣力」五字妖甚。如「落花無可飛」，便不佳。同上

古人語不相襲

徐師川「門外重重疊疊山，遮不斷來時路」。歐陽永叔「強將離恨倚江樓，江水不能流恨去」。古人語不相襲，又能各見所長。沈東江

秦詞直抒本色

秦少游「一向沈吟久」，鏟盡浮詞，直抒本色。而淺人常以雕繪傲之。此等詞極難作，然亦不可多作。同上

韓鑄學詞

蘄王孫韓鑄，字亦顏，學詞於樂笑翁。一日與周公謹買舟西湖，泊荷花而飲。酒杯半，公謹舉似亦顏學詞之意，翁指花云：「蓮子結成花自落。」詞源

無名氏眉峯碧

宋無名氏眉峯碧詞云：「蹙損眉峯碧。纖手還重執。鎮日相看未足時，忍使鴛鴦隻。薄暮投村驛。風雨愁通夕。窗外芭蕉窗裏人，分明葉上心頭滴。」真州柳永，少讀書時，遂以此詞題壁，後悟作詞章法。一妓向人道之，永曰：「某於此頗變化多方也。」然遂成屯田蹊徑。古今詞話

同能不如獨勝

温李齊名，然温實不及李。李不作詞，而温爲花間鼻祖，豈亦同能不如獨勝之意耶。古人學書不勝，去而學畫，學畫不勝，去而學塑，其善於用長如此。漁洋山人

詞不可强和

詞不可強和人韻，若倡者曲韻寬平，庶可賡和。倘韻險又爲人所先，而必欲牽強賡和，則句意安能融貫。吾輩倘遇險韻，不若祖其元韻，隨意換易答之。詞源

僻詞常調作法

僻詞作者少，宜渾脱乃近自然。常調作者多，宜生新斯能振動。沈東江

作艷詞宜近自然

詞以豔麗爲工，然豔麗中須近自然本色。若流爲淺薄一路，則鄙俚不堪入調矣。近日詞家極盛，其卓然命世者，真如百寶流蘇，千絲鐵網。世人不解，謂其使事太多，相率交訶，此何足怪。蓋尋常菽粟者，不知石蛣海月爲何物耳。宗梅岑

詞苑萃編卷之三

品藻一

百代詞曲之祖

李白草堂集，白蜀人，草堂在蜀，懷故國也。菩薩蠻、憶秦娥二首，爲百代詞曲之祖。鄭樵通志

李白桂殿秋

「河漢女、玉鍊顏。雲輧往往在人間。九霄有路去無跡，裊裊香風生珮環。」此太白桂殿秋詞也。得於石刻而無腔，劉無言倚其聲歌之，音極清雅。能改齋漫錄

李白菩薩蠻

「平林漠漠煙如織。寒山一帶傷心碧。暝色入高樓。有人樓上愁。玉階空佇立。宿鳥歸飛急。何處是歸程。長亭更短亭。」此詞寫於鼎州滄水驛，不知何人所作。魏道輔泰見而愛之。後至長沙，得古風集於曾子宣內翰家，乃知李白所譔。湘山野錄

張志和漁歌

張志和性高邁，自爲漁歌，便畫之，甚有逸思。名畫記

韋應物小詞

韋蘇州性高潔，所在焚香掃地。惟顧況、皎然輩得與倡酬。其小詞不多見，惟三臺令、轉應曲流傳耳。唐詩紀事

戴叔倫轉應曲

金壇戴叔倫有轉應曲云：「邊草。邊草。邊草盡來兵老。山南山北雪晴。千里萬里月明。明月。明月。哀笳一聲愁絶。」卽調笑令也。筆意回環，音調宛轉，與韋蘇州一闋同妙。韋詞云：「河漢。河漢。曉挂秋城漫漫。愁人起望相思。塞北江南別離。離別。離別。河漢雖同路絶。」古今詞話

劉禹錫竹枝

劉夢得在沅湘日，以里歌俚鄙，乃依騷人九歌，作竹枝九章，教里中兒，由是盛於貞元、元和之間。每歲正月，里中兒聯歌竹枝，吹笛擊鼓以應節。歌者揚袂睢舞，以曲多爲貴。聆其聲音，中黄鐘之羽，卒章許激如吴歈，雖傖儜不可分，而含思宛轉，有淇濮之豔。劉禹錫竹枝詞序

武陵人歌竹枝

過桃源，想復一訪遺蹤，鼎澧間故多佳處耶。新唐書言劉夢得竹枝詞，至今武陵俚人歌之，亦復信否。夢得言竹枝聲含思宛轉，有淇濮之豔。若果爾，獨不可令蘇秀二君傳其聲耶。東坡尺牘

劉禹錫春去也曲

「春去也，多謝洛城人。弱柳從風疑舉袂，叢蘭浥露似沾巾。獨坐亦含顰。」劉賓客詞也。一時傳唱，乃名爲春去也曲。古今詞話

裴按：此即望江南詞也。

王建詞

王仲初以宮詞百首著名，三臺令、轉應曲，其餘技也。花庵詞客

李益征人歌

李益詩名早著，征人歌一篇，好事者畫爲圖障，「回樂峯前沙似雪」，天下唱爲歌曲。唐語林

白居易自度曲

白樂天詞云：「花非花，霧非霧。夜半來，天明去。來如春夢不多時，去似朝雲無覓處。」蓋其自度之曲，

因情生文，雖高唐、洛神，奇麗不及也。楊升庵

裴按：此本長慶長短句，而後人名之爲詞者。

白居易花非花

白樂天長相思、望江南，縟麗可愛，非後世作者可及。「花非花」一首，尤纏綿無盡。花庵詞客

元白齊名

稹長於詩詞，與白居易名相埒，天下傳諷，往往播於樂府。穆宗在東宮日，妃嬪近習皆歌之，宮中呼爲元才子。唐詩紀事

無名氏柳枝

唐無名氏柳枝云：「萬里長江一帶開。岸邊楊柳是誰栽。錦帆落盡西風起，惆悵龍舟更不回。」盡推此曲爲第一。然不若薛能楊柳枝云：「汴水高懸百萬條。清風兩岸一時摇。隋家力盡虚栽得，無限春風屬聖朝。」更得大體。古今詞話

温詞香軟

温庭筠舊名岐，以「雞聲茅店月，人跡板橋霜」句知名。才思敏捷，入試日，凡八叉手而八韻成。多爲鄰鋪假手。沈詢知貢舉，别施一席試之，或曰：「潛救八人矣。」詞有金荃集，蓋取其香而軟也。北夢瑣言

裴按：唐自大中後，詩衰而倚聲作，至庭筠始有專集，名握蘭、金荃，與詩集並傳於世。

温詞流麗

温飛卿詞極流麗，宜爲花間集之冠。黄叔暘

温庭筠工於造語

温更漏子云：「玉爐香，紅蠟淚。偏照畫堂秋思。眉翠薄，鬢雲殘。夜長衾枕寒。梧桐樹。三更雨。不道離情正苦。一葉葉、一聲聲，空階滴到明。」庭筠工於造語，極爲奇麗，此詞尤佳。胡元任

韓偓生查子

韓偓小字冬郎，父瞻，李義山同門也。偓嘗卽席爲詩相送，義山喜贈之，有「十歲裁詩走馬成」及「雛鳳清於老鳳聲」句。其生查子二首，風致過人。唐詩紀事

韓偓浣溪沙

韓冬郎浣溪沙，絶非和魯公之嫁名者，亦以香奩名詞。全芳備祖

皇甫松天仙子

皇甫松爲牛僧孺甥，以天仙子詞著名，終不若摘得新二首，爲有達觀之見。花庵詞客

皇甫松夢江南

皇甫松以天仙子摘得新著名，然總不如夢江南二闋爲尤勝也。其詞曰：「蘭燼落，屏上暗紅蕉。閒夢江南梅熟日，夜船吹笛雨瀟瀟。人語驛邊橋。」「樓上寢，殘月下簾旌。夢見秣陵惆悵事，桃花柳絮滿江城。雙髻坐吹笙。」詞瞹

裴按：松一作嵩，字子奇，睦州人，工部侍郎湜之子。

徐昌圖木蘭花

徐昌圖，唐人。冬景木蘭花一詞，縟麗可愛。今入草堂之選，然莫知爲唐人也。詞品

徐昌圖臨江仙

尊前集有徐昌圖臨江仙、河傳二首，俱唐音也。其臨江仙尤佳，詞云：「飲散離亭西去，浮生長恨飄蓬。回頭烟柳漸重重。淡雲孤雁遠，寒日暮天紅。今夜畫船何處，潮平淮月朦朧。酒醒人靜奈愁濃。殘燈孤枕夢，輕浪五更風。」古今詞話

景德寺題壁詞

京師景德寺東廊三學院壁間題云：「明月斜，秋風冷。今夜故人來不來，教人立盡梧桐影。」相傳呂洞賓題也。庚溪詩話

裴按：呂巖字洞賓，關右人，咸通中舉進士不第，攜家隱終南。

魚游春水

東都防河卒於濬汴日得一石刻，有詞無調，摭詞中四字名之曰魚遊春水，教坊倚聲歌之。詞云：「秦樓東風裏。燕子還來尋舊壘。餘寒猶峭，紅日薄侵羅綺。嫩草方抽碧玉簪，媚柳輕拂黃金蕊。鶯轉上林，魚遊春水。幾曲闌干遍倚。又是一番新桃李。佳人應怪歸遲，梅妝淚洗。鳳簫聲絕無歸雁，望斷清波無雙鯉。雲山萬重，寸心千里。」凡八十九字，而風花鶯燕動植之物曲盡，此唐人語也。詞苑

莊宗善度曲

後唐莊宗名存勗，小字亞子。天祐五年嗣立爲晉王，破燕滅梁，遂襲尊號，改元同光，在位三年。性知音，善度曲，世傳其一葉落、宴桃源等詞。詞䡋

裴按：莊宗一葉落、宴桃源二詞，已見首卷體製部中。

和凝紅葉稿

和凝舉唐進士，仕後唐，爲翰林學士。晉天福中，拜中書侍郎同中書門下平章事。歸後漢，拜太子太傅，封魯國公。其長短句名紅葉稿。同上

和凝嫁名韓偓

和凝豔詞每嫁名於韓偓，因政府諱之也。樂府紀聞

和凝河滿子詞

和成績河滿子詞「寫得魚牋無限，其如花鎖春輝。目斷巫山雲雨，空教殘夢依依。却愛薰香小鴨，羨他長在屏幃」。末二語爲世所傳詠。詞暕

李璟詞

南唐中主李璟，字伯玉，嗣父昪僭號江南，改元保大。有長短句數首。元宗春恨浣溪紗詞及帝臺春詞，稱爲絶倫。十國春秋註

李煜詞

荆公問山谷云：「作小詞曾看李後主詞否。」云：「曾看。」荆公云：「何處最好。」山谷以「一江春水向東流」爲對。荆公云：「未若『細雨夢回雞塞遠，小樓吹徹玉笙寒』，又『細雨溼流光』最妙。」詞苑云：「細雨夢回二句，元宗詞，荆公誤以爲後主也。」雪浪齋日記

南唐二主詞

後主李煜，璟之第六子。建隆二年嗣位。開寶八年國人於宋。煜妙於音律，能自譜樂府，後人合中主所作，刻之爲南唐二主詞。同上

李煜臨江仙

後主臨江仙詞云：「櫻桃落盡春歸去，蝶翻輕粉雙飛。子規啼月小樓西。玉鈎羅幕，惆悵暮煙垂。別巷寂寥人散後，望殘煙草低迷。爐香閒裊鳳凰兒。空持羅帶，回首恨依依。」蘇子由云：「凄涼怨慕，眞亡國之音也。」耆舊續聞

裴按：竹坨云：「是詞相傳後主在圍城中，賦未就而城破，闕後三句。劉延仲補之云：何時重聽玉驄嘶，撲簾柳絮，依約夢回時。」而耆舊續聞所載固是全什，當從之。

嵇康曲舞

薛九，江南富家子，得侍李後主宮中，善歌嵇康曲，曲爲後主所製。江南平，流落江北，嘗一歌之，座人皆泣，後易爲嵇康曲舞。詞云：「薛九三十侍中郎。蘭香花媚生春堂。龍蟠王氣變秋霧，淮聲泗水浮秋霜。宜城酒煙生霧服。與君試舞當時曲。玉樹遺詞悔重聽，黃塵染鬢無前綠。」客座贅語

李煜歸宋後詞

後主歸宋後，與故宮人書云：「此中日夕，只以眼淚洗面。」每懷故國，詞調愈工。其賦浪淘沙有云：「夢裏不知身是客，一晌貪歡。」「流水落花春去也，天上人間。」其賦虞美人有云：「問君能有幾多愁。恰似一江春水向東流。」舊臣聞之，有泣下者。樂府紀聞

李煜烏夜啼

李後主重光作烏夜啼一詞，最爲凄惋。其詞曰：「無言獨上西樓。月如鈎。寂寞梧桐深院鎖清秋。剪不斷。理還亂。是離愁。别是一般滋味在心頭。」所謂其音哀以思也。詞苑

致語情語

「歸時休放燭花紅，待踏馬蹄清夜月」，致語也。「小樓昨夜又東風」及「問君能有幾多愁，恰似一江春水向東流」，情語也。後主是一詞手。弇州四部稿

李玉簫愛唱王衍詞

蜀宫人李玉簫，愛唱王衍宫詞「月華如水浸宫殿，有酒不醉真癡人」。後有以詩紀之者云：「雲散江城玉漏遥。月華浮動可憐宵。停歌不飲將何待，試問當年李玉簫。」五代軼事

王衍甘州曲

王衍詞，惟以甘州曲中「畫羅裙，能結束，稱腰身」三句爲最。古今詞話

孟昶工聲曲

後蜀主孟昶好學，爲文皆本於理。居愐謂李昊、徐光溥曰：「王衍浮薄而好輕豔之詞，朕不爲也」。然昶

亦工聲曲，有相見歡詞。十國春秋

孟昶玉樓春

蜀主孟昶有夜起避暑摩訶池上作玉樓春詞云：「冰肌玉骨清無汗。水殿風來暗香滿。繡簾一點月窺人，欹枕釵横雲鬢亂。　起來瓊户啓無聲，時見疏星渡河漢。屈指西風幾時來，只恐流年暗中换」蘇子瞻洞仙歌本櫽括此詞，然未免反有點金之憾。詞綜

張泌江城子

張泌仕南唐，爲内史舍人，工小詞。有江城子二闋云：「碧闌干外小中庭。雨初晴。曉鶯聲。飛絮落花時節，近清明。睡起卷簾無一事，勾面了，没心情。」「浣花溪上見卿卿。臉波明。黛眉輕。高綰緑雲，金簇小蜻蜓。好是問他來得麽，和笑道，莫多情。」詞䌫

張泌時有幽豔語

張子澄時有幽豔語，「露濃香泛小庭花」是也。時遂有以浣溪沙爲小庭花者。花間集

馮延巳樂章

馮延巳著樂章百餘闋，其鶴沖天詞云：「曉月墜，宿雲披。銀燭錦屏幃。建章鐘動玉繩低。宫漏出花遲。」又歸國謡詞云：「江水碧。江上何人吹玉笛。扁舟遠送瀟湘客。蘆花千里霜月白。傷行色。明朝

便是關山隔。」見稱於世。南唐書

馮延巳語警策

元宗樂府云：「小樓吹徹玉笙寒。」延巳有「風乍起，吹皺一池春水」之句，皆爲警策。元宗嘗戲延巳曰：「吹皺一池春水，干卿何事。」延巳對曰：「未如陛下『小樓吹徹玉笙寒。』」元宗悦。同上

馮延巳詞多至百首

馮正中樂府思深語麗，韻逸調新，多至百首，有雜入六一集中者。黄山谷、陳後山雖以庸濫目之，然諸家駢金儷玉，而陽春詞特爲言情之作。柳塘詞話

馮延巳陽春詞

「宫瓦數行曉日，龍旂百尺春風。」殊有元和氣象。陽春詞尚饒蘊藉，堪與李氏齊驅。蓉城集

牛嶠善製小詞

牛嶠字松卿，唐相僧孺之後。乾符五年進士，仕蜀爲給事中。嘗自言竊慕李賀長歌，舉筆輒效之，尤善製小詞。女冠子云：「繡帶芙蓉帳，金釵芍藥花。」菩薩蠻云：「山月照山花。夢回燈影斜。」皆嶠佳句也。十國春秋

牛嶠楊柳枝詞

牛嶠楊柳枝詞：「不忿錢塘蘇小小，引郎松下結同心。」見推於時。古今詞話

牛嶠望江南詞

牛松卿望江南詞，一詠燕，一詠鴛鴦，是詠物而不滯於物者也，詞家當法此。姜白石

牛嶠詞刻細似晚唐

牛嶠定西番爲塞下曲，望江怨爲閨中曲，是盛唐遺音。及讀其「翠娥愁，不擡頭」，「莫信彩箋書裏，賺人腸斷字」，則又刻細似晚唐矣。陸放翁

李珣浣溪沙詞

李珣字德潤，梓州人，昭儀李舜弦兄也。珣以小詞爲後主所賞，嘗製浣溪紗詞，有「早爲不逢巫峽夢，那堪虛度錦江春」，詞家互相傳誦。有瓊瑤集若干卷。十國春秋

李珣巫山一段雲

李珣巫山一段雲詞：「古廟依青嶂，行宮枕碧流。水聲山色瑣妝樓。往事思悠悠。　雲雨朝還暮，煙花春復秋。啼猿何必近孤舟。行客自多愁。」唐詞多緣題所賦，臨江仙則言仙事，女冠子則述道情，河瀆

神則詠祠廟，大概不失本題之意，後漸變失題遠矣。如珣此作，實唐人本來詞體如此。黃叔暘

尹鶚詞明淺動人

後唐尹鶚，官參卿，其詞以明淺動人，以簡淨成句者也。張玉田

尹鶚開屯田俳調

尹鶚杏園芳第二句「教人見了關情」，末句「何時休遣夢相縈」，遂開柳屯田俳調。至其臨江仙云：「西窗幽夢等閑成。逡巡覺後，特地恨難平。」又「昔年於此伴蕭孃。相偎佇立，牽惹叙衷腸」。流遞於後，令讀者不能爲懷，豈必曰花間、尊前，句皆婉麗也。柳塘詞話

尹鶚滿宮花

花間集稱鶚爲參卿，是鶚累官不止翰林校書矣。有滿宮花詞云：「月沉沉，人悄悄。一炷後庭香裊。風流帝子不歸來，滿地禁花慵掃。離恨多，相見少。何處醉迷三島。漏清宮樹子規啼，愁鎖碧窗春曉。」疑亦有所寄慨而作。周少霞

毛文錫紗窗恨

毛文錫詞，大致匀淨，不及熙震，其所撰紗窗恨可歌也。古今詞話

毛文錫巫山一段雲

文錫詞以質直爲情致，殊不知流於率露，諸人評庸陋詞者，必曰此仿毛文錫之贊成功而不及者。逮覽其全集，有巫山一段雲詞，細心微詣，直造蓬萊頂上。詞云：「雨霽巫山上，雲輕映碧天。遠風吹散又吹連。十二晚峯前。　暗溼啼猿樹，高籠過客船。朝朝暮暮楚江邊。幾度降神仙。」葉石林

裴按：毛文錫，字平珪，南陽人，唐進士。事蜀官至司徒，隨衍降後唐，以詞章供奉內庭。

顧夐醉公子曲

顧太尉醉公子曲有二闋，其一道本事者：「岸柳垂金線。雨晴鶯百囀。家住綠楊邊。往來多少年。　馬嘶芳草遠。高樓簾半捲。斂袖翠娥攢。相逢爾許難。」其一似秋閨，並錄於此：「漠漠秋雲淡。紅藕香侵檻。枕倚小山屏。金鋪向晚扃。　睡起橫波慢。獨望情何限。衰柳數聲蟬。魂銷似去年。」周少霞

鹿虔扆工小詞

鹿虔扆歷官至檢校太尉，與歐陽炯、韓琮、閻選、毛文錫等，以工小詞供奉後主。

鹿虔扆思越人

虔扆思越人詞有「雙帶繡窠盤錦薦，淚侵花暗香消」之句，詞家推爲絕唱。十國春秋

鹿虔扆國亡不仕

鹿虔扆事蜀，爲永泰軍節度使。初讀書古祠，見畫壁有周公輔成王圖，期以此見志，國亡不仕，詞多感慨之音。樂府紀聞

鹿詞有無限感慨

鹿公高節，偶爾寄情倚聲，而曲折盡變，有無限感慨淋漓處。倪雲林

魏承班詞明淨

魏承班詞俱爲言情之作，大旨明淨，不更苦心刻意以競勝者。元遺山

人人喜效魏承班詞

承班詞較南唐諸公更淡而近，更寬而盡，人人喜效爲之。如「相見綺筵時。深情黯共知。難話此時心，梁燕雙來去」。亦爲弄姿無限。柳塘詞話

毛熙震詞多新警

蜀人毛熙震集止二十餘調，中多新警，而不爲儇薄。齊東野語

毛熙震警句

毛秘監詞其後庭花云：「傷心一片如珪月。閒鎖宮闕。」清平樂云：「正是銷魂時候，東風滿院花飛。」南歌子云：「嬌羞愛問曲中名。楊柳杏花時節，幾多情。」試問今人弄筆，能出一頭地否。柳塘詞話

牛希濟以詩詞擅名

希濟素以詩詞擅名，所撰臨江仙二闋，特爲詞家之雋。又次牛嶠女冠子四闋，時輩嘖嘖稱道。十國春秋

牛希濟臨江仙

牛希濟臨江仙芊綿温麗極矣，自有憑弔凄愴之意，得咏史體裁。仇山村

孫光憲善小詞

光憲素以文學自負，處荆南，怏怏不得志。嘗慕史氏之作，恨居諸侯幕府，不足展其才力。每謂知交曰：「寧知獲麟之筆，反爲倚馬之用。」又雅善小詞，蜀人輯花間集，采其詞至六十餘篇。十國春秋

孫光憲浣溪沙

小詞有絶無含蓄自爾入妙者，孫葆光之浣溪沙也。孫巨源

孫光憲佳句

孫葆光「一庭花雨溼春愁」，佳句也。花庵翁

裴按：孫光憲遘兵戈之際，以金帛購書數萬卷，所著北夢瑣言，亦多采詞家逸事。

歐陽炯詞婉約輕和

歐陽炯即首序花間集者，每言愁苦之音易好，歡愉之語難工。其詞大抵婉約輕和，不欲强作愁思。蓉城集

歐陽炯有小詞十七章

歐陽炯善文章，尤工詩，又有小詞十七章，人亦時時稱道之。漁父歌尤爲詞家所倡和。十國春秋

閻選善小詞

閻選，故布衣也，酷善小詞。有臨江仙詞云：「畫簾深殿，香霧冷風殘。」又云：「猿啼明月照空灘。」時人目爲閻處士。同上

裴按：前蜀有韋莊、牛嶠、毛文錫、薛昭藴、李珣、尹鶚、魏承班、牛希濟，後蜀有顧敻、鹿虔扆、毛熙震、歐陽彬、歐陽炯、閻選，西蜀詞人之盛，勝於他國多矣。

無名氏撲蝴蝶詞

無名氏有撲蝴蝶詞云：「煙條雨葉，緑遍江南岸。思歸倦客，尋春來較晚。岫邊紅日初斜，陌上花飛正滿。淒涼數聲，羌管怨春短。　玉人應在，明月樓中畫眉懶。鸞箋錦字，多少魚雁斷。恨隨去水東流，事與行雲共遠。羅衾舊香猶暖。」一篇情景周摯，换頭句，逼真周、秦之先聲也。詞統

晚唐詞精巧高麗

詩至晚唐五季，氣格卑陋，千家一律。而長短句獨精巧高麗，後世莫之及，此事之不可曉者。陸放翁

詞苑萃編卷之四

品藻二

徽宗工長短句

徽宗天才甚高，詩文而外，尤工長短句。嘗作探春令云：「簾旌微動，峭寒天氣，龍池冰泮。杏花笑吐香猶淺。又還是，春將半。　清歌妙舞從頭按。等芳時開宴。記去年對著東風，曾許不負鶯花願。」又有聒龍謠、臨江仙、燕山亭等篇，皆清麗淒惋。能改齋漫録

黄河清慢

宣和初，雅樂新成，八音告備，因作徵招、角招。有曲名黄河清慢者，詞曰：「晴景初升，風細細。雲收天淡如洗。望外鳳凰城闕，葱葱佳氣。朝罷香煙滿袖，侍臣報、天顔有喜。夜來頻得封章，大河徹底清泚。　君王壽與天齊，馨香動，上穹頻降祥瑞。大晟奏功，六樂初調宫徵。合殿薰風乍轉，萬花覆、千官盡醉。內家傳詔，重開宴、未央宫裏。」此詞音調極韶美，入大晟樂府。天下無問遐邇大小，雖偉男髫女，皆争唱之。鐵圍山叢談

徽宗燕山亭

徽宗北轅後，賦燕山亭杏花一闋，哀情哽咽，髣髴南唐李後主，令人不忍多聽。詞曰：「裁翦冰綃，輕疊數重，冷淡胭脂勻注。新樣靚妝，豔溢香融，羞殺蕊珠宮女。易得凋零，更多少無情風雨。愁苦。閒院落淒涼，幾番春暮。　憑寄離恨重重，這雙燕何曾，會人言語。天遥地遠，萬水千山，知他故宫何處。怎不思量，除夢裏有時曾去。無據。和夢也有時不做。」古今詞話

潘閬憶餘杭

潘逍遥狂逸不羈，往往有出塵之語。自製憶餘杭詞三首，一時盛傳。東坡愛之，書於玉堂屏風，石曼卿使畫工繪之作圖。同上

裴按：潘詞三首，見後辨證門。

潘閬憶孤山

潘閬憶孤山詞，句法清古，語帶烟霞，近時罕及。陸雪窗

寇準江南春

寇萊公詩才思融遠，年十九成太平興國進士。初知巴東縣，有詩云：「野水無人渡，孤舟盡日横。」又嘗爲江南春詩云：「波渺渺，柳依依。孤村芳草遠，斜日杏花飛。江南春盡離腸斷，蘋滿汀洲人未歸。」一

時膾炙。温公詩話

寇準夜度娘

寇萊公準夜度娘曲云：「煙波渺渺一千里。白蘋香散東風起。惆悵汀洲日暮時，柔情不斷如春水。」升庵舉似大復，認爲唐音。詞苑

晏殊木蘭花

晏元獻尤喜馮延巳歌詞，其所自作，亦不減延巳樂府。木蘭花云：「重頭歌咏響璁琤，入破舞腰紅亂旋。」重頭、入破，皆管絃家語也。劉貢父詩話

錢惟演玉樓春

錢惟演，吴越王俶之子，爲中書門下平章事。坐擅議宗廟，且與后家通婚，落職爲崇信軍節度使。其玉樓春詞云：「城上風光鶯語亂。城下烟波春拍岸。緑楊芳草幾時休，淚眼愁腸先已斷。情懷漸覺成衰晚。鸞鏡朱顔驚暗换。昔年多病厭芳尊，今日芳尊惟恐淺。」此公暮年之作，詞極凄惋。黄叔暘

蘇易簡與王禹偁詞

宋初以詞章早著名者，梓州蘇易簡作越江吟，載百琲明珠，蜀之大魁自此始。鉅野王禹偁作點絳脣，見小畜集，其文章亦重於當世。升庵詞話

王禹偁點絳脣

王元之有小畜集，其點絳脣詞「小村漁市，一縷孤煙細」之句，清麗可愛，豈止以詩擅名。詞苑

林逋詠草

林和靖不特工於詩，且工於詞。如咏草一首「金谷年年，亂生春色誰爲主」，終篇不露一「草」字，與覺範咏梅一首「風吹平野，一點香隨馬」，終篇不露一「梅」字同一雅潔。詩話總龜

林逋長相思

林處士妻梅子鶴，可稱千古高風矣。乃其長相思惜别詞曰：「吴山青。越山青。兩岸青山相送迎。誰知離别情。　君淚盈。妾淚盈。羅帶同心結未成。江頭潮已平。」何等風致，閒情一賦，詎必玉瑕珠纇耶。詞苑

韓琦安陽好

韓魏公皇祐初鎮揚州，本事集載公親撰維揚好詞四章，所謂「二十四橋千步柳，春風十里上珠簾」者是也。其後熙寧初，公罷相出鎮安陽，復作安陽好詞十章，人多傳之。今録其一云「安陽好，形勢魏西州。曼衍山河環故國，昇平歌吹沸南樓。和氣鎮飛浮。　籠畫陌，喬木幾春秋。花外軒窗排遠岫，竹閒門巷帶長流。風物更清幽。」吴虎臣漫録

韓琦點絳唇

韓稚圭點絳唇詞云：「愁無際。武陵凝睇。人遠波空翠。」公經國大手，而小詞乃以情韻勝人。詞苑

范仲淹漁家傲

范希文漁家傲邊愁云：「塞下秋來風景異。衡陽雁去無留意。四面邊聲連角起。千嶂裏。長烟落日孤城閉。　濁酒一杯家萬里。燕然未勒歸無計。羌笛悠悠霜滿地。人不寐。將軍白髮征夫淚。」詞旨蒼涼，多道邊鎮之苦。歐陽永叔每呼爲窮塞主，詩非窮不工，乃於詞亦云。古今詞話

范仲淹蘇幕遮

范文正公蘇幕遮詞云：「碧雲天，紅葉地。秋色連波，波上寒煙翠。山映斜陽天接水。芳草無情，更在斜陽外。　黯鄉魂，追旅思。夜夜除非，好夢留人睡。明月樓高休獨倚。酒入愁腸，化作相思淚。」公之正氣塞天地，而情語入妙至此。詞苑

范仲淹御街行

范文正公、司馬温公、韓魏公，皆一時名德重望。范御街行云：「紛紛墜葉飄香砌。夜寂静，寒聲碎。珍珠簾捲玉樓空，天淡銀河垂地。年年今夜，月華如練，長是人千里。　愁腸已斷無由醉。酒未到，先成淚。殘燈明滅枕頭欹。諳盡孤眠滋味。都來此事，眉間心上，無計相迴避。」韓點絳唇詞曰：「病起懨

懨，向庭前、花樹添憔悴。亂紅飄砌。滴盡珍珠淚。惆悵前春，誰向花前醉。愁無際。武陵凝睇。人遠波空翠。」温公西江月云：「寶髻鬆鬆綰就，鉛華淡淡妝成。紅雲翠霧罩輕盈。飛絮游絲無定。相見争如不見，有情還似無情。笙歌散後酒微醒。深院月明人静。」人非太上，未免有情，當不以此纇其白璧也。古今詞話

范韓詞有情致

范文正公、韓魏公，勳德重望，而范有御街行詞，韓有點絳脣詞，皆極情致。予友朱良規嘗云：「天之風月，地之花柳，與人之歌舞，無此不成三才。」雖戲語亦有理也。升庵詞話

不以人廢言

賢如寇準、晏殊、范仲淹，勳名重臣，不少豔詞。即丁謂、賈昌朝、夏竦，亦有綺語流傳，當不以人廢言也。古今詞話

賈昌朝木蘭花令

賈昌朝木蘭花令詞：「都城水緑嬉遊處。仙棹往來人笑語。紅隨遠浪泛桃花，雪散平沙飛柳絮。東君欲共春歸去。一陣狂風和驟雨。碧油紅旆錦障泥，斜日畫橋芳草路。」黄叔暘云：「文元公生平惟賦此一詞，極有風味。」同上

王琪望江南

王君玉有望江南詞十首，自謂謫仙。王荆公酷愛其「紅綃香潤入梅天」句。陳輔之

王琪燕詞

歐陽文忠愛王君玉燕詞云：「烟徑掠花飛遠遠，曉窗驚夢語匆匆。」梅聖俞以爲不若李堯夫燕詩云：「花前語澀春猶冷，江上飛高雨乍晴。」君玉全闋云：「江南燕，輕颺繡簾風。二月池塘新社過，六朝宫殿舊巢空。頡頏恣西東。王謝宅，曾入綺堂中。煙徑掠花飛遠遠，曉窗驚夢語匆匆。偏占杏園紅。」能改齋漫録

歐陽修詠草詞

「闌干十二獨凭春。晴碧遠連雲。千里萬里，二月三月，行色苦愁人。謝家池上，江淹浦畔，吟魄與離魂。那堪疏雨滴黄昏。更特地、憶王孫。」此歐陽公少年游咏草詞也。不惟君復、聖俞二詞不及，求諸唐人温、李集中，殆與之爲一矣。吴虎臣

歐陽修蝶戀花

「庭院深深深幾許。楊柳堆烟，簾幕無重數。金勒雕鞍游冶處。樓高不見章臺路。雨横風狂三月暮。門掩梨花，無計留春住。淚眼問花花不語。亂紅飛過秋千去。」歐陽修蝶戀花詞也。李易安酷愛

其語，遂用作「庭院深深」數闋。詞苑

歐蘇有麗語

永叔、東坡，極不能作麗語，而亦有之。永叔如「當路游絲牽醉客，隔花啼鳥喚行人」。東坡如「綵索身輕常趁燕，紅窗睡重不聞鶯」。勝人百倍。王鳳洲

宋采侯

宋子京爲天聖中翰林，以賦采侯，中博學宏詞科第一。有「色映堋雲爛，聲連羽月遲」之句。時呼爲宋采侯。每夕臨文，必使麗姝燃雙椽燭，卽張子野所謂紅杏枝頭春意鬧尚書也。古今詞話

宋祁以餘力爲詞

宋景文以餘力游戲爲詞，而風流閒雅，超出意表。李之儀

聶冠卿多麗

聶冠卿詞不多見，其多麗一首，有「露洗華桐，烟霏絲柳」四句。所謂玉中之拱璧，珠中之夜光，每一觀之，撫玩無斁。黄叔暘

裴按：萬紅友云：蕩春一色，不成文理，一字乃羨字耳，且多麗詞亦從未有四字四句者。

梅聖俞蘇幕遮

梅聖俞在歐陽公座，有以林逋草詞「金谷年年，亂生芳色誰爲主」爲美者。聖俞因别爲蘇幕遮詞云：「露堤平，煙墅杳。亂碧萋萋，雨後江天曉。獨有庾郎年最少。窣地青袍，嫩色宜相照。接長亭，迷遠道。堪怨王孫，不計歸期早。落盡梨花春又了。滿地殘陽，翠色和煙老。」歐公擊節賞之。古今詞話

石曼卿詞少流傳

石曼卿真宗朝學士，生平遺落世事，死後有見之者，曰：「我今爲仙，主芙蓉城。」其捫蝨庵長短句，少有流傳者。古今仙鑑

石曼卿詞對

李長吉歌「天若有情天亦老」，人以爲奇絶無對。石曼卿對以詞曰：「月如無恨月長圓」，足爲勍敵。温叟詩話

司馬光阮郎歸

司馬温公詞云：「漁舟容易入深山。仙家日日閒。綺窗紗幌映朱顔。相逢醉夢間。松露冷，海霞斑。匆匆整棹還。落花寂寂水潺潺。重尋此路難。」蓋阮郎歸本意也。古今詞話

王安石桂枝香

金陵懷古，諸公寄調桂枝香者三十餘家，惟王介甫爲絶唱。東坡見之歎曰：「此老乃野狐精也。」其詞云：「登臨送目。正故國晚秋，天氣初肅。千里澄江似練，翠峯如簇。征帆去棹殘陽裏，背西風、酒旗斜矗。綵舟雲淡，星河鷺起，畫圖難足。　念自昔豪華競逐。歎門外樓頭，悲恨相續。千古憑高，對此漫嗟榮辱。六朝舊事隨流水，但寒烟衰草凝緑。至今商女，時時猶唱，後庭遺曲。」同上

王安石詞不多

王荆公長短句不多，合繩墨處自雍容奇特。碧雞漫志

晏幾道樂府動摇人心

晏叔原樂府寓以詩人句法，精壯頓挫，能動摇人心。合者高唐、洛神之流，下者亦不減桃葉、團扇云。黄山谷

晏幾道不蹈襲人語

叔原不蹈襲人語，風度閒雅，自是一家。如「舞低楊柳樓心月，歌盡桃花扇底風」，乃知此人必不生於三家村中者。晁補之

晏幾道詞如王謝子弟

叔原詞如金陵王謝子弟，秀氣勝韻，得之天然，殆不可學。碧雞漫志

程頤頗賞小晏詞

伊川聞誦叔原詞「夢魂慣得無拘檢，又踏楊花過謝橋」。笑曰：「鬼語也。」意頗賞之。程叔微

晏詞可追逼花間

叔原詞在諸名勝中，獨可追逼花間，高處或過之。陳質齋

蘇養直清江曲

蘇養直名伯固，與東坡同族。坡集中有送伯固兄還吳之詩。其清江曲有「屬玉雙飛水滿塘」句，當時盛傳。詞亦工，如「醉眠小塢黄茅店，夢倚高城赤葉樓」，鷓鴣天之佳句也。詞品

張三影

客謂張子野曰：「人咸目公爲張三中。謂公詞有心中事，眼中淚，意中人也。」子野曰：「何不謂之張三影。」客不喻。子野曰：「雲破月來花弄影。嬌柔懶起，簾壓捲花影。柳徑無人，墜絮輕無影。」此生平得意者。樂府紀聞

張先謝池春慢

子野於玉仙觀道中，逢謝媚卿，作謝池春慢云：「繚牆重院，時有流鶯到。繡被掩餘寒，畫閣明新曉。朱檻連空闊，飛絮無多少。徑莎平，池水渺。日長風靜，花影閒相照。塵香拂馬，逢謝女，城南道。秀豔過施粉，多媚生輕笑。鬬色鮮衣薄，碾玉雙蟬小。歡難偶，春過了。琵琶流怨，都入相思調。」一時傳唱幾遍。古今詞話

張先柳永齊名

子野、耆卿齊名，而時論有以子野爲不及耆卿者。然子野韻高，是耆卿所乏處。晁補之

柳詞工於羈旅行役

柳詞風格不高，而音律諧緩，詞意妥貼，承平氣象，形容曲盡，尤工於羈旅行役。陳質齋

柳詞有唐人佳處

人皆言柳耆卿詞俗，然如「霜風淒緊，關河冷落，殘照當樓」，唐人佳處，不過如此。蘇東坡

有井水處能歌柳詞

嘗見一西夏歸朝官云：「世間有井水飲處，卽能歌柳詞。」葉石林

王安石弟及子詞

介甫弟和甫，名安禮，有瀟湘逢故人慢云：「引多少夢魂歸緒，洞庭煙棹漁蓑。」弟平甫，名安國，有減字木蘭花云：「月破黄昏。簾裏餘香馬上聞。」子雱，字元澤，有心疾，妻獨居小樓事佛，介甫憐而嫁之。雱作眼兒媚詞，有「相思只在，丁香枝上，豆蔻梢頭」之句。更有倦尋芳云：「恨被榆錢，買斷兩眉長鬭。」皆人所不能及。古今詞話

蘇軾以文章餘事作詩

東坡先生以文章餘事作詩，溢而作詞曲。高處出神入天，平處當臨鏡笑春，不顧儕輩。碧雞漫志

蘇軾詞指出向上一路

長短句雖至本朝而盛，然前人自立，與真情衰矣。東坡先生非心醉於音律者，偶爾作歌，指出向上一路，新天下耳目，弄筆者始知自振。同上

蘇軾詞一洗綺羅香澤之態

詞至東坡，一洗綺羅香澤之態，使人登高望遠，舉首浩歌，超乎塵壒之外，於是花間爲皁隸，柳氏爲輿臺矣。胡致堂

蘇軾自歌陽關曲

世言東坡不能歌，故所作樂府多不協律。晁以道謂紹聖初，與東坡別於汴上，東坡酒酣，自歌陽關曲。則公非不能歌，但豪放不喜翦裁以就聲律耳。試取東坡諸詞歌之，曲終，覺天風海雨逼人。陸放翁

蘇軾詞哀而不傷

居士詞豈無去國懷鄉之感，殊覺哀而不傷。周煇

蘇軾中秋詞勝人

中秋詞自東坡水調歌頭一出，餘詞盡廢。苕溪漁隱

蘇軾水調歌頭

「明月幾時有」一詞，畫家大劈斧皴，書家劈窠體也。詞統

蘇軾卜算子

東坡在黄州作卜算子詞云：「缺月掛疏桐，漏斷人初靜。時見幽人獨往來，縹緲孤鴻影。驚起卻回頭，有恨無人省。揀盡寒枝不肯棲，楓落吴江冷。」語意高妙，似非喫烟火食人語。黄山谷

蘇軾詞雅麗舒徐

東坡詞極雅麗舒徐，高出人表，周、秦諸人所不能到。張玉田

蘇軾楊花

東坡和章質夫楊花一首，後段愈出愈奇，壓倒古今。同上

蘇軾詠笛詞

東坡水龍吟詠笛詞，傳有八字謚，「楚山修竹如雲，異材秀出千林表」，此笛之質也。「龍鬚半翦，鳳膺微漲，玉肌勻繞」，此笛之狀也。「木落淮南，雨晴雲夢，月明風嫋」，此笛之時也。「自中郎不見，將軍去後，知孤負、秋多少」，此笛之事也。「聞道嶺南太守，後堂深、綠珠嬌小」，此笛之人也。「綺窗學弄，涼州初試，霓裳未了」，此笛之曲也。「嚼徵含宮，泛商流羽，一聲雲杪」，此笛之音也。「爲使君洗盡，蠻烟瘴雨，作霜天曉」，此笛之功也。嚼徵含宮，泛商流羽，五音已用其四，惟少一角字，末句「作霜天曉」，歇後一角字。貴耳録

蘇軾貶惠州時詞

東坡貶惠州日，晁以道見公詞有「海仙時遣探芳叢，倒掛綠毛么鳳」，僾云：「此老須過海，只爲古今人不能道及，應罰教去」。太平樂府

蘇軾浣溪沙

蘇子瞻有銅琶鐵板之譏，然浣溪沙春閨詞曰：「綵索身輕常趁燕，紅窗睡重不聞鶯。」如此風調，令十七八女郎歌之，豈在「曉風殘月」之下。賀黃公

蘇軾檃括歸去來詞

東坡檃括歸去來詞，山谷檃括醉翁亭記，兩人固是詞家好手。本事紀

今代詞手

今代詞手，惟秦七、黃九耳。餘人不逮也。陳師道

黃詞峭健

詞家以秦、黃並稱，秦能爲曼聲以合律，形容處亦少刻肌入骨語。黃時出俚淺，可稱傖父。然黃如「春未透。花枝瘦。正是愁時候」。峭健亦非秦所能作。同上

秦觀小詞奇麗

少游小詞奇麗，詠歌之下，思想其神情，在絳闕道山之間。釋覺範

秦觀好語

近來作者皆不及少游，如「斜陽外、寒鴉數點，流水遶孤村」。雖不識字人，亦知是天生好語。晁補之

秦觀辭情相稱

子瞻辭勝乎情，耆卿情勝乎辭，辭情相稱者，惟少游而已。蔡伯世

蘇軾悼秦觀

少游踏莎行後結云：「郴江幸自繞郴山，爲誰流下瀟湘去。」子瞻絶愛此兩句，自書於扇曰：「少游已矣，雖萬身莫贖。」冷齋夜話

秦觀踏莎行

秦少游踏莎行云：「霧失樓臺，月迷津渡。桃源望斷無尋處。可堪孤館閉春寒，杜鵑聲裏斜陽暮。驛寄梅花，魚傳尺素。砌成此恨無重數。郴江幸自繞郴山，爲誰流下瀟湘去。」東坡絶愛尾二句。余謂不如「杜鵑聲裏斜陽暮」尤堪斷腸。詞苑

秦觀千秋歲後結精采

秦少游千秋歲後結「春去也」三字，要占勝前面許多攢簇，在此收煞。「落紅萬點愁如海」七字，銜接得力，異樣出精采。詞潔

濟北詞人

晁補之字無咎，自稱濟北詞人，有雞肋詞、逃禪詞。近代詞家，自秦七、黄九外，無咎未必多遜。陳質齋

張耒少年游秋蕊香

文潛官許州，喜營妓劉氏，爲作少年游云：「含羞倚醉不成歌。纖手掩香羅。偎花映竹，偷傳深意，酒思入横波。　看朱成碧心迷亂，翻脈脈，斂雙蛾。相見時稀隔别多。又春盡，奈愁何。」其後去任，又爲秋蕊香寓意云：「簾幕疏疏風透。一線香飄金獸。朱闌倚遍黄昏後。廊下月華如畫。　别離滋味濃如酒。令人瘦。此情不及牆東柳。春色年年依舊。」元祐諸公皆有樂府，惟張僅見風流子及此二詞，味其句意，不在諸公之下矣。苕溪漁隱

賀梅子

方回少爲武弁，以定力寺一絶句見賞王荆公，知名當世。小詞有「梅子黄時雨」之句，人呼爲賀梅子。方回寡髮，郭功甫指其髻曰：「此真賀梅子也。」周紫芝

賀鑄青玉案

方回小築在蘇之横塘，有青玉案詞云：「凌波不過横塘路。但目送、芳塵去。錦瑟年華誰與度。月臺花榭，瑣窗珠户，惟有春知處。　碧雲冉冉蘅皋暮。綵筆新題斷腸句。試問閒愁都幾許。一川烟草，滿

城風絮。梅子黄時雨。」黄山谷贈以詩曰：「解道江南腸斷句，只今惟有賀方回。」其爲前輩推重如此。吴中紀聞

賀鑄青玉案詞工妙之至

方回青玉案詞工妙之至，無跡可尋，語句思路，亦在目前，而千人萬人不能湊泊。詞潔

賀鑄長調勝晏張

方回長調便有美成意，殊勝晏、張。同上

毛滂惜分飛

毛澤民惜分飛詞，語盡而意不盡，意盡而情不盡。陳質齋云：「滂他詞雖工，未有能及此者。」周煇

程垓文過於詞

程正伯東坡中表之戚，其酷相思、四代好、折紅英俱佳，故盛以詞名。獨尤尚書以爲正伯之文過於詞。詞品

程垓佳句

「沈水熨香年似日，薄雲垂帳夏如秋。」書舟佳句也。古今詞話

章楶詠楊花

資政殿學士章楶，字質夫，以功名顯，詩詞尤見稱於世。嘗作水龍吟詠楊花，東坡與之帖云：「柳花詞妙絶，使來者何以措詞。」詞苑

王駙馬樂府

駙馬王晉卿樂府，清麗幽遠，工在江南諸賢季孟之間。黄涪翁

舒亶詞

舒信道名亶，神宗朝御史與李定同陷東坡於罪者。嘗作菩薩蠻詞云：「江梅未放枝頭結。江樓已見山頭雪。待得此花開。知君來未來。　風帆雙畫鷁。小雨隨行色。空得鬱金裙。酒痕和淚痕。」王阮亭極賞此詞，嘗曰：「鍾退谷評閻邱曉詩，謂具此手段，方能殺王龍標，此等語乃出渠輩手，豈不可惜。僕每讀嚴分宜鈐山堂詩，至佳處，輒作此歎。」詞苑叢談

朱服詞

烏程朱行中，歷官禮部侍郎，坐與蘇軾游，貶海州團練副使。至東陽郡齋，作漁家傲以寄意云：「小雨纖纖風細細。萬家楊柳青煙裏。戀樹濕花飛不起。愁無際。和春付與東流水。　九十春光能有幾。金龜解盡留無計。寄語東陽沽酒市。拚一醉。而今樂事他年淚。」讀其詞想見其人，不愧爲蘇軾黨也。烏

程舊志

元祐時宗室詞

元祐時，宗室能詞者衆，如嗣濮王仲御瑤臺第一層詞有云：「嶰管聲催，人報道，嫦娥步月來。鳳燈鸞炬，寒輕珠箔，光泛樓臺。歡陪千官萬騎，九霄人在五雲堆。赭袍光裏，星毬宛轉，花影徘徊。」又安定郡王令畤，嘗夜過東坡家，飲梅花下，曾有題會真記鳳棲梧云：「錦額重簾深幾許。只是低頭，怕受他人顧。强出嬌嗔無一語。絳綃頻掩酥胸素。」見聊復集。古今詞話

趙德麟蝶戀花

趙德麟，元祐中知行在大宗正事，有蝶戀花詞云：「欲減羅衣寒未去。不捲珠簾，人在深深處。殘杏枝頭花幾許。啼紅止恨清明雨。　盡日水沉香一縷。宿酒醒遲，惱破春愁緒。飛燕又將歸信誤。小屏風上西江路。」詞苑

王冠柳

王通叟觀作慶清朝慢踏青詞，風流楚楚，世以爲高於屯田，集遂名冠柳。詞云：「調水爲酥，催冰做水，東君分付春還。何人便將輕暖，點破殘寒。結伴踏青去好，平頭鞋子小雙鸞。煙郊外、望中秀色，如有無間。　晴則個，陰則個，餖飣得天氣有許多般。須教鏤花撥柳，爭要先看。不道吴綾繡襪，香泥斜沁

幾行斑。東風巧、盡收翠緑，吹在眉山。」黄叔暘

王逐客冬景

王逐客冬景天香詞云：「霜瓦鴛鴦，珠簾翡翠，今年又是寒早。矮釘明窗，乍開朱户，切莫亂教人到。重陰不解，雲共雪、商量未了。青帳垂氈要密，錦縫放幃宜小。呵梅弄粧試巧。繡羅襦、瑞雲芝草。共我語時同語，笑時同笑。已被金尊勸倒。更唱個新詞故相惱。盡道窮冬，元來恁好。」涪翁見而賞之，且曰：「此曲一處所一物色，無一不是嚴冬蕭索之境，但仔細詳味之，略無半點寒酸憔悴之意，亦善於造語者矣。」古今詞話

王逐客夏詞

古樂府詩云：「今世褦襶者，觸熱向人家。」褦襶，集韻解之曰：不曉事。予素畏熱，乃觸熱入人家，其謂不曉事，宜矣。嘗愛王逐客作夏詞雨中花，不用浮瓜沈李等事，而天然有塵外涼思。其詞曰：「百尺清泉聲陸續。映瀟灑、碧梧翠竹。面千步迴廊，重重簾幙，小枕欹寒玉。試展鮫綃看畫軸。見一片、瀟湘凝緑。待玉漏穿花，銀河垂地，月上闌干曲。」此語非觸熱者之所知也。漫叟詩話

裴按：尤悔庵曰：褦襶乃暑衣也。

王逐客才豪

王逐客才豪，其新麗處與輕狂處，皆足驚人。碧雞漫志

米芾茶詞

米元章與周熟仁試賜茶於甘露寺，作滿庭芳詞，墨蹟爲世所重。其警句云：「輕濤起，香生玉塵，雪濺紫甌圓。」推爲獨絕。襄陽書畫考

謝逸題壁

謝無逸嘗於關山杏花村館驛題江城子，詞云：「杏花村店酒旗風。水溶溶。颺殘紅。野渡舟横，楊柳綠陰濃。望斷江南山色遠，人不見、草連空。　夕陽樓下晚烟籠。粉香融。淡眉峯。記得年時，相見畫屏中。只有關山今夜月，千里外、素光同。」過者抄謄，必索筆於館卒，卒頗以爲苦，因以泥塗之，其爲人賞重可知。復齋漫録

謝蝴蝶

臨川謝無逸嘗作詠蝶詩三百首，其警句云：「飛隨柳絮有時見，舞入梨花何處尋。」人盛稱之，因呼爲謝蝴蝶。有卜算子詞云：「烟雨幕横塘，紺色涵清淺。誰把并州快翦刀，翦取吴江半。　隱几岸烏巾，細葛含風軟。不見柴桑避俗翁，心共孤雲遠。」標致雋永，全無香澤，可稱逸調。詞苑

裴按：徐菊莊太史云：謝蝴蝶可配鄭鷓鴣。

謝逸詞輕倩可人

溪堂詞六十三闋，皆小令，輕倩可人。汲古閣詞跋

謝逸花心動句句比方

謝無逸花心動一詞，句句比方，用小雅鶴鳴篇體也。沈際飛

謝邁詞

無逸弟邁，字幼槃，有竹友詞。其減字木蘭花贈弈妓宋瑶云：「風篁度曲。倦倚銀屏初睡足。清簟疏簾。金鴨香消懶去添。　纖纖露玉。風雹縱横飛鈿局。頻斂雙蛾。凝竚無言密意多。」古今詞話

蘇過秦湛詞

蘇叔黨名過，坡仙季子。作點絳脣詞云：「新月娟娟，夜寒江静山銜斗。起來搔首。梅影横窗瘦。　好個霜天，閒却傳杯手。君知否。亂鴉啼後。歸興濃於酒。」秦處度名湛者，少游子也。亦作卜算子詞云：「春透水波明，寒峭花枝瘦。極目烟中百尺樓，人在樓中否。　四和裊金鳧，雙陸思纖手。擬倩東風浣此情，情更濃於酒。」合兩詞觀之，二公可謂有子。詞苑

秦湛多好詞

少游子處度亦多好詞，山谷極稱賞之。如「藕葉清香勝花氣」，一時盛傳。古今詞話

李冠蝶戀花

李冠蝶戀花詞云：「遥夜亭皋閒信步。才過清明，漸覺傷春暮。數點雨聲風約住。朦朧淡月雲來去。」張子野「雲破月來花弄影」，不如冠之「朦朧淡月雲來去」也。王介甫

三英集

周邦彦以進汴都賦得官，徽廟時提舉大晟樂府，每製一詞，名流輒爲賡和。東楚方千里、樂安楊澤民，全和之，或合爲三英集行世。古今詞話

顧曲堂

美成詞摹寫物態，曲盡其妙，自題所居曰顧曲堂。强焕

周邦彦詞多用唐詩

美成詞多用唐人詩句櫽括入律，渾然天成，長調尤善鋪敍，富豔精工，詞人之甲乙也。陳質齋

作詞當以周詞爲主

作詞當以清真集爲主，蓋美成最爲知音，故下字用韻，皆有法度。沈際飛

周邦彦詠梅

周美成咏梅，調寄花犯云：「粉牆低，梅花照眼，依然舊風味。露痕輕綴，擬淨洗鉛華，無限清麗。去年勝賞曾孤倚。冰盤共宴喜。更可惜、雪中高士，香篝薰素被。　今年對花太匆匆，相逢似有恨，依依憔悴。凝望久、青苔上，旋看飛墜。相將見、脆圓薦酒，人正在空波煙浪裏。但夢想、一枝瀟灑，黄昏斜照水。」此只咏梅花，而紆徐反復，道盡三年間事。其詞尤圓美流轉如彈丸。黄叔暘

周邦彦浪淘沙慢

美成浪淘沙慢，精綻悠揚，爲千古絶調。萬紅友

周詞有味

美成詞乍近之，覺疏樸苦澀，不甚悦口，含咀之久，則舌本生津。詞潔

周邦彦應天長慢

美成應天長慢，空淡深遠，石帚專得此種筆意。同上

徐伸二郎神

徐伸，政和初以知音律爲太常典樂，所著青山樂府多難調，惟二郎神一曲，天下稱之。花庵詞客

裴按：二郎神全闋見後紀事門。

曹組詠梅

曹組咏梅詞皆有佳句。其驀山溪云：「竹外一枝斜，想佳人天寒日暮。」用東坡「竹外一枝斜更好」句，可謂入神。其好事近云：「一陣暗香飄處，已不勝愁絶。」亦何減孤山風致。詞品

曹組詞

元寵六舉不第，著鐵硯篇自勵。宣和中成進士，有寵於徽宗。曾賞其如夢令「風弄一枝花影」，及點絳唇「暮山無數，歸雁愁邊度」句。松窗録

万俟詠清明應制

万俟雅言自號詞隱，崇寧中充大晟府制撰，與晁次膺按月律進詞，其清明應制一首尤佳。即「見梨花初帶夜月，海棠半含朝雨」之詞也。古今詞話

万俟詠詞平而工和而雅

雅言之詞，發妙音於律吕之中，運巧思於斧鑿之外，平而工，和而雅，比之刻琢句意以求精麗者多矣。花庵詞客

陳克赤城詞

天台陳子高，元豐間名士，呂安老帥建康，辟爲參議。有赤城詞。耆舊續聞

陳克詞香倩

子高菩薩蠻云：「幾處簸錢聲。綠窗春夢輕。」謁金門云：「檀炷繞窗燈背壁。畫檐殘雨滴。」殊覺其香倩。盧申之

陳克詞格高麗

子高詞格高麗，晏、周之流亞也。陳質夫

李持正上元詞

李持正上元明月逐人來詞云：「星河明淡，春來深淺紅蓮，正滿城開遍。禁街行樂，暗塵香拂面。皓月隨人近遠。　天半鼇山，光動鳳樓西觀。東風靜，珠簾不捲。玉輦待歸，雲外聞絃管。認得宮花影轉。」蘇子瞻見之曰：「好個皓月隨人遠近。」古今詞話

呂渭老詞極工

呂聖求在宋不甚著名，而詞極工。詞選載有望海潮、醉蓬萊、撲蝴蝶近、惜分釵、薄倖、選冠子、百宜嬌、

豆葉黄，鼓笛慢諸調，佳處不讓少游，卽東風第一枝咏梅亦何減東坡之綠毛么鳳也，但疑中興後不復有此等詞。升庵詞話

呂渭老詞婉媚深窈

聖求詞婉媚深窈，視美成、耆卿伯仲。花庵詞客

宋齊愈梅詞

宣和中，宋齊愈爲太學官，徽宗召對曰：「卿文章新奇，可作梅詞進呈，須是不經人道語。」齊愈立進眼兒媚云：「霏霏疏影轉征鴻。人語暗香中。小橋斜渡，曲屏深院，水月濛濛。人間不是藏春處，玉笛曉霜空。江南處處，黄垂密雨，綠漲薰風。」徽宗稱善。次日諭近臣曰：「宋齊愈梅詞，非惟不經人道，且自開花説至結子黄熟，并天氣亦言之，可謂盡致矣。」宣和遺事

何大圭小重山

何大圭小重山有「玉船風動酒鱗紅」句，如雲錦月鈎，奪造化之巧。高恥庵

王輔道詞

「日月無根天不老。浮生總被消磨了。陌上紅塵常擾擾。昏復曉。一場大夢誰先覺。　離水東流山四繞。路傍飛個新華表。盡説在時官職好。争信道。冷煙寒雨埋荒草。」王輔道侍郎漁家傲詞，歌之

使人有遺世之意。詞苑叢談

向子諲詞

向子諲有梅花引戲代李師朋作，卽所謂「花如頰，眉如葉。小時笑弄階前月」是也。又有席上贈侍兒輕輕殢人嬌詞云曰：「似雪花，柔於柳絮。蝴蝶兒鎮長一處。春風駘蕩，驀然吹去。争得倩游絲，半空惹住。　波上精神，掌中態度。分明是彩雲團做。當年飛燕從，今不數。只恐是、高唐夢中神女。」古今詞話

向子諲步趨蘇堂

薌林居士步趨蘇堂，而嚌其胾者也。胡致堂

李邴詠美人書字

李漢老有咏美人書字一闋，爲雲龕集中之最纖麗者。調寄玉樓春云：「沉吟不語晴窗畔。小字銀鈎題欲遍。雲情散亂未成篇。花骨欹斜終帶軟。　重重説盡情和怨。珍重提携常在眼。暫時得近玉纖纖。翻羡鏤金紅象管。」古今詞話

劉曉行

劉一止有曉行喜遷鶯一闋，卽「曉光催角，聽宿鳥未驚，鄰雞先覺」之詞也。一時盛傳，號劉曉行。陳

賓齋

謝克家憶君王

謝克家作憶君王詞云：「依依宫柳拂宫牆。樓殿無人春晝長。燕子歸來依舊忙。憶君王。月照黄昏人斷腸。」語意悲涼，真憂君憂國之語，讀之使人垂淚。鼠璞

胡浩然元夕

胡浩然在北宋時代，氏籍俱未詳。然如元夕傳言玉女云：「艷妝初試，把珠簾半揭。嬌羞向人，手撚玉梅低説。相逢長是，上元佳節。」情致斐亹，亦人所不易到。草堂箋

仲殊小令

僧仲殊本安州進士，妻以藥毒之，遂爲僧。時食蜜以解其毒，東坡呼爲蜜殊。每於禁煙時置酒待賓客，謂之看花局。其填詞甚多，小令爲最，小令中訴衷情爲最。花庵詞客

惠洪小令

洪覺範善作小詞，情思婉約似少游。仲殊、參寥皆不能及。許顗

祖可工詞

僧祖可，字正平，蘇伯固子。與陳師道、謝逸結江西詩社，其小重山詞最工。吴虎臣曰：「正平工詩，長短句尤佳，何世徒稱其詩也。」東溪詞話

祖可菩薩蠻

釋可正平工詩之外，長短句尤佳。嘗見其有菩薩蠻詞云：「誰能畫取沙邊雨。和煙淡掃蒹葭渚。別岸却斜暉。采蓮人未歸。　鴛鴦如解語。對浴紅衣去。去了更回頭。教儂特地愁。」詞苑叢談

延安夫人詞

延安夫人蘇丞相子容之妹，長於文翰，有寄季玉妹更漏子詞云：「小闌干，深院宇。依舊當時別處。朱户鎖，玉樓空。一簾紅日紅。　弄珠江，何處是，望斷碧雲無際。凝淚眼，出重城。隔溪羌笛聲。」侯鯖録

魏夫人詞

魏夫人，曾子宣丞相内子，有江城子、捲珠簾諸曲，膾炙人口。其尤雅正者，則有菩薩蠻云：「溪山掩映斜陽裏。樓臺影動鴛鴦起。隔岸兩三家。出牆紅杏花。　綠楊隄下路。早晚溪邊去。三見柳綿飛。離人猶未歸。」深得國風卷耳之遺。樂府雅詞

李清照魏夫人能詞

朱晦庵曰：「本朝婦人能詞者，惟李易安、魏夫人二人而已。」黄玉林曰：「李易安、魏夫人，使在衣冠之列，當與秦七、黄九争雄，不徒擅名閨閣也。」古今詞話

李清照永遇樂聲聲慢

李易安元宵永遇樂云：「落日鎔金，暮雲合璧。」詞已自工緻。至於「染柳煙輕，吹梅笛怨，春意知幾許」。氣象更好。後段云：「於今憔悴，風鬟霜鬢，怕是夜間出去。」皆以尋常語度入音律，愈平淡愈精巧。其聲聲慢云：「尋尋覓覓，冷冷清清，淒淒慘慘戚戚。」乃公孫大娘舞劍手，本朝非無能詞之士，從未有一氣下十四個疊字者。後疊又云：「到黄昏點點滴滴。」又使疊字，俱無斧鑿痕。「守著窗兒，獨自怎生得黑」，「黑」字不許第二人押。婦人中有此奇筆，真間氣也。張正夫

李清照醉花陰

李易安作重陽醉花陰詞，寄其夫趙明誠云：「薄霧濃雰愁永晝。瑞腦消金獸。佳節又重陽。寶枕紗廚，半夜涼初透。東籬把酒黄昏後。有暗香盈袖。莫道不銷魂，簾捲西風，人似黄花瘦。」明誠自愧不如，乃忘寢食，三日夜得十五闋，雜易安作以示陸德夫。德夫玩之再三曰：「祇有莫道不銷魂三句絶佳。」正易安作也。嫏嬛記

李清照如夢令

李又有春晚如夢令云：「昨夜雨疏風驟。濃睡不消殘酒。試問捲簾人，却道海棠依舊。知否。知否。應是緑肥紅瘦。」極爲人所膾炙。同上

李清照佳句

前輩稱易安「緑肥紅瘦」爲佳句，余謂「寵柳嬌花」，語亦甚奇俊，前此未有能道之者。花庵詞客

裴按：「寵柳嬌花寒食近，種種惱人天氣」，此易安壺中天詞中句也。

吴淑姬詞不減李清照

吴淑姬嫁士人楊子治，有陽春白雪詞五卷。其詞佳處，不減李易安。同上

詞苑萃編卷之五

品藻三

高宗漁父詞

紹興二十八年，將郊祀，有司以太常樂章篇序次文義未協，請遵真宗、仁宗朝故事，親製祭享樂章，詔從之。自郊社宗廟等共十四章，肆筆而成，睿思雅正，宸文典贍。至於一時閒適寓景而作，則有漁父詞十五章，又清新簡遠，備騷雅之體。其詞有曰：「薄晚烟林淡翠微。江邊秋月已明輝。縱遠柁，適天機。水底閒雲片段飛。」又曰：「青草開時已過船。錦鱗躍去浪痕圓。竹葉酒，柳花氈。有意沙鷗伴我眠。」又曰：「水涵微影淡虛明。小笠輕蓑未要晴。明鏡裏，縠紋生。白鷺飛來空外聲。」觀此數篇，雖古之騷人詞客，老於江湖，擅名一時者，不能企及。廖瑩中江行雜録

趙鼎詞婉媚

趙鼎中興名相，而詞章婉媚，不減花間。其點絳脣云：「夢回鴛帳餘香軟。更無人問，一枕江南恨。」醉桃源云：「青春不與花爲主。花正開時春暮。祇有一尊芳酮。留得青春住。」較花間更饒情思。古今

趙鼎滿江紅

忠簡丁未九月南渡，泊真州作滿江紅詞最佳。其詞曰：「慘結秋陰，西風送、絲絲雨溼。凝望眼，征鴻幾字，暮投沙磧。欲問鄉關何處是，水雲浩蕩連南北。但修眉一抹有無中，遥山色。江上路，天涯客。腸已斷，頭應白。空搔首興歎，暮年離隔。欲待忘憂除是酒，柰酒行有盡愁無極。便輓將，江水入金罍，澆胸臆。」百琲明珠

岳飛小重山

岳侯，忠孝人也。其小重山詞，夢想舊山，悲涼悱惻之至。詞云：「昨夜寒蛩不住鳴。驚回千里夢，已三更。起來獨自繞階行。人悄悄，簾外月朧明。白首爲功名。故山松菊老，阻歸程。欲將心事付瑶箏。知音少，弦斷有誰聽。」古今詞話

葉夢得詞婉麗

葉少藴妙齡詞甚婉麗，晚歲落其華而實之，能於簡淡中時出雄傑，合處不減東坡。關子東

陳與義桂花詞

陳去非，蜀人季常之孫也，爲高宗所眷注。詞品極佳，語意超絶，識者謂可摩坡仙之壘。有桂花詞云：

「黄衫相倚。翠葆層層底。八月江南風日美。弄影山腰水尾。楚人未識孤妍。離騷遺恨千年。無住庵中新夢，一枝喚起幽禪。」詞苑

陳與義臨江仙

張叔夏云：「去非臨江仙一闋，真是自然而然。」其詞云：「憶昔午橋橋上飲，坐中都是豪英。長溝流月去無聲。杏花疏影裏，吹笛到天明。二十餘年成一夢，此身雖在堪驚。閒登小閣眺新晴。古今多少事，漁唱起三更。」清婉奇麗，集中惟此最優。苕溪漁隱

胡銓詞

胡銓以上書論王倫、秦檜，謫吉陽軍，又貶新州。張棣曰：「銓何故未過海。」銓偶爲詞云：「欲駕巾車歸去，有豺狼當轍。」棣卽迎檜意，奏銓怨望。於是送南海編管，流落幾二十年。愁狖飢蛟，濤瀉波詭，有非人世所堪者。壽皇卽位，首復官，卽日召對，留侍經筵。楊萬里稱其騷詞，抉天之幽，泄神之腴，靈均以來，一人而已。宋名臣言行録

張元幹詞

張元幹以送胡銓及寄李綱詞坐罪，皆金縷曲也。元幹以此得名，其送銓詞云：「夢繞神州路。悵秋風連營畫角，故宮禾黍。底事崑崙傾砥柱。九曲黄流亂注。聚萬落、千村狐兔。天意從來高莫問，況人情

易老悲難訴。更南浦，送君去。　涼生岸柳催殘暑。耿斜河、疏星淡月，斷雲微度。萬里江山知何處。回首對牀夜語。雁不到、書成誰與。目盡青天懷今古。肯兒曹恩怨相爾汝。舉大白，聽金縷。」百琲明珠

王庭珪詞

王庭珪送胡銓遠謫，有句曰：「癡兒不解公家事，男子要爲天下奇。」又曰：「百辟動容觀諫草，幾人回首愧朝班。」亦貶辰州。其留別感皇恩云：「無情江水，斷送扁舟何處。」其感舊點絳脣云：「白髮相逢，猶唱當時曲。」皆可歌也。古今詞話

王庭珪上元鼓子詞

王盧溪先生知時事阽危，無宦遊意，學道著書，若將終身焉。壽皇之代，與朱晦庵同以詩人薦。敦召再三，踰年始至。壽皇一見契合，優詔獎之，曰：「粹然純儒。」凜有直節，命直敷文閣。年九十有三。其詩詞格力雅健，興寄高遠，不知其齒之宿也。嘗作上元鼓子詞云：「玉漏春遲，鐵關金鎖星橋夜。暗塵隨馬。明月應無價。　天半朱樓，銀漢波光射。更深也。翠娥如畫。猶在涼檐下。」蓋寄點絳脣云。同上

裴按：王庭珪，廬陵人，登政和八年進士，調衡州茶丞，不就，築草堂於盧溪，因以自號，以送胡銓觸秦檜怒，流夜郎，後召還。

朱熹九日詞

晦庵先生回文詞，幾於家弦户誦矣。其檃括杜牧之九日齊山登高詩，水調歌頭一闋，氣骨豪邁，則俯視辛蘇，音韻諧和，則僕命秦柳，洗盡千古頭巾俗態。詞云：「江水浸雲影，鴻雁欲南飛。攜壺結客何處，空翠渺煙霏。塵世難逢一笑，況有紫萸黄菊，堪插滿頭歸。風景今朝是，身世昔人非。酬佳節，須酩酊，莫相違。人生如寄，何用辛苦怨斜暉。不盡今來古往，多少春花秋月，那更有危機。與問牛山客，何必淚沾衣。」讀書續録

朱翌梅詞

朱新仲南渡後待制填詞，嘗雪中至西湖看梅，作點絳脣詞云：「流水泠泠，斷橋横路梅枝亞。雪花飛下。渾似江南畫。白璧青錢，欲買春無價。歸來也。風吹平野。一點香隨馬。」西湖詠梅者多矣，而不爲琱琢，自然大雅，首推此詞。詞苑

趙師俠詞

趙師俠詞章，摹寫風景，體狀物態，俱極精巧，初不知其得之之易也。其坦庵集中有謁金門詞云：「沙畔路。記得舊時行處。藹藹疏煙迷遠樹。野航横不渡。竹裏疏梅花吐。照眼一川鷗鷺。家在清江江上住。水流愁不去。」師俠，燕王德昭七世孫。尹先之

洪皓梅花引

洪皓爲通問使，途間作梅花引，卽「天涯池館憶江梅。幾枝開。使南來。還帶餘杭春信到燕臺」之詞也。終以忤秦檜謫官，則梅花引何減廣平梅花賦乎。宋名家詞評

吕居仁柳花詞

吕居仁有詠柳花詞云：「柳塘新漲。艇子搖雙槳。閒倚曲闌成悵望。是處春愁一樣。傍人幾點飛花。夕陽又送棲鴉。試問畫樓天畔，暮雲恐近天涯。」蓋清平樂也。

吕居仁小詞工穩

居仁直忤柄臣，深居講道，而小詞乃工穩清潤至此。嘯翁詞評

張掄應制

張材甫，南渡故老，及見太平之盛者。集中多應制詞，如蝶戀花、朝中措、霜天曉角，傑作也。蓮社詞選

朱敦儒西江月

朱希真東都名士，天資曠逸，有神仙風致。西江月二首，可以警世之役役於非望之福者。花庵詞客

朱敦儒賦月

希真賦月詞："插天翠柳，被何人推上，一輪明月。"賦梅詞："横枝消瘦一如無，但空裏疏花數點。"詞意奇絶，似不食煙火人語。張正夫

康與之瑞鶴仙

康伯可有聲樂府，凡中興以來，粉飾治具，及慈寧歸養，兩宫歡集，必假其應制。嘗於上元節進瑞鶴仙云："瑞煙浮禁苑。正絳闕春回，新正方半。冰輪桂華滿。溢花衢歌市，芙蓉開遍。龍樓兩觀。見銀燭、星球光爛。捲珠簾、盡日笙歌，盛集寶釵金釧。堪羡，綺羅叢裏，蘭麝香中，正宜游玩。風柔夜暖，花影亂，笑聲喧。鬧蛾兒、滿路成團打塊，簇著冠兒鬭轉。喜皇都、舊日風光，太平再見。"高宗覽之，極稱賞"風柔夜暖"以下數語，賜金甚厚。花庵詞客

康與之長相思

康伯可長相思詞云："南高峯。北高峯。一片湖光煙靄中。春來愁殺儂。郎意濃。妾意濃。油壁車輕郎馬驄。相逢九里松。"詞意婉約，當與林和靖並佳。詞苑

康與之訴衷情

康與之長安懷古訴衷情云："阿房廢址漢荒邱。狐兔又羣游。豪華盡成春夢，留下古今愁。君莫上、

古原頭。淚難收。夕陽西下，塞雁南來，渭水東流。」如此等詞居然不俗，今有晏叔原，亦不得獨擅。王性之

康李詞同妙

康伯可「人瘦也，比梅花瘦幾分」，與李清照「簾捲西風，人比黄花瘦」同妙。王鳳洲

曾覿詞

曾海野，東都故老，及見中興之盛。嘗侍宴上苑，進阮郎歸詠燕、柳梢青詠柳，一時推重。其奉使舊京，作上西平，重到臨安，作感皇恩，感慨淋漓，甚得大體，人所不及也。花庵詞客

揚无咎詞

揚補之有贈妓周三五詞，調寄明月棹孤舟云：「寶髻雙垂煙縷縷。年紀小、未周三五。壓衆精神，出羣標格，偏向衆中翹楚。　記得譙門初見處。禁不定、亂紅飛去。掌托鞵兒，肩拖裙子，悔不做閒男女。」補之在高宗朝累徵不起，自號清夷長者，而詞之豔如此。古今詞話

阮閱詞

阮閎休贈宜春官妓趙佛奴，寄調洞仙歌云：「趙家姊妹，合在昭陽殿。因甚人間有飛燕。見伊底，盡道獨步江南，便江北，也何曾慣見。　憐伊情性好，不解嗔人，長帶桃花笑時臉。向尊前酒底，見了須歸，

觑恁地、能得幾回細看。待不眨眼兒看著伊，將眨眼工夫，看伊幾遍。」按閎休，建炎初知袁州，卽致仕宦居宜春，著詩話總龜，而詞復排奡協律如此，然已爲元曲開山矣。宜春遺事

曾慥詠梅

曾慥、曾惇，故相之孫，皆以詞章擅名。而端伯編樂府雅詞尤有功詞學，其詠梅調笑令云：「清友。羣芳右。萬縞紛披茲獨秀。天寒月薄黃昏後。縞袂亭亭招手。故山千里雲迷岫，借問如今安否。」古今詩話

趙彥端賦西湖

趙介庵名彥端，宗室之秀，有賦西湖詞「波底夕陽紅溼」。阜陵問誰作，左右云：「彥端。」曰：「我家裏人，也會作此等語。」喜甚。彥端有謁金門詞云：「休相憶。明夜遠如今日。樓外綠煙村冪冪。花飛如許急。柳外晚來船集。波底夕陽紅溼。送盡去雲成獨立。酒醒愁又入。」貴耳集

辛棄疾以詞名

蔡光陷北，辛棄疾以所業謁之。蔡曰：「詩則未也，他日當以詞名。」宋史本傳

辛詞以激揚奮厲爲主

稼軒詞以激揚奮厲爲主，至「寶釵分，桃葉渡」一曲，昵狎温柔，魂銷意盡，才人伎倆，真不可測。沈東江

辛詞橫絶六合

公所作詞大聲鏜鞳，小聲鏗鍧，橫絶六合，掃空萬古。其穠麗綿密者，亦不在小晏、秦郎之下。後村集

辛棄疾負管樂之才

辛稼軒當弱宋末造，負管樂之才，不能盡展其用，一腔忠憤，無處發洩。觀其與陳同父抵掌談論，是何等人物。故其悲歌慷慨抑鬱無聊之氣，一寄之於其詞。今欲與搔首傅粉者比，是豈知稼軒者。黄梨莊

辛詞使用經子百家

詞至稼軒，經子百家，行間筆下，驅策如意。詞苑叢談

辛詞用晉人語

「天氣殊未佳，汝定成行否。寒食近，且住爲佳耳。」此晉無名氏帖中語也。稼軒融化作霜天曉角詞云，「吴頭楚尾。一棹人千里。休説舊愁新恨，長亭樹、今如此。宦遊吾倦矣。玉人留我醉。明日落花寒食，得且住、爲佳爾。」晉人語本入妙，而詞又融化之如此，可謂珠璧相照耳。同上

辛詞以永遇樂爲第一

辛詞當以京口北固懷古永遇樂爲第一。升庵詞話

辛棄疾築偃湖詞

辛稼軒築偃湖詞云：「疊嶂西馳，萬馬回旋，衆山欲東。正驚湍直下，跳珠倒濺，小橋横截，新月初弓，老合投閒，天教多事，檢校長身十萬松。吾廬小，在龍蛇影外，風雨聲中。争先見面重重。看爽氣朝來三四峯。似謝家子弟，衣冠磊落，相如庭户，車騎從容。我覺其間，雄深雅健，如對文章太史公。新隄路，問偃湖何日，煙水濛濛。」説松而及謝家、相如、太史公，自非脱落故常者，未易闖其堂奥。近日作詞者惟説周美成、姜堯章，而以東坡爲詞詩，稼軒爲詞論。此説固當，蓋曲者曲也，固當以委曲爲體。然徒狃於風情婉孌，則亦易厭，回視稼軒所作，自覺豪爽。陳子宏

陳亮水龍吟

陳同父開拓萬古之心胸，推倒一世之豪傑，而作詞乃復幽秀。其水龍吟云：「鬧花深處層樓，畫簾半捲東風軟。春歸翠陌，平沙茸嫩，緑楊金淺。遲日催花，淡雲閣雨，輕寒輕暖。恨芳菲世界，遊人未賞，都付與，鶯和燕。寂寞憑高念遠。向南樓一聲歸雁。金釵鬬草，青絲勒馬，風流雲散。羅綬分香，翠綃封淚，幾多幽怨。正銷凝，又是疏簾淡月，子規聲斷。」詞苑

陳亮虞美人

「東風蕩漾輕雲縷。時送瀟瀟雨。水邊臺榭燕新歸。一點香泥溼帶落花飛。海棠糝徑鋪香繡。依

舊成春瘦。黄昏庭院柳啼鴉。記得那人和月折梅花。」蓋虞美人詞也。陳龍川好談天下大略，以氣節自居，而詞亦疏宕有致。周草窗

劉過詞多壯語

改之，稼軒之客，詞多壯語，蓋學稼軒者也。花庵詞客

劉過詞淡逸有思致

劉改之造詞淡逸有思致，沁園春二首，尤纖刻奇麗可愛。陶南村

張孝祥六州歌頭

張孝祥紫微雅詞，湯衡稱其平昔未嘗著稿，筆酣興健，頃刻即成，却無一字無來處。一日，在建康留守席上，作六州歌頭，張魏公讀之，罷席而入。朝野遺事

張孝祥賦洞庭

張于湖有英姿奇氣，著之湖湘間，未爲不遇。洞庭所賦，在集中最爲傑特。方其吸江酌斗，賓客萬象，詎知世間有紫微青瑣哉。魏了翁

裴案：于湖曾爲湖南、湖北安撫使。

王十朋詠荼䕷

王十朋以忠諫著稱，與胡淡庵同爲孝宗所拔。其梅溪集中有詠荼䕷詞云：「野態芳姿，枝頭占得春長久。怕鈎衣袖。不放攀花手。試問東風，花似當時否。還依舊。謫仙去後。風月今誰有。」蓋點絳脣也。詞苑

真德秀詠紅梅

真德秀詠紅梅詞云：「兩岸月橋花半吐。紅透肌香，暗把遊人誤。盡道武陵溪上路。不知迷入江南去。先是冰霜真態度。何事枝頭，點點臙脂涴。莫是東君嫌淡素。問花花又嬌無語。」蓋蝶戀花也。作大學衍義人，又有此等詞筆。宋名臣詞評

楊萬里詞有奇致

楊萬里不特詩有別才，卽詞亦有奇致。其好事近云：「月未到誠齋，先到萬花川谷。不是誠齋無月，隔一庭修竹。如今纔是十三夜，月色已如玉。未是秋光奇絶，看十五十六。」昔人謂東坡詞是曲子中縛不住者，廷秀詞又何多讓。乃知有氣節人，筆墨自然不同。續清言

尤袤詠落梅

尤袤潛心理蘊，所著梁溪集長短句尤工。其詠落梅瑞鷓鴣云：「清溪西畔小橋東。落月紛紛水映空。

五夜客愁花片裏，一年春事角聲中。歌殘玉樹人何在，舞破山香曲未終。却憶孤山醉歸路，馬蹄香雪襯東風。」同上

周文璞詩詞奇怪

周文璞詩詞奇怪，人以方李賀。有鍾山詩云：「往在秦淮問六朝。江南只有女吹簫。昭陽太極無行路，幾歲鵝黃上柳條。」又言花間集，祇得「絲雨溼流光」五字微妙。其題酒家壁詞云：「還了酒家錢。便好安眠。大槐宮裏著貂蟬。行到江南知是夢，雪壓漁船。盤薄古梅邊。也是前緣。鵝黃雪白又醒然。一事最奇君記取，明日新年。」詞旨飄逸，迥出塵表。詞苑

陸游詞

陸務觀，農師之孫，有詩名，恃酒頹放，因自號放翁。作詞云：「橋如虹。水如空。一葉飄然煙雨中。天教稱放翁。」晚年和平粹美，有中原承平時氣象，朱文公稱美之。鶴林玉露

陸游鵲橋仙

放翁詞纖麗處似淮海，雄快處似東坡。其感舊鵲橋仙一首：「華燈縱博，雕鞍馳射，誰記當年豪舉。酒徒一半取封侯，獨去作、江邊漁父。輕舟八尺，低篷三扇，占斷蘋洲烟雨。鏡湖元自屬閒人，又何必、官家賜與。」英氣可掬，流落亦可惜矣。同上

陸游詞有去國懷鄉之感

放翁呈范至能待制雙頭蓮末句云：「空悵望鱠美菰香，秋風又起。」又夜聞杜鵑鵲橋仙末句云：「故山猶自不堪聽，況半世、飄然羈旅。」去國懷鄉之感，觸緒紛來，讀之令人於邑。詞統

杜氏一門之盛

葉正則贈杜幼安詩有「杜子五兄弟，才名不相下」之語。蓋伯高早登東萊之門，其詞如奔風逸足，而鳴以和鸞。仲高麗句如「半落半開花有恨，一晴一雨春無力」，令人眼動。叔高戈矛森立，有呑虎食牛之氣。季高、幼高後先輝映。非獨一門之盛，可謂一時之豪。陳同甫

劉仙倫詞

劉仙倫有招山詩集，其樂章尤爲人所膾炙。花庵詞客

岳珂佳句

岳倦翁登北固亭賦祝英臺近，其末句云：「倚樓休弄新聲，重城門掩，歷歷數西州更點。」真佳句也。玉楮集評

汪莘詞似坡公

嘉定中求直言，汪莘三上書，不報，爲楊慈湖、朱晦庵、真西山所歎服。築室柳溪，自號方壺居士，其柳塘長短句似坡公，不受音律束縛。孫山甫

汪莘杏花天

「美人家在江南住。每惆悵、江南日暮。白蘋洲畔花無數。還憶瀟湘風度。猶恐是、斷腸無處。怎強作、鶯聲燕語。東風占斷秦箏住。也逐落花歸去。」汪叔耕杏花天詞也。叔耕詞蘊霞箋玉滴之奇，而憂深思遠，未易遽班之賀白也。程珌

劉圻父詠山泉

劉圻父早登朱晦庵之門，劉後村嘗序其詞。其詠山泉云：「靜坐時看松鼠飲，醉眠不礙山禽浴。」是真得山泉之興趣者。古今詞話

陸淞瑞鶴仙

從來文之所在，不必名之所在。如陸雪窗名不甚著，其瑞鶴仙春情末云：「待歸來，先指花梢教看，却把心期細問。問因循過了青春，怎生意穩。」迷離婉妮，幾在周、秦之上。詞苑

姜夔詞精妙

姜白石詩家名流，詞尤精妙，不減清真樂府。其間高處有美成所不能及者。善吹簫，多自製曲，初則率意爲長短句，既成，乃按以律呂，無不協者。詞品

姜夔詞奇妙

白石詞有裁雲縫月之妙手，敲金戛玉之奇聲。范石湖

姜夔詞家申韓

白石，詞家之申韓也。趙子固

姜夔暗香疏影爲絶唱

詞之賦梅，惟白石暗香、疏影二曲，前無古人，後無來者，自立新意，真爲絶唱。詞源

姜夔句法奇麗

石帚過苕霅云：「拂雪金鞭，欺寒茸帽，嘗記章臺走馬。雁磧沙平，漁汀人散，老去不堪遊冶。」人日詞云：「池面冰膠，牆腰雪老，雲意還又沈沈。朱户黏雞，金盤簇燕，空歎時序侵尋。」湘月詞云：「中流容與，畫橈不點清鏡。」從柳州「綠净不可唾」之語翻出。戲張平甫納妾云：「別母情懷，隨郎滋味，桃葉渡

江時。」翠樓吟云：「檻曲縈紅，檐牙飛翠。酒祓清愁，花消英氣。」法曲獻仙音云：「過秋風未成歸計，重見冷楓紅舞。」玲瓏四犯云：「輕盈喚馬，端正窺户。酒醒明月下，夢逐潮聲去。」句法奇麗，其腔皆自度者。詞品

姜夔蟋蟀詞

白石齊天樂蟋蟀詞，全章皆精粹，所詠瞭然在目，且不留滯於物。詞源

姜夔詞如野雲孤飛

白石詞如野雲孤飛，去留無跡，不惟清虚，又復騷雅，歌之使人神觀飛越。同上

姜得周詞筆意

美成應天長慢空淡深遠，石帚專得此種筆意，遂於詞家另開宗派。如「條風布暖」句，至石帚皆淘洗盡矣。然淵源相沿，是一祖一禰也。詞潔

姜夔出人頭地

意欲靈動，不欲晦澀。語欲穩秀，不欲纖佻。人工勝則天趣減，梅溪、夢窗，自不能不讓白石出一頭地。同上

姜夔詞生香真色

張三影醉落魄詞，有「生香真色人難學」之句。予謂「生香真色」四字，可以移評石帚之詞。同上

高觀國精於詠物

高觀國精於詠物，竹屋癡語中最佳者，有御街行詠轎、詠簾，賀新郎詠梅，解連環詠柳，祝英臺近詠荷，少年游詠草。皆工而入逸，婉而多風。古今詞話

高觀國懷梅溪詞

高竹屋有中秋夜懷史梅溪齊天樂詞，即「晚雲知有關山念」一闋也。徘回宛轉，交情如見。姜白石

史達祖詞情詞俱到

史達祖詞纖綃泉底，去塵眼中，妥帖輕圓，情詞俱到。有瓌奇警邁清新閒婉之長，而無訑蕩汙淫之失。端可分鑣清真，平睨方回。張功甫

史詞奇秀清逸

姜堯章謂邦卿之詞奇秀清逸，有李長吉之韻，蓋能融情景於一家，會句意於兩得者。其「做冷欺花，將煙困柳」一闋，將春雨神色拈出。「飄然快拂花梢，翠尾分開紅影」，又將春燕形神畫出矣。姜亦當時名

手，而推服之如此。詞品

吴文英詞

吴夢窗名文英，字君特，四明人。尹惟曉序其集云：「求詞於我宋，前有清真，後有夢窗，此非煥之言，四海之公言也。」同上

吴文英詞不質實

吴夢窗唐多令詞云：「何處合成愁。離人心上秋。縱芭蕉不雨也颼颼。都道晚涼天氣好，有明月，怕登樓。　年事夢中休。花空煙水流。燕辭歸、客尚淹留。垂柳不縈裙帶住，漫長是，繫行舟。」及倦尋芳之「不約舟移楊柳繫，有緣人映桃花見」，高陽臺之「南樓不恨吹横笛，恨曉風，千里關山」，最爲疏快不質實。詞源

吴文英珍珠簾詞

夢窗珍珠簾詞，用筆拗折，不使一猶人字，雖極琱嵌，復有靈氣行乎其間。今之治詞者，高手知師法姜、史。夢窗一種，未見有取塗涉津者，亦斯道中之廣陵散也。詞潔

蔣捷竹山詞

昔人評詞，盛稱李氏、晏氏父子，及耆卿、子野、少游、子瞻、美成、堯章止矣。蔣勝欲泯焉無聞。今讀竹山詞一卷，語語纖巧，真世説靡也。字字妍倩，真六朝隃也。豈其稍劣於諸公。卽或讀招魂詞，謂其磊落橫放，與辛幼安同調，其殆以一斑而失全豹矣。汲古閣詞跋

查荎詞

傷離念遠之詞，無如查荎「斜陽影裏，寒煙明處，雙槳去悠悠」，令人不能爲懷。詞筌

張輯謁金門

張宗瑞樂府一卷，名東澤綺語債，其詞皆倚舊腔而别立新名。草堂選其「疏簾淡月」一篇，卽桂枝香也。余尤愛其垂楊碧一篇，卽謁金門。其詞曰：「花半溼。睡起一窗晴色。千里江南空咫尺。醉中歸夢直。　前度蘭舟送客。雙鯉沉沉消息。樓外垂楊如許碧。問春來幾日。」詞品

張輯疏簾淡月

東澤疏簾淡月云：「悠悠歲月天涯醉。一分秋，一分憔悴。」又云：「落葉秋風，吹老幾番塵世。」又念奴嬌：「算只藕花知我意，猶把紅芳留客。」皆警句也。詞旨

嚴仁詞

嚴次山清江欸乃集，極爲詞家所重。玉樓春之春怨，鷓鴣天之别情，緑頭鴨之記恨，金縷曲之送春，無

不入選。而吾獨愛其「看黏雲、江影傷千古，流不去，斷魂處」，自是才人創句。草堂詞評

嚴仁詞能道閨閣之趣

次山詞，極能道閨閣之趣。黄花庵

裴按：次山名仁，與同族嚴參、嚴羽，稱邵武三嚴。

謝懋詞

静寄居士謝勉仲有聲樂府，吴伯明稱其片言隻字，戛玉鏗金，蘊藉風流，爲世所貴。其七夕鵲橋仙一詞入草堂選，即「鉤簾借月，染雲爲幌」是也。若「餘酲未解扶頭懶，屏裏瀟湘夢遠」，亦的的奇句。詞品

吴禮之詞

吴禮之順受老人詞久著名，其雨中花慢及醜奴兒長調，皆能以尋常語言爲極透脱文字。鄭國輔

鄭域詞

鄭中卿號松窗，嘗隨張貴謨使北，著燕谷剽聞二卷，紀事甚詳。小詞亦清醒可喜。如昭君怨詠梅云：「道是花來春未。道是雪來香異。水外一枝斜。野人家。　冷淡竹籬茅舍。富貴玉堂瓊樹。兩地不同栽。一般開。」與比甚佳。麗情云：「合是一雙釵燕，却成兩鏡孤鸞。」樂府多傳之。詞品

姚寬詞

姚令威家於西溪，擅山水之勝，故號西溪，亦以名其集。其閨詞云：「酒面撲春風，淚眼零秋雨。」秋思云：「採菱渡口日將斜，飛鴻樓上人空立。」足以見其概矣。古今詞話

劉克莊妙語悟語

「貪與蕭郎眉語，不知錯舞伊州」，妙語也。「除是無身方了，有身常有閒愁」，悟語也。皆後村句。同上

劉鎮詞

隨如百詠，麗不至褻，新能化陳。周、柳、辛、陸之能事，庶乎近之。劉後村

裴按：劉鎮，字叔安，南海人。嘉泰二年進士，自號隨如子，著有隨如百詠。

馮艾子詞

馮雙溪與黄玉林互相標榜，其子偉壽，字艾子，精於律吕，詞多自製腔。草堂選其「春風惡劣，把數枝香錦，和鶯吹折」一首。又有自度春風嫋娜詞，殊有前宋秦、晁風豔，比之晚宋，酸餡味教督氣不侔矣。古今詞話

周密詞

蘋洲漁笛譜中玲瓏四犯詞，乃戲調夢窗作也。後闋云：「憑問柳陌情人，比似垂楊誰瘦。」其拜星月乃春暮寄夢窗作也。後闋云：「蕩歸心，已過江南岸，清宵夢，遠逐飛花亂。」又有玉漏遲題夢窗霜花腴詞集全闋，更覺纏綿深至，可泣可歌。宋名家詞評

陳允平詞

詞欲雅而正，志之所至，詞亦至焉。一爲物所役，則失其雅正之音。近日惟陳西麓日湖漁唱頗有佳者。張玉田

黄昇詞

黄玉林早棄制科，雅意吟詠，閣學游受齋稱其詞如晴空冰柱。閩帥樓秋房聞其與魏菊莊爲友，以泉石清士目之。胡德方

裴按：黄昇一作昃，或作曻，字叔暘，有絶妙詞選二十卷自著有散花庵詞一卷。

張炎詞與姜夔相鼓吹

山中白雲詞意度超元，律呂協洽，當與白石老仙相鼓吹。仇山村

張炎詞有周邦彥雅麗之思

玉田詩有姜堯章深婉之風，詞有周清真雅麗之思，畫有趙子固瀟灑之意。舒閬風

張炎詠春水孤雁

樂笑翁張炎詞，如「荒橋斷浦，柳陰撑出漁舟小」，賦春水入畫。其詠孤雁云：「自顧影，欲下寒塘，正沙淨草枯，水平天遠。寫不成書，祇寄得相思一點。」如此等語，雖丹青難畫矣。草窗詞選

張春水

叔夏春水一詞，絶唱今古，人以張春水目之。鄧牧伯牙琴

張炎詞爲湖山生色

吾識張循王孫玉田先輩，喜其三十年汗漫南北數千里，一片空狂懷抱，日日化雨爲醉。自仰攀姜堯章、史邦卿、盧蒲江、吳夢窗諸名勝，互相鼓吹春聲於繁華世界，飄飄徵情，節節弄拍。嘲明月以謔樂，賣落花而陪笑。能令後三十年，西湖錦繡山水，猶生清響。鄭所南

張炎悼碧山詞

叔夏瑣窗寒自序云：「王碧山又號中仙，越人也。其詩清峭，其詞閒雅，有姜白石意趣，今絶響矣，因作

以此悼之。」其前段云：「斷碧分山，空簾到月，故人天外。香留酒䌸，蝴蝶一生花裏。想如今愁魂正遠，夜臺夢語秋聲碎。自中仙去後，詞箋賦筆，更無清致。」其推碧山至矣。然如此等詞，其清致不更勝碧山耶。宋名家詞

張炎詞爲杜詩韓筆

張叔夏臺城路自序云：「歲庚辰，會江蘭坡於薊北，恍然如夢，回憶舊遊，已十八年矣。」其起句云：「十年舊事翻如夢，重逢可憐俱老。水國春空，山城日晚，無語相看一笑。」如此等詞，卽以爲杜詩、韓筆可也。豈止極填詞之能事。同上

張炎與姜夔並有中原

美成如杜，白石兼王、孟、韋、柳之長，與白石並有中原者，後起之玉田也。詞潔

張炎探春慢

白石老仙後，衹有玉田與之並立。探春慢二詞，工力悉敵。試掩姓氏觀之，不辨孰爲堯章，孰爲叔夏。同上

翁元龍詞

時可之作，如絮浮水，如荷溼露，縈旋流轉，似黏非著。杜成之

裴按：翁元龍，字時可，號處靜，句章人。

楊纘守歲詞

守歲之詞雖多，極難其選。獨楊守齋一枝春最爲近世所稱。其詞云：「竹爆驚春近，喧闐夜起，千門簫鼓。流蘇帳暖，翠鼎緩騰香霧。停杯未舉。柰剛要送年新句。應自賞、歌清字圓，未誇上林鶯語。從他歲窮日暮。縱閒愁，怎減劉郎風度。屠蘇辦了，迤邐柳欺梅妒。宮壺未曉，早驕馬繡車盈路。還又把、月夕花朝，自今細數。」宋名家詞評

馬莊父詞

建安馬古洲，有經學，多論著，塡詞其餘事也。草堂選其春遊歸朝歡一首。餘如月華清云：「悵望月中仙桂。問竊藥佳人，與誰同歲。」賀聖朝云：「遊人不知返。被子規呼轉。」阮郎歸云：「三三兩兩叫船兒。人歸春也歸。」俱駘蕩清快，別有旨趣。元夕詞云：「玉梅對妝雪柳，鬧蛾兒象生嬌顫。」更可考見杭都節物。同上

裴按：馬莊父，字子嚴，建安人，自號古洲居士，官岳陽守。

施岳詠茉莉

茉莉，嶺表所産，古今詠者無多，朱晦庵有二絶句，葉道卿題一小詞，獨施仲山「小蓮冰潔」四字，摹狀最佳。周草窗

魏了翁壽詞

魏了翁道學宗派，與真西山齊名，詞不作豔語，有長短句一卷，皆壽詞也。菩薩蠻壽江倅云：「東窗五老峯前月。南窗九疊坡前雪。推出侍郎山。著君窗户間。　離騷鄉裏住。却説庚寅度。挹取芷蘭芳。酌君千歲觴。」又鷓鴣天壽范靖州云：「誰把璿璣運化工。參旗又掛玉梅東。三三律琯聲餘亥，九九元經卦起中。」又，水調歌頭云：「玉圍腰，金繫肘，繡籠鞍。」宋代壽詞，無有過之者。詞品

文天祥念奴嬌

文文山驛中與友人言别，賦百字令，氣衝牛斗，無一毫委靡之色。其詞曰：「水天空闊，恨東風不借，世間英物。蜀鳥吴花殘照裏，忍見荒城頽壁。銅雀春情，金人秋淚，此恨憑誰雪。堂堂劍氣，斗牛空認奇傑。　那信江海餘生，南行萬里，送扁舟齊發。正爲鷗盟留醉眼，細看濤生雲滅。睨柱吞嬴，回旗走懿，千古衝冠髮。伴人無寐，秦淮應是孤月。」陳臥子

鄧光薦賣花聲

中齋有賣花聲詞曰：「夢斷古臺城。月淡潮平。便須攜酒至新亭。不見當時王謝宅，煙草青青。」其懷君憶舊，情見乎詞矣。雲舟脞語

裴按：鄧光薦，號中齋，信國公之客也，宋亡以義行著。

劉辰翁寶鼎現

劉辰翁作寶鼎現詞，時爲大德元年，自題曰丁酉元夕，亦義熙舊人衹書甲子之意。其詞有云：「父老猶記宣和事，抱銅仙、清淚如水。」又云：「腸斷竹馬兒童，空見三千樂指。」又云：「向燈前擁髻，暗滴鮫珠墜。便當日親見霓裳，天上人間夢裏。」反反覆覆，字字悲咽，真孤竹彭澤之流。張孟浩

劉辰翁大酺

須溪大酺詞後闋云：「休回首，都門路。幾番行晚，個個阿嬌深貯。而今斷煙細雨。」說春寒至此，大有深味。蘭陵王首句云：「送春去，春去人間無路。」九字悲絕。換頭云：「春去最誰苦，但箭雁沈邊，梁燕無主。杜鵑聲裏長門暮。」此四字淒清，何減夜猿。後段云：「春去尚來否。正江令恨別，庾信愁賦。蘇堤盡日風和雨。歎神遊故國，花看前度。人生流落，顧孺子，共夜語。」其詞悠揚悱惻，卽以爲小雅楚騷可也，填詞云乎哉。卓人月

石孝友西湖多麗

石次仲西湖多麗一曲云：「晚山青。一川雲樹冥冥。正參差，煙凝紫翠，斜陽畫出南屏。館娃歸，吳臺遊鹿。銅仙去，漢苑飛螢。懷古情多，凭高望極，且將尊酒慰漂零。自湖上愛梅仙遠，鶴夢幾時醒。空留在，六橋花柳，孤嶼危亭。待蘇堤歌聲散盡，更須携伎西泠。藕花深，雨凉翡翠，菰蒲軟，風弄蜻蜓。澄碧生秋，鬧紅駐景，采菱新唱最堪聽。一片水天無際，漁火兩三星。多情月，爲人留照，未過前汀。」次仲詞在宋未著名，而清奇宕麗如此。宋之填詞爲一代獨藝，亦猶晉之字，唐之詩，不必名家而皆奇也。詞品（案此爲張翥詞）

曹良史詞

曹君良史，錢塘人。衣冠佳盛，湖傲山酣，則有咸淳詩摘。兵火變遷，江淮奔走，則有梅南詩摘。至於鏤冰詞摘，則以詩之餘演爲雕刻流麗之作。以至寶丹之字，桐生窠臼之文法，寄於少游、美成之聲調。方回桐江集跋

唐珏詞

唐玉潛與林景熙同爲採藥之行，潛葬諸陵骨，樹以冬青，世人高其義烈。而詠蓴、詠蓮、詠蟬諸作，巧奪天工，亦宋人所未有。陳卧子

李五松詠白蓮

李五松詠白蓮詞，與唐菊山同一妙手。王鳳洲

上元鷓鴣天

上元鷓鴣天詞十五首，備述宣政之盛，非想像者所能道，不知何人所作，當與夢華録並行也。蘆浦筆記

海璠子詞

東坡水調歌「明月幾時有」一詞，畫家大斧皴，書家擘窠體也。後有海璠子一詞，足與匹敵。起句云：「一葉飛何處，天地起西風。」卒章云：「鐵笛一聲曉，唤起五湖龍。」此豈胸中有煙火，筆下有纖塵者所能彷彿其一二耶。詞統

鄭文妻詞

太學服膺齋上舍鄭文，秀州人。其妻寄以憶秦娥云：「花深深。一鈎羅韈行花陰。行花陰。閒將柳帶，試結同心。日邊消息空沉沉。畫眉樓上愁登臨。愁登臨。海棠開後，望到如今。」此詞爲同舍所見，一時傳播，酒樓妓館皆歌之。古杭雜記

詞苑萃編卷之六

品藻四

金章宗詠聚骨扇

金章宗喜文學，善書畫。聞宋徽宗以蘇合油煙爲墨，命購得之，墨一兩，價黄金一斤。嘗有蝶戀花詞詠聚骨扇云：「幾股湘江龍骨瘦。巧樣翻騰，疊作湘波皺。金縷小鈿花草鬭。翠條更結同心扣。　金殿珠簾閒永晝。一握清風，暫喜懷中透。忽聽傳宣須急奏。輕輕褪入香羅袖。」詞苑

李妃有梳妝臺樂府

章宗喜翰墨，聽朝之暇，即與李宸妃登梳妝臺評品書畫，臨玩景物，得句輒自書之。李妃亦有梳妝臺樂府，不傳於世，亦閨幨中間氣所鍾也。如庵小稿

完顏亮鵲橋仙昭君怨

金主亮亦能詞，其待月鵲橋仙云：「停杯不舉，停歌不發，等候銀蟾出海。不知何處片雲來，做許大、通天障礙。　虬髯撚斷，星眸睜裂，惟恨劍鋒不快。一揮截斷紫雲腰，仔細看嫦娥體態。」俚而實豪。其詠

雪昭君怨云：「昨日樵村漁浦。今日瓊川銀渚。山色捲簾看，老峯巒。　錦帳美人貪睡。不覺天孫翦水。驚問是楊花，是蘆花。」則又詭而有致矣。藝苑雌黄

完顏璹如庵小稿

密國公完顏璹，宗室之才雋。明昌中，禁諸王不得與外人交，故能窮日力於書，而一時文士亦時至其門，藏書甚富，與中秘等。其如庵小稿有臨江仙、青玉案，可歌也。金史論畧

吳激賦春從天上來

吳彥高在會寧府遇一老姬善琵琶者，自言故宋梨園舊籍。彥高對之淒然，爲賦春從天上來。詞云：「海角飄零。歎漢苑秦宫，墜露飛螢。夢回天上，金屋銀屏。歌吹競舉青冥。問當時遺譜，有絶藝、鼓瑟湘靈。促哀彈，似林鶯嚦嚦，山溜泠泠。　梨園太平樂府，醉幾度春風，鬢髮星星。舞徹中原，塵飛滄海，風雪萬里龍庭。寫清笳幽怨，人憔悴、不似丹青。酒微醒。一軒涼月，燈火青熒。」寧宗慶元間，三山鄭中卿隨張貴謨出使北地，聞有歌之者，歸而述之。元遺山曰：「曾見王防禦公玉説，此詞句句用琵琶故實，引據甚明，惜不能記憶矣。」古今詞話

劉迎烏夜啼

元遺山集金人詞爲中州樂府，頗多深裘大馬之風，惟劉迎烏夜啼最佳。詞云：「離恨遠縈楊柳，夢魂長

遶梨花。青衫記得章臺月，歸路玉鞭斜。翠鏡啼痕印袖，紅牆醉墨籠紗。相逢不盡平生事，春思入琵琶。」「菱鑑玉篦秋月，蕙爐銀葉朝雲。宿酲人困屏山夢，煙樹小江村。翠甲未消蘭恨，粉香不斷梅魂。離愁分付殘春雨，花外泣黄昏。」予觀謝無逸南柯子後半云：「金鴨香凝袖，銅荷燭影紗。鳳蟠宮錦小屏遮。夜静寒生，春笥理琵琶。」風調彷彿，才人之見，殆無分於南北也。詞苑

趙秉文和東坡赤壁詞

趙閒閒，名秉文，金正大間人，善書法，有辭藻。嘗見擘窠書自作和東坡赤壁詞，雄壯震動，有渴驥怒猊之勢。元好問爲之題跋，而詞亦壯偉不羈。視大江東去，信在伯仲間，可謂詞翰兩絶者。詞曰：「清光一片，問蒼蒼桂影，其中何物。一葉輕舟波萬頃，四顧粘天無壁。叩枻長歌，姮娥欲下，萬里揮冰雪。京塵十丈，可能容此人傑。回首赤壁磯邊，騎鯨人去，幾度山花發。淡淡長空千古夢，祇有歸鴻明滅。我欲乘雲，從公歸去，散此麒麟髮。三山安在，玉簫吹斷明月。」詞苑叢談

鄧千江望海潮

金人樂府稱鄧千江望海潮爲第一。其詞云：「雲雷天塹，金湯地險，名藩自古臯蘭。營屯繡錯，山形米聚，襟喉百二秦關。鏖戰血猶殷。見陣雲冷落，時有鵰盤。静塞樓頭曉月，依舊玉弓彎。看看，定遠西還，有元戎閫令，上將齋壇。區脱晝空，兜鈐夕解，甘泉又報平安。吹笛虎牙閒。且宴陪珠履，歌按雲鬟。招取英靈毅魄，長遶賀蘭山。」此詞全步驟沈公述上王君貺一首，而繁縟雄壯，何啻十倍過之，不

止出藍已也。詞品

吳蔡體

金九主百一十八年間，獨蔡松年丞相樂府與吳彥高東山樂府，膾炙藝林，推爲吳蔡體。松年尉遲杯有「夢似花飛，人歸月冷，一夜小山新怨」之句。其子珪，字正甫，卽蕭眞卿所謂金源文派斷以蔡正甫爲宗者。乃其樂府僅見一江城子，附蕭閒公集後，何文人之詞闕如也。竹坡叢話

党懷英竹谿詞

党懷英少同辛幼安師事蔡丞相伯堅，筮仕決以蓍，辛得離南歸，党得坎遂留事金，有竹谿詞。其青玉案詠茶云：「紅莎綠蒻春風餅。趁梅驛，來雲嶺。紫桂巖空瓊液冷。佳人却恨，等閒分破，縹緲雙團影。一甌月露心魂醒。更送清歌助清興。痛飲休辭今夜永。與君洗盡，滿襟煩暑，別作高寒境。」與黃魯直「口不能言，心下快活自省」，雅俗自覺霄壤。中州樂府

王庭筠高憲好賦梅花引

王庭筠，字子端，讀書黃華山寺，好賦梅花引。高憲，字仲常，庭筠之甥，有舅氏風，亦好賦梅花引，後改名貧也樂。詞統

王予可詩詞

王予可，字南雲，本軍校子，南渡後居郾城。麻九疇知幾、張數伯玉與之游甚狎。年三十餘，大病後忽能作詩文，與之紙，輒書數百言，散漫無首尾，遇宋諱亦時避之。詢以故實，其應如響，稍有條貫，隨以誕幻語亂之。嘗賦射虎詩，首句云：「風色偃貂裘。」即擲筆云：「此虎來矣。」其宮詞云：「翠雀啄晴苔。」醉後句云：「一壺天地醒眠小。」樂府句云：「唾尖絨舌淡紅甜。」詞意雋上，無塵俗氣。時李子遷贈以詩云：「石鼎夜聯詩筆健，布囊春醉酒錢粗。」亡後復有見之淮上者，或云忠義神仙也。中州樂府

王予可生查子

王予可，明昌時人，或傳其仙去，事不可知。其生查子云：「夜色静明河，風好來千里。水殿謫仙人，皓齒清歌起。　前聲金罍中，後調銀河底。一夜嶺頭雲，遶遍樓前水。」詞之高妙飄逸如此，固謫仙之流亞也。詞品

王正之别内

王正之喜遷鶯，爲别内作也。詞云：「東樓歡宴。記遺簪綺席，題詩紈扇。月枕雙欹，雲窗同夢，相伴小花深院。舊歡頓成陳迹，翻作一番新怨。素秋晚。聽陽關三疊，一尊相餞。　留戀。情繾綣。紅淚洗妝，雨濕梨花面。雁足闕河，馬頭星月，西去一程程遠。但願此心如舊，天也不違人願。再相見。把生

涯分付，藥爐經卷。」纏綿悽惋，殊令人不能爲懷。堯山堂外紀

二段詞

段克己漁家傲云：「樓外垂楊千萬縷。風落絮。闌干倚遍空無語。」段成己大江東去云：「籬菊將開，林醪初熟，且住爲佳耳。笑言相答，個中吏隱無愧。」二段幼有才名，趙尚書秉文識諸童時，目之曰二妙，大書「雙飛」二字名其里。兄弟俱第進士，入元後皆不仕，時人目爲儒林標榜。古今詞話

金詞與蘇辛相頡頏

近世所謂大曲，在金則吳彥高春草碧、蔡伯堅石州慢、元遺山買陂塘、鄧千江望海潮，堪與蘇子瞻念奴嬌、辛幼安摸魚兒相頡頏。陶南村

元武臣能詞

張弘範圍襄陽日，賦鷓鴣天詞，多誇大之語。其臨江仙有云：「紫簫明月底，翠袖暮雲寒。」風調不減晏小山，可知元之武臣亦有能詞者。古今詞話

許衡滿江紅

許衡別大名親舊滿江紅云：「河上徘徊，未分袂、孤懷先怯。中年後，此般憔悴，怎禁離別。淚苦滴成襟畔濕，愁多擁就心頭結。倚東風、搔首漫無聊，情難說。黃卷在，消白日。青鏡裏，增華髮。念歲寒

交友，故山煙月。虛負人生歸去好，誰知美事難雙得。計從今、佳會幾何時。長相憶。」此被召時作也。又嘗自言曰：「生平爲虛名所累，不能辭官。」其心亦可哀矣。同上

劉秉忠乾荷葉

劉秉忠乾荷葉曲云：「乾荷葉，色蒼蒼。老柄風搖蕩。減清香。越添黃。都因昨夜一番霜。寂寞秋江上。」此秉忠自度曲，曲名乾荷葉，卽詠乾荷葉，猶是唐詞之意也。又一首弔南宋云：「南高峯。北高峯。慘淡煙霞洞。宋高宗。一場空。吳山依舊酒旗風。兩度江南夢。」此借腔別詠，後世詞例也。秉忠助元亡宋，而其弔惜之詞，感慨悽惻如此，豈其中亦有不得已者邪。楊升庵

元公卿間倡酬

程鉅夫有壽燕公南摸魚兒云：「記江梅向來輕別，相逢今又平楚。東風小試南枝暖，早已千林煙雨。春幾許。向五老仙家，移下瓊瑤樹。溪橋驛路。更月曉堤沙，霜寒野水，疏影自容與。平生事，幾度含章殿宇。隔花么鳳能語。苔枝夭嬌蒼龍瘦，誰把冰鬚細數。千萬縷。簇一點芳心，待與和羹去。移宮換羽。且顧曲傳觴，主人花下，今日慶初度。」蓋五峯生日在梅花時，故通首皆影借梅花故事也。燕亦有和韻答程雪樓見壽云：「又浮生、平頭六十，登樓悵望荆楚。出山小草成何事，閒却竹煙松雨。空自許。早飄落江潭，一似瑯琊樹。蒼蒼天路。漫伏櫪心長，銜蘆志短，歲晏欲誰與。梅花賦。飛墮高寒玉宇。鐵腸還解情語。英雄操與君侯耳，過眼羣兒誰數。霜鬢縷。祇夢聽枝頭，翡翠催歸去。清觴飛羽。

且細酌盱泉，酣歌郢雪，風致美無度。」按摸魚兒樂府大曲，元之公卿間用以倡酬如此。詞苑

王惲賦春從天上來

王翰林惲，字仲謀，仕元日，亦效吴彦高賦故人春從天上來詞，不引用故實而濃宕可喜。詞云：「羅綺深宫。記紫袖雙垂，當日昭容。錦封香重。彤管春融。帝座一點雲紅。正臺門事簡，更捷奏、清晝相同。聽鈞天，侍瀛池内宴，長樂歌鐘。　回頭五雲雙闕，恍天上繁華，玉殿珠櫳。白髮歸來，昆明灰冷，十年一夢無踪。寫杜娘哀怨，和淚點、彈與孤鴻。淡長空。看五陵何似，無樹秋風。」樂府紀聞

陳剛中太常引

天台陳剛中，曾爲僧以避世變，至元中獻大一統賦，得官奉使安南。有詩云：「老母越南垂白髮，病妻塞北倚黄昏。」所著交州集一卷，皆誌風土之異。端陽日，當母誕不得歸，作太常引詞云：「緑絲堂上簇蘭麴。記生母，在今朝。無地捧金蕉。奈煙水、龍沙路遥。」又云：「短衣孤劍客乾坤。奈無策，報親恩。三載隔晨昏。更疏雨、寒燈斷魂。」至今讀之，猶令人如見青衫淚痕也。堯山堂外紀

梁貢父西湖送春

梁貢父，燕京人，大德初爲杭州路總管政事，文學皆有可觀。嘗作西湖送春木蘭花慢詞云：「問花花不

千古暮語，爲誰落，爲誰開。算春色三分，半隨流水，半入塵埃。人生能幾歡笑，但相逢、尊酒莫相推。千古幕天席地，一春翠繞珠圍。彩雲回首暗高臺。煙樹渺吟懷。拚一醉留春，留春不住，醉裏春歸。西樓半簾斜日，怪銜春燕子卻飛來。一枕青樓好夢，又教風雨驚回。」此詞格調俊雅，不讓宋人也。風月堂雜記

趙孟頫詞有騷人之遺

趙子昂以程鉅夫薦，仕元爲翰林承旨。元主見其儀觀非常，恐爲人望所歸，密至館閣相其背，曰秀才官。後有虞堪題其所畫苕溪圖曰：「吳興公子玉堂仙。寫出苕溪似輞川。回首青山紅樹下，那無十畝種瓜田。」邵復齋曰：「公以承平王孫而遭世變，黍離之悲，有不能忘情者，故其長短句有騷人之遺。」堯山堂外紀

鮮于樞百字令

沈休文八詠詩，語麗而思深，後人遂以名樓，照映千古。鮮于伯機百字令云：「長溪西注，似延平雙劍，千年初合。溪上千峯明紫翠，放出羣龍頭角。瀟灑雲林，微茫煙草，極目春洲闊。城高樓迥，恍然身在寥廓。我來陰雨兼旬，濤聲怒起，日日東風惡。須待青天明月夜，一試嚴維佳作。風景不殊，溪山信美，處處堪行樂。休文何事，年年多病如削。」伯機名樞，自號困學民，性嗜古物，圖書彝鼎，環列一室中。客至則相對吟諷，窮日夜不倦，或命酒經醉中，作放歌大字，皆奇崛不凡。居吳興時，趙子昂爲貌其神，蜀郡虞伯生贊之曰：「斂風沙裘劍之豪，爲湖山圖史之樂，翰墨軼米薛而有餘，風流擬晉宋而無

作。」可以想其人矣。詞品

薩天錫小闌干

薩天錫小闌干詞云：「去年人在鳳凰池。銀燭夜彈絲。沉水香消，梨雲夢暖，深院繡簾垂。今年冷落江南夜，心事有誰知。楊柳風柔，海棠月淡，獨自倚闌時。」筆倩何減宋人。其金陵懷古詞尤多感慨，有「一江南北，消磨多少豪傑」之句。詞苑

吳澄渡江雲

吳草廬以理學名，其和楊浩齋送春渡江雲，流傳一時。同上

虞集風入松

元文宗御奎章閣，虞伯生爲侍從，日以詩詞法書名畫爲事。柯敬仲退居吳下，伯生賦風入松詞寄之。末云：「報道先生歸也，杏花春雨江南。」詞翰兼美，一時傳唱。機坊織其詞爲帕，幾如法錦。後張仲舉於姚子章席上同敬仲賦摸魚兒，末段及之云：「楚芳玉潤吳蘭媚，一曲夕陽西下。沉醉罷，君試問、人生誰是無情者。先生歸也，但留意江南，杏花春雨，和淚在羅帕。」楚芳、吳蘭，二妓名。古今詞話

仇遠詞似東坡

仇仁近居錢塘，游其門者張雨、張翥，俱以能詞名。其詠蟬齊天樂極可誦，嘗登招寶山觀月出，作八犯

玉交枝。後段云：「不知是水是山，不知是煙是樹。茫茫知是何處。倩誰問、凌波輕步。漫凝睇、乘鸞秦女。想庭曲、霓裳正舞。莫須長笛吹愁去。怕喚起魚龍，三更噴作前山雨。」其縱横之妙，直似東坡。詞苑

姚燧醉高歌

姚牧庵醉高歌詞云：「十年燕月歌聲。幾點吴霜鬢影。西風吹起鱸魚興。已在桑榆暮景。　榮枯枕上三更。傀儡場中四并。人生幻化如泡影。幾個當機自省。」牧庵一代文章鉅公，此詞高古，不減東坡、稼軒。詞品

馮子振贈珠簾繡詞

馮海粟每臨文，必命侍史二三人潤筆以俟，酒酣伸紙疾書，隨數多寡，頃刻而盡。嘗賦踏莎行詞，以贈妓女珠簾繡。堯山堂外紀

黄喬賣花聲

黄子常賣花聲本意云：「人過天街，曉色擔頭紅紫。滿筠筐、浮花浪蕊。畫樓睡醒，正眼横秋水。聽新腔、一聲催起。　吟紅叫白，報得蜂兒知未。隔東西餘音軟美。迎門争買，早斜簪雲髻，助春嬌、粉香簾底。」喬夢符和之云：「侵曉園丁，報道嬌紅嫩紫。巧工夫、攢枝飣蕊。行歌佇立，灑洗妝新水。捲香風、

看街簾起。　深深巷曲，有個重門開未。　忽驚他、尋春夢美。　穿窗透閣，便憑伊喚取，　惜花人、在誰根底。」可謂工力悉敵。　夢符嘗言作樂府有三法：鳳頭、豬肚、豹尾也。　其集名惺惺老人樂府。上同

馮子駿詞

正大末，馮子駿奉命北使，見留不屈，割鬚髯覊管豐州，二年乃還。　天興初，京城陷，投井死，勁骨正氣，可與洪忠宣、文信國並傳。　其所作玉樓春、臨江仙諸詞，亦不減「天涯池館，雨過霞明」之句也。中州樂府

劉仲尹龍山詞

劉仲尹龍山詞，蓋參涪翁而得法者。　草堂中與劉迎詞並入選，皆金昌詞人也。詞統

元好問詞不減周秦

遺山詞深於用事，精於鍊句，其風流蘊藉處不減周、秦。張玉田

元好問江神子

遺山樂府中有江神子二首最佳。　其一夢德新丈因及欽叔舊遊云：「河山亭上酒如川。　玉堂仙。　重留連。　獨恨春風，桃李負芳年。　燕語鶯啼花落處，歌扇後，舞衫前。　舊遊風月夢相牽。　路三千。　去無緣。　滅没飛鴻，一線入秋煙。　白髮故人今健否，西北望，一潸然。」一首觀別云：「旗亭誰唱渭城詩。　酒盈卮。　兩相思。　萬古垂楊，都是折殘枝。　舊見青山青似染，緣底事，淡無姿。　情緣不到木腸兒。　鬢成

絲。更須辭。只恨芙蓉，秋露冷胭脂。爲問世間離別淚，何日是，滴休時。」詞嘆

張翥梅詞

古今梅詞甚多，惟張翥六州歌頭一首，真有飛鴻戲海、舞鶴游天之勢。詞云：「孤山歲晚，石老樹查牙。逋仙去，誰爲主，自疏花。破冰芽。烏帽騎驢處，近修竹，侵荒蘚，知幾度，踏殘雪，趁晴霞。空谷佳人，獨耐朝寒峭，翠袖籠紗。甚江南江北，相憶夢魂賒。水繞雲遮。思無涯。」又「苔枝上，香痕沁，么鳳語，凍蜂衙。瀛嶼月，偏來照，影横斜。瘦争些。好約尋芳客，問前度，那人家。重呼酒，摘瓊朵，插鬢鴉。喚起春嬌扶醉，休孤負、錦瑟年華。怕流芳不待，回首易風沙，吹斷城笳。」卓人月

張翥西湖泛舟詞

蜕巖西湖泛舟詞云：「晚山青。一川雲樹冥冥。正參差，煙凝紫翠，斜陽畫出南屏。館娃歸、吴臺遊鹿，銅仙去、漢苑飛螢。懷古情多，憑高望極，且將尊酒慰飄零。自湖上愛梅仙遠，鶴夢幾時醒。空留在六橋疏柳，孤嶼危亭。待蘇堤、歌聲散盡，更須攜妓西泠。藕花深、雨涼翡翠，菰蒲軟、風弄蜻蜓。澄碧生秋，鬧紅駐景，采菱新唱最堪聽。見一片水天無際，漁火兩三星。多情月、爲人留照，未過前汀。」此詞作者雖多，求其諧協婉麗，無踰此篇者。萬紅友

張翥題畫詞二首

蜕巖樂府有題畫詞二首極佳。其一摸魚兒，題熊伯宣藏梅花卷子。「記西湖、水邊曾見，查牙老樹如此。冰痕冷沁苔枝雪，的皪數花纔試。天也似。愛玉質、清高不入閒紅紫。孤山處士。總賦得招魂，煙荒雨暗，寂寞抱香死。春風筆，休憶深宮舊事，添人多恨多思。墨池雪嶺三生夢，喚起縞衣仙子。仍獨自。伴瘦影、黄昏和月窺窗紙。聲聲字字，寫不盡江南，閒愁萬斛，訴與緑衣使。」其一疏影，題王元章墨梅圖。「山陰賦客，怪幾番睡起，窗影生白。縹緲仙姝，飛下瑶臺，淡竚東風顔色。微霜恰護朦朧月，更漠漠、暝煙低隔。恨翠禽、啼處驚殘，一夜夢雲無跡。惟有龍煤解染，數枝入畫裏，如印溪碧。老樹枯苔，玉暈冰圈，滿幅寒香狼藉。墨池雪嶺春長好，悄不管、小樓横笛。怕有人、誤認真花，欲點曉來妝額。」詞幠

邵亭貞沁園春二首

邵亭貞有沁園春二首，一詠美人眉，一詠美人目，新豔入情。詞云：「巧鬬彎環，纖凝嫵媚，明妝未收。似江亭曉望，遥山拂翠，宫簾暮捲，新月横鈎。掃黛嫌濃，塗鉛訝淺，能畫張郎不自由。傷春倦，爲皺多無力，翻做嬌羞。填來不滿横秋。料著得人閒多少愁。記魚箋緘啓，背人偷斂，鳳鈿交併，運指輕柔。有喜先占，長顰難效，柳葉輕黄今在不。雙尖鎖，試臨鸞一展，依舊風流。」又云：「漆點填眶，鳳梢侵鬢，天然俊生。記隔花瞥見，疏星炯炯，倚欄凝注，止水盈盈。端正窺簾，瞢騰並枕，睥睨檀郎長是青。端相久，待嫣然一笑，密意將成。困酣曾被鶯驚。强臨鏡挼抄猶未醒。憶帳中親見，似嫌羅密，尊前相顧，

翻怕燈明。醉後看承，歌闌闘弄，幾度孜孜頻送情。難忘處，是綃鮫搵透，別淚雙零。」同上

按：邵字復孺，華亭人，有蛾術詞選四卷。宋人此體尚少，歷元明而盛，至國朝而朱竹垞、錢葆分輩極妍盡致矣。

陶宗儀南浦詞

天台陶宗儀崎嶇亂離之日，每以筆墨自隨，時時休息樹陰。有所見，輒摘葉書之，貯破盎埋樹根下。積十數日，一發其藏，書成，名輟耕録。有南浦詞。其卒章曰：「水蔌搖晚，月明一笛潮生浦。欲問漁郎無恙否。回首武陵何許。」其高致可想見也。古今詞話

吳鎮漁父詞

吳仲圭工於畫，亦能小詞。嘗題麐溪沈彦實處士畫册云：「紅葉村西日影餘。黄蘆灘畔月痕初。輕撥棹，且歸歟。掛起漁竿不釣魚。」蓋漁父詞也。其品之高妙何減張志和。名畫記

吳鎮題畫詞十五首

梅道人倣荆浩寫魚舫十五，中段樹石一叢，前後山嶼遠近出没四五疊。予兩見臨本，至今壬申三月始見真者，氣象煥如也。又畫上方題漁家傲詞，瀟灑超逸，逼真元真子口吻，亦道人所製。書作藏針筆法，古雅有餘。其一云：「碧波千頃晚風生。舟舶湖邊一葉横。心事穩，草衣輕。只釣鱸魚不釣名。」其二云：「收却絲綸歇却船。江頭明月正團圓。酒瓶側，岸花懸。枕著簑衣和月眠。」其三云：「輕風細浪漾

漁船。碧水斜陽欲暮天。看白鳥，下長川。點破瀟湘萬里煙。」其四云：「閒情聊爾寄絲綸。處處江湖著我身。波似練，鬢如銀。欲釣如山截海鱗。」其五云：「極目乾坤夕照斜。碧波微影弄晴霞。舟有伴，興無涯。那個汀洲不是家。」其六云：「近日何人是我鄰。滿川鳧鴨最相親。雲浩浩，水鱗鱗。青草煙深不見人。」其七云：「舴艋爲家無姓名。胡盧世事過平生。香稻飯，軟蓴羹。棹月穿雲任性情。」其八云：「雪色鬚髯一老翁。能將短棹撥長空。人愛靜，浪無風。宜在五湖煙雨中。」其九云：「綠楊初睡暖風微。萬里晴波浸落暉。鼓枻去，唱歌回。驚起沙鷗撲漉飛。」其十云：「年來情況屬漁船。人在船中酒在前。山歷歷，水涓涓。一曲清歌山月邊。」其十一云：「風攪長江浪拍空。扁舟蕩漾夕陽紅。歸別浦，繫長松。出自風恬浪息中。」其十二云：「一個輕舟力幾多。江湖穩處載漁蓑。撑皓月，下長坡。半夜風生不奈何。」其十三云：「殘霞一縷四山明。雲起雲收陰復晴。風脚動，浪頭生。聽取虛篷夜雨聲。」其十四云：「鈎擲萍波綠自開。錦鱗對對逐鈎來。消歲月，寄芳懷。却似嚴光坐釣臺。」其十五云：「桃花水暖五湖春。一個輕舟寄此身。時醉酒，或垂綸。江北江南適意人。」李竹懶

倪瓚小詞澹潔

倪元鎮亦以畫名，慕吴仲圭之爲人，曾繪其漁父詞爲圖，小詞亦淡而潔。古今詞話

倪瓚詞婉轉多風

雲林有人月圓詞云：「驚回一沉江南夢，漁唱起南津。畫屏雲嶂，池塘春草，無限消魂。舊家應在，梧桐

覆井，楊柳藏門。閒身空老，孤篷聽雨，燈火江村。」詞意高潔。别有贈妓小瑤英柳梢青云：「樓上玉笙吹徹。白露冷、飛瓊珮玦。黛淺含顰，香殘棲夢，子規啼月。　揚州往事荒涼，有多少、愁縈思結。燕語空津，鷗盟寒渚，畫闌飄雪。」又何其婉轉多風如是。詞苑

趙管倡和詞

松雪夫人管仲姬生泖西小蒸，至今其路尚名管道，工詩善畫竹，亦能小詞。嘗題漁父圖云：「人生貴極是王侯。浮利浮名不自由。争得似，一扁舟。弄月吟風歸去休。」松雪和云：「渺渺煙波一葉舟。西風木落五湖秋。盟鷗鷺，傲王侯。管甚鱸魚不上鈎。」太平清話

趙雍木蘭花慢

趙待制作木蘭花慢詞，又别書樂府成帙，以就正於王德璉。凡三十五首，而豔詞特多。凭闌干、水調歌頭二闋，頗以孤忠自許，紛華是薄，而興亡骨肉之感默寓其中。意其父子之仕當時，亦實有不得已者，良可悲也。許初跋趙仲穆自書樂府卷子

王國器踏莎行八首

王德璉，趙子昂之壻，其學識爲時所推，尤長於今樂府。曾製踏莎行八闋寄楊廉夫，廉夫大稱賞，命侍兒歌之，并梓以行世。詞統

傅按察鴨頭緑

元時有傅按察者，嘗作鴨頭緑一詞悼宋云：「静中看。記昔日淮山隱隱，宛若虎踞龍蟠。下樊襄、指揮湘漢，鞭雲騎、圍繞江干。勢不成三，時當混一，過唐之數不爲難。陳橋驛、孤兒寡婦，久假當還。挂征帆。龍舟催發，紫宸初轉朝班。禁庭空、土花暈壁，輦路悄，呵喝聲乾。縱餘得西湖風景，花柳亦凋殘。去國三千，遊仙一夢，依然天淡夕陽間。昨宵也，一輪明月，還照臨安。」同上

元詞輕麗

元有浚儀可温氏，名馬雍古祖常者，製詞云：「金爐寶熏流篆雲。花間百舌啼早春。五方戲馬賽争道，傳宣催賜十流銀。」又云：「日邊寶書開紫泥。内人珠帽步輦齊。君王視朝天未旦，銅龍漏轉金雞啼。」詞統列於竹枝，而余辨爲宮詞也。元人小説中稱其樂府纖豔勝人，惜乎未見。有阿魯温掌機沙者竹枝云：「南北峯頭春色多。湖山堂下來棹歌。美人蕩槳過湖去，小雨細生寒緑波。」其强掖人燕不花者竹枝云：「湖頭水滿藕花香。夜深何處有鳴榔。郎來打魚三更裏，零亂波光與月光。」其回回别里沙者竹枝云：「鳳凰嶺下月色凉。無數竹枝官道旁。東家爲愛青青竹，截作參差吹鳳凰。」俱極輕麗。詞苑

元樂府名家

元士大夫以樂府名者，奇巧莫如關漢卿、庾吉甫、楊淡齋、盧疏齋，豪爽則有馮海粟、滕玉霄，藴藉則有

貫酸齋、馬昂夫。太平清話

天目中峯禪師詞

天目中峯禪師與趙文敏爲方外交，同院馮海粟學士甚輕之。一日，松雪强中峯同訪海粟，海粟出所賦梅花百絶句示之。中峯一覽畢，走筆成七言律詩如馮之數，海粟神氣頓懾。嘗賦行香子詞云：「短短横牆。矮矮疏窗。一方兒、小小池塘。高低疊嶂，曲水邊旁。也有些風，有些月，有些香。　日用家常。竹几藤牀。儘眼前、水色山光。客來無酒，清話何妨。但細烘茶，淨洗盞，滾燒湯。」又云：「閬苑瀛洲。金谷瓊樓。算不如、茅舍清幽。野花繡地，算也風流。卻也宜春，也宜夏，也宜秋。　酒熟堪篘。客至須留。曾無榮無辱無憂。退閒是好，著甚來由。但倦時眠，渴時飲，醉時謳。」又云：「水竹之居。吾愛吾廬。石鄰鄰、亂砌階除。軒窗隨意，小巧規模。卻也清幽，也瀟灑，也安舒。　懶散無拘。此等何如。倚闌干、臨水觀魚。風花雪月，贏得工夫。好炷些香，圖些畫，讀些書。」若不經意出之也。所謂一一天真，一一明妙也。六研齋隨筆

張雨詠梅花

張雨，故宋崇國公九成裔孫，自號句曲外史。有雪獅兒、詠梅花，次仇山村韻云：「含香弄粉，便勾引游騎，尋芳城南城北。別有西村斷港，冰澌微緑。孤山路熟。伴老鶴、晚先尋宿。怕凍損、三花兩蕊，寒泉幽谷。　幾番花影濯足。記歸來醉卧，雪深平屋。春夢無憑，鬢底鬧蛾争撲。不如圖畫相對，展宫奴

風竹。燒黄獨。日聽瓶笙調曲。」同上

西湖竹枝

余閒居西湖者七八年，與茅山外史張貞居、苕谿郯九成輩爲倡和交。水光山色，浸沈胸次，洗一時尊俎粉黛之習，於是乎有竹枝之聲。好事者流布南北，名人韻士屬和者無慮百家。道揚諷諭，古人之教廣矣。是風一變，賢妃貞婦，與國顯家，而列女之傳作矣。采風謡者其可忽諸。東維子

滕賓詞不減宋人

元人工於小令套數而詞學漸衰，惟滕玉霄集中填詞，不減宋人之工。鵲橋仙、齊天樂二首，共推清綺。鵲橋仙云：「斜陽一抹，青山數點。萬里澄江如練。東風吹落櫓聲遥，又喚起、寒雲片片。殘鴉古渡，瘦驢村店。漸覺樓頭人遠。桃花流水小橋東，是那個、柴門半掩。」齊天樂云：「片帆呼度西山曲，忽忽載將春去。路入翠寒，浪翻紅暖，一枕欹眠煙雨。酒朋詩侶。儘醉舞狂歌，氣吞吳楚。一樣風流，依然猶是晉風度。人生如此良遇。問碧翁何意，萍蓬欲聚。句落瑶臺，香霏珠唾，驚倒世間兒女。渭川雲樹。悵後夜相思，玉蟾何處。怕有新詩，雁來頻寄語。」詞品

裴按：玉霄，名賓，睢陽人，官江西儒學提舉，後棄家入天台爲道士。

邱處機詠梨花

有好事者問邱長春曰：「神仙惜氣養真，何故讀書史作詩詞。」曰：「天上無不識字神仙。」邱有詠梨花無俗念詞，極清拔。竹坡叢話

邱處機詠梨花詞極清拔

邱長春詠梨花無俗念云：「春游浩蕩，是年年寒食，梨花時節。白錦無紋香爛漫，玉樹瓊苞堆雪。靜夜沉沉，浮光靄靄，冷浸溶溶月。人間天上，爛銀霞照通徹。渾似姑射真人，天姿靈秀，意氣殊高潔。萬化參差，誰信道、不與羣芳同列。浩氣清英，仙才卓犖，下土難分別。瑤臺歸去，洞天方看清絕。」長春，世之所謂仙人也，而詞之清拔如此。同上

九張機

元女子有詠九張機者，中一首云：「四張機，鴛鴦織就欲雙飛。可憐未老頭先白，春波碧草，曉寒深處，相對浴紅衣。」此與王秋澗之平湖樂、邵清溪之凭闌人，不便與詞並傳者，而女子之黠慧可想矣。樂府紀聞（案：此詞見樂府雅詞，非元人詞。）

陳劉小詞

陳鳳儀、劉燕哥，皆樂妓也。陳有送別一絡索詞云：「海棠也似別君難，一點點啼紅淚。」劉有餞劉參議太常引云：「明月小樓間。第一夜，相思淚彈。」皆傳唱一時。古今詞話

詞苑萃編卷之七

品藻五

明仁宗宣宗詞

有明兩祖列宗，好學不倦，染翰俱工。如仁宗鳳棲梧賦九月海棠云：「煙抹霜林秋欲褪。吹破臙脂，猶覺西風嫩。翠袖怯寒愁一寸。誰傳庭院黄昏信。明月修容生遠恨。旋摘餘嬌，簪滿佳人鬢。醉倚小闌花影近。不應先有春風分。」娟秀絶倫。宣宗有醉太平賜學士沈度云：「濃雲散，薄雨收。花苑内鳴鳩。曉來喜見日光浮。暖融融永晝。麥苗潤澤懷清秀。榴花溼映紅光溜。田家鼓缶盡歌謳。是處慶、豐年醉酒。」其留心農事如此，不須七月繪豳風矣。蘭皋集

周憲王竹枝歌

周憲王遭世隆平，奉藩多暇，留心翰墨，尤精馬貫之學。製誠齋樂府傳奇若干種，音律諧美，流傳内府，至今中原弦索多用之。其竹枝歌云：「春風滿山花正開。春衫女兒紅杏腮。儂家蕩槳過江去，爲問阿郎來不來。」「巴山後面竹雞啼。巴山前頭沙鳥棲。巴水巴山到郎處，聞郎又過石門溪。」復有鷓鴣天咏

繡鞵云：「花簇香鈎淺涴塵。輕風微露石榴裙。金蓮自是慳三寸，難載盈盈一段春。仙已去，事猶存。陽臺何處更爲雲。相思攜手游春日，尚帶年時草露痕。」同上

劉基水龍吟

劉基初見明太祖，命賦竹箸詩，有「漢家四百年天下，只在張良一借間」之句，太祖恨相見晚也。其未遇時，賦感懷水龍吟云：「雞鳴風雨瀟瀟，側身天地無劉表。啼鵑迸淚，落花飄恨，斷魂飛繞。月暗雲霄，星沈煙水，角聲清嫋。問登樓王粲，鏡中白髮，今宵又添多少。極目鄉關何處，渺青山、髻螺低小。幾回好夢，隨風歸去，被渠遮了。寶瑟弦僵，玉笙指冷，冥鴻天杪。但侵階莎草，滿庭綠樹，不知昏曉。」感喟激昂，擇木之意見矣。草堂詞話

劉基沁園春

昔文履善過張許廟作沁園春，詞旨壯烈。劉伯溫過余闕廟，亦作沁園春以哀之，其詞可與履善相匹。詞云：「士生天地間，人孰不死，死節爲難。羡英偉奇才，世居淮甸，少年登第，拜命金鑾。面折姦貪，指揮風雨，人道先生鐵肺肝。平生事，扶危濟困，拯溺摧頑。清明要繼文山。使廉懦聞風膽亦寒。想孤城血戰，人皆効死，闔門抗節，誰不辛酸。寶劍埋光，星芒失色，露溼旌旗也不乾。如公者，黄金難鑄，白璧誰完。」同上

陶安金縷曲

高帝初渡江，陶主敬安身先父老，謁軍門，陳治道，後知制誥，兼優吏績。此宿省中金縷曲，蓋治定後作也。信無愧文章第一，謀略無雙矣。詞云：「庭樹秋聲冷。夜迢迢、漏傳銀箭，月明華省。最惜稽山無賀老，短燭照人孤影。依稀夢、續還驚醒。風透圍屏青鎖簿，且披衣、立傍梧桐井。兵衞肅，畫廊靜。江湖聚散如萍梗。笑談間、雲霄滿足，一鞭馳騁。萬壑水晶天不夜，人在玉真仙境。説近日、四郊無警。兵後遺黎歸故里，漸桑麻、緑暎鵝湖嶺。須携手，尋風景。」李西叟

宋濂竹枝

宋金華以大手筆開一代風氣，而亦有麗語。如「戀郎思郎非一朝。好似并州花剪刀。一股在南一股北，幾時裁得合歡袍」。「有郎金鳳飾花容。無郎秋鬢若飛蓬。儂身要令千年白，不必來塗紅守宮。」此鑑湖竹枝詞也。古今詞話

劉基詞妙麗入神

青田生查子云：「蜘蛛網畫檐，一日絲千轉。紅燼落寒釭，心死無由見。」謁金門云：「風嫋嫋。吹緑一庭春草。」轉應曲云：「秋雨。秋雨。窗外白楊自語。」青門引云：「相憐自有明月，照人肺腑清如水。」漁家傲云：「亂鴉啼破樓頭鼓。」花犯云：「餘香怨繡被。」踏莎行云：「愁如溪水暫時平，雨聲一夜依然滿。」渡

江雲云：「定巢新燕子，睡起雕梁，對立整烏衣。」山鬼謡云：「離魂常在郊樹，月深星暗蒼梧遠，化作杜鵑歸去。」皆妙麗入神句。古今詞話

高啟詞

高季迪十宫詞，思深致遠，不僅以典贍見長。即如長門怨云：「君明猶不察，妬極是情深。」可以想其情思。青邱樂府大致以疎曠見長，而石州慢又纏綿之極。「緑楊芳草，年少抛人」。晏元獻何必不作婦人語。同上

高啟題朱竹

畫家朱竹，始於東坡，前此未有所本。宋仲温在試院於卷尾埽得一枝，筆態甚奇，故張伯雨有「偶見一枝紅石竹」之句。管夫人亦寫懸崖朱竹一枝，楊廉夫題云：「網得珊瑚枝，擲向筼簹谷。明年錦棚兒，春風生面目。」高季迪扣舷集中，亦有題朱竹畫卷水龍吟云：「淇園丹鳳飛來，幾時留得參差翼。簫聲吹斷，彩雲忽墮，碧雲猶隔。想是湘靈，淚彈多處，血痕都漬。看蕭疎瘦影，隔簾欲動，渾似落花狼藉。莫道清高也俗，再相逢、子猷還惜。此君未老，歲寒猶有，少年顔色。誰把珊瑚，和煙換去，琅玕千尺。細看來、不是天工，卻是那春風筆。」書畫記

老楊小楊之目

楊孟載少時見楊廉夫，命賦鐵笛，歌成，廉夫喜曰：「吾意詩境荒矣，今當讓子一頭地。」當時有老楊、小楊之目，眉庵詞饒有新致。樂府紀聞

楊孟載詩詞

卧子論廉訪詩如三吴少年，輕俊可喜，所乏莊雅。予謂莊雅固詩人首推，輕俊實詞家至寶。蓋詩不莊雅必無風格，詞不輕俊必無神韻。况其蒼雅幽豔，又有不岩以輕俊見者，然則孟載之詩與詞，未易同日語矣。胡殿臣

楊孟載念奴嬌

楊孟載岳陽春暮念奴嬌云：「楚江天煖，滿山中、桃李春風吹忒。怨白愁紅千萬點，都向水邊流出。前度劉郎，去年崔護，相見頭全白。杜鵑啼處，要歸誰便歸得。惆悵南浦南邊，東湖東畔，芳草茸茸碧。寒食清明都過了，回首無多春色。茂苑鶯聲，鷗波煙雨，同是江南客。五湖縹緲，君山且聽吹笛。」顧宋梅云：「孟載作，通首雖極愁怨，而結處必不作聊寂語。是其用意處。」蘭皋集

瞿祐元宵詞

瞿宗吉風情麗逸，著翦燈新話及樂府歌詞，多偎紅倚翠之語，爲時傳誦。及謫戍保安，當興安失守，邊

境蕭條，永樂己亥，降佛曲於塞下，選子弟唱之。時值元宵，作望江南五首，詞旨淒絶，聞者皆爲泣下。西湖志餘

瞿祐望江南

錢塘瞿宗吉祐，學博才贍，風致俊朗，作西湖四時望江南詞云：「西湖景，春日最宜晴。花底管弦公子宴，水邊羅綺麗人行。十里按歌聲。」「西湖景，夏日正堪遊。金勒馬嘶垂柳岸，紅妝人泛採蓮舟。驚起水中鷗。」「西湖景，秋日更宜觀。桂子岡巒金粟富，芙蓉洲渚彩雲閒。爽氣滿前山。」「西湖景，冬日轉清奇。貫雪樓臺評酒價，觀梅園圃訂春期。共醉太平時。」堅瓠集

梅柳争春百首

凌彦翀於宗吉爲大父行，彦翀作梅詞霜天曉角、柳詞柳梢青各一百首，號梅柳争春。宗吉一日盡和之。彦翀驚歎，呼爲小友。宗吉以此知名。西湖志餘

馬洪花影集

錢塘馬浩瀾，號鶴窗，善咏詩，尤工詞調。雖皓首韋布，而含吐珠玉，錦繡胸腸，褎然若貴介王孫也。其詞名花影集。徐伯齡言：「鶴窗與陸清溪同出劉菊莊之門。清溪得詩律，鶴窗得詞調，異體齊名，可謂盛矣。」詞品

馬洪金菊對芙蓉

仁和馬浩瀾洪，號鶴窗，善詩吟而詞調尤工。九日金菊對芙蓉云：「過雁行低，鳴蛩韻急，紛紛月下亭皋。向霜庭看菊，颸館題糕。依然賓主東南美，勝龍山、迢遞登高。繡屏孔雀，金盤螃蟹，銀甕葡萄。痛飲鯨卷波濤。笑百年春夢，萬事秋毫。問臺前戲馬，海上連鰲。當時二子今安在，乾坤大、容我粗豪。四弦裂帛，雙鬟舞雪，左手持螯。」又許東溟小景昭君怨云：「路遠危峯斜照。瘦馬風塵衣帽。此去向蕭關。向長安。便坐紫薇花底。只是黃粱夢裏。三徑易生苔。早歸來。」堅瓠集

李空同如夢令

李空同文章鉅手，不屑小製，有如夢令二詞云：「昨夜洞房春暖。燭盡琵琶聲緩。閒步倚闌干，人在天涯近遠。影轉。影轉。月壓海棠枝軟。」「不信園林春蚤。一夜偏生芳草。說與小童知，池上落紅休掃。休掃。休掃。花外斜陽更好。」詞亦風雅，惜本集不載。客窗隨筆

商毅庵詞

商毅庵鄉會殿試皆第一，負鼎鉉重望，而小詞明淨簡練，亦復沾沾自喜。今讀其旅情、春暮、秋月、退食諸篇，不隨時趨，自有殊致。其一叢花咏初春云：「東風有信無人見，露微意、柳際花邊。」尤覺妥帖輕圓也。同上

吴寛詞

吴匏庵詞，有「繁花落盡留紅蘗，新笋叢生帶緑苔」，名句也。時有趙寛，字粟夫，爲匏庵所取士，詞名半江集。匏庵嘗曰：「不遇吴寛，争得趙寛。」書舊續聞

夏桂洲詞

夏桂洲喜爲長短句，詩餘小令，草稿未削，已傳播都下，互相傳唱。没未百年，花間、草堂之集，無有及公謹名氏者。求如前代所謂曲子相公，亦不可得。大約花間、草堂，亦宋人選集之偶傳者耳。此外不傳者何限，况并不入選中，則佳詞滅没，又不知其幾矣。黄俞邰所藏桂洲詞本，甚有可觀，但不傳于世，故人無知者。予欲專梓之，以公同人。黄梨莊

王世貞以詩文詞鳴世

王世貞於帖括盛行之日，獨以詩古文鳴世。當時詞家，亦都尚不痛不癢篇什，而獨能以生動見長，以故汪道昆、李攀龍輩俱遜之。即弇州自謂意在筆先，筆隨意往，法不累氣，才不累法，有境必窮，有證必切。匪獨詩文爲然，填詞末藝，敢于數子，亦有微長。古今詞話

王世貞詞出人頭地

弇州少好讀書，駱行簡奇之曰：「他日必以文章名世。」汪伯玉曰：「詩如孫武、韓信用兵，宫嬪市人，無不

可陣。詞則沾沾自喜，亦出人一頭地。」李于鱗曰：「惟某敢與狎主齊盟，而小詞弗逮也。」弟世懋，時人呼爲小美，奉常集詞僅數首，自謂游江西後，頗覺有進。堯山堂外紀

徐文長詞

文長咏半面美人圖詞，有「這半面、剛被那半面兒相掩」之句，靈慧絶倫。屠隆

湯義仍詞

湯義仍文采風流，照耀一世，出其緒餘，以爲塡詞。如回文菩薩蠻、添字昭君怨，皆傑作也。古今詞選

蘇世讓與鎖懋堅詞

朝鮮蘇世讓與華使君有倡和集。其憶王孫賦殘春云：「無端花絮曉隨風。送盡春歸我又東。雨後嵐光翠欲濃。寄征鴻。家在千山萬柳中。」又西域鎖懋堅，作樂府有聲，其菩薩蠻賦殘春云：「曉鐘若到春偏去。一番日永傷遲暮。誰送斷腸聲。黄鸝知客情。　山光嬌壓逕。仍彈傷春泣。緑酒瀉杯心。卷簾空抱琴。」亦可見文教之遠矣。古今詞話

吴魯于和稼軒

吴魯于孝廉能詩善書，築墅南郭，盡泉池澗石亭臺花竹之勝。小詞瀟灑絶俗，自比稼軒。有和稼軒卜算子詞云：「性懶不衣冠，地僻無車馬。誰與山翁作往還，五月披裘者。　高枕石爲牀，劇飲盆爲瓦。不讓

羲皇已上人，五柳先生也。」「倦放林逋鶴，懶策山公馬。千尺長廊水一方，猶羨舟居者。地僻蘚侵階，屋老松生瓦。門外人來問主人，山水之間也。」詞衷

陳大樽詞

陳大樽文高兩漢，詩軼三唐，蒼勁之氣，與節義相符。乃湘真一集，風流婉麗如此。傳稱河南亮節，作字不勝綺羅，廣平鐵心，梅賦偏工清豔。於黄門益信。蘭臯集

湘真閣詞妙麗

明季詞家競起，然妙麗惟湘真閣江籬檻諸什。如咏斜陽則云：「弄晴催薄暮。」咏黄昏則云：「青燈冷、碧紗煙盡，半晌愁難定。」咏五更則云：「愁時如夢夢時愁。角聲到、小紅樓。」咏杏花則云：「微寒著處不勝嬌。一番弄雨花梢。」咏落花則云：「玉輪碾平芳草，半面惱紅妝。」咏春閨則云：「幾度東風人意惱。深深院落芳心小。」咏豔情則云：「難去。難去。門外尺深花雨。」皆黄門意到之句。古今詞話

王次回善改昔人詞

王次回喜作小豔詩，最多而工。疑雨集二卷，見者沁入肝脾，里俗爲之一變，幾於小元白云。詞不多作，而善改昔人詞，殊有加毫頰上之致。同上

黄山逸客行香子

相傳黄山逸客行香子一闋云：「俊翮無聲。饑掠寒庭。滿槮枝、鳥雀皆驚。惜哉不中，狙擊秦嬴。恨筑參差，椎孟浪，劍縱横。　汝鶻來聽。休耻無能。問何如、繡臂金鈴。空拳未往，氣已崢嶸。任破長空，没孤影，攬青冥。」云見一鶻擊鳥不中，而旁爲之歎惜者，惜不得作者姓名，然其詞自足傳也。詩餘五集

阮大鋮詞

阮光禄大鋮，固是江令一輩人，所著燕子箋、春燈謎雜劇，梨園子弟争唱之。嘗作減字木蘭花云：「春光漸老。流鶯不管人煩惱。細雨窗紗。深巷清晨賣杏花。　眉峯雙蹙。畫中有個人如玉。小立簾前。待燕歸來始下簾。」其温麗不減和凝。予曾至皖江，作雜感一絶句云：「亂落楊花攪白縣。皖江江水緑于煙。南朝狎客無人見，腸斷聲聲燕子箋。」詞苑叢談

升庵夫人黄氏詞

升庵夫人黄氏寄外詩有「曰歸曰歸愁歲暮，其雨其雨怨朝陽」之句，傳誦人口。又有滿庭芳、巫山一段雲諸詞，皆爲雅麗。或比之趙松雪、管夫人，然管工畫竹耳，詩詞鄙俚，不及黄遠矣。晚香堂清語

徐小淑詞

徐媛小淑，適范副使允臨，卜築天平山，享園亭詩酒之樂。嘗賦漁家傲云：「板扉小隱清溪曲。夜月羅

浮花覆屋。木籠戛戛摇生穀。莊田熟。桔槔懸向茅簷宿。青山一片芙蓉簇。林皐逸韻飄横竹。遠浦輕帆低幾幅。濃睡足。笑看小婦雙鬟緑。」妝點農家，饒有林下風致。又有詞云：「露浥芙蓉茜。翠溜枯棠瓣。傍疎柳、西風幾點。」又云：「曲曲湖梁，一片秋光織。」句盡佳。詞苑

徐小淑詞中有畫

徐小淑絡緯吟，其爲絶句也，蓋賢乎其爲近體也。其爲樂府也，蓋賢乎其爲近體絶句也。乃其爲長短句也，蓋賢乎其爲開元諸家也。如中調霜天曉角，爲歸舟之作，有云：「露浥芙蓉茜。翠溜枯棠瓣。傍疎柳、西風幾點。行行尚緩。家在碧雲天半。念歸舟游子，一片鄉心撩亂。對旅鴈沙汀，盼殺白蘋苑。」小淑善繪事，此爲畫中詞，詞中畫，吾不能辨。董斯張

沈宛君詞

吴江葉仲韶之配沈宜修，字宛君。一女名紈紈，字昭齊，有愁言集。一女名小鸞，字瓊章，有返生香集。宛君浣溪沙云：「淡薄輕陰拾翠天。細腰柔似柳飛綿。吹簫閒向畫屏前。詩句半緣芳草斷，鳥啼多爲杏花殘。夜寒紅露溼秋千。」紈紈浣溪紗云：「幾日輕寒懶上樓。重簾低控小銀鈎。東風深鎖一窗幽。晝永半消春寂寂，夢殘獨語思悠悠。近來長自只知愁。」小鸞南柯子云：「門掩瑤琴静，窗消畫卷閒。半庭香霧繞闌干。一帶淡煙紅樹，隔樓看。雲散青天瘦，風來翠袖寒。嫦娥眉又小檀彎。照得滿階花影，只難攀。」虞美人云：「深深一點紅光小。薄縷微煙裊。錦屏斜背漢宮中。曾照阿嬌金屋淚痕濃。

朦朧穗落輕煙散。顧影渾無伴。愴然午夜漫凝思。恰似去年秋夜雨窗時。」填詞甚富，盡稱令暉、道韞萃於一門，惜乎天靳之以年也。午夢堂集

葉瓊章詞

瓊章不欲作豔語，故詞格堅渾，無香奩氣。蘭皋集

張倩倩詞

吴江張倩倩，適同邑沈自徵，負才任俠，所著霸亭秋、鞭歌伎、簪花髻詞三齣，名漁陽三弄，與徐文長並傳。倩倩有憶秦娥云：「風雨咽。鶗鴂啼破清明節。清明節。杏花零落，悶懷千疊。　情悰依舊和誰說。眉山鬬鎖空愁絶。空愁絶。雨聲和淚，問誰淒切。」倩倩豔色清才，年才三十四歿，遺香僅存一二。填詞集豔

詞苑萃編卷之八

品藻 六

吴偉業詩餘二卷

吴偉業詩餘二卷，韻協宫商，感均頑豔，允足接跡屯田，嗣音淮海。王士禎詩稱「白髮填詞吴祭酒」，亦非虚美。四庫全書提要

吴偉業詞驅使南北史

婁東祭酒長短句，能驅使南北史，爲是體中獨創，且流麗穩貼，不徒直逼幼安。王阮亭

吴偉業菩薩蠻

吴祭酒梅邨譔秣陵春、通天臺雜劇，直奪湯臨川之座。中有菩薩蠻一調云：「謝家池館桐花瓷。畫屏曲屈翹紅袖。欲剪鳳凰衫。青蟲摇羽簪。　一枝雙荳蔻。淺立東風瘦。春思遠於山。眉痕凡幾彎。」雕豔似温尉。詞苑叢談

龔尚書詞

龔尚書薌山溪詞：「重來門巷，盡日飛紅雨。」不知其何以佳，但覺神馳心醉。王阮亭

曹秋岳變詞風

余壯日從秋岳先生南遊嶺表，西北至雲中。酒闌燈灺，往往以小令、慢詞更唱迭和，有井水處輒爲銀箏檀板所歌。念倚聲雖小道，當其爲之，必崇爾雅，斥淫哇，極其能事，則亦足以宣昭六義，鼓吹元音。往者明三百禩，詞學失傳，先生搜輯遺集，余曾表而出之。數十年來，浙西填詞者，家白石而户玉田，春容大雅，風氣之變，實由於此。朱竹垞

棠村詞

棠村詞極穠豔，而無綺羅薌澤之態，所謂生香真色人難學也。陸藎思

玉叔慢詞

玉叔慢詞多商羽之音，如秋飈拂林，哀泉動壑。小令則如新箏乍調，雛鶯初囀，尖俛新豔。董蒼水

宋荔裳登燕子磯詞

萊陽宋觀察荔裳，登南京燕子磯，望大江，作賀新涼詞，慷慨激昂，仿佛曹公「烏鵲南飛」之句。儻呼銅

將軍鐵綽板與髯仙共唱，應使大江鼎沸。詞苑叢談

宋荔裳如夢令

宋觀察如夢令云：「剛到鳳凰臺上。無那驪駒三唱。願作博山罏，魂逐沈煙游颺。羅幛。羅幛。高築愁城千丈。」曹學士云：「羅幛築愁城，從來未有人道，真是無聊情至語。」同上

王西樵賦閨情

王西樵司勳詠無題諸詩，秀情麗致，不減温、李。所譔燃脂集、朱鳥軼事，大爲彤管紀勝。嘗賦閨情浣溪沙詞云：「金井風微響轆轤。桐陰漏日曉妝初。薄寒猶怯玉肌膚。簾幕絮縈雙紫燕，盆池花襯小紅魚。晝長耽閣繡工夫。」阮亭謂髫時每喜吟紫燕紅魚二語，時時成誦。今細讀之，瑶翻碧灔，宛似元美江南詞也。同上

曹顧庵發雅音

近日詞家愛寫閨襜，易流狎暱，蹈揚湖海，易涉叫囂，二者交病。顧庵工於寓意，發爲雅音，品格當在周、秦、姜、史之間。尤悔庵

春曉亭子

「牛衣古柳買黄瓜」，非坡仙無此胸次。近惟曹顧庵學士時復有之。綠楊杜宇，酒後偶然語，亦是大羅

天上人。吾友蘄水楊菊廬比部，因此詞於玉臺山作春曉亭子，一時多爲賦之，亦佳話也。王阮亭

張淵懿月聽詞

月聽詞，鑱去尖刻，以温潤爲體，深得樂府之遺。周冰持

裴按：青浦張淵懿，字硯銘。順治十一年舉人，有月聽軒詩餘一卷。

衍波詞體備唐宋

衍波詞體備唐、宋，美非一族。江上之「風高鴈斷」，蜀岡之「亂柳啼鴉」，贈鴈之「水碧沙明，參橫月落，遠向瀟湘去」，直合東坡、稼軒、白石、梅溪爲一手。彭羡門

衍波詞不減南唐二主

衍波詞小令極哀豔之深情，窮倩盼之逸趣。其醉花陰、浣溪沙諸闋，不減南唐二主也。鄒程村

阮亭揚州詞妙絶當時

揚州爲自古宦遊之地，歐、蘇俱有小詞，醉翁「江天渺渺没孤鴻」，東坡「三過平山堂下」之句是也。六百年而阮亭妙絶當時，始繼其響。杜茶村

王司理江南好

王司理去維揚日，作江南好數調云：「江南好，風日近秦郵。銀甲暫停朱閣午，玉笙纔度碧雲秋。扶醉且淹留。」「江南好，春暮雨簾纖。魚子天晴初出水，鼠姑風細不鉤簾。底事惱江淹。」「江南好，最好是孟湖。何處情人名碧玉，誰家亭子號真珠。聊爲結相於。」「江南好，畫舫聽吴歌。萬樹垂楊青似黛，一灣春水碧於羅。懊惱是横波。」「江南好，又過落花朝。玉茗歌殘情歷歷，金堂人散水迢迢。魂去不須招。」予曾於畫舫白板上見之，清歌宛轉，似樂天憶西湖諸作。詞苑叢談

三緑詞人

昔應子和以「蠟炬短燒紅」、「風雨落花紅」、「兩岸夕陽紅」，名三紅秀才。今阮亭有「春水平帆緑」、「夢裏江南緑」、「新婦磯頭煙水緑」，不將更稱三緑詞人耶。鄒程村

二王詞

僕最愛王仲英「學繡青衣艱刺鳳。自把金針，代補翎毛空」之句。天然神駿，不數易安。及讀阮亭「郎似桐花」二語，不覺叫絶。昔卓珂月以太白、後主、易安爲三李名齋，今即以仲英、阮亭爲二王，自堪並垂天壤。同上

王阮亭和張泌韻

泰娘，名姬也。詩有「楓橋泰娘雙翠蛾」，又「秋娘容與泰娘嬌」之句。王阮亭和張泌韻云：「雨後蟲絲罥

碧紗。朝來鵲語鬧簷牙。日痕紅曙一欄花。殘夢未遥猶眷戀，篆烟初裊半天斜。消魂應在泰娘家。」徐東癡謂其情事如水，誦之果然。同上

阮亭卜算子

阮亭卜算子詞云：「天氣近清明，汝定成行否。雨雨風風不暫停，作意催花柳。」程村云：「首二句用晉帖，自然。」羨門云：「作意催花柳，天然微妙。寵柳嬌花，未免組織矣。」倚聲集

丁飛濤扶荔集

丁飛濤最善填詞，有扶荔集三卷，爲當世所傳誦。如鎖窗寒東風詞：「入柳非烟，弄花無影，斷腸何處。」聲聲慢秋夜詞：「撇得我恁憔悴，自已難識。欹著枕、把淚兒揾住怎得。」又，柳初新詞：「最惜纖纖如楚。恐難禁、灞陵人去。及早和他同住。怕消魂、夕陽飛絮。」又，爪茉莉閨怨詞：「含糊過、翻恨成悲，細看去都是淚。被風吹、直向海天雲底，也知到他那里。」又，品令幽懷詞：「九十春光，添做百分憔悴。不如掃却今番，漫把相思再理。」又，鳳啣杯舊恨詞：「將拭淚雙綃，斷腸一紙交伊看，怎推得、無人見。」又，臨江仙春睡詞：「柳慵花醉，喚不起、鷓鴣啼。畫梁殘日依依。輕他燕子故雙棲。湘簾暗下，賺得箇、撲簾飛。」是愈出愈姸，後人駕前人之上，真可謂山間明月，鳳管簫聲，淒楚廻環，傷情欲絶矣。王西樵

程村詞

程村作諸僻調，能安頓拗折處，使之轉旋從我法，又無一字粗悟，真削猴刻鵠之技也。彭羨門

龔芝麓詞

紫燕春雨草堂，據吳陵之勝，名人詩賦甚多，最愛龔芝麓「城外畫圖城裏屋，柳邊溪水竹邊橋」，姜如須「處士藥欄臨曲水，仙曹伎舫泊寒汀」，顧與治「烟柳纖絲迷遠艇，水流花片過前除」，可爲小西湖寫照。今又得程村透碧霄詞，直可作十日卧遊矣。漁洋山人

毛會侯映竹軒詩餘

毛會侯文尚遒逸，力洗近世膚僞之習，宜其不專以綺靡爲尚也。而顧好爲小詞，其所著映竹軒詩餘，有冬夜集穉黄宅聽歌調清平樂云：「霜寒如許。燭燄紅偏露。預借春光來作主。聽得春鶯雙語。　新詞幽恨無涯。聲聲顫落梅花。我欲徘徊起舞，漫教淚濕琵琶。」柔情漫調，有不可概論者。方渭仁

毛三瘦

毛穉黄玉樓春閨晚云：「月明背著陡然驚，不信我真如影瘦。」又踏莎行書來云：「空閨寂寂念相聞，書來墨淡和伊瘦。」又，臨江仙寫意换頭云：「鶴背山腰同一瘦，且看若個詩仙。」沈東江嘲之云：「昔子野稱張三影，今穉黄可謂毛三瘦矣。」詞苑叢談

丁藥園浣溪沙

丁藥園浣溪沙云：「買斷春風榆莢錢。拋殘紅日柳絲鞭。王孫歸去劇堪憐。鸜鵒窺翻雙玉局，珊瑚劈亂十三絃。晝長無事不教眠。」杜茶村謂其只言無聊光景，所思自在言外，此真得詞家三昧。同上

沈文人小詞

沈文人工繪事，兼善音律，間爲小詞，直窺稼軒之奥。其穠情逸韻，周勒山謂蕙草雪消不足方也。今世說

張宏軒嘯谷詞

嘯谷詞，其源出於東坡，而温雅綿麗，含蓄不露，則斟酌於小山、淮海之間。孫愷似

按：上海張宏軒錫懌，順治十二年進士。官泰安州知州，有嘯谷餘聲一卷。

孫蕉庵詞

蕉庵詞，心情澹雅，寄託遥深，能盡洗草堂陋習。與柘西交最深，近復同住雙柏樹下，坐卧研論，宜其詞之工也。朱竹垞

孫蕉庵折柳詞

折柳諸作，極清婉妍秀之致，較浣紅居詞，體格又一變矣。顧梁汾

按：常熟孫蔗庵暘，順治十四年舉人。有折柳詞一卷。

毛會侯詞審音協律

毛會侯博洽研貫，其所爲詞俱審音協律，不愧大晟樂府之遺。沈昭子

曹實庵詞氣韻勝

曹實庵不爲閨襜靡曼之音，而氣韻自勝，其淡處絶似宋人。王阮亭

曹實庵咏物詞

詞至南宋始工，斯言出，未有不大怪者，惟實庵舍人意與余合。今就咏物諸詞觀之，心摹手追，乃在中仙、叔夏、公謹，兼出入天游、仁近之間。北宋自方回、美成外，慢詞有此幽細綿麗否。朱竹垞

董蒼水情詞兼勝

董蒼水情詞兼勝，小令尤工。彭羨門

王丹麓詞在清空質實之間

詞貴清空，不尚質實。王丹麓詞在清空質實之間。施愚山

紅豆詞人

吴綺詩餘頗擅名，有「紅豆詞人」之號，以所作有「把酒囑東風，種出雙紅豆」句也。跌宕風流，亦可謂一時才士矣。四庫全書提要

吴綺詞似陳西麓

薗次之詞，選調寓聲，各有旨趣。其和平雅麗處，絶似陳西麓。朱竹垞

丁鴈水詞兼宋元人之長

丁鴈水構甓園於官廨，與往來賓客倚聲酬和，所成紫雲詞，流播南北，蓋兼宋、元人之長。同上

佟東白詞與秦柳争長

佟東白詞，纏綿婉約，當與柳屯田、秦淮海争長。曹秋岳

鄒念蕘工小詞

具區，今之孝子也。殺賊守城，馳名天下。且又工於小詞，字字香豔。尤悔庵

按：鄒念蕘名宏志，吴江人，有邀月詞一卷。

彈指詞出入兩宋

彈指詞，極情之至，出入南北兩宋，而奄有衆長。杜紫綸

顧梁汾以詞代書

顧梁汾寄吴漢槎寧古塔以詞代書金縷曲二闋，激昂悲壯。卽置之稼軒集中，亦稱高唱。黄唐堂

成容若有側帽飲水詞

容若讀書機速過人，輒能舉其要。詩有開元丰格。作長短句，跌宕流連以寫其所難言。有集名側帽、飲水者，皆詞也。韓慕廬

容若不喜南宋

容若自幼聰敏，讀書過目不忘，善爲詩，尤工於詞。好觀北宋之作，不喜南渡諸家，而清新秀雋，自然超逸。海内名人爲詞者，皆歸之。徐健庵

容若詞淒惋

容若詞，一種淒惋處，令人不能卒讀，人言愁我始欲愁。顧梁汾

飲水詞哀感頑豔

飲水詞，哀感頑豔，得南唐二主之遺。陳其年

側帽詞有憶香嚴詞

側帽詞，有西郊馮氏園看海棠浣溪沙云：「誰道飄零不可憐。舊游時節好花天。斷腸人去自今年。一片暈紅疑著雨，晚風吹掠鬢雲偏。倩魂消盡夕陽前。」蓋憶香嚴詞有感作也。王儼齋以爲柔情一縷，能令九轉腸廻，雖山抹微雲君，不能道也。詞苑叢談

汪蛟門醉春風

汪舍人蛟門醉春風詞云：「好事而今乍。剗襪移深夜。手提金縷小鞋兒，怕怕怕。犬吠花陰，月沉樓角，暗中驚詫。　軟玉相憑藉，纖指將頭卸。妾身拚得教郎憐，罷罷罷。」又「聽雞聲、催人枕畔，羞顏嬌奼。」較之南唐主遺小周后詞，尤覺旖旎。同上

羨門詞不減南唐

羨門驚才絶豔，長調數十闋，固堪獨步江左。至其小詞，啼香怨粉，怯月淒花，不減南唐風格。嚴秋水

羨門語勝柳七

柳七䦨河冷落三語，坡公亦服爲唐人語。六百年而羨門以「西風旅夢」、「殘月當樓」二語勝之。乃知太白詠鳳凰臺，終是膽怯司勳也。鄒程村

羨門花心動後段

羨門花心動後段云：「倚樓人聽斷腸聲，驚秋客到傷心處。江南夢、一曲瀟瀟暮雨。」宋大夫以來，誰人更能道得。同上

羨門一萼紅詞

程村云：「每讀王次回睡鞵詩，至『教郎被底摩娑遍，忽見紅幫露枕邊。』嘆其纖褻過甚。」誦羨門一萼紅詞，風流香膩，更不許温段復賦錦鞋也。王阮亭

羨門螢蓮二詞

羨門螢蓮二詞，詠物之工，何必老杜。尤悔庵

悔庵詞

悔庵詞流麗圓轉，如細管臨風，新鶯啼樹。至其感慨恢諧，流傳酒樓郵壁，又天然工妙，直兼蘇、辛、秦、柳諸家所長。曹顧庵

毛大可詞

毛大可河右詞，其旨精深，其體温麗。「户網粘蟲，枕聲停釧。吹簫苦脣朱之落，夢歡愁臂紅之銷。腰

慵結帶，時作縈廻。鏡喜看花，暗相轉側。」此真靡曼之瑋辭，夫豈纖庸之佚調。姜汝長

菊莊詞一卷

自吾家玉臺一序後，幾令琉璃研匣，翡翠筆牀，爲千古詞人揮灑不盡。茲披菊莊詞一卷，更覺翰墨流香。乃知草堂之草，歲歲吹青，花間之花，年年逞豔。後來者居上，何必沾沾南唐、北宋耶。徐野君

菊莊詞有南唐遺韻

菊莊憶秦娥、菩薩蠻諸闋，猶有南唐遺韻。宋牧仲

菊莊詞漸近自然

詞之佳者，正以本色漸近自然，不在縷金錯采爲工也。讀電發諸作，故得此意。至「一片殘陽在客衣」，直是神到語，雖秦七復生，亦當絶倒。尤悔庵

菊莊詞似坡公

「百頃黄蘆，千條濁浪，人在柁樓吹笛。」神似坡公。或問何似，曰：「解衣欹枕緑楊橋，杜宇數聲春曉。」同上

菊莊詞有離合之妙

詞貴離合，不粘本題，方得神情綿邈。菊莊踏莎行賦愁云：「脈脈紅樓，萋萋緑野，一江春水茫茫瀉。」不言愁而愁自至，非離合之妙乎。曹掌公

菊莊詞得詞理三昧

弇州謂美成能作情語，不能作景語。菊莊「春衫淚，明月樓前，碧桃花下」等句，真能言情於景中者也。可謂得詞理三昧。宋楚鴻

竹垞詞醇雅

竹垞博搜唐、宋、金、元人集以輯詞綜，一洗草室之陋。其詞句琢字鍊，歸於醇雅。雖起白石、梅溪諸家爲之，無以過也。沈融谷

竹垞詞無所不能

竹垞能詩能文章，至於詞，亦無所不能，予每嘆其才爲不可及。集中雖多豔曲，然皆一歸雅正，不似屯田樂章徒以香澤爲工者。李分虎

竹垞詞與柳七黄九争勝

錫鬯天才踔厲，詩文膾炙海内，填詞與柳七、黄九争勝。葉元禮嘗作駢體文序之，綴以絶句云：「鴛鴦湖口推朱十，代北汶西詞客哀。弄墨偶然工小令，人間腸斷賀方回。」徐菊莊

竹垞詞神明乎姜史

竹垞詞，神明乎姜、史，刻削雋永。本朝作者雖多，莫有過焉者。杜紫綸

朱陳詞工力悉敵

其年與錫鬯並負軼世才，同舉博學鴻詞，交又最深，其爲詞亦工力悉敵。烏絲載酒，一時未易軒輊也。曹秋岳

陳其年悵悵詞

陳其年既失意無聊，嘗賦悵悵詞三首，涉筆騷怨嗚咽。王司州阮亭見之，大爲歎絶。詞苑叢談

秋水小詞精妙

國初詞家，小長蘆而外，斷推秋水，小詞精妙，一時作者未易幾也。樊榭論詞絶句曰：「閒情何礙寫雲藍。淡處翻濃我未諳。獨有藕漁工小令，不教賀老占江南。」斯言當矣。張漁川

豹人詞在蘇辛之間

豹人詞，以飛揚跋扈之氣，寫嵚崎歷落之思，其品格當在稼軒、東坡之間。尤悔庵

董文友詞似易安

董文友一剪梅云：「慣得相携花下遊。蘇大風流。蘇小風流。而今別況冷於秋。燕去南樓。人去南樓。　等閒平判十分愁。儂在心頭。卿在眉頭。少年心事總悠悠。一曲揚州。一夢蘇州。」商邱宋牧仲謂其酷似李易安。詞苑叢談

文友蘇幕遮

「骰子逡巡裏手拈。無因得見玉纖纖。玲瓏骰子藏紅豆，刻骨相思知未知。」總不如文友蘇幕遮後結「親點牙籌，賭喝雙雙雉」，爲銷魂鑠骨也。王北山

楓江漁父圖題詞

嚴州毛會侯畫垂竿小照，華亭高謖園層雲賦邁坡塘一闋，高槎客騫，謖園令子，爲余題楓江漁父圖小重山。兩詞俱佳，識者擬之晏元獻父子。詞苑叢談

余光耿詞寄託頗深

余光耿父懋衡，於明末遭黨禍。光耿少而孤苦，中多感慨，往往託填詞以自遣。滿江紅諸作，思親憶弟，寄託頗深。其以蓼花名者，殆亦取多難集蓼之意歟。四庫全書提要

介遵玉女迎春慢

介遵先生公車北上，初以文投桐城望溪方公，一見傾倒。後有文酒之會，適頒時憲書，先生卽席賦玉女

迎春慢一詞，座上名流盡皆輟筆，一時名噪都下。然先生竟艱一第，鬱鬱以孝廉卒。當時評者，謂先生詞躋於昔賢，不在白石、梅溪之下，方諸時傑，應儕烏絲、竹垞之間。董雲舫

介遵詠物詞

介遵詠物諸詞，研摹刻畫，託寄高遠，巧不傷雅，濃不病華。方致士

按：光耿，婺源人。有蓼花詞一卷，版已漶漫，同里王顧亭使君重梓以問世。

沈豐垣詞

錢塘沈遹聲豐垣蘭思詞，如「獨憐春草不成花，看盡晚雲都做水。怪底窺人鶯不語，綠楊枝上微微雨」，妙語天然，直臻神境。吳舒鳧

吳山詞

吳吳山儀一，髫年游太學，名滿都下，尤工於詞。王新城晚年有寄懷西泠三子詩曰：「稗畦樂府紫山詩，更有吳山絶妙詞。此是西泠三子者，老夫無日不相思。」其爲前輩推重如此。厲樊榭

陳謀道詞

陳謀道，字心微。工小令，得南宋風致。王尚書士禎選入倚聲集，稱其「數枝紅杏斜陽」句，勝於宋子京。人稱爲「紅杏秀才」。一嘉善縣志

秋錦詞

秋錦論詞，必盡掃蹊徑，獨露本色。嘗謂南宋詞人如夢窗之密，玉田之疎，必兼之乃工。今讀是集，洵非虛語。曹升六

沈融谷詞

吾友沈子融谷，精於詞久矣。況之古人，殆類王中仙、張叔夏。叔夏嘗謂「中仙詞極嫺雅，有白石意趣。」仇山村亦云：「叔夏詞律呂協洽，當與白石老仙相鼓吹。」是二家之詞，非深於情者，未必能好。即好之而不善學，亦未必能似。今融谷情之所至，發爲聲音，莫不纏綿譜婉，誦之可以忘倦。雖其博綜樂府，兼括衆長，固不盡出於二家。然體格各有所近，不位置融谷於二家之間不可也。龔蘅圃

李分虎詞

二十年來，詩人多寓聲爲詞。逮予客大同，與曹使君秋岳相倡和，其後所作日多，謬爲四方推許。使君既歸倦圃，李子分虎時時過從，相與論詞。其後分虎游屐所向，南朔萬里，詞帙之富，不減予曩日，殆善學北宋者。頃復示余近稿，益精研於南宋諸名家，而分虎之詞愈變而愈工。朱竹垞

耒邊詞

耒邊詞，能掃盡白科，獨露本色，在宋人中絕似竹山。高二鮑

覃九詞

詞莫善於姜夔。梅溪、玉田、碧山諸家，皆具夔之一體。自後得其門者寡矣。吾友覃九詞，可謂學姜氏而得其神明者。朱竹垞

蘅圃詞

竹垞客通潞時，蘅圃與之朝夕，故爲倚聲最早，無纖毫俗尚入其筆端。李分虎

徐西厓詞

上海徐西厓允哲爲春藻赤巇響泉詞，尤極温藻芊綿之致。周鷹垂

蔣京少詞

蔣京少梧月詞，穠而不靡，直而不俚，婉曲而不晦，庶幾可嗣古人之遺響。朱竹垞

孫松坪詞

孫松坪先生別花餘事，絶似東山、東堂、小山、淮海。梅汫詞，則旁及於青兕，而變化於樂笑。其清空騷雅，駸駸乎入宋人之室矣。樓敬思

黄莘野詞

詞家三昧，全以不著迹象爲佳。余最愛莘野黄君田解語花結句：「漾花梢一朶行雲，化水痕難覔。」其妙處在離即之間。劉廷璣

小湖卜算子

小湖有卜算子詞甚佳。詞云：「飛雨過金塘，風細湘簾動。簾底鵝兒酒滿卮，少個人兒共。無分作鴛鴦，擬作鴛鴦夢。凄斷誰家縹緲樓，玉管聲聲弄。」羅裙草

吴笙山詞

吴笙山雯烔香草一編，薰心染臆於姜、張、吴、史之間，故穠而不迷，豔而能清。陳玉几

陸南香詞

陸南香詞，清麗閒婉，使人意消。續稿二卷，乃燕山後游及客梁園之作，年長多愁，聲情變而愈上矣。厲樊榭

徐紫山詞

徐丈紫山黄雪山房，在學士港口湖山幽勝處也。其詞清微婉妙，絶似宋人。同上

按：黄雪山房詞稿，尚未付梓，予曾於艮麓諸君處借録一過。

浣花詞

浣花風流醞藉，詞如其人，麗而則，清而峭，晏、周之流亞也。顧梁汾

紫綸詞

紫綸詞，脱去凡豔，品格在草窗、玉田之間。宋牧仲

幻花老人詞

幻花老人詩，旨趣在王、孟間，而暇爲長短句，又能宗尚石帚、玉田，刊落凡豔。宋之色香味之外，而獨領其妙。平生專修淨土，去來如意，凡有所作，皆從靜境流出，故不假思惟，自然各臻其妙。柯南陔

勾花庵詞

余年近壯，偶一按譜，見賞於徵君焦夫子。曰：「知子纔試爲此，已入晚宋四家之室，此事固關天分。」又仿元曲四字評語曰：「子詞可謂如『竹風梧雨』。」勾花庵詞鈔自序

秋屏詞

花間、尊前而後，言詞者多主曾端伯樂府雅詞，今江、淮以北稱倚聲者，輒曰雅詞，甚矣詞之當合乎雅矣。自草堂選本行，不善學者，流而俗，不可醫。讀秋屏詞，盡洗鉛華，獨存本色，居然高竹屋、范石湖

遺音，此有井飲處所必欲歌也。曝書亭集

秋屏以長調取勝

詞家狃於本色當行之說，多以柔情曼語，標新競異。然宜於小令，而不宜於長調，宜於閨情春思，而不宜於登臨感遇詠物懷人諸作。故自香奩之外，求其合作者難矣。秋屏不屑作柔曼之音，純以長調取勝，豔而不靡，麗而不纖，清而不膚，爽而不率。思沉力厚，法備神全，極詞家之能事。何嘉延

秋屏詞情恂雅

秋屏詞情恂雅，既不流於柔靡，復不蹈於豪放，淡妝濃抹，俱所不事，直得白石、玉田神髓。姚潛夫

紫山詞

去臘於友人華秋岳所讀樊榭高陽臺一闋，生香異色，無半點煙火氣，心嚮往之。新年過訪，披襟暢談，語語沁入心脾，遂相訂爲倡和之作。頃寓秦淮，樊榭書至，知前後題俱削稿，復合以平時所作，付之梓人。迴環讀之，如入空山，如聞流泉，真沐浴於白石、梅溪而出之者。噫，舍紫山而外，知此者亦鮮矣。徐紫山

厲太鴻詞

厲君太鴻刻意爲長短句，括題選調，與紫山相唱和，數月之間，動成卷帙。聲諧律叶，骨秀神閒，當於豪

蘇膩柳之外，別置一席。至於琢句之雋，選字之新，直與梅溪、草窗爭雄長矣。吴允嘉

樊榭詞託寓微至

余與樊榭交垂十五年，見其偃蹇侘傺，不廢文史，而感時覽物，託寓微至。詩所不盡，必形之於詞。上者海山縹緲之音，次亦不減游春綠水之奏，聞者意消神往。符幼曾

樊榭詞清真雅正

詞於詩同源而殊體，風騷五七字之外，另有此境。而精微詣極，惟南渡德祐、景炎間，斯爲特絶。吾杭若姜白石、張玉田、周草窗、史梅溪、仇山村諸君所作，皆是也。吾友樊榭先生起而遥應之，清真雅正，超然神解，如金石之有聲，而玉之聲清越。如草木之有花，而蘭之味芬芳。登培嶁以攬崇山，涉潢汙以觀大澤。致使白石諸君，如透水月華，波摇不散。吴越間多詞宗，吾以爲叔田之後，無飲酒矣。陳玉几

樊榭詞清空婉約

厲徵君樊榭詞，清空婉約，得白石、叔夏正傳。建炎湖山之妙，尚可於移宫换羽間得之。定香亭筆談

陸莊二子詞

予讀陸繆雪、莊西霞二子詞，情真語摯，寓端莊於流麗，逞綺靡於纏綿。可與大木先生幻花庵詞鼎峙於騷壇。趙鶴埜

蓮坡詞

國初以來，江左言詞者，無不以迦陵爲宗，家嫻户習，一時稱盛，然猶有草堂之餘。自浙西六家詞出，擗香南宋，另開生面。於是四方承學之士，從風附響，知所指歸。予己未夏北游，假館於蓮坡澹宜書屋，每風晨雨夕，酒邊燭外，時同搯韻。而蓮坡於聲律之微，必抉根溯源，究其旨奥。至於抽思掞藻，總在汰去侈蔓，一歸清真。故其所製激響空明，華而不靡，刻而不露，如幽湍之鳴，如虚林之籟，一本天然也。陳對鷗

蓮坡詞雅正

詞有四聲五音均拍輕重清濁之别，其爲之也較難於詩。予友蓮坡，才思超俊，履險能夷。其新製抽妍騁秘，宫協律諧，且盡洗草堂、花間之餘習，而出之以雅正，洵乎能爲其難矣。吴陳琰

吴焯詞

吴繡谷焯，其詞寓託既深，攬擷亦富，紆徐幽邃，惝怳綿麗，使人有清真再生之想。其搯譜尋聲，兢兢於去上二字之分，尤不失刌度。厲樊榭

馬嶰谷詞

馬嶰谷曰琯，性好交游，四方名士過邗上者，必造廬相訪。近結邗江吟社，以倚聲與賓朋酬倡，與昔時

圭塘玉山相埒。其詞清新刻削，能自名一家。陳授衣

陳榮傑詞

陳榮傑無波詞，風流自賞，不輕出以示世，獨以余爲知音。其一種清虚婉約之致，全以情勝。黄庴堂

朱紫岑詞

朱紫岑宅，在閶門外桐溪浜，前疎雨樓，姪秋潭居之。後有萍花水閣，則爲其子桂泉、姪時霖讀書地。紫岑長身玉立，工篆書。一家子侄，以倚聲唱和與吴竹嶼、趙璞庵及從弟朱吉人等詩酒流傳，吴中以爲佳話。張少華

江研南詞

江研南琢春詞，豔豔如月，亭亭若雲，蕭然遇之，清風入林。程物賦形，而無遺聲焉。至於審音之妙，鑰合尺圍，靡間絲髮，昔人所稱神解者非耶。陳玉几

江賓谷好南宋人詞

江賓谷雅好南宋人詞，尤愛其中一二家最平淡者。平日論詞，及所自爲，並能追其所見。刁去瑕

賓谷梅邊琴汎

賓谷梅邊琴汎一卷，追清石帚，繼響玉田。昔南史稱柳公雙鎖爲琴品第一，若梅邊琴汎者，其亦第一詞品乎。趙秋谷

張漁川詞

張漁川詞，删削靡曼，歸於騷雅。其研詞鍊意，以樂笑翁爲法。讀響山一編，覺白雲未遠也。厲樊榭

閔玉井詞

閔玉井填詞在中年以後，與松泉、葑田競爽邗上。松泉清俊，葑田綿虛，玉井殆欲兼二子之長。同上

江橙里詞

江橙里少嗜倚聲，饒有清致，劌鉥肝腎，磨濯心志，蓋幾幾乎追南渡之作者而與之並。雖自汰甚嚴，所存不啻半銖一粟，而其苦心孤詣，善學古人，審音者固望而可知也。練溪在歙之北鄉，江氏世居於此，故以名其詞云。沈沃田

橙里意境清遠

橙里意境清遠，慕姜白石、張叔夏之風，其詞清空蘊藉，無緐麗昵褻之情，除激昂囂號之習，可謂卓然名家。淮海英靈集

史位存詞

史位存承謙，以熏香摘豔之才，爲滴粉搓酥之用，優游漸積，久而益專。其於南渡諸家，不屑屑句摩篇倣，而一種幽情逸韻，流於筆墨之外，蓋能自出杼軸而又得體裁之正者。儲長源

任淡岑詞

任淡岑曾貽詞，刪削靡曼，獨抒性靈，於宋人不沾沾襲其面貌，而能吸其神髓。一語之工，令人尋味無窮。同上

朱雲翔詞

元和朱君雲翔蝶夢詞，融情鍊景，刻羽引商，溯權輿於李唐，備體裁於趙宋，擬之竹垞，可與代興。許名崙

朱春橋詞

桐鄉朱子春橋，竹垞太史族孫，碧巢農部之外孫也。其詞句琢事鍊，調合律諧，具有小長蘆家法。高槎客

過湘雲詞

過湘雲倘佯山水，嘯詠風月，所作詩詞如雪藕冰桃，沁人醉夢。吳竹嶼

汪對琴詞

汪對琴詞，如入武夷啖荔枝，鮮美獨絕。又如饌設江瑶柱，與羣殽錯迥別。黄唐堂

對琴詞如聞空山琴語

對琴每於酒邊花下，閒作倚聲，如聞空山琴語，松下幽泉，使人不復作塵想。張漁川

吳企晉詞

吳企晉，水月方清，雲嵐比潤，偶作詩餘，亦是蘇門長嘯。蔣西原

趙璞函詞

趙璞函詞，瓣香於碧山、蜕巖，故輕圓俊美，調協律諧。以近詞家論之，尤堪接武竹垞，分鑣樊榭。吳竹嶼

張少華詞

張少華襟情爽颯，而填詞又極纏綿，故以韻勝也。有香奩一卷，惜爲人假手，不能傳播藝林。朱吉人

雲門一僧詞

康熙初，雲門一大僧枉過柳塘，留巫山一段雲詞，則真韶秀絶倫之語。他如雲漢月函亦有禪樂府，皆石門文字一流人也。柳塘詞話

武林一僧詞

武林一老僧所填點絳脣詞云：「來往烟波，此生自號西湖長。輕風小槳。盪出蘆花港。得意高歌，夜静聲偏朗。無人賞。自家拍掌。唱徹千山響。」音調超絶。噫，此亦紅薑老人儔匹也。查恂叔詞話

徐湘蘋詞

湘蘋夫人善屬文，兼精書畫，詩餘得北宋風格，絶去纖佻之習。林下詞選

按：徐燦，字湘蘋，長洲人，海寧陳之遴室。有拙政園詩餘。

徐湘蘋小詞絶佳

徐湘蘋才鋒遒麗，生平著小詞絶佳，蓋南宋以來，閨房之秀，一人而已。其詞娣視淑真，姒蓄清照，至「道是愁心春帶來，春又來何處」，又「衰楊霜遍灞陵橋。何處是前朝」等語，纏綿辛苦，兼撮屯田、淮海諸勝。陳其年婦人集

王朗詞

金沙王朗，學博次回女也。學博以香奩豔體盛傳吴下，朗亦生而夙悟，詩歌書畫，靡不精工。尤長小詞，爲古今絶調。嘗於扇頭見其浪淘沙閨情云：「幾日病淹煎。昨夜遲眠。漫移心緒鏡臺前。雙鬟淡烟低鬢滑，也自生憐。　不貼翠花鈿。懶易衣鮮。碧油衫子褪紅邊。爲怯游人如蟻擁，故揀陰天。」才致如許，真所謂却扇一顧，傾城無色矣。同上

康鄴詞

康鄴字湘雲，直隸邢臺人，黄更生内子也。所著有臨風閣集。其菩薩蠻詞云：「徒倚聽疎鐘。臨窗愁殺儂。」又玉樓春詞云：「妾顔自愧石邊花，君心莫化花邊石。」其警句多如此。詞苑叢談

湯畹生詞

湯畹生名叔英，長洲人，適休寧吴齡，工詩善弈。其春暮南鄉子云：「天氣最無憑。乍雨還晴又做陰。時候困人三月也，清明。暗買韶光柳醆金。　盃酒恣閒吟。寂寞春庭門草心。院落黄昏簾幕悄，深深。獨坐譙樓又起更。」畹生詞佳者極多，惜散佚不傳，王西樵補入朱鳥逸史。同上

顧文畹詞

無錫顧文畹自號避秦人，詩詞極多，恒與王仲英相倡和。有浣溪沙云：「獨坐無聊對簡編。閒題恨字滿

花箋。夕陽西去轉淒然。掩淚低徊妝閣畔，掀簾私語瘦梅前。此時試問阿誰憐。」又云：「曉日凝妝上翠樓。惱人春色遍枝頭。湘簾風細蕩簾鉤。燕子未歸寒惻惻，梅花初落恨悠悠。重門深鎖一天愁。」一句極悽婉，詞見燃脂集中。同上

詞苑萃編卷之九

指摘

長調之祖

晚唐五代小令填詞，用韻多詭譎不成文者，聊爲之可耳，不足多法。尊前集載唐莊宗歌頭一首，爲字一百三十六，此長調之祖，然不能佳。周長卿

曲子相公

和凝少時好爲曲子，布於汴、洛。洎入相，契丹號爲曲子相公。有集百卷，自鏤版以行世，識者非之，曰此顏之推所謂詅癡符也。花間集

和成績豔詞

和成績豔詞，每嫁名於韓偓，因在政府諱之也。又欲使人知之，乃作游藝集序曰：「予有香奩、籯金，不傳於世。」樂府紀聞

尹鶚詞

尹鶚秋夜月，頗覺遒古，而非正賞之音。杏園芳更多穠唐之句。古今詞話

皇甫松竹枝采蓮

皇甫松以竹枝采蓮俳調擅場，而才名遠遜諸人。花間集所載，亦止小令短歌耳。元好問

顧太尉情語

顧太尉訴衷情云：「換我心。爲你心。始知相憶深。」雖爲透骨情語，已開柳七一派。蓉城集

晏叔原樂府補亡序

晏叔原樂府補亡序云：「狹邪之大雅，豪士之鼓吹，其合者高唐洛神之流，其下者不減桃葉團扇。若乃妙年美士，近知酒色之娱。苦節癯儒，晚悟裙裾之樂。鼓之舞之，使宴安酖毒而不悔，則叔原之罪也哉。」黄魯直

窮塞主

盧陵譏范希文漁家傲爲窮塞主，自矜其「戰勝歸來飛捷奏。傾賀酒。玉階遥獻南山壽」，爲真元帥之事。按宋以小詞爲樂府，被之管絃，往往傳于宮掖。范詞如「長煙落日孤城閉」，及「緑樹碧簾相掩映，

無人知道外邊寒」等句，使聽者知邊庭之苦。此深得采薇、出車、楊柳雨雪之意，若歐詞止于謏耳，何所感耶。古今詩話

耆卿詞韻不勝

耆卿詞鋪叙展衍，備足無餘，較之花間所集，韻終不勝。李之儀

耆卿詞雜鄙語

耆卿詞雖極工，然多雜鄙語。孫敦立

柳詞淺近卑俗

耆卿樂章集，世多愛賞該洽，序事閑暇，有首有尾，亦間出佳語，又能擇聲律諧美者用之。惟是淺近卑俗，自成一體，不知書者尤好之。予嘗以比都下富兒，雖脱村野，而聲態可憎。前輩云：「離騷寂寞千年後，戚氏淒涼一曲終。」柳何敢知世間有離騷，惟賀方回、周美成時時得之。賀六州歌頭、望湘人諸曲，周大酺、蘭陵王諸曲最奇崛。或謂深勁乏韻，此遭柳氏野狐涎吐不出者也。歌曲自唐虞三代以前，秦、漢以後，皆有造語，險易則無定法，今必以斜陽芳草、淡烟細雨繩墨後來作者，愚甚矣。故曰不知書者尤好耆卿。碧鷄漫志

柳詞蕪雜

柳永以樂章名集，其詞蕪雜者十之八，必若美成、堯章宫調語句兩皆無憾，斯爲冠絶。詞潔

柳詞近俗

柳耆卿喜作小詞，然薄於操行，當時有薦其才者，上曰：「得非填詞柳三變乎。」曰：「然。」上曰：「且去填詞。」由是不得志，日與猥子縱游娼館酒樓間，無復檢約，自稱云：「奉聖旨填詞柳三變。」嗚呼，小有才而無德以將之，亦士君子之所宜戒也。柳之樂章，人多稱之，然大概非羈旅窮愁之詞，則閨門淫媟之語。若以歐陽永叔、晏叔原、蘇子瞻、黄魯直、張子野、秦少游較之，萬萬相遼。彼其所以傳名者，直以言多近俗，俗子易悦故也。藝苑雌黄

柳永應制撰詞

皇祐中，老人星現，永應制撰詞忤旨，人皆惜之。余謂柳作此詞，借使不忤旨，亦無佳處。如嫩菊黄深，拒霜紅淺，竹籬茅舍間，何處無此景物。苕溪漁隱

露花倒影

張子韶對策有桂子飄香之語。趙明誠妻嘲之曰：「露花倒影柳三變，桂子飄香張九成。」秦少游善樂府，取隋煬帝「寒鴉千萬點，流水遶孤村」之句，以爲滿庭芳詞。而首言「山抹微雲，天黏衰草」，尤爲當時所

傳。子瞻戲之云：「山抹微雲秦學士，露花倒影柳屯田。」露花倒影，柳永破陣子語也。詞苑叢談

子瞻詞多不入腔

子瞻常自言生平有三不如人，謂著棋、吃酒、唱曲也。然三者亦何用如人。子瞻之詞雖工，而多不入腔，蓋以不能唱曲故耳。皇甫牧玉匣記

坡詞似詩

東坡問陳無己，我詞何如少游。無己曰：「學士小詞似詩，少游詩似小詞。」坡仙集

坡詞非本色

東坡以詩爲詞，如雷大使之舞，雖極天下之工，要非本色。陳師道

坡谷增漁父詞

東坡云：「元真子漁父詞極清麗，恨其曲度不傳，加數語以浣溪沙歌云：『西塞山邊白鷺飛。散花洲外片帆微。桃花流水鱖魚肥。　自庇一身青篛笠，相隨到處緑蓑衣。斜風細雨不須歸。』」山谷見之，擊節稱賞。且云：「惜乎散花與桃花字重疊，又漁舟少有使帆者。乃爲浣溪沙云：『新婦磯邊眉黛愁。女兒浦口眼波秋。驚魚錯認月沉鈎。　青篛笠前無限事，緑蓑衣底一時休。斜風細雨轉船頭。』」東坡云：「魯直此詞，清新婉麗，以水光山色，替却玉肌花貌，真得漁父家風。然才出新婦磯，便入女兒浦，此漁

父毋乃太瀾浪乎。」詞苑

山谷鷓鴣天

山谷晚年，亦悔前作之未工，因表弟李如篪言，漁父詞以鷓鴣天歌之，其律甚協。恨語少聲多，因以憲宗畫像求元真子文章，及元真之兄松齡勸歸之意，足前後數句云：「西塞山前白鷺飛。桃花流水鱖魚肥。朝廷尚覓元真子，何處而今更有詩。青箬笠，緑蓑衣。斜風細雨不須歸。人間欲避風波險，一日風波十二時。」東坡笑曰：「魯直乃欲平地起風波也。」同上

山谷訴衷情

蘇、黄各因元真子漁父詞增爲長短句，而互相譏評。山谷又取船子和尚詩爲訴衷情，而冷齋亦載之。予謂此皆爲蛇畫足耳，不作可也。滹南詩話

坡詞不順

東坡送王緘詞云：「坐上别愁君未見，歸來欲斷無腸。」此未别時語也，而言歸來則不順矣。「欲斷無腸」亦恐難道。贈陳公密侍兒云：「夜來倚席親曾見。」此本卽席所賦，而下夜字卻是隔一日。同上

坡詞破碎

東坡酷愛歸去來辭，既次其韻，又衍爲長短句，又裂爲集字詩，破碎甚矣。陶文信美，亦何必爾，是亦未

免近俗也。同上

秦黄並稱

詞家以秦、黄並稱。秦能爲曼聲以合律，形容處亦少刻肌入骨語。黄時出俚淺，可稱傖父。陳師道

山谷詞鄙俚

耆卿「卻傍金籠教鸚鵡，念粉郎言語」，花間之麗句也。稼軒「驀然回首，那人却在，燈火闌珊處」，周秦之佳境也。少游「怎得花香深處，作個蜂兒抱」，亦近似柳七語矣。山谷「女邊著子，門裏安心」，鄙俚不堪入誦。如齊、梁樂府「霧露擁芙蓉，明燈照空局」，何等藴藉，乃沿爲如此語乎。藝苑雌黄

山谷驀山溪詞可議

山谷贈小鬟驀山溪詞，世多稱賞。以予觀之，「眉黛壓秋波，儘湖南水明山秀」，儘字似工，而實不愜。又云：「婷婷嫋嫋，恰近十三餘。」夫近則未及，餘則已過，無乃相窒乎。「春未透、花枝瘦」，正謂其尚嫩如荳蔻梢頭二月初之意耳。而云：「正是愁時候」，不知愁字屬誰。以爲彼愁邪，則未應識愁。以爲己愁邪，則何爲而愁。又云：「只恐遠歸來，緑成陰、青梅如豆。」按杜牧之詩，但汎言花已結子而已，今乃指爲青梅，限以如豆，理皆不可通也。滹南詩話

山谷效福唐體

山谷全首用聲字爲韻，注云：「效福唐獨木橋體。」不知何體也。然猶上句不用韻。至元美道場山，則句句皆用山字，謂之戲作可也。詞中如效醉翁也字，效楚詞些字、兮字，皆不可無一，不可有二。至隱括亦不作可也，不獨醉翁如嚼蠟，卽子瞻改琴詩，琵琶字不見，畢竟是全首說夢。詞繹

山谷勸酒詞

韓文公遣興詩「斷送一生惟有酒」，又贈鄭兵曹詩「破除萬事無過酒」，山谷各去其一字，作勸酒詞云：「斷送一生惟有，破除萬事無過。遠山橫黛蘸秋波，不飲傍人笑我。花病等閒瘦弱，春愁沒處遮欄。盃行到手莫留殘，不道月斜人散。」王阮亭曰：「黄魯直竟作歇後鄭五，何哉。」詞苑

學東坡諸家

晁无咎、黄魯直，皆學東坡韻製得七八。黄晚年間放於狹邪，故有少疎蕩處。後來學東坡者，葉少蘊、蒲大受，亦得六七，其才力比晁、黄差劣。蘇在庭、石耆翁，入東坡之門矣，短氣跼步，不能進也。趙德麟、李方叔，皆東坡客，其氣味殊不近。趙婉而李俊，各有所長，晚年皆荒醉汝潁間，時時出滑稽語。碧雞漫志

東坡和楊花

章質夫作水龍吟咏楊花，其用事命意，清麗可喜。東坡和之，若豪放不入律呂。徐而觀之，聲韻諧婉，便覺質夫詞有織繡工夫。晁叔用云：「東坡如毛嬙西施，淨洗卻面，與天下婦人鬭巧，質夫未免膏澤。」曲洧紀聞

詞難得全篇皆好

詞句欲全篇皆好，極爲難得。如賀方回「淡黄楊柳帶棲鴉」之句，寫景可謂造微入妙，若其全篇，皆不逮矣。苕溪漁隱

冠柳詞

逐客詞風格不高，以冠柳自名，則可見矣。陳質齋

黄不及秦

詞家每以秦七、黄九並稱，其實黄不及秦遠甚。猶高之視史，劉之視辛，雖齊名一時，而優劣自不可掩。彭羨門

少游學柳

少游自會稽入都，見東坡，曰：「不意别後公卻學柳七作詞。」少游曰：「某雖無學，亦不如是。」東坡曰：「銷魂當此際，非柳七語乎。」坡又問别作何詞，少游舉「小樓連苑横空，下窺繡轂雕鞍驟」，東坡曰：「十

三個字，只說得一個人騎馬樓前過。」少游問公近作，乃舉「燕子樓空，佳人何在，空鎖樓中燕。」晁无咎曰：「只三句，便說盡張建封事。」高齋詩話

少游贈陶心兒

少游贈歌妓陶心兒南歌子詞云：「玉漏迢迢盡，銀潢淡淡横。夢回宿酒未全醒。已被鄰雞催起，怕天明。臂上妝猶在，襟間淚尚盈。水邊燈火漸人行。天外一鈎殘月，帶三星。」末句暗藏心字，子瞻誚其恐爲他姬厮賴也。詞苑

陳無己詞

陳無己所作數十首，號曰語業。妙處如其詩，但用意太深，有時僻澀。碧雞漫志

王輔道詞

王輔道履道善作一種俊語，其失在輕浮。輔道誇捷敏，故或有不縝密。同上

李漢老詞

李漢老富麗而韻平平。舒信道、李元膺思致妍密，要是波瀾小。同上

謝無逸詞

謝無逸字字求工，不敢輒下一語，如刻削通草人，都無筋骨，要是力不足。同上

溪堂詞抄本

時本溪堂詞卷，蝶戀花以迄禫尾望江南，共詞六十有三闋。近來吴門抄本多花心動一闋，其詞云：「風裏楊花，輕薄性，銀燭高燒心熱。香餌懸鈎，魚不輕吞，辜負釣兒虚設。桑蠶到老絲長絆，針刺眼、淚流成血。思量起、拈枝花朵，果兒難結。海棠情深忍撇。似夢裏相逢，不勝歡悦。出水雙蓮，摘取一枝，可惜並頭分拆。猛期月滿會姮娥，誰知是、初生新月。折翼鳥，甚是于飛時節。」疑是贋筆，不敢溷入，附記以俟識者。汲古閣溪堂詞跋

風裏楊花非謝無逸作

沈天羽續集收風裏楊花一首，謂是謝無逸所作。查溪堂集内並無此詞，必非無逸所作。其用字全失體格，語更卑陋不堪，沈氏亟賞之，并引惡濫可笑歪倡傖卒口中之桂枝句，以爲媲美。何其村醜至此，可爲一歎。萬紅友

馮按：是詞惡劣，人所易見，天羽不足責。竹垞先生詞綜亦復收入，真不可解矣。

王初寮詞

王初寮有點絳唇一詞，送韓濟之歸襄陽云：「峴首亭空，勸君休墮羊碑淚。宦游如寄。且伴山翁醉。

說與鮫人，莫解江臯珮。將歸思。暈紅縈翠。細識迴文字。」初寮用前事，以其漢上故事，然於送人之詞似難用也。苕溪漁隱

六人從柳氏來

沈公述、李景元、孔方平、處度叔姪、晁次膺、万俟雅言，皆有佳句。就中雅言又絕出。然六人者，源流從柳氏來，病於無韻。碧雞漫志

田中行詞

田中行極能寫人意中事，雜以鄙俚，曲盡要妙，當在万俟雅言之右，然莊語輒不佳。同上

陳無己浣溪沙

陳無己作浣溪沙曲云：「暮葉朝花種種陳。三秋作意問詩人。安排雲雨要新清。隨意且須追去馬，輕衫從使著行塵。晚窗誰念一愁新。」本是「安排雲雨要清新」，以末後句「新」字韻，遂倒作「新清」。世言無己喜作莊語，其弊生硬是也。詞中暗帶陳三念一兩名，亦有時不莊語乎。同上

惠洪詞

冷齋夜話，予謫海外，上元椰子林中，漁火三四而已。中夜聞猿聲悽動，作詞曰：「凝祥宴罷聞歌吹。畫轂走，香塵起。冠壓花枝馳萬騎。馬行燈鬧，鳳樓簾捲，陸海鰲山對。當年會看天顏醉。御盃舉，歡

聲沸。時節雖同悲樂異。海風吹夢，嶺猿啼月，一枕思歸淚。」又有懷京師詩云：「十分春瘦緣何事，一掬歸心未到家。」忘情絶愛，此瞿曇氏之所訓。惠洪身爲衲子，詞句有「一枕思歸淚」及「十分春瘦」之語，豈所當然。又自載之詩話，矜衒其言，何無識之甚邪。苕溪漁隱

李易安詞

易安居士，京東提刑李格非之女，建康守趙明誠之妻。若本朝婦人，當推詞采第一。趙死再嫁某氏，訟而離之，晚節流蕩無歸。作長短句，能曲折盡人意，輕巧尖新，姿態百出，閭巷荒淫之語，肆意落筆。自古搢紳之家，能文婦女，未見如此無顧忌也。同上

李易安詞論

李易安云：「五代干戈，斯文道熄。獨江南李氏君臣尚文雅，故有『小樓吹徹玉笙寒』、『吹皺一池春水』之詞，語雖奇甚，所謂亡國之音哀以思也。逮至本朝，禮樂文武大備，又涵養百餘年，始有柳屯田永者，變舊聲作新聲，出樂章集，大得聲稱於世，雖協音律，而詞語塵下。又有張子野、宋子京兄弟、沈唐、元絳、晁次膺輩繼出，雖時時有妙語，而破碎何足名家。至晏元獻、歐陽永叔、蘇子瞻，學際天人，作爲小歌詞，直如酌蠡水於大海，然皆句讀不葺之詩爾。又往往不協音律者，何邪。蓋詩文分平側，而歌詞分五音，又分五聲，又分六律，又分清濁輕重。且如近世所謂聲聲慢、雨中花、喜遷鶯，既押平聲韻，又押入聲韻。玉樓春本押平聲韻，又押上去聲，又押入聲。本押仄聲韻，如押上聲則協，如押入聲則不可歌

矣。王介甫、曾子固文章似西漢，若作一小歌詞，則人必絶倒不可讀也。乃知别是一家，知之者少。後晏叔原、賀方回、秦少游、黄魯直出，始能知之。又晏苦無鋪叙。賀苦少典重。秦卽專主情致，而少故實，譬如貧家美女，雖極妍麗丰逸，而終乏富貴態。黄卽尚故實，而多疵病。譬如良玉有瑕，價自減半矣。易安歷評諸公歌詞，皆摘其短，無一免者。此論未公，吾不憑也。退之詩云：「不知羣兒愚，那用故謗傷。蚍蜉撼大樹，可笑不自量。」正爲此輩發也。同上

裴按：易安自恃其才，藐視一切，語本不足存。第以一婦人能開此大口，其妄不待言，其狂亦不可及也。

朱淑真詞

錢唐朱淑真所從非偶，詩多嗟怨，名斷腸集。嘗元夜賦生查子詞云：「去年元夜時，花市燈如晝。月上柳梢頭，人約黄昏後。今年元夜時，月與燈依舊。不見去年人，淚濕春衫袖。」升庵曰：「詞則佳矣，豈良人婦所宜耶。」詞品(圭璋案，此乃歐詞，非朱詞。)

辛陸掉書袋

放翁、稼軒，一掃纖豔，不事斧鑿，高則高矣，但時時掉書袋，要是一癖。劉克莊

岳珂議辛詞

辛稼軒每開宴，必令侍姬歌所作詞，特好歌賀新郎。自誦其中警句，「我見青山多嫵媚，料青山見我應

如是」與「不恨古人吾不見，恨古人不見我狂耳」。顧問坐客何如。既而作永遇樂「千古江山，英雄無覓孫仲謀處」。特置酒招客，使妓按歌自擊節，遍問客，必使摘其疵。客遜謝不可，或措一二語不契，又弗答。相臺岳珂年最少，率然對曰：「童子何知，而敢有議。必欲如范希文以千金求嚴陵記一字之易，則晚進竊有議也。」稼軒促膝，使畢其説。珂曰：「前篇豪視一世，獨前後二警語差相似，新作微覺用事多耳。」稼軒大喜，謂座客曰：「夫夫也，實中余痼。」乃味改其語，日數十易，累月未竟。古今詞話

稼軒詞非詞家本色

稼軒「杯汝前來」，毛穎傳也。「誰共我醉明月」，恨賦也。皆非詞家本色。詞繹

劉改之沁園春

劉改之能詩詞，酒酣耳熱，出語豪縱。嘉泰癸酉，寓中都時，辛稼軒帥越，遣使招之，適以事不及行，因做辛體作沁園春一詞緘往。下筆便逼真。其詞曰：「斗酒彘肩，風雨渡江，豈不快哉。被香山居士，約林和靖，與東坡老，駕勒吾回。坡謂西湖，正如西子，淡抹濃妝臨照臺。二人者，俱掉頭不顧，只管傳杯。　白云天竺去來。看金碧峥嶸圖畫開。要縱横一澗，東西水遶，兩峯南北，高下雲堆。逋曰不然，暗香疎影，何似孤山先探梅。須晴去，訪稼軒未晚，且此徘徊。」辛得詞大喜，竟邀之去，館燕彌月，酬贈千緡。改之竟蕩於酒，不問也。嘗以此詞語岳侍郎倦翁，掀髯有得色。岳曰：「詞句固佳，但恨無刀圭藥，療君白日見鬼症耳。」舉座大噱。詞苑

後村別調效稼軒

劉潛夫後村別調一卷，大抵直致近俗，乃效稼軒而不及者。張玉田

晁无咎中秋詞

凡作詩詞要如常山之蛇，救首救尾，不可偏也。如晁无咎作中秋洞仙歌詞，其首云：「青烟幂處，碧海飛金鏡。永夜閒階卧桂影。」固已佳矣。其後云：「待都將許多明月，付與金樽，投曉共流霞傾盡。更攜取胡牀上南樓，看玉做人間，素秋千頃。」若此可謂善救首尾者也。至朱希真作中秋念奴嬌，則不知出此。其首云：「插天翠柳，飛入瑶臺銀闕。」亦已佳矣。其後「洗盡凡心，滿身清露，冷浸蕭蕭髮。明朝塵世，記取休向人說。」此兩句全無意味，收拾得不佳，遂并全篇氣索然矣。苕溪漁隱

吴夢窗詞

吴夢窗如七寶樓臺，眩人眼目，拆碎下來，不成片段。張玉田

夢窗下語太晦

夢窗深得清真之妙，但用事下語太晦處，人不易知。沈伯時

詹天游齊天樂

詹天游以豔詞得名，見諸小說。其送童天甕兵後歸杭齊天樂云：「相逢喚醒金華夢，風塵暗斑吟髮。倚擔評花，認旗沽酒，歷歷行歌奇跡。吹香弄碧。有坡柳風情，逋梅月色。畫鼓江船，滿湖春水斷橋客。當時何限俊侶，甚花天月地，人被雲隔。卻載蒼煙招白鷺，一醉修江又別。今回記得。再折柳穿魚，賞梅催雪。如此湖山，忍教人更說。」此伯顏破杭州之後也。觀其詞全無黍離之感，桑梓之悲，而止以遊樂言。宋末之習，上下如此。其亡不亦宜乎。苕溪漁隱

宋顯夫詞

宋顯夫褧聽雨賀新涼詞：「夢斷羅裙天如漆，一寸鄉心淒楚。點點是寂寥情緒。明日孤舟成獨往，更堪、長夜瀟湘浦。」亦有佳致，惜全首不稱也。詞綜

裴按：顯夫，宛平人，泰定中進士，累官翰林直學士，謚文清，所著有燕石詞一卷。

金人樂府不出蘇黄之外

宇文太學虛中、蔡丞相伯堅、蔡太常珪、党承旨懷英、趙尚書秉文、王内翰庭筠，其所製樂府，大旨不出蘇、黄之外，要之直於宋而傷淺，質於元而少情也。中州樂府

蕭閒詞

前人有「紅塵三尺險，中有是非波」之句。此以意言耳。蕭閒詞云：「市朝冰炭裏，湧波瀾。」又云：「千丈

堆冰炭。」便露痕跡。濖南詩話

蕭閒恨别詞

蕭閒自鎮陽還兵府，贈離筵乞言者云：「待人間覓個無情，心緒著多情換。」此篇有恨别之意，故以情爲苦，而還無情，終章言之宜矣。使高麗詞亦云：「無物比情濃，覓無情相博。」次第未應及此也。同上

明詞家

我朝以詞名家者，伯温穠纖有致，去宋尚隔一塵。用修好入六朝麗字，似近而遠。公謹最號雄爽，比之稼軒，覺少精思。藝苑卮言

李邊詞

李于鱗懷宗子相詩云：「卧病山中生桂樹，懷人江上落梅花。」邊廷實懷李獻吉詩云：「四海酒杯形影外，十年詩草夢魂餘」。時推作者。而李有八聲甘州，邊有踏莎行，俱不足存，何也。古今詞話

夏嚴贈答

詞至夏桂洲、嚴介溪，俱以百字令、木蘭花慢爲贈答之什。如陸儼山、周自川亦無不效之，但悉遵舊人之韻，千篇一律，了無旨趣。若桂洲閨豔小令，膾炙人口者，則又嫁名於無名氏。集中三百九十調，應酬居多。介溪往來詞調紛紛，於扇面畫幅相見，輒用以媚之。嘗有寄陸儼山百字令後半云：「祇今遥指

江雲，重吟渭樹，高興參差發。四十年來同宦海，不覺颷馳星滅。槐省垂魚，鳳池鳴玉，相對俱華髮。君恩報了，五湖同訪煙月。」此正奸雄之語也。余雖不欲以人廢言，亦豈至爲其所欺耶。錢允治

卓珂月詞

卓珂月自負逸才，詞統一書，蒐采鑒別，大有廓清之力。乃其自運，去宋人門廡尚遠，神韻興象，都未夢見。花草蒙拾

沈天羽選別集

沈天羽四集中有別集，自謂有鉥腸鏤腎之妙。吾最喜其意致相詭，言語妙天下數語，爲詩餘別開生面。然亦有刻意纖巧，致離本旨，不無奇過得庸、深極反淺之病。岷源濫觴，不得不歸咎別集二字。詞衷

詩餘圖譜與嘯餘譜

今人作詩餘，多據張南湖詩餘圖譜及程明善嘯餘譜二書。南湖譜平仄差核，而用黑白及半黑半白圈以分別之，不無魚豕之訛。且載調太略，如粉蝶兒與惜奴嬌，本係兩體，但字數稍同及起句相似，遂譌爲一體，恐亦未安。至嘯餘譜則舛譌益甚，如念奴嬌之與無俗念、百字謠、大江乘，賀新郎之與金人捧露盤之與上西平，本一體也，而分載數體。燕臺春之卽燕春臺，大江乘之卽大江東，秋霽之卽春霽，棘影之卽踈影，本無異名也，而誤仍訛字，或列數體，或逸本名。甚至錯亂句讀，增減字數，而强綴

標目，妄分韻脚。又如千年調、六州歌頭、陽關引、帝臺春之類，句數率皆淆亂。成譜如是，學者奉爲金科玉律，何以迄無駁正者耶。同上

詩餘圖譜有開創之功

張南湖詩餘圖譜，於詞學失傳之日，創爲譜係，有蓽路藍縷之功。虞山詩選云：「南湖少從西樓王氏遊，刻意填詞，必求合某宮某調，某調第幾聲，其聲出入第幾犯，抗墜圓美，必求合作。」則此言似屬溢論。大約南湖所載，俱係習見諸體，一按字數多寡，韻脚平仄，而于音律之學，尚隔一塵。試觀柳永樂章集中，有同一體而分大石歇指諸調，按之平仄，亦復無別。此理近人原無見解，亦如公畝所言徐六擔板耳。詞品

花間集體多

花間集有同一調名，而人各一體，如荷葉杯、訴衷情之類。至何傳、酒泉子等尤甚，當時何不另創一名耶。殊不可曉。俞少卿

花草粹編異體多

花間集内三十二調，草堂諸本所無。尊前集僅當花間三之一，而草堂所無者二十八調。内八調與花間同，餘又皆花間所無。有喜遷鶯、應天長、三臺，名與草堂同，而詞絶不同。又有調同而名異者，憶仙姿

郎如夢令，羅敷豔歌郎醜奴兒令。又有詞同而微不同者，瀟湘神、赤棗子之於擣練子，一斛珠之于醉落魄，餘叵殫述。大抵一調之始，隨人遣詞，命名初無定準，致有紛拏。至花草粹編，異體怪目，渺不可極。或一調而名多至十數，殊厭披覽，後世有述，則吾不知。同上

詞有一體數名

詞有一體而數名者，亦有數體而一名者，詮敍字數，不無次第參錯，其一二字之間，在于作者研詳綜變，譜中譜外，多取唐、宋人本詞較合，便得指南。張世文、謝天瑞、徐伯曾、程明善等，前後增損繁簡，俱未盡善。沈天羽謂花間無定體，不必派入體中，但就河傳、酒泉子諸調言耳，要非定論。前人著令，後人爲律，必謂花間無定體，草堂始有定體，則作小令者何不短長任意耶。中郎虎賁，吾善乎俞光禄之言耳。同上

後人製調創名

詞之歌調既已失傳，而後人製調創名者，亦復不乏。如用修之落燈風、款殘紅。元美之小諾皐、怨朱絃。緯真之水慢聲、裂石清江。仲茅之美人歸。仲醇之闌干拍以及支機集之琅天樂、天臺宴等類。不識比之樂章、大聲諸集，輒叶律與否。文人偶一爲之可也。同上

宋詞體有不可驟解者

宋人諸體亦有不可驟解者，如蘇長公之皂羅特髻中調，連用七采菱拾翠字。程書舟之四代好長調，連用八好字。劉龍洲之四犯剪梅花，長調中犯解連環、醉蓬萊二段、雪獅兒等體。又如柳屯田樂章集中如傾盃、塞孤、祭天神諸長調俱不分換頭。凡此等類，未易縷析。龍洲之四犯，想卽如南北曲之有二犯三犯耶。或後人所增，如劉煇之嫁名歐陽，未可知也。同上

雲間作者論詞

近日雲間作者論詞有云：「五季猶有唐風，入宋便開元曲，故耑意小令，冀復古音，屏去宋調，庶防流失。」僕謂此論雖高，殊屬孟浪。廢宋詞而宗唐，廢唐詩而宗漢、魏，廢唐、宋大家之文而宗秦、漢，然則古今文章一畫足矣，不必三墳八索至六經三史，不幾贅瘤乎。漁洋山人

詞名宜從舊

詞名斷宜從舊，其更名者，乃摘前人詞中句爲之。如東坡念奴嬌赤壁詞，首云：「大江東去」，末云：「一杯還酹江月。」今人竟改念奴嬌爲大江東去，又名酹江月，又名赤壁詞。如此則有一詞卽有一詞名千百不能盡矣。後人訛爲大江乘，更可笑，舉一以例其餘。尤悔庵

詞選須從舊名

阮亭嘗云：「詞選須從舊名，如本草誌藥，一種數名，必好稱新目，無裨方理，徒惑觀聽。」愚謂好用舊譜之改稱者，如本草中之別名也。又有自立新名，按其詞則枵然無有者，如清異録中藥名，好奇妄撰者也。然間有古名無謂，而偶易佳名者。如用修易六醜爲個儂。阮亭易秋思耗爲畫屏秋色。但就本詞稱之，亦不妨小作狡獪。詞衷

詞苑萃編卷之十

紀事一

清平調三章

開元中，李白供奉翰林，時禁中木芍藥盛開。明皇乘照夜白，貴妃以步輦從，選梨園子弟度曲，李龜年捧檀板，押衆樂前欲歌。明皇曰：「賞名花，對妃子，焉用舊詞。」遂命龜年持金花箋，宣賜李白，立進清平調三章。白宿酲未解，爰筆而就。太真持頗黎七寶杯，酌西涼葡萄酒。明皇親調玉笛以倚曲，每曲遍將換，則遲其聲以媚之。太真飲罷，斂繡巾重拜。自此顧李白異於他學士。松牕摭異録

李白便殿譔詞

李白於便殿對帝譔詞，時天寒筆凍，莫能書字。帝敕宮嬪十人，侍白左右，各執牙筆呵之，其受聖眷如此。開元遺事

李八郎

樂府聲詩並著，最盛於唐開元、天寶間。有李八郎者，以能歌擅名天下。時新及第進士開宴曲江，榜中

有名士先召李易服，隱姓名，與同至宴所。曰：「表弟，願與座末。」衆皆不顧。既而酒行樂作，歌者曹元謙奏念奴嬌，衆皆咨嗟稱賞。名士忽指李曰：「請表弟歌。」衆皆哂，或有怒者。及轉喉發聲，一曲未終，衆皆泣下，羅拜曰：「此李八郎也。」李清照

僧善本

康崑崙，琵琶第一手，兩市鬬樂，崑崙踞東綵樓，彈新翻羽調緑腰，自謂無敵手矣。曲罷，市之西綵樓出一女郎，抱樂器云：「我亦彈此曲。」兼移在楓香調中。撥聲如雷雨交集，奇妙入神。崑崙悵然自失，願拜爲師。女郎更衣出，乃僧善本，俗姓段者是也。碧鷄漫志

胡二子

靈武刺史李靈曜置酒，坐客姓駱，唱何滿子皆稱妙絶。白秀才者曰：「家有聲伎，歌此曲，音調不同。」召至令歌，發聲清越，殆非常音。駱遽問曰：「莫是宫中胡二子否。」伎熟視曰：「君豈梨園駱供奉耶。」相對泣下，皆明皇時人也。樂府雜録

王維精鑒

王維詩名盛於開元、天寶間，與弟縉宦遊兩都，凡諸王駙馬豪右貴勢之門，無不拂席迎之。寧王、薛王待之如師友。人有得奏樂圖不知其名，維視之曰：「霓裳第三疊第一拍也。」好事集樂工按之，一一無

差，咸服其精鑒。唐詩紀事

旗亭畫壁

開元中，詩人王昌齡、高適、王之渙齊名，時風塵未偶，而遊處畧同。一日，天寒微雪，三詩人共詣旗亭，貰酒小飲。忽有梨園伶官數人，登樓會讌。三詩人因避席隈映，擁爐火以觀焉。俄有妙伎數輩，尋續而至，奢華豔曳，都冶頗極。旋卽奏樂，皆當時名部也。昌齡等私相約曰：「我輩各有詩名，無從自定其甲乙，今者可以密觀諸伶所謳，若詩入歌詞之多者爲優矣。」俄而一伶拊節而唱，乃曰：「寒雨連江夜入吳。平明送客楚山孤。洛陽親友如相問，一片冰心在玉壺。」昌齡則引手畫壁曰：「一絶句。」又一伶謳曰：「開篋淚霑臆，見君前日書。夜臺何寂寞，猶是子雲居。」適則引手畫壁曰：「一絶句。」尋又一伶謳曰：「奉帚平明金殿開。强將團扇共徘徊。玉顏不及寒鴉色，猶帶昭陽日影來。」昌齡又引手畫壁曰：「二絶句。」之渙自以得名已久，意頗不平。謂諸人曰：「此輩皆潦倒樂官，所唱皆巴人下里之詞耳。豈陽春白雪之曲，俗物敢近哉。」因指諸伎中最佳者：「待此子所唱，如非我詩，我終身不敢與子爭衡矣。脫是我詩，子等須當列拜牀下，以師事我。」因歡笑而俟之。須臾，次至雙鬟發聲，則曰：「黃河遠上白雲間。一片孤城萬仞山。羌笛何須怨楊柳，春風不度玉門關。」之渙卽揶揄二子曰：「田舍奴，我豈妄哉。」因大諧笑。諸伶不喻其故，皆起詣曰：「不知諸郎君何此歡噱。」昌齡等因話其事。諸伶競拜曰：「俗人不識神仙，乞降清重，俯就筵席。」三子從之，飲醉竟日。同上

張志和漁歌子

張志和自稱煙波釣徒，嘗謁顔真卿於湖州，以舴艋敝，請更之，願爲浮家泛宅，往來苕霅間。作漁歌子詞曰：「西塞山前白鷺飛。桃花流水鱖魚肥。青箬笠，緑蓑衣。斜風細雨不須歸。」樂府紀聞

張松齡漁歌子

張松齡以漁歌子招其弟志和曰：「樂在風波釣是閒。草堂松桂已勝攀。太湖水，洞庭山。風狂浪急且須還。」後家鶯脰湖旁仙去，吴人爲建望仙亭。羅湖野録

許雲封笛

韋應物曉音律，夜泊靈壁舟中聞笛聲，謂酷似天寶梨園法曲李謩所吹者。詢之，乃謩外甥許雲封也。韋授以李謩笛，許曰：「此非外祖所吹者，遇至音必裂。」强令試之，遂吹六州徧，一疊而裂。樂府紀聞

劉賓客賦詞

劉賓客官蘇州刺史，李司空罷鎮日，慕其名招致之。出伎佐觴，劉賦「春風一曲杜韋娘」，司空呼伎歸之。耆舊續聞

陶峴製三舟

陶峴者，彭澤之子孫也。家於崑山，泛舟江湖，徧遊煙水，往往數歲不歸。自製三舟，一舟自載，一舟載賓客，一舟載飲饌。客有前進士孟彥深、孟雲卿，布衣焦遂，善爲詞調。峴有女樂一部，奏清商之曲，逢奇勝則窮其景物，盡興而行。吴越之士，號爲水仙。甘澤謡

白居易柳枝詞

白居易在洛作柳枝詞云：「一樹春風萬萬枝。嫩於金色軟於絲。永豐東角荒園裏，盡日無人屬阿誰。」有人歌之，聞於宣宗，因命移永豐柳二枝植内庭。白復作詞云：「一樹衰殘委泥土，兩枝移植在天庭。定知此後天文裏，柳宿光中添兩星。」唐詩紀事

杜秋娘小詞

唐有杜秋娘歌行，相傳是金陵女子，爲浙西觀察使李錡妾。錡有陰謀，秋娘時解勉之。嘗爲錡製小詞云：「勸君莫惜金縷衣。勸君惜取少年時。有花堪折君須折，莫待無花空折枝。」後錡敗，籍入宮。此蓋以詞隱諫者。唐詞選爲金縷曲，今尚存金縷巷名，則不獨桃葉桃根專美於秦淮也。客座贅語

記曲娘子

張紅紅者，大曆初隨父丐食，遇將軍韋青。因其善歌，乃納爲姬，穎悟絶倫。有樂工取西河長命女加減

節奏，頗有新聲，未進內庭，先歌於韋青宅第。青令紅紅隔屏聽之，以小豆合數記其拍。紿之云：「女弟子久歌此，非新曲也。」隔屏奏之，一聲不失。且云：「曲中有一聲不穩，今已正之矣。」樂工大驚，拜伏，嗟歎不已。尋詔入內庭宜春院，寵澤隆異，宮中號爲記曲娘子，卽拜才人。脞說

章臺柳

韓翃字君平，有友人每將妙伎柳氏至其居，窺韓所與往還皆名人，必不久貧賤，許配之。未幾，韓從辟淄青，置柳都下，三歲寄以詞：「章臺柳。章臺柳。昔日青青今在否。縱使長條似舊垂，也應攀折他人手。」柳答以詞：「楊柳枝，芳菲節。可恨年年贈離別。一夜隨風忽報秋，縱使君來豈堪折。」後爲番將沙吒利所劫，有虞候許俊詐取得之，詔歸韓。太平廣記

韋蟾伎續句

韋蟾字隱珪，下杜人。廉問鄂州罷還，賓客祖餞。蟾書文選句云：「悲莫悲兮生別離，登山臨水送將歸。」以牋毫授賓從，請續其句。逡巡有伎泫然起曰：「某不才，不敢染翰，欲口占兩句。」韋大驚異，隨令念，曰：「武昌無限新栽柳，不見楊花撲面飛。」座客無不嘉歎，韋令唱作楊柳枝詞。唐詩紀事

沈阿翹舞

太和中，文宗於內殿看牡丹，翹足憑闌，忽吟舒元輿牡丹賦云：「坼者如語，含者如咽。俯者如愁，仰者

如悦。」吟罷，方省元輿詞，不覺歎息良久，泣下沾襟。時有宮人沈阿翹者，爲舞何滿子，調聲風態，率皆宛轉。曲罷賜金臂環，卽問其從來。翹曰：「妾本吴元濟之伎女，元濟敗，因以聲得爲宮人。」俄遂進白玉方響，云：「本元濟所與也。」光明皎潔，可照十數步，犀槌卽響犀也。方物有聲，乃響應其中焉。架則雲檀香也。文彩若雲霞之狀，芳馥著人，彌月不散，制度精妙，非中國所有。因令阿翹奏涼州曲，音韻清越，聽者無不淒然，謂之天上樂，乃選內人與阿翹爲弟子焉。杜陽雜编

呂洞賓題字

大梁景德寺峨眉院壁間，有呂洞賓題字。寺僧相傳以爲頃時有蜀僧，號峨眉道者，戒律甚嚴，不下席者二十年。一日，有布衣青裘昂然一偉人來，與語良久，期以明年是日相見於此，顧少見待也。明年是日，日方午，道人沐浴端坐而逝。至暮，偉人果來，問道者安在，曰：「亡矣。」偉人歎息良久，忽不見。明日見數語於堂側壁間絶高處。其語云：「落日斜，西風冷。幽人今夜來不來，教人立盡梧桐影。」字畫飛動，如翔鸞舞鳳，非世間筆也。竹坡詩話

司空圖酒泉子

司空圖隱王官谷，自目爲耐辱居士。豫爲冢棺，遇勝日引客坐壙中，賦詩詞，徘徊不已。客或難之，則曰：「君何不廣也，生死一致，君寧暫遊此中哉。」每歲時祠禱歌舞，與閭里耆老相樂。有酒泉子詞云：「買得杏花，十載歸來方始坼。假山西畔藥欄東。滿枝紅。旋開旋落旋成空。白髮多情人更惜。黄

昏把酒祝東風。且從容。」唐詩紀事

温庭筠撰菩薩蠻

宣宗愛唱菩薩蠻，令狐綯假温庭筠手撰二十闋以進，戒勿泄，而遽言於人。且曰：「中書堂内坐將軍。」以譏其無學也，由是疎之。樂府紀聞

温庭筠善對

温飛卿才思豔麗，與李義山齊名，號温、李。一日，義山謂曰：「近得一聯句，遠比趙公三十六年宰輔。未有偶。」温曰：「何不云『近同郭令二十四考中書。』」宣宗嘗賦詩，上句用「金步揺」，未有對，遣索進士對之。温乃以「玉條脱」續之，宣宗賞焉。又有藥名「白頭翁」，温以「蒼耳子」爲對，他皆類此。宣宗好微行，遇於逆旅，温不識龍顔。傲然詰之，曰：「公非長史司馬之流。」帝曰：「非也。」「得非六參簿尉之類。」帝曰：「非也。」後謫爲方城尉，最善鼓琴吹笛。云：「有絲即彈，有孔即吹，不必柯亭爨桐也。」著乾𦠆子，不傳。有握蘭集、金荃集、漢南真稿。唐詩紀事

薛昭緯好唱浣溪沙

薛昭緯恃才傲物，每入朝省，弄笏而行，旁若無人，好唱浣溪沙詞。知舉後，有一門生辭歸鄉里，臨歧獻規曰：「侍郎重德，某乃受恩，爾後請不弄笏與唱浣溪沙，幸甚。」時人以爲至言。北夢瑣言

張曙浣溪沙

張禕侍郎有愛姬早逝，猶子曙代爲浣溪沙一詞，置几上。曰：「枕障薰爐冷繡幃。二年終日苦相思。杏花明月爾應知。　天上人間何處去，舊歡新夢覺來時。黃昏微雨畫簾垂。」禕見之哀慟曰：「此必阿灰作也。」阿灰，曙小字。同上

昭宗菩薩蠻

乾寧三年，昭宗次華州，韓建迎歸郡中。帝鬱鬱不樂，每登城西齊雲樓遠望。明年秋，製菩薩蠻詞云：「登樓遥望秦宫殿。茫茫只見雙飛燕。渭水一條流。千山與萬邱。　遠煙籠碧樹。陌上行人去。何處是英雄。迎儂歸故宫。」中朝故事

黃損詞

賈人女裴玉娥善箏，與黃損有婚姻約。損贈詞云：「無所願，願作樂中箏。得近佳人纖手子，研羅裙上放嬌聲。便死也爲榮。」後爲吕用之劫歸第，賴胡僧神術復歸損。詩餘廣選

元宗賜感化詞

南唐書云：「感化善於謳歌，聲韻悠揚，清振林木，繫樂部爲歌板色。元宗嗣位，宴樂擊鞠不輟。嘗乘醉命感化奏水調詞，感化惟歌『南朝天子愛風流』一句，如是者數四，元宗輒悟。覆盃歎曰：『使孫、陳二主

得此一句，不當有啣璧之辱也。』感化由是有寵。元宗嘗作攤破浣溪沙二闋，手寫賜感化曰：『菡萏香消翠葉殘。西風愁起碧波間。還與容光共憔悴，不堪看。細雨夢回清漏永，小樓吹徹玉笙寒。撲簌淚珠多少恨，倚闌干』。『手捲珠簾上玉鉤。依前春恨鎖重樓。風裏落花誰是主，思悠悠。青鳥不傳雲外信，丁香空結雨中愁。回首緑波春色暮，接天流。』後主卽位，感化以其詞札上之，後主感動，賞賚感化甚優。」漁隱叢話

裴按：清漏永，別本作雞塞遠，似以別本爲勝。

保大五年元日大雪賦詩詞

元宗保大五年元日大雪，命太弟以下展燕賦詩詞，令中人就私第賜李建勳繼和。時建勳方會中書舍人徐鉉、勤政殿學士張義方於溪亭，卽時和進。乃召建勳、鉉、義方三人同宴，夜艾方散。侍臣皆有詩詞，鉉爲前後序，仍集名手圖畫。御容，則高冲主之。侍臣法部絲竹，則周文矩主之。樓閣宮殿，則朱澄主之。雪竹寒林，則董源主之。池沼禽魚，則徐崇嗣主之。圖成，皆爲絶筆。清異録

昭惠后詞

南唐大周后卽昭惠后，嘗雪夜酣讌，舉杯屬後主起舞。後主曰：「汝能創爲新聲則可。」后卽命箋綴譜，喉無滯音，筆無停思，譜成名邀醉舞破。又恨來遲破，亦昭惠作，二詞俱失，無有能傳其音節者。填詞名解

流珠能記舊曲

念家山破，後主煜所作。蓋舊曲有念家山，後主親演爲破。昭惠后亦作邀醉舞破、恨來遲破，既久而忘之。後主追悼昭惠，詢問舊曲，無復曉者。宮人流珠獨能記憶，故三曲復有名傳。同上

念家山破

南唐後主樂曲有念家山破，至宋祖開寶八年，悉收其地，乃入朝，是念家山破之應也。陳暘樂書

周后繼立詞

李後主煜菩薩蠻詞云：「銅簧韻脆鏘寒竹。新聲慢奏移纖玉。眼色暗相勾。嬌波橫欲流。　雨雲深繡户。來便諧衷素。宴罷又成空。夢迷春睡中。」又「花明月暗飛輕霧。今宵好向郎邊去。剗韈下香階。手提金縷鞵。　畫堂南畔見。一晌偎人顫。奴爲出來難。教君恣意憐。」按兩詞爲繼立周后作也。周后卽昭惠后之妹。昭惠感疾，周后常留禁中，故有「來便諧衷素，教君恣意憐」之語，聲傳外庭。至再立后，成禮而已。韓熙載等皆爲詩諷焉。古今詞話

李後主玉樓春

李後主宮中未嘗點燭，每夜則懸大寶珠，光照一室。嘗賦玉樓春詞曰：「晚妝初了明肌雪。春殿嬪娥魚貫列。鳳簫聲斷水雲間，重按霓裳歌遍徹。　臨風誰更飄香屑。醉拍闌干情未切。歸時休放燭花紅，

待踏馬蹄清夜月。」詞苑

後主賜慶奴詞

南唐宮人慶奴，後主嘗賜以詞云：「風情漸老見春羞。到處芳魂感舊游。多見長條似相識，强垂煙穗拂人頭。」書於黃羅扇上，流落人間，蓋柳枝詞也。客座贅語

潘佑以詞諷諫

南唐張泌、潘佑、徐鉉、湯悦，俱有才名。後主於宮中作紅羅亭，四面栽紅梅，欲以豔曲記之。佑應令曰：「樓上春寒山四面。桃李不須誇爛漫。已失了東風一半。」時已失淮南，故佑以詞諷諫云。鶴林玉露

後主圍城中賦詞

後主於圍城中賦臨江仙，未終而城破。其詞云：「櫻桃落盡春歸去，蝶翻金粉雙飛。子規啼月小樓西。玉鉤羅幕，惆悵卷金泥。　門掩寂寥人散後，望殘煙草淒迷。」於此停筆。後有劉延仲補之云：「何時重聽玉驄嘶。撲簾柳絮，依約夢回時。」而花間集所載有「爐香閒裊鳳凰兒。空持羅帶，回首故依依。」故是全本。樂府紀聞

後主臨行有詞

後主歸國，臨行有詞云：「四十年來家國，三千里地山河。鳳閣龍樓連霄漢，瓊枝玉樹作煙蘿。曾幾識

干戈。一旦歸爲臣虜，沈腰潘鬢銷磨。最是蒼黄辭廟日，教坊猶奏别離歌。揮淚對宫娥。」東坡謂後主既爲樊若水所賣，舉國與人，故當痛哭於九廟之前，謝其民而行。顧乃揮淚對宫娥，聽教坊離曲哉。詞苑

後主歸宋後作詞

南唐主歸宋後，作長短句：「簾外雨潺潺。春意闌珊。羅衾不耐五更寒。夢裏不知身是客，一餉貪歡。獨自暮凭闌。無限江山。别時容易見時難。流水落花春去也，天上人間。」含思淒惋，未幾下世。同上

王衍甘州曲

蜀主衍奉其太后太妃禱青城山，宫人皆衣雲霞之衣，後主自製甘州曲，令宫人唱之，其辭哀怨，聞者悽慘。詞曰：「畫羅裙。能結束，稱腰身。柳眉桃臉不勝春。薄媚足精神。可惜許，淪落在風塵。」衍意本謂神仙而在凡塵耳。後降中原，宫伎多淪落人間，始驗其語。十國春秋

王衍醉妝詞

蜀主衍裹小巾，其尖如錐，宫妓多衣道服，簪蓮花冠，施脂夾粉，名曰醉妝。自製醉妝詞云：「者邊走。那邊走。只是尋花柳。那邊走。者邊走。莫厭金杯酒。」又嘗宴於怡神亭，自執板，歌後庭花、思越人曲。北夢瑣言

孟昶玉樓春

蜀主孟昶令羅城上盡種芙蓉，盛開四十里。語左右曰：「古以蜀爲錦城，今觀之，真錦城也。」嘗夜同花蕊夫人避暑摩訶池上，作玉樓春詞云：「冰肌玉骨清無汗。水殿風來暗香滿。繡簾一點月窺人，欹枕釵橫雲鬢亂。　起來瓊户啓無聲，時見疎星渡河漢。屈指西風幾時來，只恐流年暗中换。」温叟詞話

花蕊夫人題壁

蜀亡，花蕊夫人隨孟昶行至葭萌驛，題壁云：「初離蜀道心將碎，離恨綿綿。春日如年。馬上時時聞杜鵑。」書未竟，爲軍騎促行，只二十二字。及見宋祖，有「十四萬人齊解甲，更無一個是男兒」之句，足媿鬚眉矣。詞苑

韋莊詞

韋莊字端己，著秦婦吟，稱爲秦婦吟秀才。舉乾寧進士，以才名寓蜀。後主建覊留之。莊有寵人，姿質艷麗，兼善詞翰。建聞之，托以教内人爲詞，强奪去。莊追念悒怏，作荷葉杯、小重山詞，情意淒怨，人相傳播，盛行於時。古今詞話

韋莊思舊姬詞

韋端己思舊姬作荷葉杯詞云：「絶代佳人難得。傾國。花下見無期。一雙愁黛遠山眉。不忍更思惟。

閒掩翠屏金鳳。殘夢。羅幕畫堂空。碧天無路信難通。惆悵舊房櫳。」又，「記得那年花下。深夜。初識謝孃時。水堂西面畫簾垂。携手暗相期。　惆悵曉鶯殘月。相別。從此隔音塵。如今俱是異鄉人。相見更無因。」又小重山詞云：「一閉昭陽春又春。夜寒宮漏永，夢君恩。卧思前事暗消魂。羅衣濕，新揾舊啼痕。　歌吹隔重閽。遶庭芳草緑，倚長門。萬般惆悵向誰論。凝望立，宮殿欲黄昏。」流傳入宮，姬聞之不食死。堯山堂外紀

陶穀風光好

國初，朝庭遣陶穀使江南，以假書爲名，實使覘之。李獻以書抵韓熙載曰：「五柳公驕甚，其善待之。」穀至，果如李所言。熙載謂所親曰：「陶奉使非端介者，其守可隳，當使諸君一笑。」因令牆六朝書，半年乃畢。熙載使歌姬秦弱蘭，衣敝衣爲驛卒女，穀見之，遂犯慎獨之戒，作長短句贈之。明日，中主宴穀，穀儼然不可犯。中主持觥，使弱蘭出歌穀所贈之詞侑觴，穀大慚而罷。詞名風光好云：「好姻緣。惡姻緣。祇得郵亭一夜眠。別神仙。　琵琶撥盡相思調。知音少。再把鸞膠續斷弦。是何年。」侍兒小名録

張泌詩

江南張泌，爲李後主内史，以江城子二闋得名。國亡，仕宋，與錢俶謚議，泌每奏駁其人。少與鄰女浣衣善，經年不見，夜必夢之，女別字，泌寄以詩云：「多情只有春庭月，猶爲離人照落花。」浣衣爲之隕涕。

耿玉真詞

南唐盧絳病痁，夢白衣美婦歌詞勸酒云：「玉京人去秋蕭索。畫簷鵲起梧桐落。欹枕悄無言。月和清夢圓。　背燈惟暗泣。甚處砧聲急。眉黛小山攢。芭蕉生暮寒。」因謂絳曰：「子之病，食蔗即愈。」如言果差。數夕又夢曰：「妾乃玉真，他日富貴，相見於固子坡。」後入宋被刑，有白衣婦人同斬，宛如所夢。問其姓名，曰耿玉真。問受刑之地，則固子坡也。南唐書

歐陽炯宮詞

僞蜀歐陽炯嘗應命作宮詞，淫靡甚於韓偓。江南李坦，時爲近臣，私以豔藻之詞聞於主聽，蓋將亡之兆也。君臣間，禮先亡矣。十國春秋拾遺

鹿虔扆宮詞

孟蜀鹿太保有臨江仙宮詞云：「金鎖重門荒院静，綺窗愁對秋空。翠華一去寂無踪。玉樓歌吹，聲斷已隨風。　煙月不知人事改，夜闌還照深宮。藕花相向野塘中。暗傷亡國，清露泣香紅。」故國黍離之感，不專爲靡靡之音也。同上

金鳳樂游曲

端陽日，造綵舫數十於西湖，每舫載宮女二十餘人，衣短衣，鼓楫争先，延鈞御大龍舟以觀。金鳳作樂

游曲，使宫女同聲歌之。曲曰：「龍舟摇曳東復東。采蓮湖上紅更紅。波澹澹，水溶溶。奴隔荷花路不通。」又曰：「西湖南湖鬭綵舟。青蒲紫蓼滿中洲。波渺渺，水悠悠。長奉君王萬歲遊。」閩外傳

裴按：金鳳，唐福建觀察使陳巖假女，爲王審知侍婢。延鈞立，嬖之。封淑妃。及僭號，用爲后，李倣作亂，被害。

詞苑萃編卷之十一

紀事二

陳堯佐詞

皇祐中，吕夷簡致仕。仁宗問：「卿去，誰可代者。」夷簡薦陳堯佐，上遂召還大拜。吕生日，陳攜酒過之，作踏莎行詞曰：「二社良辰，千家庭院。翩翩又睹雙飛燕。鳳凰巢穩許爲鄰，瀟湘煙暝來何晚。亂入紅樓，低飛綠岸。畫梁輕拂歌塵轉。爲誰歸去爲誰來，主人恩重珠簾捲。」吕笑曰：「祇恐捲簾人已老。」陳曰：「但得公老於廊廟，莫愁調鼎事無功。」二公相推，何等蘊藉。詞苑

子野碧牡丹

晏元獻尹京日，辟張先爲通判。新納侍兒，公甚屬意。先能爲詩詞，公雅重之。每張來，令侍兒出侑觴，往往歌子野所爲之詞。其後王夫人浸不容，公即出之。一日，子野至，公與之飲，子野作碧牡丹云：「步障摇紅綺。曉月沈煙砌。緩板香檀，唱徹伊家新製。怨入眉頭，斂黛峯横翠。芭蕉寒，雨聲碎。鏡華翳。閒照孤鸞戲。思量去時容易。鈿盒瑶釵，至今冷落輕棄。望極藍橋，但暮雲千里。幾重山，

幾重水。」令營伎歌之。至末句，公憮然曰：「人生行樂耳，何自苦如此。」亟命於宅庫支錢若干，復取前所出侍兒。既來，夫人亦不復誰何也。道山清話

王琪應對

晏元獻赴杭，道過維揚，憩大明寺，瞑目徐行。使吏誦壁間詩版，戒勿言爵里姓名，終篇者無幾。别誦一詩，問之，江都王琪也。召之同遊池上，時春晚，已有落花。元獻曰：「每得句書壁，或彌年未嘗强對，且如『無可柰何花落去，』至今未有偶。」琪應聲曰：「『似曾相識燕歸來』何如。」元獻大喜，由此辟置館職。苕溪漁隱

林逋詠梅

林君復結廬孤山二十年，足不及城市。真宗賜以粟帛，詔長吏歲時存問。有詠梅霜天曉角詞云：「冰清雪潔。昨夜梅花發。甚處玉龍三弄，聲摇動、枝頭月。　夢絶。金獸爇。曉寒蘭燼滅。要捲珠簾清賞，且莫掃、階前雪。」又詠草點絳脣詞云：「金谷年年，亂生春色誰爲主。餘花落處。滿地和煙雨。　又是離歌，一闋長亭暮。王孫去。萋萋無數。南北東西路。」古今詞話

歐陽修臨江仙

錢惟演宴客後園，一官妓與永叔後至。詰之，伎對以失釵故。錢曰：「乞得歐陽推官一詞，當即償汝。」